国家孩子

柳桦 ◎ 著

北方联合出版传媒(集团)股份有限公司
万卷出版有限责任公司

ⓒ 柳桦　2024

图书在版编目（CIP）数据

国家孩子 / 柳桦著. — 沈阳：万卷出版有限责任公司，2024.3

　　ISBN 978-7-5470-6427-6

Ⅰ．①国… Ⅱ．①柳… Ⅲ．①长篇小说—中国—当代 Ⅳ．①I247.5

中国国家版本馆CIP数据核字（2023）第249664号

出 品 人：王维良
出版发行：北方联合出版传媒（集团）股份有限公司
　　　　　万卷出版有限责任公司
　　　　　（地址：沈阳市和平区十一纬路29号　邮编：110003）
印 刷 者：辽宁新华印务有限公司
经 销 者：全国新华书店
幅面尺寸：160mm×230mm
字　　数：450千字
印　　张：26
出版时间：2024年3月第1版
印刷时间：2024年3月第1次印刷
责任编辑：胡　利
责任校对：张　莹
封面设计：仙　境
ISBN 978-7-5470-6427-6
定　　价：59.80元
联系电话：024-23284090
传　　真：024-23284448

常年法律顾问：王　伟　版权所有　侵权必究　举报电话：024-23284090
如有印装质量问题，请与印刷厂联系。联系电话：024-31255233

我自豪，我写了《国家孩子》

二〇一一年，我跟一家著名的影视制作公司签了一个五年创作协议，要以一年一部电视剧的体量完成约定。我报了几个选题，其中就有《国家孩子》。

二十世纪六十年代初，三年困难时期，鱼米之乡的江南有大批弃婴被集中在各地的福利院，其中尤以上海儿童福利院接收得最多。国家面临着巨大的压力，周恩来总理和全国妇联主席康克清向内蒙古自治区的乌兰夫主席求助。乌兰夫主席说，把孩子们送来内蒙古交给牧民抚养吧。一场充满爱心的大迁徙就此开始，其中最广为人知的是从上海出发到内蒙古的三千多名孤儿，这个历史事件也被叫作"三千孤儿入内蒙"。

这个选题被那家影视公司选中，我开始做创作前期准备。二〇一一年九月二日，我在孔夫子旧书网下单购买的第一批书寄到了。九月二十日，我从南苑机场乘机前往锡林浩特采风，开始从现实生活中寻找角色。

锡林浩特是我采风的第一站。那里有很多国家孩子，彼此都有联系，还一起去上海寻过亲，我在那里组织了一次座谈。那时候我没有经验，座谈会的局面很快失控，整个会议室都是他们相互的交谈声，我只能听清面前几个人说的话。虽然如此，我还是大有收获，包括找到了剧中人物阿藤花的部分原型和剧中寻亲段落的感觉，也捕捉到了许多细节，这些内容都被我写在剧本中了。座谈会结束后，我去了著名的贝子庙，庙中有转佛塔的仪式。我绕着佛塔许愿，祈祷这个项目一定要成。

采风的第二站是苏尼特左旗满都拉图镇。这里是上海孤儿的集中地之一，当地广电局已经退休的包喜局长是我的联络人，他和那里的国家孩子很熟悉。这里有苏尼特左旗国家孩子爱心协会，我接触到了该协会的两位核心成员——满都日娃和通嘎拉嘎。满都日娃退休前是当地检察院的干部，通汉语，会写歌词，出过唱片，也是爱心协会的会长。通嘎拉嘎是开服装店的，特别能干和善良，《国家孩子》的女主角名字通嘎拉嘎就来源于此。这两位大姐十分和蔼可亲，让我一见面就对她们心生好感。当我写这篇序言时，眼前又浮现出她们的样子，很是想念。

包喜局长和通嘎拉嘎、满都日娃帮我安排采访。第一个见面的是一位圆圆脸的大姐，她的长相就是江南水乡弄堂里最常见的模样，慈眉善目，温润娴静，可是她一开口就是蒙古语，粗糙的手掌上满是岁月的磨砺，我刹那间对"上海孤儿在内蒙古长大"有了直观印象。这位圆圆脸的大姐，是第一个打动我心、给我深深震撼的国家孩子。

采风结束后，我回到北京，一边阅读资料，一边着手创作。那段时间，我搜集和阅读的关于内蒙古的图书就有六十多种，如《内蒙古十年掠影》《内蒙古自治区三十年：1947—1977》《当代内蒙古简史》《内蒙古自治区史》《内蒙古民俗》《内蒙古自治区概况》《内蒙古民族团结史》《苏尼特右旗文史资料》，以及《金牧场》《流浪内蒙》《跟着我的心去草原》，甚至包括《蒙古族情歌选》。我在微博关注了很多内蒙古的博主，了解他们的生活；《国家地理杂志》出版内蒙古专辑做个讲座，我也专门跑去听；我还下载了很多内蒙古歌曲和马头琴、呼麦音乐，每天写作时都戴着耳机听，我管这叫作沉浸式写作。那一年的十一长假，我带着家人自驾旅行，从北京到锡林浩特、阿尔山、满洲里、赤峰，行程四千多公里，用脚步感受内蒙古。

到了第二年五月，我的写作陷入瓶颈。我要再次接近要写的人物和环境，于是又独自开车去了内蒙古，出发那天是二〇一二年五月十三日。在锡林浩特盘桓几天后，我在苏尼特左旗住了下来，每天和那几个国家孩子聊天，然后在酒店写作，吃饭时依次尝试各种内蒙古食物，还跟着通嘎拉嘎去了她亲戚家的牧场。那时候正是草原上骟牛骟羊的季节，她去帮忙，我去采风，看那些内蒙古汉子把牛羊一下子撂倒，我对内蒙古汉子的彪悍有了直观印象。那天中午，我还吃到了很多被骟下来的羊和牛的蛋蛋。

这次独自去内蒙古的采风和写作持续了十七天，接下来继续漫长的写作，到了二〇一三年的六月十一日，我终于写完了初稿。那时候，这部作品还叫作《苍穹下》，来源于第一次采风时在草原看到星空时的震撼。夜晚的草原，苍穹下垂星如斗，仿佛触手可及，我心中为"命运"二字激荡不已，同一片苍穹之下每个人都有着不同的命运，是什么在拨弄命运的方向呢？我想用这部作品来寻找答案。

剧本写完之后是漫长的等待，那家影视公司迟迟没有投拍，这一蹉跎就是五年。这是个痛苦的过程，我时不时拿出剧本来修修改改。每次修改的时候我都坚信这是部好作品，可为什么就没有人赏识呢？我做过很多尝试，有机会就向朋友们推荐，终于等到了导演巴特尔和制片人刘佳，他们二位是这部作品和我个人的贵人。他们喜欢这个剧本，又把它推荐给了投资人、演员刘小锋先生。顺便说一句，刘小锋就是剧中徐连长的扮演者，演得非常传神，他也喜欢这个剧本，迅速拍板从原公司买下了版权，很快把拍摄提上了日程。

巴特尔导演能编能导，他把剧本从导演的角度重新梳理了一遍，付出了大量心血。全剧中很受观众喜爱的拉马头琴的老者就是他的创意，但他却又不肯居功，没有在编剧上署名，仅这一点就值得我钦佩、敬重和喜爱。

二〇一八年八月二十七日，电视剧《国家孩子》在内蒙古乌兰察布市的四子王旗开机了。这里是被授予"人民楷模"国家荣誉称号的都贵玛老人居住的地方，也是神舟飞船落地的地方。人杰地灵，拍摄顺利，二〇一九年九月二十六日，四十集电视剧《国家孩子》在中央电视台电视剧频道播出。二〇二〇年，《国家孩子》获得第三十届金鹰奖优秀电视剧、最佳导演、最佳原创音乐三项提名，并斩获最佳原创音乐荣誉。

以"三千孤儿入内蒙"为题材出版过不少作品，有宁才导演的电影《额吉》和电视剧《静静的艾敏河》，还有萨仁托娅老师的《国家的孩子》、马利老师的《三千个孤儿和草原母亲》等。我试图在我的写作中挖掘出新意，几次深入草原采风，听到了许多国家孩子的人生故事，我深深体会到个人命运与国家气运的相伴相依、福祸与共，我将这种感受写进小说中。如今回望创作历程，还是觉得自己的感受是准确的，这个主题选对了。

我做职业编剧十七年了，白天我习惯在咖啡馆里写作，戴着耳机坐在人群中写着他们的故事，很接地气。寂静的深夜，我继续坐在书桌前与剧中人抵死缠绵、死磕不休，似乎时间早已停滞，常常写到大脑电闪雷鸣、鲜花盛开而肉身负重累累、疲倦不堪。有时，身体瘫软在床上了，大脑却依旧清醒地滴溜溜转，和剧中人说着掏心窝子的话。如此错乱分裂，如此心力交瘁，而我却沉沦其中、乐此不疲，痛苦并快乐着，因为我知道，每一句在深夜里向剧中人问候的晚安，都是我在创作这条路上的攀登、提高，都是我在编剧这条路上的跋涉、升华。编剧就是这样的一份工作，每个项目都要一个人面对、一个人完成，一个字、一个字地写出来，日复一日、年复一年，热闹与喧哗、虚荣与瞩目，都应该离编剧远一点儿。

最后，我想说，《国家孩子》对我意义十分重大，这是我第一部全身心投入且独立创作的剧本。之前我已经写过五六部电视剧，要么是与他人合作，要么技巧尚且稚嫩，直到这部《国家孩子》，这是一个我独自寻找角色并且和角色一起成长的过程，这也是我最刻骨铭心、最深情、最喜爱、最优秀的一次创作，我很珍惜它。

二〇二三年，我在《国家孩子》剧本的基础上完成了小说的创作。这部小说是我对过去十年做的一次总结。这个故事，我终于可以放下了。感谢采访过的那些国家孩子们，有幸聆听和书写他们的故事，我很自豪。

柳　桦

二〇二三年七月

一首人性和命运的交响曲

给你一个机会，让你去写自己想写的东西，这是为心去写。给你一笔金钱，让你去写别人想要的东西，这是为钱而做。十三年前，编剧柳桦有了一个机会，他选择了前者，写自己想写的东西。他选择写一个真实的故事，那就是"三千孤儿入内蒙"的往事。

是什么打动了他，让他对当时文化市场上的"娱乐至上，荒谬至死"的喧嚣视而不见，毅然数次孤身前往草原，去寻觅沉积多年的历史真实，去探求尘封数载的真情，去寻找心灵渴望的纯净？我想这背后的驱动力是他的真诚，是他由衷和发自内心的责任，是一位创作者的艺术追求。

二十世纪六十年代初期的那场"春荒"席卷了中国大地，自然灾害使上海等城市一时出现大批的弃婴，年龄小的只有数月，年龄大的也不过七八岁，他们被安置在福利院。此事惊动了中央，在时任内蒙古自治区主席乌兰夫的建议下，周恩来总理亲自部署，数千孤儿被送到了内蒙古各地，由牧民们领养，让这些孩子有了爹娘。这是一场国家行为，所以这些孩子被叫作"国家孩子"。这批国家孩子在草原上成长，数十年过去，他们生儿育女，成为建设内蒙古的一支生力军，他们的根已经深深地扎在了养育他们的草原上。他们感激无私养育他们的阿爸额吉，对亲生父母已然释怀，上海和内蒙古都是他们的故乡……

当看到柳桦的《国家孩子》剧本时，我被深深地打动了。这是一部难得的、如实反映了历史真实的好剧本，是一场"拯救生命"的迁徙，也是一部对人性赞颂的诗篇。而编剧柳桦，在我看来，好像喧嚣年代的一股清流："在娱乐环境乌烟瘴气的时代，他不图利益地将这个不合时宜的故事写出来，并赋予了它新的意义，这很不容易。"

我认定《国家孩子》是我要拍的东西，我一直想拍一部有关内蒙古的作品，以释对母亲的思念，也不枉我血管里流淌着一半内蒙古的血液……《国家孩子》给了我这样的契机，但十几年前的文化市场让这种内容很难找到投资，这一等就是七年，终于在二〇一八年，我如愿以偿地怀着对母亲的眷念，带着摄制组来到了乌兰察布市四子王旗……

历史给了我们这样一个感天动地的故事，而从哪些角度展现这个伟大的故事呢，柳桦展现了他杰出的写作能力、非凡的写作才华以及精巧的艺术构思。

作者选择的第一个角度是这批国家孩子对草原养父母养育之恩的回馈，生命是值得尊重的，感恩是对生命延续的报答……温暖慈爱的阿爸额吉用草原宽厚的胸怀接纳这些远道而来的国家孩子，真情超越了地域和血缘。随着岁月的流逝，这些国家孩子感恩来自辽阔草原的无疆大爱，更认识到"养育之恩要报答，生育之苦也要报答"。

作者选择的第二个角度是在六十年的历史跨度里，讲述了一个国家、汉蒙两个民族的血脉融合。在他的笔下，民族团结不再是一句空泛的口号，而是融化在国家孩子的血液里，深扎在土壤中的人与人之间的情感。苍穹下，蒙汉亲，血脉和……

作者选择的第三个角度是对个人命运的思考。自然灾害改变了个人的命运，在这场国家行动中，这些孤儿成了国家孩子。当自己的命运被改写时，如何走好自己的人生路，每个人都做出不同的选择。而柳桦在深入草原采风时，从许多国家孩子的人生故事中提炼出"个人命运与国家气运的相伴相依，福祸与共"的作品主题更让《国家孩子》这部作品拥有了史诗般的内涵，也拥有了更深刻的立意。

柳桦为这个故事设计了四个国家孩子和四位养父养母。第一个孩子是朝鲁，倔强，顽皮，叛逆，大气，豪爽，外表憨厚，内心聪慧，有自己的主张，我行我素，敢作敢当，心比天大，但内心善良，懂得报恩，小事不在乎，大事不糊涂，喜欢跟自己较真儿。他的养父是外表粗犷、内心细腻的草原摔跤手哈图大叔。第二个孩子是朝鲁的亲妹妹通嘎拉嘎，温顺，善良，执着，善解人意，外表温和，内心坚强，有自己的主意，有些决定让人震惊和意想不到。她的养母乌兰其其格是一位宽怀、善良、率真、隐忍、坚强、有爱心、有情怀的保育员。第三个孩子是阿藤花，精明，算计，狭隘，自私，自负，后来又自卑，有些男孩儿性格，聪明反被聪明误，小事精明而大事糊涂。她的养父是豪爽、老练、有城府、正直、善良、对孩子慈祥温和的公社书记苏炳坤。第四个孩子是谢若水，内向、善良、孝顺、聪明、懂得感恩、知书达理，开始腼腆软弱，后来刚毅自信。他的养母是善良、严肃、威严、固执的公社学校校长满都拉。四个国家孩子、四位养父养母，性格不同，身份不同，情感的表达方式也不同，但这些人物在柳桦的笔下真实、生动、鲜活，接地气，让人难忘……

最后，让我用电视剧《国家孩子》主题歌《永生难忘》的词作者樊孝斌先生的歌词，伴随您进入这部小说的阅读。

你是白云落脚的地方
不再孤单四处飘荡
你是河流缓缓的流淌
告诉我，天尽头是天堂
你是长调含泪的歌唱
马蹄踏碎少年的忧伤
你是温暖岁月的脸庞
马头琴一夜夜缠月光
天之苍，地之茫
天地苍茫有爹娘
走多远，回头望
那是故乡永生不能忘

电视剧《国家孩子》导演　巴特尔
二〇二三年七月于北京

目 录

第一章　上海福利院……………001
第二章　内蒙古保育院…………009
第三章　公　　社………………029
第四章　上　　学………………051
第五章　逃　　走………………066
第六章　民兵连…………………074
第七章　红马班…………………083
第八章　知　青…………………102
第九章　入土为安………………114
第十章　爱情来了………………120
第十一章　爱人死了……………148
第十二章　牛　棚………………162
第十三章　春天来了……………192
第十四章　考大学………………201

第十五章　变　革…………………215

第十六章　改　革…………………230

第十七章　爱情鸟的叫声…………243

第十八章　毕力格…………………267

第十九章　难　产…………………293

第二十章　义　父…………………306

第二十一章　离　婚………………315

第二十二章　保　险………………322

第二十三章　保险出事了…………339

第二十四章　山　羊………………345

第二十五章　煤……………………359

第二十六章　赌……………………366

第二十七章　老　乡………………377

第二十八章　寻　亲………………384

第一章　上海福利院

一

在离开上海五十年后,六十一岁的老头子朝鲁和六十岁的老头子谢若水聊起了上海,谢若水说他能把上海所有的街道都背出来,朝鲁不信。他俩抬了一辈子杠,朝鲁说了句不信,谢若水马上就要证明自己,问朝鲁现在在哪里。

朝鲁举着手机看看四周,说他在酒店楼顶上,到处都是灯,晃眼睛,草原的夜晚伸手能摸到星星,他想草原了。谢若水打断他的抒情,问酒店在哪条街上。

朝鲁说在长宁区的番禺路,靠近新华路。谢若水马上报出一连串的街名,法华镇路、昭化路、长宁路、万航渡路、武宁路、曹杨路……他说,朝鲁现在一定是面朝着咱们草原的方向,所以他报的都是朝这个方向的街道,别的他也能报出来,比如朝鲁家的方向。

朝鲁抢着报出了一条又一条朝向五角场方向的街道名字:华山路、武康路、长乐路、巨鹿路、常德路、天目路、宝山路、曲阳路、四平路、国权路……他跟妹妹五十年前的家就在国权路上的工人新村。

两个大男人都不说话了,在手机里听着对方的呼吸声,谢若水爱哭,这时带上了吸鼻子的声音。这一刻他们都知道了,上海其实一直在他们心中,他们早就在这五十年的岁月里,在各种版本的上海地图上一次次地回来过了。上海的每一条街巷,他们早就在心里走过了。

二

一九六〇年三月十七日,上海老工业区五角场的一条巷子,两边是工厂的高大围墙,围墙上写着"反修防修,战胜自然灾害"等字样的红绿色标语,被风吹得呼呼作响。这是"另一个上海",一个没有石库门、窄弄堂、外滩、黄浦江等传统标志物的上海,一个很少有人知道但又确实存在的上海,一个作为最大的工业基地的上海。

鲁小忠和鲁小鱼兄妹俩手拉手走进来，巷子深处的工厂后门放着个半人高的铁皮桶，成群的苍蝇飞舞着，一个衣服肮脏褴褛、满脸尘土的男孩儿握着半块砖头守着那个泔水桶说："这是我的。"

小忠又惊又好笑："你说这个桶是你的？你叫它一声它答应吗？捣糨糊！谁理你呀。"小忠猛然推倒了泔水桶，捂着鼻子用树枝从汤水中扒拉出一块骨头，却被那个男孩儿抢过去塞进嘴里。小忠和小鱼都愣住了，不可思议地看着他蹲在汤水里，眼神发直地啃着那块骨头。

这是鲁小忠兄妹和谢若水的第一次见面，那时他还没有叫朝鲁，鲁小鱼也没有被叫作通嘎拉嘎，而谢若水那时候姓毕，叫毕若水。

小忠和小鱼把毕若水带回了大烟囱下面的工人新村，小忠掏出几个脏乎乎的羊拐在水龙头下冲洗，他昨天把小鱼玩沙包的杏核给砸碎吃了，答应找三个真正的羊拐赔她。

爸爸妈妈回来做饭，又给毕若水洗了澡，然后爸爸骑着自行车把他送回儿童福利院，毕若水是从那里跑出来的。爸爸去了很久才回来，说福利院是国家办的，阿姨挺和气，没责怪那个孩子，还马上给煮了牛奶。

妈妈问："还有牛奶？"爸爸点头，说就是不知道能不能天天喝。妈妈很向往："一周喝一次也很好啊，两个孩子正是长身体的时候，要多喝牛奶。"爸爸沉默片刻问道："你同意啦？""反正厂里也会把他们往福利院送，自己送过去还踏实些。""要不要再了解一下？"妈妈叹口气："我们没时间了。"

第二天一早，爸爸妈妈牵着兄妹俩的手从公交车上下来，两个孩子都穿着新衣服，这身衣服只有过春节的时候才会穿，所以两个孩子都很兴奋，叽叽喳喳说个不停。

小忠问："爸爸，我们是去天文馆吗？爸爸，你教我认的星星我都记住了。"爸爸说："不是去天文馆，是去公园，逛公园才穿新衣服。"小忠说："那是春节，现在又不是春节。"小鱼说："穿新衣服就是春节。"小忠说："去天文馆也穿新衣服了。"

这是一条绿树茂盛、浓荫遍地的僻静小街，一家人走在绿荫中，空气里是甜滋滋的法国梧桐的味道。不知道哪里的收音机传出歌曲声，这条路仿佛走不到头，这一刻就是永恒。到了一扇黑色的大铁门前，爸爸妈妈让兄妹俩在门外等着，他们去买门票。小忠兴奋地凑到门缝前往里望，小鱼蹲在他身子下也往门缝里看，爸爸眼中满是不舍，但是妈妈神情坚决，拉着他轻手轻脚离开。

在街道拐角处，他们站下来，回过头远远看着福利院大门下两个小小的身影，爸爸和妈妈手挽着手，静静看着："要是没人出来怎么办？"

妈妈说："咱们小忠不会老实待着的。"仿佛在印证她的话，小忠开始寻找进去的办法，大铁门上的一道小门被他捅开了，他们的身影消失在门内。爸爸嘟囔着："老大这闯祸的本事真让人不放心。"妈妈满面泪花，无声哭泣。爸爸说："别哭！别哭！"爸爸也哭了，这一刻，这对一直很淡定的夫妻终于抱头痛哭。

三

门里是一眼望不到头的深宅大院，古树参天，曲径通幽，树之间拉着绳子，绳子上晾晒着很多小孩儿的衣服和大大小小的被单、尿布，风吹动着它们飘飘扬扬，小忠拉着小鱼的手在衣服和被单中间穿行。

迎面那座灰楼里，穿着白大褂的医生和保育员穿行在孩子们中间。毕若水正趴在饭桌上扯着脖子干号，裤子被脱下来，穿白大褂的医生给他打着针，大大小小的孩子都在排队打针，被打针的大声哭，还没有轮到的也吓得大声哭。

小忠和小鱼穿出被单，蹲在玻璃窗前看得目瞪口呆。毕若水突然看到了他们，拼命向他们挥动着手："快跑啊，打针啦！"小忠猛然拉着小鱼转身就跑，他们慌张穿行在无穷无尽的衣服中，阳光穿过树林，把人影投射在那些衣服、被单上，更显得不可捉摸。

大铁门外，爸爸和妈妈扒着门缝，隔着重重院落，听到小忠和小鱼的哭喊声传了过来。爸爸说："看来是找到人了。"爸爸向妈妈伸出手，妈妈拿出一封信交给他，看着他蹲下来往门缝里塞去，爸爸突然软弱起来，语气里带着祈求："要不再想想？"妈妈说："走吧，他们该出来了。"

爸爸还是不舍，妈妈一把拉起他的手，毅然决然地离开了福利院。到了汽车站，一辆公共汽车正好进站，爸爸还想再停留一下，被妈妈硬拽上了车。

两名保育员带着哭泣的小忠和小鱼穿过院子走向大门，她们打开大铁门走出来。小忠四下打量着："爸爸妈妈去买票了，一会儿就来。"他喊起来："爸爸，妈妈。"保育员阿姨捡起了地上的信封看着，然后说："你叫小忠吧？你是小鱼。"小忠和小鱼都愣住了。

"这是你们爸爸妈妈写的信,上面有你们的名字。孩子,这里是上海市儿童福利院,你们的爸爸妈妈让你们在这里生活。"小忠和小鱼都不理解在福利院生活是什么意思。

小忠说:"爸爸妈妈去买票了,我们在这里等他们,买了票我们再进去。"他闪躲着保育员伸出的手:"我以后一定听话,我再也不闯祸了。"两名保育员对望一眼,很默契地各自抱起一个孩子进了大门,哭喊声一路远去。

有毕若水这个熟人,小忠和小鱼在福利院安定下来,毕若水带他们认识了这里的另一个大孩子黄小仙。黄小仙是一个瘦弱但高挑的女孩儿,头发稀疏而发黄,面相很冷,眼神尖利,她的目光迅速在小忠和小鱼身上扫过,随即突然一激灵。

黄小仙说:"该吃饭了。"话音一落,铃铛声响起,保育员阿姨召唤众人吃饭。黄小仙掀开枕头,拿出自己的小碗和小勺,跳下床一溜小跑地绕过床铺,径直向门口跑去。毕若水幽幽地说:"她特别能吃,谁也比不过她。"

黄小仙第一个坐在桌前,全神贯注盯着保育员阿姨,全身都绷紧了。毕若水带着小忠和小鱼一起走过来,坐在同一桌上,黄小仙说:"你们换一桌。"小忠说:"为什么?"黄小仙说:"每桌给的饭一样多,咱们四个坐一起,谁也吃不饱。"小忠瞪着眼说:"我就坐这儿。"

黄小仙干脆地站起来坐到旁边一桌,饭菜当前,她连吵架都不肯。小忠拉着小鱼坐下,保育员阿姨挨着桌发食物,每人一碗米粥,一个有些发黑的掺了玉米面的小馒头。黄小仙全神贯注吃着,整个馒头几乎是被塞进嘴里,然后两腮隆起,用力咀嚼,用力吞咽。她的眼睛还警觉地四下望着,双手也拢在嘴边,像是在保护着嘴里的食物。

四

家里晾晒着小鱼的一件花布衣服,妈妈从晾衣绳上拽下衣服捂在脸上,深深地吸着气。爸爸"哎哟"一声低呼,举着一个玻璃杯,里面泡着几个羊拐。

爸爸说:"是小鱼的玩具,我再给她送一趟吧。"妈妈知道他的不舍,无言地看着他,爸爸也知道自己只能说说而已,他颓然坐下,妈妈振作了一下:"好了,孩子们有着落,咱们也办正事吧。"他们拿出几个药品袋放在桌上,纸袋外面印着不同的字样,有的是"六厂医务室",有的是"四厂医务室",还有一个棕色小玻璃瓶，印着"安眠药"三个字。

妈妈说："一共搞到了三种安眠药，总共九十七片，如果是单一品种就够用了。"爸爸随手抓过纸笔："看看血凝素的总含量。"他在纸上列着一连串复杂的算式。妈妈提醒他："损耗和抵消也要算进去，加权一个公式吧。"爸爸说："按三倍来加权应该够了吧？"妈妈说："够咱们死两回的。"

爸爸吃完了他那份药，侧身睡倒在床上，深情地看着妈妈在屋里走动着，妈妈扫视屋里的各个角落，手指在家具上滑过，像是跟这个家告别。后来妈妈在爸爸怀里躺下，爸爸从后面搂着她，妈妈摊开手，手心里是已经洗得雪白的羊拐，她的手指抚弄着它们，渐渐不动了。

五

那天下午，福利院里突然来了很多陌生人，他们穿着奇怪的长袍子，嘴里吐出一连串听不懂的话，好多孩子吓得大哭。这些人到处哄着哭闹的孩子们，乌兰其其格也哄着小忠和小鱼，她说的也是蒙古语，当然一直不奏效，她急得突然哭了起来，这下子小忠和小鱼倒不哭不喊了，好奇地看着她。

孩子们熟悉的保育员阿姨迅速散开在小床间哄着他们，哭声小了下去，福利院的谢院长和内蒙古来的温都苏院长也走进来，几个手足无措的内蒙古人用蒙古语向他急速说着什么。

温都苏说着一嘴生硬的汉语："都说汉语，说汉语，不是让你们学过汉语了吗？"他看向还在哭泣的乌兰其其格，"乌兰，你怎么也哭啦？你的汉语学得最好，你说汉语。"乌兰其其格的汉语说得生涩："是他们先哭的。"

温都苏说："嘿！要是你先哭就更不像话，你怎么哄的？你没有说汉语吧？他们小孩子能听懂？"谢院长连忙劝说："温队长，不要怪这位小同志，他们在这么短的时间里学会汉语，已经很不简单了。来，咱们继续登记吧。"温都苏说："好，今天的工作很多，明天的火车可不等人。"

那些穿蒙古袍子的人跟在保育员阿姨们身边，拿着本子和笔，记录着她们的一举一动。温都苏端起一个小碗，凑在嘴边闻了闻，谢院长解释着："米汤，大米不够，还加了一些小米和菠菜。"

温都苏说："我们旗里做好了准备，每个孩子每个月有五斤大米，还有牛奶，还有干肉。大米是盟里给的，牧民家有奶有肉，你放心吧，饿不着孩子们。"谢院长痛苦地摇头:"谢谢,多谢内蒙古人民伸出的友谊之手,这次自然灾害实在太厉害,我们长江三角洲历来都是鱼米之乡,可现在却连孩子们都养活不起!"

温都苏说:"周总理向乌兰夫主席要奶粉救孩子,乌兰夫主席说,光调拨奶粉也不解决问题,干脆送到内蒙古去。内蒙古地方大得很,牧民又喜欢孩子,会把他们当心肝宝贝。乌兰夫主席要求我们:接一个,活一个,壮一个。放心吧,整个自治区已经动员起来了,我们一定会完成周总理和乌兰夫主席的任务。"

小忠他们几个人坐在桌子前,小忠说今天一定要回家,要不爸爸妈妈该着急了。毕若水想了想,把自己手里的馒头偷偷塞给他,黄小仙不可思议地看着他。毕若水说:"你们路上吃,我饿过肚子,难受。"黄小仙不以为意地撇撇嘴,用力吃着自己的馒头。

吃完饭,孩子们都被叫到院子里,福利院的保育员阿姨和内蒙古来的保育员们给他们量着身高,小忠带着小鱼一步一步向队伍边缘移动。毕若水紧张地看着他们,直到他们移到了队伍最边缘,几步之外就是晾满衣服的树林。

小忠向毕若水点点头,毕若水突然捂着肚子大声叫唤起来,保育员们都被吸引过去,小忠拉着小鱼快步冲进了树林,消失在那些衣服后面。

那天,他们钻出福利院的排水沟,又坐上门前唯一的一趟公共汽车,他们只知道家门口有个大烟囱,就趴在车窗前,看到烟囱就下了车,然后就迷了路,因为五角场这一带大烟囱太多了,样子都差不多,街巷变成了一个巨大的迷宫。他们终于找到了熟悉的工人新村,看到家门大开着,门板被拆掉了,门框上还有撬门的痕迹。操着北方口音的厂长走出门来,一脸气急败坏的表情:"送医院!送医院去,两个右派分子自绝人民!死也要死到医院。"他大喊着,"车来了没有?"

三轮车飞快地被骑了过来,两副门板从屋里抬出了爸爸和妈妈,直接抬上三轮车,妈妈的手晃荡了一下,三个羊拐从她手里掉下来落到地上,小鱼上前捡了起来。命运其实就是这样阴错阳差,再过几个月,右派这件事就会有所缓解,可小忠小鱼的父母那时候却不知道,已经被折磨了两年多的他们选择了放弃。工厂也被这两个人的自杀搞得焦头烂额,得知两个孩子是从儿童福利院跑回来的,就用一辆老卡车把他们又送了回去。

乌兰其其格得知非常吃惊："自杀啦？死啦？为什么？"没人能回答她为什么。小鱼手里紧紧握着一个东西，乌兰其其格轻轻拿起她的手看了一眼，认出是三个羊拐，小忠和小鱼被安置在床上，他们的手依旧紧紧握着。乌兰其其格把羊拐放在小鱼的枕头边："没有了阿爸和额吉的小羊羔啊，长生天会保佑你们。"

六

第二天要带着孩子们坐火车回内蒙古，保育员们连夜整理着行李，一捆捆的尿布和棉衣，还有饼干、水果糖都要提前装箱。小忠突然尖叫着冲了出来："快！快！我妹妹，她不会说话了。"

医生给小鱼做了检查，认为是心理受到刺激造成的，无药可治，只能靠关爱和温暖慢慢化解，乌兰其其格把这句话听进心里了，她很心疼这个乖巧的小姑娘。小忠却不肯走，大喊大叫要回家，要找自己的爸爸妈妈，但小鱼拉住了乌兰其其格的手，小忠有些吃惊："你想跟阿姨走？"小鱼点头。

火车头喷出白烟，鸣着笛声。孩子们正排着队上火车，黄小仙已早早地坐在车窗前，她叫着在下面排队的毕若水："你快点上来啊，我给你占着座位呢！"

车厢里也挤满了人，穿着蒙古袍子的保育员们在安顿着孩子。黄小仙举起水杯叫着保育员："阿姨我要喝水。"保育员阿姨给她倒上水，她又问："阿姨有糖水吗？"保育员说晚上才有糖水喝。"那什么时候吃饭？""饿啦？"黄小仙连连用力点头。保育员从口袋里掏了块饼干，黄小仙飞快地接到手里，随手装进口袋。"快吃吧。""我等会儿吃，谢谢阿姨。"保育员提着水壶离开，黄小仙迅速把饼干藏好。

毕若水带着小忠和小鱼走了过来。黄小仙一愣，随即热情地招呼着："坐这里吧，我让阿姨给咱们几个大孩子留的。这里有水，你们喝水吗？"小忠没有理她，径直把小鱼安置在黄小仙对面，毕若水凑到黄小仙耳边："他妹妹不会说话了。"小鱼一副心不在焉的样子，小忠却很焦虑，眼前的一切都让他想喊想叫。黄小仙神秘地凑过来："你知道咱们要去哪里吗？去内蒙古，离这里可远了，那里到处都是肉包子，随便吃，是周恩来伯伯和乌兰夫伯伯让咱们去的。"

火车咣当一响开始移动，黄小仙吓了一跳，神色紧张地跳到座椅上。毕若水说："开了，开了。"他们都凑到车窗前，看着景物向后移动起来，站台上那些熟悉的保育员们正挥手告别，有人还在抹着眼泪。小忠凑到小鱼耳边说："小鱼，开车了，咱们要去内蒙古了。"

穿着蒙古袍子的保育员阿姨照顾着满车厢的孩子们，乌兰其其格走过来看着小忠和小鱼，小鱼还是那副心不在焉的样子，而小忠的注意力全都在小鱼身上。小鱼突然扑到车窗前，小忠也连忙凑过去，兄妹两个都愣住了，这是他们离开上海前看到的最后的景象，车窗外是好几个冒着白烟的巨大烟囱，从这一刻越来越远，越来越远，绿皮火车喷着白色蒸汽，在早春的原野上驶过。

第二章　内蒙古保育院

一

　　草原的夜晚很宁静，一盏汽灯照亮了向阳红公社保育院门前的一块地方。大卡车的轰鸣声在黑暗中传来，很快停在了亮光下，各个房间的门都打开了，牧民们走到亮光下围住了汽车。

　　司机跳下车，向七嘴八舌打招呼的牧民们做了个安静的手势。他解开了车厢的篷布，车厢里孩子们睡在保育员们的怀里。牧民们立刻安静下来，借着淡淡的光亮，看着那些孩子稚嫩白净的小脸。

　　第二天早晨，小忠是被小鱼用一根草叶子捅醒的，小鱼拉着他向屋子外面跑去。孩子们都在院子里，确切地说，是都在围墙那边。像毕若水和黄小仙这样高个子的孩子，脚下踩着石头趴在墙头，个子矮的干脆被保育员阿姨抱在怀里或者送到墙头上坐着。这一刻是安静的，无声的。

　　小鱼回头向小忠招着手，她跑到墙边，乌兰其其格抱起了她。小忠也跑了过去，他在毕若水身边挤了个位置，趴在墙头上望出去，骤然屏气凝神地呆住了。矮墙外是一望无际的草原，一望无际延伸到天边，这是孩子们从没见到过的景象。风无声地吹过，草在晃动，让这一刻连呼吸声都变得很响亮。

　　房檐下聚着七八位牧民，穿着或新或旧的蒙古袍子，腰间挂着蒙古刀，手里提着马鞭，脚上是蒙古靴子，有人还戴着茶晶墨镜，都热切而无声地看着这些孩子，眼神透着喜爱，嘴边带着笑容。

　　小忠突然抽动着鼻子扭过头去，院子一角的蒙古包上方正冒着烟，冒着煮肉的香气，蒙古包的门被推开，炊事员哈图端着一个硕大的铜盆走出来，铜盆里满满的都是冒着热气的羊骨头。黄小仙骤然出现在小忠身边，她死死盯着那盆肉骨头，浑身刹那间都绷紧了，她的脸这一刻严肃极了。

　　保育员们开始招呼孩子们在井台边的引水槽里洗着手，一张张桌子也被安置在院子里，黄小仙第一个坐在桌子前。哈图把铜盆重重放在桌上，震得桌子上的碗筷一阵乱晃，保育员们笑骂着他。

每个孩子都埋头吃着自己的肉，黄小仙又是第一个吃完了肉，举起小碗来，哈图举着长柄铜勺再给加上一勺："慢慢吃，管你们够。"

哈图端着铜盆进到蒙古包来，将里面被啃过的骨头倒进锅里，乌兰其其格也端着一小盆啃过的骨头进来。乌兰其其格说："不洗洗？"哈图说："小孩子嘛，干净得很。"乌兰其其格也把骨头倒进大锅。

苏书记骑着马一路奔向保育院，牧民噶鲁骑着马追他。噶鲁说："苏书记，我一定要领养个孩子。"苏书记说："你缠着我也没有用，你家不符合条件。""奶牛！我已经去买了。""那也来不及，别人家早就有奶牛了，你等下一批吧。""不行啊，我已经去看了那些孩子，一个个白白的可喜欢人了，我既然看到了，就忍不住了，你一定要批准啊。""你说了算？那是国家的孩子，连我都不能说了算。去去去，别拦着我去看孩子。""我跟你一起去。"

男女保育员们端着自己的饭碗，盛着热气腾腾的肉汤吃着，一名保育员掏出蒙古刀割着骨头上的肉丝："娃儿牙太软，肉还啃不下来呢。"乌兰其其格说："用不了多久，他们都是好小伙子，一定吃得一点儿都不给你剩。"那名保育员说："好，我宁可自己不吃了。"

苏书记的马进了院子，看到大家在吃饭，问："孩子们在哪里呢？你们怎么都吃上了，孩子们吃了吗？"哈图一边给大家盛着肉汤，一边不屑地哼了一声："瞧瞧，他现在只会开大会了。"一名保育员突然神情惶急地从宿舍门口蹿了出来："快来！闹肚子了！"众人一愣，丢下一地碗筷跑过去。

二

一个个搪瓷尿盆被迅速摆放在床间，孩子们在保育员的帮助下脱裤子蹲下，响起一片拉稀的声音，更多的孩子们此起彼伏地喊着："阿姨，我也要拉臭臭……"

苏书记脸色铁青地说："温都苏呢？他怎么还不回来！不是规定了医生不许离开吗？"他叫过在门口看热闹的噶鲁说："你骑我的马去，让桑杰喇嘛马上过来，让他带着闹肚子的药。"保育员们端着盆，沿着床搜集着孩子们沾了粪便的裤子和床单，院子里拉起了好几条铁丝，晾晒着衣服。

半封闭棚子建成的厕所里，毕若水、小忠等几个大孩子蹲在木板上面，看着外面慌乱跑动的保育员们。衣服不够了，苏书记命令点火烤衣服，很快一堆牛粪被丢在地上，点起一堆堆火。

哈图在忙着点火，被苏书记一把拽了起来："你给孩子们吃了什么？你是怎么做饭的？是不是肉不干净？""都没有！""那他们怎么啦？你们大人都没有事？你要是搞破坏……"

哈图梗着脖子顶了一句："那你就抓我进大牢。"苏书记说："我肯定抓！孩子们拉稀，你做饭的第一有责任！我也有责任，我跟你一起蹲大牢！"

乌兰其其格抱来一盆洗过的衣裤放在他们面前："快烤吧，孩子们等着穿哪。"苏书记和哈图各自拿起衣服，别的保育员也都抖开刚洗完的衣服烤着，苏书记向一个牧民喊着："苏和，去公社把干牛粪装一车来。还有，去找干衣服，你们都去，桑杰喇嘛到了没有，快去催！"牧民们纷纷上马，院子上空骤然腾起一片灰尘，久久不落。

温都苏院长回来了，向苏书记等人介绍着其他保育院的情形："旗里和盟里其他几个保育院也出现了这种情况，这些国家孩子身体太弱，以前吃的东西也和我们这里不一样，突然一吃上牛羊肉和牛奶，肠胃都不适应了。"

"那上级有没有说怎么办？需要什么药？""只是肠胃不合适，调整一下饮食后，大部分孩子就会没事儿了。""什么叫大部分？一个孩子都不能有问题，我在旗里是拍了胸脯的。"

苏书记又冲着哈图嚷道："哈图，你做饭之前要给我洗手，不洗手我剁了你的爪子。"乌兰其其格打圆场："苏书记，我们有严格的制度，每一个人都遵守着呢。"温都苏说："上级要求我们不要急于把孩子们送出去，先留在保育院适应一下水土。"苏书记还是没好气地哼了一声："这个对。就是那些人心急得很，整天堵在门口，都不用放牧搞生产了吗？"

小忠扑到小鱼的床上，问小鱼："你肚子不疼吧？"小鱼摇头。小忠说："我也不痛，阿姨说是吃肉吃多了才拉稀，别怕。"小鱼又摇摇头，又点点头。小忠说："你在干吗？"小鱼摊开手掌，露出三个雪白的羊拐。小忠嘱咐说："收好，别丢了。"小鱼连连点头。

黄小仙背对着他们躺在床上，嘴里不知道在嚼着什么。小忠对小鱼说："你什么时候才能说话啊？"小鱼没有回答。毕若水捂着肚子走回来，虚弱地躺在床上哼哼着说:"以后再也不吃肉了。"小忠说:"那你跟我们回上海吧。"黄小仙停止咀嚼,侧耳倾听。

黄小仙说:"啊?你想回上海?"小忠说:"当然。"黄小仙说:"咱们回不去了。"小忠说:"能来就一定能回去,我不管,我和小鱼一定要回去。"

黄小仙无声地撇撇嘴,继续咀嚼着。毕若水有气无力闭上眼:"行,到时候叫上我。"小忠看着小鱼:"放心吧,我一定会带你回上海,去找咱们爸爸妈妈。"

三

日子一天天过去了,孩子们都不再拉肚子了,每天都有保育员阿姨陪着他们,带他们做老鹰抓小鸡的游戏,还玩丢手绢。

黄小仙跟毕若水透露了一个秘密:"知道吗?咱们要被门口那些牧民领走了。""为什么?""分给他们当儿子、当女儿啊,他们给咱们找了新爸爸妈妈,让新爸爸妈妈养咱们呢。""真的?""我什么时候骗过你?""你老骗我,你每次都说替我保管饼干,可都被你吃了。"

黄小仙理直气壮:"因为我比你饿。哼,我不白吃你的饼干,我再告诉你一个秘密。"黄小仙又犹豫了,毕若水催促着她。黄小仙说:"好吧,反正我不说你也能想到。如果有人来挑你,你可一定要看清楚了。""看什么?""看他是不是好人家啊!你要是去了一个过得好的人家,才能吃饱饭啊。""啊?那可怎么看?""看衣服是不是新的,有没有补丁,还有看他嘴上有没有油,有油的家里有肉吃。怎么样?不用还你饼干了吧?"毕若水恍然大悟,连连点头。

黄小仙继续:"对了,咱们俩说好了。第一,你要让我先挑。第二,你不能告诉小忠他们。""为什么?""你傻啊,要是他先被挑走了怎么办?反正你不许说。"她伸出小手指:"拉钩!拉钩上吊,一百年不许变。"

毕若水迟疑了一下,伸出小指,刚要和她拉钩,他突然一捂肚子,"哎呦"一声转身向厕所跑去。黄小仙一愣,也跟了过去。

"你干吗跟着我?我拉稀你也跟着我!""拉稀也得拉钩,你怎么还拉稀啊,我们都好了。""我怎么知道。"毕若水伸出手来,黄小仙跟他拉了钩。

乌兰其其格正带着孩子们玩老鹰抓小鸡,小鱼笑得很欢,但是发不出声音。桑杰喇嘛跟着温都苏走进来,温都苏说:"乌兰,我让桑杰喇嘛来给小鱼看一看。"乌兰其其格连忙叫过了小鱼,小鱼好奇地看着喇嘛,桑杰喇嘛蹲下来,伸手给小鱼检查着。小忠跑了过来,乌兰其其格搂住他:"桑杰喇嘛是草原最好的医生,让他给你妹妹看看病。"

桑杰喇嘛打开随身的皮包,从里面抽出一个个小药瓶,将一些药粉倒在纸上卷成卷,小鱼好奇地看着。更多的孩子跑过来看热闹,很快围得里三层外三层,毕若水拉着小忠从人群里出来。他神色紧张,压低声音说:"黄小仙说牧民会来挑咱们,她说一定要选衣服穿得新的、嘴上有油的人家。"

"为什么?""你小点声。这样能天天吃肉啊,不是所有牧民家都能天天吃肉。""为什么要去牧民家,这里不是挺好的?""我也不知道。黄小仙不让我告诉你。""我不稀罕。"

四

乌兰其其格拿着贴满车票的单子找苏书记签字:"苏书记,孩子们的衣服是在上海采购布和棉花,请裁缝加班加点做出来的,布票和棉花票是上海儿童福利院给的。"苏书记说:"是借的,我要打报告让盟里还给人家福利院。对了,我也想领养一个孩子,你帮我挑一个最好的。"

乌兰其其格面有难色:"任何人都不许提前挑选,必须按顺序领养,这是你自己定的规矩。"苏书记哈哈大笑:"我开个玩笑,这些孩子个个是宝贝,给我哪个都行。"乌兰其其格松了口气:"我倒是有个最喜欢的,可惜我不够资格收养。"苏书记问:"是哪个?"乌兰其其格没有说话。

蓝天白云下,乌兰其其格吹响了哨子,孩子们排成队列站好,都伸出了小手,阿姨们在人群中走着,挨个发着水果糖,每个人一块,黄小仙立刻剥开糖纸把糖塞进嘴里,有的孩子则小心地藏进口袋里。

小鱼捡起地上的糖纸迎着太阳望去。红色的玻璃糖纸在阳光下很好看,她用红纸挡在眼前,周围的一切都红彤彤、暖洋洋。小鱼吐出一块咬碎的糖,举起来递到小忠嘴边。小忠说:"我不爱吃……"小鱼执拗地举着,小忠只好张嘴吃了那半块糖,小鱼无声地笑起来。

蒙古包里热气腾腾,哈图一边忙活,一边对门口的温都苏发着牢骚:"那个小家伙的饭我没办法做了,吃什么都要拉肚子,再拉下去我看他要不行了。""你可别胡说。""真不行了谁负责?苏书记上次差点要枪毙我了。"

"苏书记说气话哪。他的责任很重。""我的压力也很重,你们另外找人给那个肚子漏了的小家伙做饭吧,我不敢做。""当初可是你求着要来做饭的。""给国家孩子做饭,光荣的事嘛,可是这个小孩子——连你都治不好他,桑杰喇嘛也治不好他,我怎么办?"

哈图的儿子宝力根跑来了,哈图从灶台后摸出一个饭盒递给宝力根:"快吃饭,热乎的。"宝力根坐到一边吃起饭来,温都苏向饭盒里看了一眼,哈图瞪他一眼:"我自己从家里带来的,用灶上的火热一热,可以吧?"

五

小忠和小鱼站在窗台前,毕若水在屋里扒着窗口跟他们聊着天:"黄小仙说每家都养着牛羊,想怎么吃肉就怎么吃肉,还喝牛奶羊奶。喝不完的牛奶羊奶还会做成各种好吃的,黄小仙老去跟那些牧民要吃的,什么都吃过了。"

小忠看过去,黄小仙果然在大门口和几个牧民额吉连比画带说地聊着什么,不时传来她撒娇的笑声,那些牧民额吉们满脸都是喜爱的神色。毕若水一脸羡慕:"她都会用蒙古语要吃的了。"小忠不以为意:"要来你也不能吃,连喝水都拉稀。再说她也不给你吃。"

毕若水突然"哎哟"叫了一声从窗口消失了,小忠和小鱼赶紧捏住鼻子蹲在窗根下,正在周围玩的孩子们看到他们这样,也都堵着鼻子蹲下。一个孩子向远处的保育员叫道:"阿姨,毕若水又在屋里拉稀了。"乌兰其其格和另一名保育员连忙走进房间,惊呼一声,毕若水仰面朝天、昏倒在两张床铺之间。

温都苏、桑杰喇嘛、乌兰其其格、苏书记都赶来了,他们知道应该送到旗里的医院去,但又担心路太远路上出危险,温都苏提出了一个救命的办法——输血。温都苏认为这是严重贫血的症状,输血也许管用。

苏书记挽着袖子说"抽我的",但是血型却不匹配,最后躺到毕若水身边的是乌兰其其格,一条鲜红的输血管道连接着她和毕若水。一会儿,温都苏停下来,说再抽就会有危险了。乌兰其其格脸色苍白:"他好了吗?"温都苏说不管好不好,我们都尽心了。乌兰其其格说:"那再抽一些吧,只有我的血可以给他。我有危险,他更危险。"

乌兰其其格扭头间看到了布幔缝隙里露出的小忠和小鱼的脸,她向着他们温和地一笑。小忠和小鱼听不懂他们说的是什么,但是却亲眼看到输血的这一幕，这就够了。小忠和小鱼永远也忘不了这一幕，毕若水身体里从此流淌着内蒙古人的血了。

毕若水从那天之后身体就好了起来，也能跟他们出来晒太阳了，院子里横七竖八拉着绳子，晾晒着床单、尿布和衣服，这倒是跟上海福利院里很像。毕若水靠在窗户根下晒着太阳，而黄小仙和小忠、小鱼正围在他身边，絮絮叨叨说着什么。毕若水似听非听，直到他听到小忠说了一句——

"你不能跟我们回上海了，你以后就是蒙古族了。""为什么？""因为乌兰其其格阿姨是蒙古族，她把血都给你了。"黄小仙连忙附和："对，我们都看见了。"

毕若水望着太阳愣了一会儿："蒙古族就蒙古族吧，反正我上海的爸爸妈妈也不要我了。"孩子们一下子都不说话了，这是他们相同的境遇。沉默片刻后，小忠语气坚定地说："不，我们的爸爸妈妈一定会要我们。"

黄小仙嘲笑他："他们不要你们了！要不你们不会来福利院。"小忠被触到痛处，他向黄小仙怒目相向。黄小仙吓得退了一步："你敢打我，我就告诉阿姨去。"

前面的矮墙上突然冒出了宝力根的脑袋，他双手一撑麻利地翻过墙头，看了一眼或站或坐的四个人，大摇大摆地向蒙古包走去，他的身材比小忠他们要高一些，又膀大腰圆，很有气势。

小忠蒙了："这是谁啊？"毕若水说："炊事员的儿子。""他来干吗？""找他爸爸呗。"小忠死死盯着宝力根大摇大摆的身子，拍了拍毕若水："你就是输了血也变不成蒙古族，你太瘦。"

六

苏书记来保育院开会，会上给乌兰其其格批了条子，让她去供销社买点营养品。自治区的物资和粮食很紧缺，但是给孩子们的粮食、奶粉还有白糖都没有耽误过，苏书记要求严格管理，必须保证都用在孩子身上，任何人都不能私自挪用，一经发现，严肃处理。话还没讲完，院子里的孩子们就打起来了。

起因是小鱼和毕若水玩羊拐，宝力根过来说要一起玩，他管这个叫沙嘎，毕若水却以为他要抢小鱼的羊拐，叫来了小忠，两句话没说完，两个孩子就打了起来，宝力根会摔跤，扭住小忠一次次把他摔倒在地。

大人们都赶过来拉架时，宝力根怀里掉出几张糖纸，红红绿绿散落了一地。乌兰其其格捡起糖纸问他："宝力根，告诉阿姨，这是从哪儿来的？"哈图连忙走出来说："是我给他的。"乌兰其其格很严肃："哈图，这是违反规定的，这些糖是给孩子们的，咱们谁都不能动。"哈图说："我没有。我捡了几张糖纸给宝力根玩，他一颗糖都没有吃过！"乌兰其其格说："真的？"哈图沉下脸："你不信我吗？"

这是一句很重的话，乌兰其其格不敢继续问下去，但是小忠却从口袋里掏出一颗糖来，向宝力根炫耀着："原来你没有吃过糖啊？还吹牛说你们家什么都有，有这种糖吗？你吃过吗？"

宝力根就赌气地说吃过，乌兰其其格和哈图都愣住了，哈图说："这孩子胡说呢！"小忠煽风点火："你爸爸说你胡说呢，原来你骗人！你吹牛！"宝力根梗着脖子说："我就是吃过，我阿爸拿回来给我吃的，跟你们的一模一样！"

事情就闹到了苏书记那里，哈图生着闷气，苏书记也沉着脸，坐在办公桌后面瞪着他，气氛凝重。窗外的高音喇叭播放着女播音员慷慨激昂的声音："苏修撕毁协议，撤回专家，是企图阻挠我们的发展，我们一定要克服困难——"

"你这个炊事员先别干了，我另外安排。""我没偷过糖。""我相信。问题是你儿子亲口说了吃过，那么多人都听到了，你让我怎么办？不处理你？""你开除我，别人就认定是我做的了，我以后还怎么抬着头做人？"

苏书记做了半辈子思想工作，有办法，会说话，他说："谁不知道你哈图是高高在上的雄鹰？糖就是掉在你面前，你都不会弯腰捡。"

哈图爱听这话，神色缓和了。苏书记解释说是上级就要来视察了，听说乌兰夫主席也要亲自来，万一有些孩子给他说了这个事，乌兰夫主席会生气、失望！苏书记说："所以要做这个决定，你的宝力根被气糊涂了才那么说的，这件事我不会写下来，过一年就没人记得了。"

哈图觉得无奈，说那个上海娃娃说话太快了，宝力根说不过他。苏书记点头："就是，上海的水比咱们这里软，他们的舌头也软，你回去告诉宝力根，不许去报复人家。"哈图傲然："我的宝力根也是天上的雄鹰。"

七

小忠最近有点心不在焉，手上经常比画着似是而非的摔跤动作，被宝力根摔了几跤之后，他对摔跤的本事很是动心。乌兰其其格告诉他，宝力根的爸爸哈图大叔是草原上最好的博克手，平常放牧生产，到了那达慕大会时就代表公社去参加摔跤比赛。

小忠想学摔跤，正巧宝力根提着马皮口袋来找他们，将一大堆羊拐倒在他们面前，乌兰其其格说这个在草原上叫作沙嘎，只有好朋友才会一起玩沙嘎，宝力根是想和你们一起玩。

乌兰其其格要带着小忠去找哈图大叔，因为哈图大叔不做炊事员跟他有关系，他现在不懂，将来也会明白，乌兰其其格不希望他有一天会内疚。正好小忠也想学摔跤，算是有个上门的理由。

乌兰其其格带小忠和小鱼去哈图大叔家那天，被黄小仙看到了，她也强烈要求一起去，她并不在意学不学摔跤，她只是觉得能出去玩是占便宜的好事，她不能占不上这个便宜。

哈图大叔住在一座看起来有些年头的蒙古包里，乌兰其其格带着小忠和黄小仙弯腰进了蒙古包。哈图沉着脸，倒是宝力根忙碌着给他们斟上奶茶，又端出了几碟奶制品，黄小仙飞快地抓了一把。

乌兰其其格说："今天我带他们来，是咱们这个孩子，小忠，他想跟您学摔跤。"宝力根说："好啊！你学会摔跤，咱俩玩起来就有意思了，你现在，太差。"小忠反唇相讥："我不学摔跤也不怕你。"哈图说让小忠跟宝力根学就行了，小忠不肯："我不跟他学，我要跟你学。他是你教的，我再跟他学，就永远都超不过他了。"

哈图说："谁说徒弟赢不了师傅？徒弟赢不了师傅，那还学什么？我的宝力根现在还小，等他有天能摔倒我，他就算是长大了。"哈图不再理他，问着乌兰："他们什么时候能分下来啊，好多人来问我，我说我哪里知道，别说我已经不在保育院了，就算还在，我也只是个炊事员，我怎么知道？"

"上级统一有安排。""说上级要来检查，来啦？""乌兰夫主席去检查了海拉尔的保育院。""哼，我就白白被开除啦？苏书记一口一个上级要检查，说我留在那里影响不好，这是个幌子吗？"

乌兰其其格吓了一跳:"是真的说过要来视察,咱们还打扫卫生了呢,只不过有那么多保育院,那么多国家孩子,没轮到咱们这里。"哈图说:"反正就是我最倒霉。不说了,我要睡一会儿,你们随便吧。"

哈图摇晃着到一边和衣躺下,很快响起鼾声。宝力根跟小忠约好明天去找他教摔跤,小忠随口答应着,从口袋里拿出两颗糖:"这个给你。"宝力根一愣,随即沉下脸:"我不要。"

回去的路上,黄小仙跟小忠要那块糖,小忠不给。"抠门。你怎么会有糖?我们都没有。""你们一拿到就都吃了,我给我妹妹攒着。"

乌兰其其格问他:"小忠,你为什么想把糖给宝力根吃?"小忠一愣:"不为什么啊!就是想给他吃啊,他都没有吃过——"

乌兰其其格很高兴:"小忠,你像是咱们草原的孩子了。"黄小仙好奇地问:"阿姨,他怎么像啦?草原的孩子怎么啦?"乌兰其其格说:"草原的孩子心里像草原一样坦荡,有了好东西也愿意和别人分享。"

黄小仙偷偷撇撇嘴:"阿姨,他骗人!他是怕人家不教他真本事!"小忠生气地在黄小仙背上打了一拳,黄小仙疼得尖叫起来,扬起指甲对准小忠:"再打我,我就挠你!""谁叫你胡说?""胡说你也不能打我!谁打我我就跟谁拼命。"

她的激烈反应让小忠有些怵:"那你也不能胡说。我最恨别人胡说。""我最恨别人打我。"乌兰其其格把他们搂到怀里:"好了,你们两个不要吵架,到了草原,没有人会欺负你们,你们自己也要相互爱护,记住啊,你们是坐同一趟火车,一起来到大草原的,这是一辈子的缘分,要好好珍惜。"

小忠和小鱼躺在一张床上,小鱼手里握着那三个羊拐睡得正香,小忠睁着眼睛发呆。毕若水凑了过来:"你打黄小仙啦?""你怎么知道?""我偷听到的,她在哭,乌兰阿姨劝她。"看到小忠不以为意的样子,毕若水解释道:"她刚来福利院的时候满身满脸都是伤,是她家里人打的。"

小忠傻了眼,他支起身向远处黄小仙看去,黄小仙正背对着他躺着,肩膀在轻轻抖动。毕若水说:"她说过,她们家有好多兄弟姐妹,饭不够吃,每顿饭都要抢,抢不过就得饿,有时候饿好几天——"

"毕若水,咱们一起来的这些人,一共四十多个吧?""你说到这里的?

四十六个,分到别的保育院还有一百多个,怎么?""同一趟火车来的,就是缘分,一辈子的缘分。""哦?""咱们两个年纪最大,咱们要保护他们,保护这些弟弟妹妹。谁也不能欺负他们。"

八

第二天,宝力根来教小忠学摔跤了,他拔出蒙古刀插进草地,把马缰绳在刀身上缠绕了一下压住,抬头看着小忠:"开始?你要想好了,学摔跤可很疼。"

"我不怕。"小忠用脚踩踩草地,"这么软,不疼。"宝力根伸手抓住了小忠的双臂,随即一个大背挎,小忠仰面被摔倒在草地上。毕若水、黄小仙和小鱼扒着保育院院墙,远远看着小忠一次次被宝力根摔倒。

他们三个人脚下都垫着石块,三个屁股并排着,突然,中间毕若水的裤子迅速变了颜色,透出水来,他表情古怪,怪叫一声跳下石块向厕所跑去。

黄小仙和小鱼都惊讶地回头,看到他的狼狈相,都又惊又笑。毕若水眼看着跑到厕所前,却一下子摔倒,一动不动了。黄小仙一愣,收住笑,跳下墙跑过去,小鱼也连忙跟了过去,毕若水口鼻都在出血。

正巧上级派来的巡回医疗队就在附近,医疗队的医生赶来看望,说:"病情还算稳定,输血就不用了,贫血症状还是过敏引起的,输血只能缓解一时。"

温都苏说:"他这是什么病啊?说来惭愧,我和桑杰喇嘛都看不出来。"

医生说:"就是一种过敏反应症,应该是对草原的食物、水土过敏,具体是哪一种还无法确定,这一批来的国家孩子已经发生了几起,乌兰夫主席很重视,所以派我们来巡回医疗,如果不及时治疗,他还是有一定危险的。"

苏书记说:"他什么时候能好起来?我已经发通知让牧民来领养孩子了。"

医生说:"适应了草原的孩子就可以领养了,不过这个孩子,我建议再观察一段时间,即使治疗好了,他的身体也不会太强壮,要给他找个细心的家庭,好好照顾。"

九

领养的这一天转眼就到了,保育院大门口披红挂彩,门外,拥挤着好多辆牛车,还有不少马和骆驼。衣着光鲜的男女牧民,正聚集在大门里侧,兴奋地说着什么。黄小仙、毕若水和小忠、小鱼等孩子们趴在窗口好奇地看着。屋里也忙乱成一团,阿姨们给孩子们换着新衣服,乌兰其其格用湿毛巾给一个个孩子擦着脸。

黄小仙很是紧张:"他们穿的都是新衣服,嘴上也都有油,怎么办?"

毕若水说:"那是好事儿啊,说明他们家里过得都挺好。""怎么可能?""这你就不知道了!听说给咱们挑选的爸爸妈妈,家里得有奶牛才行,有奶牛的家肯定都有钱。""那也不一样!有一头奶牛和有十头奶牛能一样吗?可我怎么能看出谁家有十头奶牛呢?"

黄小仙紧张地咬着手指头,毕若水说:"乌兰阿姨说过,你咬手指头,手指头就不好看了。"黄小仙连忙收回嘴里的手指头:"你懂什么?一步走错了,步步就都走错了。""谁说的?"黄小仙犹豫一下,语气冰冷:"我妈。她老说不该嫁给我爸爸!我该怎么选呢?"

她紧张得再次咬着指甲。大门口一阵喧哗,苏书记大步走进来,牧民们都跟他打着招呼,一口一个"书记",黄小仙注视着那些牧民的表情,感到他们对苏书记是真心的敬畏。她又看向苏书记,衣服虽然不是新的,但是气势很足,周围一群穿新衣服的人都被他比下去了。黄小仙的手指从嘴里拿下来,她眼神坚定,选到了目标。

领养孩子的规矩早就定好了,每次送出来一个孩子,牧民按照报名的编号上前认领,不允许挑选,因为所有的孩子都是国家的宝贝、草原的宝贝。

苏书记说他也想领养一个孩子,乌兰其其格略带犹豫地请求说:"有个小姑娘不会说话,很可怜,我担心别的牧民会不喜欢她——"苏书记一愣,随即大手一挥:"那就给我吧,我是领导,我会疼她的。"温都苏说:"苏书记,要不要跟嫂子商量一下?""不用,她听我的,就这么定了。"

领养仪式开始了,哈达在飞扬,鲜花在飘摇,每个牧民都屏住呼吸,他们粗糙的大手握紧了,眼神死死盯着那扇小门,宿舍的门开了,一个孩子懵懵懂懂地被乌兰其其格领了出来。

温都苏看着手里的一叠报名表,叫道:"一号,茜吉尔。"人群中,那个叫茜吉尔的牧民突然热泪奔流,她徒劳地向着孩子伸着手,脚步却颤抖着移动不了。两边的牧民推着她走了几步,茜吉尔不顾一切地快步扑过去,她离着还有好几步就跪下来,跪着来到孩子面前,孩子好奇地看着她,茜吉尔的眼睛都离不开孩子了。她嘴里喃喃自语说着一连串蒙古语:"感谢党,感谢政府,感谢乌兰夫主席,感谢长生天——"

乌兰其其格蹲下来,拉起孩子的手说:"孩子,这是你的额吉,你的妈妈。"孩子的神色有些惊慌。乌兰其其格提醒说:"快擦擦眼泪,别吓着孩子。"茜吉尔醒悟,用袖子胡乱擦着眼泪,顿时满脸都花了,孩子觉得好笑,笑了起来。

乌兰其其格把孩子的手交到茜吉尔颤抖的大手中,茜吉尔的手很粗糙,她轻轻握住孩子的手,如同握着羽毛一样小心,孩子的神色有些变化。"孩子,这就是你的妈妈了,叫额吉。"茜吉尔满眼期待,乌兰其其格也很期待,周围的所有的人也都在期待,孩子轻轻吐出一声:"额吉。"茜吉尔轻声答应:"哎。"

茜吉尔抱起孩子转身向外走去,周围的牧民羡慕地看着她,纷纷从口袋里掏出各种礼物——有一分钱硬币,也有一块奶糖、半块茶砖,他们纷纷上前塞在茜吉尔的蒙古袍子里,茜吉尔的眼睛就没有离开过孩子的脸,脚下毫不停留,在众人簇拥下一路出了大门,坐上自己的牛车。拉车的牛显然"老牛识途",不用催促就自己走了起来,远去。领养活动在继续,一个个孩子被交到牧民手中,每一个牧民都像得了宝贝一样,笑得合不拢嘴,却又含着泪。

小忠他们四个趴在窗口,看着这一切,毕若水带着不安和期待,黄小仙则一直绷着小脸,紧张地盯着人群里的苏书记,她离开窗口跑到乌兰其其格身边。黄小仙说:"阿姨,我要学一句蒙古话。"乌兰其其格蹲下来:"什么话?"黄小仙说:"我是你的女儿。"

收养仪式进行得很快,屋里只剩下四个孩子了。乌兰其其格说:"好了,该你们几个了,谁先来?"黄小仙看向窗外,牧民噶鲁从大门外赶来,找上苏书记说着话。

黄小仙说:"让他们先来吧。"乌兰其其格看向小忠:"那小忠你来。"小忠说:"不,我不去,我不去别人家。""这孩子,不去怎么行?""我就不去,我妹妹也不去——""听话。你不听阿姨的话啦?"

外面传来温都苏的声音:"下一个!"乌兰其其格问道:"你们不去找阿爸和额吉,谁养着你们长大啊?"小忠说:"我们就住在这里。""这里也要关闭了啊。"温都苏走到窗口,探头往里看:"快点儿,该谁啦?"

小忠说:"那就送我们回上海,我们要回上海,本来就不是我们自己要来的,你送我们回上海吧——"

乌兰其其格正在着急,门开了,苏书记和那几个牧民也走进来,那个噶鲁也在其中,他是唯一一个没有穿上新衣服的人。苏书记说:"好了,就剩咱们这几个人了,就直接开始吧。你先来吧?"噶鲁倒也不客气,一指小忠:"我要这个男孩子。"小忠跳起来:"你休想!我死也不会走。"噶鲁愣住:"还可以这样?"温都苏也为难:"领养是要双方自愿的——"小忠说:"我不自愿,我不去。"

噶鲁又看向黄小仙。黄小仙说:"我也不愿意。"温都苏说:"你还没成亲,不能领养女孩子。"噶鲁说:"可我有女人啊。""没结婚,法律上不承认。""那我去办啊——""那你办好了再来。"

噶鲁还不甘心,又看向毕若水。温都苏说:"他身体不好,还得留在这里治疗一阵子。"噶鲁急眼了:"我赶了好几天路,一个孩子都没有吗?"温都苏说:"你去结婚啊,谁叫你一直不肯结婚。"噶鲁郁闷地蹲在地上。

苏书记看向小鱼:"你就是小鱼儿吧,这个名字有意思——"他向小鱼伸出手,小忠拦在他面前,苏书记一愣,黄小仙已经扑了过去。黄小仙叫道:"阿爸!阿爸!"她紧紧抱住苏书记的腿,用刚学会的生硬的蒙古语说:"我是你的女儿。"苏书记吃惊:"这妹妹会说蒙古语?"乌兰其其格和温都苏也都没有想到。

黄小仙用蒙古语反复说着:"我是你的女儿。"苏书记柔情忽动,他蹲下来说:"让阿爸好好看看,真是——我的好女儿。"他站起来说:"乌兰,我就要她了,这是上天赐给我的女儿。"乌兰其其格看向小鱼,小鱼躲在小忠身后。

温都苏说:"恭喜苏书记啦。"苏书记哈哈大笑,抱起了黄小仙:"我也有女儿了,我有女儿了,我要叫你——叫你阿藤花,你就是阿爸的阿藤花。"黄小仙乖巧地说:"阿爸,我是阿藤花。"苏书记抱着她转身走出去:"我要带女儿回家了,你们记得来喝酒——"他一路高喊着走出去,黄小仙趴在他的肩头,看着小忠、小鱼和毕若水越来越远,她死死抱住苏书记的脖子。

苏书记把黄小仙环抱在怀里,一路纵马小跑,他们超过一辆牛车,牛车上也是一个刚领养的国家孩子,苏书记和他们大声打着招呼,笑声在草原上回荡。他纵马骑上一处山岗,从这里看去,向四面延展下去的道路上,或远或近的牛车和马正在远去,前往遥远的地方,融入整个草原,夕阳下的草原一片金黄。

十

傍晚，温都苏在收拾着简单的行李："我今晚得赶到旗里，旗保育院明天也要送孩子了，你一个人留下，行不行？"乌兰其其格说："行，他们三个都挺听话的，院长放心吧。""你做事细心，我还是放心的，等把他们三个也送走，我这个院长也就不用当了。你呢？结束了你干什么去？"

"还回去放牧呗，本来调我来就是帮忙。""你还年轻，应该去报个护士学校学学，将来到我们医院工作。"

乌兰其其格高兴地笑起来。温都苏提醒她："对了，你要注意三个孩子的情绪，早上还一屋子人，现在就剩下他们三个，别让他们觉得受冷落，孤儿比别的孩子更敏感。"乌兰其其格连连点头："我知道。"

温都苏把行李包捆在马鞍后。乌兰其其格上前一步说："院长，小鱼的病——""我记得哪！她和毕若水的病我都记在心里了，回去我就查查资料，研究一下。""谢谢院长。""傻姑娘，谢什么！他们也是我接来的，我能不管？"

温都苏上了马，看到趴在窗口看着他的三个孩子，他向他们招着手，纵马离开。他们目送着温都苏离开，小忠说："人都走光了，还真——都走了才好哪，就咱们三个更自在。"他的语气里还是难掩一丝不安，这大概是少年人最初的惶恐。

夜色笼罩院子，厨房的蒙古包大开着门，透着温暖的光亮，乌兰其其格端着饭菜进了门："孩子们，吃饭了！"小忠、小鱼和毕若水三个孩子正趴在桌上，玩着一大堆大小不一的羊拐，孩子们问乌兰其其格为什么不回家。

乌兰其其格说："我回家了谁给你们做饭啊？谁照顾你们啊？再说，我家里也就只有我一个人。"小忠说："那你的爸爸妈妈呢？"乌兰其其格犹豫了一下："阿姨跟你们一样。"

毕若水说："那你怎么长大的？"乌兰其其格说："有国家啊，有这么多额吉和阿爸啊——"小忠说："阿姨，你让我们回上海吧！"乌兰其其格很奇怪："小忠，你不喜欢我们草原吗？不喜欢吃肉吗？"小忠说："可是，我想要我们自己的爸爸妈妈。"

乌兰其其格看向小鱼，小鱼却低下了头。乌兰其其格说："就算要回去现在也不行啊，现在没有火车啊，咱们不是坐火车来的吗？还得坐火车回去，对不对？要等有火车了才行。"小忠似懂非懂。

乌兰其其格又说："咱们这里是草原，什么时候火车开过来了，你们就可以回上海了。在火车来之前，咱们要好好吃饭，这样才有力气坐火车，对不对？"

小忠抄起筷子，乌兰其其格松了口气，她这辈子还没有编过这么多谎话。小忠突然抬起头："乌兰阿姨，你没有骗我吧？"乌兰其其格吓了一跳，连忙摇手。

天亮了，小鱼蜷缩在乌兰其其格的怀里，睡得正香，一块石头打在蒙着厚厚的塑料布的窗子上，发出"扑"的声响。宝力根在外面喊着："嘿！小忠！小忠！"小忠钻出被窝："是宝力根，我们约好了今天比摔跤！"

小忠胡乱穿着衣服，拉开门跑出去，外面响起两个孩子快乐的交谈声。"我还以为你害怕了！""你才害怕哪，怕摔不过我了。""吹牛！"

毕若水也穿好衣服跑了出去，还细心地关上门。乌兰其其格看着怀里的小鱼，一脸喜爱。晨光从窗口投射进来，一道道光柱安静地投射在房间里，安静祥和。

小忠把一粒红玻璃纸包着的水果糖放在草地上，说："这是奖品，谁赢了谁吃。"宝力根说："我赢了也不吃。""你怕输？""不是。""那就谁赢了谁吃，不答应我就不比赛。"

宝力根犹豫，毕若水劝道："就是啊，比赛当然要有奖品！你们快点吧，我还要去拉稀呢。""敢不敢？你是怕输给我？""好，奖品就奖品！你还想赢了我？"

宝力根拉开架子，小忠发力扑了过去，两个孩子扭在一起摔起跤来。此刻的小忠举手投足之间已经有了板眼，不再是凭着蛮力胡打一起，而是颇有技巧的样子，当然，最终他还是被摔倒在地。

小忠爬起来，捡起糖丢给宝力根："这次算我输，下次一定赢你。"宝力根看着糖。小忠说："吃啊，这是你的奖品。"看见宝力根剥开糖纸塞进嘴里，小忠问："甜吗？"宝力根咧开嘴笑了，连连点头。

毕若水也跟着笑，突然苦起脸来："哎哟不好了，又要拉了——"他转身向院门跑去，小忠戏谑地喊着口号："一、一、一二一！"

"你是故意输给我的？为了让我吃这个糖？""当然不是。我让自己心疼这块糖，学起来更快。""真甜！"宝力根停了停，问道，"上海什么样儿？你们是不是天天吃糖？""当然。""难怪。我阿爸说你们都是国家的宝贝，好东西都要留给你们。"

十一

温都苏带来了一个瘦小严肃的女人，这个女人叫满都拉，与众不同之处是，她穿着一身中式服装，这是孩子们进入内蒙古之后看到的唯一一个没有穿蒙古袍的人。

乌兰其其格说："温都苏院长！"温都苏说："怎么样？你们都好吗？孩子们都好吗？有没有困难？""我们都挺好，您这是——""我来介绍一下，这是公社小学校的满都拉老师，满都拉老师想收养一个孩子，刚刚得到批准，我带她来看看。"

满都拉从下马之时起就一直在打量着三个孩子，眼神充满慈爱，但表情还是很严肃的，这大概是常年当老师的缘故。小忠迅速把小鱼拉在自己身后，一脸戒备，毕若水则一脸期待。乌兰其其格说："他们两个是兄妹，如果条件允许，最好能一起收养。"小忠说："不，我们哪儿也不去，我们要回上海。"

满都拉又看向毕若水。温都苏说："这是我跟你说的那个孩子，一直水土不服，有过敏反应，不过他在上海时身体挺好。"满都拉说："水土不服不怕，谢老师也多年水土不服，我有经验。我还要照顾谢老师，收养两个孩子不实际，我就要他吧。"

温都苏向乌兰其其格解释着："满都拉老师的爱人也是汉族，支边老师，扎根了。"满都拉看向毕若水："小伙子，你愿意不愿意跟我回家？"毕若水还有些懵懂。

温都苏说："他的病，我还在研究——"满都拉说："我们一起研究，一起给他治，我相信他会长成一个棒小伙子，你跟我走吧。"毕若水还是不敢相信，他看向小忠。

小忠说："你要喜欢她就跟她走，不想去就不去，谁也不能强迫咱们。"毕若水看向满都拉,"额吉。"满都拉一直绷着的脸一僵,随即冰雪融化,露出第一个笑脸:"好孩子,快去收拾一下行李吧,你阿爸在家等急了。"毕若水连忙跑回宿舍,小忠和小鱼跟了进去,宝力根也跑了进去。

温都苏压低声音说:"本来是想让你收养这对兄妹——"满都拉:"不,这个小忠不好教育,我能看出来,我还要照顾谢老师,可没有精力跟这种孩子扯皮。"

乌兰其其格说:"他们其实很听话。""我像你这么大就当老师了,孩子的品性我一眼就能看出来。"满都拉接着说,"如果不是谢老师坚持,我是不打算收养孩子的,所以,我不给自己增加负担。"

小忠和小鱼看着麻利地收拾自己的小包袱的毕若水。"你这个后妈可挺厉害,你还是别高兴太早了。""我听话,她厉害我也不怕。""你干吗非得跟人家走啊?咱们三个在一起多好啊?还能回上海。""不,我绝不回上海。"

小忠被他斩钉截铁的回答吓了一跳:"你不想回上海?""绝不回去。""还绝不——那你以前怎么不说?""以前,我怕你不高兴。""那你现在不怕啦?"毕若水一笑:"我有爸爸妈妈了。"小忠不知道该怎么回答,一下子愣住了。毕若水背起小包袱:"我以后会来看你们。"毕若水摆摆手,匆忙跑了出去。

温都苏和乌兰其其格目送着满都拉的马走远。"只剩下他们兄妹了,乌兰,你要多照顾他们。""您放心吧。""上级会研究他们的问题,如果短时间还没有人收养,也许会把他们送到别的保育院去,咱们这里也可以早点结束。"

"还是让我照顾他们吧,小忠脾气不好,小鱼又不能说话——""别的保育院也一样会好好照顾他们。你还不放心?"乌兰其其格不好意思地笑笑,温都苏说:"这个交给上级来决定吧,决定下来之前,你的任务就是照顾好他们。"

十二

乌兰其其格把马皮包里的沙嘎倒出来,麻利地将沙嘎按照不同的大小分别摆放着:"阿姨今天就陪你们玩这个。这些是山羊的,这是绵羊的,绵羊的小一点儿,这几个是牛的,这个大的是骆驼的,嗯,这些小的是兔子的,阿姨就是玩着这个长大的。"

小忠和小鱼吃惊地看着，乌兰其其格的动作流利熟练，她的手指在整理好的羊拐上滑过："好吧，咱们玩什么？沙嘎有好几百种玩法哪。"

小鱼伸出手，掌心里有三个雪白的羊拐。"啊！这是你从上海带来的，要收好了。"小鱼执着地把三个羊拐放在乌兰其其格面前。乌兰其其格说："好！那就一起玩，阿姨能认出它们来。"

小鱼坐在草地上摆弄着那些羊拐，摆成了一个有头有脸有眼睛有鼻子嘴有胳膊有腿的人形。乌兰其其格坐在小鱼身边，看着她忙碌着："这是一个人？！是谁啊？"小鱼双手放在头侧，做了一个睡觉的姿势。

"睡觉？是妈妈吗？"小鱼连连点头。"好啊！我们一起给小鱼摆一个妈妈吧。"两个人摆着羊拐，摆出来的图形越来越完整，是个成人一样大小的人形。

"小鱼，像你妈妈吗？"小鱼点点头，又指指乌兰其其格。乌兰其其格很高兴："哦，小鱼是说，像妈妈也像阿姨吧？"小鱼点头，乌兰其其格很高兴，搂住小鱼。

噶鲁又来到了保育院，这回他把结婚证带来了，但是小忠和小鱼坚决不肯跟他走，他尴尬地看着小忠和小鱼。

"我们不去，就是不去，谁家也不去。我们不要阿爸，不要额吉，我们不是孤儿，我们有爸爸妈妈，我们的爸爸妈妈在上海，我们要回上海——"小忠这一连串话说得断断续续，夹杂着哽咽和嘶喊。

"苏书记答应让我领养，奶牛都买回来了，也扯了结婚证——""苏书记也强调要自愿，你看他们自愿吗？""让我带回去他就自愿了，我的羊群他看了就会喜欢，我的马奶子做得最好吃，他吃了——"

"不要，不要，就是不要——"小忠吐了一口唾沫，噶鲁恼怒起来，扬手要打，被乌兰其其格喝止："你敢！这是国家的孩子！你还想打他？我会向苏书记反映，取消你的资格。"

噶鲁软了，把举起的手转而挠着后脑勺："我没有要打他，我是——我是挠痒痒。"乌兰其其格还是没有好气："你走吧！以后不许随便跑来，我只负责照顾他们，我没有权力把他们交给别人。"

"那我怎么办？我的奶牛——""你自己去找苏书记解决，但是我不会同意你收养他们，旗保育院还有别的孩子，你去旗里吧。"

噶鲁走后，乌兰其其格余怒未消，她用力揉着面做饭，小忠和小鱼站在门口看着她忙碌。

"你们放心，我不会把你们交给那种人。你们也别把这件事想得太坏了，把你们从上海坐火车接过来，就是为了给你们找到新的家、新的额吉和阿爸——"

"我们不要。"

"不要不行。不要谁管你们？阿姨这也是工作，又不能照顾你们一辈子。"

小忠和小鱼都傻了眼，因为没有想过还会有这个说法。乌兰其其格说："这样吧，下午咱们去看看毕若水，看到他你们就会知道，每个额吉和阿爸都会把你们当亲生孩子一样的。"

第三章 公 社

一

他们骑着马进了公社的街道,这里只有纵横交错的两条短街,两边全是土坯平房。乌兰其其格指点着苏书记的办公室:"苏书记在那里办公,待会儿咱们去看看他。"

小忠说:"也看看黄小仙。""这次可看不到,苏书记家是旗里的,黄小仙跟着额吉住在旗里。旗里有火车站,不过你们肯定没印象了,咱们坐的火车是半夜到的,你们都睡着了。""我们要去旗里。"

乌兰其其格转眼明白了他的意思:"旗里只有火车站,没有火车,再说,旗里很远,骑马要走两天哪。"

到了公社小学的大门口,也有一个横跨大门的圆拱形招牌,很像小忠他们在上海住的职工新村的大门,小鱼指了指招牌,看向小忠。

"我看到了,这不是职工新村,不是咱们家。"小忠嘴里虽然这么说着,但还是用力抬着头,盯着那块招牌慢慢从头顶滑过,这一刻显得很漫长,因为他们在想念故乡。

操场上,体育老师甘亮穿着运动衣,胸前挂着哨子,正带领一群孩子踢球,他看到乌兰其其格,呆住了。乌兰其其格没有注意到他,小忠却一直好奇地盯着他看,因为甘老师穿着颜色鲜艳的运动衣,后背上还有一个大大的"奖"字,也许这衣服引发了小忠对上海和对都市生活的回忆。

校园深处有一排平房,这里是教师们的宿舍,各家窗前门外都悬挂着干玉米之类的食物,院子里还种着蔬菜——这里是支边老师的住处,已经被他们改造得像是南方的家乡了。

毕若水正和一个身材瘦高的男人一起给蔬菜浇着水,看到乌兰其其格拉着小忠和小鱼走过来,惊喜地跳起来:"小忠,小鱼,你们怎么来啦?乌兰阿姨!""我带他们来看看你,这是你的新阿爸?"

毕若水的父亲谢根杨连忙迎过来："你们好，我姓谢，谢根杨。"毕若水插嘴："我以后姓谢了，你们叫我谢若水吧。"乌兰其其格说："谢老师您好，我是公社保育院的，他们的阿姨。"谢根杨把他们往屋里让着："常听若水念叨您，说您对他们特别好，来，来，快进来坐，他妈妈有课，下了课就回来。"

屋里虽然简陋，但收拾得一尘不染，门口的药锅上熬着中药，冒着热气，桌上放着一碟子水果，墙上挂着一个镜框，里面放着好几张黑白照片，最大的一张是谢若水的，看起来刚拍不久。

谢根杨招呼乌兰其其格和小忠小鱼坐下："抱歉，我这里没有奶茶，你们喝得惯绿茶吗？"谢若水插嘴："我额吉说我阿爸是汉族，所以家里的一切都要跟汉族一样。""其实也不是因为这个，我还是挺喜欢内蒙古的文化，不过老是水土不服，所以他妈妈才这么绝对。呵呵，矫枉过正了。"

乌兰其其格问起谢若水的身体，谢根杨说来了之后也病了一两次，不过还好，算不上严重。谢若水抓起两个苹果，带着小忠和小鱼往外跑去："走，我带你们去玩。"

谢若水和小忠、小鱼一起趴在教室窗口向里面看着，一教室的孩子都扭头看着他们，满都拉在讲台前拍了一下黑板擦，孩子们都立刻正襟危坐。

"我额吉生气了，咱们快走——"他们从窗口前跑开，在双杠前停下来，小忠抱着小鱼的腿，把她举上双杠，自己也跳了上去，他向谢若水招手："我拉你上来。"

"算了吧，我额吉该不高兴了。你们还好吗？有人去收养你们吗？""我们才不要人收养，你知道旗里在哪里吗？""我知道，额吉和阿爸带我去旗里照相了，可远了，我们坐汽车去的，第一天早晨走的，第二天下午才到，我的屁股都坐扁了。"

小鱼无声地笑起来，小忠却并不高兴："我看你给别人当儿子还挺高兴。""当然，他们对我挺好的。""你真没出息，你怎么能向不认识的人叫爸爸妈妈？那你自己的爸爸妈妈呢？不要啦？"

"是他们先不要我了，我做了好多次梦，可他们从来都不出来，我生病了，他们也不管。"小忠无言，谢若水喊了几嗓子之后也变得疲惫，远远的教室里传来唱内蒙古儿歌的声音。

谢根杨给乌兰其其格削着苹果，乌兰其其格阻止着："别给我削了，贵得很。"谢根杨说:"客人来了一定要吃最好的东西,这不是你们内蒙古人的习惯吗?怎么?不让我入乡随俗?"乌兰其其格笑了,门外传来叫门声,随后甘亮走进来,他刚刚换了一身新衣服。

"谢老师,有道题问问你——"甘亮看着乌兰其其格,"你家有客人啊?""进来吧。是我儿子的保育员阿姨乌兰其其格。"谢根杨给两个人做着介绍,"甘亮,学校数学老师兼体育老师,五年级的班主任。"

乌兰其其格打量着甘亮,这是一个典型的汉族人的打扮,雪白的衬衫,笔直的裤线,皮鞋虽然不是新的,但是也擦得很亮,面孔白净,一笑就露出白牙。

乌兰其其格说:"甘老师也是支边教师?"谢根杨说:"对,甘老师是北京来的,前两个月刚到。""你们忙正事吧,我出去看看孩子们。""晚上在这里吃饭,尝尝我的手艺。""不了,离保育院太远了,我们天黑前要回去呢。"

乌兰其其格走了出去,甘亮一直魂不守舍地目送着,谢根杨奇怪地打量着甘亮:"小甘,你搞什么名堂?连过节的衣服都穿上啦?"甘亮说:"谢老师,她是谁啊?谢老师,我也想像你一样,支援边疆,扎根边疆。"谢根杨一愣,笑了。

甘亮说:"我刚才带二班在上体育课,一眼看见她进咱们学校,心都跳得乱七八糟的,我都不知道怎么下的课,我——""行了,行了,你不用形容,我都懂。"谢根杨是过来人了,"窈窕淑女,君子好逑,但是,真要扎根边疆,面临的困难和考验,要比你想象的还要大,你最好先想清楚了。""我想清楚了,我这就给家里写信,跟他们说我不回去了。"

回保育院的路上,乌兰其其格和小忠聊着谢若水,小忠突然拔高了声音:"我要下去。"乌兰其其格勒住马,小忠抓着马鬃出溜下去,还摔倒在马前,他翻滚着躲开马蹄子,起身就走,小鱼也想下马,被乌兰其其格用手臂箍住,她看着小忠倔强的背影,"你不要你妹妹啦?我说了什么了你就发脾气?我说错话了吗?若水过得挺好,难道这是假的吗?"

小忠扯着脖子喊:"他过得不好。他换了新爸爸妈妈,他再也回不了上海了。""回不了上海就不好?你们在上海连饭都吃不饱,饿着肚子有什么好?""就是好!就是好!饿肚子也好!""胡说。"小鱼被吓得哭了起来,乌兰其其格连忙哄着她。小忠拔腿就跑,等乌兰其其格哄好了小鱼,发现小忠只剩下远处的一个小小背影,乌兰其其格纵马追了上去。

小忠在爬着一个坡，草原的坡虽然缓，却也起伏不小，他回过头，却发现看不到乌兰其其格和她的马了，草原一下子变得四野无人，只有风在呼呼吹着。小忠一脸倔强，他选了一个山坡，换了个方向，继续爬着。他一边喘息，一边自言自语："回上海，我要回上海，翻过山头就能看见上海了。"

上海的画面如同褪色的新闻片段那样涌入小忠的脑海：火车离开上海前，从车窗看到的，那个有着好多巨大烟囱的画面。这是他心目中的上海，也是他期待爬上山顶能一眼看到的画面。

终于爬上了山顶，他呆住了，山顶那一端还是无边无际的、起伏不定的草原，风吹着他的头发和衣服，小忠绝望地看着。

乌兰其其格的马也爬上山头，追了过来，乌兰其其格在他身后跳下马来，一把抱住了小忠："你吓到小鱼了！"小忠放声大哭："阿姨，我们回不去了。"乌兰其其格紧紧地搂着小忠和小鱼："阿姨没有骗你们，等草原上每个公社都通了火车，草原就像上海一样了，那时你们就能回去了。"

二

宝力根带着小忠和小鱼去打猎，他用力拉开了弓，搭上了箭瞄准远处，箭射出去，抛物线一般落在远处，小忠质疑着："你用这个能打猎？"宝力根有点不好意思："阿爸说我还要再练几年才行。"

小忠说："你阿爸行？"宝力根自豪地说："我阿爸是最好的猎手。""你不是说他是最好的摔跤手？""好的摔跤手都是好马倌，好马倌都是好猎手。"

小忠不以为意，其实他是不愿意听到宝力根夸自己的父亲："咱们今天能打到兔子吗？"宝力根顿时有点没有信心："能。"他的语气让小忠更怀疑了："你打到过吗？""没。"

宝力根带着小忠小鱼出门时，乌兰其其格正在厨房做饭，等她做好饭才发现小忠小鱼不见了，她焦急地四下寻找，跑到院墙边看出去，外面也没有人影。她又慌乱地飞快跑到马厩，牵出了自己的马，急切间，几次都没有能上得了马。

外面传来奔马的声音，她连忙看去，两匹马正远远而来，看到了坐在苏书记马背上的小鱼，跟在后面的是宝力根的马，小忠和宝力根一起骑在马上，乌兰其其格松了口气。

两匹马进了院子，苏书记抱下小鱼，但是乌兰其其格根本没有看他，沉着脸冲到小忠面前，怒喝着："你们跑到哪儿去啦？为什么不告诉我一声？谁让你们随便乱跑的？出了事怎么办？遇到狼怎么办？"

众人都被她声色俱厉的训斥吓住了，宝力根想解释："是我——"乌兰其其格不理睬他："再不听话我一定打屁股，别以为阿姨不敢打你，我一样打，打得你下不了床。"

苏书记打着圆场："好了，好了，乌兰，孩子们是好心，想去打只兔子给你吃，因为你每顿饭都把肉省给他们吃。""知道我对你们好还不听话？你们要是出了事，我可怎么办？"

小鱼走到乌兰其其格身边，抱着她的腿仰望着她，乌兰其其格的怒火平息了。"苏书记，我刚才吓坏了。""你一个人带着他们两个，的确不容易，上级已经决定，把他们送到旗保育院去。"乌兰其其格一愣："这么快？""已经不算快了。我就是来通知你这件事——"乌兰其其格吩咐小鱼："你们进屋去吃饭，宝力根也去，我做得多。"小忠带着小鱼，招呼着宝力根进了房子。

乌兰其其格说："苏书记，我还可以带他们，没关系，我不怕辛苦。"苏书记说："我知道，你是个合格的保育员，这次表现很出色，公社对你也有安排了。""去做保育员？""不，旗里的保育员够用了。公社准备安排你去学习护士，将来到温都苏院长那里去工作。高兴吧？"乌兰其其格连连点头："高兴。可是他们怎么办？"

苏书记说："旗保育院的条件比这里好得多，上次乌兰夫主席来视察，还带了不少新玩具，他们两个不会受委屈的。"乌兰其其格还有点犹豫。

"我今天来还有一件事，公社小学的谢老师托我给你做媒。""做媒？""做媒是他们汉人的说法，就是有人喜欢你了。公社小学的甘亮老师，从北京来支边的，小伙子我见过，很干净，配得上你。"乌兰其其格显然想起了是谁，脸一下子红起来。

苏书记笑着说："我们的小乌兰害羞了，这是好事。你可以和他认识认识，争取把这样优秀的小伙子留在咱们草原。"

小忠向苏书记问起黄小仙，苏书记的脸上顿时笑开了花一样："她现在叫阿藤花，已经长胖了一点儿啦，下次去找她玩吧。"看着苏书记骑马离开，小忠缩回头来："叫阿藤花！真难听。"宝力根头也不抬："阿藤花是好名字，是金

033

花的意思。"小忠嘴硬:"哈,黄——金花!就是不好听!"

一大早,甘亮披上一件崭新的蒙古袍子来到了谢根杨家,一脸兴奋:"行吗?怎么样?谢老师你家有镜子吗?"谢根杨说:"我的眼睛就是镜子,放心吧,跟蒙古族小伙子一样帅。"甘亮还有些不自信。

"你父母真舍得让你留在这里?""您不是也留在这里啦?""我家里兄弟姐妹多,再说我喜欢草原。""我也喜欢草原,我喜欢草原的一切。"

谢根杨笑起来:"好听的话去跟乌兰姑娘说吧。"满都拉打量着甘亮:"不要穿蒙古袍子。穿中山装吧,我当年就是被谢老师的一身中山装吸引了。"

天气热,甘亮最后也没有穿中山装去,小忠和小鱼愣愣地看着穿着白衬衫的甘亮,乌兰其其格显得有点心慌,手忙脚乱不敢抬眼看甘亮,但是视线却也没有离开:干净的衣领、雪白的牙齿、喉结、上衣口袋露出的钢笔帽、扣子、白皙修长的手指、整齐的指甲……

甘亮手舞足蹈地讲着学校趣闻,乌兰其其格羞涩却兴奋地听着,不时给他夹着菜,席间乌兰其其格唱起歌来,她嘹亮动人的歌声让甘亮惊讶而兴奋。

马儿喷着鼻息,暮色中,乌兰其其格的双眸显得更加明亮清澈,甘亮依依不舍:"我得回学校去了,真舍不得走。"乌兰其其格不知道该怎么回答,正如她不知道怎么面对甘亮直勾勾的眼神。甘亮说:"后天没有课,我再来看你?"乌兰其其格无声地点头。

甘亮说:"还有点时间,陪我走走?"乌兰其其格点点头,却又反应过来:"不行,我得看着他们俩。""那——好吧。真盼着后天马上就到。"乌兰其其格还是不知道怎么回答,但是她明白甘亮的意思,只好继续低着头笑。

"你唱歌真好听,绕梁三日。"乌兰其其格不明白什么叫绕梁三日,她继续点头,甘亮却为自己卖弄的文采兴奋起来:"绕梁三日,正好就是后天,后天再听你唱一次,又可以顶三天。这日子真美好。"一骑绝尘而去,望着甘亮帅气的背影,乌兰其其格一脸幸福。

乌兰其其格叠着两个孩子的衣服,她嘴角带着笑容,发起呆来。小忠在练习拉弓,弓弦一次次弹回,发出琴弦般的声音。小忠突然回过头来:"阿姨,咱们晚上吃什么?"乌兰其其格惊醒:"啊?你们想吃什么?吃米饭还是——"她四下张望:"小鱼儿呢?你妹妹呢?"小忠也反应过来:"刚才还在——"

乌兰其其格连忙站起，先弯腰看看床下，又起身向外跑去，小忠也连忙跟了出去。他们到处寻找，在后院找到了，碧绿的草地上，那些用沙嘎围成的人形依旧还在。小鱼蜷缩在人形图案中躺着，人形图案很大，她只是占了图案的一角，像是躲在妈妈怀抱里。乌兰其其格满脸内疚，她抬脚进了那个圈子，在小鱼身边躺下，小鱼翻身扑进她怀里，紧紧抱住乌兰其其格的胳膊。

远处隐隐传来马头琴的忧伤乐声。

三

哈图用散落的马鬃编着马缰绳。宝力根说："阿爸，你说哪里的兔子最多？"哈图说："兔子滩嘛！干什么？""小忠要打兔子。""打兔子？干什么用？""他说可以吃。"

"他们这些孩子被娇惯坏了，每个人每天五两米、一两肉、三钱油了，还不够？还要乱吃？你可别跟他去胡闹。""我们是好朋友，我要跟他结安答。"

哈图一愣，显然儿子的认真让他吃惊："他是汉族人。""他来了草原就是内蒙古人，他们都是。""那也不要去兔子滩，兔子把草皮下面掏空了，骑马太危险。""我带他们去看看，保证不骑快马，打不着兔子，他也就死心了。"

被称作兔子滩的草原，如果说与别处有什么不同，那就是草丛间有不少黑乎乎的兔子洞，但是一眼望过去，却未必能看出来。小忠的箭射了出去，还真射中了一只野兔，野兔带着箭奔跑着，小忠连连催促："快！快！抓住它。"

宝力根翻身上马，抖动缰绳纵马向远处追去。他抽着马鞭，马儿骤然加速。马蹄踏入一个兔子洞，马翻滚着摔倒，宝力根被从马上摔了出去。小忠没心没肺地笑着："哈哈，摔下来喽！"

但是他很快就不再笑了，因为倒下的马在挣扎，倒下的宝力根却是无声无息。小忠向宝力根跑去，他的脚步在快速移动，越来越惊慌，他看到了宝力根的模样，看到了他身下喷出来的血，小忠的脚也踩进一处空洞，狠狠地摔倒在地。他抬起头，宝力根的脸已经近在咫尺，眼睛却再也睁不开了。小忠一脸惊恐，他不断向宝力根呼喊着，声音越来越凄厉。

长长的法号发出深沉的呜咽声，香烟缭绕，桑杰喇嘛在给宝力根做法事，长案上白布装裹着宝力根的尸身，哈图脸色阴沉。苏书记急匆匆地赶到了喇嘛庙，乌兰其其格和温都苏看到苏书记来了，急忙迎了上来。

"现在情况怎么样？""哈图在庙里。""他情绪怎么样？""看不出来，没表情。""那不好，他是属烈马的性子，他能忍？闯祸的孩子呢？"

乌兰其其格说："我藏起来了。"苏书记说："你能藏到哪里去？草原有什么地方是他找不到的？""都怪我，我不该答应让孩子出这个院子，苏书记，你们处罚我吧。""先要把危险控制住。这样吧，你带着他们兄妹去旗里，在旗里不要停，坐火车走。""走？去哪儿？""去哪儿都行，先离开草原。快，趁法事没做完，赶紧走。"乌兰其其格转身就走。

"等等！"苏书记掏出笔记本快速写了几行字，撕下来，"去找会计领五十块钱，吃住别省钱，安顿下来打个电报，钱不够再寄给你。"乌兰其其格接过字条，骑上马就跑进草原。

苏书记说："我去见哈图，我的话他也许能听进去。"温都苏说："要是不听呢？"苏书记沉吟片刻："这些孩子是国家交给我们的，乌兰夫主席说过，保证接一个、活一个、壮一个！绝不能让他们受伤害，你去集合民兵。"

丧事在继续。哈图神色阴沉，苏书记走进来时，觉得很沉重。苏书记说："你有什么要求，可以提出来。"哈图没有作声。苏书记说："按说上级是不许桑杰喇嘛再做法事了，不过，可以为你破例，责任我担着了。"哈图说："我不在乎允许不允许，桑杰喇嘛也不在乎。"

苏书记有些尴尬："有我担着，总好一点儿。哈图，这是一个不幸，但也是一个意外，咱们可不能胡乱怪别人。"哈图没有明白他的意思，愣愣看着他。

"我是说，跟宝力根一起去兔子滩的那个孩子，他为了报信，从兔子滩走了十几里地，两只脚都磨破了。""磨破了脚吗？我的儿子丢了性命。""我不是说了吗？这是个意外，谁也不想发生意外，对不对？""你知道他们为什么去兔子滩？""为什么？""因为那个汉族小孩子想吃兔子肉，一天五两米、一两肉、三钱油，他们居然还要吃肉！连兔子的肉都要吃。"

苏书记显然没有想到这个原因："你能肯定吗？""是我告诉宝力根，要抓兔子得去兔子滩。"哈图突然一阵悲伤，他抽出腰刀握在手中，一握一抽，血从掌心冒出来。苏书记说："你干什么！"哈图说："手上疼，好过心里疼。"

苏书记解开袍子，抽出自己的腰刀，从袍子里衬切下一块布条。他又跑到香案前，掏了把香灰撒在布条上，举着布条给哈图绑着手掌的伤口。

"这孩子是我的血化成的，我再流点血，送他回长生天。""想开些——"

"那个孩子没有人收养吧。我要当他的阿爸。"

苏书记吃惊地看着哈图："不行。""这是长生天的安排，收走了我的一个儿子，就要再送一个儿子给我。""收养是有规定的——"

哈图说："我知道，我没有奶牛，买一头很容易，我也没有孩子，以前有，现在没有了，我能养活他。"苏书记还是摇头。

"你让我提条件！我的儿子死了，国家应该赔一个给我。""如果你要收养一个孩子，我可以帮你安排，旗里保育院还有孩子——""我就要他。宝力根死在他面前，这是长生天的安排。"两个人目光对峙着。

"你别想着把他藏起来，如果他不给我当儿子，我不要命也要给我的宝力根报仇。"两个人长久地对视，目光在较量。

温都苏纵马疾驰，他的马跃入小河，溅起一片水花。他抄近道向公社赶去。此刻的乌兰其其格正带着小忠和小鱼匆忙从公社的供销社里走出来。一阵急促的马蹄声，温都苏骑马跑了过来，马身上冒着热气。温都苏气喘吁吁："总算赶上你了，苏书记说情况有变化，先别走。"

听到苏书记说哈图要小忠给他当儿子，乌兰其其格情绪激动："绝对不行！我坚决不同意。"苏书记说："我已经做了很多工作，这是目前最好的办法。"

"这是最好的办法？这是什么办法？把这么小的孩子送到哈图手里？那是个酒鬼！他打小孩子！""他没有打过宝力根。""谁说的？他自己说的还是你猜的？喝酒的人都会打小孩子。"

苏书记被她的咄咄逼人噎住："我就喝酒，可我就不打小孩子！你阿爸也喝酒，他也没有打过你！""你认识我阿爸？"

苏书记没好气地说："公社每一个人我都认识。你的心思我懂，不过，这就是现在最好的办法，哈图我很了解，认准的事不做成了，一定会闹出别的事来，你敢冒这个险？""那你就拿小忠来冒险？""我再说一遍，这不是冒险，你不要把哈图当成坏人！"

苏书记办公室的另一间房，小忠把紧张的小鱼搂在怀里，隔壁谈话的声音透过单薄的墙壁，清晰地传到了小忠的耳朵里，小鱼紧张地靠到小忠怀里。小忠说："我答应。不是说自愿的吗？我自愿给他去当儿子。"小忠放心不下的是妹妹,乌兰其其格把小鱼搂在怀里:"小鱼跟我回家住,我家离哈图家不远,你和妹妹以后离得也近。"小忠说:"好。"

"阿姨觉得很难过,没能保护好你们两个。"小忠摇头说:"我爸爸说过,弄坏了别人的东西就要赔,是我要打兔子,宝力根才死的,我是替他去当儿子。我就是担心我妹妹。""放心吧,我喜欢她,她就是我的孩子。"

四

苏书记、乌兰其其格、小忠、小鱼一起站在哈图的蒙古包外,哈图沉着脸,从蒙古包里走出来。苏书记说:"哈图,孩子我给你送来了。"哈图眼神凶狠地看向小忠,吓得他退了一步,乌兰其其格连忙把他挡在身后。

"家里什么都没有,就不招待你们了。""连碗奶茶也不给我们喝吗?""你们坐下来只会没完没了地唠叨,我不想听。"他转身进了蒙古包,随口抛下一句话:"要当儿子就进来。"小忠轻轻挣脱开乌兰其其格的手:"我进去了。"乌兰其其格说:"我家就在那边,一直走就能看见。"

小忠点头,他摸摸妹妹的头,钻进了蒙古包,关上了门。苏书记扬声喊着:"人就交给你了,你别忘了你的话。"蒙古包里没有回音。苏书记说:"明天去公社找我办手续!"蒙古包里还是没有声音。乌兰其其格抱起发着愣的小鱼,把她放上马背:"跟我回家吧。"

听说乌兰其其格要带个女儿回来,她家的蒙古包前早就聚集着四五位牧民,手里拿着各种各样的东西。乌兰其其格一行人骑马过来,牧民们围上来,他们把手里的东西交给乌兰其其格,一眼望去,有锅碗瓢盆,也有粮食肉奶。

温都苏对苏书记解释着:"大家知道乌兰其其格要代养小姑娘了,也知道她没有成过家,家里什么都没有,就给她送来了。"

苏书记说:"是你安排的?""我可没有这么大面子,还是乌兰的人缘好。"温都苏说,"送到旗里这对兄妹就被分开了,还是让乌兰代养更好。我们接的这批孩子里,我最喜欢这个孩子,虽然不会说话。""可惜我已经收养了阿藤花,又有规定不允许收养两个——"

夜色降临,蒙古包前牧民们唱起歌来,轮流抱着小鱼,小鱼在众人怀里轮转着,小手好奇地抓着牧民们的发簪、手镯、腰刀、荷包——凡是被她抓到的东西,牧民们都毫不犹豫地摘下来塞到她身上。牧民们叫着她的新名字:通嘎拉嘎——通嘎拉嘎——蒙古包中间的火盆冒着温暖的火光。

与乌兰其其格家的温暖和热闹相比，哈图家显得清冷而寂静，靠在墙边的玻璃酒瓶反射出冷冰冰的光亮，火盆里的火只剩下余烬。

哈图抱着酒瓶，眼神散乱发着呆。小忠坐在蒙古包一角，打量着屋子各处，他看到了门边的宝力根的靴子、板壁上挂着的宝力根的小蒙古袍、弓箭，还有插在板壁间的一张红色透明的糖纸，他的眼泪突然夺眶而出，死死盯着糖纸。

哈图被哭声惊动，他脸上满是厌恶，在各处摸了摸，摸出个东西砸向小忠，那东西掉在地上，是一块干得像石头的烙饼。哈图说："哭什么？饿了自己吃。"

乌兰其其格给小鱼换上睡觉的衣服："我刚才骑着马去看了你哥哥，他没事儿，已经睡下了，你放心。"小鱼点着头。

乌兰其其格说："我明天再去看他，告诉他你的新名字，喜欢你的内蒙古名字吗？通嘎拉嘎！好不好听？为什么要给你起个内蒙古名字呢？因为你来咱们草原了啊，你要在咱们草原上生活，长大，你会有很多内蒙古小朋友、小伙伴，他们有人不会说汉话，不会叫你的汉族名字，如果叫你通嘎拉嘎，他们就会把你当成自己的好朋友了。"

小鱼，不，现在应该叫通嘎拉嘎了，她点着头。"通嘎拉嘎？"通嘎拉嘎点头，乌兰其其格笑了："你哥哥也会有蒙古名字！通嘎拉嘎，我会找最好的大夫，治好你的病，我一定能。"

蒙古包的天窗投射进来清冷的月光，火塘里的火已经灭了，哈图倒在那堆酒瓶子里，打着鼾。小忠抱膝坐在角落里，他看着天窗里的一颗星星，忍不住站起来，推开蒙古包走出去。满天星星，像锅盖一样垂下来，小忠呆呆看着苍穹下的草原，看看星星眷顾的人间。

乌兰其其格在忙碌着做饭，面条放进锅里，通嘎拉嘎睡醒过来，看着乌兰其其格忙碌的身影，锅里的热气冒出来，在晨光中很温暖。"醒啦？醒了就起来吃饭，咱们给你哥哥送过去。"通嘎拉嘎一骨碌爬起来，乌兰其其格连忙给她披上衣服。

同一时间，哈图的蒙古包里，他踢了踢小忠的脚："去做饭。宝力根做饭，你代替他,也去做饭。"醒了的小忠还在发愣。

"不会?你不是处处跟他比,比他强吗?不会做饭?"小忠爬起来,来到火塘边,他提起铜壶,火已经灭了。"牛粪在外面。"小忠转身往外走。"你空着手去拿吗?""那用什么?"哈图一阵心烦:"自己想。""这是你家,我又不知道。""你爱用什么就用什么。"

小忠赌着气,转身抓起了沉重的铜锅,哈图愣了一下,但是没有阻止,小忠抱着锅来到蒙古包前堆着牛粪的地方,他拿起一块牛粪饼闻了闻,没有往锅里放,而是掀起棉袄下摆,兜起几块牛粪饼跑回来。他把牛粪饼放在火塘里,转头看向哈图。

"看什么?点火啊!""我爸爸不让我玩火。"哈图愣了一下:"我现在是你阿爸,我让你点火。"他从火塘边拿出一副火镰:"看好了,我只教一遍。"他熟练地用火镰敲出火星,引燃了一团羊毛,然后用羊毛点燃了牛粪。小忠好奇地拿过火镰。

蒙古包一侧有一堆高高的冰块,小忠无师自通,拿着铁钎砸着冰,把碎冰块放进铜锅里,冰块溅在他的脸上,他眯着眼睛。一阵马蹄响,乌兰其其格和通嘎拉嘎骑马而来。乌兰其其格跳下马,把手里的锅放在地上,心疼地握着小忠的小手:"你阿爸呢?"

小忠看着她,没有反应,乌兰其其格意识到自己说错了,又问:"哈图大叔呢?"小忠看向蒙古包,乌兰其其格很吃惊:"他在蒙古包里?让你出来砍冰?"乌兰其其格怒气冲冲一把夺过铜锅,转身就冲进蒙古包。

哈图正在发呆,乌兰其其格冲进来,不由分说,将锅里的冰块碎屑像泼水一样倒在哈图身上:"你就是这样当阿爸的?让孩子去砍冰,你在家里睡大觉?"

哈图跳了起来:"他是我儿子,我让他干活你管不着。"乌兰其其格像只暴怒的狮子:"他是国家的儿子,你这样对他就是不行。""国家的儿子也要靠我养活,在我家就得干活,宝力根也是这么干的,他不是来顶替宝力根吗?他为什么不能干?""他还是个孩子——"

"宝力根也是孩子!"哈图突然很伤感:"他还能长大,我的宝力根永远长不大了。"乌兰其其格无言:"以后你家的活,我来替他干!"

小忠抱着一块冰块进来,他麻利地捡起锅放在火塘上,把冰块丢进去。

小忠说:"乌兰阿姨,这些活我都能干。"哈图站起来:"我去公社,你来了,他就交给你。""吃了饭吧,我做了你的饭。""留给他中午吃。晚上做面条。"

通嘎拉嘎吃力地把锅拖到了门口,乌兰其其格连忙端进来,说:"来,你先吃饭,我和通嘎拉嘎吃过了。"小忠神情奇怪地盯着她。

"我给你妹妹起了个内蒙古名字,通嘎拉嘎,好听吗?""我们不要内蒙古名字。""先这么叫着,行不行?"小忠还是摇头。"小忠,这里都是内蒙古人,你得——你们汉人说,叫入乡随俗——"

小忠还是摇头:"毕若水就没有改名字。""那是因为他阿爸是汉人,再说他也改成阿爸的姓了,对不对?我知道你想回上海,你怕自己有个内蒙古名字就会忘了上海吗?""我不会忘。""那你妹妹就叫通嘎拉嘎吧。"

通嘎拉嘎拉住了小忠的手,用表情示意她喜欢这个名字。小忠说:"你喜欢这个名字?"通嘎拉嘎点头。"好吧,你就叫——通什么来着?"

苏书记帮哈图填着一份表格:"给他起个内蒙古名字。""不用了吧。""怎么能不用?他还是不是你的孩子?""他不会答应,这孩子倔强得很。""那也要起,快说,叫什么?""叫朝鲁吧。是我以前给宝力根的名字。"

苏书记写在纸上:"好了,手续办好了。他现在就是你的儿子了,你不能让他受委屈。""知道。""要培养他成为一个好孩子,像你一样的好马倌。"

哈图无所谓地说:"看长生天的意思吧。"苏书记盯着他:"少给我这副嘴脸看!我把孩子交给你,不是我怕了你,我是当你是草原上的一条汉子,你要是敢让我失望,我让你一辈子抬不起头来。"哈图收敛了一些。

苏书记缓和语气:"宝力根死了,我还你一个更好的。"苏书记指指文件说:"这个东西要收拾好了,每个月凭它来领——朝鲁的口粮。那是国家给朝鲁的,你可不能拿去换酒。"哈图怒了:"你当我是什么人?孩子的东西,我一粒米都不碰。""好,好,算我说错了。你属狗脾气的吗?说生气就生气?"

小忠在蒙古包里乐此不疲地敲打着火镰,他把这当成了一种新玩具,火星四射中点燃了堆积的一堆羊毛马鬃,火苗和浓烟冒起来,小忠吓得蹿了出去。

浓烟从蒙古包的天窗向外冒出来,小忠惊慌地环顾四周,他跑到冰墙前砸了几下,他也知道毫无用途,一咬牙又冲进了蒙古包。小忠四处找水灭火,他把铜锅里的水倒上去，火势减弱了，他脱下衣服到处扑打着，摸到酒瓶，连忙泼上去，火反而又旺了。

哈图冲进来，脱下蒙古袍就灭火，几下之后，火被扑灭，他怒视小忠，小忠一脸烟灰，惊慌四顾。哈图看到宝力根睡的床铺被搞得一片狼藉，铺在最上面的狼皮还烧了个洞。

哈图问："怎么回事？"小忠脱口而出："我不知道！""不知道？"小忠嘴硬："就是不知道。"哈图脸色更阴沉："你敢说你不知道？""我就敢说，我就是不知道——"

哈图一把抓过他，按倒在地，照着屁股一顿乱打，小忠死死咬住牙。小忠冲出蒙古包，向着草原跑去，一直跑到看不到蒙古包的地方，扑在草原上放声大哭。哈图走到门口，探头四下打量，他看不到小忠的影子，他有些懊悔地举起打人的手。

马蹄声响，乌兰其其格向这个方向骑来，哈图嘴里嘟囔了一声，回头收拾着屋里的狼藉。乌兰其其格下了马："哈图大叔，你这里怎么啦？我离得老远就看见你家冒起了烟，这是——""没事儿。""着火了？小忠呢？他去哪儿啦？他能去哪儿？"乌兰其其格闯进屋子到处找着。

哈图说："他放了一把火，当然躲起来了，我还要找他呢。"乌兰其其格说："他放的火？他怎么会放火？他为什么会放火？你欺负他啦？好端端地他为什么要放火？""你去问他。""我就问你！那是国家的孩子，你没有权力欺负他。我要去告诉苏书记！如果你欺负了小忠——""朝鲁！他现在叫朝鲁！"

乌兰其其格死死盯着他。门外传来脚步声，小忠走了进来，神色平静："乌兰阿姨，我点火，不小心把毡子点着了。"

乌兰其其格看了一眼哈图："一个破毡子，烧了就烧了吧。你怎么哭啦？哈图大叔打你啦？""没有，想我爸爸妈妈了，哭了一会儿，没事儿了，乌兰阿姨，您快回去吧，我妹妹害怕一个人待着。""邻居大婶在看着她哪，我看到你们这边冒烟了——""那您也走吧，您看这里这么乱，得赶紧收拾好哇。"

乌兰其其格迟疑地观察着他，他神色镇静。此时通嘎拉嘎站在蒙古包前，眺望远方。邻居大婶弯腰跟她说着什么，她不为所动。远处的天际线，由小到大渐渐出现了骑马走来的乌兰其其格，通嘎拉嘎迈开脚步向那边迎了过去。乌兰其其格跑到近前跳下马，把通嘎拉嘎抱了起来。通嘎拉嘎指着远处，用目光向乌兰其其格询问。

乌兰其其格说:"你哥哥没事儿,冒烟也没事儿,阿姨看过了,你哥哥也有了一个内蒙古名字,叫朝鲁,好听吗?朝鲁和通嘎拉嘎。"通嘎拉嘎点着头,夕阳下,她们拖着长长的剪影。

五

朝鲁——小忠现在叫朝鲁了——从睡梦中醒来,他面朝蒙古包的板壁侧躺着。蒙古包的板壁上,哈图的人影在晃动,他把狼皮铺在腿上,正用马鬃修补着狼皮上的破洞。他神情专注,双手灵巧如飞,长长的马鬃在手指间晃动。补好了狼皮,他端详了一下,起身走向朝鲁,朝鲁连忙闭上眼睛,哈图把狼皮重新铺在宝力根的床铺上。

朝鲁砍着冰块,人小力薄,砍不下几块。身后传来脚步声响,哈图走过来,一言不发接过砍刀,狠狠砍了两下,砍下两大块冰。朝鲁俯身抱起一块,哈图拿起另一块,两个人一起走回蒙古包。哈图喝着奶茶,吃着红薯,朝鲁也在吃着。

哈图说:"我去放马。你自己做饭吃,你的大米都在那里。"朝鲁看了一眼装米的口袋:"哈图大叔,我不喜欢吃米,能换成面吗?换成红薯也行。""你们上海来的,不是都喜欢吃大米?""我不喜欢。"

哈图答应着,提起米袋走了出去。朝鲁听着外面的马蹄声走远,一把抓起了锅里的红薯,拿着红薯来到宝力根的床边,掀开狼皮。他在最里面的角落掏了个洞,把红薯放进去,又盖上了狼皮,他望着那张红色糖纸:"宝力根,我用你的床藏点吃的,你是我的好朋友,一定要帮我藏好了。"

牧场周围看不到任何建筑物,只有平缓起伏着的一望无垠的草原,通嘎拉嘎坐在地上玩着羊拐。远处的缓坡上,乌兰其其格正在放羊,甘亮在她身边摆着一个潇洒的姿势,说说笑笑,乌兰其其格时而被他逗得捂嘴笑着。

朝鲁在通嘎拉嘎身边坐下:"朝鲁的意思是石头,你的名字是什么意思?我帮你问问乌兰阿姨。"通嘎拉嘎点头,从草丛里抠出一块石头给朝鲁。"好,这就是我,朝鲁。我开始攒粮食了。"通嘎拉嘎奇怪地看着他。"每天攒一个红薯,等红薯攒多了,咱们就回上海。"通嘎拉嘎吃惊地张开嘴。

朝鲁说:"我问过了,咱们一直走,走三天就能到旗里,那里有火车。一天吃五个红薯,有十五个就够了。"通嘎拉嘎点头,把自己的一块锅巴也拿出来。朝鲁眼前一亮,死死盯着锅巴:"锅巴?哪儿来的?"通嘎拉嘎指指乌兰其其格。朝鲁掰下一点放进嘴里,陶醉地嚼着:"真香!以前妈妈最喜欢做锅巴了,倒上开水,再用酱油膏泡一泡,滴上一滴香油——"

他陶醉地说着,突然回头,看到的是泪流满面的通嘎拉嘎,朝鲁慌了,连忙把锅巴还给通嘎拉嘎:"不吃了,我不吃了——"通嘎拉嘎又把锅巴塞给朝鲁。

朝鲁说:"你哭什么啊!你有什么好哭的?乌兰阿姨对你多好啊,还给你做锅巴。"通嘎拉嘎举起三个羊拐,朝鲁明白她的意思:"你也想咱们的家,是不是?想咱们的爸爸妈妈?"通嘎拉嘎用力点头。"放心吧,我一定带你回去。"

缓坡羊群处,乌兰其其格抬头望着朝鲁和通嘎拉嘎,朝鲁正给通嘎拉嘎擦着眼泪,乌兰其其格急了:"怎么哭啦?"她要往那边走,被甘亮拉住:"不用过去,小孩子嘛,一会儿哭一会儿笑的。你没有兄弟姐妹吧?我跟我姐姐就这样,小孩子都这样。"

乌兰其其格看着朝鲁和通嘎拉嘎那边又说笑起来,松了口气。

"那小女孩儿叫通嘎拉嘎?""好听吗?我给她取的名字。""挺好。你带着她,习惯吗?我的意思是,你将来怎么办?"

乌兰其其格不解,甘亮有点急了:"你将来还要结婚嫁人吧?带着个孩子——"乌兰其其格显然没有想过这个问题,回答得也很随意:"当然一起啊,她是我女儿嘛。"甘亮被噎住了:"你——你们内蒙古人还真不一样。""怎么啦?这样不是挺好吗?"

哈图提着一袋子米走进了供销社,他把米放在柜台前:"噶鲁,你好吗?你爸爸好吗?全家都好吗?"噶鲁说:"都好,都好!听说你给国家孩子当阿爸了?你的运气真好!""嗯,拿我的宝力根换的。"

"宝力根是个好孩子,可惜长生天也喜欢他。""换来的这个也不错,就是有点倔。""倔孩子才像你,你要买点什么?""这是大米,我要换成面粉、红薯。"

噶鲁收住笑容,变了神色,沉下脸来。哈图说:"你得给我多换一点儿,大米可是稀罕的——"噶鲁说:"不换,不换!没有人会换给你,前一阵子别人说你坏话我还替你发火,没想到真是这样。""说我什么啦?""说你偷了国家孩子的糖,被保育院开除了——"

哈图怒了:"胡说八道!这是苏书记那个混蛋——""这是什么?这是给国家孩子的大米,你拿来换东西?你还好意思大摇大摆地来!""我怎么啦?""快走,快走,我觉得丢人,认识你丢人。"

"怎么啦?怎么啦?"哈图突然恼怒起来,一把伸过去,将噶鲁从柜台后面拽出来,柜台翻倒,各种粮食乱滚。噶鲁跳起来,却被哈图一次次利索地摔倒:"谁丢人?谁丢人?"噶鲁说:"你拿国家孩子的大米换东西,你是孬种。"哈图一拳打下去。

在苏书记办公室里,噶鲁脸上一个青眼圈,瞪着哈图。

哈图说:"就是这么回事,你们可以去我家里问,是那小子自己提出来的。"

苏书记说:"南方来的孩子要吃大米,这是乌兰夫主席亲自批示,自治区专门调拨的,我会调查清楚。"

哈图说:"还有,我没有偷过保育院的糖,我离开保育院是因为你,你跟这个蠢蛋说清楚。是你说为了上级检查才让我回家的,对不对?你不说清楚不行。"

苏书记正色道:"噶鲁,这件事我要说明,哈图的确没有偷过保育院的糖,只是捡了几张糖纸给宝力根玩,这个已经查清楚了,他不做保育院炊事员,也确实是我安排的。"

噶鲁不安地说:"大家都说——"苏书记说:"这个责任在我,我要向哈图认错。噶鲁,你回去也替我给大伙说说,哈图是我们草原的骄傲,不能让他受委屈。"

噶鲁不好意思:"哈图——我这就把粮食换给你。"他抢过大米袋子,出了门:"我这就回去换,我给你送过来。"

苏书记问哈图:"怎么样?跟朝鲁相处得还好吗?"哈图不置可否。

"温都苏告诉我,这对兄妹很不容易啊,他们的父母一起自杀了,自杀前把他们送到了福利院,通嘎拉嘎也因为亲生父母的死,不会说话了——"哈图安静地听着。

六

甘亮找到谢根杨,说给通嘎拉嘎找到了收养人,想请谢根杨去跟苏书记说一声:"是我父亲的老战友的弟弟,两口子没有孩子,早就想收养一个。"

"我可以去跟苏书记说说,不过,不是咱们旗的,恐怕——""特事特办呗,本旗不是没有合适的人家吗?总不能老让一个二十岁的姑娘代养吧。"

"他们是汉族人——""您不也是汉族人吗?我问过了,政策上没说不能让汉族收养。""好,那我就说说看。"

"咱们现在就去?他们两口子已经到了,住在招待所呢!""这么急?这还没说好呢,你就让他们来?""他们听到信儿就自己来了,就冲这个,他们一定会对那小女孩儿好,当亲生的一样。"

乌兰其其格收拾着门口的杂物,嘴里打着广播体操的拍子,通嘎拉嘎在做着早操,这是颁布于一九五七年的第三套广播体操。远处一辆吉普车扬着黄尘开过来,乌兰其其格诧异地看着,吉普车停在了她的面前,苏书记和一对穿着军装的中年夫妻以及甘亮下了车。乌兰其其格看向那对夫妻,发现他们的眼神都直勾勾地看着通嘎拉嘎,这让乌兰其其格有些紧张。

苏书记说:"我来介绍一下,这两位是军垦的赵营长和他爱人,是小通嘎拉嘎的新父母。"赵营长向乌兰其其格伸出手:"乌兰同志,你辛苦了——"乌兰其其格没有握手,她表情迷惑地说:"新父母?我是通嘎拉嘎的额吉,她是我女儿。"

"你只是代养,职务还是保育员嘛,只不过不在保育院,改到你家里嘛——"

"不,不,她就是我的女儿,我是她额吉。"

"你这个小同志!你办了收养手续了吗?没有吧!因为你不具备收养资格,你还没有成家,怎么能收养孩子呢?公社还是按照保育员给你发补助的嘛!你看哪家收养的还能拿补助?"

"我不要补助,我就要我女儿。"

甘亮插嘴:"乌兰,你别急,你听听苏书记怎么说。你是为通嘎拉嘎好,对吧?那你应该给通嘎拉嘎找到最好的父母,赵叔叔是营长,家庭条件比咱们好得多,通嘎拉嘎跟他走,才能有更好的生活环境。"

"赵叔叔?"

"赵叔叔是我爸爸的老战友的弟弟，他们很喜欢孩子，一定会对通嘎拉嘎好的。"

乌兰其其格带着怒意："苏书记，我不同意把通嘎拉嘎交给别人，她跟别的孩子不一样，她不会说话，我正在给她找医生，他们——他们可以去收养朝鲁啊？"

赵营长说："苏书记也提过这个建议，不过，我们两个都想收养个女儿，至于她的病你可以放心，我们会竭尽全力地给她治病，毕竟父母都希望自己的孩子好。"乌兰其其格说："可是——"苏书记说："顾全大局啊，乌兰，这是为了通嘎拉嘎好——"

乌兰其其格扭头看向通嘎拉嘎，她显然还没有搞明白这是怎么回事，愣愣地看着。乌兰其其格说："让他们兄妹见一面？"苏书记说："最好不要这么做。赵营长有汽车，以后来看她哥哥，看你这个阿姨，都方便得很。"乌兰其其格还要说什么。

苏书记说："就这么样吧，赵营长他们还急着赶回去。你把她的衣服收拾一下。"赵营长说："不要了，都不要了，我们回去给她做新衣服，全做新衣服。"乌兰其其格转身进了蒙古包，赵营长蹲下来，和妻子一起怜爱地看着通嘎拉嘎。通嘎拉嘎不怕生，还摸了摸赵营长的领章帽徽。赵营长的慈父心再也按捺不住，他一把抱起通嘎拉嘎。

赵营长说："苏书记，这次真是多谢你了！"

苏书记说："哪里哪里，小姑娘有个好父母，我们也放心——"

乌兰其其格拿着一个行李包出来，她抱住了通嘎拉嘎，眼泪哗哗流，通嘎拉嘎不明所以，伸手擦着她的眼泪。她把通嘎拉嘎交给赵营长，转身进了蒙古包，关上了门："通噶拉嘎，你以后有了新的阿爸和额吉了，别忘了……别忘了阿姨。"

苏书记他们上了吉普车，通嘎拉嘎被抱进车里，她这才惊慌起来，死死盯着蒙古包的门。车开动，通嘎拉嘎挣扎起来，但是无法挣脱，她挣到车门边，小手拍打着车门玻璃，吉普车开得很快。

乌兰其其格听着车的声音远去，她泪眼模糊，屋里到处都有通嘎拉嘎的痕迹：她的饭碗、筷子、玩具、糖纸——忽然看到了枕头边的三个羊拐，她一把抓起羊拐出了门，翻身上马，挥鞭而去。

乌兰其其格的马追上了吉普车，吉普车停下来，她快步奔到车门边。苏书记摇下车窗："怎么啦？""她的玩具，她从上海带来的——"这时通嘎拉嘎已经扑到车门边，小手向乌兰其其格伸着，哭得满脸鼻涕眼泪。

乌兰其其格把羊拐交给苏书记，狠心转身，通嘎拉嘎眼睛大睁，突然喊了出来："额吉——"乌兰其其格猛然转身。

通嘎拉嘎喊着："额吉——额吉——我要回家——"乌兰其其格冲到车前，猛然拉开车门，一把抱过通嘎拉嘎，通嘎拉嘎死死抱住乌兰其其格的脖子。

"额吉，我要回家。"乌兰其其格转身就走，翻身上马，毫不犹豫掉头就跑，一车人都傻了眼。吉普车也掉过头，追了过去。

乌兰其其格跑进家门，转身将门反锁，又力大无穷地把衣柜、炕桌等各种家具拖过来顶住门，她转身抱起通嘎拉嘎，坐到角落里。"通嘎拉嘎，你会说话啦？""额吉——""哎！""额吉不要离开我，不要不要我！""不会，额吉不会不要你，额吉永远和你在一起。"

外面传来吉普车声和人声，母女两人抱得更紧了，门被推动，但是推不开。苏书记大喊："乌兰其其格，你在干什么？你知道你在干什么吗？你在犯错误。""我在保护我的女儿，通嘎拉嘎是我的女儿，谁也夺不走。"

苏书记对着紧闭的门喊着："胡闹！无组织无纪律！你想收养就收养？还要组织干什么？马上开门！""她是我接来的，我最了解她，我最疼她，我最有资格照顾她，她也离不开我，你硬要拆散我们，我们就一起死。"

苏书记吓了一跳："胡说！"他有些尴尬地看向赵营长，赵营长说："乌兰同志，你的心情我能理解，但是——"

"你理解不了！你不能从一个母亲身边抢走她的孩子。请你放过我们吧，我和通嘎拉嘎不能分开——"乌兰其其格看看怀里的通嘎拉嘎，"硬要分开，我们宁可去死，你们就是罪人。"

苏书记说："你冷静一些，你还没有成家，你现在没有资格收养她，知道为什么吗？因为你成家之后肯定还要有自己的孩子，我们要对这些国家孩子负责啊！"

乌兰其其格抱着通嘎拉嘎从蒙古包出来，她神色坚定地说："就是因为这个？"苏书记说："什么？""因为怕我成了家，有了自己的孩子会对通嘎拉嘎不好?""政策制定肯定是有道理的嘛——"

"那我现在就发个誓。"她抽出腰间的小刀,在自己小指上一切,血珠涌出,她将血向天向地各弹了一下,又抹在自己额间:"天地做证,通嘎拉嘎就是我乌兰其其格此生唯一的女儿。"

这是内蒙古草原上最重的誓言,吉普车走了。通嘎拉嘎和乌兰其其格抱在一起,两张脸上的眼泪流在一起。"再叫一声额吉。""额吉。""哎!""额吉!""哎!"

七

哈图骑着马,抱着长长的套马杆走来,他的蒙古包里亮着灯,天窗里冒着炊烟。他来到门边,听到的却是通嘎拉嘎叽叽喳喳的说话声。哈图诧异地看过去,通嘎拉嘎正和朝鲁玩着羊拐游戏,听到马嘶声,乌兰其其格走出蒙古包,对哈图说:"哈图大叔,通嘎拉嘎会说话了。"

"长生天保佑。""苏书记答应我收养她了,我太高兴了——""你不是——""以前不是,以前是代养,现在是收养,她是我的女儿了!亲女儿,哈图大叔,咱们以后是亲戚了!""呵呵,好吧,亲戚就亲戚吧,只要你不嫌弃我这个酒鬼。""谁会嫌弃你啊,草原上的雄鹰!"哈图憨厚地笑起来。

而此刻朝鲁却压低了声音,对通嘎拉嘎说:"干粮已经攒够了,明天我们就走。""明天?""对。你现在也能说话了,乌兰阿姨会越来越舍不得你,宝力根他爸爸对我也越来越好,我们以后再走,他们都会难过。""好吧。"

"他们都是好人,可不是我们的爸爸妈妈,我们要去上海,找我们自己的爸爸妈妈。""要是找不到怎么办?"

朝鲁连连吐着口水:"呸呸呸,乌鸦嘴,我们一定能找到。"通嘎拉嘎也跟着吐了吐口水:"可是,我看见妈妈死了——""你那是做的梦,噩梦。""是梦?""当然!就是个梦。"通嘎拉嘎松了口气。

"你记住了,明天早晨你就说肚子疼,不想跟乌兰阿姨去放羊,我带着干粮去找你。""如果额吉也不去了呢?"朝鲁瞪着她,通嘎拉嘎醒悟:"我是说乌兰阿姨。""算了,你叫她额吉也行,反正不是妈妈。她的羊必须每天都去放,要不就会饿肚子,所以她一定会去放羊的。""那我不装肚子疼,装了她会着急,我就装困吧。"

朝鲁睁着眼、面朝着墙躺在床铺上。哈图轻手轻脚地走过来，把掉在床铺外的狼皮袍子捡起来盖在朝鲁的被子外面，朝鲁连忙闭上眼。哈图走出门去，外面传来骑马离开的声音。

朝鲁爬起来走到门边，一边从门缝看着哈图远去的身影，一边把狼皮袍子穿在身上。他向着墙上的红色糖纸看了一眼，心里默默说道："宝力根，我要走了，你这件狼皮，阿爸——不，你阿爸做成袍子给我了，我就穿走了，就像带你回上海一样。"

朝鲁跑向蒙古包外的牛粪堆，掀开几块大牛粪突然愣住，里面只剩一块红薯了。他连忙手忙脚乱寻找，几乎掀翻了牛粪垛子，在惊走了几只肥大老鼠之后，终于找到了失踪的红薯们，原来都被老鼠拖走，吃得七零八落了。朝鲁傻了眼。

通嘎拉嘎正在用羊拐摆成一个妈妈的样子——这次摆得小，摆成了一大一小两个。朝鲁突然出现在门口，一脸沮丧："今天走不了了，干粮，干粮被老鼠吃了。"通嘎拉嘎突然轻松地笑了。朝鲁说不许笑，通嘎拉嘎还是忍不住笑，朝鲁也觉得好笑，跟着笑起来，两个孩子一起大笑了一阵。

"咱们重新开始，我以后不吃早饭，这样可以攒快一点儿。"

"我也不吃了。"

"你不吃不行。这样吧，你不用一点儿都不吃，你吃一半吧。"

第四章　上　学

一

乌兰其其格带着通嘎拉嘎来到公社小学，她迫切地想让通嘎拉嘎上学，学知识，学文化。校长是个古板的胖大婶，却不同意："明年开学就可以了，今年不行，不能插班。"

"为什么啊？我的通嘎拉嘎是国家孩子，别的国家孩子都能上学，我的孩子为什么不行？""她的年龄不合适。""这些孩子的生日都是估计出来的，谁能说得准到底是哪一天？"

"上级考虑到这个问题，所以决定按领养登记日期来计算。""我领养得晚，当然登记也晚，可他们是一起来的，一辆火车送来的，我亲自去上海接来的。""可是上级有规定啊，你就再等一年吧。""不行！凭什么我的孩子要晚一年上学？晚一年上学就比别人晚一年聪明，我不答应。"

乌兰其其格沉着脸走出校长室，找到了甘亮："有件事想麻烦你。我女儿通嘎拉嘎该上小学了，我带她来上学，可是你们校长不答应。"甘亮向通嘎拉嘎看了一眼，神情复杂："你们过得还好吗？""能上学就好。"甘亮仔细打量着乌兰其其格的容颜、衣着，此刻的她的确不像是当保育院阿姨时的样子了，变得更像个为生活所累的牧民。

甘亮说："你何苦呢？通嘎拉嘎离开你未必不幸福，你看谢若水他们，养父母都把他们当成是宝贝。当初赵营长，不，现在是赵副团长了，如果他收养了那姑娘，不是对她这辈子更好吗？"

乌兰其其格不爱听这句话："我爱我女儿。""别人也一样会爱她，而且能给她更好的生活，能上最好的学校，吃有营养的饭菜，穿最好的衣服——"

"你到底帮不帮忙？"甘亮叹口气："我们校长是个老古板，她就认上级的话，你找苏书记写个条子。"

苏书记把阿藤花抱在腿上，一起翻看着一本黑白相册。相册里是阿藤花和一个穿内蒙袍子的女人的合影，背景是长城。"北京好不好玩？大不大？""额吉不喜欢，说人太多，她头晕。""那你呢？你喜欢不喜欢？"

阿藤花乖巧地说："我喜欢和阿爸一起去，阿爸，下次你带我去好不好？"苏书记哈哈大笑："好，等阿爸出差就带你去，你额吉出差多，你先跟她去玩吧。""最好是你们两个一起出差。"苏书记哈哈大笑："那可不容易——"

门外传来敲门声，乌兰其其格拉着通嘎拉嘎走了进来："苏书记——"阿藤花迅速盯着通嘎拉嘎的衣服和鞋子看了看，随即轻松下来："通嘎拉嘎！"通嘎拉嘎也笑了起来："阿藤花。"苏书记说："乌兰啊，你来得真巧，我女儿今天刚刚从北京回来，该上小学了，你的通嘎拉嘎也该上学了吧？"

乌兰其其格摸了摸阿藤花的脸蛋："我带通嘎拉嘎去上学，可是校长不答应，说让明年再来！苏书记，您给我写张条子吧。"苏书记拿着纸笔刷刷写着："她就是那样一个人，你放心吧，条子我马上写，让她们两个一起上学，一起长大。"

"你给朝鲁也写一个，估计哈图大叔根本想不起这件事来。"苏书记答应着。阿藤花和通嘎拉嘎一直在相互打量，带着生涩，带着试探，虽然没有对话，却仿佛交流了很多内容。

苏书记掏出印章盖上了戳："拿去，让孩子上学。"他突然想起了什么，打开柜子拿出一个漂亮的书包，阿藤花的脸色立刻严肃起来。

苏书记说："小通嘎拉嘎越来越可爱了，这个书包送给你。"通嘎拉嘎的眼睛亮起来，阿藤花突然冲过来，一把抢过书包躲到了屋角。

"阿藤花，乖，听话。"阿藤花把书包紧紧抱在怀里，摇着头。"我再让你妈妈给你买一个。""这是我自己挑的，我就要这个。""给你买个一模一样的。""我就要这一个，我明天上学就要背这个。"苏书记的脸色尴尬。

乌兰其其格说："不用了，我给通嘎拉嘎准备了书包。"苏书记试图继续做阿藤花的工作，换了一种腔调："通嘎拉嘎不是你的好朋友吗？你在家不是老念叨她吗？把这个书包送给好朋友，不好吗？"阿藤花说："她不是我的朋友！朋友不会来抢我的书包！我念叨她是怕她过得比我好。"苏书记的脸色沉下来。

乌兰其其格说："通嘎拉嘎也常常念叨你，她希望你过得比她好。你们是坐一趟火车来这里的，这是缘分，阿姨希望你们能做一辈子的朋友。"苏书记说:"通嘎拉嘎,叔叔答应你,以后一定送你一个更好看的书包。"

通嘎拉嘎拉起乌兰其其格的手。乌兰其其格说:"我们得回去了,还得给朝鲁送条子去,走啦。"她们转身离开,阿藤花紧紧抱着书包,死死盯着她们的背影。

乌兰其其格把通嘎拉嘎抱上马背,屋里传来了阿藤花的哭喊声。"叔叔在打她吗?""不会,你们是国家孩子,不能打你们。你们坐了几千公里的火车来,不是为了挨打的。""可是她在哭——"乌兰其其格一带马缰绳,掉转马头离开:"她从小就爱哭——额吉会给你做一个最好的书包。"

阿藤花抱着书包,哭得很委屈,苏书记气恼地瞪着她,终于忍不住走上前,抱住了她。阿藤花紧紧抱住苏书记的脖子,哭得更大声了。"你不想把书包给通嘎拉嘎,我也没有打你骂你,也没有抢你的书包,你哭什么?""我怕阿爸不喜欢我了。"

"哪儿有阿爸不喜欢自己的女儿的?我让你把书包让给她,不是不喜欢你,是因为她没有去过北京,没有阿爸——这些你都有,不是吗?""我怕我不听你的话,你就不喜欢我了。""既然怕我不喜欢,为什么还不听我的话?"

阿藤花突然又哭起来:"要是听了你的话,我就不快乐了,你就是喜欢我,我也不快乐。"苏书记没有想到是这样的回答,他不知道该说些什么,只是紧紧地抱着阿藤花。

朝鲁把博克项圈戴在自己脖子上——博克项圈挂着很多红蓝绸条,每参加一次比赛取得好成绩,就可以多挂上一根绸条,这个博克项圈上已经挂得沉甸甸的了。

朝鲁得意地看着周围的小伙伴,此时的他已经跟个蒙古孩子没什么区别了,身体壮实,气势彪悍。对面那个蒙古孩子巴雅尔摆起了摔跤的姿势,朝鲁扑了上去。两个人一路摔着,周围的孩子们叫着好。朝鲁被摔倒在地,巴雅尔伸手抓住项圈要摘下来,朝鲁死死抓住。

"我赢了,这个是我的了。""这可不行,这是哈图大叔的。""那我不管!谁叫你戴上了呢!赢了的人拿这个项圈。""是比赛就要有赌注,你的赌注呢?没有赌注我才不答应哪。""你要赖?""我没有!谁叫你不先说好的?你的赌注在哪儿呢？"

巴雅尔放开他，朝鲁得意地站起来。孩子们很鄙视，转身上马一哄而散，骑马离开。朝鲁朝着人家的背影大喊："我可没耍赖皮，下次带赌注来啊。"

他毫不在意，抬起手来，兀自琢磨起刚才摔跤的姿势来。远处马蹄声响，他看到哈图正骑马而来，他立刻摘下项圈飞奔进蒙古包。哈图下了马："噶鲁家的小子，为什么骂你不守信用？"朝鲁说："啊？他敢骂我？"

哈图沉着脸："你不守信用啦？""没有！等他下次来，我好好教训他。你晚上教我两手？""你别给我闯祸。""你怕惹祸？你害怕噶鲁？怕我摔了他儿子，他找你算账？"哈图恼怒地瞪着他。

"一定是这么回事。你摔不过噶鲁？我瞧他也不是太壮嘛！""那就教你两手，快点做饭。""好嘞！对了，今天我妹妹和乌兰阿姨来了，说让我去上学。苏书记给批了条子，拿着条子就能上学了。""你想上学吗？""都得上吧？"

哈图嘟囔着："没用。还不如早点给你要一群羊来放。""放羊？""学校能教出英雄来？放羊！放云彩一样多的羊！放牛！放山一样多的牛！放马！骑最烈的马！那才是草原上的雄鹰！"

朝鲁咂吧着嘴："这几句话可不像你说的。""哼，是我的阿爸说的，我觉得很对，转送给你。""好，我也放羊。"

乌兰其其格和通嘎拉嘎各自从怀里掏出各色形状不同大小不一的绸布，在桌上堆了一大堆。这些绸布是乌兰其其格带着通嘎拉嘎去向周围蒙古包的老额吉们讨要来的，老额吉们听说是要给国家孩子做书包，纷纷慷慨解囊，有的从自己的蒙古袍上直接撕下绸布，有的从女儿嫁妆的绸卷上剪下布料。

乌兰其其格拿出针线，准备缝纫。通嘎拉嘎躺在枕头上看着她在灯光下忙碌，针线缝着布条，被拼起来的布条越来越多，面积越来越大。乌兰其其格神情专注，运指如飞。通嘎拉嘎的眼睛渐渐合上。

晨光照进蒙古包，通嘎拉嘎醒过来。一个用各种颜色的绸布拼接缝成的书包挂在门框上，在晨光里投射着五彩斑斓的光芒。火塘上的奶茶正冒着热气。二十来岁的乌兰额吉在对着镜子梳着头。

乌兰其其格看到了通嘎拉嘎醒来："好看吗？""额吉，你真好看。""我问你书包好不好看。""额吉好看。"

乌兰其其格走过来，抱住通嘎拉嘎："我的小姑娘才真的好看，像朵鲜花一样。额吉真为你高兴。"娘儿俩紧紧抱在一起，享受片刻温暖。

朝鲁躺在毡垫上，跷着二郎腿，望着门外的蓝天发呆。他手里拿着苏书记的条子，下意识摆弄着。门外响起马蹄声，他兴奋地一骨碌爬起来，从墙上摘下项圈跑了出去。乌兰其其格和通嘎拉嘎骑在马上，妹妹向哥哥招着手。

"幸亏绕过来看一眼，你怎么没有去上学？""哈图大叔说上学没有用，还不如放羊。""胡说八道，苏书记的条子在哪里？上马。跟我去上学。"

通嘎拉嘎说："额吉说，上了学才能认字，才能给上海的爸爸妈妈写信。"朝鲁一愣，几步就跑到马前，被乌兰其其格拽起来放在身前，三人纵马而去。

二

教室里，孩子们好奇地看着兄妹俩。甘亮说："同学们，再给你们介绍两个新同学——朝鲁，通嘎拉嘎。"谢若水举起手："老师，我认识他们，让他们坐这里吧。"谢若水和阿藤花比邻而坐，身边各有一个空位子。甘亮说："好。你们去坐下吧。"

朝鲁和通嘎拉嘎走过去，朝鲁坐在谢若水身边，通嘎拉嘎看向阿藤花，阿藤花往边上让了让，让出空座位，通嘎拉嘎坐下。朝鲁环顾教室，迎上了一双桀骜不驯的眼睛，是那个和他摔跤的巴雅尔。巴雅尔不屑地哼了一声，朝鲁也不服气地向他瞪起眼睛。

乌兰其其格一步三回头地走出小学校门，有些失魂落魄。她解下马缰准备走，马却不肯跟她，她用力拽了拽缰绳，带着马慢慢走着。旁边蹲在地上聊天的几个牧民奇怪地看着她，乌兰其其格牵着马慢慢走着，牧民追了上来，一把抓住了马缰："这是我的马！"

乌兰其其格这才发现牵的不是自己的马，连忙把马缰还给人家。她快步跑回学校门前，牵上了自己的马，乌兰其其格解释着："牵错了，牵错了。这是我的马。"牧民把自己的马牵回来拴好："怎么啦？舍不得孩子？上学是好事嘛！""可是她从来没有离开过我。""小鹰要飞上天，一定要离开妈妈；小羊要长成大羊，也一定要离开妈妈。别守着孩子了，走，快走。"

这里是公社的边缘，唯一的土路在这里到了尽头，外面就是茫茫草原。

乌兰其其格牵着马回望，小小的公社街道上有人影晃动着，她狠下心上了马，纵马离开，她的身影在草原上奔驰，离公社越来越远。

谢若水把朝鲁和通嘎拉嘎、阿藤花带回自己家，阿藤花带着矜持，不动声色地看着屋里的一切，她注意地看了看墙上相框里谢若水的照片。

谢若水张罗着给他们拿水果，一一塞给他们："吃苹果，课间十分钟，正好吃一个苹果。"通嘎拉嘎看到只有三个苹果："你不吃？"谢若水说："我天天吃，都吃腻了。"阿藤花不爱听："吹牛，谁能天天吃苹果？""没吹牛！这三个都是我今天必须吃的，每节课课间要吃一个。""我不信。我阿爸是公社书记，我都没有天天吃苹果。"

谢若水涨红了脸，他弯腰从床下拽出一个藤筐，里面还有小半筐苹果："我妈妈说吃苹果能治我的过敏，托人从河北买来的。"阿藤花说："哎哟，原来是你治病的药啊，那我们还是别吃了吧。"

她一副不屑一顾的样子，手里的苹果却抓得紧紧的，朝鲁却一口咬下半个苹果："快吃。"通嘎拉嘎也吃起来，阿藤花犹豫着，矜持着举起苹果。朝鲁说："你不喜欢吃，我帮你吃。"

阿藤花借机下台，也飞快吃起来，当然，她还是吃得最快的那个。三个孩子边吃边相互打量，终于哈哈大笑起来，至于为什么笑，恐怕他们自己也不知道。谢若水也笑得很开心。

上课的钟声响起，朝鲁他们四个说笑着走进教室。屋里，以巴雅尔为首的一群内蒙古孩子都停下说笑，满脸鄙视地看着朝鲁，朝鲁莫名其妙。一个内蒙古孩子不知道说了句什么，众人一起哄笑起来，显然，他们的表情说明，这是冲着朝鲁来的。

巴雅尔挑衅地说："嘿，不守信用的汉族小子！""你说谁？""当然是你。"朝鲁晃着膀子逼过去："你再说一遍？"巴雅尔也站起身准备迎战："你不守信用。"

朝鲁刚要扑过去，门外响起了甘亮的声音，通嘎拉嘎拉着朝鲁坐回座位，朝鲁和巴雅尔隔着人群相互瞪着。

哈图抱着套马杆，躺在山坡睡觉。远处，马群在悠闲自在地吃草。一只羊突然探头在哈图身边吃了口草，距离如此之近，以至于哈图醒了过来。他看到赶着羊群过来的乌兰其其格，翻身坐起来："嘿！乌兰其其格，你是特意来找我的吗？"

"我的羊可不喜欢吃这里的草。你为什么不让朝鲁去上学？他们如果在上海，一定会去上学的。""他们在上海都快饿死了。""他们现在饿不死，饿不死就要上学，上学才能聪明，才能有用。"

"我不认识字，我不是也当了马倌。""你想让朝鲁也当个马倌？为什么不想着让他当解放军？当营长？团长？"哈图一愣，他显然从来没有想过。

"孩子们应该过得比我们还好，如果他将来也就是当个马倌，当个羊倌，那我们就对不起他们的亲阿爸和亲额吉。""好了，好了，你整天把这些话放在嘴上，他们现在是我们的孩子！""那就比他们的亲阿爸和亲额吉做得更好。"乌兰其其格跟哈图商量好，由她来接送两个孩子上学，但是哈图要给朝鲁做个书包。

朝鲁和巴雅尔被学生们簇拥着，来到教室后面，这里很隐蔽，老师看不到。朝鲁说："我今天没戴博克项圈，你身上也没什么我想赢的，咱们就干摔吧？"巴雅尔说："你们汉族人就是啰唆。"

两个人相互靠近，随即摔在了一起。一来二去，围观的学生们压抑着兴奋的喊声。阿藤花不知道在吃什么零食，嘴里动个不停，专注地看着。谢若水一脸紧张。巴雅尔被朝鲁狠狠摔在地上，他爬起来再次扑过来，还是被朝鲁利索地摔倒，朝鲁得意地晃着身体。

"知道我上次手下留情了吧？""那你也是不守信用。"朝鲁怒了，突然扑过去骑在巴雅尔身上，挥动拳头打得乱响："叫你嘴贱——叫你嘴贱——"

打完架，朝鲁和巴雅尔垂头丧气站在校长面前，校长也不理他们，专心把玩着自己的马鞭，她时而挥一挥，发出撕裂空气的抽击声。两个孩子都害怕，但是看到对方也害怕，又都故作镇静，但下次抽击声响起，依旧会害怕，这个过程中，两个孩子相视而笑了。

甘亮和满都拉低声交谈着。远处的教室窗口，通嘎拉嘎和谢若水正扒着窗向这边看着。

甘亮说："校长要是大发脾气怎么办？还是请谢老师来劝劝吧。巴雅尔倒是无所谓，可朝鲁是国家孩子，校长真要是发了脾气——"满都拉说："巴雅

/ 057 /

尔怎么就能无所谓？在我眼里他们都是国家的孩子。我相信校长的觉悟。"甘亮不以为意："她打仗的时候可是拿过枪，杀过人的。""杀的是土匪，是坏人。"

甘亮看了眼手表："快放学了，乌兰其其格会来接这两个孩子，她也倔强得很，别跟校长冲突起来。"满都拉说："她？她性格好得很。你就因为她有个孩子，就放弃啦？"

甘亮很尴尬，满都拉很严肃——当然，她一贯很严肃："她的孩子是养子，这你还不知道？""不是这么回事，我的家庭——唉，一句两句我也说不清，老北京大家族，规矩多。""你还是没投入感情。罗密欧宁可死也要娶朱丽叶。"

甘亮这才真的吃惊："满都拉老师？""是谢老师讲的故事，你还不如一个外国人？""可他们最后都死了呀。"

满都拉没有再说话，因为校长室的门开了，巴雅尔和朝鲁走出来，他们一脸茫然。甘亮看了一眼关闭的房门，招手叫他们过来，不由自主地压低了声音："校长怎么处罚你们？"

朝鲁摇头："她就让我们出来了。真的，不信你问巴雅尔。"巴雅尔也连连点头。甘亮说："你们两个还打架吗？"

两个人一起摇头。甘亮把他们赶回教室去上自习，两个孩子走着走着就搂起肩膀，很是亲热。满都拉说："马群里有爱惹事的儿马，能给马群带来活力。牧民会让儿马们成为朋友，而不是敌人。"

三

黄昏，夕阳铺满教室，孩子们在操场上散开，纷纷走出校门回家。朝鲁和通嘎拉嘎等在外面，通嘎拉嘎在埋怨着朝鲁，而朝鲁一脸无所谓的样子。乌兰其其格收回目光，满都拉严肃地看着她："这已经是他第七次被罚站了，他入学才十五天不到，这孩子太调皮。按道理，我应该找他的养父哈图谈话，可是那个人！我怀疑找他谈话会不会有效果，所以，我只好找你谈谈。"

乌兰其其格似乎没有明白这一番话的意思，茫然地点头。

满都拉说："这个孩子缺乏纪律性、服从性，学习也没有用心，家长要对他多下点功夫。"

乌兰其其格说："好。可是怎么多下功夫呢？他在学校都不肯听话，我该怎么做？"

满都拉也有些无语:"他如果还继续这样下去,学习跟不上,又总是破坏学校纪律,学校就不能再留下他了。"乌兰其其格的神情一下子更为严肃了。

满都拉说:"你也做过他们的保育员,这些道理你能明白,尤其是,一个坏榜样会带来多坏的影响。"

乌兰其其格骑马带着朝鲁和通嘎拉嘎回家。乌兰其其格问朝鲁:"你为什么不听老师的话?为什么不守纪律?"朝鲁说:"我没有。"通嘎拉嘎说:"你就是不听话,满都拉老师都生气了。"朝鲁说:"我就没有,都怪满都拉老师——"

朝鲁挨了训,恨上了满都拉老师,第二天上课前,他跑到满都拉老师家窗户根下,把一只老鼠从窗口丢了进去,屋里传来了尖叫和药锅落地的声音。很快,甘亮他们用担架把谢根杨放在牛车上送往医院,满都拉惊慌地跟在旁边。

满都拉找到苏书记,要求严肃处理朝鲁:"就因为我批评了他,就打击报复下毒手,这是什么性质?这么小就这么坏,将来还怎么得了?必须严肃处理。"

乌兰其其格想保护朝鲁,也被满都拉堵了回去:"你不是他额吉,从法律上你跟他没关系,他是国家孩子,我爱人也是国家的!国家派来的支边老师差点被他给害死!这是犯罪!"

哈图推开门闯了进来,大步跨到朝鲁面前,一把抓起掀翻在地,拉起他的蒙古袍子,挥动马鞭,鞭鞭着肉啪啪作响。朝鲁除了第一下喊了一声,剩下就死死咬牙不肯再喊。众人上前阻拦,苏书记一把抓住鞭子:"你再敢打他一下试试?我把你吊起来抽!""他闯了祸。闯了祸就要打。""我就不让你打。"

满都拉不满:"你们用不着在我面前演戏,我不是来欺负一个小孩子的,我就是告诉你们,这个孩子不管教将来要闯大祸!把他们接来就要对他们负责,可不能光管他们吃饭不管他们成长。"众人都沉默了。

朝鲁从乌兰其其格身边挤出来:"我错了,我不该往满都拉老师家丢老鼠。我不想上学了,给我一群羊吧。"苏书记说:"你这孩子,说什么气话!"朝鲁说:"真的,苏书记,我不是念书的料,一进教室就困,我还是早一点儿那个自食其力吧。"

哈图被气笑了:"我养得起你——""我知道,反正我不去上学了。"朝鲁转身一瘸一拐往外走去，屋里的人面面相觑。苏书记说："他今年多大？"没有人回答他，因为知道他只是没话找话。

回到家，哈图掀开朝鲁的蒙古袍，拿着一瓶药，涂抹着他屁股上的鞭痕："这是獾子的油，专治各种伤——还疼吗？""说疼也没有用，还不如说不疼，多说几遍就不疼了。""那是药管用了。这可是最好的药，什么伤口都能治。你怪我打你啦？"

"没有，不打不行，满都拉老师都快动手了。""你活该！调皮淘气也得有个分寸——""你说被谁摔倒了就一定要赢回来。满都拉老师整天对付我，我当然要吓唬吓唬她，谁知道谢若水他爸胆子那么小。"

"胡说。咱们去上门道个歉，把獾子油带去，你还能真不去上学啦？！"朝鲁转头，认真地说："我真不想上学了。"哈图犹豫地说："你将来可别后悔？""后悔我也不让你知道。"

甘亮夹着一叠作业本走来，看到乌兰其其格在等着自己："乌兰？"乌兰其其格说："甘老师，朝鲁他不想上学了，我怎么劝都不听，你说这可怎么办？""他又不是你儿子。""他是通嘎拉嘎的哥哥啊！再说我把他接来的，我不能不管他。"

"你能怎么管？那孩子心太野了，我觉得他不上学也好。"乌兰其其格心乱如麻："不上学可以吗？""怎么不可以？以前草原上不上学的人多着呢。"

"那是以前。现在怎么能不上学呢？他如果不上学，以后会怎么样？""跟他阿爸一样，当个牧民呗，世世代代都这样过来的。""不行。他是国家孩子。"

"国家孩子也不能搞特殊化。国家给了他们活命的机会，也给了他们念书的机会，他们的命运如何，还要看自己把握。"

"他是个孩子，他什么都不懂。"

"那他以后就只能认他的命。知识是很重要，但是能不能成才，还要看命运是怎么安排的。"

乌兰其其格无力反驳，但是显然她不服气。甘亮看了看手表："我跟你说句肺腑之言。你这样不行！真的不行，你看看你现在，每天往返四次，还不能耽误给公社放羊，老这么起早贪黑，铁打的身体也受不了啊！"

"我没事儿。""问题是你根本没有必要这样！草原上还有那么多申请抚养的人没有孩子，你一个不符合领养标准的人，凭什么把持着通嘎拉嘎？"

乌兰其其格沉下脸说："因为我最了解她我最疼爱她，这些孩子是国家孩子、草原孩子，所有人的父母只是陪他们一程的人，我怎么就把持着她了呢？"

甘亮不耐烦地说："你这是故意混淆逻辑，你知道我说的是什么。""我知道，你喜欢我，你想娶我，但是你不想要这个孩子，你宁可不娶我也不要这个孩子。"她的直截了当让甘亮哑口无言，张着嘴不知道怎么回答。

"我们草原人就是这么直接。我对你也有好感，但是我更爱我的女儿，如果你不能接受她，还老想着拆散我们两个，那我现在就告诉你，不可能。"乌兰其其格说完转身就走。有一个瞬间甘亮想要开口叫住她，却还是犹豫了，他默默站着。

乌兰其其格骑马走在街上，脑海中不断闪现着认识甘亮以来的画面，尤其是他雪白的袖口、雪白的领口、雪白的牙齿，还有他的喉结和笑容，这是甘亮留给乌兰其其格最深刻的印象，也是她最看重的地方，而现在，乌兰其其格决定放下这段感情了。

四

朝鲁得意地甩着长鞭把羊群赶进羊圈，他很是自豪，因为哈图大叔说了，他上辈子可能就是草原上的人，所以学什么都特别快。

乌兰其其格却很担心他的未来，如果他不肯再上学念书，将来回了上海也不可能在那里留下来，因为上海跟这里不一样，没有文化就什么都干不了，只能饿死，朝鲁却依旧不肯答应。通嘎拉嘎问过他为什么不答应，朝鲁说："因为我们回不去了，我们这辈子都要留在这里，所以我不上学了。"

他扭头看向妹妹："昨天晚上，我突然想不起爸爸妈妈的样子了，我很害怕，使劲想，使劲想，可是想起来的只有乌兰阿姨，还有哈图大叔，咱们自己的爸爸妈妈我怎么都想不起来。"他突然望着草原大哭起来，哭声里满是绝望。通嘎拉嘎把手伸过来拉住哥哥的手，摊开他的手掌，把三个羊拐放在他掌心。

"我记得呢，一点儿都没有忘，爸爸是个高个子，瘦瘦的，戴着一个黑框眼镜，眼镜腿断了，用胶布绑着，胶布的颜色都黄了。还有他身上老是有烟味，手指头黄黄的，烟味最重了，他喜欢摸我的头，摸完之后头发里都是烟味。你想起来了吗？"朝鲁连连点头，催促着她接着说。

"妈妈最好了，声音好听，做饭也好吃，妈妈身上老是有股牛奶糖的香味，其实她没有糖，可是每次她抱我，我都以为有糖吃，怎么闻都闻不够。"朝鲁也连连点头，又哭又笑。

"爸爸看起来厉害，可是他特别听妈妈的话，如果我们惹他生气了，我们就去找妈妈，爸爸就不会打我们了。"朝鲁此时全想起来了，他哭得更大声了："我现在就想让爸爸打我，就想让爸爸打我。"通嘎拉嘎倒在哥哥怀里，低声说着："我也想。"两个孩子抱在了一起，朝鲁叮嘱她："你从小就比我聪明，一定要替我记住爸爸妈妈的样子，好吗？"通嘎拉嘎点头。

朝鲁说："还有，一定要学会写字，我以后一定带你回上海，你要学会写字才行。"通嘎拉嘎再次点头。"拉钩。"通嘎拉嘎伸手和他的小拇指勾连在一起，摇了摇。

五

小学校操场上早早拉起银幕，放映露天电影《草原英雄小姐妹》。乌兰其其格把通嘎拉嘎抱在怀里，朝鲁和谢若水捅来捅去嬉闹着，坐在他们前面的阿藤花闻声转身怒斥他们："朝鲁，你干什么？谢若水，你坐过来，要不我告诉老师去。"谢若水只好磨蹭着坐到前面，阿藤花示威地瞪了朝鲁一眼，朝鲁翻着白眼，不以为意。

乌兰其其格的眼神突然定住了，在电影放映机的光柱照耀下，她看到甘亮正带着一个穿蒙古袍子的女孩儿挤进人群，乌兰其其格观察着他们细微的表情，看得出他们的亲密，她有些失落。

那天晚上回家的路很漫长，乌兰其其格神情恍惚，听着兄妹俩在叽叽喳喳斗着嘴。通嘎拉嘎说："我们学校要评学习草原英雄小姐妹标兵，我肯定能选上。"朝鲁说："选那个有什么用？""是光荣。额吉，我又要得一张奖状了，咱家还贴得下吗？""光荣有什么用？能当饭吃吗？能当酸奶喝吗？能当肉吃吗？那么多奖状拿来烧火都烧不开一壶奶茶。"

通嘎拉嘎突然大哭起来，乌兰其其格连忙哄着她："哥哥是在逗你玩呢。"朝鲁悻悻地说："就是，就知道哭，真不好玩。好啦好啦别哭啦，知道你在乎这个就是啦——"朝鲁恼怒地抖动缰绳，策马跑到前面去了。

乌兰其其格继续劝着通嘎拉嘎，她却放下捂着脸的手，根本没有哭过："我一哭哥哥就害怕了——谁叫他欺负我。"乌兰其其格搂紧她："你呀，真是额吉的小精灵，有了你，额吉什么都不想要了。"马蹄声碎，通嘎拉嘎的笑声更加清脆。

满都拉站在讲台，神色威严地宣布学习草原英雄小姐妹小标兵的名单，阿藤花、通嘎拉嘎相互不服气地看了一眼，各自移开眼神。满都拉叫到了通嘎拉嘎、乌日布和、巴雅尔和另一个同学，没有阿藤花，阿藤花的脸色阴沉下来。

放学的时候，通嘎拉嘎背着书包等着乌兰其其格来接，阿藤花向她大步走来："通嘎拉嘎，奖状我能看看吗？"

通嘎拉嘎从书包里拿出课本，将夹在课本里的奖状小心地拿出来，阿藤花接过来直接放进自己书包："这次小标兵应该是我，这个归我了。"

谢若水和通嘎拉嘎都很吃惊。谢若水说："那是通嘎拉嘎的奖状，上面有她名字呢。"阿藤花说："没关系，我就跟我阿爸说写错了。"通嘎拉嘎说："我不给。"阿藤花说："不给不行，凭什么每次奖状都是你的？这次就该是我的。"

谢若水看不过去了："你也太霸道了——"阿藤花呵斥他："你闭嘴！我们女生说话，你插什么嘴？"她又转向通嘎拉嘎："不给我就撕了它，咱们俩谁都没有。"通嘎拉嘎伸手去抢，阿藤花闪躲着，把手里的奖状狠狠撕了几把丢在地上。

阿藤花在家里心不在焉写着作业，朝鲁找上门来把她叫了出去，二话不说按在地上就是一顿揍。闻声赶出门来的苏书记和一干牧民震惊地看着，阿藤花大声呼救，苏书记这才反应过来。他抓起朝鲁，朝鲁又一脚向阿藤花踢去，这一下激怒了苏书记，他照着朝鲁脸上连连打了两个嘴巴。朝鲁摔倒在地，抽出了腰刀。牧民们连忙上前，夺下腰刀制止了他。乌兰其其格带着通嘎拉嘎骑着马跑了过来，她仓皇跳下马来。通嘎拉嘎也大声叫着："哥哥——哥哥——"

阿藤花把门反锁，门后顶着一把椅子，她躲在屋角，蹲在地上，惊恐地看着窗口的光亮。奖状碎片被放在桌上，乌兰其其格说明了情况，学校有很多人都看到了，都可以做证。苏书记承认："这件事是阿藤花不对，但朝鲁不能来私下报复，否则还要学校干什么，要组织干什么。通过正常途径反映，我难道还会包庇我的女儿?"众人都附和着。

苏书记说:"这件事还是由学校处理吧,阿藤花要写检查,向通嘎拉嘎道歉,满都拉老师负责监督——朝鲁这孩子性子太野,我会跟他阿爸说。但是这件事不怪他,他也是为了保护妹妹。"

哈图被牧民找来时脚步歪斜,一身醉态,苏书记一脸嫌弃:"怎么又喝成这样?你早晚死在酒上。""我儿子又闯什么祸啦?我打死他——""胡闹!你动他一指头我就揍你!这次的事不怪你儿子,把他带走吧。"

哈图看到了人群后的朝鲁,朝鲁脸上带着伤痕和掌印,正恨恨地盯着众人。哈图的酒醒了点儿,他凑近朝鲁看着他脸上的伤:"儿子,这是怎么回事?谁打你啦?谁敢打你?"

朝鲁扭开头躲避着他的目光,哈图伸手捏住朝鲁的脸,摸着朝鲁脸上的掌印。朝鲁一指苏书记:"他!他打了我两个耳光!"哈图转身向苏书记走去,不容他分说,一把揪住腰带就将他利索地举起来,狠狠摔在地上,朝鲁震惊地睁大了眼睛,苏书记恼怒地爬起来,还没有站稳,哈图又把他利索地摔倒在地。

哈图回头看向朝鲁:"儿子!两个耳光,摔他两个跟头!够不够?"朝鲁眼泪哗哗流淌,连连点头,哈图哈哈大笑。牧民们七手八脚地扶起了苏书记,他恼怒地瞪着哈图。

哈图说:"你不服气?不服气你叫民兵抓我!"苏书记没好气地说:"我抓你干什么?你摔我不算本事!有本事你今年给公社摔个冠军回来。"哈图说:"包在我身上。儿子,上马,回家。"朝鲁上了自己的马,乌兰其其格也把通嘎拉嘎抱上马。苏书记赶着人:"都散了吧,奶奶的,被人摔了,没脸留你们,都走,都走!"众人纷纷纵马,门前一片烟尘。

被椅子顶着的门,怎么也推不开,阿藤花依旧蹲在墙角。苏书记说:"开门——开门啊——阿藤花——别害怕,阿爸不怪你——好孩子快开开门,阿爸扭了腰,要赶紧擦上药酒——"她堵住自己的耳朵,苏书记的声音越来越小。

哈图突然勒住马,盯着朝鲁:"下马!"旁边的乌兰其其格担心地看着他:"你要干什么?今天的事不怪朝鲁,你要是敢打他,我跟你拼命。"

哈图不以为意,朝鲁说:"乌兰阿姨,阿爸不会打我。"乌兰其其格吃惊,哈图也又惊又喜:"你叫我阿爸?""你不怕我闯祸,我就叫你阿爸。"

哈图哈哈大笑:"闯祸?阿爸从小就闯祸!好儿子,再叫一声听听。""阿爸。""好儿子!我叫你下马,是要把摔苏书记这一招儿教给你,阿爸摔得好吧?那是阿爸的绝招儿,来,来,我教你——"

他跟朝鲁比画着,乌兰其其格放下心来,她抱紧了通嘎拉嘎。在漫天繁星下,在这个月色清亮的苍穹下,四个人三匹马,阵阵笑声远远回荡。

六

甘亮结婚了,带着新娘子向来来往往的宾客送着喜糖。乌兰其其格带着通嘎拉嘎去吃喜糖,通嘎拉嘎伸手去触摸了一下乌兰其其格的脸,手指上沾上了眼泪。

"额吉,你哭了。"

"额吉眼睛里进了灰。"

通嘎拉嘎把嘴凑到乌兰其其格的眼睛前吹着,乌兰其其格尽情流泪。

"额吉,你的眼泪越来越多啦。"

第五章 逃　走

一

谢若水在草原上找到朝鲁，告诉他说有人从上海来找儿子，朝鲁很震惊，把羊鞭子丢给谢若水拔腿就跑，谢若水手足无措拿着放羊鞭子："哎——哎——我不会放羊啊！"

朝鲁沿着街道狂奔，一路跑到了苏书记的办公室前。他剧烈喘息着，突然四下吸着鼻子闻着味道，他蹲下来看到地上的车辙印和车辙印中间漏下的机油，起身推开了办公室的门。

阿藤花正在苏书记的办公桌上写作业，她看到朝鲁，紧张地戒备起来。朝鲁问："你阿爸去旗里啦？什么时候走的？跟谁一起走的？是不是坐汽车走的？"阿藤花勇敢地挺起胸膛："我为什么要告诉你？""我找你阿爸有急事。""你才多大点儿，你能有什么事找我阿爸？"

朝鲁恼怒地上前一步："你说不说？"阿藤花抓起削铅笔的小刀："你又要欺负我！你和你阿爸都只会欺负人！我阿爸的腰现在还没好，连马都骑不了！"

两个人对峙一番，阿藤花才说苏书记跟两个上海来的人一起去旗里了，朝鲁很为有父母来找他们而激动，阿藤花不以为意，说："找就找呗！现在想起找咱们啦？丢咱们的时候干吗去了？"

"是来找谁的？有名字没有？""有名有姓，还有照片，我阿爸说不是咱们这个旗的。你以为就咱们那一趟火车？一共来了三千多人呢！"

"还会有爸爸妈妈来找咱们的！""爱找不找！找了我也不走。我现在有阿爸有额吉，我才不回上海呢！你还想回上海，你对你阿爸一点儿都不好！"

等朝鲁垂头丧气回到草原、想起他的羊群时，谢若水正徒劳地张开双臂，他已经急哭了几次，满脸是泪水。羊群四散奔跑，谢若水追着跑着，气喘吁吁。一块石头从远处飞来，砸在一只乱跑的羊旁边，羊吓得站住。朝鲁边跑边不断抛着石头，乱跑的羊群被控制住。谢若水又委屈，又疲惫，他摇晃了几下，一头栽倒，昏了过去。

谢若水从昏迷中醒过来，满都拉正在跟乌兰其其格大发脾气，坚决要求朝鲁不要再和谢若水来往。乌兰其其格叹口气："他们都是孩子——"满都拉说："孩子不懂事，大人懂事，我希望你能约束他们，否则我就让校长把通嘎拉嘎开除。"

谢根杨沉下脸来："满都拉！你在说什么？学校是你家开的吗？你怎么能这样？"他剧烈咳嗽起来，吐了一口血，乌兰其其格和两个孩子都吓了一跳。

二

朝鲁躺在灯下，手里拿着宝力根留下的糖纸，对着灯光照着，隔着糖纸，蒙古包里的一切都红彤彤的。他看着坐在一堆酒瓶中喝酒的哈图："阿爸，你想哥哥吗？宝力根，你想他吗？"

"阿爸现在有了你啦。""我知道，你想宝力根吗？""傻孩子，哪儿有不想儿子的阿爸？""有多想？如果宝力根是去了特别遥远的地方，你会去找他吗？""再远也扯不断阿爸想儿子的心。"

朝鲁叹了口气，下了一个决心。第二天他等在上学的路上，让通嘎拉嘎给谢若水带去了一张字条，上面用铅笔画了一头羊的简单图形。

谢若水一看就明白了，他鬼鬼祟祟地顺着学校外墙跑来："你怎么来啦？"朝鲁说："来找你啊。我是来救你的。你不是说有上海的爸爸妈妈来找咱们了吗？阿藤花说，她阿爸带着那两个人去旗里了。咱们亲生的爸爸妈妈在找咱们。"

"又不是咱们的——""这两个不是，可是说不定咱们的爸爸妈妈去了别的旗呢？咱们不能坐以待毙。""什么？""坐以待毙，不懂？你没有看《南征北战》啊？就是不能干等着！咱们必须主动出击，回上海找爸爸妈妈去。"谢若水吓得张大了嘴巴。

"我以前就跟我妹妹算过，只要有十五块烤红薯就能走到旗里去，那里有火车站，那么大的火车，要想混上去也不太难吧！""我得回去了，该上课了。""你听我说完！干粮我来解决，你只要把你平常的药准备好就行！"

"咱们明天再说，我真得回去上课了。""不用担心安全，我打听过，没有狼。""我知道,我知道,我不担心。""那你到底跟不跟我们走?这是你最后的机会。""好,我跟。"

谢若水摆着手一溜烟离开,朝鲁目送着他,随即看到了一只羊正在啃树皮,他怪叫一声丢出石头,把羊砸回了水沟,阿藤花从树后跳出来:"我看见了!"朝鲁吓了一跳:"喊什么你!就吃了一点点儿树皮。""我说的不是你的羊,是你和谢若水!你们到底要干什么?""你管得着吗?""你要是不告诉我,我就告诉满都拉老师去。"她猜测着,"你们要跑!我刚才可都听到了哟。"

朝鲁神色不定,不知道她是不是在骗自己,阿藤花察言观色道:"咱们是坐一趟火车来的,都是兄弟姐妹,你忘了吗?咱们之间应该没有秘密。"

朝鲁没有上当,赶着羊离开,阿藤花回到教室又去套谢若水的话:"朝鲁让我找你商量一下。"谢若水吓了一跳:"朝鲁?"阿藤花说:"嘘!小点声。这件事能张扬吗?"

谢若水也压低声音:"你也要走?""嗯。""你为什么要走啊?你阿爸对你那么好。""你们不是也——""我其实根本不想走,是朝鲁非要回上海。"阿藤花睁大了眼睛,知道了这件了不得的大事。

哈图发出鼾声,睡得正香,不时发出含糊的梦呓,朝鲁无声地爬起来,他在清点着各种食物,把牛肉干、奶干、红薯等装进一个牛皮口袋里,系紧了皮带。

第二天早上,朝鲁背着牛皮袋,傻傻地看着阿藤花,谢若水一脸委屈:"啊?不是你让她来找我的吗?"

朝鲁狠狠瞪着阿藤花,通嘎拉嘎连忙拉住朝鲁的手,阿藤花的手从口袋里抽出来,手心里是一叠钱:"这是我攒的零花钱,一共九毛四分钱,咱们回上海得带上钱。"朝鲁问:"你也要回上海?"阿藤花说:"当然,咱们一起来,也要一起回。"

朝鲁说:"你为什么要走?你阿爸对你那么好。"阿藤花说:"你们的阿爸额吉对你们不好吗?你们为什么要回去?叶落归根懂不懂?"朝鲁还真不懂,摇头。阿藤花说:"不懂就算了,反正咱们都要回上海,就一起走吧。"

朝鲁看向谢若水,谢若水一脸无所谓。朝鲁问:"你是真心的?"阿藤花说:"钱我都拿出来了。"朝鲁说:"好,算你一个。"朝鲁伸出手,阿藤花压上自己的手,随即,谢若水和通嘎拉嘎也压上了自己的手,四双小手握在一起。

朝鲁说："你们两个去教室拿书包，谢若水你回家拿你吃的药，我把羊赶到噶鲁大叔家的羊圈去，咱们马上就出发。"

通嘎拉嘎跑向教室，谢若水跑向家属区，阿藤花却跑向校长办公室。谢若水轻手轻脚走进家门，轻手轻脚从柜子下拿出一个背包，又把桌上的药瓶往自己口袋里装，满都拉沉着脸走进来把他堵个正着。

满都拉怒气冲冲从家属区走出来，校长正拉着通嘎拉嘎的手，低声说着什么。满都拉说："不用问了，阿藤花说的是真的，我儿子连行李都准备好了。"校长说："你先不要急。"满都拉说："再不急我儿子都跑了！又是朝鲁那小子搞的鬼！我去找哈图，我要问问他怎么教儿子的！"

满都拉牵出马来，麻利地上马冲出校门，校长看向通嘎拉嘎，通嘎拉嘎没有惊慌的表情。

阿藤花得意地看着她："哈哈，这下你哥哥该挨打了吧？活该！叫他老欺负我！"通嘎拉嘎淡淡地看了她一眼："我哥哥会打死你的。"阿藤花的笑容一僵："哼，我不怕。"

阿藤花越来越不安，她突然收拾书包，起身往外走："我不是害怕，我要去找我阿爸，我要揭发你们。"她一溜烟跑了出去，通嘎拉嘎这才流露出不安。

谢根杨躺在床上，吃力地把毛巾递过去，谢若水抽噎着不肯接。谢根杨说："你妈妈是心里害怕，人在害怕的时候往往喜欢动手，所以啊，不要怕那些动手的人，因为他比你还胆子小。"

"她那么凶，她才不怕。""她怕啊，她怕你真走了，爸爸也怕。""爸爸也要打我吗？""爸爸不打，你妈妈已经打了你，一定很后悔，我要替你妈妈后悔。"

"爸爸你是打不动我。""对啊，我的若水是大孩子，爸爸可打不动了。"他神情疲惫地闭上眼睛，"你去写作业吧，爸爸睡一会儿。"

谢若水站起来走到外屋，门口传来朝鲁弄出的轻微的声音，朝鲁向他招着手，谢若水回头看看，爸爸已经睡着了。

三

朝鲁拉着通嘎拉嘎，和谢若水蹲在门前的菜地里。朝鲁压低声音说："阿藤花已经叛变了，咱们必须提前起义。"谢若水说："还走？他们已经知道了。""必须走，你妈妈能饶了你吗？反正我阿爸饶不了我。""可是……""你妈妈现在去找我阿爸了，再不走可真来不及了。"

看到谢若水还在犹豫，朝鲁站起来："你不走我们走，你以后别后悔。"他拉起通嘎拉嘎转身就走，谢若水挣扎片刻，也追了出去。公社尽头是一望无际的草原，他们毫不犹豫走了进去。

夜色已暗，一片火把的光亮照亮这里，一群人骑着马，举着火把冲进了黑暗的草原。苏书记摇通了电话，大喊："总机？总机？我是向阳红公社，我要接旗委，有重要情况汇报——"

办公室的门开着，门外也是人声鼎沸，公社小学校长的大嗓门在说着话，甚至盖过了苏书记的声音："所有能骑马的人都出去找，东南西北四个方向，三个人三匹马为一组——"

门前也聚集着不少人，屋角还挑着一盏嗞嗞作响的汽灯，把这里照得很明亮。苏书记说："分头去找，天亮前必须回来——这是纪律，再强调一遍，这是纪律。"

一脸焦急的满都拉突然举手："大家带上热水和被子，孩子们怕受不了冷哪。"校长说："对，对，提醒得很对，每匹马都要带上，这鬼天气要冻死人哪。"校长的口无遮拦让满都拉的脸色更加难看。

屋里，苏书记继续打电话："是国家孩子！三个，两男一女，很可能是去旗里了，我们已经派人去找了，就怕他们迷路——我会自请处分！你枪毙我都行！"

满天繁星，三个孩子躺在石头山的石头缝里，朝鲁指点着星星："那是大熊星座，那是北斗七星，咱们的方向没有错……"

谢若水羡慕地说："你懂得可真多。""当然，我爸爸教我的，他还带我去过天文馆哪。你去过吗？""没有。""我爸爸对我们可好了，星期天都带我们俩去公园，去天文馆，去少年宫……"

谢若水插嘴："所以你们才想回上海，是吗？""当然。你呢？""我其实——其实觉得这里也挺好的。我在上海的妈妈从来没有带我去过公园，也没有带我去照相馆照过相，这里的妈妈已经带我照过两次相了。""你后悔了是吗？"谢若水缩成一团："我就是冷。"

朝鲁伸手摸摸他的衣服："你阿妈给你做的袍子太薄了,你怎么不穿厚一点？"他解开衣扣,脱下自己的袍子,把通嘎拉嘎和谢若水都盖在袍子下,"我这是狼皮袍子,暖和得很,熬过这一夜,就快到旗里了。"

苏书记的手指在地图上一点点移动着,阿藤花从里屋推门出来："阿爸,我的作业写完了。"苏书记心不在焉地"哦"了一声。阿藤花问："还没有抓住他们三个？都怪满都拉老师,我都告诉她朝鲁要跑,她还是没抓住他。"

苏书记奇怪："你告诉她的？"阿藤花说："是啊！我发现朝鲁和谢若水在偷偷商量要跑的事,就假装我也要回上海,骗他们相信我,把逃跑的时间都告诉我了,我就去告诉满都拉老师,可是她只是打了谢若水一个耳光,也没有去抓朝鲁,结果——"

苏书记的脸色越来越阴沉："他们本来是要和你一起跑？"阿藤花说："我骗他们的,我才不跑哪,朝鲁不相信我,我连零花钱都拿出来,他们才相信。"

苏书记突然一把拉她过来,愣愣地看着她,随即,他把阿藤花按在自己大腿上,狠狠打着她的屁股。阿藤花吓坏了,不敢挣扎。苏书记打了几下,高高举起的手落不下去了,他拉着阿藤花的衣服把她提起来,阿藤花腿一软,出溜下去。苏书记连忙拉了她一把。

"阿爸,我没有想走,我骗他们的。""你不知道阿爸为什么生气？""我再也不说要走了。""不是为这个,孩子你记住了,咱们内蒙古人不搞阴谋诡计,你既然答应了承诺了,就不能背叛伙伴。"

"我是骗他们啊。""你不能骗人。""可是,如果我不骗他们,他们不告诉我啊——难道随便他们跑？""他们跑了可以找回来,你亏了品行难补回来,你这么做,阿爸很伤心。"

阿藤花突然委屈地大哭起来,苏书记这次却没有急着去安慰她,面色沉重地看着她在屋角大哭。

遥远的黑暗深处,几个火把的光亮在移动着,似乎还有呼喊声在隐约响着。谢若水猛然跳起来："看,大人在找我们。"朝鲁一把将他拉倒："小心。"谢若水说："咱们叫他们吧？你妹妹也受不了啦。"

朝鲁看向身边,通嘎拉嘎正瑟缩在袍子下,朝鲁伸手去摸了摸她。谢若水："是吧？咱们都冻得慌,吃的东西也冻得那么硬。"朝鲁说："不行,被他们抓住,就再也别想回上海了。"

谢若水看着火把远去:"那咱们都冻死了,也回不去啊。"朝鲁说:"怎么可能冻死呢?起来活动活动。起来呀!"朝鲁跳起来又蹦又跳着,谢若水被催促着跳了几下。

"通嘎拉嘎,起来跳一跳,跳一跳就暖和了。"通嘎拉嘎没有回答,朝鲁等了片刻,担心地蹲下身子:"通嘎拉嘎?小鱼!"通嘎拉嘎迷迷糊糊躺在朝鲁怀里:"到上海了吗?我冷。"朝鲁紧紧抱住她:"快了,快了——"

"那我能见到妈妈了是吗?能见到爸爸了,真的快到了,我看到院子里的烟囱了,冒着白色的烟,很暖和,很暖和——"谢若水从黑暗中抱来一堆干草和树枝:"柴火来了——"

朝鲁拿出火镰,用力击打,火星在黑暗中闪烁:"着啊!着啊!"火星终于引燃了柴火,火苗越来越大。朝鲁说:"快,抱我妹妹来烤火!"

远远望去,石头山上的火堆亮了起来,终于引来了救援的人。苏书记在接着电话:"……还没有找到,第一批寻找的人回来了,第二批还没有消息……驻军也出动了,好,那就好……子弟兵出动了,就好。"他放下电话,瘫坐在椅子上。

"阿爸?解放军叔叔来了吗?一定能找到他们,对吗?"

苏书记没有说话,阿藤花再次哭泣:"阿爸!我后悔了,我不该骗他们——阿爸,我好害怕。我只是想吓吓朝鲁,我不想害他们死,阿爸!"苏书记说:"不会的,不会的,他们是国家孩子,他们不能死。"

外面传来急骤的马蹄声和众人的呼喝声,苏书记连忙放下阿藤花,几步跨出门去。七八匹马正向这里狂奔,马上的人兴奋地喊着:"找到了,找到了,快叫医生——"

众人乱哄哄地进了屋子,朝鲁和谢若水站在门前,朝鲁的眼神一转,和屋角里的阿藤花对上了视线,朝鲁的拳头握紧。谢若水顺着朝鲁的视线看到了阿藤花。

谢若水对朝鲁说:"你要干吗?她也不是有意当叛徒的。"朝鲁说:"你怎么知道?"谢若水说:"我猜的。"他们身后传来了满都拉的叫声,谢若水转身扑进满都拉怀里:"妈妈,我再也不乱跑了。"满都拉说:"回来就好,回来就好,没事,没事——快跟我回家去,你爸爸急坏了。"

满都拉搂着谢若水转身就走,谢若水回头看向朝鲁,发现哈图正走出屋子，朝鲁连连退了几步。谢若水想停下，被满都拉紧紧拉住："不用管他了。"谢若水说："他阿爸会打他的。"满都拉安慰道："不会。"

朝鲁戒备地看着哈图，哈图满脸汗水和灰尘，他从腰间解下酒葫芦，自己喝了一大口，又递给了朝鲁："你妹妹没事儿。你点的火救了她。"朝鲁说："你不打我？"哈图说："喝了酒就是男子汉，我就不会打你。"

朝鲁喝酒，呛得咳嗽。"进去陪你妹妹吧。"朝鲁进了屋子，乌兰其其格搂住他。阿藤花正坐在通嘎拉嘎身边，紧紧握住她的手。朝鲁伸手把她们的手拉开，阿藤花躲开，但稍一停留又靠了过来，再次伸手握住，朝鲁要分开她的手，她这次握得死死的。朝鲁突然伸手狠狠挠在她的手背上，挠出了血，阿藤花咬牙忍着。

哈图坐在一块石头上喝酒，苏书记走了过来，一屁股坐下。他接过酒壶，也狠狠灌着，两个男人像是比赛一样狠狠喝酒。"明天我要去旗里做检讨。""为什么？孩子们都没有事。""因为我打了我女儿，有规定，不许打他们。"哈图不以为意。

苏书记说："我知道你偷偷打过朝鲁。"哈图耍赖："我不记得了。""我现在明白了。打孩子啊！我是把阿藤花当成我自己的孩子了，亲生的孩子！为什么孩子犯了错儿却不能打？不打怎么能成器？"

哈图带着醉意呵呵笑着："没经历过暴风雨的小鹰永远也长不大。我们打孩子也好，爱孩子也好，都是为了让小鹰能飞上最高的云彩。"两个父亲一起傻呵呵地带着醉意笑了，他们半仰着头，仿佛看到了飞到高空的鹰。

第六章　民兵连

一

十年后。

蓝天上，一只高飞的鹰发出清亮的鸣叫声。长成一个青年汉子的朝鲁仰望飞鹰，一脸向往，通嘎拉嘎站在十几米高的悬崖下面，仰头看着朝鲁："哥，找到了没有？"朝鲁看着长在面前的一株草药，向下喊着："黄心红花、四瓣绿叶，对不对？"通嘎拉嘎说："对，就是它。"朝鲁伸手拔下那株草药。

朝鲁和通嘎拉嘎骑着马，不疾不徐而来，他们胸前都别着毛主席像章。远处一匹马狂奔而来，朝鲁凝神望着。通嘎拉嘎说："是巴雅尔的枣红马吧？他去你家的蒙古包啦？"朝鲁说："他当上公社的民兵了，就整天皮痒痒。"通嘎拉嘎笑了笑，朝鲁不高兴了："笑什么你？我要是当民兵，一定比他强！"

以前的小胖子巴雅尔已经长成了一个健壮汉子，他骑着马跑到近前，向他们打着招呼："朝鲁，我刚刚去了你家，有个好消息告诉你。"

朝鲁盯着巴雅尔背着的步枪："听说民兵学军体拳，要不要跟我比比？你输了就让我玩玩枪。"巴雅尔哈哈一笑："公社又要招民兵啦，你们也能去啦。"朝鲁将信将疑："真的？"巴雅尔说："报名表我交给你阿爸了！快回家填表吧，我还要给别人送通知去——公社见！"他夹马离开，朝鲁有些走神："咱们快回去，别让阿爸把报名表藏起来。"

炉火正旺，锅里煮着草药，另外的一个盆里，草药被捣成绿色的糊糊，通嘎拉嘎在哈图的腿上抹着刚捣好的药膏，现在的哈图彪悍之气犹存，但变得憔悴了许多。

朝鲁在家里转来转去，四处踅摸着报名表，哈图说不知道什么报名表的事。朝鲁被噎住，通嘎拉嘎把炉子上的药倒出来，端给哈图喝："大叔，我可以来给您做饭，乌兰山的药管用，您的腿很快就能好，大家都抢着当民兵哪！不用放牧就能拿全工分，都抢着去。"

"牧民不放牧，还叫牧民？""人家民兵也干活哪！要打水井，修棚圈，挖水渠，还要保卫边疆，您整天喝酒不知道，苏修在珍宝岛和咱打起来了——""我说不行就是不行，再提当民兵，我打断你的腿。"

朝鲁也恼怒起来："你的腿被民兵打断了，你就不让我当啦？谁打的你就找谁算账，跟我当民兵是两回事。"哈图说："你是我儿子，这就是一回事！"他抄起身边的酒瓶子猛灌几口，咳嗽起来。通嘎拉嘎用表情制止着朝鲁，朝鲁沉着脸。

民兵连营地里，围墙上刷着"保卫祖国"的巨型标语，徐世铎举着步枪，屏住呼吸，瞄准着围墙边立着的一排绿色胸靶。徐世铎看起来三十多岁，是个相貌英武、仪表堂堂的年轻人，说是浓眉大眼也不为过。他的眼神犀利，神情凝重，手指扣紧扳机，过一会儿，扣紧扳机的手指又松开了，关上了保险，他把枪交给身边的巴雅尔："看明白了吗？"巴雅尔连连点头。徐世铎说："继续练。"

七八个民兵站成一排举枪瞄准，徐世铎在众人身后巡视着，他穿着洗得发白的旧军装，身材挺拔，腰板笔直。徐世铎喝道："冬练三九，夏练三伏，平时十滴汗，战场一滴血。"

朝鲁和通嘎拉嘎拉着马走过公社街道，墙里面隐隐传来民兵训练的口号声。通嘎拉嘎说："还是别去了，你非要惹你阿爸生气吗？"朝鲁说："我不管，他那腿到底是谁打的也说不清！他要是能指出人来，我马上替他去报仇，总不能把所有民兵都一棍子打死吧，毛主席说，要惩前毖后，治病救人。"

通嘎拉嘎说："你要是去了，你阿爸会伤心的。"朝鲁犹豫片刻："我也是为了他。只有进了民兵连，才能找出是谁打断了他的腿！再说我当了民兵，就没人敢欺负阿爸了，通嘎拉嘎，这很重要。"

他转身走进大门，通嘎拉嘎连忙追了过去。民兵白音呼和伸手要报名表，朝鲁拿不出来，说报名表是巴雅尔送去的，但是被牛给吃了，白音呼和大为不满，认为把公社的文件拿来喂牛是严重的错误，说明对公社的通知不重视，既然不重视，还参加什么民兵。

一来二去言语冲突，两人约定比武，没有几个来回，白音呼和就被朝鲁利索地摔倒，围观的众人哄笑起来，徐世铎露出欣赏的神色。

巴雅尔低声跟徐世铎介绍着："他阿爸是哈图，咱们草原最厉害的摔跤手。"徐世铎一愣，神情严肃起来："谁让他来的？他阿爸有问题，他不能进民兵连。"朝鲁闻声看向徐世铎："我阿爸是根正苗红的贫下中牧，他没有问题。"徐世铎说："有没有问题不是你说了算的。"

徐世铎转身走向办公室，朝鲁不服气地伸手拉他，徐世铎却早有准备，在朝鲁的手还没有碰到他的时候，就突然转身揪住朝鲁的衣领，把他摔倒在地。众人齐声喝彩，通嘎拉嘎焦急，徐世铎的拳头顶在朝鲁的喉间让他无法动弹，居高临下俯视着他："这是军体拳第十六式。"他松手起身，对着众人："都好好练，我会教给你们的。"

他头也不回进了办公室，朝鲁爬起来，一脸不甘心："连苏书记都没说我阿爸是坏人！你凭什么不让我参加？我还得找他去！"巴雅尔一把拉住他："没用！民兵连的事，苏书记都听他的。"

街道上一阵急骤的马蹄声，四五个民兵正纵马而来，最前面的是长成大姑娘的阿藤花，扎着武装带，背着步枪，英姿飒爽，她没有看到路边的朝鲁和通嘎拉嘎，带着追随者径直跑进民兵连驻地。

众人议论："瞧，苏书记连女儿都送来了，阿藤花一来就当了新兵排的副排长，大家都说是因为她有个好阿爸。"

二

乌兰其其格熬着奶茶，看朝鲁垂头丧气地坐在一边，答应去找苏书记帮忙。结果苏书记却催着乌兰其其格解决个人问题，说通嘎拉嘎已经长大了，她应该好好解决个人问题了。

苏书记来视察民兵连，排在最前面的阿藤花动作认真，目不斜视。苏书记和徐世铎说着话。

"我把阿藤花送来是受锻炼的，你可不要特殊照顾她。"

"是她自己努力，能起表率作用，从她身上能看出您的教育很好。"

"这孩子倔着呢。"

"我们团长说过，有个性的战士才是好战士。对了，苏书记，听说，她是您收养的？我也是孤儿，我很羡慕她有您这个好阿爸，我了解到还有一些阿藤花这样的国家孩子，我想把他们都收到民兵连来。我认为是党和国家给了他们第二次生命，他们肯定是对党对国家最忠诚的人，进了民兵连，一定可以提高素质，打造一支让您放心的雄兵。"

苏书记找来厚厚的档案袋子放在徐世铎面前："那几年到咱们草原落户的国家孩子有四五批，每批人数不等，档案都在这里，你慢慢看吧。不过你也要有准备，有不少孩子跟着阿爸额吉搬家走了。"

"是走敖特尔迁牧场吗？"

"是不想让别人知道孩子是领养的，就搬到新地方去了。这是做父母的好心，想让自己的孩子跟内蒙古孩子一样长大。"

徐世铎按照档案袋里的资料去逐个家访，听到一阵歌声远远传来，山坡上出现了一群羊和唱着歌的乌兰其其格，徐世铎手搭凉棚望上去，露出欣赏的表情。

乌兰其其格把徐世铎让进蒙古包，张罗着给他倒奶茶，徐世铎打量着蒙古包里的陈设："我要对全公社适龄的年轻人做个家访——"乌兰其其格听不懂："适龄？""就是合乎年龄，能当民兵的。""我家通嘎拉嘎能当民兵了？""她年龄还稍稍差一点儿，不过，可以通融。"

徐世铎拿出笔记本，乌兰其其格有点惶恐地看着本子。"家里只有你和通嘎拉嘎两个人？我在公社看了档案，你结过婚。""她阿爸走了，我去公社办了手续，他不再是通嘎拉嘎的阿爸了。""为什么？"乌兰其其格有些不想说，犹豫了一下："也没有什么不能说的，那个人对通嘎拉嘎不好，我就不要他了。"

乌兰其其格拿起墙边的一根给牲口打烙印的铁器："我烧红了这个戳在他屁股上，他吓得不敢回来了。"徐世铎惊奇地看着乌兰其其格，此刻的她，洋溢着母性的光芒。乌兰其其格注意到他的眼神，连忙上下打量自己。

"看不出你还是个巾帼英雄！"乌兰其其格又流露出不懂的表情，徐世铎连忙解释，"就是女英雄。"乌兰其其格羞涩："我这算什么？我只是保护我女儿，你才是英雄哪。"徐世铎矜持地笑着："你知道我？"乌兰其其格摇头："你是部队上来的嘛，部队的人都是英雄。"

朝鲁和通嘎拉嘎将羊群赶进羊圈。朝鲁看向远处的通嘎拉嘎家的蒙古包，炊烟从天窗冒出来，徐世铎正走出蒙古包，和乌兰其其格道别。

乌兰其其格看向骑马过来的朝鲁和通嘎拉嘎："啊，孩子们回来了，你自己跟她说吧。"徐世铎说："通嘎拉嘎，想不想跟我去当民兵？"通嘎拉嘎看向失落的朝鲁："我哥哥呢？我不想当民兵，我哥哥想，你让他去吧。"徐世铎说：

"他不行。"朝鲁说:"我阿爸是我阿爸!我是我!"

徐世铎说:"这倒是个理由,你是国家孩子,不是他亲生的,你要是能跟他划清界限,我可以考虑。"朝鲁说:"我能!你要我怎么划清?"

乌兰其其格责怪地说:"朝鲁!"徐世铎看向乌兰其其格说:"从心里划清就行,我相信乌兰其其格不会看错人。"朝鲁惊喜地笑了。

三

徐世铎去邀请谢若水当民兵却没有成功。他去找满都拉,看到她腰杆笔挺地坐在桌后批着学生作业,徐世铎同样腰杆笔挺地坐着,说:"我是复员军人,我主动要求复员到咱们这里,因为这里是边疆,是反修防修的前沿阵地,我要建设一个精兵强将的民兵连,我要——"

"徐连长,你不用再说了,这些话你也说了不止一遍了,我的态度很明确,我儿子不参加民兵连。我不想让他浪费时间。"

"这怎么是——"

"我们不必争论了,你有你的想法,我有我的态度,争论下去不会有结果。如果是公社的命令,你让苏书记下文件,如果是自愿参加,那我们就不参加。"

"满都拉校长,您是不是问问谢若水个人的意见?"

"不需要。他从小到大的决定都是我做的,我还有很多作业要批改,你已经耽误了我很长时间了,还不够?我还要回去熬药呢。"

"我能让你儿子不用再吃药。"

满都拉停下笔,第一次抬头看着他。徐世铎说:"您知道我是当过兵的,当兵的身体棒,对吧?我知道怎么才能有好身体,我在民兵连里,会用部队的办法训练他们,这样他们肯定也会有好身体。"

"谢若水从小身体就弱。""部队会把他锻炼成一个健壮的小伙子,您不相信我,还不相信咱们部队吗?"这句话有力量,但是满都拉还是不放心:"训练会不会太累?""冬练三九,夏练三伏,平时多流汗,战时不流血,这是我们军队的光荣传统。"

"到底累不累?""累,但是锻炼体魄,磨炼意志。""磨炼一下意志也好,谢若水的性子太软了,需要好好磨炼一下。"

四

通嘎拉嘎和朝鲁一边收拾行李，一边低声嘀咕："你偷偷走，你阿爸怎么办？"朝鲁说："不偷偷走怎么办？他根本听不进我的话，再说他的腿也快好了，过几天我再去乌拉山采点药。"

"他要是去公社找你呢？"

"那时候生肉都煮成熟的了，他发脾气也没办法。当了民兵就是公社的人，他怕公社的人。"

"他连苏书记都敢摔。"

朝鲁愣了一下，收拾心情："那是以前，他的腿一断，胆子就小多了。咱们快走——"

朝鲁背起行李，屋里突然一暗，哈图一脸怒气，堵在蒙古包的门口。朝鲁一个摔跤的假动作，从他身边冲出来，毫不停留地跑向自己的马，背着的包袱掉在地上也顾不得。哈图一瘸一拐地追了出来，朝鲁身手利索地上马，随即纵马跑向草原，哈图怒视着他的背影："马倌丢下自己的马，他就不是马倌，也不是我儿子！"

通嘎拉嘎说："真的不怪哥哥，是苏书记！苏书记要国家孩子都当民兵！我也得去。""谁都能去他不能去！他去了就是忘恩负义！"哈图捡起地上的行李，狠狠地丢给通嘎拉嘎："他的东西拿走，别脏了我家。"

哈图沉着脸进了蒙古包，重重关上门。朝鲁坐在山丘顶上，望着远处自己家小小的蒙古包。通嘎拉嘎把两匹马的马缰绳拴在一起用石头压住，在他身边坐下，把行李丢给了他："你的行李。"

"阿爸要是不好好吃饭怎么办？""你现在才想起来？你阿爸气坏了。""等我在民兵连干出名堂他就高兴了，或者我找出打断他腿的那个人，给他报了仇他就高兴了。""我觉得他真正气的，是你不肯安心当马倌。"

"我已经是咱们草原最好的马倌了，继续当下去还有什么意思？当一辈子最好的马倌？有意思吗？""你阿爸就当了一辈子好马倌。""等老了以后被别的马倌超过？成一个酒鬼，一个瘸子？不，我不干，我要干得更好。"

五

徐世铎招呼着："全体集合！"民兵们一阵跑动，乱哄哄地站好。徐世铎继续喊道："全体都有，听我口令，稍息，立正！"

朝鲁跟着大家做着动作，眼睛却在队伍中四处看着，他看到了略显慌乱的通嘎拉嘎、向他点头的巴雅尔、对他瞪眼的白音呼和、冷艳的阿藤花、对他视而不见的谢若水——这些人错落地排列在队伍中，有的能看到脸，有的只能看到背影。朝鲁向谢若水笑，谢若水却视而不见，很是冷漠，让朝鲁很失落。

徐世铎对着大家讲话："苏修亡我之心不死，中苏边境陈兵百万，我们怕不怕？不怕！因为我们有战无不胜的毛泽东思想，有人民战争的汪洋大海！我们能在珍宝岛打败他们，也就能在任何一个地方打败他们！今天，又有几位新战友加入咱们民兵连，我们的队伍又扩大了，大家要刻苦训练，用实际行动保卫祖国。"徐世铎看到了在队伍中东张西望的朝鲁："朝鲁！"朝鲁应声回答："到！"

"知道答'到'，就应该知道，立正的时候要目视前方，不得东张西望。"朝鲁连忙站直，目视前方。徐世铎对朝鲁说："你留下，其他人解散。"众人一哄而散，通嘎拉嘎担心地看着朝鲁，朝鲁不以为意。

徐世铎让阿藤花负责训练朝鲁，什么时候学会，什么时候解散。朝鲁不以为意，阿藤花却态度严肃地发号施令，朝鲁不高兴了，觉得她拿着鸡毛还当令箭。

阿藤花沉下脸："稍——息！"朝鲁看着阿藤花，在阿藤花就要发作的瞬间做了稍息的动作，将阿藤花的怒火挡了回去。围观的人笑了起来，朝鲁得意扬扬地看着阿藤花。

阿藤花喊着口令："立正。"朝鲁马上立正："怎么样？我学会了，散了吧？"阿藤花压低声音："休想。我很愿意看你不听指挥被轰出民兵连。"朝鲁说："那不可能。"

阿藤花开始一遍遍喊着口令，朝鲁做了几次之后开始反击："我没看清楚动作，你给我做一遍示范？"阿藤花没有理睬，朝鲁喊了起来："徐连长让你教我，你就这么教？连示范都不做，我怎么学？"阿藤花说："我只做一遍，你看清楚了。"

朝鲁抢先喊着口令，阿藤花做了两个动作，朝鲁得意地向众人笑着，民兵们哄笑起来，反应各异，巴雅尔很担心。

阿藤花说："我说了只做一遍。"朝鲁说："我可没答应，只要我看不懂，你就得教。"阿藤花说："这么简单的动作你学不会，说明你不配在民兵连，徐连长最重视纪律，你要敢不听命令，就只能卷起行李滚蛋。"朝鲁用目光向巴雅尔求证，巴雅尔焦急地连连点头。

朝鲁说："你整治不了我，有本事你就别喊停。""稍息，立正。"阿藤花不断喊着口令，而朝鲁也做得越来越认真，两个人杠上了。

屋外阿藤花发布口令的声音清脆响着，徐世铎在用香皂洗着脸——他其实是个很注意仪表的人，是那个年代的美男子，而他也知道这一点。徐世铎洗得很细致，很在意他那张脸，他抽下脸盆架上的毛巾擦着脸，毛巾很干净，虽然已经洗得很薄了。徐世铎整理好衣袖，端起洗脸盆出了门。

徐世铎撩着洗脸水，均匀地泼洒到门前的土地上："行啦！"阿藤花的口令应声而止，朝鲁和阿藤花死死对视着。徐世铎喊道："解散。"

徐世铎走回办公室，阿藤花转身就走，朝鲁瞪着她的背影，巴雅尔和通嘎拉嘎围过来："好悬啊，我还以为你肯定留不下来了。"朝鲁说："这有什么了不起？就凭她也想整治我？"

巴雅尔压低声音："你还是注意点儿，民兵连纪律可严了，你好不容易进来了，别——"朝鲁说："我知道。走，找谢若水聊聊去，我还真好几年没见他了。"巴雅尔说："他走了，回家了，每天训练结束就要回家吃药，是徐连长特批的。"朝鲁扫兴："这小子，还是那个病秧子！"

六

阿藤花扯下晾在床铺间的衣服，在自己的床铺上叠着。通嘎拉嘎远远看着，她摊开手，手里握着三个羊拐，她好像有了主意，起身走过去："阿藤花，想不想玩沙嘎？"阿藤花又惊讶又鄙视地看了她一眼。

"咱们好久没一块玩了。""有话就说。""我哥哥就是那个坏脾气，你别见怪。""我当然见怪，他以为他是谁啊？他以为这是什么地方啊？他从小到大哪件事做对过？从小就打架、退学、喝酒、闯祸——""其实他不是有意的——"

"他是不是都跟我没关系,我就是想把话放在这里,你哥哥将来——将来是多行不义必自毙。还一门心思往民兵连钻哪!民兵连是什么地方?徐连长是什么人?他钻得越快,死得越快。"

徐世铎买到一条红纱巾,他找到乌兰其其格递给她:"我托甘亮买的。"乌兰其其格诧异:"啊?是他啊?他还好吗?"乌兰其其格的平淡让徐世铎松了口气:"我还以为你不想听到他的名字。"乌兰其其格说:"为什么?甘亮老师人挺好的,他特别爱干净,一天要刷两遍牙,衣服领子老是白白的。说起来,你跟他还真有点像。"

"我听说他和你处过对象?""对,他不让我养通嘎拉嘎,我不答应,就不处了。哎?谁跟你说这些事,也不知道是不是我命不好,一个甘亮,另一个通嘎拉嘎她阿爸,都对通嘎拉嘎不好。"徐世铎脱口而出:"我会对通嘎拉嘎好的。"乌兰其其格愣愣地看着他,莫名其妙。

徐世铎指指红纱巾:"知道为什么买红色的吗?"乌兰其其格摇头。"因为跟我的血一样的颜色。我是会拿出命来对你好的,还有通嘎拉嘎,我当成自己亲生的女儿。"乌兰其其格这才知道他的意思,很是慌乱,徐世铎抓住了她的手。乌兰其其格试图挣脱,徐世铎却不肯松手,两个人无声地"拔着河"。

过了几天,乌兰其其格来到民兵连找徐世铎:"我看你对通嘎拉嘎挺好的,我不拒绝。"徐世铎高兴得手足无措:"太好啦,太好了!我真是——我徐世铎——现在死了也值得了。"

"胡说。你要对我们好,就要好好活着。"

"你放心吧,我一定好好活着,好好干!我要干出名堂,给你和通嘎拉嘎一个光明前程!"

第七章　红马班

一

徐世铎要大干一场，他找苏书记要马，而且指明全要红马，因为他要的是一个红马连，执行任务的时候气势如虹，像一团火。苏书记下意识地摇着头。

"各公社都在组织民兵连，上级还会组织民兵比赛，您想想，要是咱们公社的民兵连拉出去，齐刷刷的红马——"苏书记还是摇头。

"我以前的部队有个红马连，英雄红马连！咱们这算是继承革命光荣传统——"这话打动了苏书记，他沉思着，徐世铎屏气凝神，满心期待地看着苏书记，"搞一个红马班吧！继承传统不是照搬。"

红马班雷厉风行搞起来，朝鲁跑来跟哈图要马群里的红马。"你连套马杆都带来了，还问我？""我怕你生我的气。""马是生产队的，也就掉几根马鬃算是马倌的，我哪儿敢不让啊。""那我真去套马啦？""去呗，还用我请你去？"

朝鲁起身上马，挺着套马杆向山坡下的马群跑去，马群没有被惊动，依旧悠闲地吃草。哈图目送着他，看着他靠近了马群中的一匹红马，哈图把手指伸进嘴里，打了一声尖利的呼哨，马群中的马都悚然而惊，竖起耳朵。

朝鲁嘴里嘀咕了一声，加快速度把套马杆向红马套去，红马却惊觉地闪开，撒腿就跑。朝鲁纵马追去，这两匹马的追逐，使得整个马群也骚乱起来，四散奔跑。朝鲁在奋力追着，一次次向奔跑的红马伸出套马杆，却又一次次失败。这是朝鲁和哈图这对父子在隔空较量。

朝鲁终于套中了红马，他奋力后挫，将红马套得人立起来。红马安静下来，朝鲁很是欣慰，扭头看向山坡，却找不到哈图的身影，朝鲁很失落。

一支半自动步枪靠在墙边，乌兰其其格忙碌地做着饭，徐世铎的目光追随着她。"这么大的枪，我的通嘎拉嘎能背得动？""通嘎拉嘎训练很刻苦，是个好苗子。""我怕压坏了她，她还在长个子呢。""放心吧，连里伙食不错，天天有一顿肉吃。""能吃上米饭？她从小就不吃莜面，就爱吃米饭，这么大了也改不了。""我已经向公社打了报告，为民兵连这几个国家孩子申请大米。"

乌兰其其格很吃惊，感激地看着徐世铎："你是个好人。"徐世铎笑笑："谁叫她是你女儿呢！"乌兰其其格一愣，随即低头继续忙碌，气氛顿时有些奇怪。徐世铎说："啊，我的意思是，是为了让你没有后顾之忧，不后悔把女儿交给民兵连。你——你别生气啊。"

乌兰其其格嘴角带着笑容，徐世铎看到了她的笑容，放下心来。通嘎拉嘎抱着一只小羊跑进来："额吉，我的小羊还认得我呢。"乌兰其其格说："这孩子，你走了才几天啊，它怎么会忘了你？"

通嘎拉嘎继续和小羊亲热着："我都快抱不动它了。对了，额吉，我哥哥也来了，他去抓队里那匹红马了。你多做些饭吧，大叔不会给他饭吃。"

哈图躺在毡子上，抱着自己的病腿呻吟着，他摸出酒瓶喝着酒，朝鲁走进门来。哈图故作轻松地放平了身体："翅膀硬了的鸟飞回来啦？"朝鲁从怀里掏出一个饭盒，哈图见状说："我不吃。"朝鲁说："是通嘎拉嘎给你做的药。"

朝鲁打开饭盒，里面是绿色的药膏。他蹲在哈图面前，一把撩起他的袍子，伸手蘸着药膏给他上药。哈图看着他忙碌。

"你要的马抓住啦？""抓不住你就高兴啦？我要是没出息也是你没教好。""你还用我教？"朝鲁回头正色："还真要。你居然还藏着绝活儿没有教给我。"哈图得意地笑笑："你以为我腿脚不灵了，就不是最好的马倌啦？你要取代我，还早着呢。"

"我知道，所以我要去当民兵，小鹰在老鹰翅膀下飞不高，小马不离开马群也长不大。民兵连最锻炼人，我天天都像在打仗。""那里都不是好人。""现在有了两个好人了，我和通嘎拉嘎，以后还会更多。再说我还要找出那个打断你腿的人。""这是我的事。""我是你儿子。"

蒙古包里一下子安静下来，外面阵阵马嘶声更显得这一刻的安静。

二

一群红马被拴在马厩里,民兵们聚在这里,指指点点张望着。

徐世铎说:"相信你们也听说了,公社要我们组建一个红马班,作为咱们民兵连的尖刀,这个尖刀班,全骑红马。阿藤花,你来宣布名单,被选中的人去挑一匹红马,要用最快的速度训练好。"

阿藤花从口袋里拿出一张纸念着名字:"巴雅尔、白音呼和。"被叫到的人都兴奋地答应,朝鲁装作若无其事,但其实很紧张,握着马鞭子的手绷着劲儿,只有通嘎拉嘎能看出来,她伸手拉住哥哥的手,朝鲁绷紧的胳膊松弛下来。

"谢若水。"朝鲁吃惊地看向谢若水,谢若水同样也很诧异。

"阿藤花,通嘎拉嘎。最后一个,朝鲁。"朝鲁握着鞭子的手松弛下来。

其实最初看到尖刀班的人选时,阿藤花向徐世铎提过意见,说不同意朝鲁,谢若水也不行,身体太弱,通嘎拉嘎也不行。徐世铎告诉她:"这份名单中,你们几个都是国家的孩子,这是尖刀班的特点。"

徐世铎说:"你们六个,要尽快训练好你们的红马,把它训练成你们的朋友、兄弟、战友和武器,做到令行禁止,将来能骑着红马组成方阵走过检阅台。"

朝鲁问:"报告徐连长,检阅台在哪里?"徐世铎说:"旗里领导要检阅各公社的民兵队伍,他们站的地方就是检阅台,开始吧。"

六个人,六匹红马正在草原上疾驰。朝鲁一马当先,巴雅尔和白音呼和也紧随左右,纵马追去。阿藤花和通嘎拉嘎中规中矩,紧紧跟随。谢若水一副苦不堪言的样子,被落在最后。

朝鲁勒住马缰,他的枣红马前腿立起来,嘶鸣着,众人也纷纷勒马。朝鲁说:"这里有水有草,以后就在这里训练。"他当仁不让发号施令的口气让阿藤花不快,她哼了一声。

"副班长同志有不同意见?你最好别说出来让我笑话。耍嘴皮子我不如你,要说草原上的事,我都懒得听你说什么。""巴雅尔和白音呼和也是草原上长大的。""所以他们不反对,因为他们知道我是对的。"

阿藤花看向白音呼和，白音呼和躲避着她的眼光。巴雅尔连忙打岔："还是早点开始驯马吧，这跟咱们平常驯马要求不一样。""兵来将挡，水来土掩。倒是阿藤花和若水，你们行吗？"

朝鲁抖动缰绳，把马带到一边训练。巴雅尔和白音呼和也跟着向其他方向散开。通嘎拉嘎说："咱们也练吧，你们两个有需要可以问我。"

阿藤花不以为意，控马离开，谢若水一脸不情愿。通嘎拉嘎诧异地说："你不想进尖刀班？"谢若水说："我连民兵都不想当。""那你想干什么？当老师？你从小就学习好，一定能当老师。""当老师算什么？再说在这个小地方当老师有什么意思？""你想去旗里当老师？"

谢若水更是不屑一顾："通嘎拉嘎，中国大着呢。咱们可是从上海来的。"通嘎拉嘎恍然："你想去上海啊？"谢若水立刻否认："打个比方，懂吗？你应该胸怀天下。"通嘎拉嘎懵懂地点头。"算了，我骑马去了。"谢若水抖动缰绳，控着马离开。

通嘎拉嘎看向周围，大家都散开在四处，不断传来吆喝马的声音。通嘎拉嘎下了马，抱着马头，看着马的眼睛，模仿着谢若水的口气说："你要胸怀天下，知道吗？"

大家驯马都很顺利，只有阿藤花不会驯马，白音呼和给她出绝招，用马粪涂在身上，连涂一个月，阿藤花一口拒绝。回到家，苏书记正在跟几个干部商量接收知青的事儿，没顾上理会阿藤花。阿藤花躲在自己的房间里，想出了一个办法。

她把自己心爱的军挎包给了通嘎拉嘎，说："送给你。我知道你喜欢，送给你了。咱们俩是从小的朋友嘛！朋友之间就是要互通有无，互相帮助！以后我再让我阿爸给我找一个。"

"那……那等你阿爸找到再给我吧？""不用。你拿着吧，我还有事请你帮忙哪。""什么事？""我要跟你换马。我这匹马不喜欢我，你会驯，还是给你驯吧。""可是，我已经驯好了。"

阿藤花不耐烦："我知道。所以你还得抓紧驯这个，时间可不富裕，你别拖了红马班的后腿。"

通嘎拉嘎不舍地看着自己的马，马也依恋地和她亲昵着。阿藤花说："快点换吧，我还得回家呢。"通嘎拉嘎把挎包递过来："我不能跟你换。""为什么?""我舍不得它。""胡说！这是公社的马，又不是你家的，你舍不得什么?""你要是能舍不得你的马，就能驯好它了。"

阿藤花恼羞成怒："还传授起经验来啦？你有什么了不起啊？公社的马就要受公社调拨，我阿爸是书记——"通嘎拉嘎是外柔内刚的性子："这是民兵连的马。"阿藤花威胁道："民兵连也一样，你不答应，我就让徐连长开除你。"

三

徐世铎很吃惊地问："开除通嘎拉嘎？为什么？"阿藤花说："她不好好训练。""我昨天刚去看过她驯马，驯得很好啊。""她不团结，她搞分裂，她破坏民兵连的团结。"

一连串大帽子熟极而流畅地扣下来，徐世铎沉下脸："到底怎么回事？跟我说实话。""我的马不听话，我想让她帮我驯，她不答应。""马当然要自己驯，否则它不会听你的话。"

"她的马已经驯好了，再驯一匹也来得及，可她就是不答应，她就是想看我出笑话，看民兵连出笑话。""你是要跟她换马？""我也是为了民兵连，可她就是不答应。""她训练这匹马很不容易，不舍得跟你换也情有可原。""此风不能涨，你要是不开除她，我在民兵连就没有威信了。"

徐世铎试图开导她："阿藤花，建立威信也不是靠这种办法。"阿藤花又说："你答应不答应？不答应我就找我阿爸去，让他撤了你！"这句话激怒了徐世铎，他的脸色也沉了下来："你去找他吧，看他会不会把你绑回来。出去！"阿藤花气哼哼地转身就走。

羊群在吃草，乌兰其其格哼着歌，头上辫子上插满了野花——这一刻的她是个重新陷入爱情的女人。

一匹马从远处疾驰而来，乌兰其其格眯着眼打量着，她突然神情慌乱起来，在马背上驰骋的徐世铎身姿挺拔，意气风发。乌兰其其格连忙在自己头上脸上检查着，慌乱地把那些花摘下来。徐世铎已经在她面前下了马，捡起地上丢着的花，伸手给乌兰其其格戴上，乌兰其其格下意识地躲了一下。

"别动。戴上好看。"乌兰其其格羞涩地任由徐世铎给自己戴上了花。"我马上还得回去，有个事跟你商量一下。是通嘎拉嘎，我想让她暂时回家住几

—— / 087 /

天。"乌兰其其格紧张起来:"通嘎拉嘎怎么啦?生病啦?""不是,你别紧张,是这么回事,我不是搞了个红马尖刀班嘛,通嘎拉嘎他们几个都要自己驯自己的马。"

"她驯得不好?她从小骑的马都是朝鲁给驯的。""不,这次她表现很好,亲手驯好了自己的马,不过,阿藤花也看上了她的那匹马,非要跟她换。"

"那就换给她嘛,阿藤花在公社里长大,更不会驯马了。""通嘎拉嘎没有答应。""这孩子!""不怪她,她为了驯这匹马,也吃了不少苦头,但是阿藤花不肯罢休,非要我开除通嘎拉嘎,还搬出了苏书记压我!"乌兰其其格一脸惊讶。

"我坚持原则,决不答应。""可是你——""我不怕,我本来就是个孤儿,两手空空退伍到这里,我没有什么可怕的,就算不当民兵连长,不在公社工作了,你还能看着我饿死?"乌兰其其格笨笨地不知道如何接口。

"不光是因为通嘎拉嘎是你女儿我才这么做,也是为了坚持原则。"乌兰其其格看向徐世铎的眼神更崇拜了。

"我让通嘎拉嘎先回家来,是不想让她有压力,这些东西让我替她扛着就是了,我就说你生病了好不好?"乌兰其其格连连点头:"我有腰痛的毛病,一疼起来就出不了门,通嘎拉嘎知道。"徐世铎怜惜地伸手环抱:"啊?我怎么不知道?"

徐世铎骑马回到民兵连,远处,民兵们正在训练,口号声震天。阿藤花似乎在等着徐世铎,看到他连忙走过来:"徐连长,我要跟你谈谈。"

马厩一角堆着高高的马料,谢若水躲在马料堆里,拿着一本《欧阳海之歌》看着。听到有人从外面走进马厩,谢若水连忙屏住呼吸。

马料堆外,徐世铎正一脸不快地看着阿藤花:"你还想说什么?这件事我不会答应。"阿藤花有些尴尬:"我道歉,我不该跟你说那种话。""你跟苏书记说啦?""没有。我阿爸肯定会骂我。""既然你知道错了——"阿藤花连忙否认:"不,我觉得我没错,我还是请求把通嘎拉嘎赶出去。"

马料堆后的谢若水吓了一跳。徐世铎冷冷地看着阿藤花。"我说道歉,是不该拿我阿爸来压你。""你以为我会在乎这个?""我不是为了我自己,我是为了民兵连。"徐世铎嘲讽地说:"我还真想知道,你怎么才能自圆其说。"

阿藤花不理他的嘲讽,语速极快地说:"我是公社书记的女儿,我是红卫兵,我去过延安,去过北京,我代表的是红色的力量,她通嘎拉嘎是什么?一个牧民的女儿,就算她是贫下中牧,也是应该在我的领导之下,现在她不服从,这股歪风邪气如果不制止,后果是严重的。到底是党指挥枪,还是枪指挥党?"

"说完啦?""如果这件事得不到解决,我会给中央写信,我会到旗里贴大字报。""我不会开除通嘎拉嘎,你不服气,尽管去闹吧。"徐世铎转身走了出去。阿藤花气得抽着马槽,把马吓得连连躲闪。

谢若水听着外面没有了声音,他慢慢站起身来。谢若水找到朝鲁说:"有人欺负你妹妹!"朝鲁沉着脸一马当先走出门来,巴雅尔等人一路跟随。阿藤花正在驯着自己的马,她苦恼地抱住马头,盯着马眼睛:"听不听话?你听不听话?你再不听话,我可怎么办啊?"

这一刻的她,看起来很脆弱。她突然警觉地扭过头,看到了向她笔直地走来的一群人,当先就是朝鲁,阿藤花迅速收拾了脆弱的表情,重新恢复了倔强的样子。朝鲁他们一伙人很快走到阿藤花面前,骤然停下,甚至带起一阵尘土。

朝鲁说:"你欺负我妹妹,你要把她赶出民兵连?"阿藤花否认:"我又不是连长。""为什么要欺负她?""谁说我——""谢若水。"谢若水苦着脸从人群后出来:"我刚才在马厩看书,你跟徐世铎说的话我听见了。"

阿藤花傻眼了,她突然翻身上马:"不知道你要干什么,我走了。"她刚要控马离开,却被朝鲁上前一步,控制住马头,她的马惊恐地倒退着。

阿藤花从马上跳了下来:"你干什么啊!你弄伤我的马了!"朝鲁说:"这是你的马?驯成这个样子你也好意思说是你的马?""你侮辱人!""是你先要欺负人!说!为什么欺负我妹妹?""我没有!谢若水你胡说八道!你挑拨离间!"

谢若水急了:"怎么冲着我来啦?是谁跟徐世铎说要开除通嘎拉嘎?是谁说要是不开除就到旗里贴大字报,还要给中央写信?"阿藤花说:"你管不着!"

谢若水说:"我今天就要多管闲事了!你不就是仗着你是苏书记的女儿嘛?!那你就代表红色力量啦?通嘎拉嘎就该在你的领导之下啦?其实苏书

记的女儿本来就不是你！人家苏书记本来想要的是通嘎拉嘎！是你抢走了苏书记！"

众人都吃惊地看着阿藤花，阿藤花急得张口结舌。谢若水说："你以为没人知道吗？我当时也在！我亲眼看见的！如果通嘎拉嘎是苏书记的女儿，你阿藤花算什么？你什么都不是！"

阿藤花突然撞开人群，跌跌撞撞向公社跑去。众人都傻了眼，一起看向谢若水和朝鲁。谢若水没有好气地瞪着他："你敢说你不知道吗？苏书记想收养的是你妹妹。"

"我知道。""阿藤花她——""我和妹妹那时候不想被收养。""我是气她现在说话的口气，她还以为真是天经地义的啦？都是一起来的，何必分出三六九等，还欺负起人来啦！"

朝鲁感激地拍拍谢若水的肩膀。白音呼和对谢若水说:："你胆子可真大。"谢若水说："我为什么不敢？我也不想进红马尖刀班，我在民兵连纯粹就是充数，我谁的面子也不看。"

众人看着阿藤花的身影消失在公社那边的房屋夹道里，巴雅尔感慨说："阿藤花肯定气疯了吧？"两座房子之间的夹道，阿藤花走得跌跌撞撞。天空只有一线蓝天，在她眼里摇摇晃晃，她的眼泪在流，这条夹道仿佛长得没有尽头。

她走出夹道，茫然站在街道上。她向左右看着，空荡荡的街道让她生出惧怕。她加快脚步穿过街道，一头扎进了对面的一条夹道，顺着夹道跑远，向着公社外面的草原跑去。

四

苏书记和徐世铎的交谈短促而低声。"这件事你做得对，我会对她批评教育，这个孩子从小跟着我长大，我又忙，也没好好教育过她。""跟您汇报了，我心里也就踏实了。""你大胆去做，我支持你，民兵大比武，你可要给公社拿个奖状。""保证完成任务。"

外面传来敲门声。苏书记说："进来！"满都拉推门进来："苏书记，我要跟你单独谈谈。我已经批评了谢若水，相信他以后也不会再提这件事了，我担心阿藤花会受到伤害，所以来跟你说一说这个事。"

苏书记说:"谢若水说得没错,我当时打算收养的确实是通嘎拉嘎,不过真去领孩子那天,觉得阿藤花跟我更有缘分,所以就要她了,这都是多久之前的事了,怎么又扯出来啦?"

满都拉说:"哪个孩子进了家,哪个就是自己最疼的,不过,这件事既然被谢若水无意中捅破了,还是要妥善处理一下,免得伤了孩子们。如果谢若水伤害了你女儿,我替他道个歉。"

苏书记有些吃惊:"满都拉校长,你这是在开玩笑吗?这是孩子们之间的玩笑,还值得你来道歉?"满都拉说:"这是我对谢若水教育的失败,我不会推卸责任,我会处理的。"

满都拉转身离开,徐世铎走出门来:"苏书记,没想到还有这些变化,我回去看看阿藤花。""不,她不会回民兵连。我的女儿我了解。"苏书记突然急躁起来,他大步向自己的马跑去,"这孩子太要面子,我去找找她。"

草原上一条蜿蜒九曲的小河。阿藤花坐在岸边的草地上,脱了鞋袜,脚伸在河水中发着呆。马蹄声响,随即苏书记翻身下马,他走到阿藤花身边一屁股坐下:"你从小就喜欢水,只能在河边找到你。"阿藤花眼神迷茫:"小时候,老家到处都是河,坐在屋里就能看见水。"

"我和你额吉把你当成亲生的孩子,这里就是你的老家。""谁告诉你的?""这个不重要,重要的是我的小阿藤花受了委屈。""是白音呼和,还是巴雅尔?他们怎么跟你说的?""这个也不重要。""对我很重要。""是满都拉校长。"

阿藤花想了想,恍然大悟:"估计是谢若水害怕了,找他妈妈哭诉去了。他可真没出息。他说我什么啦?""这个重要吗?在阿爸心里,你是最好的女儿,我从来没想过换别人来当我的女儿。""阿爸,你不用安慰我,我在这里坐了半天,都想明白了。"

苏书记很高兴:"哦?我的女儿想明白啦?太好了,说说看,你想明白什么啦?""也没有什么。我是你女儿,谁也改变不了这个,不管别人是嫉妒也好,害怕也好,都跟我没关系。我要让那些恨我的人更恨我,怕我的人更怕我,因为他们再说我的坏话,你也不会不要我。"

这个话就有些变味道了,但此时此刻,苏书记也只能选择随声附和:"阿爸永远都不会不要你。跟阿爸回去吧,天黑了,冷。"

五

朝鲁和通嘎拉嘎还在草原上寻找着,朝鲁勒住马:"她跑不出这么远,回去吧。"通嘎拉嘎极目四望,神色焦虑。

"我不信她会去寻死,她那个人从小就怕吃苦,她能舍得?""哥哥!你为什么老不喜欢她?""奇怪了!我为什么要喜欢她?""咱们是一起从上海来的!""一起来的人多了,我还不能讨厌一个人?""你是觉得她抢了我的阿爸吗?""没有。"

通嘎拉嘎知道他是嘴硬,果然,朝鲁叹了口气:"都是一样从上海来的,凭什么她过得比你好?""我没有觉得她过得比我好。""怎么没有?她个子比你高,就是因为从小吃得比你好,她穿的用的都比你好。"

"哥哥,我没有觉得这些就是好。""还有她趾高气扬的劲头儿!还不是因为苏书记是她阿爸?可当初苏书记要的是你。""哥哥,我喜欢现在的家,我喜欢额吉。""我知道,我就是觉得不公平。"

通嘎拉嘎伸手入怀,掏出三个磨得很亮的羊拐给朝鲁看。"干吗?""你知道我丢下去是立着还是躺着?""这怎么能知道?""是啊。既然不知道,又何必后悔呢?赶紧回去吧!"她突然一夹马腹,纵马跑了起来。朝鲁还是懵懵懂懂,连忙追了上去。

苏书记和阿藤花共骑着一匹马往回走,阿藤花在他胸前睡着了,苏书记小心控着马,他低头看着阿藤花的小脸,一阵阵心疼。苏书记带着阿藤花来到民兵连大门外,翻身下马:"带我看看那匹不听话的马,我不信一匹马还能让我女儿哭鼻子。"

苏书记来到马厩外,带走了阿藤花的那匹马,他要连夜给女儿驯好它,但是这可不容易,所以苏书记去找了朝鲁。

"阿藤花那匹马,非要我帮她驯,我的手生了,本来想找你阿爸,又怕来不及,你不会不帮忙吧?""帮阿藤花驯马?""是帮我,马你带走,不过,不能让阿藤花知道。"朝鲁要说什么。苏书记瞪起眼:"我的面子不要啦?"朝鲁嘿嘿笑着。

阿藤花仰面躺着,眼睛睁得大大的,她能听到窗外远远传来的朝鲁驯马的口令声，她知道阿爸是没办法一夜之间就驯好马的，也知道他一定会找人帮忙，只是没有想到阿爸找的是朝鲁，更没有想到，朝鲁答应了。

第二天，徐世铎看到的是整个红马尖刀班的马整齐划一地做着动作，阿藤花的马很听话，徐世铎表扬说："很好！阿藤花很有进步！"

众人纷纷把马拴好。巴雅尔看着阿藤花的背影，故意大声地说："嘿，朝鲁，你昨天大半夜不睡觉，是给谁驯马啊？"阿藤花表情一僵，装作若无其事。朝鲁说："你耳朵倒好使。"巴雅尔说："当然，听说还有人要开除你妹妹呢？是不是啊谢若水？你最清楚吧？"

谢若水不以为意："我干吗要告诉你？"巴雅尔说："嘿！我跟你们是一头的。"白音呼和说："巴雅尔你要干什么？搞小帮派吗？我告诉徐连长去。"

巴雅尔不屑："你就会拍马屁。有本事你自己驯自己的马啊？让别人驯好了，不说声道谢还装不知道！"

阿藤花猛然转身，把马缰绳丢给朝鲁："我用不着你给我驯马。我宁可不参加尖刀班。"朝鲁戏谑地说："你舍得？再说了，谁给你驯马啦？我给所有的人驯也不会给你驯。"阿藤花一愣："我的马不是你驯的？"朝鲁说："你的马是你阿爸驯的！"

朝鲁看着阿藤花，这句话的意思只有阿藤花和他知道，要么承认朝鲁是她阿爸，要么就放弃这匹马，朝鲁在嘲弄阿藤花，阿藤花气得绷起脸来："既然我阿爸驯的，我就……我接过来骑也没什么，这叫接过革命的枪，我当然不退出了。"朝鲁哈哈大笑："走吧走吧！吃饭去，巴雅尔你个大老爷们儿还真啰唆。"

朝鲁率领一帮人扬长而去，阿藤花满面羞辱地盯着他的背影，突然流下眼泪来，她狠狠擦着眼泪。通嘎拉嘎站在她身后，很尴尬，她轻声咳嗽一下。阿藤花这才知道马厩里还有人，她没有回头，迅速擦掉眼泪："你告诉你哥哥，我阿藤花不会被他欺负的。"通嘎拉嘎刚要说什么，阿藤花已经快步走了出去，只留下一个倔强的背影。

六

营地一角是靶场，枪声连绵响起。民兵们在瞄准射击着靶子。阿藤花打得很专业，她身后的徐世铎连连点头，另一侧的朝鲁却一脸沮丧。

巴雅尔说:"喂,你打的是我的靶子。"朝鲁没好气地说:"帮你打还不好?真是邪门了,我射箭那么准,怎么打起枪来就……"阿藤花打了个十环,目光和朝鲁相遇,阿藤花带着挑衅。

朝鲁翻身爬起,他披上衣服走向门边,拿起了靠在墙边的步枪。院子里只有一盏马灯,微弱的亮光下传来水流的声音,是朝鲁在墙边撒着尿,热气腾腾,他整理好衣服,爬上围墙坐下。他举起步枪,向着星星瞄准……又是一个星斗满天的夜,在安静的苍穹下,朝鲁的呼吸声清晰可辨,渐渐变得模糊,步枪的准星里,星星在闪烁。

谢若水轻手轻脚溜进家门,他探头向里屋看了看,掀开桌上的避蝇罩,拿起剩菜吃了几口。里屋传来谢根杨的声音:"若水?是你回来啦?"谢若水说:"爸,是我。今天是骑马训练,我不用参加。"

里屋传来一阵咳嗽声,随即,谢根杨扶着门框出现。谢若水说::"爸,您进屋躺着吧。""整天躺着也累。"谢根杨犹豫了一下说,"你的事我跟你阿妈商量过了,虽然你不适应民兵连的训练,但是轻言放弃,也是我们不希望看到的。"

"我都说了好几个月了,这还算轻言?""你阿妈说,民兵连能锻炼体魄和毅力,你阿妈最担心的就是你的身体。""我可以把民兵连当成练身体的地方,但是你们别指望我在里面出人头地,当什么标兵之类的。"谢根杨笑了:"我跟你阿妈从来没这个想法。"

乌兰其其格烧着奶茶,徐世铎坐在她面前,看个不够。"你又把他们丢下?""我忍不住要见你嘛。""这样不好。""放心,不会耽误训练,我早就安排好了,今天让他们练习马术,就在这附近呢。""还是你脑子灵,跟你在一起,我觉得我傻乎乎的。""怎么会呢,你在我心里最聪明。"

两个人渐渐靠近,一阵马蹄声越来越近,两个人连忙分开,乌兰其其格往外看了一眼,是通嘎拉嘎。

徐世铎有点气急:"她怎么回来啦?她敢私自离队?""不,不,是有急事,她让我给她找几味药,说是给朝鲁亮眼睛的,我拿给她。"乌兰其其格弯腰找着药。"朝鲁最近也开了窍,进步不小。乌兰,咱们结婚吧。"乌兰其其格突然愣住。

"我不想老偷偷摸摸来看你,我想堂堂正正和你结婚。""通嘎拉嘎来了。"

"我也不想在通嘎拉嘎面前装她的连长,我装不了,我一看到她就会想你,讲着话也会走神。""我先……"

"答应我吧,我想跟你还有咱们的女儿一起好好过日子,建设内蒙古,扎根内蒙古。我没有家,你在哪里,哪里就是我的家。"

他们越说越快,而蒙古包外通嘎拉嘎的脚步声也越来越近,终于她探头进来,却吃惊地看到乌兰其其格被徐世铎搂在怀里。

七

朝鲁和通嘎拉嘎坐在供销社外,他们头顶上飘动着正在晾晒的一条条奶皮子。奶皮子在阳光下或通透或反光,这个很有内蒙古格调的场景,如同是他们小时候在福利院里那些晾晒得如同迷宫一样的衣服,朝鲁和通嘎拉嘎的表情也很茫然。

"你应该高兴吧,你不是一直说额吉太辛苦了吗?有个男人会好一点儿。""徐连长在公社,又帮不上额吉的忙。""他还挣工资呢,也能帮忙。""额吉又不是为了钱才这么辛苦。""总能好一点儿吧。说不定你们会把家也搬到公社来呢。"

他们从奶皮子的缝隙看向斜对面的苏书记办公室,徐世铎和乌兰其其格正被苏书记笑眯眯地送出门来,阿藤花也一脸笑容跟在旁边。通嘎拉嘎要站起来,被朝鲁拦住:"等等再过去,我不想看阿藤花那样子。"

徐世铎说想等民兵大比武结束再准备婚礼,现在顾不上。苏书记说:"好,我支持你工作为重,也相信你能给公社挣得荣誉,来个双喜临门。"

阿藤花一脸怪笑:"我也恭喜徐连长,难怪徐连长对通嘎拉嘎那么关心,原来早有打算。不过我能理解,换成是我也会这样。恭喜你们啊!"

苏书记对徐世铎说:"甭理她,回去回去。"苏书记推着阿藤花回了屋子,徐世铎和乌兰其其格转身离开,但徐世铎的脸色瞬间阴沉下来。

乌兰其其格担心地看着他:"我和通嘎拉嘎给你添麻烦啦?""不,跟你们没关系。是他们欺人太甚。""小孩子嘛!""没有苏书记纵容,阿藤花敢胡说八道?他这是在自己找死。"乌兰其其格被他的话吓了一跳。

"我研究过他,当公社书记当了十年,在咱们旗里也是独一无二的,而且,这几年的大小运动他都能全身而退,我不会小瞧他的。""你要干什么啊?

苏书记是好人。"

马路对面，朝鲁和通嘎拉嘎从奶皮子后面站起来，徐世铎也迅速收拾脸上的阴冷表情："放心吧，只要你和通嘎拉嘎不受委屈，我不会针对任何人，要是有人让你们受委屈，我一定把他咬死。"

朝鲁和通嘎拉嘎迎过来，乌兰其其格有点不好意思。徐世铎说："朝鲁，你是通嘎拉嘎的哥哥，咱们不是一家人，也胜似一家人，从今天开始，我亲自训练你射击，一定让你成为神枪手。"朝鲁脸上嬉皮笑脸的表情立刻收拾干净，说道："是。"

徐世铎说到做到，亲自训练着朝鲁，朝鲁取得了难以置信的好成绩。民兵连吃烤全羊给他庆功，大家都喝醉了，只剩下朝鲁还清醒，听着徐世铎说醉话。都说酒后吐真言，徐世铎也难得的真诚："从来内蒙古当兵起，我就一直把自己当内蒙古人，但就是这个喝酒，一碰上喝酒我就露馅儿了。"

"内蒙古人也不是都能喝酒。""我今天真高兴，你知道吗？你是我的成绩，是我的证明，是我在这块土地扎根下去的第一根钉子。"他说着含义不清的醉话，朝鲁不以为意地笑笑。

"你不相信？不相信？你不了解我！我从退伍那天起，我就下决心要扎下根！我就是扎得深深的，根扎得深，树才长得高，参天大树扎根深，万丈高楼平地起，你是我的第一根钉子。"朝鲁哄着醉鬼："好，好，我是钉子。"

"你不懂啊，你太年轻，你不知道要扎根有多不容易！我为了扎根，我吃了多少苦？我不放过任何一个机会，所有的机会，所有的出人头地的可能，所有的线索——我亲手打断过一个人的腿，我一定要他说真话——那家伙嘴可真硬，就是不肯说。"

朝鲁有所怀疑："谁？"徐世铎醉眼迷离："什么谁？""你打断了谁的腿？是不是哈图？""对，对，就是他，我把他抓到民兵连，我让他交代反革命团伙，我要立功，可他就是不说，我亲手拿着棍子——对了，他是你阿爸啊，你好好干，要大义灭亲，我告诉你啊，要扎根，深深扎根。"

徐世铎睡了过去，朝鲁表情复杂，余烬灭掉，陷入黑暗。

通嘎拉嘎喂着自己的马，朝鲁在她身边低声嘀咕着。

"你还让他做你阿爸吗？他和我是仇人。""喝醉了说的能算数吗？""你没听汉族人说吗？这叫酒后吐真言。而且，他第二天还来套我的话，问昨天他跟我说了什么没有，这不是心虚吗？"

"你告诉你阿爸啦？""我想告诉他来着，可是回了趟家，看他一瘸一拐的样子，我决定不告诉他，告诉他他也报不了仇，反而让他更难受，还不如……"

通嘎拉嘎吃惊："你要干什么？别乱来啊？他对额吉和我都很好。"朝鲁反问："那我阿爸的腿就白断啦？"通嘎拉嘎很焦急："哥哥！"

"好吧，我也就是说说而已，我还能怎么样？真打断他的腿？"

八

朝鲁不能动手打断徐世铎的腿，他决定等一个机会。机会很快就来了，民兵连参加大比武了，红马尖刀班的民兵们聚在这里，听徐世铎鼓劲儿："大家都不要松劲儿，还有最后一个项目。我估计按照咱们的马速，应该比他们先抢到旗子，但是要安全带回来可不容易。"巴雅尔说："人在旗在。"徐世铎说："人不在了旗子也得保住，哪怕就剩最后一个人也要保住旗子。"

朝鲁说光有决心不够，必须出奇招，他的奇招就是拿着旗子走兔子滩。徐世铎问："他们会不会在兔子滩拦截？"朝鲁说："兔子滩没人敢骑快马，他们想不到咱们敢走。"

徐世铎又问："为什么？"朝鲁说："草滩下面全是老鼠洞，没人去那里放羊放马。我们也要格外小心，会有危险。"徐世铎上当了："我不怕危险。这样，兵分两路，阿藤花，你带大队走这条路，负责迷惑敌人，吸引火力，朝鲁、巴雅尔跟我走兔子滩。"

通嘎拉嘎在大队之中，她扭头看向朝鲁和徐世铎，突然一阵不安，她向身边的白音呼和招呼了一声："我跟哥哥他们走。"她掉转马头横着插过去，向朝鲁和徐世铎追去。

大比武主席台上的领导们喝着奶茶，观看着摔跤表演，哈图袖着手挤在人群里，噶鲁告诉他朝鲁这次又要出风头了，因为他要带着徐连长抄近路走兔子滩。哈图愣住，转身挤出人群。

朝鲁勒住马，徐世铎和通嘎拉嘎、巴雅尔也连忙勒马停下。朝鲁神情复杂，这里就是十年前宝力根摔死的那片草滩。通嘎拉嘎似乎能明白他的意思："哥哥。"

朝鲁翻身下马，向着草滩跪下，抓起一把土迎风扬去。徐世铎焦急地看看手表:"你在干什么?"通嘎拉嘎说:"我们的一个哥哥,以前死在这里。"徐世铎不耐烦:"要拜祭以后再来吧,时间不等人。"通嘎拉嘎说:"哥哥在求他保佑哪。"

徐世铎有些不安和不快:"封建迷信!怪力乱神!快走!"他纵马向兔子滩里冲去。通嘎拉嘎焦急地喊着:"不能快跑!徐连长——徐连长——快,巴雅尔,别让徐连长跑起来。"巴雅尔追了上去,朝鲁还在不慌不忙地拜祭着。通嘎拉嘎责怪地喊:"哥哥!"

朝鲁翻身上马,控马向徐世铎追去。朝鲁神情怪异,他望着徐世铎越跑越远的身影,突然从嘴里轻轻发出"啪"的一声响,远处的徐世铎应声从马上摔了出去,他的马也随即倒在地上。

通嘎拉嘎在徐世铎身边跳下马,徐世铎的腿断了,他脸色煞白,满脸冷汗,死死抓住巴雅尔的手。通嘎拉嘎抽出刀子撕开了徐世铎的裤腿对巴雅尔说:"我的包。"

巴雅尔连忙从通嘎拉嘎的马鞍上拿下药包,通嘎拉嘎迅速打开药包,在各种小瓶子中间选着,用水在掌心混成药膏,给徐世铎涂上。徐世铎指指掉在一边的旗子:"朝鲁,你们送旗子走。"

朝鲁说:"啊?我不能丢下你们。"徐世铎说:"这是命令。咱们抄近路为的是什么?不就是它?你要不送,我就白摔下来了。"

通嘎拉嘎起身接过旗子,利索地抽出旗杆,试着想从中间截断,却没有能折断。巴雅尔连忙接过来在腿上撅断了它。通嘎拉嘎抽出腰带,用两根旗杆把徐世铎的腿绑起来,徐世铎疼得冷汗直流。

朝鲁说:"那巴雅尔去吧,我留下照顾你。"徐世铎说:"你们一起去,万一对方拦截,也好有个照应。"朝鲁和巴雅尔骑着马,哈图的马冲了过去。"阿爸?你怎么跑这里来啦?""人哪?姓徐的呢?""他在兔子滩里,腿摔断了。"

哈图跳下马,一把将朝鲁从马上抓下来摔倒在地上,随即用马鞭将他的手脚捆了起来,朝鲁挣扎着:"阿爸,阿爸,你干什么?"

哈图说:"去自首!我的仇我自己报,我用不着你帮忙,更不许你用这种手段。我们蒙古族的男人不搞阴谋诡计,要报仇就堂堂正正。"

"你说什么?""小子!跟阿爸耍心眼!我的腿怎么断的我知道!""你以

为我要害他？我真的没有，我发誓。""你不想害他会带他来兔子滩？""那是为了比赛胜利！来兔子滩就是害他？那我小时候也是有意害死宝力根了？那是意外。"哈图愣住。

朝鲁说："巴雅尔，你去送旗子，我跟我阿爸回去救徐连长。"徐世铎疼得满头大汗，看着通嘎拉嘎忙碌："通嘎拉嘎，你有什么事瞒着我？"通嘎拉嘎手足无措："没有。""我看到你们两个使眼色了。"

通嘎拉嘎沉默片刻："哈图大叔的腿真的是你打断的吗？""谁说的？""我哥哥说的。""他还说什么啦？带我来这里，让我摔断腿，是他安排的？"通嘎拉嘎老老实实回答："我也不知道。"

徐世铎一脸怒气："笑话，简直是笑话！把我当小孩子吗？他想骗我我就会上当？这是个意外。是我自己为了取胜，不怕牺牲，不对，也不是意外，这不应该是意外。"

他迅速思考着，下了决心，突然抽出匕首来，把通嘎拉嘎吓了一跳。"快，去把马鞍子的皮带扣切断。""什么？""我的马鞍，快去啊！"

远处，两匹马正快速过来，进到兔子滩之后，速度骤减。"兔子滩上不能放马疾跑，朝鲁跟我说过，所以这不是他要害我。快去啊！你非要逼我恨朝鲁吗？"

通嘎拉嘎连忙跑过去，用刀割断了马鞍下的皮扣，徐世铎松了口气："去跟苏书记说，我是被阶级敌人谋害，这是证据。"

通嘎拉嘎傻了眼。哈图和朝鲁也赶到了，哈图把捆住手脚的朝鲁推到徐世铎面前，对他说："这孩子摔断你的腿，是为了给我报仇，我把他带来交给你处置。"徐世铎说："哈图，你说什么乱七八糟的，我受了特务的暗算，是朝鲁救了我。"哈图莫名其妙地说："暗算？特务？"

朝鲁也很诧异，他看向一脸茫然的通嘎拉嘎，徐世铎指指马鞍子下面被割断的皮扣带："这是残酷的阶级斗争。"哈图还不死心："他就是为我报仇。"

徐世铎说："我跟你有什么仇恨？瞎扯淡！抓你，审问你，都是为了革命，为了工作，我们有什么个人恩怨？倒退三年我根本不认识你，对不对？朝鲁他首先是国家孩子，其次才是你哈图的儿子，所以我无条件地相信他，好了，你们都不要再提这件事了，我相信组织上会明辨是非。"朝鲁茫然地看着他，却不明白他说的是不是真的，通嘎拉嘎伸手握住了他的手。

九

挂在电线杆上的高音喇叭发出啸音，随即传来试话筒的喂喂声。一处空旷的场地，大门台阶处摆上桌椅就成了主席台，此刻拉着红幅，门前已经被洒水降尘，已经站了不少牧民，通嘎拉嘎和朝鲁站在人群中。主席台上，徐世铎正拄着拐杖，对着话筒慷慨激昂："这一刻我脑海里闪现的是无数烈士和革命先辈，是他们抛头颅洒热血打下的红色江山，我一定要用我的生命去保护它。红旗为什么是红色的，因为它是血的颜色。"

苏书记拼命鼓掌，带动得下面的牧民也鼓起掌来。朝鲁和通嘎拉嘎坐在台下，看着意气风发的徐世铎。通嘎拉嘎凑过来，低声："哥哥，我害怕。"朝鲁明白她是害怕徐世铎的心机，他拍拍通嘎拉嘎的手背："不怕，有哥哥在。"

苏书记走到话筒前："宣布一件事。组织上决定任命徐世铎同志为公社副书记。当然他还要兼着民兵连连长。"徐世铎回应道："我一定好好工作，不辜负党和领导的信任。"苏书记继续说道："还有一个喜讯，我提前宣布一下啊。徐世铎同志，就要和我们的乌兰其其格结婚，彻底扎根草原啦。"

人群中，乌兰其其格身边的牧民们向她祝贺着，乌兰其其格幸福地和徐世铎对视着。通嘎拉嘎说："只要他对额吉是真好就行。"朝鲁说："我阿爸说，是男子汉就要堂堂正正，如果他对你额吉不好，我就跟他拼命。"

乌兰其其格收拾着行李："真的要搬到公社去住吗？放不了羊就没有工分了。"徐世铎舒服地躺下，志得意满地："什么叫干部待遇！就是你以后不用再挣工分了，公社副书记，每月工资是六十四元，我又不抽烟不喝酒，也没有别的开销。"乌兰其其格说："我要是挣工分，喝酒就能管够。"

徐世铎神情异样："不是钱的事。酒能坏事，我这辈子还长呢，不能再喝了。"通嘎拉嘎正背对着他们躺着，闻言睁开眼睛，表情担忧。

朝鲁和通嘎拉嘎并驾齐驱，两人说着话。"他真这么说？他是用什么语气说的？是什么表情？""就是这么说的，我也没看见他的样子。""是怀恨在心那种，还是咬牙切齿的那种？""听不出来。就那么——就像是说牛羊该吃草了那样说出来了。""那他是——算了，不管他了，反正他也成了你阿爸，既然是一家人了，应该都过去了，这是我阿爸说的。"

他们身后几十米处，一辆牛车正拖带着乌兰其其格的家具行李锅碗瓢盆，一路叮当作响地慢慢走着。乌兰其其格和徐世铎并肩坐在车上，望着前面的兄妹俩。徐世铎盯着朝鲁的背影，他突然一惊，原来是乌兰其其格伸手过来，和他的手握在一起，徐世铎笑着握紧了她的手。

第八章　知　青

一

草原上难得有树，有树也不会太高，这棵树的树枝间挂着一个不大的金属盒子，随风晃动，在阳光下反射着亮光——金属盒子被几根线缠绕在树枝上。一只白皙的手正伸向金属盒子，却总是差一点儿才能够着。

王朝阳趴在树上，一手抱着树干，一手拼命伸向那个金属盒子。他从上衣口袋里抽出钢笔，用它延长了手臂，他将钢笔在金属盒子外的线上缠绕几圈，终于能拖动金属盒子了。朝鲁和通嘎拉嘎的马跑到了树下，翻身下马。朝鲁说："你，下来！"王朝阳正全神贯注在拖拽金属盒子上，没有回答。

"叫你下来哪！听见没有？你在干什么？"朝鲁发现了王朝阳正在做的事，他突然紧张起来，"松开你的手，别碰盒子，立刻！"

王朝阳还是没有理睬，朝鲁摘下步枪拉动枪栓，举枪瞄准，整套动作熟练之极，手指已经打开了保险，抠在扳机上，蓄势待发。通嘎拉嘎焦急地说："你松手哇，我哥哥真会开枪。"

王朝阳这才低头看下来，他咧嘴一笑，牙齿雪白。通嘎拉嘎心神一乱。王朝阳说："我是向阳红公社的知青，你们误会了。"通嘎拉嘎迅速打量着王朝阳一身知青的装束："哥哥，是知青。"朝鲁说："你先下来。"王朝阳说："不，我要把这个摘下来。"朝鲁说："你下来，我帮你弄下来。"

王朝阳放弃了拉拽，慢慢爬下来，他的钢笔依旧缠绕在绳子上。王朝阳对朝鲁说："你不会说话不算话吧？我的钢笔也在上面呢。"朝鲁说："证件。知青都有证件。"通嘎拉嘎劝道："哥哥，不用了吧。"朝鲁并不理睬："当然要，徐连长说最近老有特务活动迹象。"

"我知道他是知青，我见过他。他们来的那天我见过。""那也不能大意，你在这里干什么？那是什么？""气象气球上的仪器，你们应该见过吧？""见过见过，放羊时常捡到，哥，你忘啦？"

朝鲁去马鞍旁摘下布鲁，摇动片刻，布鲁脱手而出——布鲁是草原上打狼用的东西，布鲁掠过树枝，割断绳子，金属盒子和钢笔一起掉了下来。王朝阳刚要去捡，被朝鲁抢先拿起来，检查着。

王朝阳嘲讽着："你是优秀民兵吧？够尽职的。"朝鲁又旋开钢笔，在手背上画了画。王朝阳说："是真钢笔，不是手枪，非要把我查成特务？"

通嘎拉嘎说："你别生气啊，我们是民兵，巡逻，最近老有无线电信号在半夜发射，我们民兵连……"

朝鲁说："跟他说这个干什么！你说吧，在这里干什么？为什么要这个？"王朝阳答道："我捡这种气象气球的仪器，是为了要它里面的电子元件。"朝鲁问："什么……圆件方件？"王朝阳说："二极管三极管，电位器，电解，电容，这里面都有，反正草原上无主儿的东西，谁捡了归谁，对不对？""你要这些干什么？"王朝阳得意地朝鲁说："做收音机。"

向阳红公社的知青点新建立不久，不大，只有一间正屋一个厨房，墙上贴着的红纸标语还没有被风雨侵蚀，标语上写着：知识青年，上山下乡。

朝鲁和通嘎拉嘎的马一溜小跑地赶到，王朝阳和朝鲁共乘一骑，他兴奋得大呼小叫："同学们都出来都出来，咱们来客人啦！"

俩男知青闻声从屋子里出来，朝鲁和通嘎拉嘎下了马，王朝阳拒绝朝鲁扶他下来："让我再骑一会儿。"两人钦佩地看着王朝阳。

知青贾德晨笑说："行啊你王朝阳，学会骑马啦？"王朝阳指指朝鲁说："我给你们介绍啊，这位是朝鲁，咱们公社最有名的马倌，你们想学骑马就赶紧拜他为师。"

两人乱哄哄地向朝鲁打招呼，朝鲁憨厚地回应。王朝阳继续介绍道："还有她，通嘎拉嘎，他们是兄妹俩，都是咱们公社的民兵。"通嘎拉嘎也向两人问好。

贾德晨回应说："欢迎欢迎，我叫贾德晨，这是于兵，我们三个都是上海来的。"

朝鲁听到"上海"两个字，恍惚了一下，他张了张嘴，却没有说出口，只是憨厚地笑着。"我们分了五个知青点儿，这个点儿最小，就我们仨，请进吧，欢迎你们来做客。""我们不是来做客的。"

"对，瞧我这个记性，我先证明我的清白。"王朝阳向同伴解释着，"他们不信我会做收音机,我证明给他们看。你们先做饭,咱们请蒙古族兄弟吃饭,民族团结嘛!"

王朝阳引着朝鲁和通嘎拉嘎进了屋子,屋里三张木床,靠窗的桌上盖着一块白毛巾。王朝阳掀开白毛巾,露出一个快要做好的收音机,向两人说道:"我已经弄了一个多月了,他们也帮我找了不少。"

朝鲁看着桌上另外一堆被废弃的零件和金属盒子残骸,果然跟他手里的一样。王朝阳向他伸手,朝鲁把手里的金属盒子递过去。王朝阳麻利地拆开,抽出一个零件,然后用电烙铁焊接在他的收音机上。通嘎拉嘎专注地看着王朝阳,他投入的表情很吸引人。通嘎拉嘎意识到自己走神,连忙离开几步,在屋子各处看着。

窗台上,三个一模一样的崭新的搪瓷水杯整齐排列,水杯里插着牙刷,也都朝着同一个方向。屋角挂着新毛巾,洗脸盆旁边,放着香皂,通嘎拉嘎忍不住拿起香皂,在鼻子前闻着。窗外传来那两个知青大呼小叫张罗做饭的声音。

朝鲁专心看着王朝阳的动作,那双白皙灵活的手带着特殊的韵律,这种韵律感在朝鲁的上海父亲身上曾经出现过,这是埋藏在朝鲁童年深处的关于亲生父亲的印象。收音机发出模糊不清的声音,王朝阳调了调台,怎么那么巧,正好播出的是一段江南评弹。

王朝阳松了口气,得意地抬头:"哈哈,好了。"他吃了一惊,因为站在他身后的朝鲁正满面泪痕。通嘎拉嘎也赶了过来,拉住朝鲁的手:"哥哥,我听过这个。"朝鲁说:"听过,听过,这是爸爸最喜欢的。"

窗口里传来收音机里的江南味道,离开上海十年之后,他们第一次听到了童年的声音。夕阳西下,炊烟升起。几个搪瓷缸子撞在一起,酒汁四溅。"来,让我们为上海朝鲁、上海通嘎拉嘎干杯!"

朝鲁和通嘎拉嘎拉着马进了马厩,通嘎拉嘎压低声音:"咱们回来晚了,徐连长要是知道了又该发脾气了。"朝鲁说:"管他哪!通嘎,我今晚上真高兴,比前十年所有的日子都高兴。"通嘎拉嘎显然没有这种感觉:"他们做菜太淡了。"

"以前爸爸做饭就是这味道,你还记得吗?妈妈做菜就咸,所以咱们都爱吃妈妈做饭,可惜妈妈不爱做饭。""好了,赶紧回去睡觉吧,幸亏徐连长去旗里开会,今晚上不用点名。"她说完转身跑出马厩。

朝鲁把枪靠在枪架上，他蹑手蹑脚走向自己的床，屋子里此起彼伏的鼾声。朝鲁经过谢若水床边，忍不住蹲下来，捅醒了他。谢若水嘟囔着："晚上没点名。"

谢若水翻身要睡，被朝鲁拉住："你知道我晚上去哪里了吗？你知道我见到谁了吗？是上海知青，一共三个。上海来的啊！"谢若水问："贾德晨他们？"朝鲁吃惊："你怎么知道？""他们一来就到我家去了啊，他爸爸是我爸爸的大学同学。""那你怎么不早说啊？""这有什么好说的，人家是上海的，跟咱们有什么关系？"

谢若水翻身睡去。朝鲁很失落，欲言又止，他爬上自己的床，兴奋得大睁着眼睛。风吹过，挂在门口的马灯熄灭，整个营地顿时笼罩在苍穹下的星光之中。

二

徐世铎神情严肃，来到草原有几年了，他也发生了些许变化，更加沧桑，也更显成熟："立正，稍息。我传达一下旗里紧急会议的精神，我们国家已经成功发射了东方红一号人造地球卫星。"

朝鲁举手："报告连长，什么是人造地球卫星？"徐世铎也不知道，只好说："等学习了材料你就知道了。上级要求我们组织庆祝和学习，还有，我再强调一下纪律，出门必须请假，外出巡逻执勤也必须按时回来，任何人不能搞特殊。昨天没有晚点名，有的人就不自觉，就钻空子，解散之后把检查交到我办公室来。解散。"

众人散开，徐世铎走回办公室。朝鲁脸色阴沉，在周围的人脸上看着，似乎要找出告密的人。

白音呼和说："别看我，我不干这种事。"巴雅尔说："别瞎猜了，随便写个检查呗，谁叫你回来晚了的？"朝鲁说："我的错误我认，可打小报告，太坏了吧？"他看向阿藤花，阿藤花也正得意扬扬地和周围的女民兵说着什么，突然还毫无征兆地大笑起来，在朝鲁看来，这就是在嘲笑他。他迈步过去，半路被通嘎拉嘎拦住："是额吉说的。额吉昨天做了奶皮子送来，结果咱们一直没回来，她很担心，就一夜没睡，正好徐连长早晨回来。"

民兵们在围墙前散开，涂写着"热烈庆祝东方红卫星发射成功"的标语，阿藤花拿着巨大的排笔走到通嘎拉嘎身边,在她的染料桶里蘸着笔。

"你又帮朝鲁写检查啦?他也太不像话了,自己闯了祸就让你担着,不是男人。你们干什么去啦?打黄羊去啦?""我们干什么不重要,重要的是你干什么了。""什么?""我跟我哥说,我们晚回来的事是我额吉说的,但我知道是你,你这样不好。"

阿藤花恼羞成怒:"是我又怎么样?我就是看不惯你们俩搞特殊,仗着徐连长是你阿爸。""那你现在满意了吗?""不满意,你们就不应该违反纪律。""我知道,所以我们写了检查。""那你们到底去哪儿啦?""我不告诉你。"

三

社员们集中到苏书记办公室外,听东方红卫星上天的重要新闻,朝鲁和通嘎拉嘎去了知青点,从那台依旧没有安上外壳的自制收音机里听到了卫星上播放着的编钟音色的东方红乐曲,通嘎拉嘎抬头仰望璀璨夜空,一颗星星在缓缓移动着。

朝鲁感慨说:"真了不起。"王朝阳说:"这就算了不起啦?人家美国人去年就上了月球啦。"贾德晨神色一变,碰了王朝阳一下。

"月球?你是说月亮?"王朝阳笑笑,不想再谈这个话题。朝鲁又说:"不可能。王朝阳你净胡说,月亮怎么能上去?还美帝!他们也有人造卫星?"

王朝阳忍不住:"人家的比卫星更高级。"朝鲁还是不相信,他看看贾德晨和于兵,他们也点点头。"你们知识青年就这么胡说八道?你敢跟苏书记去说吗?""我不敢。这个秘密咱中国知道的人可不多。""那你们怎么知道的?""因为我们从上海来,知道吗?我们上海是工业最发达的城市。"

朝鲁不满:"咱们上海。"王朝阳笑笑:"对,毛主席教导我们,世界是你们的,也是我们的,但是归根到底是你们的。"

从知青点回来的路上,巨大的白月亮挂在天边,照得街道明晃晃的。朝鲁和通嘎拉嘎骑马进了街道,他们两个都面色沉重,突然两人同时叹口气。

"真是的!不该去找他们,本来挺高兴,现在也高兴不起来了。"

"我也是。刚刚觉得人造地球卫星很了不起,谁知道人家都上了月亮。"

"啊?你是说这个?我是没想到他们其实没把咱当上海人。"

通嘎拉嘎愣了一下,意识到自己和朝鲁的感慨不是一回事:"人家没把你当自己人，就不会跟你说月亮的事，这可不是小事，你千万别跟别人说啊，可别害了人家。"

这件事还是让朝鲁受到了不小的冲击，蓝天上，一只鹰在慢悠悠地飞，看起来似乎静止不动。朝鲁躺在草地上，表情恍惚。马群在周围吃草，哈图走过来，他的腿已经好了，重又恢复了虎虎生威的架势。

"远远就看到你的红马了，有事儿？""没事儿。""没事儿怎么回来啦？民兵连解散啦？""阿爸，你说月亮上有人吗？两个美国人。""胡说八道。"

"真的，去年就上去了。不过这是秘密，只有上海人才知道，上海是最大的工业城市，连公社的收音机都是上海牌的，徐世铎的手表也是上海牌的。""你发烧啦？"

朝鲁摇头躲开哈图伸过来的手："我就是浑身都提不起劲儿来。"哈图说："我早说民兵连不是好地方，起来，跟我提水饮马去！"

他踢了踢懒洋洋的朝鲁，自己翻身上马，一路奔驰下去。朝鲁也爬起来，骑上马。朝鲁和哈图并肩合作，一起从井里提起水来——这不是一般的水桶，是一个硕大的水桶。水被倒进水井边的水槽，沿着水槽流下去，进了饮马池。马群聚集在这里，轮流喝着水。朝鲁和哈图都已经满头大汗，他们吃力地喘息着。

"再提一桶就够了。平常我一个人饮马需要三个小时，加上你也没快多少。""我帮你省的是力气。""阿爸力气有的是。不服气再试试？""总有一天我会摔倒你。""也不知道我能不能活着见到。""你要是一喝酒就没够儿，那可真不一定。""好小子敢咒我！"

他们斗着嘴，手脚却不停，很快又打上一桶水来，水被倒进水槽，朝鲁疲惫地跳下井台，一屁股坐在草地上，高兴地大喊起来："啊，都来喝水吧，喝水吧——"

哈图看着一身轻松的朝鲁："知道我为什么放过了姓徐的吗？"朝鲁觉得这话很突兀，他愣愣地看着哈图。"因为草原上的日子就像是这水，停下来的就会臭，会死，往前流才是好喝的水，我不想再惦记着以前的事了，所以腿也就好了。"

"阿爸，你的腿好了，是通嘎拉嘎给您配的药好。""傻小子啊！你什么时候明白了这个，你什么时候就学会快乐了。"朝鲁还是没有明白。

"你看看你现在，是不是比刚才快乐啦？你出了汗干了活，你让马有了水喝，他们感激你，你就快乐了。""啊？""其实就这么简单，你干你自己能干的事，什么月亮啊，上海啊，美帝国主义啊，有这些水对马儿有用吗？"

四

朝鲁纵马疾驰，他的脸上重新有了笑容，他突然勒住了马，地上，一只鹰正扑腾着翅膀，垂死挣扎着，这可是好东西。朝鲁把一把捆得整整齐齐的鹰羽摆在供销社柜台上，售货员换给他一瓶酒。

朝鲁带着酒去了知青点，那只贡献了羽毛的鹰看起来像是一只小号的光秃秃的鸡："王朝阳，这个你们吃不吃？"

他把鹰丢了过去，王朝阳手忙脚乱地接住，大喜："鸡？哪儿来的鸡？朝鲁，这是给我们的吗？"朝鲁说："当然。"王朝阳说："太好了，多谢多谢！还是咱们上海老乡好，知道我们想吃肉了。"

朝鲁要走，王朝阳和贾德晨一起喊起来："怎么能走哇！一起吃！于兵马上就回来，他做饭最好吃。""我可不吃这个，这是只鹰。""鹰？飞的鹰？"

"就是那个，它的翅膀断了，活不了啦，我卖了它的毛，这个你们敢吃吗？不吃就丢掉吧，我们都不吃。""有毒？""草原上的人只吃牛羊肉。""你是上海人啊，你可以吃鹰啊。别走了，尝尝咱们上海人的手艺。"朝鲁一愣，从皮口袋里掏出那瓶酒，"好，咱们一醉方休。"

小桌上杯盘狼藉，四个人喝得醉态可掬，三个知青正挥舞着鹰爪鹰骨头，唱着知青流行的歌曲《草原上升起不落的太阳》之类的。

朝鲁笑眯眯地听着，一曲终了，贾德晨说要跟朝鲁一起唱一个："一定得一起唱，你是上海朝鲁，咱们上海人要合唱一个，找一个朝鲁会唱的。"

王朝阳已经唱起来，他唱的是《嘎达梅林》，朝鲁的笑容僵了僵："这个歌不让唱。"知青们不在乎："管他呢！这个好听。"

他和于兵也跟着唱起来，朝鲁的嘴唇轻轻动了动，贾德晨挥动两只鹰翅膀，连连鼓励着他，王重阳凑近他的耳朵："来，为上海！"

这句话点燃了朝鲁的热情，他猛然碰杯一口喝进去，随即，用蒙古语唱起了这首《嘎达梅林》。四个人，用着蒙古语和汉语，唱着同一首歌，四张油光光的笑脸在油灯的光亮下，真诚，投入。

风声在呼啸，远处的知青点传来歌曲声。歌声在辽阔的草原上飘散，风声渐渐大起来。

徐世铎把这件事报告给苏书记："三个知青和一个牧民，深更半夜唱禁歌！这是严重政治事件！《嘎达梅林》啊！大毒草啊！""朝鲁那个破嗓子，他唱歌能好听？""苏书记！""这件事就算了吧，我不信。"

徐世铎压低声音："我还听说了一件事，朝鲁散布谣言，说月亮上有美帝国主义！""月亮上？这不是胡说吗？小徐，这种酒话你会信？""我也觉得是胡说，不过，会不会有人在幕后主使啊？""既然是胡说，就不要理他了，谣言嘛！不攻自破。"

看到徐世铎还想说什么，苏书记摆摆手："这样吧，我把那小子叫来问一问，他是我看着长大的，不敢骗我，要是有主使副使的，我统统揪出来下酒。""好，您亲自出马，那当然最好了。"

王朝阳他们得知公社在调查他们，来找朝鲁了。"调查你们什么？""调查是谁造谣，说月亮上有美国人。"贾德晨眼巴巴地看着朝鲁，"朝鲁啊，这件事可大可小，往大了说能大到不得了，所以……"

"我可什么都没有说。苏书记问过我，我没有说。""公社问过你啦？你怎么说？""我说是我喝醉了瞎编的。"

朝鲁对王朝阳他们不放心自己感到很恼怒："你把我当什么人啦？不把我当上海老乡？""好吧老乡！我相信你。""再说你说的那些，我也都不信。"

王朝阳犹豫了一下，压低了声音："我父亲因为工作关系，经常出国，这是他去年在外国亲耳听到的。""出国？""非洲，坦桑尼亚，听说过吗？"朝鲁摇头。

"他们在那里援建铁路。我父亲说，也是大草原，草有一人高，我估计跟咱们这里差不多。对了，给你尝尝好东西。"他从怀里拿出一个巴掌大小的包裹，一层层地打开，最里面是一层油纸，包着的是十几个海米："还记得这个吗？"朝鲁吸着鼻子，表情却很茫然。

王朝阳说："我妈妈寄来的，真正好海米，吃面条放一个进去，就是正宗的海米面，咱们上海人最喜欢吃的。"

王朝阳伸手抓起一半："朋友见面分一半。""不行不行，这是你妈妈寄来的，太贵重了。""没事儿，我妈妈寄来也是为了让我过得高兴一点儿，你和你妹妹吃了，我就高兴。""不，还是不行。这样，我要两个。"

朝鲁伸手捏出两个海米："我一个，通嘎拉嘎一个，放在枕头边，就闻到上海的味道了。""哈哈，好吧，没想到你骨子里是个浪漫的人。"

朝鲁不解："什么叫浪漫？""就是好的意思，我爸爸跟我说过，人只要懂得浪漫，不管多难的处境，都会过得高兴。"

五

朝鲁纵马疾驰在草原，爬上一个山丘。他一只手握着海米，不断凑到嘴边闻着味道，脸上露出陶醉的笑容。车窗里渐渐远去的上海，那好几根巨大的烟囱，这是朝鲁记忆中最后的上海，他每次回想上海，都会定格在这一幕上。

朝鲁去通嘎拉嘎的新家找她，乌兰其其格和通嘎拉嘎的新家也是和苏书记家一样的"四明角"的土坯房，所谓四明角，就是只有房屋的四角有砖基础。在那个年代，整个公社的房子大部分都是土坯房。

徐世铎正在桌前望着信纸发呆，信纸上的标题是：关于苏登全同志问题的反映。里间屋子里，乌兰其其格和通嘎拉嘎正在聊着天，叽叽喳喳笑起来，徐世铎皱起眉头，他向着门帘的方向喊了一声："乌兰。"

里间的声音立刻小了，徐世铎再次拿起笔，刚要写什么，门被推开，朝鲁闯了进来。徐世铎下意识地把信纸扣了过来。朝鲁玩笑般的敬了个礼："报告连长，我找我妹妹。"通嘎拉嘎已经应声掀开门帘跳出来。

"快来，有好东西给你看。"朝鲁拉着通嘎拉嘎又出了门，到门口又转身玩笑般再次敬礼，"报告连长，我带我妹妹出去玩玩，请批准。"徐世铎挥挥手，朝鲁嘻嘻哈哈地带着通嘎拉嘎出去了。

徐世铎瞪着他的背影，乌兰其其格端出了奶茶："这孩子，老是一阵风似的。"徐世铎哼了一声："你跟通嘎拉嘎说一声，以后多接触接触别人，别老跟朝鲁混在一起。"乌兰其其格莫名其妙："那是她哥哥。"

朝鲁拉着通嘎拉嘎一路快走，他们来到公社小学校找谢若水，谢若水愣愣地看着朝鲁手里的海米，通嘎拉嘎也发着愣。

朝鲁说："你们都认不出这个来啦？海米啊！咱们小时候在上海经常吃的，海米面条！"谢若水伸手去拿，又有点胆怯："我没有——我不记得——"

朝鲁说："怕什么？又不咬人！这是干的虾，跟牛肉干一样。你们闻闻这味道，想起来没有？"谢若水和通嘎拉嘎都拿起来闻了闻，不约而同做出嫌弃的表情。

朝鲁说:"好闻吧？这应该是咱们家乡的味道。"谢若水把海米还给朝鲁:"腥气。我得回去睡午觉了。对了，谢谢你给我看这个，应该是知青家里寄来的吧？你最近少和他们玩吧，我妈妈说……"朝鲁沉下脸说:"行啦行啦，我知道。"谢若水说:"那好吧，这玩意儿丢了吧，别把自己弄皮肤过敏了。"

通嘎拉嘎也把海米还给他:"我不喜欢这个味道。"朝鲁说:"不可能，你小时候……""哥哥，我差不多已经想不起小时候的事了，这个东西我也没有印象。"朝鲁又吃惊又失望，他拿起海米使劲闻着:"不可能啊，我记得这味道啊，我记得啊……"

他急切地把海米丢进嘴里用力嚼着，通嘎拉嘎静静看着他，朝鲁渐渐颓然，他意识到自己其实真的没有吃过这个，通嘎拉嘎伸手握住他的手。

六

沿街的墙壁上，是一排不算太新的大幅标语:热烈庆祝氢弹爆炸成功！王朝阳、朝鲁和贾德晨、于兵等知青提着颜料桶站在标语前。

"'热烈庆祝'这四个字就不用动了吧？'成功'和惊叹号也能留下？"

"别指望了，尼克松总统访华，差了三个字哪。"

王朝阳站在标语前，伸出双臂比量了一下:"不一定，'氢弹爆炸'四个字大概二米一，平均到'尼克松总统访华'七个字，每个字占零点三米，咱把笔画缩小百分之二点五，再把字间距缩小百分之一点二，应该能写下而且还不太显眼。"贾德晨也伸手比量了一下，随即把手对插在袖口里:"行！新写的字颜色深，视觉上也会显小，就这么办！"

他们拿着铲子铲掉了后面"氢弹爆炸"这四个字，又刷上白灰，朝鲁跑前跑后帮着忙，完全听不懂:"你们说的什么啊？""偷懒的办法。这就是知识的能力，所以你得上学念书啊，朝鲁。"

朝鲁笑道:"你们念了那么多年书，还不是一样跟我放牧？""可我们不会放一辈子羊啊。""不是要扎根牧区吗？"

贾德晨打了个哈哈:"扎根，当然，当然要扎根。"他转移话题:"对了，朝阳，你爸爸最近写信来没有？对国际局势有啥看法吗？"王朝阳摇头:"好久没有接到信了。坦赞铁路已经挺进到坦桑尼亚腹地，开车走一天都见不到人烟。""那通信可真不方便了。"

一九七二年二月底的内蒙古,寒风正凛冽,墙根还堆积着厚厚的积雪。苏书记办公室已经变了个模样,摆上了两张对头的办公桌。徐世铎在火炉前烤着手,看着对面墙壁前正在书写标语的那群知青,苏书记办公室前面这个地方是公社的中心,门前可以开会,各种标语也都张贴或书写在门前正对着的那面墙上。

苏书记叹了口气,把一份文件拍在桌上:"有些知识青年也太不像话了,打架、闹事、偷东西、喝酒,各个公社都发愁了。"徐世铎说:"毛主席教导我们,有人群的地方就有左中右,知青里的害群之马,揪出来就是了。""都是好人家的孩子啊。"

徐世铎盯着几个知青的背影:"不一定啊,苏书记,不一定。如果能刹住这股子歪风邪气,旗里一定会给咱们记上头功。"苏书记抬头看了一眼他挺拔笔直的背影,皱皱眉头,没有作声。

朝鲁和王朝阳并驾齐驱,前面的山坡上有一群羊,通嘎拉嘎背着步枪放着羊,朝鲁和王朝阳跑到近前下了马。朝鲁把马鞍子一侧悬挂的皮口袋摘下来,往通嘎拉嘎面前一倒,一条尺把长的大鱼掉在草地上,把通嘎拉嘎吓了一跳。

"我们俩从河里捞的,这条是给你的。""我要它干吗?""吃啊,我们上海人都爱吃鱼。""哥哥!""王朝阳说可以烤着吃。它已经死了,你要不吃,它就白死了,长生天让它活在河里就是给你吃的。""你们别再胡闹了行不行啊?"

王朝阳说:"通嘎拉嘎,我们这不是闲着无聊嘛!"通嘎拉嘎反问:"那你们就去杀一个无辜的生灵?"

羊群在残雪中搜寻着草,通嘎拉嘎向羊群丢着石子,把一只离群的羊赶回羊群。她扭头看向不远处,王朝阳和朝鲁正在忙碌着,她看不到王朝阳手里在忙活什么,只能看到王朝阳专注的神情和灵巧的双手。

通嘎拉嘎着迷地看着那双手。她伸手从怀里掏出那三个羊拐,十二年过去了,这三个从上海带来的羊拐已经磨得油光圆润了——每当思念上海的父母,思念遥远的童年,通嘎拉嘎都会把它们握在掌心。

朝鲁发出一声赞叹,随即,王朝阳向着她举起了一条剔得干干净净的完整的鱼骨。王朝阳的手指在鱼刺上滑过,像是抚弄琴弦一般,他神情郑重地说:"咱们三个都是上海来的,如果有一天我死了,你们帮我把骨头带回去。"

乌兰其其格翻来覆去地看着那条鱼骨,嘴里连连念叨着什么。通嘎拉嘎说:"王朝阳说,这是他上学时学的本事,叫标本,是科学。""这有什么用?""我也不知道,说是送给我的礼物了。"

乌兰其其格试了试鱼刺的尖端,缩回手指:"小心扎破了手,这些知识青年啊,真是……"她摇着头,像是赞许又像是责备:"收起来吧,别让你阿爸看到了不高兴。"

通嘎拉嘎把鱼刺用一块绸布包好,放进了抽屉,乌兰其其格还是想不明白:"这个到底有什么用?牛羊的骨头可以养草,鱼的骨头能干什么?"

"王朝阳说,生灵死后,灵魂上天,骨头要落地,入土为安。"

第九章　入土为安

一

说着入土为安的事儿，还就真有了要入土为安的事儿，谢若水的爸爸谢根杨突然去世了。满都拉呆坐在桌前，通嘎拉嘎和乌兰其其格虽然陪着她，但她显然沉浸在自己的世界里。徐世铎安慰说："满都拉校长，节哀顺变。"满都拉像是没有听见一样，谢若水解释说："我爸爸一闭上眼，她就坐在这里不动了。"

"你父母感情深厚，公社的人都知道，小谢，你现在要挑起家里的重担。苏书记去旗里开会了，我做主来操办后事吧，谢老师是来支边的，为咱们内蒙古的教育呕心沥血，甚至献出了宝贵的生命，内蒙古人民不会忘记他，不会——"他滔滔不绝的官样文章让几个人面面相觑。

满都拉打断徐世铎的话，说："谢老师不喜欢听这些。"众人都看向她。满都拉用手撑着桌面，让自己站起来："谢老师从来都不喜欢听这些官话。"徐世铎有点尴尬说："满都拉校长，节哀顺变。"

"我会，谢老师不喜欢听别人哭哭啼啼。""那好，公社方面会大力配合，办好身后事。他老家还有别人吗？要不要发个电报？""都在河北唐山，听说有不少人，谢老师只跟一个本家叔叔通过信，若水，你去拿地址。"

"好，那就分头行动，谢若水跟我去办公室，打电话给旗邮电所，请他们代拍电报，"徐世铎对乌兰其其格说，"你陪满都拉老师。"

满都拉说："不用，不用你们陪，我自己能行。你们都走吧，我想和谢老师再坐一会儿，单独的。"徐世铎看向乌兰其其格，乌兰其其格点头。

漆黑的没有路灯的街道，月光照得各处一片苍白，一种很不真实的颜色。通嘎拉嘎和乌兰其其格手拉手走在街道上，说着话。

"额吉，谢老师死了，他的灵魂会去哪儿？""会到长生天面前。""那他的人呢？""灵魂去哪里才是最重要的。"

二

四个扎黑纱的男人很快就坐在谢若水家的椅子上了,他们盯着眼前的奶茶。满都拉和谢若水端来各种奶制品,在他们面前摆放得满满当当的。

满都拉看向年纪最大的一个男人:"大哥。"那个男人连忙站起来,手足无措,一开口满嘴唐山口音:"婶子,按辈分我得叫俺叔一声叔呢。"满都拉一愣,又看向年轻的一个:"大哥。"侄子介绍道:"这是四叔公,俺叔得叫他一声叔呢。"

满都拉有些糊涂,看向另外两个人。侄子介绍着:"这是二叔公,婶子你也叫二叔就行,这是小六,跟我一样辈分。"满都拉说:"老家的事,谢老师平常跟我讲得不多,闹误会了你们别见怪。"

最年轻的却辈分最高的四叔摆摆手:"接到电报我们四个就上路了,一步也没停,应该没耽误,我二哥这一支是单传,现在也断了根。"满都拉说:"我们有儿子。"四叔瞟了一眼谢若水:"领养的,我们知道。""我和谢老师把他当亲生的孩子。""那是应该的。不过,毕竟没有血缘,所以,我们四个来,是要接老二家的回去。"满都拉没有听明白:"回去?""叶落归根,谢家祖坟里给老二家留着地方呢。"

三

四个汉子抬着一个床板往外疾走,床板上被子里蒙头盖脸裹着的显然是谢根杨。满都拉头发披散,又惊又怒地拦在面前:"你们……你们怎么能这样!"四叔说:"离开这儿,我们就买棺材雇车,好好带老二家的回去。"满都拉说:"不行,没有这个道理,你们不能这么干。"

四叔使了个眼色,四个男人骤然加速,绕过满都拉就走。满都拉跳起来扑到床板上,床板往下一坠。四叔说:"撑住,先离开这里。"四个人抬着一生一死两个人继续向学校门口走去。满都拉喊起来:"救人啊!"

正值寒假,校园除了积雪,空空荡荡。一阵马蹄声响,徐世铎在学校门口勒住了马,他居高临下瞪着这四个人。

四个唐山来的男人被带到了公社书记办公室,毫无表情地蹲在火炉前。满都拉和谢若水怒气冲冲瞪着他们。徐世铎放下电话说:"你们的身份已经核实了，但是你们的做法是不对的，是严重的错误，严重违反了国家的民族政策，伤害了民族感情，这是不被允许的。"

四叔嘟囔着："就是要埋祖坟里去嘛。""那你们这种行为也不对！怎么就不能通过协商解决呢？""协商了，侄媳妇不答应。""不答应就抢？你还把我们公社放在眼里吗？"

几匹马飞快奔驰，马蹄卷起残雪和泥土，朝鲁等人沉着脸不断催着马，他们虽然只有三四个人，却很有气势。通嘎拉嘎的马紧随其后。阿藤花和王朝阳等知青，夹杂在一群围观者中，从门窗玻璃看着热闹。徐世铎的呵斥声不断传来："我们苏书记是不在啊，他要是在，你们四个今天都要受处罚！"

急骤的马蹄声传来，他们一起扭头看去。朝鲁等人纵马而来，在来到办公室前时，朝鲁勒住了马，马嘶鸣着高抬前蹄，雄姿英发。阿藤花眼神中有赞许。朝鲁等人跳下马，大步走来，人群闪开道路。

他们一行闯进办公室，朝鲁说："谁敢来抢谢若水的阿爸啊？不想活着离开啦？"四个唐山来客紧张地站起来，甚至做好了挨打或搏斗的准备。朝鲁盯着其中那个显然是主心骨的四叔，向他逼过来，四叔明显很紧张。徐世铎没有说话，直到朝鲁逼到四叔面前了才制止了他："朝鲁，你干什么？这都是满都拉校长家的亲戚，你讲讲礼貌。"

朝鲁说："没有人能欺负谢若水。"徐世铎向四个唐山人解释了一句："你们别见怪，这是谢若水的好朋友，很有正义感的小伙子，我的民兵连的干部，政治上没有问题。"

四叔松了口气："我们不是不讲理，老二家的根杨支边支了十几年，身体也垮了，人也没了，总不能连祖坟都进不去吧？把他一个人孤零零留在这里，我们怎么跟祖宗说？"

满都拉说："有我和孩子，他怎么就成了孤魂野鬼？"四叔没有看她，依旧按照自己的思路说着："再者说，叶落归根，人之常情，我想政府也不会反对吧？"

满都拉说："我和谢老师是合法夫妻，谢若水是我们合法收养的孩子，我们两个是他最亲的人。"四叔还是不看满都拉，保持着自己说话的节奏："血缘血缘，先得有一样的血，才能说是不是最亲的人。从血缘上讲，他是我们谢家的人，应该埋到祖坟里。"徐世铎说："那你们也不该采取这种方式。"

四叔说:"我们是心里着急,想着赶快入土为安,虽说内蒙古天气冷吧,可这也在屋里停了两天了——这时辰上是有讲究。"

徐世铎森然地:"毛主席教导我们,要破除迷信。"四叔一惊:"是,是,我当然不是那个意思。""这么多人都听见了,我会写在材料里,让他们都签字做证。"

四叔也是个果断的人物,他立刻面对着墙上的毛主席像跪了下来:"我向伟大领袖毛主席起誓,我没有要搞封建迷信,广大贫下中牧也不会为难我这个失去亲人的外乡人。"

众人都吃了一惊,徐世铎盯着他。四叔站起来:"您是这里的领导,我听您的。""这就对了嘛,有什么事非要闹僵呢?不利于团结嘛!""是,领导说得对,请领导指示。"

徐世铎说:"谢老师是国家派来支边的老师,对我们草原感情深厚,我们草原也舍不得他,广大贫下中牧也舍不得他,他应该留下。"四叔欲言又止。

徐世铎又说:"你非要叶落归根,毛主席教导我们,要移风易俗,青山有幸埋忠骨,何须马革裹尸还,对不对?"

四叔说:"谢根杨同志是支边老师,多次受到自治区的表扬,在我们家乡人看来,他是个英雄,把他迎回家安葬,是为了掀起一股学习英雄的浪潮,一个谢根杨倒下去,千千万万个赵根杨、钱根杨站起来。还请领导支持。"

在这段类似切口一样的对话中,众人表情各异,朝鲁听得不明所以,阿藤花一脸敬佩,满都拉神色凝重,通嘎拉嘎似乎没有听明白,谢若水也在发愣。

徐世铎谨慎地说:"你在唐山做什么工作?"四叔掏出工作证递过去,谦卑中带着骄傲的神色:"革委会副主任,咱们是革命同志。"徐世铎看了证件,点点头:"那你的级别比我还高,谢若水,你来说。"

谢若水说:"啊?"徐世铎说:"从根儿上来说,谢若水是谢老师的孩子,这事儿应该让他来定。满都拉校长,可以吗?"满都拉点头:"应该。"

众人都看向谢若水,他有些胆怯,声音一出口都变了调。"我……我不知道。""你心里怎么想就怎么说。""我没想过。""那现在想。"

谢若水皱起眉头,一脸无措的表情。四叔盯着他看,谢若水的眼神和他碰上,连忙闪躲:"妈……妈还是你说吧。"

满都拉失望，她刚要开口，被四叔打断："还是听领导的，就让我这个侄孙子来拿主意。"谢若水更是闪躲着他的目光。朝鲁挤了过来，搂住他的肩膀，死死盯住四叔。

朝鲁说："若水，你放心说，我看谁敢吓唬你。"通嘎拉嘎也挤了过来："谢若水，这是你阿爸的事，阿爸走了，家里的担子你要挑起来，你不想让他走得轻松些吗？我只知道要是有人欺负我额吉，我就会跟他拼命。"

王朝阳赞许地看着通嘎拉嘎。谢若水镇定下来："我阿爸喜欢草原，他说他从来支边那天起就爱上这里了。这里还有我和妈妈，我们都惦记着他，舍不得他。"满都拉欣慰，众人也是一副尘埃落定的表情。

"但是如果让我替阿爸做决定，我会让他安葬在故乡。"众人又都变了神色。满都拉生气地喊："若水……"

"是真的，阿妈，其实我知道，阿爸心里一直放不下他的老家，他高兴的时候会哼老家的戏词儿，病疼得厉害，还会用老家的话骂人，骂他的病。尤其是最后这段时间，不管高兴不高兴，他都会呆呆地唱戏词，说家乡话，他的眼睛看着的不是草原，而是天空，所以我想，爸爸心里是想回老家的，这次正好，爸爸的亲戚来接他了，我——你们让我决定，我就想让爸爸能回他的家乡。"

众人都安静地听着。四叔问："你叫什么名字？""谢若水。""我做主了，用你的名字给你爸爸立碑，你永远是谢家的人。"

满都拉猛然站起来，怒气冲冲地走出去。谢若水连忙去追，被徐世铎一把拦住："你现在去，她更难受，放心吧，你说得在理，满都拉校长会想通的。"

四

拖拉机发动着，冒着黑烟。四个唐山来客守在拖斗里，一个个年龄参差不齐的蒙古族孩子走到车前，往车斗里放着野花，谢老师教过的孩子们来送他了。

拖拉机启动，奔向草原深处。谢若水跪下，向着拖拉机远去的方向磕头，一下，两下——谢若水的身影很是孤单。

众人在围观，各自有心酸，通嘎拉嘎突然走到谢若水身边也跪了下来。徐世铎想要阻止，又忍住了。朝鲁愣了一下，自言自语着："兄弟一场，一起送送吧。"他也走了过去，在谢若水另一侧跪下。阿藤花又气恼又不以为意，表情怪异，绷起了脸。王朝阳远远看着，眼神异样。

空荡荡的教室里，满都拉坐在最后一排，面色平静地看着黑板。黑板上写着三个粉笔大字：谢根杨。年轻时的谢老师的身影凭空出现在黑板前，他的笑容儒雅、灿烂："你好，我叫谢根杨。"

拖拉机已经变成了小小的影子，送行的人们正在散去。阿藤花小声嘀咕着："你们不该下跪，毛主席说，要移风易俗。"朝鲁瞪她一眼："闭嘴。"

阿藤花要反唇相讥，被通嘎拉嘎挽住手："阿藤花是为咱们好，你别吼她！"她对阿藤花说："这里都是谢老师教过的学生，不会有人害我们。"朝鲁和阿藤花兀自不服气地相互瞪着眼。王朝阳挤到朝鲁和通嘎拉嘎身边："记住咱们的约定！如果有天我死了，你们也要带我回家。"阿藤花和谢若水吃惊地看向他。

五

鼾声如雷，哈图正歪倒在床，睡得正酣。炉膛里只剩下余烬，成为蒙古包里微弱的光源，触目可及亮光闪烁的都是空酒瓶。他的耳朵突然动了动，捕捉着蒙古包外砸冰块的声音。随即，门开，朝鲁用长袍下摆兜着一块冰走进来，手脚麻利地将冰块放进铜锅，又开始点火生炉子，炉膛里冒出光亮来。他又点燃了油灯，蒙古包里更亮了。

哈图遮住眼睛："我困了，不想吃。"朝鲁说："你再喝下去，就要醉死了。想吃什么？面条还是馅儿饼？""不吃。""不吃不行。"哈图嘟囔着爬起来，看着朝鲁忙碌着。

"云压住马头了，怕是要下场大雪，你不在公社待着，跑回来干什么。""公社发了防灾警报，民兵都回各生产队救灾。""我这里用不着，我还没老到骑不动马。""我给你做顿饭，然后去帮通嘎拉嘎赶羊，她那群羊要生崽的多。""我还用你给我做饭？快去快去。"

哈图看他不动，推了他一把，朝鲁猛然推开他的手："你别管我！"哈图一愣，朝鲁手脚不停地忙着："谢若水的阿爸死了，被带回老家了，他再想做顿饭，都没有阿爸吃了。"

哈图有些感动，但是他掩饰着轻轻踢了朝鲁一脚："胡说八道，阿爸身子壮实着呢！你做一辈子我就吃一辈子，赶紧去照顾你妹妹！"

第十章　爱情来了

一

羊群在白毛雪中艰难移动，通嘎拉嘎挥动鞭子，嘶哑地叫喊着，驱逐着，天越来越黑，风声呼啸。通嘎拉嘎突然侧耳倾听，随即，黑暗中跃出一个骑马的身影。王朝阳勒住了马，两个人都在风声里大声嘶喊着。

"我们走散了，羊群也散了！怎么办？""得让羊避风！要不会冻死！""去哪儿避啊？""把你的羊合进来，顶着风赶，不能让它们顺风跑。我知道一个地方，走啊，赶起来啊！"

两个人大声呼喝着，羊群艰难挪动。黑暗中，划火柴的声音连连响起，每次火苗一现就被风吹灭了。王朝阳低声骂了一句什么，通嘎拉嘎从腰间扯下火镰，熟练地打着，火星在黑暗中喷溅着。

一簇火苗着了起来，两个人连忙加上柴火，烧起了一堆篝火。羊群在山谷避风处卧下，一眼望不到头。通嘎拉嘎和王朝阳挤在火堆前坐下，烤着手。风声比山谷外面小得多，火堆里不时发出干柴爆裂的声音。

王朝阳的肚子咕咕叫起来。通嘎拉嘎起身从马鞍上拽下皮袋，掏出一块干粮，一分为二，递给王朝阳一半。王朝阳收回伸出去的手："你自己吃吧，我不饿。""不饿还是不想吃？""不饿。""不饿也得吃。"

她不由分说塞给王朝阳。王朝阳看着通嘎拉嘎大口吃着干粮："平常没发现你这么能说话。""平常用不着说。""那是为了劝我才说这么多话，我应该感到荣幸吗？""没有必要，是浪费，浪费可耻，节约光荣。""你可真不像是上海人。""我哥哥就像啦？上海人什么样儿？跟画上的一样？"

清晨，风雪都停了，王朝阳睁开眼，他的头上眉毛上都落着雪。他看到通嘎拉嘎就睡在自己怀里，两个人紧紧抱着睡了一夜。火堆仍有余烬。他抬眼望去，羊群卧在蜿蜒的山谷间。他又低头看着通嘎拉嘎，她的眉毛头发上也落着雪，王朝阳伸手去替她抹掉雪花，顺势抚摸上她的脸。通嘎拉嘎的眼皮活动,似乎要醒来,王朝阳连忙收回了手,通嘎拉嘎醒过来。"醒啦?""嗯,本来睡得好好的,突然你的心跳又乱又响,把我吵醒了。"

王朝阳心里有鬼,不敢接腔。通嘎拉嘎看到火堆,惊呼一声跳起来,往余烬里添着干树枝,还用力吹着火:"你怎么不添火啊!这种时候最怕火熄灭了,咱们得煮点雪水弄点吃的。"

她没有听到王朝阳回答,回头一看,发现他正一脸震惊地看着身边的山石。通嘎拉嘎也扭头看去,残雪裸露出来的山岩上,是一幅又一幅的岩画。

通嘎拉嘎说:"早就有了,小时候我跟哥哥还来玩过呢。"王朝阳问:"这是谁画上去的?不,这是刻上去的。"通嘎拉嘎说:"不知道,以前的人吧。"

他们一一观赏着这些岩画,通嘎拉嘎说:"这是打猎,这是在跳舞,这是放羊,看,他拿的跟我的羊鞭子一样。"王朝阳说:"这是原始社会的吧?要不就是奴隶社会,至少也有几万年了。北京天安门广场那里,有个中国历史博物馆,我小时候跟我爸爸去看过,里面有好多古代的画,就是这样的,没错,我不会记错的。"

"几万年,太早以前了啊!""几万年前的人就是这么生活着的,跟现在也差不多。""那我就是几万年前的通嘎拉嘎,我是放羊的。"王朝阳指着另一幅岩画:"那我肯定是那个人,我是打猎的王朝阳。"

他们站在一幅只有两个很亲密的人形的岩画前,王朝阳说:"这个是你,这个是我。"通嘎拉嘎看明白了这幅画中的亲密,她又羞又气,刚要沉下脸转身离开,被王朝阳一把拉住:"通嘎拉嘎,这不是丢人的,这是人活着最朴素的样子,从几万年前就是这样,书上说古代的人是男耕女织,咱们这里是女人放羊男人打猎,没什么错。"

通嘎拉嘎还是挣脱了他的拉扯,向羊群走去,王朝阳鼓足勇气喊起来:"通嘎拉嘎,我喜欢你。"通嘎拉嘎头也不回,挥起放羊鞭子,抽出一个响亮的鞭花。

王朝阳说:"嘿,是真的。我早就喜欢你了。"通嘎拉嘎再次挥鞭:"你还说!""我就要说!通嘎拉嘎,我喜欢你!我就是喜欢你!"

通嘎拉嘎越走越快,越走越远,王朝阳的喊声也越来越大,一路追随。一声马嘶响起,随即朝鲁纵马跑了进来。朝鲁已经找了他们一夜。

"你们果然在这儿!很好,很聪明。""哥哥!""你们都好吧?羊都好吧?

我刚才听到你在喊什么喜欢什么。"

王朝阳心虚支吾着。通嘎拉嘎说:"他喜欢这些画。"朝鲁说:"这有什么好?好了,快赶起羊走吧,找了你们一晚上,要累死了。"

王朝阳和通嘎拉嘎分头挥鞭子赶羊。朝鲁跳下马,用脚堆雪灭着火堆。王朝阳寻找着通嘎拉嘎的眼神,通嘎拉嘎威胁性地向他扬着鞭子,王朝阳笑了起来。

三个人赶着一群羊,在白茫茫的草原上走着,他们背后是远去的乌拉山。王朝阳突然扯着脖子唱起《嘎达梅林》,但是这一次他唱的是蒙古语的。朝鲁也跟着唱起来,他唱的是汉语的,显然在这几年的交往中,两个人早就相互学习了这首歌的另一种语言。

通嘎拉嘎看着在前面骑着马勾肩搭背的两个男人,绷着的脸上,还是忍不住露出一丝笑容。王朝阳突然回头,正迎上通嘎拉嘎的笑容,通嘎拉嘎连忙收敛笑容,王朝阳骤然加大了音量,通嘎拉嘎气恼地瞪着他的背影。

二

谢若水被满都拉赶出家门了,他很苦恼,朝鲁也没有办法,这片草原的人都知道满都拉的倔强脾气,朝鲁把这件事告诉了乌兰其其格,他相信乌兰其其格有办法。

乌兰其其格去找满都拉串门,满都拉说:"你从不来串门。"乌兰其其格解释说:"今天正好路过。"满都拉直接说:"你天天路过。"乌兰其其格哑口无言,嘟囔着:"就是来看看你。""认识十几年了,你才想起看看我?你是可怜我?""不是可怜你,你跟谢老师过得恩爱,一天能顶一百年。"

满都拉没想到乌兰其其格会说出这种话,她吃惊地看过去,乌兰其其格却一脸认真,显然她真的就是这么认为的,满都拉的情绪缓和了些:"那你……"

乌兰其其格却忍不住了,她脱口而出:"本来我不想来,架不住孩子央告,就硬着头皮来一趟吧。""真是谢若水?""算是吧。通嘎拉嘎和朝鲁都替他说话,逼着我来。""你不用说了,谢若水已经长大了,该出去飞一飞了。""这话倒是对,小鹰躲在老鹰翅膀下,永远也飞不高。那我走了。"

她起身要走,满都拉却拦住她:"喝点奶茶吧。"乌兰其其格看看光秃秃的桌面："没有啊。"满都拉说："烧啊，奶和茶都是现成的。"

满都拉站起来忙忙叨叨地烧奶茶，她太需要跟谁说说话了，乌兰其其格在旁边东一下西一下地帮忙。

"他们是怎么说的？说我把谢若水赶出去啦？""小鹰被老鹰轰出去时也想不通。""你别打岔，他到底怎么说的？""你儿子吗？我没见到他。""那朝鲁和你女儿怎么说的？""就那么说的啊。"

满都拉对乌兰其其格的讲话方式很是着急："谢若水怪我啦？他知道不知道我为什么赶他走？因为他先不要这个家的，是他亲手把他阿爸交给了别人，再也不回来了，谢老师不在了，这个家还是家吗？家都没了，他留在我身边干什么？赶紧走！远远地走！"

乌兰其其格看了眼墙上的遗像："这不是有照片吗？"满都拉说："照片能和真人一样吗？""谢老师就是留下，你也见不到，你能见到的也只有照片。""那我至少知道他在哪儿。"

乌兰其其格说："他还能在哪儿？他只能在——只能在咱中国的大地上。不管是内蒙古还是——是唐山吧？都是中国的，大地。"满都拉被她这套振振有词的理论给噎住了。

"其实你不该为这个生气，非要埋到个你能看到的地方才行？那是汉人的做法，圣祖不是也没有嘛！你真想念他了，不用看照片，不用去上坟地，也一样会想念他。"

满都拉叹了口气："我也不是不明白，我是老师，我还是校长，我知道道理，我就是……就是……""就是一时想不开嘛，我知道，好了，我走了，你家的炉子不行，我不等了。""别着急啊！""不行了，肚子里的词儿就这么多，再说就是车轱辘话了，你也不爱听，走了。"

她就这样招招手走了出去，满都拉有些恍惚，炉子上的奶茶滚开了。乌兰其其格脚步轻快地走过校园，似乎还在哼着歌。出了校门，她一下子靠在院墙上，大口喘息着，按住自己的胸膛，一副心有余悸的样子。通嘎拉嘎和谢若水、朝鲁迎了上来。

"额吉，怎么样？谢若水能回去了吗？""行，回去吧。""真的行？""额吉又是装糊涂又是说笑话，不就是为了能让他回去？去吧，你额吉已经想明白了，说不定正后悔赶你出来哪，去吧。"

谢若水感激地看看乌兰其其格，转身就要走，朝鲁抓住了他："等等，你马上就进去，你额吉会觉得乌兰额吉跟你早就串通好了。"乌兰其其格说："你以为校长看不出来？去吧！去吧！"

谢若水快步走进校门，乌兰其其格突然叹了口气："唉，以后满都拉校长一想起我，就会想起我今天的胡说八道。唉！"

她又叹口气，向自己家的方向走去。通嘎拉嘎和朝鲁好奇地追上去，三个人的背影远去，声音还不断飘来："额吉，你到底说什么了啊！""你别问，我不会说。""告诉我嘛，告诉我嘛，额吉。""好吧好吧，还是不能说，因为我都忘了说了什么，就记得全都不着调。"他们走远，笑声一片。

三

收音机里放着革命歌曲，于兵在被窝里看书，王朝阳在桌前写信："爸爸，我们这里下大雪了，冷得很，你们那里一定热吧？可惜冰雪不能寄给你，不能让你也凉快凉快。我和牧民们关系越来越好，学了蒙古语，还会唱蒙古语歌，我还喜欢上了一个……"

贾德晨推门进来，王朝阳连忙抓起书来盖住了信，贾德晨把一叠信放在王朝阳面前："大家的信，有几个没有邮票了，你先买了再说吧。盐、火柴、面粉都还有，你随便增补点就是了，看看旗供销社有没有大米，有一定要弄点来。"王朝阳说："知道。"贾德晨又说："去知青办打听打听政策，我听说开始从知青里招工了。"

床上的于兵闻声抬头："真的？谁说的？"贾德晨说："碰到了几个旁边公社的知青。"于兵说："那伙儿天津知青？他们的话你也信？"贾德晨说："宁信其有吧，朝阳你别忘了。"

王朝阳提笔将信纸上最后那句话涂掉，然后签了名字，塞进信封封装起来，他吹灭灯爬上床。黑暗中，油灯余烬，窸窸窣窣的各种声响里，王朝阳在心里说："爸爸，我喜欢上了一个人。"

民兵连女兵宿舍里，通嘎拉嘎在梳着头，阿藤花凑到通嘎拉嘎身边，一脸神秘地看着她。通嘎拉嘎问她："怎么啦？"阿藤花说："听说有个知青喜欢你？"

通嘎拉嘎吓了一跳："什么？""不是真的吧？""你到底在说什么啊？莫

名其妙。"阿藤花如释重负:"我猜也不是你。""你一大早这是怎么啦?神神秘秘,颠三倒四。""我阿爸去旗里开会,听说有知青要申请和牧民结婚,还说咱们公社也有这样的。""啊?是谁?""我这不是正在猜吗?"

她的视线扫过屋里的几个正在梳洗的女民兵:"咱们公社知青不多,真像点样子的也就一个王朝阳,是他吗?如果不是他,咱们就当看笑话,如果是他嘛——"

通嘎拉嘎忍不住:"你喜欢他?"阿藤花说:"去,去,去,我才不会想这些问题哪。我要替我阿爸调查清楚,我阿爸说,知青能成家落户当然是好事,不过也要多思考思考,比一般人的婚姻想得更多点儿。通嘎拉嘎,真的不是你?"通嘎拉嘎说:"什么啊,真是胡说。"

门外响起马蹄声和王朝阳的喊声:"通嘎拉嘎?通嘎拉嘎?"阿藤花和通嘎拉嘎都吃了一惊。王朝阳骑在马上,通嘎拉嘎和阿藤花出了门。王朝阳笑得很灿烂:"嘿,通嘎拉嘎,我要去旗里,你要我带什么东西吗?"通嘎拉嘎说:"不用。"阿藤花一脸狐疑。

王朝阳问:"听说旗供销社有红头绳,你要吗?"阿藤花说:"王朝阳,你怎么不问问我?""你阿爸三天两头去旗里开会,你不缺这个。"通嘎拉嘎说:"那就麻烦你,要一尺红头绳吧,回来给你钱。""好嘞,等我回来吧!"他掉转马头出了营地,马蹄声骤然响起,阿藤花盯着通嘎拉嘎。

通嘎拉嘎心虚:"红头绳我是给你买的,你送我发卡,我送你头绳。"阿藤花说:"我要知道的不是这个。那个人是你吧?"通嘎拉嘎很坚决:"不是。""你发誓?""我发誓。""拿你额吉发誓?"

通嘎拉嘎沉下脸:"我永远不会拿额吉发誓。"她转身跑进屋子,阿藤花追了过来:"最好不是你!我阿爸说了,王朝阳家出事了!"

四

王朝阳家真的出事了,他爸爸在坦桑尼亚失踪了,虽然还没有定性,但苏书记和徐世铎都接到了上级通知,对王朝阳要注意。

徐世铎反锁了办公室的门,写着一张打倒苏书记的大字报,这时传来苏书记推门的声音:"怎么回事?这个门?"徐世铎迅速收拾着,把大字报塞到办公桌下,又把笔墨收进抽屉。他打开了门,还装模作样地摆弄着门锁:"这个锁坏了吧？我找人修修。"

苏书记不疑有他，走了进来，他抽着鼻子："什么味儿？大字报的味儿？"徐世铎说："啊？嗷，可能是我刚才收拾桌子，洒了墨汁。"苏书记说："对了，听说那个王朝阳很喜欢你女儿。"

徐世铎一惊："什么？不可能！"苏书记说："我听阿藤花说的，你注意一下，王朝阳的情况特殊，你知道的。"徐世铎用腿把大字报顶到办公桌深处："我马上过问。"

在家里，通嘎拉嘎和乌兰其其格一边捻羊毛一边低声说笑着，徐世铎沉着脸走进来："你和王朝阳好上啦？"两个女人都吓了一跳。

徐世铎说："不行。我告诉你，绝对不行，我不答应，你喜欢谁都可以，他不行。"乌兰其其格却很高兴："真的吗？你有了喜欢的人啦？""没有，不是的。""我不管你是不是承认，他就是不行。"

"为什么啊？朝阳那孩子挺不错的，手也巧，人也好。""我说不行就是不行。""阿爸，为什么？"徐世铎急了："还真有这回事？""真有又怎么啦？咱们女儿长大了。""你别打岔，我问你，是不是真有这回事？"通嘎拉嘎咬牙不说话。

"我不问了，反正不管真假，都不行。""不。"徐世铎瞪起眼："不？你敢对我说不？""不。"

徐世铎起身来抓通嘎拉嘎，被乌兰其其格拦住："干什么？你还要跟女儿动手？你先打死我。不，你要敢打她，我就——我就把你打出门去。"她拿下挂在墙上的烙印杆子握在手里，通嘎拉嘎说："额吉，我不怕他，我就要跟王朝阳好。"

徐世铎看着一脸倔强的两个女人，认真地说："我说，不行！"通嘎拉嘎转身跑了出去，沿着街道一路疾走。徐世铎指指烙印杆子："放下吧！我不答应，自然有我的道理。"乌兰其其格把烙印杆子放回墙角："有什么道理你告诉孩子啊，就'不行'这两个字，孩子能听得进去？"

徐世铎关上门："这件事有保密要求，告诉了孩子，也就等于告诉了王朝阳，那就是泄密，就可能生出别的事来。""什么秘密？""你不能告诉孩子。""我知道。"

徐世铎压低声音："王朝阳的父亲，在外国，跑了。现在说不清是畏罪潜逃还是投敌叛国,不管是哪一种,他们家都完蛋了,碰都不能碰。"

"啊?""害怕了吧?知道我为什么着急了吧!咱们是一家人,我会害你们两个吗?""你该跟我商量一下,女儿的性子硬着呢,你越逼她,她越不肯答应。""我着急啊!我现在正是政治上的关键时期,不能出一点儿差错。""我不懂你说的这些。"

"你不用懂,你只要记住,水涨船高,我在政治上有前途,你们的日子才会越来越好。""已经很好了。""还会更好,但是首先要谨慎,要谦虚,一步都不能错,不能留下被别人攻击的把柄。上个月谢老师家的事,他老家来的那个四叔让我很佩服。"乌兰其其格不解地看着他。

徐世铎继续说:"他说错了一句话,原本被我抓住了把柄,可他马上就跪在主席像前起誓检讨,让我用不上这个把柄,这个人在政治上比我成熟啊。""我去看了满都拉校长,她的——"

徐世铎沉浸在自己的思路里:"我得向他学习,这件事要是处理不好,我的政治生命也就完了。"

五

通嘎拉嘎径直骑马来到知青点外,拍打着门:"王朝阳!王朝阳!"门开了,灯光泻出来,勾勒着王朝阳穿着红色球衣的身影:"通嘎拉嘎?""你上回说的事,还作数不作数?""什么事?""石头上那个画,一个是你,一个是我,还作数不作数?""自然作数。""好。那我答应了。"

她转身上了马,抖开缰绳,马载着她跑进黑暗中。黑暗中的知青点,只有这扇门勾勒出一个温暖的身影。风声呼啸,这一幅温暖的画面似乎很持久。

公社供销社里,王朝阳和贾德晨、于兵在柜台前挑挑拣拣,货架上的东西实在寥寥无几,以至于柜台后面都没有售货员守着。徐世铎走进来,态度亲切地打着招呼:"怎么样?生活上还可以吗?有什么困难没有?"

贾德晨说:"报告徐副书记,生活困难可以克服,只要东西齐全就行,您看,连火柴都缺货了。"

"这个我可没有办法,学学用火镰吧,很好用。"贾德晨翻了一个白眼。

"我要跟小王说几句话。"众人都是一愣。"单独说两句。""行,老丈人要相女婿了,我们不碍事啦。朝阳,好好表现!"

贾德晨和于兵勾肩搭背出去，徐世铎的笑容收敛了，王朝阳也感到了他的敌视，严肃起来。徐世铎探头到柜台里看了一眼，售货员大叔正在后面的屋子里酣睡。

"徐副书记，他们开玩笑的……""我不喜欢这个玩笑。长话短说吧，我不同意你和通嘎拉嘎建立恋爱关系，你们不要再接触了。""为什么？""当父亲的做这个决定，不需要理由。""我觉得还是要听通嘎拉嘎的意见。""还跟我咬文嚼字呢？我不是让你给我写文件打报告，我就是告诉你，不许再和通嘎拉嘎来往。"

"我办不到，我是真心喜欢她——""住嘴！我听你这种话恶心，你装什么正经？还不是想从我这里得到好处。"

王朝阳很吃惊："您这么说话才真是让我恶心，和没有想到。"徐世铎说："不要再和通嘎拉嘎来往，我会在我的能力范围内帮你一些忙，你们知青不是都想招工吗？有机会的话……"

王朝阳哈哈一笑，他转过身，背对着徐世铎："瞧见没有？这就是我的回答，这叫给你一个拒绝的背影。"王朝阳大步走出门去，徐世铎的脸色越来越阴沉。

通嘎拉嘎和阿藤花等女民兵在擦着枪，通嘎拉嘎嘴角带着笑容，阿藤花凑了过来："真跟他好啦？你可真是——你怎么不听我的劝呢？"通嘎拉嘎没有回答。

"通嘎拉嘎，咱们俩都是领导干部的孩子，要更注意影响，我是为你好。""我觉得挺好。"阿藤花脱口而出："好个屁。"通嘎拉嘎吃惊地看着她，阿藤花连连挥手："我都被你气坏了！我告诉你一个秘密吧，王朝阳的。"

"我不听。我喜欢的就是现在的他，他的秘密我不想听。""你这是——你这是——""我额吉说过，结婚成家是两个人的事，不光是两个人的好事，快乐的事，也包括两个人所有的不好的事。""有些不好的事你承担不了。"

六

苏书记和徐世铎的办公室里，王朝阳手里拿着一份红头文件发着呆。徐世铎起身走过去，从王朝阳手里抽回文件。王朝阳捏得紧紧的，他抽了抽没抽出来，小心地掰开了王朝阳的手，徐世铎抚平文件："苏书记，您接着说吧。"

"王朝阳，文件你也看了，你阿爸的问题是他的问题，你要划清界限。"王朝阳没有回答。徐世铎说："按照文件要求，你把跟你阿爸的通信都交出来吧，上级机关已经掌握了数量，你不要有侥幸心理，不要藏匿不交。"

"我妈妈呢？我妈妈知道吗？""文件是传达到旗里的，是专为你发的，你妈妈那边的情况，我们就不知道了。"徐世铎说："上海方面自然也有组织出面。"

"不，不，你们不能让我妈妈知道，她身体不好，心脏不好，她不能受到刺激。我都交代，需要交代什么我都交代，你们不要惊动我妈妈。"徐世铎抢着："这个我们不能答应。革命不是请客吃饭，还轮不到你讨价还价。"

"可是我妈妈——"王朝阳猛然抬起头，看到的是徐世铎的冷笑。徐世铎向外面喊了一声："来人！"

门开，巴雅尔和谢若水背着枪进来。徐世铎命令道："你们两个跟王朝阳回知青点，把所有信件收缴回来，不得有误。""是。""王朝阳，你要老实配合，他们带着武器，轻举妄动，格杀勿论。"苏书记皱着眉头。

巴雅尔和谢若水把失魂落魄的王朝阳夹在中间，三匹马慢慢走向街道尽头。街道对面，朝鲁和通嘎拉嘎从供销社里出来，朝鲁向王朝阳打着招呼："嘿，王朝阳，干什么去？"

王朝阳行尸走肉一般没有反应，通嘎拉嘎发觉出异样，神色一变，随即看到了谢若水在向她挤眉弄眼，她又看到了一脸警惕的巴雅尔以及巴雅尔横抱在胸前的枪。

"哥哥！"朝鲁也意识到不对，他迈开脚步追了过去，巴雅尔紧张地在王朝阳的马屁股上抽了一鞭子，王朝阳的马狂奔起来，巴雅尔也纵马追去。朝鲁说："站住！巴雅尔你敢！"巴雅尔说："谢若水快跟上，别惹他。"

谢若水盘旋着马，随后也抽了一鞭子，追了过去。朝鲁追不上马，他气恼地冲着他们的背影喊着骂着，转身拦住骑着马走过的一个内蒙古汉子："借马用用。"他不由分说抢过马来纵马追去。

草原上，王朝阳神色迷茫，本能地在驱马奔逃，巴雅尔摘下步枪，朝天鸣枪。枪声传到朝鲁这边，他侧耳听了一下，掉转马头，向着枪响处追去。

王朝阳不理不睬地狂奔着，巴雅尔把枪平举，瞄向王朝阳。朝鲁追了过来，看到了举枪瞄准的巴雅尔，他突然勒住马，伸手到嘴里打了个呼哨，巴雅尔的马闻声人立而起，巴雅尔开了枪，子弹打向天空。朝鲁又看向王朝阳的马，他再次打个呼哨，声音与刚才又不同，这次轮到王朝阳的马猛然站住，他猝不及防，摔了下去。

通嘎拉嘎闯到公社办公室找徐世铎："阿爸，王朝阳怎么啦？为什么有民兵押着他？""不该问的别问。别耍小孩子脾气，去，回家去，不要打搅我工作。""那你告诉我是怎么回事？为什么阿藤花警告我说朝阳会出事？你们有什么事瞒着我？"

徐世铎看向苏书记，苏书记摇头："这孩子！我可没跟她说过什么！""文件是刚到的，您肯定没有跟她说。"苏书记听出这话里面的意思，他张张嘴，却无从辩解。

"我连我女儿都没有说过，但愿不要出什么意外，通嘎拉嘎，你跟王朝阳说过吗？""我都不知道要说什么。""那就好。你现在回家去，情况比较复杂，我一句两句也解释不清楚，再说我也不能对你说，那是犯错误。"

王朝阳仰面朝天，望着天空，他的马出现在天空下，垂下头来，拱着王朝阳的脸。一滴泪水从王朝阳的眼角滑落，随即被马舌头舔去。王朝阳耳边回响着朝鲁等人的对话，这些声音与其说在他耳边响着，不如说直接在他心里响着。

七

当天晚上，王朝阳神色严肃地对朝鲁和通嘎拉嘎说："我只有你们两个人可以信任，也只有你们两个能帮助我。"

朝鲁说："你说吧，要我干什么？""我不知道让你干什么，我只知道我必须干什么，我要回上海，我要去见我妈妈。他们说我爸爸是叛徒，真是胡扯！他在非洲大草原上叛谁去？"

通嘎拉嘎说："你阿爸呢？""失踪了，他们找不到他。""也许是迷路了，草原太大了，我有时候也迷路，只要不遇到狼——"朝鲁咳嗽一声打断她。

"我有这个心理准备，那边跟咱们的草原不一样，野兽更多，我——我现在就想一件事，不能让他们告诉我妈妈。""你放心吧，我们帮你回上海。""我需要钱买火车票，还需要开介绍信。""火车票交给我了，介绍信，有通嘎拉嘎哪，公章在她阿爸抽屉里。"

门帘被掀开，通嘎拉嘎从门帘下爬了出来，她倾听隔壁门帘后的徐世铎的鼾声，蹑手蹑脚向着桌子走去，却发现抽屉上了锁。

通嘎拉嘎犹豫片刻，走到墙边挂着的衣服边。她伸手在徐世铎的衣服口袋里摸着。紧张片刻之后，终于摸出了钥匙，她长吐一口气，钥匙却脱手掉落，摔在地上，哗啦一响。里屋的呼噜声顿时停下，通嘎拉嘎吓得闭上眼睛，片刻之后，呼噜声再次响起。

通嘎拉嘎刚要伸手捡钥匙，门帘却掀开，乌兰其其格出来了。她连忙走上前一步，用蒙古袍子的下摆盖住了钥匙，向乌兰其其格竖起手指，做了噤声的手势。

乌兰其其格压低声音："你在外面干什么？""我……我饿了。""这孩子，就是不好好吃饭，我去给你弄。""不用了——哦，我要吃莜面鱼鱼。"乌兰其其格披上衣服出了门——厨房和炉子在门外的过道里。

通嘎拉嘎蹲下来捡起钥匙，快步走到桌前，打开抽屉，抽出介绍信，从最后面撕下一页，又拿出印章，哈了哈气，盖了上去。她一面观察着乌兰其其格在外面晃动的身影，一面听着门帘后徐世铎的鼾声。她把介绍信放进怀里，迅速复原着一切，然后快步走到墙边，把钥匙塞进徐世铎的口袋，这时外面却传来重物落地的声音和乌兰其其格的呼疼声。

通嘎拉嘎连忙跑到门边，正看见乌兰其其格蹲在地上，捂着自己的脚，旁边落着一块用来盖莜面坛子的石板。徐世铎从通嘎拉嘎身边冲了过去，查看着乌兰其其格的脚。乌兰其其格说："没事儿，我没事儿。"

徐世铎把她放在椅子上，脚露出来，已经流了血："红药水！快！"通嘎拉嘎这才醒过来，连忙拿来红药水、药棉、纱布等东西，徐世铎接过来，却发现自己手上沾了一点红色，通嘎拉嘎随即也发现自己手腕上的一抹红色的印泥。

通嘎拉嘎连忙缩手："额吉流血了——没事儿吧？"徐世铎手脚不停地包扎："你大半夜跑出去干什么？""女儿饿了，我给她弄点鱼鱼儿。""碗橱里不是有烙饼吗？""冷的怎么吃？做碗鱼鱼儿又不费事。"

"额吉,我不吃了,不饿了——""傻孩子,你正长身子呢,半夜饿了当然要吃饭了,我这就给你做去。"

乌兰其其格挣扎着要站起来,通嘎拉嘎内疚地按住她:"我不吃了就不吃了!你做了我也不吃。"徐世铎抱起乌兰其其格:"做什么做?进去睡觉。通嘎拉嘎你也睡去,大半夜折腾什么。"

风很大,通嘎拉嘎把介绍信给了王朝阳,王朝阳在风中飘摇不定地查看着。"不会给你惹麻烦吧?""我从最后一页撕的,他不会马上发现。"通嘎拉嘎把一个包袱递给他:"干粮路上吃,奶皮子和牛肉干给你阿妈的。"王朝阳接过来。

朝鲁说:"还是我妹妹想得周到,这是车票,这儿还有点全国粮票和钱。"王朝阳说:"这个我不能要。"朝鲁说:"你不要我就扔到风里,我松手了,我松手了。"王朝阳连忙接住。

"就是!来内蒙古几年了还没学会接受别人的好意。"朝鲁牵过马来,"到了车站就放了它,它自己能回来,我们不去送你了,她阿爸盯着呢。"

通嘎拉嘎说:"早点回来,要不你把你额吉接来吧。"朝鲁说:"这个主意好,咱们这里好养活人。"王朝阳说:"我去看看吧!有你们在,我真想在这里扎根一辈子了。"朝鲁笑说:"好小子,想反悔可不行,快走吧。"

徐世铎在拆看着王朝阳父亲的那些来信,时而在旁边的纸上做着记录。苏书记在一边看着报纸,忍不住说:"把它们交上去不就行了吗?你还看什么?"

"看看有没有蛛丝马迹,有些密电码就是在普通的信件里。""你还懂密电码?""边干边学呗。你看他这信里写的都是什么?非洲的人都是黑色皮肤,雪白的牙,你能相信吗?这可能吗?晒得再厉害也不可能那么黑吧?"

苏书记也觉得匪夷所思:"真的这么写的?""肯定有问题,我都抄下来了,要好好查一查。""叫王朝阳来问问不就知道啦?"徐世铎看了眼手表,冷笑说:"他?他现在还不一定在哪里呢!"

王朝阳看了眼墙上的挂钟,把车票和介绍信递了过去,检票员举起介绍信,对着阳光检查着印章,他的手指摸过用钢印打出的编号。王朝阳有些紧张地看着检查的各个细节,检票员拿出口袋里的小本子,小本子上记载着一个数字,检票员把它和介绍信上的编号核对,是一样的。

八

王朝阳被五花大绑着押来,一路上的牧民们在围观着。通嘎拉嘎和朝鲁也吃惊地看着他,王朝阳和他们目光相遇,低下头。徐世铎和苏书记等在门口,更多的民兵已经集中在这里,王朝阳神色倔强。

徐世铎说:"苏书记,您说两句?"苏书记意兴阑珊:"你说吧。"徐世铎站到了台阶上:"查,反动分子王朝阳畏罪潜逃,被当场抓获,立刻押送上级机关。"众人议论纷纷。

徐世铎看向通嘎拉嘎,说道:"同时还要向上级申请表扬有功人员通嘎拉嘎,我举贤不避亲,给通嘎拉嘎请功,全靠她冒着危险揭穿了王朝阳的真面目。"王朝阳突然扭头看向通嘎拉嘎,通嘎拉嘎一脸震惊,看向王朝阳,王朝阳却绝望地低下头,不再看她。徐世铎也看向朝鲁:"当然,还有一些同志也做出了贡献,我都记在心里了。"贾德晨和于兵也神色大变,众人鄙视地看向朝鲁和通嘎拉嘎,他们两个都愣住。

徐世铎命令说:"巴雅尔,你们马上押送王朝阳去旗里。阿藤花,你带队。"阿藤花意外地说:"我?"徐世铎补充说:"要提高警惕,小心阶级斗争新动向!散会。"

王朝阳被捆住手,扶上了马背。苏书记回了自己的办公室,徐世铎在叮嘱巴雅尔等押送的民兵。通嘎拉嘎冲到王朝阳的马头前解释道::"不是这样的,我没有骗你。"

王朝阳没有理睬他,巴雅尔过来阻拦着通嘎拉嘎,徐世铎得意地转身要回办公室。朝鲁拦住他:"报告连长。"徐世铎停下来问:"什么事?"

"好久没跟连长请教了,我跟连长过过手。""以后再说。""连长是不敢了吗?年纪大了?军体拳耍不动啦?还是心虚没力气啦?"徐世铎被将住。

"我阿爸说,心里有气就要把它甩出来,要不憋在心里会憋坏人,请连长指教。""这么说,你是不满意我处理王朝阳啦?""我就是想摔个跤。""那我就教训教训你。"

两个人连架子都没有拉开就扭打在一起,围观的人表情各异,阿藤花对朝鲁又厌恶又关心。就像几年前他们的第一次交手一样,朝鲁还是迅速被徐世铎摔倒,他的拳头悬在朝鲁的喉结前,但是不同的是,朝鲁随即不顾一切地搏斗起来，这是一次不管不顾的搏斗，朝鲁的两个胳膊都相继被打脱臼，垂在身边，他硬是用腿把徐世铎绞倒在地，徐世铎几乎要被绞杀窒息。

王朝阳为之动容，他低下头，看到通嘎拉嘎一直在直直地看着自己。王朝阳点点头，他知道朝鲁在用这种办法向自己证明着清白。

苏书记从办公室大步出来，一脚踹在朝鲁大腿上："放开！你真杀了他，那通嘎拉嘎怎么办？乌兰额吉怎么办？你阿爸怎么办？"朝鲁松开了腿，徐世铎站起来，努力维护着自己的尊严。

苏书记说："你们民兵连就这么训练？出了危险怎么办？以后不许再这么训练。"

徐世铎迅速控制着情绪，他伸手去抓朝鲁的胳膊，朝鲁往旁边一躲。徐世铎说："我把你的胳膊安上，耽误长了会受伤。"朝鲁说："我不用你买好，巴雅尔！过来！"

巴雅尔走过来，利索地把两个胳膊都安上。徐世铎说："训练难免有人受伤，但是记住一句话，平时多流汗，战时少流血，都解散吧！"马蹄声响，是王朝阳用腿控着马离开，巴雅尔等人连忙追上去。

通嘎拉嘎说："哥哥，朝阳他……"朝鲁咧着流血的嘴笑笑："放心吧，他是聪明人，不会被人挑拨离间。""我不是担心这个，他会有事吗？""我也去旗里，没有人敢欺负他。"

苏书记拿着红药水和药棉，在给徐世铎擦着脸上的伤口。"让你见笑了。""训练也这么拼命，难怪咱们民兵连年年比武拿第一。""这里没外人，书记有话直说，别寒碜我了。""我这个公社书记当了十一年半，上级几次要提拔我都不干，你知道为什么吗？""你要造福乡里。"

苏书记摇头："瞎扯，我老家又不是这里的，我喜欢过简单的日子，提拔了，打交道的人就多了，就不简单了。"

"你不同意我对王朝阳的处理？""你的工作能力、魄力都很好，我也跟着沾光，就是想提醒你一句，别太急。""红头文件你也看了——""我没说你不该处理王朝阳，我是说做事要想周全。"

徐世铎不服气地哼了一声，又掩饰地捂住伤口："这小子下手真狠。""我知道你对我的工作方式有些不满意，还给上级写信反映过。"

徐世铎连忙否认："我没有。""写信反映情况，是正常的组织程序，我支持,但是,别太急,太急了,容易出错。"

门被推开,通嘎拉嘎背着行李走进来:"苏书记、徐副书记,我来向你们自首,是我从徐副书记的抽屉里偷拿了介绍信,是我偷着帮助王朝阳逃跑,我来承认我的罪行。"

"通嘎拉嘎!你胡说什么?明明是——""我到了旗里,到了盟里都会这么说,你割不掉我的舌头,我就会这么说。""你马上给我回家去。""我不。""我命令你——"

"我现在不是你的女儿,不是你的民兵,我不用听你指挥,我是来承认罪行的犯人,我要跟苏书记讲话。"

徐世铎紧张地看向苏书记,苏书记拉过电话放在徐世铎面前:"公社就是一个大家庭,什么事情都可以关起门来解决,何必一定要闹到旗里去?打个电话吧,他们应该还没有到,还来得及。"

徐世铎死死盯着电话机,他神情狰狞,终于挣扎着离开了电话机:"不,我没有错,我不能因为她是我女儿就放弃原则。我请求把通嘎拉嘎也严肃处理。"

苏书记叹道:"你还是太急了。"徐世铎爆发:"我坚持!别以为我不知道你打的算盘,我只要拿起话筒,这辈子都要看你的眼色,你休想!"

苏书记拿起电话,摇着摇把:"接线员,我是向阳红公社苏登全,对,我是苏书记,我要接旗公安处。"

他拿着电话等待着,徐世铎神色复杂紧张。话筒里传来声音:"是苏书记吗?我是——"徐世铎突然伸手,按住了电话机的插簧,挂断了电话。

九

苏书记打电话找了旗里的朋友,在半路截住了阿藤花一行,他们带回了王朝阳,不再追究这件事。徐世铎在家里,伤心地跟乌兰其其格抱怨着:"你真以为我是为了我的前途?我的前途算个屁!我都三十多了!这辈子当个公社书记就知足了,我有什么前途?我是为了咱们女儿。"

"为了她?""人这一辈子,过得好还是过得坏,就差一两步,当年——我听说当年苏书记要抱养的是咱们女儿,后来才换成了阿藤花。"

乌兰其其格点头。徐世铎接着说:"那你看看这一步差了多少?阿藤花整天在咱们女儿面前趾高气扬,凭什么?凭的就是那一步她没走错。"

"我觉得通嘎拉嘎挺好。""她本来可以更好!受更好的教育,见更多世面,她可以当民兵连的副排长,她还可以去北京去见毛主席,她——"

"我的女儿我知道,她不会在乎。""我在乎!我不能让我的女儿不如别人,我要让我的女儿一切都是最好的,可是她如果跟那个王朝阳好了,就什么都不可能了。"

乌兰其其格不以为意:"王朝阳那小伙子,我看挺好。""可他爸爸有问题,红头文件,板上钉钉,踏上一万只脚,永世不得翻身。你想让咱们女儿跟着他受苦?""只要他们自己不在乎。"

徐世铎简直痛心疾首:"我在乎,我真的在乎,我不能让通嘎拉嘎过苦日子,可我没办法没本事改变,这是政治,是大是大非,所以我才要从根子上,消灭它!"

乌兰其其格说:"只要孩子们喜欢,就让他们自己决定吧,真有你说的那些苦难,咱们大人也会帮他们承担。"徐世铎叹气:"那连咱们也别想脱身了。"通嘎拉嘎躺在床上,听着外面屋子里的对话声,她的眼睛在黑暗中晶莹闪亮。

徐世铎决定找苏书记服软。"苏书记,您看这事接下来该怎么办?""什么事?""王朝阳的事。""红头文件让咱们干的事,咱们干完了,把收缴的信件交给上级是正事。"

"那王朝阳逃跑的事……""去火车站转了一圈,连车都没上去,算是逃跑?再说票是去上海的,上海还是中国的吧,算是逃跑?"

"可是别人会不会……""还用管别人怎么说?""好,我这就放了他,老书记,我听您的。"门帘后的阿藤花皱起眉头。

贾德晨和于兵合力抬着一个冒着热气的大盆进来。贾德晨招呼王朝阳:"来,洗洗晦气。"王朝阳慢吞吞地把自己脱成光膀子,在盆边蹲下,盯着热水发呆。贾德晨说:"听说苏书记把你保下来了,也没有告诉知青办。"于兵补充说:"那就进不了档案啦,对以后没有影响。"贾德晨说:"水有点烫啊,不行就兑点凉水。"

王朝阳却突然一头扎进水中,水真的烫,王朝阳的双手死死抓住盆边,但他就是不肯抬起头来,把贾德晨和于兵吓了一跳,震惊地相互看了一眼。王朝阳突然抬起头，狠狠发出嘶喊声。

王朝阳已经穿好衣服，头发还没有干透，他恢复了平静，守在收音机前，调着频道，贾德晨和于兵给他普及着知青们的新动向。

贾德晨说："现在已经有了个专门的名词，叫走后门。徐世铎握着大权，可你跟他算是势不两立了吧？肯定不能走他的后门。"

于兵说："对，要走就走苏书记的。苏书记当了十几年公社书记，那是真廉洁，他唯一的弱点就是他女儿。只要她帮你说句话，苏书记的后门就算走上了。"

王朝阳一直不做反应，专心地调着频道，终于找到了一个在放音乐的频道，他又把音量调到最大，慷慨激昂的乐曲越来越大。

十

王朝阳开始躲着通嘎拉嘎了，通嘎拉嘎的笑容凝固在脸上："你不想见我？为什么见我就躲？""怕连累你。我已经不是以前的我了，你还是把我当成王朝阳吧。"通嘎拉嘎脑子转了一下，才明白他说的意思："你不想跟我好啦？""这是人生，我们总要认命。"

王朝阳挣脱开通嘎拉嘎的手，转身离去。长长的街道，孤寂的背影，通嘎拉嘎努力忍着不让自己的泪水流下来。王朝阳的背影终究还是模糊起来，泪水遮住了一切。

通嘎拉嘎问："额吉，是我错了吗？"乌兰其其格把她搂在怀里："是我的小姑娘长大了。""我该怎么办？""你还喜欢他吗？"通嘎拉嘎连连点头。

"那就不需要问额吉怎么办，我的小姑娘知道该怎么办。""可是他不想跟我好了。"乌兰其其格没有说话，只是一遍遍抚摸着她的肩头。

"额吉，我该怎么办？""男人都是奔腾的马，是高飞的鹰，你不能指望他弯腰来陪着你，你喜欢他，在乎他，就不要计较他对你怎么样。"

"就像你和阿爸那样？"乌兰其其格笑起来："是啊。他脾气不好，也忙得顾不上家，可我不在乎，我知道他是真心为这个家好。""我知道了。"

朝鲁来找王朝阳算账，王朝阳已经喝到半醉："我不喜欢她？我为什么不喜欢她？我怎么喜欢她？我有什么资格喜欢她？""我不懂你说的那些，我就知道我妹妹哭了，她不爱哭，从小到大也就哭了几次。""你以为我就没有哭？"

贾德晨说:"朝鲁,这件事还是让他们自己决定吧。有句话叫当局者迷——"于兵说:"是清官难断家务事,真的朝鲁,你跟你妹妹都是好人,我们在这里遇到的最好的朋友,咱们又都是上海来的,一家人不说两家话。"

"我就知道你们两个不应该分开。""我没有想跟她分开,我是不知道该怎么办。你知道我遇到的是什么吗?是一个我一辈子都过不去的坎儿!""我妹妹不会因为这个就离开你。有沟有坎儿,两个人过总比一个人强。"

"爱情救不了我,知道吗?前几天最绝望的时候我就明白这个了,爱情,救不了我。我必须要自己救自己。""你是铁了心要让我妹妹哭喽?"

贾德晨打着圆场:"我说,我说,咱们换个角度想想,这不正说明他们两个感情深厚吗?两个人都为对方考虑?有个外国小说,叫什么来着——"

王朝阳说:"欧·亨利,《麦琪的礼物》,那是小说。"贾德晨说:"对,就是这个。你们这不就是吗?"朝鲁听不懂,但是他看出王朝阳的神色变化了。

谢若水向自己家走来,朝鲁追了过来,叫住了他:"嘿,谢若水,你看的书多,问你个事。有个外国人写的书,叫……叫麦什么的礼物,看过吗?"谢若水茫然。

"他们知青都看过,那外国人叫亨德利什么的。""欧·亨利?""对对,就是这个名儿。""《麦琪的礼物》?我看过。""讲的是什么?"谢若水一脸不解地看着他。

"快跟我讲讲。""你怎么想起问这个?""你就别问了,我就想听听这个故事。其实也不是我想知道。""我猜也不是你,是谁?通嘎拉嘎还是阿藤花?她们怎么不直接问我?"

谢若水转身进屋拿出了一个硬皮的日记本:"借给你看。"朝鲁吃惊地接过来:"你——你抄下来啦?"谢若水嘱咐道:"千万别弄丢了,一定要还给我。"

朝鲁转手就把硬皮本子塞给通嘎拉嘎。通嘎拉嘎忙着照料马,问:"什么?"朝鲁说:"你回去看看,这个能带来好运气,帮你跟王朝阳和好。"通嘎拉嘎把本子塞给他:"我不看。"

"为什么?我特意给你要来的,我——""我们和好了。""好不容易才借到——你说什么?""我们和好了,真的,比以前还要好。""嘿!怎么都没有人告诉我?""朝阳说,还是不要惊动别人,免得惹麻烦。""你们真好啦?"

通嘎拉嘎抬起头,幸福地笑了笑,朝鲁长长地出了口气。

十一

王朝阳把一盒糕点放在桌上，局促不安。阿藤花觉得好笑："王朝阳，你这是干什么啊？"

"苏书记救了我，一直也没有登门道谢。""我阿爸不在，又去旗里开会了。""我知道。""你知道？""他要是在家，我不敢来，更不敢……"

他指指桌上的点心，笑得有些尴尬："我怕他把我丢出去。"阿藤花哈哈大笑。"苏书记太威严了，我们都怕他。""瞎说，我爸爸人可好了。"王朝阳连忙补救："当然，我是指他做事威严。"

阿藤花饶有兴趣："你是不是也有点怕我啊？看你说话都颠三倒四的。""怎么会？你这么漂亮。"阿藤花的笑容收敛起来："你是通嘎拉嘎的朋友，你不该跟我说这个话。""我说的是实话。"

两个人对视，阿藤花突然笑了："我爱听实话。对了，我不喜欢吃糕点，我爸爸也不爱吃。""那你喜欢吃什么？我去买。""我什么都不喜欢吃，我想要你给我做一个收音机，不要你那个，要一个新的。"王朝阳一口答应。

长草被拨开，王朝阳蹲下来，从草根里寻出一个零件，他仔细检查着零件，神情专注。通嘎拉嘎帮他捡拾着："这几年气球掉下来的少了，以前经常能捡到。"

"没事儿，以前的也能用。""你不是有收音机了吗？又捡它干什么？""再做一个。送人。""送谁？是给我做的吗？"王朝阳一愣，继续敷衍着："你到时就知道了。"通嘎拉嘎笑了起来。

王朝阳不安地回头，却看到通嘎拉嘎正蹲下身子，仔细看着王朝阳留下的鞋印。王朝阳问："你看什么？"通嘎拉嘎说："看你的鞋印，以后你要是丢了，我顺着你的鞋印就能找到你。"王朝阳动容："这是牧民说的打踪？你还会这个？"通嘎拉嘎骄傲地说："当然。我学的东西还多着呢！"

阿藤花走进宿舍，看见通嘎拉嘎正和几个女民兵聚在床头压低声音叽叽喳喳："都干什么？还不睡觉？"女民兵们连忙跳上各自的床，一个零件从床上掉下来，发出响动。阿藤花捡起来："这是什么？"

通嘎拉嘎跳下床接过来："我的，我拿来给大家看看。""是什么？""气象气球的零件,我请大家放羊的时候帮我找找。""干吗?""王朝阳想做一个收音机。"阿藤花神情古怪。

"他做过一个,我亲眼看见他做的,他要再做一个新的,当礼物。""给谁的礼物?给你?"通嘎拉嘎脸红了:"我会拿到宿舍来,大家一起听。"阿藤花笑得更古怪:"好啊,我还很期待呢。"

通嘎拉嘎惊呼了一声,乌兰其其格连忙抓起通嘎拉嘎的手,她正在拿着粗针做一双靴子,手被扎出血。乌兰其其格把她的手指放进自己嘴里吸了血:"再扎几下指头就全烂啦!还是我给你做吧。"

"不,这是送给王朝阳的礼物,我要亲手给他做。""我不告诉他。""那也不行。他给我做一个收音机,我给他做一双靴子,这样我们互相都惦记着了。"

贾德晨和于兵走出供销社,通嘎拉嘎在街道对面向他们招手:"嘿,贾德晨,你们回知青点吗?等等我,帮我捎点东西给王朝阳,等我啊。"她快步向民兵连大门跑去,贾德晨压低声音:"最近见了她,我都有种罪恶感。"

"得了吧,你又不是王朝阳。""是咱们撺掇他去走后门的。""走通了后门也是他先得好处,咱们俩还不一定能落实呢。""总是多个机会,对不对?""那你还装什么内疚?啰唆。"

王朝阳在放羊,他坐在沙丘上发呆,贾德晨和于兵骑着马过来,把一个口袋丢给他。

"通嘎拉嘎给你的,全是零件,也不知道她怎么搞来这么多。""你们遇到她啦?""就巴掌大的地方,躲得开吗?你也真是的,干吗说是给她做的收音机啊?""我没说,是她自己想的。""将来肯定有麻烦,你早点想办法吧。""我顾不上想这个。我现在就想着我妈妈。"

王朝阳转向南方:"要是人也能飞就好了,从这里笔直往南飞,一直飞,看到豫园就降落,就到家了。"贾德晨看看王朝阳说:"我来放羊吧,你回去弄收音机,于兵做饭,想回家只有这个办法。"

通嘎拉嘎一脸欣喜地看着新做好的收音机:"收音机做好了啊?真快啊!外面应该画上点花纹,再写上毛主席语录。"她的手在本色的木头外壳上比画着:"我来画,我会画好几种花纹哪。"王朝阳说:"还需要画吗?也没有笔。"

通嘎拉嘎说:"当然要画。你不是有笔吗?红圆珠笔,我记得你有。"

于兵从抽屉里拿出红圆珠笔,贾德晨捅了他一下,试图制止,但是已经被通嘎拉嘎抢了过去:"我这就画,很快就好了。"

她坐到桌边,拿着红圆珠笔,开始在收音机的外壳上描画起来,于兵和贾德晨无声地争辩着,他们同情地看着王朝阳。通嘎拉嘎在收音机的外壳边缘画了一连串红色的花纹。

通嘎拉嘎说:"写一段毛主席语录吧,这边写汉文的,这边写蒙古文的,好不好?"

王朝阳说:"不着急,今天也听不了,还差几个零件没安好呢。"

通嘎拉嘎回到家,加快了速度,终于用牙咬断了最后一根线,她端详着做好的新靴子,一夜未睡,却很是兴奋。突然,她脱下自己的鞋,把脚伸进了这双靴子,站在床上,体会着这不同的高度和不同的感受,傻呵呵地笑起来。

通嘎拉嘎脚步轻盈,喜滋滋地走进营地。朝鲁正打着哈欠走出马厩,他看到了通嘎拉嘎怀里抱着的靴子,笑着伸出手:"我的好妹妹,是给我做的靴子吗?我很喜欢。"

通嘎拉嘎连忙转身把靴子藏在怀里:"不是给你的。"朝鲁说:"一定是给哥哥做的,哥哥才是你最亲的人。"通嘎拉嘎躲闪着:"是给王朝阳的,你穿不下,我以后再给你做,以后再做。"朝鲁哈哈大笑,通嘎拉嘎知道自己被取笑了,狠狠地跺着脚。

这时宿舍里传来了收音机的声音,是一段激昂的革命歌曲,朝鲁和通嘎拉嘎一愣。宿舍里,一群男女民兵围在桌前,阿藤花调着收音机的旋钮,朝鲁和通嘎拉嘎走进来。阿藤花向通嘎拉嘎打着招呼:"通嘎拉嘎,快来看我的收音机!"

通嘎拉嘎愣愣地看着那个收音机——那上面的红圆珠笔描画的图案和那段毛主席语录。

阿藤花说:"王朝阳送给我的,我不要,我爸爸不让我乱要别人的东西,他非要塞给我,所以我拿来给大家听啦。通嘎拉嘎,我可是看在你面子上才收下的。"众人都看向通嘎拉嘎:"哎?你的收音机呢?他不是也要送你一个吗?不会就是这个吧?"

通嘎拉嘎的嘴张了张,她突然转身向外走去。阿藤花问:"你干什么去,马上要训练了。"通嘎拉嘎说:"我请个假。"阿藤花问:"不行,不能请假。"通嘎拉嘎不再理睬,径自出门,随即响起了马蹄声。

通嘎拉嘎骑着马飞快地跑到知青宿舍门前,门外的锁鼻上插着一根树枝,算是拴住了门。通嘎拉嘎的马打着响鼻,在院子里转着圈。

王朝阳坐在床上,呆呆望着关闭的房门,门缝透进来的光线在晃动,是通嘎拉嘎的身影,王朝阳看着门下面的光影,一双皮靴从门缝下露出来。

片刻之后,外面的马蹄声渐渐远去,变得安静。王朝阳愣了一会儿,起身走到门边,他轻轻推了推门,门被推开一条缝,那根树棍限制了门缝的大小,仅仅露出王朝阳的一双眼,他死死盯着地面,门外放着那双皮靴。

通嘎拉嘎发着愣,手中在抚弄着羊拐,乌兰其其格端着碗饭菜走过来:"跟额吉说说。""没事儿,我就是不想吃饭。""你都一天没吃了,不行。""额吉,你硬要我吃,也会堵在这里,更难受。""有事情别憋在心里,说出来,不管是个什么结果,至少你不会后悔。"

通嘎拉嘎苦笑:"我能说什么?说出来又有什么用?额吉,你不用管我,我会没事儿的。"乌兰其其格说:"你那不是没事儿,你是死了,心死了,就算外面没有变,人也还是死了。"

通嘎拉嘎突然问:"额吉,人是不是都要死一次?为了一个男人?"乌兰其其格愣住,这个瞬间她想到了遥远的某个人,那个年轻的老师,那个爱干净的、有雪白牙齿和洁白衣领的甘亮老师。

她把通嘎拉嘎搂在自己胸前:"是,但是一定能过去。"

朝鲁一把抓起王朝阳,把他举起来,重重砸倒在床铺上,床铺被砸塌了,尘土飞扬,狼藉一片。贾德晨和于兵连忙上前拦着朝鲁。

王朝阳说:"别拦着他,让他打,让他打——我还能好受点儿。"贾德晨说:"朝鲁!朝鲁!上海朝鲁!你听听我们解释行不行?王朝阳是什么人你还不了解吗?他是那种始乱终弃耍流氓的人吗?他要是那种人,你不是瞎了眼吗?"

"我是瞎了眼。""别说气话了,王朝阳他有苦衷!他对你妹妹没有变心,可是他先要拍苏书记的马屁，让苏书记答应他回家。""拍苏书记马屁？""当然，他想回上海看他妈妈，只有苏书记能帮他。""苏书记不会答应。""对啊，苏书记铁面无私，只能靠阿藤花帮忙了，那个收音机就是讨好阿藤花的，结果你妹妹误会了。"

朝鲁向王朝阳伸手，王朝阳没有接手，自己翻身爬起来："朝鲁，我没有脸见你。"朝鲁问："你还喜欢我妹妹？"王朝阳嗓子哽咽，说不出话。"说话！""比以前还喜欢。"朝鲁转身往外走："等着吧。"外面响起马蹄声，三个知青面面相觑。于兵说："他这是什么意思？让你等什么？"

朝鲁把硬皮本子塞给通嘎拉嘎："看看这个，看了你就高兴了。"通嘎拉嘎说："又是这个？我不看。"

朝鲁说："那我给你讲。从前有俩外国人，一男一女，就像你和王朝阳，那个男的有块祖传的金表，特别高级，但是没有链子，只能揣在怀里；女的有一头特别好的头发，特别长，可是没有梳子。"通嘎拉嘎说："我回去了。"

朝鲁追着她，加快了语速："过节的时候，男的卖了金表给女的买梳子，女的卖了头发给男的买表链。他们都拿自己最好的东西换了没有用的东西。"通嘎拉嘎说："真傻。"朝鲁说："是啊。真傻。我想起妈妈和爸爸了，咱们在上海的爸爸妈妈。"

通嘎拉嘎抬头看着哥哥，在灰暗的光亮下，哥哥正不断擦着眼泪："我这是怎么啦？真是的，我就是想起他们了，特别想他们，这两个外国人，跟爸爸妈妈一点儿都不像，我就是想他们了，想他们了……"

朝鲁突然背过身去，哭得无法自制，通嘎拉嘎也转过身，和哥哥的后背靠在一起，她默默流着泪水。

"我还……我还是想不起爸爸妈妈的样子，我就看见两个人影，爸爸妈妈的影子，我使劲伸手去抓，就是抓不到他们，摸不到他们。"

"哥哥，我懂了，我知道这个故事的意思了。"

十二

王朝阳穿着通嘎拉嘎做的新靴子，和她并肩站在那片岩画前："你哥哥讲的是《麦琪的礼物》，欧·亨利的小说。""不，这是我爸爸妈妈的故事。""你放心吧，我会一辈子对你好的。""你还要去求苏书记吗？还要去讨好阿藤花？"

王朝阳苦涩地："我要先回家看看妈妈。""你就不能把你阿妈接过来？不是说要扎根草原吗？""我可以扎根，妈妈却不一定能适应。你不了解故乡的意义有多大——为什么谢若水的爸爸死后要运回唐山去？"

"是他家的亲戚想要他回去。""为什么他们要这么做？他们甚至都不怎么认识他爸爸，这就是故乡。我不是不能留在这里，但你也是上海人，回上海才是咱们两个最好的选择，所以不能得罪了苏书记。你能理解我吗？"通嘎拉嘎慢慢点头，两个人紧紧靠在一起。

通嘎拉嘎哼着歌走进家，愣住了，徐世铎正沉着脸等着她，旁边的乌兰其其格向她拼命使着眼色，可惜通嘎拉嘎不知道是什么意思。徐世铎问："你去哪儿啦？"通嘎拉嘎说："放羊。""放屁。放羊会放到乌拉山去？那条沟里有几根草？羊吃石头吗？"

"你——你跟着我？""再不看着你，你就成女流氓了！""你怎么这么说女儿？""父母的话都不肯听，还撒谎说是去放羊，离女流氓还远吗？"

通嘎拉嘎转身跑出去，乌兰其其格连忙追出去，徐世铎在后面连声喊："让她走！走了就别回来！"

乌兰其其格追上了通嘎拉嘎。

"额吉，我们没有自己的家了。""这就是咱们的家，你阿爸说气话哪，他不敢不要你。""我就想和额吉在一起，回我们自己的蒙古包。""那个蒙古包已经还给队里啦，早就分给别人家了，对了，现在是刚苏和的家。"

"额吉，我不想住在公社里了。""他是你阿爸，他说得不对，可他是为你好。""你觉得他好，你跟他过去吧。"乌兰其其格突然打了通嘎拉嘎一下，虽然不是打在脸上，但还是让通嘎拉嘎愣住了。

"阿爸错了，就想办法让他改，不能就不要他了，羊群里的羊得了病你也不要啦？有人生了病你也不救啦？为什么到了你阿爸这里，就这么不讲情理？"

"是他先错了。"

"他错了咱们就让他改。咱们说话他不听，有人说话他会听。"

乌兰其其格找的人是苏书记，但徐世铎却不肯接受。

徐世铎说："不，我坚决不能同意，苏书记，这件事您得支持我。"苏书记皱起眉头："你让我怎么说呢？天天宣传婚姻自主，轮到自己就不行了。""王朝阳是什么情况您知道！您这不是眼看着我们一家跳火坑吗？""他父亲不是还没找到下落吗？还不能算是定论。"

"红头文件，白纸黑字，您还要怎么定论？反正我决不允许他们两个好下去，我就是豁出这个领导不当了，也不同意。""糊涂话，组织上让你当领导是让你讨价还价的吗？""您也别说漂亮话，你怎么不让阿藤花跟他好？我看你就是想一下子把我整死，整得我永世不得翻身吧？"

苏书记看着气急败坏的徐世铎，很是诧异。"苏书记，我已经认栽了，我已经向您举手投降了，何必呢？您就高抬贵手放我一马吧？""小徐！你写我的大字报，写我的材料，我没有生过气，可你现在说这个话，我很生气。"

"别！您当了十二年书记，您的城府我哪儿能比啊，我栽得不冤枉。"

"我支持通嘎拉嘎和王朝阳自由恋爱，是因为他们都是好小伙子好姑娘，是因为他们没有违背政策，是因为他们求到我头上了，我有义务替他们向你求个情，这就是有阴谋啦？"

"这难道还不算？"

苏书记被气得说不下去了："好，好，你既然这么说，那这件事我不管了，但是你不能强迫他们分开，否则你就是破坏国家政策，我可不跟你客气。"

"那我就跟通嘎拉嘎断绝父女关系，你给我当证人。"

"行，行，我还真是小瞧了你。"

苏书记瞪着徐世铎，徐世铎扭过头不去看他。苏书记转身走出了办公室，门被狠狠撞上，门上的尘土都被震了下来，无声地飘落。徐世铎绷着的神经突然松懈，他挺直的后背躬了下来，一下子显得苍老了。

十三

王朝阳去旗里了，他让贾德晨和于兵都写了信，托他们家里人去看看妈妈的情形，估计也该有回信了，但是他一去就失踪了。

旗里是一个比公社更大的地方，街道更多，一眼望去就有几个十字路口，砖瓦房更多，树更多更粗，行人更多。汽车喇叭的轰鸣声中，通嘎拉嘎和朝鲁、贾德晨横穿过街道，贾德晨拉了一把神色恍惚差点被车撞上的通嘎拉嘎。

徐世铎在路边的一座小院前向他们招手，小院门外挂着旗政府招待所的牌子："公安局的人说，他来了旗里之后，拿到了一封电报。电报是发给知青办的，他妈妈心脏病犯了，死了。"

朝鲁伸手扶住了通嘎拉嘎。

"然后他就失踪了，现在各公社的民兵连都派出去了，现在正沿着边境线搜索，他的马还在招待所里，所以——""阿爸，我想去他住的地方看看。""还封着呢，不让进去。""我想看看。你能让我进去吗？阿爸？""我去试试吧。"

徐世铎转身进了招待所。

朝鲁说："咱们还是去找他吧，落在民兵手里就麻烦了。"贾德晨说："是啊，咱们找到了还能算自首。"通嘎拉嘎说："哥哥，你们去吧。我就在这儿。"

徐世铎从院门口露出脸来，向通嘎拉嘎招着手。屋里有好几张床，靠墙角的一张床铺上，被交叉着贴着封条，屋里还有别的旅客，好奇地看着徐世铎和通嘎拉嘎。

徐世铎说："他就睡那张床，现在封起来了，你——看看可以，别乱动啊。我在外面等你，你别急，天塌下来有阿爸呢。"通嘎拉嘎点头。

徐世铎走出去，旅客好奇地看着通嘎拉嘎。通嘎拉嘎恍若未见，径直走到那张床铺前，在床铺一角坐下。她想象着王朝阳坐在床角，手里捏着一张电报纸，眼神空洞，视线范围内，屋里的旅客在走动着，无声地交谈着，拿着脸盆毛巾之类的进进出出。

通嘎拉嘎翻身躺倒在床铺上，她的手指顺着床铺滑动，摸到了床铺边缘，她的指头摸到了两个半月形的印记，通嘎拉嘎骤然握紧了手，手指死死扣紧床板边缘，与王朝阳留下的手指甲抠出来的印记重叠在一起。

通嘎拉嘎翻身坐起，蹲在床边，看着地板上若有若无的靴子印，她抬头看去，这行靴子印也若有若无地一路向门边延伸而去。通嘎拉嘎快步走出来，她蹲下身，俯瞰着地面，一行靴子印向远处延伸而去，她站起身来，向那个方向走去。

徐世铎此时正背朝着招待所，和什么人说着话，没有看到通嘎拉嘎离开。通嘎拉嘎低着头一路走着，她横穿街道，让过了一队神色严肃纵马而过的民兵。她继续向着与民兵相反的方向走着，旗里的街道尽头是通向草原的土路，路口还有一个简单的哨卡，民兵在站岗。

他们没有检查通嘎拉嘎，通嘎拉嘎出了哨卡，沿着土路走下去。土路上已经见不到别的人影，通嘎拉嘎一路走来，突然蹲下。土路边缘，一对靴子印延伸向了草原。通嘎拉嘎下了土路，走进草原，她的身子弯得更低了，她不断蹲下来，仔细看着草地上的靴子印。通嘎拉嘎越走越快，似乎越来越有信心。前面是一个高大的土丘，几只鹰在土丘后面时起时落，通嘎拉嘎一愣，突然加快脚步，向山丘爬去，她到了丘顶，突然站住。

土丘顶上，一双靴子摆放得整整齐齐。通嘎拉嘎走到靴子边，视线却被丘底吸引。她的眼泪哗哗流淌，她胡乱擦着眼泪，用力睁着眼睛，要看清丘底的景象，却始终无法看清王朝阳四肢大张仰面倒在丘底的身影。茫茫草原，朗朗晴空，鹰在飞，鸣叫声尖厉、凄凉。

王朝阳留下一封遗书，遗书中写道：我决定离开这个世界了，因为我妈妈死了，我在这世上最后一个亲人没有了，继续活下去太孤单了，太冷了，冷到骨头里了。我不能理解，为什么我就成了人人喊打的老鼠，就因为我爸爸在非洲大草原失踪了吗？失踪了就一定是叛逃了吗？他向谁叛逃？怎么叛逃？为什么这么简单的道理就没有人去想，一定要来审查我呢？我是来扎根边疆的知识青年，是改造天地的一代人，为什么要忍受这样的待遇？我要用我的生命来抗争，来鸣不平！我要用我的背影告诉你们，我不服，你们吃我的屁去吧。

第十一章　爱人死了

一

一群知青骑着马奔驰，他们扛着一面陈旧的旗子，舒展的旗面上写着"知青连"的字样。从不同方向纵马奔来的知青向着远处的旗所在的那片建筑跑去，他们各自扛着不同知青连的旗子。他们都没有说话，面色沉重。

朝鲁一言不发，率领贾德晨、于兵等一群知青，气势汹汹横在街道上。越来越多的知青加入他们，挥动着不同的旗子。知青们抬着一块门板，上面躺着被知青大旗覆盖的王朝阳。

朝鲁把大旗重重地插在地上，他们堵在旗政府气派的大门口，对面是徐世铎和一队端着枪如临大敌的民兵。

徐世铎说："朝鲁你干什么？你这是聚众闹事。"朝鲁说："他们是自己来的！他们要给王朝阳讨个公道！""知青的事你掺和什么？快滚过来！""王朝阳是我的上海老乡，我也要为老乡主持公道，我们要给王朝阳讨个公道。"

知青事件闹得很大，旗里三十七个知青点全都参与了，载着王朝阳尸体的门板放在人群中，通嘎拉嘎跪坐在旁边，看着他从旗子下露出的手。

重重叠叠的人群外面，徐世铎正声嘶力竭地劝说大家："你们这是在犯错误，严重的错误。"朝鲁蹲在通嘎拉嘎旁边："所有的知青都来了，你放心吧，一定能给王朝阳讨个公道。"通嘎拉嘎没有理睬他。

朝鲁说："你想哭就哭出来吧，这么憋着可不好。"通嘎拉嘎还是没有理睬，只是细细地抚摸着王朝阳的手。贾德晨凑到朝鲁身边，把一张字条塞给他："这是我们知青提的条件，大家商量，要好好利用这个机会。"朝鲁问："什么机会？"

贾德晨向对面正声嘶力竭劝说知青们的徐世铎示意了一下："彻底改变当前对知青的政策，解决招工、回城、探亲等问题，这是王朝阳拿命换来的，不能辜负了。"朝鲁排开众人走到前面。

贾德晨说:"你不是想知道我们要干什么吗?这就是我们的要求!"他把那张纸举了起来,很快,这张用好几种字体临时写就的字条被苏书记和公安局局长邵卫东传阅着。

邵卫东说:"这不可能啊!我还是给旗长打电话吧。"苏书记说:"你让旗长少操点心吧,咱们能解决。""怎么解决?""我不是在想吗?"

外面传来一声枪响,苏书记和邵卫东吓了一跳。一支步枪下垂的枪口正冒着烟,持枪的民兵吓得一脸惊慌,徐世铎闪身过来,小心地伸手过去,一手关上了枪机保险,另一只手掰开了民兵僵硬的握枪的手,拿过了枪。朝鲁挡在民兵们前面,愣愣地看着徐世铎。

徐世铎马上说:"走火,是走火。"苏书记和邵卫东也快步走出来,徐世铎转向他们说:"没事儿,没开枪,是走火了。"

这时,知青们仿佛才缓了过来,爆发出一阵轰然喊叫,随即人群一下子散开,向着后面飞快地散去,露出了守在门板前的通嘎拉嘎。

通嘎拉嘎神色恍惚,对身边飞奔的凌乱的人影毫不在意,朝鲁退到她身边,抽出匕首保护着她。人群散去的方向传出更大的喧闹声,朝鲁抬头看去,潮水般奔跑的知青们发了狂,他们打砸着沿途的建筑,所有的玻璃都被打碎,他们挥舞着旗子,大喊大叫着。他们中最主要的一股人流冲进了供销社,很快,几个人爬上了供销社的房顶,插上了几面知青大旗。紧接着,一些木头家具被搬出来摔碎,木板和木条被用钉子固定在窗口。

一袋袋面粉被搬出来,在门口堆成沙包,一把把蒙古刀被分发。另一伙知青从对面的铁匠铺冲出来,把大批的镐把、镰刀分发给知青。两个售货员被贾德晨带着知青们从供销社推了出来。

贾德晨喊道:"我宣布,供销社被知青征用了,你们赶紧走。"

二

苏书记、徐世铎和邵卫东看着远处鸡飞狗跳的街道都傻了眼。离他们不远,是守着王朝阳尸体的通嘎拉嘎和朝鲁,此刻显得孤零零的。

徐世铎说:"苏书记,真的是走火,怎么办?"邵卫东说:"给旗长打电话吧?这是要武装暴动啊,派部队来吧?"

苏书记突然发怒:"你就非要把他们害死?这件事能怪知青吗?你还要怎

么害他们?"邵卫东神情苦涩:"老领导,事情闹大了,咱们盖不住。"

知青们拿着铁锹、镰刀,乱哄哄地冲过来,徐世铎指挥着民兵:"全体都有,举枪。"民兵们举起枪来。苏书记说:"不要开枪!谁也不许开枪,不许走火。"

知青们迎着枪口一直走到王朝阳的尸体前。贾德晨说:"我们不能丢下革命战友,带王朝阳走。"于兵说:"对,准备街垒,准备巷战,我们要学巴黎公社,血战到最后一个人。"

知青们抬起了门板。贾德晨问:"朝鲁,你们来不来?"苏书记喊起来:"朝鲁!不要去!事儿已经闹大了,上级会好好处理的,你们不用去。"朝鲁有片刻犹豫。贾德晨说:"也对,你们别掺和了,这是我们知青的事。"通嘎拉嘎却一言不发,跟着门板向远处走去。徐世铎喊道:"通嘎拉嘎!回来!朝鲁,拉住她!"

朝鲁说:"她不会离开王朝阳的,我也得去,为了王朝阳,也为了我妹妹。"朝鲁也转身跟着知青们退去。

徐世铎转身抢过一支步枪,却被苏书记一把拦住。"苏书记,他们两个不能卷进去啊。""你打算怎么办?一枪打死他们?""通嘎拉嘎出了事,怎么办?乌兰会跟我拼命。""他们谁都不能出事!给公社打电话,让哈图和乌兰其其格马上过来。"

三

供销社的大门口燃烧着一堆篝火,架着铜锅,烧着奶茶。门里门外,知青们进进出出,嘻嘻哈哈。供销社深处传来阵阵知青们唱歌的声音,除了这一处的喧闹与明亮,整条街道都漆黑一片。

沙包垒成了街垒,横挡在街道上,民兵们在沙包后严阵以待。苏书记举着望远镜,看着远处那些知青。哈图和乌兰其其格被簇拥着从后面赶来。

哈图问:"怎么啦?朝鲁又闯祸啦?出什么事啦?"乌兰其其格也看到了徐世铎,她焦急地扑过去:"通嘎拉嘎呢?朝鲁呢?"

徐世铎问:"王朝阳自杀了,旗里的知青们闹事,他们兄妹也卷进去了。详细情况以后再说,现在最急的是让他们出来。"

哈图看了荷枪实弹的民兵们一眼:"还能开枪?他们俩是国家孩子,我们是替国家抚养,不能开枪。"民兵回复道:"什么身份也没有用,子弹不长眼。"

乌兰其其格突然拔腿向沙包外面走去:"我是她额吉,我去找他们。"徐世铎伸手去拦,被苏书记挡住:"让她试试。"徐世铎焦急地看着乌兰其其格走过沙包,走向远处的篝火。

苏书记从民兵手里要过一支步枪递给徐世铎:"护着她。"他向乌兰其其格背影喊着:"乌兰,别进供销社,就站在街上让我能看见。"

知青们围着篝火,他们看到了从黑暗中越走越近的乌兰其其格。有一个知青伸手拿起铁锹,却被身边的于兵拦住:"别!这是王朝阳的准岳母。"

乌兰其其格走到篝火前:"我是通嘎拉嘎的额吉,我来找我女儿,你们知道她在哪儿吗?"没有人回答,乌兰其其格看到了于兵:"你是公社的知青吧,我认得你,告诉额吉,通嘎拉嘎和朝鲁在哪里。"

于兵愣了愣,还是站起来,他走进供销社大门,又在门口停下脚步:"额吉,要不你跟我进来吧。"乌兰其其格毫不犹豫地走了过去,跟着于兵走进供销社,她惊讶地看着空空的货架。于兵半是解释地:"这些,算是我们借的,都记着账,以后还。"

进出的知青们都诧异地看着乌兰其其格。于兵护着她从柜台后的小门走向供销社的后院。几间房子都灯火通明,不断传来争吵声辩论声。于兵带着乌兰其其格走到院子里,从玻璃窗可以看到,朝鲁、贾德晨和一群知青正在激烈地讨论。

贾德晨说:"必须要建立统一的领导,团结全旗所有的知青,全体签名请愿。"

另一名知青反驳:"现在不是请愿的时候,现在是武装暴动。"

朝鲁说:"狗屁暴动!苏书记要保咱们才没让民兵进攻,你以为能挡住枪?"

知青反驳:"他不是要保护,他是怕惹事,你们那个苏书记是老好人嘛!要不能当十几年书记。"

于兵拉了拉乌兰其其格:"别管他们,先去看通嘎拉嘎吧,她在后面仓库。"

通嘎拉嘎守在覆盖知青旗子的王朝阳身边。灯光昏暗,照着被搬空的仓库,看不到仓库尽头的墙壁,更显得灯下的通嘎拉嘎很是孤单渺小。通嘎拉嘎沉浸在自己的世界，门开了，乌兰其其格走进来，于兵替她们关上了门。乌兰其其格走到通嘎拉嘎身边，搂住了她的肩膀，通嘎拉嘎身子一震，才发现是乌兰其其格，她扑到乌兰其其格怀里放声大哭。

知青们还在激烈辩论。朝鲁一杯杯喝着酒，他突然一愣，凝神倾听了一下，随即站起来："我妹妹哭了，我去看看她。"

他大步走了出去，知青们相互看了看，其中一个压低了声音："他又不是知青，来干什么？"贾德晨瞪了他一眼："闭嘴。"

乌兰其其格给通嘎拉嘎擦着眼泪。通嘎拉嘎哭着说："他写了一封遗书，可是他一句都没有提起我，额吉，我还是不是他喜欢的人？他到底有没有喜欢过我？"乌兰其其格看着被旗子覆盖的那个身体："傻孩子，他是怕连累你，他是为了你好啊！""我也是这样想的，所以，额吉，我要留在这里陪着他。"

乌兰其其格没想到通嘎拉嘎会这么说，她一时无语。朝鲁从黑暗中走过来："有我陪着就行了。额吉，苏书记怎么说？"乌兰其其格说："他就说让你们出去，孩子，你们跟额吉出去吧。"朝鲁说："苏书记压力太大，我估计到天亮就会派民兵冲进来，通嘎拉嘎，你跟额吉先走。"通嘎拉嘎说："我不走。"朝鲁说："这里太乱，你要是受了伤，王朝阳在九泉之下也不得安宁。"

乌兰其其格说："是啊。"通嘎拉嘎说："不，朝阳会保护我。"朝鲁恼怒："他连自己都护不住！我生他的气，他倒是一甩手走得利索，我们怎么办？不知道我们会难受一辈子吗？"

乌兰其其格一手拉住朝鲁，一手拉住通嘎拉嘎："谁的性命都不是能轻轻松松放弃的，这孩子走了这一步，他心里的苦，一定已经大得受不了啦，别怪他。"通嘎拉嘎说："我是气他不跟我商量。"乌兰其其格说："能说得出口的苦，就不是真的苦。"

徐世铎和苏书记趴在沙包后面，盯着那堆篝火前的知青们，邵卫东匆忙走来："老领导，顶不住了，旗长已经往回赶了，天亮就能到。""还没到天亮。"

邵卫东吞吞吐吐地："他让我负责。老领导，怎么办？""你如果来负责，打算怎么办？""啊？我还没想过。""现在想，我想听听你的办法。""性质这么恶劣，损失估计也不小，乱世用重典吧。""别说我听不懂的，你要怎么办？"

"民兵有枪，可以冲进去，只要把领头的几个抓住——"

"行了，你就当没找到过我吧，天亮了我再让你来负责。"

邵卫东为难地看看徐世铎："苏书记……"

苏书记说："放心吧，小徐不是外人，不会跟旗长告密，我要再试一试。"

邵卫东看了一眼徐世铎，徐世铎举起望远镜观察着前面，似乎没有听到。邵卫东拉着苏书记走了几步，压低声音："我给你说过他的事。"苏书记说："我知道。"

邵卫东说："你要这么做，可就给了人家把柄了。不管这里能不能解决，你都——"

苏书记说："我知道。我不会连累你。"

邵卫东急了："我不是为我！"

苏书记说："我知道。那里面都是父母生养的孩子，让我下命令开枪，我做不到。"

徐世铎走到苏书记和邵卫东面前："苏书记，邵局长，如果现在不进攻的话，我倒有个想法。"苏书记说："你说。"徐世铎说："知青们是在借题发挥，不一定都是为了王朝阳，我觉得可以把他们分化瓦解。"苏书记说："你打算怎么做？"徐世铎说："这个，还得要苏书记出面，我人微言轻，威信不够，他们不听我的。"

四

黑暗中，苏书记走了出来，知青们突然紧张地站起来。苏书记摊开双手："我是向阳红公社的书记，我姓苏，旗长在北京开会，他命令我负责解决你们的事。"

于兵说："你打算怎么解决？"苏书记说："很简单，答应你们的要求。"知青们都愣住了。苏书记说："旗里今年和明年的各种招工指标，陆陆续续至少有十八九个，我做主，从你们这些人里挑。"众人都屏住了呼吸。

苏书记说："往年的情况你们都清楚，轮到你们的可能性有多少。这次看在王朝阳的分上，照顾你们。"某个知青喊起来："不够！"苏书记说："那你就一枪打死我。我要是答应把你们都招工，反正也会被上级枪毙。你们都是知识青年，脑子比我好用，你们应该知道全招工不可能，不如争取点实际的。"

徐世铎趴在沙包后面，举着枪瞄准，枪口准星对准了苏书记的背影，他屏气凝神，手指紧扣扳机。

邵卫东也靠了过来："苏书记不会有危险吧？"徐世铎的手指松开了扳机："放心吧，我保着他呢。"邵卫东说："我是说你那个主意。答应知青们招工名额，旗里怪罪下来……"徐世铎说："骗一骗他们，先解了眼前的围。以后怎么样谁能说得准？"邵卫东说："那苏书记可就两面都不是人了。"

徐世铎嘴角露出笑容："不会，怎么会呢？"知青们也有这个怀疑："万一你是骗我们呢？"苏书记说："我十几年的名声，总不是纸糊的吧？别的公社不了解我，小贾，还有小于，你们怎么说？"贾德晨和于兵连连点头。

"当然，招工名额不是一下子全下来，谁去谁不去，谁先去谁后去，我们还是要看表现，尤其是今天的表现。今天的事，事出有因，只要大家散了，就既往不咎。"众人有些骚动，窃窃私语。

某个知青在人群后喊了一嗓子："他在骗我们，他在分化瓦解我们！"苏书记大声说："敢告诉我你的名字吗？就你这个表现，我保证你这辈子都离不开。机会只有这一次，天亮就作废，你们自己掂量吧。"众人都愣住。

乌兰其其格哼着一首古老的歌谣，朝鲁和通嘎拉嘎相互依偎着，他们守着躺在地上的王朝阳，外面传来一阵阵脚步声和压低声音的交谈声，声音又渐渐远去。

朝鲁一动，通嘎拉嘎从沉思中惊醒："怎么啦？"朝鲁说："没事儿，估计是商量出结果了。知青们的事跟咱们没关系，反正他们知道我要送王朝阳回上海，会替咱们提的。"

知青们却顾不上提这件事，不得不说徐世铎的这个主意太毒辣了，对知青们来说，什么也比不了招工名额更有吸引力。天亮了，门开了，朝鲁走出来，吃惊地看着周围，地上到处是狼藉一片，民兵们正在收拾着，打扫卫生，捡拾垃圾。两个拿着纸笔的人在记录着损失，知青们都散了。

徐世铎一脸平静地走过来："知青们各回各的公社，写检查，等待批评处理。"

朝鲁问："他们怎么走啦？条件都答应啦？"

徐世铎说："什么条件？谁敢跟无产阶级政权提条件？你以为是旧社会闹

罢工？"

朝鲁连忙撞开人群，向供销社外面跑去，徐世铎看着站在门口的通嘎拉嘎和乌兰其其格，对乌兰其其格说："都过去了。你带女儿早点回去，我安排了车。"

通嘎拉嘎说："阿爸，怎么——"徐世铎说："我还要在旗里留几天，旗长说要见我，听我单独汇报。"乌兰其其格问："苏书记呢？"徐世铎说："我也不知道。既然这次的事是因为王朝阳自杀引起的，他恐怕要负领导责任吧。你们收拾一下，把王朝阳的尸体也带回去吧，我叫人来帮你们。"

乌兰其其格问："你要替苏书记说好话。"徐世铎说："当然，我不会落井下石的。用不着了。"

徐世铎从后院走来，正遇到从大门外跑进来的朝鲁，他又惊又怒："他们竟然丢下我？竟然丢下王朝阳！"徐世铎吩咐着那几个整理货架的人："登仔细些，所有损失都要登记上。"

"王朝阳呢？他怎么办？""知青意外死亡该如何处置，国家有规定。""什么规定？我要送他回上海。"徐世铎诧异地看了他一眼。

"我答应过他，我一定要送他回上海。""你知道他要自杀？""当然不知道。""那怎么会答应这个？朝鲁，跟我说实话。""是谢若水他阿爸的事，他阿爸的亲戚一定要把他带回去，我们几个就说……就说如果谁死了，活着的人就一定要把他送回去。""送回上海，不可能。"

"为什么不可能？我打听过，盟里一定有办法。""你以为他是多大的干部？他还是自杀的，自绝于人民，还敢惦记这个？""我代表王朝阳——"

"知青们已经委托公社来处理王朝阳后事了，你不是知青，他们才是！他们才有资格代表王朝阳。""我是他的朋友。""他们也都是，还是战友，他们更能代表王朝阳。""我是他亲戚，我妹妹是他的未婚妻。"

徐世铎又气又怒："胡说八道！你血口喷人，诬陷领导。""你装不知道？敢叫我妹妹当面对质吗？""我用不着叫她来对质，我女儿要嫁人，我这个当阿爸的总不可能不知道吧？我答应过吗？连遗书里都没有提到我女儿的名字，怎么能算是未婚妻呢？""我妹妹知道就行。"

徐世铎逼到他身边，抓住他的脖领子，压低声音："别不识好歹，对你妹妹的名声有什么好处？她将来还要不要嫁人？我才是她阿爸，我才是对她负责。""你也承认了，是吗？"

徐世铎放开他，还替他拍平了领口："我不可能认这个事，你也就没资格代表王朝阳。这官司你打到北京打到天上，也是一样。"徐世铎走出供销社的大门，朝鲁傻傻地站着。

五

朝鲁去了知青点，两块门板相继被朝鲁粗暴地卸下来。于兵冲过来阻拦，朝鲁面色阴沉，不理睬他。贾德晨拦住于兵，向他使着眼色："朝鲁，我知道你在怪我们，可我们也没有办法，这不是一两个人的事，这是全旗几百个知青的事，是大家一起决定的，我们两个也没有办法。"

朝鲁把门板丢到门外，又闯进屋子，掀开被褥，把王朝阳的床板也掀了起来。他再次回来，抓起收音机。朝鲁面色阴沉地忙碌着，钉子一枚枚地被砸进木头，门板和床板被做成了一口棺材，贾德晨返身进去，抱出了被褥。

朝鲁不理睬，一把推开了贾德晨。贾德晨说："这是他的被褥，他一直都怕冷。"朝鲁伸手去接，贾德晨躲了一下说："一个屋睡了两年多，让我给他铺一回被子吧，求你了。"

朝鲁让开，贾德晨把被褥铺在了简易棺材的底部，朝鲁把收音机放在棺材一头。于兵说："你知道他在哪儿吗？徐世铎说要火化，在河边。"

朝鲁抱起棺材放在勒勒车上。贾德晨对朝鲁说："你还是骑马去吧，晚了怕来不及。勒勒车我们赶过去。"朝鲁翻身上马，一路挥着鞭子远去。贾德晨对于兵说："走吧，咱们送送朝阳。"

木材搭成了一个高台，知青旗子覆盖的王朝阳躺在上面。徐世铎和阿藤花、巴雅尔、白音呼和等几个民兵守在这里。徐世铎看看表："巴雅尔，你去催催，借点汽油就这么慢？"巴雅尔看向远处："来了，来了——"

远处一匹马正狂奔而来。徐世铎凝神望去，认出是朝鲁，皱起眉头喊着："点火，快点火。"众人都很吃惊，徐世铎伸手抢过白音呼和手里的火把，就向木柴堆跑去，就在火把凑到木柴堆的瞬间，一个布鲁呼啸着砸过来，他手里的火把被布鲁上的皮绳卷飞，落入河中。

朝鲁勒住马，马在柴堆前嘶鸣着人立起来。阿藤花定定看着他。徐世铎说："朝鲁，你又来捣什么乱？"朝鲁跳下马，大步走到柴堆前。

徐世铎说："站住，站住，你要干什么？你要犯错误了。"

朝鲁抱起了盖着旗子的王朝阳，把他搭在马背上。徐世铎说："你站住！你必须站住，来，拦住他。"众人都没有动。徐世铎说："巴雅尔、阿藤花，我命令你们拦住他！"

阿藤花和巴雅尔都转过头，不去看徐世铎。白音呼和眼珠一转，一屁股坐在地上，抱住自己的脚叫唤起来："哎哟，我的脚崴了！"

朝鲁上了马。徐世铎说："朝鲁，你今天如果敢带走他，就要承担后果。"朝鲁毫不理睬，抖动缰绳离开。阿藤花看着他远去的身影，眼神中充满钦佩。

徐世铎回到民兵连吹着哨子，在持续的哨音中，枪械柜被打开，步枪和子弹袋被分发给民兵。马被牵出，民兵们纷纷背上枪，上了马。

徐世铎放下哨子："同志们，养兵千日，用兵一时，现在是党和国家考验你们的时候了，一个钟头之前，朝鲁抢夺了知青王朝阳的尸体，现在下落不明，目的不明，不排除他有继续挟尸要挟党和政府的狼子野心，同志们必须立刻出动，制止他这一错误行径。我命令，以公社为中心，分八个小组，向东西南北、东南、东北、西南、西北搜索，发现朝鲁就加以逮捕，他没有武器，如果反抗，可以开枪。"众人吃惊。

徐世铎说："开枪威慑，不要打死打伤。阿藤花、巴雅尔和白音呼和，你们留守，其他人出发。"众人纷纷骑马离开。徐世铎对着留守的三人说："你们三个，关禁闭，写检查。"徐世铎也骑马离开，只剩下阿藤花等三人。白音呼和嘀咕着："我是真的崴了脚啦。"

朝鲁骑着马，挥动着套马杆，赶着勒勒车。贾德晨和于兵目送他远去，他们身后，通嘎拉嘎骑着马跑来，追到了朝鲁身边，两个人并驾齐驱着两匹马，一辆装着简易棺材的勒勒车，在无边无际的草原中远去。

谢若水骑马进了民兵连，他小声喊着："阿藤花？阿藤花你在吗？"阿藤花从宿舍出来。谢若水说："我知道朝鲁去哪儿了。他肯定是往南边去了，还记得他们俩和王朝阳的约定吗？就是我阿爸被亲戚带走那天。"阿藤花觉得这事太不可思议："他要送尸体回上海？太远了吧？"

"这事他能干出来。而且我刚知道，通嘎拉嘎也不见了，她额吉正到处找她哪。""他们一起往南走啦？""肯定是。要不要告诉你阿爸？""不用。""我觉得应该告诉你阿爸。""你是想害死朝鲁吗？我阿爸现在跟旗长在一起，告诉我阿爸，旗长就知道了。""那——告诉徐连长？"

阿藤花瞪了他一眼，谢若水连连摇手："算我没说。现在怎么办？"阿藤花说："去找他们。"阿藤花牵出自己的马，和谢若水一起跑了出去，巴雅尔和白音呼和从男兵宿舍追了出来。白音呼和说："他们去哪儿啦？咱们也去？"巴雅尔答："阿藤花做事你别管，老老实实，写检查。"

六

阿藤花和谢若水纵马在草原上一路向南，夕阳下影子拖得很长。天暗下来，草原的夜晚到了。朝鲁和通嘎拉嘎守着篝火，牛马在不远处的黑暗中打着响鼻。

通嘎拉嘎看着星空："哥哥，你还能看懂星星吗？小时候爸爸总是教你认星星。""早忘了。上海的星星跟这里不一样。""还在生气？""他们知青怎么能这样？""那些知青本来也不全是为了朝阳，你又不是不知道。""他们至少该跟咱们说一声。""这是咱们两个人的事，我没有指望过别人。"

朝鲁狠狠吐了一口闷气。通嘎拉嘎说："离上海还远着呢。也不知道朝阳现在怎么样了。"朝鲁转头看向黑暗中，吸了吸鼻子："他再怎么样也是王朝阳。我们一定要送他回去。"通嘎拉嘎站起来："那趁着有月亮，走吧。你累吗？"朝鲁站了起来，铲起沙土，把篝火盖灭。

苏书记蹲在门口，远处的街道上，民兵们正在清理着垃圾，撕着标语，门口的沙包组成的街垒也正被几个民兵拆卸着。邵卫东愁眉苦脸走出大门，苏书记站了起来："旗长怎么说？"邵卫东说："所有的板子都打你屁股上了。"苏书记说："一人做事一人当，我不在乎。没连累你吧？"邵卫东说："现在还不知道，你的那个副书记这次可成了气候，旗长拉着他说个不够。"苏书记表情淡然。

邵卫东说："按我们汉族人的说法，弄不好这是条白眼狼啊。"

天上的鹰在盘旋着，鸣叫着。勒勒车的车板在滴答着液体。阿藤花的马打着响鼻，拦着朝鲁和通嘎拉嘎的去路。谢若水的马才堪堪奔到，他显然马术不精，疲惫不堪地说："总算追上你们了。"

朝鲁脸色阴沉："凭你们也想拦住我？"阿藤花说："不是我们非要拦你，

你们能把他带到哪儿去？"朝鲁说："不用你管。"

阿藤花说："你看看天上的鹰。你自己闻一闻，他留不住了。王朝阳活着的时候是多体面的人，那么爱干净，他能愿意变成这个样儿？"朝鲁说："你让开。"阿藤花又对着通嘎拉嘎说："通嘎拉嘎，你哥哥不明白事儿，你也这么糊涂？上海有多远你们知道吗？你真想让王朝阳烂成一堆臭肉？"

朝鲁挥起套马杆向阿藤花打去，通嘎拉嘎拦住他："哥哥，她说得对，朝阳也不想变成那样子。"朝鲁说："我一定要送他回去，我答应过他。"通嘎拉嘎说："那也没有必要——"朝鲁说："你闭上嘴。"

通嘎拉嘎说："就把他葬在这里吧。"朝鲁刚要反对，通嘎拉嘎堵住他的话头："我舍不得他。"朝鲁说："这地方前不着村后不着店的。"通嘎拉嘎说："他们在这里赶上来，我在这里想留下他，这就是缘分吧，哥哥。"

她哀求地看着朝鲁。套马杆被插在了地上，朝鲁的手扒开草丛，他的手插进沙土。阿藤花抽出腰刀，在沙地上掘着。通嘎拉嘎的手捧起一团泥土。谢若水屏住呼吸来到勒勒车边，从车板上拆下几块木板。他们用木板挖着土。

草原上被挖出了一个长条的坑，勒勒车被抬到坑边，他们抬下了勒勒车上的简易棺材，液体在板壁缝隙流淌，阿藤花和谢若水都屏住呼吸。

棺材被放进坑中，朝鲁看向通嘎拉嘎："你还要再看他一眼吗？"阿藤花下意识地皱起眉："算了吧，留下个好回忆不好吗？"

通嘎拉嘎神情恍惚地看着棺材的上盖，这是知青点的门板，还贴着残破的半副春联。谢若水蹲下来，拔着草擦着手："还是赶紧入土为安吧，万一他们追过来，又得生出麻烦来。"朝鲁说："我会怕麻烦？"谢若水说："知道你不怕，可人家追上来了，王朝阳还是得不到安宁。"

通嘎拉嘎蹲下来，捧起一捧土，盖在棺材上，阿藤花连忙用木板向棺材上拨着土，四个人一起忙活起来，很快就掩埋了棺材。

朝鲁说："咱们给他立个碑？"通嘎拉嘎摇头，她牵过自己的马，拉着缰绳，让马在土丘上踩踏着。谢若水问："你干什么？"阿藤花说："你是要学内蒙古人的做法？没必要吧？王朝阳是汉族人。你用内蒙古人的习俗葬一个汉族人？"通嘎拉嘎说："入乡随俗，分什么汉族人内蒙古人？我们四个是汉族人还是内蒙古人？"

朝鲁也牵过了自己的马，加入了踩踏，谢若水和阿藤花也去牵自己的马，他们嘴里哼着一首古老的旋律,四个人牵着四匹马来回往复。

朝鲁突然扭过头去,远处天空扬起一片灰尘,随即,一群马正向这里奔驰而来。他抽出了腰刀,刀光耀眼,阿藤花也抽出了刀,朝鲁惊讶地看了她一眼。

阿藤花说:"看什么?我有我的原则。"通嘎拉嘎和谢若水也都抽出腰刀,一字排开,迎着马队。马队到了近前,苏书记、哈图、乌兰其其格和满都拉纷纷下马,直扑到各自的孩子面前,以迅雷不及掩耳的速度,各自抱住了自己的孩子。

四个孩子都愣住了,满都拉恢复得最快,她迅速松开了手。苏书记和哈图也恢复得挺快,只是轻轻一抱就分开了,只有乌兰其其格死死抱住通嘎拉嘎,流着眼泪,嘴里不断念叨着:"孩子你要跑到哪儿去啊?你不要额吉了吗?"

徐世铎带着民兵,居高临下看着这一幕,他看到了地上那一圈新土,看到了停在一边的勒勒车,他想催马过去。苏书记拦住他,抓住了马缰,两个人用目光交流着。

"苏书记,这不是小事儿,咱们公社兜不住。""我现在还是书记,出了事我顶着。""您何必押上政治前途呢?""如果连这件事都做不好,政治前途有什么用?""您知道,这件事我会如实报告。"

苏书记没有理睬他,他转身招呼众人:"都听着,这件事到此为止,都不许再提了,我不是因为阿藤花是我的女儿就包庇她,朝鲁他们四个没有错,这些知青是毛主席送来草原扎根的,现在却死在草原上,我作为书记,对不起他们,对不起毛主席,所以这件事情,谁都不许再提了。"

众人都愣愣地看着他。苏书记叹口气,上了自己的马:"回家。"众人也乱哄哄地上了马。谢若水凑近朝鲁:"他们看出来了吗?"

朝鲁说:"这还能看不出来?苏书记把咱们保下来了。阿藤花,替我谢谢你阿爸。"阿藤花说:"你用不着谢,他不是为了你。"阿藤花纵马追上苏书记。朝鲁发着愣,哈图向他挥动鞭子抽了一个鞭花:"臭小子,回家!"众人启程,通嘎拉嘎回头望着那片翻起来的泥土。

阿藤花看着发呆的苏书记:"阿爸,真的会很麻烦吗?"苏书记安慰她说:

"没事儿。""我从来没见你这么发愁,是不是我们连累你啦?""胡说,谁能连累得了我?""我听说新上任的旗长脾气很大。"

"他脾气大不大,我都不在乎,我就是——你以后要记住,做事,做人,要无愧于心。"

"阿爸你在说什么啊?我听不懂。"

"记住就行,以后慢慢就懂了。"

第十二章　牛　棚

一

　　一根粗大的钉子被砸进树干，在钉子的固定下，两排树干支起一个"人"字形的窝棚，一排草帘子从上面垂下来，将窝棚的一个侧面挡住，窝棚里顿时黑下来。更多草帘子被丢进窝棚，砸在几个蹲在地上的人群中，苏书记就在其中。

　　阿藤花也被开除出民兵连，徐世铎把她送到了一个新地方："你不要有思想包袱，你阿爸的问题是你阿爸的问题，你要跟他划清界限，好好改造自己，争取尽快回到革命队伍中来。听明白了吗？"

　　徐世铎和阿藤花继续走着，他们一路走到了公社街道的尽头。

　　"我阿爸呢？""他不用你操心，旗里专门有安排。""我要见我阿爸。""你也不是新兵了，你应该知道这不可能。放下妄想，放下侥幸心理，留在你面前的路只有一条：好好改造。"

　　他们停在一间破旧的房屋面前，徐世铎说："你们以前的住处不能住了，这是公社分配给你的住处，条件差了点，但是更有利于你踏实改造，你自食其力吧。"徐世铎背着手离开，阿藤花愣愣看着这间房。

　　徐世铎在狼吞虎咽地吃着肉，桌上摆着满满一盆肉骨头，通嘎拉嘎和乌兰其其格没有动筷子，愣愣看着他。徐世铎没头没脑地说："苏书记家没缺过肉，一年到头有人送，还有牛粪，他自己捡过牛粪吗？从来没有，可他家门口总是堆得满满的，这还不说明问题？旗里要他去上学习班，没错。"

　　乌兰其其格说："那肉是贫下中牧们诚心诚意的礼物，谁串门还空着手？牛粪更是顺手的事，他那么忙，帮他捡块牛羊粪怎么啦？我还捡过呢！这也算个事儿？"

　　"算不算事儿，上级会决定的。我就是告诉你们，不是我要对付他。"

"干吗把阿藤花赶出家门？公社就缺她家这间房？"

"这是有规定的，犯了错误就不能享受这个待遇了，上面都盯着呢，我要是不执行，下一次就轮到你们被轰出去了。"

"你们给她的是一间破房子！"

"我知道，我必须这么做，我要让上面看到，我们公社对苏书记的错误行为认识深刻，坚决划清界限，这是给上面看的。"

"那破房子怎么住？"

"你们可以帮她修嘛，又不是什么复杂的活儿，不过有一点有言在先，你不能出面，你要是出面，我就不让你们给她修，你想清楚了，到底要不要帮她？"

屋角点着一堆柴火，房子四面漏风，吹着火苗摇摇欲灭。阿藤花守着火，发着愣。外面传来一阵脚步声，阿藤花的神情紧张起来。

朝鲁愤怒地骂道："连个门都没有！一群软蛋！窝囊废！她阿爸是为了谁才挨整的？她当副排长可欺负过你们？"朝鲁走进屋子，带进来的风把火苗又压下了一分。巴雅尔和白音呼和守在门口。

"你来干什么？看我笑话？""跟我回去，新中国新社会，不能有人住这破地方。""我用不着你管。""你少跟我啰唆，再不走就冻病了。""我就不走。""不走不行。"

他伸手去拉她，阿藤花挣扎着推他，他们的手碰到一起，朝鲁脸色一变，伸手摸摸她的头："奶奶的，已经烫起来了！"他不由分说弯下腰，抱起了阿藤花，阿藤花无力地挣扎着。

朝鲁背着阿藤花快步走着，巴雅尔、白音呼和等人跟在周围。朝鲁说："巴雅尔，你先跑回去，把火烧旺，烧壶开水，我妹妹要用。"巴雅尔走在他身后，看着阿藤花的侧影。

朝鲁没有听到回答，喊了一嗓子："听到没有？"巴雅尔回过神，说："好。要不我来背她吧？我背得动。"朝鲁不耐烦地说："我背不动？快去！"

巴雅尔只好拔腿就跑。阿藤花垂着眼睛，眼前只有朝鲁露在外面的一截脖子，汗水流淌着，在月光下泛着亮光。朝鲁问："去叫我妹妹了没有？"白音呼和答："谢若水去了，跑着去的。"朝鲁说："你去供销社买两瓶酒，买点鸡蛋

163

糕——说我要的,账先欠着。"白音呼和答应一声,跑过街道,去拍供销社的门板。

阿藤花耳边只剩下朝鲁急促的脚步和粗重的呼吸声,她用力搂紧了朝鲁的脖子。朝鲁轻声说:"你不用怕,苏书记不会有事,就是有事我也不会丢下你不管,咱们一起来的,就一辈子不分开。"阿藤花的眼泪流了下来,这是她对朝鲁动情的一刻,就因为这句驴唇不对马嘴的安慰话。他们的背影奔驰在遍布星光的街道深处。

通嘎拉嘎举着冒烟的小碗,在阿藤花鼻子前旋转,敷设各种药材。清晨,阿藤花苏醒过来,晨光从窗口投射进来,光柱里尘埃飘舞,安静之极。

床头的地上,一碗燃烧的药物正冒着烟,阿藤花吃力地撑起身子,被子下也掉出一些干枯的药材和药膏。通嘎拉嘎端着一碗药汤进来:"醒啦?喝完这碗药就好了。"阿藤花接过来:"谢谢。""你不恨我阿爸就好。"

阿藤花知道她的意思:"没有徐连长,别的人也不会放过我阿爸。""我额吉说——"阿藤花打断她:"放心,我真没有怪他,这是政治,我知道。""我额吉说,以后你就是她第二个女儿。""替我谢谢你额吉,不用了。"

"我额吉说,男人的事她不管,女人的事,男人也管不着。""你哥哥——朝鲁呢?"通嘎拉嘎笑了:"他啊?带着一帮人,给你修房子哪!"

街道上川流不息的人,都拿着各种各样的东西向同一个方向走着,他们手里提着的有米面、鸡蛋,也有羊粪砖和各种生活用具。顺着人流的方向看去,公社街道尽头那间阿藤花的房屋前,正聚集着一群人。

朝鲁等人正站在房顶上,热火朝天地忙碌着,他们用钉子钉着木板,在木板上抹着泥浆、铺着干草。白音呼和等人在地上挥动铁锹,将搅拌好的泥土扬上房顶。不断有人来到门前,把各种生活物资放在地上,堆积如山。

通嘎拉嘎搀扶着阿藤花站在人群外,经过她们的人,都向阿藤花做着祝福的手势,嘴里念念叨叨。阿藤花回着礼,嘴里说着谢谢。她抬头仰望房顶,朝鲁专注地干着活。巴雅尔看到阿藤花,正要走过来,却看到了她望着朝鲁的眼神,巴雅尔站住了脚。

二

徐世铎在打着电话:"是的,旗长,这是阶级斗争的新迹象,我会密切关注的,一定配合旗里,把他批倒批臭,再踏上亿万只脚。"

他挂上电话,神色凝重,叫来了巴雅尔:"你查一查,今天早晨有谁离开公社去旗里啦?能查到吗?你们给阿藤花修房子的事,旗里已经知道了,谁给捅出去的?这不是叛徒汉奸吗?""我知道了。""你别不当回事,这会连累苏书记,连累你们所有人。""我知道了。徐连长——"

徐世铎脸色一沉。"不,徐书记。""还是叫我连长吧,我永远是你们的老连长。有什么话,你说吧。""我想问问,阿藤花会怎么样?""谁让你问的?为什么要问她?"

巴雅尔慌乱地:"不为什么,不是别人让我问的,我就是想问问。""她嘛!就看她能不能跟她阿爸划清界限了。""要是划清了呢?""划清了问题不大,她毕竟不是亲生的,她是国家孩子,她的血管里流的是国家的血。"巴雅尔连连点头。

"你好像很关心她?以前怎么没发现?""没有啊……我一直……""在连长面前还不说实话?"

巴雅尔被他逼视着,不断扭捏地低着头,终于镇定下来:"我……我……喜欢她。"徐世铎吃了一惊:"你阿爸知道吗?"巴雅尔摇头:"我知道我配不上她,可是——"

"有什么配不上的?你阿爸是根正苗红的贫下中牧,她阿爸——她要是不划清界限,就是自掘坟墓了,你——""我不会让她自掘坟墓。"

"这就对了。你们的感情我不过问,但是我提醒你,你要多跟她谈谈,让她认清局面,早日划清界限。"巴雅尔连连点头。

苏书记坐在牛棚最外面,借着亮光看一本《毛主席语录》。几步之外,两个民兵背着枪站岗,再远处是一排木头围栏,这个牛棚是真的搭在一个废弃的羊圈内。他突然若有所觉,抬起头来,围栏大门口,阿藤花正望着他。苏书记看看民兵的背影,偷偷向阿藤花摇了摇手。

阿藤花却突然转身,快步离去,她走得匆匆忙忙,跌跌撞撞。苏书记呆呆看着她的背影，直到她和其他的人会合，上了马。阿藤花沉着脸骑着马，通嘎拉嘎和朝鲁也骑行在两侧。

通嘎拉嘎说："听说苏书记上的是学习班，光写检查不挨批斗，你不用太担心。"阿藤花没有回答。朝鲁说："怎么可能不批斗？我阿爸还被打断了腿呢！"

通嘎拉嘎瞪了朝鲁一眼，向阿藤花的背影做了个手势："那是以前，现在情况好多了，苏书记一定不会有事。"

阿藤花突然发作起来："他挨批斗也是活该！早就跟他说了别多管闲事，早跟他说了要戒骄戒躁谦虚谨慎，他就是不听，仗着当了十几年书记就到处摆老资格，现在自己倒霉还连累我！民兵也当不了啦，家也没有了。"

朝鲁不高兴地说："房子可给你盖了啊。"阿藤花说："那也跟我以前的家比不了！我都一个多月没吃过大米了，天天莜面，我一闻到就恶心。""这事你不能怪你阿爸。""他就是没有政治头脑！就是看不清形势！他就是害我受苦！"

朝鲁的脸色很不好看："子不嫌母丑，狗不嫌家贫。"阿藤花打断他："我不是儿子，我也不是狗，你少跟我面前装好人。"她狠狠抽了一鞭子，马骤然加速，她跑到前面去了。朝鲁气愤地说："真是——真是不孝顺！我真想揍她。"通嘎拉嘎替她解释道："她要是不在乎苏书记，也不会跑来看他了。哥哥，她心里苦着呢。"

粮食缸的盖被掀开，阿藤花看着缸里的莜面粉，皱起眉头，丢下缸盖。屋子经过整修，已经完全变了样子，却很凌乱，看得出阿藤花过得没精打采。阿藤花懒洋洋地把自己摔倒在床上，肚子里咕噜噜的叫声在安静中听起来很响。

门外传来脚步声，阿藤花凝神听着，脚步声在门口停了一下，随即远去，她愣了一下，翻身坐起跑到门边。

阿藤花拉开了门，门内的光亮照出来，照着门外放着的一个小布口袋，她探头出来，黑暗的街道，看不到人影，只有脚步声骤然加快。她蹲下来打开口袋，里面是一点儿大米，真的只有一点儿。

朝鲁带领众人训练着摔跤，场上热火朝天。阿藤花从外面走进来，快步走向朝鲁，她把手里的布袋丢到朝鲁面前。朝鲁说："干什么？"阿藤花说："我还要问问你干什么呢？可怜我？我用不着。"朝鲁莫名其妙地捡起布袋打开:"谁的大米?"人群中的巴雅尔看着掉在地上的口袋,傻了眼。

"你装什么装?不就是跟你抱怨我没大米吃吗?我用不着你施舍!拿还就拿这么一点儿,想羞辱我?""你没大米吃!我也没有啊!我就是有大米也不给你吃啊,我欠你的?""不是你送来的?那这是谁的?"

朝鲁打开口袋看着,他转头把巴雅尔堵在了马厩里:"说说吧!这就是你死乞白赖跟我要,说是要培育水稻的那点大米吧?学会骗人啦?"巴雅尔羞愧。

"我也真是糊涂,稻子脱了壳还能种出大米来?你到底要干什么?""苏书记对我挺好的。""他对全公社的人都好。""我阿爸说,苏书记遭了难,我们得帮他照顾好他家。""你倒是挺有觉悟。""他家就剩下她了,我就想——""就骗走我的大米拿去讨好她?""我真是想种出大米来,可是——""可是根本不可能对吧?那你为什么不把大米还给我?"

巴雅尔被一句句逼问得哑口无言,他突然蹦出一句话:"因为你是我的兄弟,你说过,兄弟之间不用客气。"朝鲁说:"嘿!你可真能说——我还说过亲兄弟还明算账哪!我的大米——"

巴雅尔脱口而出:"我喜欢她。"朝鲁又吃惊又好笑:"你喜欢谁?阿藤花?她有什么可喜欢的?你这大脑袋里灌的全是酒啊?"

巴雅尔说:"我就是喜欢她,早就喜欢,以前不敢想,现在苏书记——"

朝鲁沉下脸说:"现在看她落难了,就敢想啦?是吗?有这念头我就该揍你一顿。"巴雅尔吭哧着:"可是她喜欢你。"朝鲁毫不在意:"倒打一耙,老实交代你的问题。"

巴雅尔看着朝鲁,突然叹了口气:"你比我强,我想起她来嗓子就发紧,你却从没把她当回事。"

朝鲁说:"我当然不把她当回事,我为什么要把她当回事?就她那个脾气那个秉性那个长相,也就你这个糊涂蛋当个宝。"

三

阿藤花挥着羊鞭子,狼狈地东跑西追,羊群不听指挥,到处乱跑。阿藤花摔倒在地,她又气又急,突然放声大哭。连续两声清脆的鞭子响,羊群老实下来,阿藤花抬头,看到徐世铎正驱赶着羊群,她连忙擦干眼泪。

徐世铎下了马,把两个皮口袋丢在她面前,从敞开的口袋可以看到是大米和干肉。阿藤花不由自主咽了口吐沫。

"听说你去旗里看你阿爸啦？""是朝鲁他们带我去买东西。""所有的情况我都了解。你没有进去见他，我很满意。""徐书记找我有事？""代理书记，正式任命还没有发下来。"阿藤花没有说话。

"我很庆幸，你不是他亲生的孩子，我更庆幸你是国家孩子，你应该听党的话，跟他划清界限。""他是他，我是我，我心里早就划清了。""还不够鲜明，我要你做出表率来。旗上的学习班，集中了各地区有问题的人，他们都很顽固，我需要你举起大义灭亲的大旗，率先开炮。"

阿藤花的眼睛垂下，死死盯着那口袋吃食，徐世铎注意到了，他伸手把皮袋子的口弄得更大："我知道你爱吃大米，从小恐怕也没过过苦日子，只要你跟他划清界限，我就让你回到革命队伍中来，生活条件也会改善。""我要想一想，想想怎么划清界限。"

她急切地伸手抓过皮袋子，徐世铎有些不放心："你可要表里如一。""我从小不会让自己受委屈，就冲这些，我也不会拒绝，"她丢下放羊鞭，"这日子我一天都受不了。"

阿藤花掀开锅盖，在冒起的白气里陶醉地嗅着。门被猛然推开，朝鲁和谢若水看到的是阿藤花正喜笑颜开，她面前的大锅里翻腾着白米粥，里面还沉浮着深色的肉干。

"你们俩鼻子真灵，一起吃吧。"阿藤花盛出一碗递过去，朝鲁沉下脸，上前一脚踢翻了碗，阿藤花没有勃然大怒，却是一脸惋惜地盯着那碗粥。

"就为了这口吃的，你就出卖你阿爸？""这是我阿爸最喜欢做的粥，他说又好做又有营养，我以前不喜欢吃，觉得他是偷懒。""你好吃懒做，你为人刻薄，这我都能忍，可你出卖你阿爸，我绝不饶你。""我知道你会来找我，只是没想到是谢若水告诉你的。"谢若水叹口气。

"这说明群众的眼睛是雪亮的。""我不管这些，我就是想吃这碗粥，特别馋。我是吃不了苦，我这辈子当不了江姐，但是我也不会出卖我阿爸。""你这是什么意思？"

阿藤花又盛了一碗："糖衣炮弹嘛！糖衣收下，炮弹退回。""你不怕徐世铎……""我都一穷二白了，我还怕什么？我什么都不怕，大不了这辈子我再也不吃大米了，我就吃莜面。"

朝鲁和巴雅尔赶着一群马浩浩荡荡地过来，马群突然失控，向着围栏冲过来。朝鲁和巴雅尔呼喝着马群，站岗的民兵也连忙帮忙驱赶着马群。朝鲁突然从马背上滑下来，他借助马身的遮挡，几步蹿进了牛棚。

苏书记和几个干部模样的人正盘腿坐在一起，各自拿着《毛主席语录》在念着。朝鲁弯下腰，神情紧张得几步就跑到他身边，把一个口袋丢给他："阿藤花给你的。"

他马上转身又跑了出去，跃上了一匹正好经过的马，带着呼喝远去。苏书记和其他几个干部都盯着那个口袋，他伸手打开了口袋，里面是一个用手帕包得紧紧的饭盒。几个干部站起来，遮挡着外面的视线。

苏书记用哆嗦的手用劲解开手帕，打开饭盒，里面是满满的一饭盒米粥。众人都不由自主吸着鼻子。苏书记毫不犹豫拿起来喝了一口，递给身边的人，他嘴里含着粥，用表情和手势让对方赶紧喝，那个人也没有犹豫，连忙喝起来。饭盒在这群人中迅速传递着，每个人脸上都带着满足的笑容。棚子外，马群在嘶鸣奔跑，尘土飞扬。

四

徐世铎阴沉着脸，盯着朝鲁。朝鲁故作无辜的样子，用袖子在自己脸上擦了擦："我脸上有灰？""你心里有鬼。你敢说阿藤花的事跟你无关吗？""她？她跟我有什么关系？我整天放马，忙得要死。""你不让她去跟她的反动阿爸划清界限，你在破坏革命，也在破坏她的前程。"

朝鲁这次真傻了眼："啊？""你敢说你没有把她的碗踢翻吗？""我是——我那是——好吧，是我，怎么着吧？""你别以为我治不了你！这是反革命行为，必须严惩。""对，反革命行为必须严惩，欺骗组织，欺骗上级领导也是反革命行为，尤其是从马上掉下来摔断了腿，却赶紧割断马肚带，说是特务搞破坏的行为。"

两个人狠狠对视着。徐世铎说："滚出去。"朝鲁一动不动。徐世铎又说："别逼我跟你翻脸。"朝鲁反问一句："你这还不算翻脸？你都让我滚了！"徐世铎控制着情绪，压抑着怒火："出去。"朝鲁站起来向外走，徐世铎死死盯着他的背影。

阿藤花正向通嘎拉嘎学着做莜面，双手和身上脸上都沾满莜麦粉。朝鲁一把推开门走进来："你是属猪的吧？猪八戒倒打一耙的本事都学会了。我冒着那么大风险帮你送饭，你倒好！跟徐世铎说是我不让你去揭发你阿爸的！"

　　"我是没有办法了嘛！我要跟他对着干，他非要我赔那些大米和干肉不可，我这点工分根本不够。""那你推到我头上就有办法啦？""是啊！他这不是就去逼你了吗？你是男子汉，一定有办法。"

　　朝鲁无话可说，气得呼呼喘息。阿藤花捅了一下通嘎拉嘎。通嘎拉嘎马上说："就是啊，哥哥，你不帮帮她，她更没有办法了。"

　　朝鲁这口气还是难以下咽，他灵机一动："你以后往巴雅尔身上推，他说他喜欢你，上次大米就是他给你送来的。"阿藤花傻了眼，她去找了巴雅尔，巴雅尔就失恋了。

　　阿藤花和通嘎拉嘎坐在山坡上，看着她们的羊群。"我最怕羊群混在一起了，待会儿你来分啊。""你学学就会了。""我已经会了，但是我懒。有什么话不能晚上说，何必跑来一趟？"通嘎拉嘎笑笑。

　　"对了，不会是你哥哥逼你来的吧？让你来给巴雅尔当说客？""我哥也是好意。""用不着。我阿藤花急着要嫁人啦？你回去跟他说，我的事不用他操心，他操心也没有用。""好。"

　　"通嘎拉嘎，你还想着他吗？"通嘎拉嘎的笑容一僵。

　　"还想着他？"通嘎拉嘎的手在草叶上抚摸，绿草在指间滑过。

　　"也许我不该问，我就是有点好奇，到底喜欢一个人是什么滋味？"

　　"就像现在这样。我摸着这些草，就像摸着他的头发，硬硬的，在我手掌心里。"阿藤花愣住了。

　　"好了，别说我的事了，感情这种事，外人是起不了作用的，就像你跟我哥哥。"阿藤花吃了一惊："什么？别胡说了你，我跟朝鲁？怎么可能呢？他整天都讨厌我，恨不得见不到我。""那你呢？惦记着他？"阿藤花慌乱地抓着身边的草："那更不可能了，你怎么想到这上面来了，太可笑了，太……"

　　通嘎拉嘎举起自己的手："知道了吗？就是这种感觉。"阿藤花的手顿时停在了草叶间，她猛然站起来："真是胡说八道，我去看看羊。"她一溜小跑地下了山坡，在羊群间跌跌撞撞地走着，吆喝着。通嘎拉嘎的手再次穿行在草叶间，喃喃自语着："朝阳，你在下面还好吗？我想你了。"

五

阿藤花守着一个黑光油亮的小铁盘,手指灵巧地做着莜面窝窝。她身边的小笼屉里,已经摆上了排列整齐的莜面窝窝。外面传来马蹄声,阿藤花嘴角露出笑容——这一刻她像一个等待丈夫回家的女人。朝鲁走了进来。

阿藤花说:"快来,瞧我做的窝窝,好看吧?我跟乌兰额吉学的,还把她这套家伙借回来了,真好使。"朝鲁有些发呆。"我做了羊肉汤,对了,通嘎拉嘎说这是你做的?我也要一套,行不行?""行。"

阿藤花高兴地笑了:"不白让你费力气,以后天天做给你吃,通嘎拉嘎说你爱吃这个,真是奇怪了,咱们上海来的都爱吃大米,就你一个爱上莜面了。"

朝鲁说:"你要回上海了。"阿藤花顺口跟着:"是啊,你要是回上海了就吃不着莜面了。"她愣了一下,抬头看向朝鲁,朝鲁从怀里掏出一封信放在桌上,信口被拆开,邮戳上有"上海"的字样。

徐世铎也在跟乌兰其其格和通嘎拉嘎说着这件事:"信是从上海一站站转过来的,阿藤花的哥哥是那边一个革委会的领导,用的是公函,真要严格追究起来,也是不对的。"

"怎么就找了来啦?这都多少年啦?也许找错了人?"

"人家那信上说的特点都对得上,连她以前的名字也跟登记上的一样。"

"那阿藤花会怎么样?"

"这对她是好事。要是还守着苏书记,她这辈子就毁了。她只要回一封信,就能回上海了。"

阿藤花还在看着那封信,信上盖着好多红章,每个红章旁边都有一行批示。信上的字却是油印的。朝鲁说:"你哥哥油印了很多封信,盖上他们革委会的章到处寄,他们不知道你到底在哪里。这个黄辉是……"阿藤花说:"我大哥。没想到他们还在想着我。"

朝鲁站了起来:"我送你去旗里,邮电局快下班了,赶得及的话,还能发电报。""我要想一想。""这还要想?他们不知道多盼着你的消息呢。"

"我知道,我知道,"她突然生气地喊起来,"你别催我!别催我!这是真的吗？不是徐世铎想骗我离开？我走了，我阿爸怎么办？你怎么办？""啊？"阿藤花也为自己脱口而出的话惊到了，她强作镇静："你先走吧，让我想想。"

朝鲁骑着马，神情兴奋。他来到谢若水家，在他家门前的小菜园里转来转去。

"你把我家的菜都踩坏了。""你怎么一点儿都不激动？""我也奇怪哪，你那么兴奋干什么？又不是你家人来找你。""我是奇怪，阿藤花她怎么还不急着走？按她的性情，恨不得飞回去吧。"谢若水笑了笑。

"你笑什么？""笑你糊涂啊，人家不是说了吗！舍不得离开你。"朝鲁傻了眼，他愣了一下，突然扑上来搂着谢若水的脖子，给他来了个标准的摔跤动作——当然没有真摔，只是制住了他："好小子，连我都敢取笑！还敢不敢？敢不敢？"

谢若水在他的粗胳膊下连连求饶。朝鲁放开他，谢若水一阵咳嗽，随即正色："我说的是真的。她对你的意思，恐怕全公社就你没看出来吧？你可真够——笨的。"朝鲁这回真傻了眼。

阿藤花继续做着莜面窝窝，身边的炉子上已经蒸上了一屉，安静地冒着白色蒸汽，这一刻的阿藤花，很美。

炉火正旺，一块被敲成圆盘形状的铁块已经烧红了，朝鲁将那块铁夹出来，在铁砧上敲打起来，锤声叮当，他心乱如麻。

苏书记坐在门边，望着夕阳发呆。邵卫东端着两个饭碗凑过来，把其中一个硬塞给苏书记："你再这么下去，我该后悔把这件事告诉你了。"

苏书记没好气地："你活该蹲牛棚。"邵卫东叹口气："我不是没有犹豫过，可还是觉得这对你女儿不是坏事。也许我做错了，要么怎么这么快就遭了报应。""是我连累了你。""老书记，说这个就见外了，再说也不一定是你连累的。你说，你女儿会走吗？"

"我盼着她走，她从小被娇惯坏了，吃不了苦，我一直担心她会受不了，现在能找到她自己的家人，她也就能得救了。"

两人相对无言，外面传来一声唤马的口哨声，随即，牛棚周围的那些民兵的马都仰着脖子嘶鸣起来。他们向外面看去，哈图正站在围栏外，跟几个民兵说着什么，随即民兵向这个方向指了指。哈图大步走了过来："苏书记，我来看你了！"邵卫东惊讶地看向外面的民兵，发现民兵们毫不在意。

"他们的马都是我驯的，不过，我只能坐在这里。"哈图在牛棚外盘腿坐下，然后从蒙古袍的怀里不断掏出各种吃食和酒瓶，摆了一地，又把一包奶干丢给邵卫东，邵卫东道了谢进了窝棚深处。"你何必来惹麻烦。""我可不是来看苏书记的，我是来看亲家的。"苏书记吃了一惊。

"你女儿阿藤花和我家那小子情投意合，我们要做亲家了。""什么时候的事？""我反正是刚知道，马上带上酒来跟你喝了。""你可能还不知道吧？我女儿她……她上海的家人找来了。"

"我知道。你女儿说她不走，她要留下来陪你和我儿子，哈哈，我看是陪我儿子吧！这小子给我闯了十几年的祸，没想到还有这个造化。""真的？"

徐世铎也难以置信："真的不回信？你还是再考虑考虑吧。"阿藤花摇头。

"那毕竟是你的亲人，你不想知道亲生父母怎么样了吗？""不想。""你是为了苏书记？"阿藤花摇头。

"还是为了朝鲁？""都不是，您也别猜是为什么了，反正我就是不想，我的户口在这里，你们也不能逼我走。""看你这话说的，谁会逼你走？""好心坏心我还分得清。我要是走了，不正好跟我阿爸划清界限了吗？"

徐世铎沉下脸："我把信让朝鲁送来，就是不希望你有这种看法。你不要把人想得太坏，这对你不好。"

"哦，那我阿爸为什么会被关起来，他是好人，却没有好报——"

"够了，你现在说的话很危险很错误。我不会再照顾你，马上就该给羊群接羔了，你也要跟别的社员一起劳动。""我知道。"

"别光是答应得痛快，你从小没有在牧区干过活儿，接羔最苦最累，你要是受不了，就给我回那封信。"阿藤花一脸倔强。

六

接羔确实是牧区最重要也最累的活儿，一盏昏黄的马灯照耀下，阿藤花从羊群里抬起头，一脸焦急地喊着："快来！这个也要生了！"

通嘎拉嘎从羊群另一侧跑过来，蹲在羊尾巴那里忙碌着，阿藤花一阵阵恶心，把手里沾上的液体在身边的羊身上蹭着。通嘎拉嘎把一只刚生下来的小羊羔举起来："快，接着，口袋……"

阿藤花经过她的提醒，把背在身后的皮口袋拉到胸前。通嘎拉嘎把羊羔放进去，随即又蹲下来忙碌着。阿藤花扭头屏住呼吸，她看到朝鲁和乌兰其其格也在羊群的各处忙活着。

通嘎拉嘎说："好了，你先把这些送回去，额吉和朝鲁那边还有。"通嘎拉嘎把自己身上的皮包也摘下来挂在阿藤花脖子上："你行吗？不行就——"阿藤花说："我行。"

她转身向额吉那边走去。通嘎拉嘎继续忙碌着。阿藤花从额吉身上摘下皮包，额吉又掀开自己的蒙古袍子，里面还有一只小羊羔。阿藤花犹豫了一下，只得解开自己的衣袍，把小羊羔接到怀里。

朝鲁走过来，把自己的皮包也拷在阿藤花身上，这个皮包更大，阿藤花被压得歪了一下身体。"行吗？""行。"

阿藤花跨过羊圈的木头围栏，向远处的灯光走去。一路跋涉，她越走越吃力，疲惫地喘息着，终于走到了蒙古包前。进了蒙古包，这里已经有了几只小羊羔。阿藤花一屁股坐下，把口袋里和怀里的小羊羔都掏出来丢在地上。她疲惫地喘息着，爬到火炉边，把壶里的水倒出来，大口喝完。突然外面传来朝鲁喊她的声音，她挣扎着爬起来。

阿藤花低着头看着一头母羊的屁股，她一脸惊慌地喊："通嘎拉嘎，快来啊！"通嘎拉嘎在远处抬了一下头："我这里走不开。""它要生了，我不行啊，朝鲁！"远处传来朝鲁的声音："你自己来。""额吉？额吉？"黑暗中也没有得到回答。

阿藤花盯着羊尾巴，突然转身就走，身后是一片羊叫的声音。朝鲁远远看到，向她喊着："你自己动手，动手！不是教过你了吗？哪个牧民不会接羔？你以为你是大小姐啊！给我接！"

阿藤花回转了身，她重新蹲在母羊身后，歪着脑袋屏住呼吸，伸出手。一番折腾后，她突然松了口气，手里抱着一个滑溜溜水淋淋的小羊羔，借着星光，她看着母羊转头回来舔着自己的小羊，看着小羊努力站了起来，跑到母羊肚子下面喝奶。阿藤花突然哭了起来，她越哭越大声，哭声在星空下的草原回荡。

门帘掀开，朝鲁等人走了进来。阿藤花和通嘎拉嘎往床榻上一趴，累得动不了。朝鲁摇了摇水壶，发现没有水了。乌兰其其格连忙接过，她忙碌着熬奶茶。

朝鲁也坐了下来，麻利地点着火炉。他扭头看向阿藤花，她已经睡着了，在梦里还在抽噎。通嘎拉嘎也半迷糊状态了："让额吉别烧了，我不喝了。"乌兰其其格说："你不喝我们还得喝哪。"

通嘎拉嘎眼睛还是闭着，手在被子上慢慢移动过来："那我来烧，让额吉歇歇。"

乌兰其其格说："不用，不用起来，这孩子！"

朝鲁说："行啦，今天够你们俩累的了，我帮额吉弄吧。"

三个人都睡了，呼噜声此起彼伏。通嘎拉嘎突然惊醒，她在黑暗中睁开眼睛。乌兰其其格弓着腰，轻轻呻吟着。

晨光照进蒙古包，阿藤花还在熟睡。乌兰其其格的后背撩起，通嘎拉嘎正给她按摩着腰部，旁边还放着一碟黑色的药膏。

通嘎拉嘎说："今天你就歇着，在家里照料这些小羊羔，外面的事我们三个干。"

乌兰其其格说："你的药真管用，我没事儿了。"

通嘎拉嘎没好气地说："我还没上药哪。"乌兰其其格笑起来："我女儿的手摸到哪里啊，哪里的病就好了……"

通嘎拉嘎和阿藤花在羊圈里照料着，看到一只母羊躲避着追逐它的小羊羔，小羊羔不断摔倒。阿藤花说："它自己生的羊，可不肯喂奶，就像当年那些人不要我们一样。"通嘎拉嘎不知道她为什么说起这个来。

"我一直想问问我的爸爸妈妈，为什么不要我。""哪儿有父母不要孩子的？""这不就是吗？""那是因为小羊羔沾了咱们的味道，没事儿，额吉有办法。"

乌兰其其格走过去把母羊搂在怀里，伸手摸了一把母羊的奶汁，然后涂在小羊羔的头上、身上。阿藤花说："你额吉要干吗？"通嘎拉嘎说："要唱劝奶歌了，这个我老是学不会。"

乌兰其其格把小羊羔推到母羊面前，开始唱劝奶歌。简单的音节在草原回荡。两个女孩儿认真地盯着看,通嘎拉嘎嘴里还无声地念念有词,学着这首歌。终于,母羊不再躲避,小羊羔吃上了奶。

乌兰其其格也欣慰地直起腰来,她疲惫地捶着自己的腰,但是当她看到了围栏上的通嘎拉嘎和阿藤花,又笑着摆摆手,走进羊群深处。

"你额吉真能吃苦,要是让我这样干一辈子,我受不了,太累了,你不觉得累?""我也累,有时累得受不了,我就想,要是能不用放羊多好。我最羡慕咱公社的赤脚医生,每天骑着马巡回看病,还有工分挣。""我当不了赤脚医生,我写了信了。"

通嘎拉嘎吓了一跳。

阿藤花接着说:"阿爸很疼我,他不会怪我。你别告诉朝鲁啊,省得他跟我闹别扭。"

七

徐世铎一脸得意的笑容,对通嘎拉嘎说:"她没跟你说实话,她不是写信,她是发了电报。"

"啊?她就那么想离开?"

"她请了假,要去探个亲,这虽然不符合规定,但我还是批准了。"

"可是,为什么?接羔已经结束了,最累的日子过去了。"

"因为她明年还会接羔,年年都会接羔!通嘎拉嘎,抓紧时间多陪陪她吧,她很快就是上海人了。"

"那我哥哥怎么办?他也跟阿藤花去上海?"

徐世铎笑了笑,显然不以为意。屋里传来乌兰其其格的呻吟,徐世铎笑容断了,面露忧色。通嘎拉嘎说:"我该怎么跟我哥哥说啊?"徐世铎突然没好气:"跟他直说!谁让你们帮阿藤花接羔的?她自己没有手脚吗?生产队的分工都当耳旁风了吗?你额吉的腰就是被你们累坏的。"

通嘎拉嘎莫名其妙地看着徐世铎。徐世铎起身走进屋里,甩下一句话:"别告诉朝鲁她不回来了。免得闹事。"

朝鲁和阿藤花提着一个塑料桶走出来,正和通嘎拉嘎撞了对面。

"通嘎拉嘎,额吉的腰还疼吗?"

"好多了,你们买什么?"

"阿藤花要回上海找她亲阿爸和额吉，我给她准备礼物呢。"

通嘎拉嘎猝不及防，连忙看向阿藤花，阿藤花却神色坦然。

"我要把咱草原最好吃的东西带回去。"

"你要带酸奶吗？"

"贾德晨说酸奶带不了，在火车上就臭了。"

"牛肉干？"

"朝鲁给我准备了，这个是装水的。"

通嘎拉嘎不解。朝鲁不以为意："阿藤花想回家给爸爸妈妈做一顿莜面吃，贾德晨他们非说上海的水不好，做不了莜面，得从咱们这里带水去，这不是胡说嘛。"

阿藤花说："这样心才诚，所以求供销社给找了个大桶。"

通嘎拉嘎说："这也太大了吧？你提得动？"

阿藤花说："我发了电报，我哥哥会去火车站接我。"

火车喷烟、鸣笛。阿藤花一身比较新的蒙古袍——绝对不是全新的，但也是只有过节才会穿的。通嘎拉嘎、谢若水在送行，阿藤花向远处眺望。

通嘎拉嘎说："别等了，我哥哥可能有事给耽误了，等你回来再见呗。"

阿藤花眼前一亮，朝鲁正撞开人群走过来，他把一个铁盘子递给阿藤花："赶着去做了个这个，做莜面窝窝最好使。"阿藤花说："我得走了。"朝鲁把阿藤花送上了车。火车启动，依依惜别。

"其实还忘了一件事，应该去王朝阳那里抓一把土，让她带回上海去。""不用了。""阿藤花说要给咱们带大白兔奶糖来，她说咱们小时候吃过，咱们吃过吗？我怎么也想不起来。"谢若水摇着头。

"哥，她不会回来了。""那我们去找她。""哥，你怎么不明白呢？""我明白，明白，她不回来，我们不能去找她？"

通嘎拉嘎看向朝鲁，朝鲁神色坚定。车厢的喇叭回荡着革命歌曲。阿藤花坐在座椅上，她的脚边是那个大桶，水声荡漾，这声音渐渐放大，革命歌曲声渐渐消失，水声荡漾在心头。她神情惆怅地抚摸着那个圆铁盘。

远处的火车拉着汽笛驶过草原。三个人勒住马回望，另一侧，一匹快马奔驰而来。谢若水奇怪地说："巴雅尔？"巴雅尔转眼到了他们面前说："阿藤花走啦？在那列火车上？坏了！徐书记说，刚刚收到上海电报，阿藤花的哥哥被批斗，死了，他们还要在火车站抓阿藤花，徐书记让我一定要截住她。"朝鲁说："电报呢？"巴雅尔伸手掏出来："发电报的是阿藤花的嫂子。"

朝鲁大喊："若水，我要你的马。"谢若水发愣，朝鲁已经伸手过去，揪住他的脖子，把他提溜到地上，拉起马缰绳："我抄近路，去下一站截她。"他抖动缰绳，带着一匹空马向火车开动的方向追去。

通嘎拉嘎说："巴雅尔，是真的？"巴雅尔问："千真万确，你阿爸还说，这是人命关天的事，阿藤花如果回去了，九死一生。"

朝鲁纵马狂奔。火车早已看不见影子了，他在中途毫不减速地跃上另一匹马，用换马的方式节省马的体力，一人两马，穿行在草原和山林。火车站月台的尽头，两匹马的鼻孔里喷着潮湿的热气，它们浑身大汗淋漓，腿在打着颤。

朝鲁在火车旁奔跑着，一边奔跑，一边叫喊："阿藤花！阿藤花！"估计有不少叫阿藤花的，有人答应着探出头来，却是不认识的面孔。

朝鲁突然看到了阿藤花，连忙上了火车，列车员阻拦着，却被他蛮横地撞下火车摔在地上。随即，他拉着阿藤花的手下了火车，列车员追过来，他拉着阿藤花就跑。阿藤花挣扎着，朝鲁突然抱住她，在她耳边说着什么。火车开了，呼啸而过，压住了他们的声音，只能看到阿藤花的震惊表情。

火车已经走了，整个车站冷清下来。朝鲁脱下衣服，擦着马身上的汗水。"我大哥他……""详细情况电报上也没说，回去咱们再打听吧！""难为他们还想着通知我。""得让马歇歇才能走。今天多亏了它们俩……""可惜了我的水和莜面。""没关系，最后也会被哪个上海人捡了去，不浪费。"

"本想去给爸爸妈妈尽个孝心，把这辈子的恩怨了断了。现在看，只能算是跟上海的恩怨了断了。""未必。他们能查出你在这里，说不定会来抓你，不过你别担心，我不会让任何人伤了你。"

谢若水和通嘎拉嘎骑着一匹马，巴雅尔骑着另一匹，他们不紧不慢地走着。巴雅尔走在前面，听着后面传来的对话，神情恍惚。

谢若水问通嘎拉嘎："你说，你哥哥能追上火车吗？"通嘎拉嘎说："一定能。""他不会把我的马累坏吧?""是马重要还是阿藤花的性命重要?""我就是随便说一下。"

巴雅尔勒住马,神色黯然道:"阿藤花喜欢他,因为他永远不肯服输,他宁可骑马跑几百里地也要救阿藤花,我不如他。"

朝鲁要伸手扶阿藤花上马,阿藤花拒绝他的帮助,自己上了马:"我可不是温室里的花朵。"朝鲁帮她整理着马鞍,把她的脚塞进马镫。

阿藤花说:"我说了,不用。"她觉察出朝鲁的异样,问:"你怎么啦?你的手抖什么?"朝鲁说:"我今天真是害怕了,怕再也见不到你了。"阿藤花明白了他的柔情,温柔一笑:"放心吧,桑杰喇嘛小时候给我算过命,命硬着呢。"

朝鲁说:"你哥哥不在了。"阿藤花说:"他们对我来说本来就不在,就当是做了一场梦吧,朝鲁,我算认准了,以后的日子,只能靠我自己。"

朝鲁也上了自己的马:"是我们。"阿藤花说:"好吧,是我们。"他们一起抖缰绳,马儿跑进草原。

八

苏书记、邵卫东等一批牛鬼蛇神扛着锄头列队走来,民兵在一边看守着。苏书记一愣,看到了等在外面的徐世铎。

一个民兵向苏书记叫着:"你,出列,过来。"苏书记离开队伍跑过来,徐世铎向民兵道谢,民兵离开了。

"阿藤花走不成了,她在上海的哥哥出了点事儿。""什么事儿?""你就别打听了。那边的人也知道了阿藤花,估计是想抓出个内蒙古特务吧,我可以保护她。但我也要请你帮个忙。"

"我现在这样子……""旗里有个人欠你的人情,他一直想还,除了我没有多少人知道你们的交情。""谁?""医护学校的张校长,我想让你给他写封信。"

徐世铎站在门口,脚边丢了好几根烟头,显然已经等了半天了。一个胖子走过来,徐世铎连忙堆起笑脸迎过去,远远地就伸出手来:"张校长,您好!我是向阳红公社的小徐,上次在旗长办公室见过您一面。"

胖子张校长下意识地伸手相握，但看表情显然是没想起他来。徐世铎热情地说："我是部队转业的，组织上信任我，让我当公社书记兼民兵连连长，党要指挥枪嘛！"张校长想起他来："哦，向阳红公社，你这是……"徐世铎说："我专门等您哪，咱旗上医护学校招生，能不能给我们公社一个名额？"

他满怀期待地看着张校长。张校长皱起眉头说："这不可能啊，招生已经结束了。"徐世铎把一封信递了过去说："我刚刚去看了我们公社的老书记——苏书记，苏登全，他托我给您捎封信。"张校长的神色变了。

徐世铎给乌兰其其格的腰上敷上药膏，轻轻按摩着："我今天干了件高兴事，我把咱女儿送到旗上念书了。"

"念书？""旗卫生学校要招学生，学成出来就当医生。""那太好了，咱女儿可喜欢给人治病。""当了医生就不用再干这些苦活累活了，以后去旗医院上班，整天都干干净净的。"

"她能去旗医院？""这算什么？等我再好好活动活动，去盟里的大医院也不是没有可能，再说了，最差也能到公社当赤脚医生。"

"你算给家里干了件大好事。""我哪件事不都是为了咱们这个家。"他得意地舒展着身子，"再说，连这点事都办不好，我当这领导还有什么意思？"

哈图撅着屁股在蒙古包里到处找着，墙边的一堆空酒瓶被碰倒，稀里哗啦滚了一地。朝鲁和阿藤花坐在一边看着他，矮桌上摆着吃了一半的酒菜，显然是吃到半酣时，哈图跑去找东西的。

朝鲁问："阿爸你到底找什么啊？吃完再找吧。"

哈图已经找到了东西，他把一根用哈达包着的烙印竿子放在桌上，粗犷的金属印记从哈达中露出来。朝鲁问："干吗？"哈图说："咱家的烙印竿儿，该交给你啦。"

朝鲁不以为意："牲口现在都是生产队的，用不着这个啦。"

"那也要交给你。"他指点着烙印上的纹路，"咱家最早是在乌拉山那边，所以这个烙印上有个山，是你爷爷的爷爷那会儿的事儿了。"

朝鲁把烙印拿给阿藤花，比画着："瞧见没？最早就是一座山，每传一代就在上面添点啥变化，你说咱们添什么？"阿藤花不好意思地看了哈图一眼。哈图说："姑娘你别不好意思，我跟你阿爸喝了一夜酒，你俩的事儿啊，定了。"

阿藤花去了牛棚外，鼓足勇气对看守民兵说："我是朝鲁的爱人，哈图的儿媳妇。"民兵瞪着她，随即让开了大门："就这一次啊。"

阿藤花暗自松了口气，走进牛棚。阿藤花在吃惊的人群中穿过，快步走到苏书记面前。正是吃饭时间，苏书记面前放着一个黑乎乎的莜面馒头和一小碗咸菜。阿藤花来不及寒暄，从怀里掏出一个又一个瓶子罐子，里面是各种吃食，有奶酪，有肉干……

苏书记向周围的人招呼着："快，快，有好吃的，我女儿，这是我女儿。"那些人尽量文雅地靠近，眼睛却都盯着食物，无人看向阿藤花，只有邵卫东拍了拍她的肩膀。

苏书记说："都动手吧。"众人像听到号令，无声地打开所有的瓶罐，迅速拨到各自的碗里，然后让开位置让别的人来夹菜，这个过程行云流水，十分默契。

苏书记说："日子太苦了，大家肚子里都缺油水，再说饭后还要搜查，这些留不住。"

阿藤花把一个罐子里的肉干倒在苏书记的碗里，苏书记也连忙吃起来："你怎么进来的？"阿藤花说："我说我是哈图的儿媳妇。"

苏书记差点噎住，他随即点点头，继续狼吞虎咽。阿藤花说："他说来跟你喝过酒，你们商量好的。"苏书记还是边吃边点头。阿藤花说："你们究竟是怎么说的？什么时候说的？怎么想起说这个事来啦？"

苏书记无奈："我就记得他来找我，拉我在门口喝了一顿酒，喝醉了，说的什么我都不记得了。"阿藤花傻眼了。

"他怎么跟你说的？""他就说你们商量好了。""那可能真商量过了。喝醉了就没有记性了，不过我都很多年都没有那么醉过了。""那我怎么办？"

苏书记笑起来："你想怎么办就怎么办！喜欢朝鲁吗？喜欢就嫁给他，哈图在牧民中很有威望，阿爸现在保护不了你，有他和朝鲁，我能放心。""我不是为了要人保护。""那就是真喜欢他了，更好。"

一个看起来很有气度的老者已经吃完了自己的饭，他放下饭碗，擦干净嘴，向阿藤花伸过手来："谢谢。"阿藤花有点吃惊地说："不用，不用。"苏书记说："廉书记，您太客气了。阿藤花，这是咱们盟里的廉书记，你叫叔叔。"阿藤花握了一下老者的手："廉叔叔好。"

廉书记称赞说："甘冒奇险送来这么多救命的好吃食，不简单，老苏，你下棋水平不好，可生了一个好女儿。"苏书记得意地笑起来："我下棋也比你好。"廉书记笑了笑，坐回自己的角落。

苏书记看向阿藤花："去吧，别留在这儿了，被发现了还连累哈图。"阿藤花说："那，您是同意了？"苏书记说："我早就同意了。"

九

阿藤花走出供销社，遇到了通嘎拉嘎，阿藤花有些惊慌地把手里的一袋子糖藏在身后："通嘎拉嘎？你怎么跑旗里来啦？""我阿爸让我来的，你呢？来干吗？""看我阿爸。"

通嘎拉嘎看向她手里的糖，阿藤花索性拿了出来："吃糖吗？你哥哥非要让我买。"通嘎拉嘎吃惊："我哥哥？他也来啦？嘿！他这个人！我早晨让他和我一起来他还不肯！""他没有来，他……他也不知道我要来。""那他怎么让你买糖？还买了这么多？这得花两个人的糖票吧？"

阿藤花犹豫一下，决定实话实说："通嘎拉嘎，咱们可能要做亲戚了。"通嘎拉嘎一愣。阿藤花说："我阿爸和哈图大叔商量，让我和你哥哥……"通嘎拉嘎由惊到喜："太好了！"

阿藤花说："你不嫌我以前对你不好就行。我阿爸现在又是这个样子，也不知道什么时候才能出来，我肯定净拖累你们。"

通嘎拉嘎说："我哥会在乎？他要在乎就不是我哥了。走吧，先陪我去办事，然后咱们一起回去。"

两个女孩子走去，通嘎拉嘎亲热地伸手过去，挽住了阿藤花的手。

医护学校里，通嘎拉嘎和阿藤花走进静悄悄的走廊，忍不住声音都压低了。阿藤花问："你阿爸让你来这里干吗？"通嘎拉嘎答："我也不知道，就让我来找个人。"

她们向两边的教室看去，里面窗明几净，学生们在学习着。两个女孩儿都带着羡慕的神色。她们在其中一间教室外站住，向着里面无声地看着，窗口里，一个人体骨架标本静静矗立，两个女孩儿的笑容渐渐收敛，取代的是一种肃穆和向往。

张校长夹着讲义从后面走过来，两个女孩儿被脚步声惊醒。张校长说："你们是……"通嘎拉嘎说："我们来找个人……"阿藤花突然叫道："张叔叔？您是张叔叔吧？我是阿藤花啊，我爸爸是苏书记。"

张校长意外地说："啊，是小阿藤花？几年不见，长成大姑娘啦。苏书记的事情我听说了，不要担心，要相信组织——你来找我？"阿藤花说："不，我陪我妹妹来找人，通嘎拉嘎，你要找谁？"

通嘎拉嘎说："您是张校长？我就是来找您的，我阿爸让我来找您。"张校长："你阿爸？"通嘎拉嘎说："我阿爸叫徐——"张校长脸色一沉："我知道了。徐书记的女儿，对吧？"

张校长从讲义夹子里翻找了一下，拿出一张表格递给她，说："你回去填好，十天后来上课。"通嘎拉嘎和阿藤花都吃了一惊。通嘎拉嘎和阿藤花走了出来，通嘎拉嘎一脸难以置信，阿藤花却神色不定。

"我要上卫生学校啦？我要当医生啦？阿藤花！真的吗？我真要当医生了？""我的糖忘在里面了，你等我一下啊。""我跟你去。""不用，不用，你等着我。"阿藤花说完快步走进校园。

通嘎拉嘎拿出报名表看着，是第三期医护人员培训班的字样。通嘎拉嘎突然高兴得高声叫了一声。

晴空之上，鹰鸣相和，蓝天下，两骑在草原上小跑而来。通嘎拉嘎兴奋地憧憬着未来："等我当了医生，茜吉尔大婶的病就能治了，桑杰老师说过，有些病蒙医能治，有些病就要看西医，我以后跟桑杰老师学蒙医，也跟学校的老师学西医……"

阿藤花回忆着刚才回去找张校长的场景，脸上挂着僵硬的微笑。张校长告诉她是徐书记拿着她阿爸的一封信，硬要走了一个名额。这个名额原本是张校长为了答谢苏书记的救命之恩留给阿藤花的，但现在也没有办法了。

通嘎拉嘎在兴高采烈地跟阿藤花唠叨："我得让额吉给我做身新袍子，你看学校里多干净啊！你说我当了医生之后，会不会也穿白大褂？肯定得穿吧。"阿藤花还是那副带笑的样子，但是早已神游物外。慢慢地，阿藤花脸上的神色变得严肃而坚决。

通嘎拉嘎开心地说："我回去之后先去找桑杰老师，他一定高兴，我还要去找我哥哥，咱们一起去。"阿藤花勒住马，看着通嘎拉嘎，通嘎拉嘎诧异地也勒住自己的马："通嘎拉嘎，这个念书的机会，你可不可以让给我？"通嘎拉嘎脸上的笑意还没退去。

"我再这样下去就要受不了啦，我必须上这个学，上了学才能改变我现在的状况。""我没听明白。""我要去上学。""那咱们再去要一张报名表？咱们。""没有了，我刚才已经回去问过了，这是最后一张。"

"可是……以后还会再办吧？这都是第三期了，肯定以后还有。""万一没有了呢？再说，我一天也等不了啦。""这是我的，是我阿爸——""是你阿爸从张校长手里抢的，我问过张校长了，这个机会本来就是张校长留给我的，因为我阿爸以前救过他的命。""我不信。"

"你可以去问啊！他刚才不是一眼就认出我来啦？我阿爸现在倒霉了，他知道我过得很辛苦，想用这个办法报答我阿爸，通嘎拉嘎，这个名额本来就是我的。"

通嘎拉嘎沉下脸来："不，张校长知道我学过蒙医，知道我会给别人治病，这个名额是给我的，他刚才不是这么说了吗？""人家那是客气话。他能不那么说吗？说好了给我的名额被抢走了，总得有个借口啊。""我问我阿爸去。"

她掉转马头，快马加鞭地离开。阿藤花向着她的背影喊："是我的！我一定要拿回来！"

朝鲁挥动铁锤，在铁砧上打着马掌。阿藤花匆忙走来："朝鲁，你妹妹来过吗？"朝鲁手下不停，继续叮当作响着："她去旗里了。""我知道，我在旗里见到她了。""你也去旗里啦？我怎么不知道？"

铁匠铺里还有几个人在打着各种铁器，嘈杂一片。阿藤花说："你出来一下，我跟你说个事儿。"朝鲁说："我这儿正忙哪。"阿藤花不耐烦地转身抄起水瓢，舀起半瓢水浇在烧红的马掌上，白烟冒起。

徐世铎吃惊地抬起头："什么？阿藤花敢这么跟你说？"通嘎拉嘎说："是不是真的？这是阿藤花的名额？""简直是胡说八道，胆大妄为！"他抓起电话，"我倒要看看谁敢这么说？是张校长吗？"通嘎拉嘎连忙按住电话。

通嘎拉嘎说："不是，不是，张校长对我很好，我也喜欢那个学校，我就是怕……"徐世铎说："怕什么？不要怕！你一直在学蒙医，一直在给社员看病，整个公社谁比你有资格去上卫生学校？"

"可是，阿藤花她也想去。""她想去就去？那还不乱套了？她以为她阿爸还在当书记？真是！娇生惯养惯了！她就是当医生也不是好医生！"

通嘎拉嘎说："为什么不能多要几个名额呢？"徐世铎苦笑一声："女儿啊！阿藤花有一点倒是没说错，这个名额的确是我抢来的，本来咱们公社一个名额都没有，能要下这个来，已经很难了。"

这里是铁匠铺后的荒地，远处就是茫茫草原了，地势空旷，铁匠铺里的敲击声也变得遥远了。阿藤花满怀希望地盯着朝鲁。

朝鲁一脸为难地说："你让我怎么说啊？小妹她喜欢当医生给人治病——"阿藤花说："她还可以继续治病啊！要是没有这回事，她不是一样给人看病？""可是能正经学习一下，肯定……""这是个短期班，一年而已，学不了什么。""那你还要去？""我要靠它换个活法，上这个班，我就可以不当牧民了。"

朝鲁沉下脸说："当牧民有什么不好？"阿藤花说："我不是这个意思。我是——朝鲁，这日子太苦了，我不是吃不了苦，我是不想吃，我再留在这里，会跟死人一样。""不行。""我对你不会变心，还是会跟你好，我只是不想再这样了。我阿爸不知道会怎么样，我必须靠自己。"

"你可以靠我！""我能靠你？你连替我去向通嘎拉嘎求个情都不肯，我还能靠你什么？就只是为了有口大米吃？你也太小瞧我阿藤花了吧？"朝鲁闷哼一声。

阿藤花说："我为了你连上海都不回了，连亲生父母都不见了，我对得起你对得起良心。"朝鲁更加郁闷，他知道阿藤花说的不是真的，可又出于矜持而不肯反驳。

阿藤花接着说："通嘎拉嘎是你妹妹，我还是你的女人哪！手心手背都是肉，你就不能一碗水端平啦？她有个那么会钻营的阿爸，你还怕她以后会吃亏？我就不一样了，我只有这个机会，唯一的机会！我要是抓不住，我会跟这堆草一样枯死在你面前。"

朝鲁看着蹲在地上拔起一把枯草哭泣的阿藤花，闷声地答应了一声："我问问她吧。"蹲在地上的阿藤花，嘴角露出不为朝鲁所察觉的笑容。

十

售货员把几块鸡蛋糕包在纸包里,柜台上已经放了一瓶酒和一块茶砖。乌兰其其格指指货架上的布料:"再要四尺布,你喜欢哪个?"

通嘎拉嘎指向其中一匹布,售货员拿下来,麻利地丈量着长短,问道:"四尺?做袍子?"乌兰其其格说:"是啊!我女儿要去旗里念卫生学校了,我给她做件新袍子。"售货员说:"那可真了不起,咱们通嘎拉嘎要当大医生了。"通嘎拉嘎高兴地笑着。售货员撕扯绸缎,发出响亮的撕裂声。

乌兰其其格把渗出油来的点心包和酒瓶、砖茶放在桑杰喇嘛面前:"这孩子离开我去念书了,还请您给祝福祝福。"桑杰喇嘛笑着看看通嘎拉嘎。通嘎拉嘎说:"桑杰老师,我回来以后还要跟您学蒙医蒙药,西医和蒙医我都学。"

桑杰喇嘛转身在柜子里掏摸良久,掏出了一个颜色陈旧的鹿皮小包。他解开了小包外面长长的皮袢,一层层打开了小包,里面是一套蒙医的医疗器械,造型简单而古朴。他和蔼地说:"拿着吧,以后好好给大伙治病。"

朝鲁面色沉重,皱着眉头,等在徐世铎家大门外的路边。通嘎拉嘎和乌兰其其格走来。通嘎拉嘎快步跑过来,开心地说:"哥哥!我要去旗里上学了,你知道了吗?"朝鲁点点头。

通嘎拉嘎接着说:"我太高兴了,额吉给我买了布做新袍子,我们还去跟桑杰老师告别,他把行医的东西给了我,你知道这是什么意思吗?这是说我可以代替他给别人看病了。"

通嘎拉嘎语速极快,笑逐颜开。乌兰其其格向朝鲁打着招呼,脚步未停:"我去做饭了,朝鲁,你也来吃吧。"朝鲁说:"不去了,额吉,我跟通嘎拉嘎说几句话就走,还有几对马掌要打。"

乌兰其其格走进家门。通嘎拉嘎觉察出了朝鲁的异样:"哥哥,你不替我高兴吗?我一直想当医生,像桑杰老师那样救别人的命。"朝鲁连忙说:"高兴,当然高兴。"

通嘎拉嘎看着言不由衷的朝鲁,自己的喜悦也淡下来:"阿藤花找你了吧?她还想让我把上学的机会让给她,凭什么啊?她给别人看过病吗?她喜欢给别人看病吗？她凭什么跟我提这个要求？"

"她是没这个资格，任何人都没有这个资格。""我本来还挺生气的，后来阿爸说不用理睬她，我才高兴了一点儿。""她是找了我，想让我来找你，替她说说话。"

通嘎拉嘎不满地说："你就来啦？你会替她说话？"朝鲁没有说话。通嘎拉嘎难以置信地说："你还真要替她说话？"朝鲁吃力地张开口："她很可怜，为了我连上海也不回去。"

"那是她根本回不去！""她以后就是你嫂子了，我想，都是一家人，其实谁去都一样。""那就我去。""通嘎拉嘎……"

通嘎拉嘎和朝鲁对视着，通嘎拉嘎的眼神渐渐悲伤。

埋葬王朝阳的那片草原，草已重新茂盛。通嘎拉嘎轻柔地坐了下来，她的手插进草中缓缓移动，草叶在指尖起伏。通嘎拉嘎念叨着："朝阳，我该怎么办？"

风吹草低，声音呜咽。通嘎拉嘎喃喃自语："我真想去上学，可以当个好医生，可以治好别人的病。我不想让给阿藤花，你说，是不是我太自私了呢？连我哥哥也来给她说情，我不想让哥哥难过，从小就是他照顾我，心疼我，为我跟别人打架……"

通嘎拉嘎陷入回忆，嘴角带着笑容，心声响起："我现在才发现，你走得太早了，我还有很多事没跟你讲过，我跟你讲过我小时候生病的事吗？我小时候得过很厉害的病，是一个穿白大褂的医生治好了我的病，我就想，以后一定要当个好医生。我哥哥说得对，当医生不一定要去学校学，我还可以跟桑杰老师学，还可以……"

她的神情渐渐变化，突然流下眼泪来："朝阳，你在下面还好吗？我想你了。哥哥有了阿藤花，已经不爱我了……"她的马垂下头来，顶了顶她的脸，通嘎拉嘎抱住马头，哭得更大声了。寂静草原上，哭声变得撕心裂肺。

阿藤花沉着脸摔摔打打，朝鲁也脸色难看。阿藤花说："你到底怎么跟她说的？她怎么就那么不通情达理啊？是不是非要我跪下来求她？"朝鲁说："阿藤花，咱们不能强人所难。"

"是我强人所难，不是你，你怎么舍得逼你妹妹？上那个学，对她是锦上添花，对我是救一命，这么简单的道理都不懂？做人太自私了吧？""你胡说！通嘎拉嘎最不自私。"阿藤花冷笑。

朝鲁说："我现在很后悔去替你说话，我妹妹看我的眼神——她从来没有那么看过我，从小到大都没有，我真后悔。"阿藤花不以为意地说："你要过一辈子的人是我，不是你妹妹。"

朝鲁怒气爆发地站起来，转身往外走。阿藤花大喊："你站住。"朝鲁毫不理睬，走到门边拉开门，通嘎拉嘎站在门口，正要举手敲门。

通嘎拉嘎勉强一笑，把那份表格递给她："哥哥你说得对，我还可以跟桑杰老师学医，让阿藤花去吧。"阿藤花快步从后面冲过来，一把抢过报名表，然后紧紧抱住通嘎拉嘎，连声道谢："谢谢谢谢，你是我的好姐妹，一辈子的好姐妹，永远都是！"

朝鲁愣愣地看着被阿藤花抱住的通嘎拉嘎。通嘎拉嘎笑笑，看着朝鲁："赶紧去报名吧，万一我阿爸知道了，说不定又会麻烦。"

阿藤花连忙放开她："对，对，我马上填表，朝鲁，你送我去旗里，咱们这就走。"朝鲁挽留她："通嘎拉嘎。"通嘎拉嘎忽略朝鲁的挽留说："我先走了，还得去看看我的羊。"

她转身就走，阿藤花想起来："通嘎拉嘎，等我回来再好好谢你。"通嘎拉嘎没有回头，低头快步走了。朝鲁站在门边，看着她瘦小的身影走远。身后的房间里是一阵乱翻东西的声音，夹杂着阿藤花又兴奋又慌乱的声音："我的书包呢？书包呢？我的衣服呢？"

十一

通嘎拉嘎面朝着墙躺在床上，睁着眼睛，眼神茫然，身后传来踩缝纫机的声音，乌兰其其格戴着老花镜，正在缝纫机上做着衣服。

徐世铎怒气冲冲推开了门，乌兰其其格连忙站起来拦住了他，还做了一个噤声的手势。徐世铎要开口说话，乌兰其其格压低了声音："孩子哭了一晚上，你别吼她。"

徐世铎也压低声音："她知不知道我要下这个名额有多难？她……"乌兰其其格反问："你要逼死孩子？""我是恨她不跟我商量！不行，这事不能算完，阿藤花敢这么干,是苏书记在疯狂反扑——肯定是!"

门帘被掀开,通嘎拉嘎面色苍白站在门边:"阿爸,是我让阿藤花去上学的。""不是跟你说了嘛!这个名额就是给你的,跟她阿藤花没关系。""我知道。"

徐世铎大喊:"你知道个屁!你就知道做好人,你知道你放弃的机会意味着什么?意味着她能改变命运而你不能!她是在利用你的善良!"

通嘎拉嘎说:"我不在乎。我知道她在利用我,但是我真的同情她,所以我让给她。你们不想让我当个好人吗?"

乌兰其其格拉了拉徐世铎的胳膊:"女儿肯这么做,我觉得挺好。"

徐世铎无奈地点头:"你当这样的好人,以后会吃亏。""我相信好人有好报,再说,有阿爸和额吉,我不怕。""好吧,娶个媳妇是好人,养个女儿又是好人,那阿爸就来当恶人吧,阿爸来保护你。"

古庙大门被应声打开,光线照射进昏暗的大庙,里面蹲着的一群蓬头垢面眼神呆滞的人抬头看过来。徐世铎捂着鼻子站在门口。

一个戴着红袖箍的民兵冲里面喊着:"温都苏!反动学术权威温都苏出来。"人群中颤巍巍站起一个人来,他是当初去上海接这批孤儿的那个医生,此刻已经被摧残得面目全非了。

民兵说:"徐书记,人就交给你了,你们每天批斗完了得把他送回来。"徐世铎感激地说:"好,谢谢兄弟单位的大力支持。"

吉普车开得飞快,向着乌拉山的峡谷开去。通嘎拉嘎站在岩画前,盯着当年和王朝阳一起品评的那幅有两个人欢爱的岩画,她神色温柔。在她身后已经用树枝搭起了一个简单的窝棚,旁边的篝火上还煮着冒热气的锅。

徐世铎带着温都苏走了过来:"这是我女儿通嘎拉嘎,你还记得她吗?当年还是你去上海把她接来的哪。"温都苏辨认着,尴尬地摇着头。

通嘎拉嘎打着招呼:"温都苏院长,您好!"温都苏谦卑地点着头,眼神却不由自主飘向火上的锅,喉结在上下移动着。

徐世铎说:"路上跟你说好了,我女儿想学医,每天我把你接来,管吃管喝,不用劳动和批斗,你负责教我女儿,明白吗?"温都苏的眼睛还在锅上,头却连连点着。

"通嘎拉嘎,他是被打倒的反动学术权威,水平比卫生学校还高,你既然想学医,那就跟他学,阿爸没本事让你去上学,但有本事让你学到医术。"

"阿爸,谢谢你。"

徐世铎大手一挥:"当然,要绝对保密,明白吗?这可是要命的事。"温都苏和通嘎拉嘎都连连点头。

"先吃饭。"俯瞰峡谷,三个人围绕篝火,颜色很温暖。

朝鲁纵马扬鞭上了一处高坡,他向远处张望着。车辙印通向远方,却没有人影。朝鲁神情失望,他掉转马头正要离开,却看到另一个方向一辆吉普车正扬着烟尘而来。他纵马向车来的方向迎去。

吉普车停下来,徐世铎和通嘎拉嘎在敞开的车窗里看着朝鲁:"是朝鲁啊?在放马吗?你还好吗?你阿爸还好吗?让他有空了来公社转转。"

朝鲁说:"我阿爸很好,每顿饭都喝酒,他不肯来公社,我好几天没见我妹妹了,想跟她说说话。"通嘎拉嘎说:"以后再说吧,我要回家陪额吉。"朝鲁说:"什么?你就是这么跟哥哥说话?你是在责怪哥哥?"

他纵马到了吉普车另一侧,隔着窗子看着通嘎拉嘎。

"没有,就是要回去陪额吉。""你就是怪哥哥了,我没有让你把报名表让给阿藤花,是你自己要给的。""是啊,是我自己要给的。""那你还不想见我?躲着我?""没有啊。""你这些天去哪里啦?"

通嘎拉嘎看了一眼徐世铎:"我跟我阿爸在一起。"徐世铎说:"朝鲁啊,你去放马吧,我们先回公社了,有空儿来玩吧。"他一踩油门,开着车远去。朝鲁怅然望着。

徐世铎从后视镜里看着朝鲁变小的身影:"他说的是真的?""什么?""你不想见他?"通嘎拉嘎没有回答。

"他这几天总来找你,可你一回家就上床睡觉,我和你额吉也不敢吵醒你,现在看来,你真是在躲着他。""我是累了。""明天先不要去见温都苏了。""为什么?""歇几天吧。再说见得太频繁,也不安全。"通嘎拉嘎没有作声。

"我女儿是个好孩子,眼睛要像天空一样透明,心胸像草原一样开阔,好吗?""好。""不管到什么时候,他永远都是你哥哥。"

通嘎拉嘎被这句话打动,突然流下泪水,徐世铎停下车,伸手搂过通嘎拉嘎。通嘎拉嘎哭声骤然增大。朝鲁立马车辙道上,望着远处突然停下的吉普车,似乎有哭声传来,但也许只是风声。朝鲁凝望的眼神,带着悔意。吉普车又开走了,越走越远。

朝鲁仰着脖子把一大碗白酒喝了进去。哈图打量着他:"有心事啦?"朝鲁摇头,再次伸手去抓酒瓶,被哈图伸手拦住,他执着地去抓,父子两个的手臂在碰撞,格挡腾挪,酒瓶还是被哈图夺去:"好小子,敢跟我抢酒喝啦?说出来吧,说了就让你喝个够。"

朝鲁突然松懈了精神,整个人都颓然下去:"通嘎拉嘎不认我这个哥哥了。""哦?""是我的错,我不该逼她把学医的名额让给阿藤花。""你逼她啦?""她让了。我本来觉得阿藤花有道理,可是……""你的心偏了啊!"

"我去找她,可她总是不见我。""那就再去。"朝鲁惊讶地抬头:"她不肯见我。""你为什么要见她?你是为了赎你自己的罪,她见不见又有什么关系?"朝鲁琢磨着他的意思,一时没有反应过来。

哈图说:"难道你要逼她原谅你?那你错得就更多了。记住,雄鹰就算淋湿羽毛也不会躲在树下避雨,你犯了错就要勇敢承认。"朝鲁明白过来,他站起来。

朝鲁骑着马,走在星空下,他心中回荡着儿时的妹妹和哥哥的对话。"哥哥,那个星星叫什么?""北斗星。""哪个是牛郎星和织女星呢?""爸爸还没教过我哪。""哥哥,爸爸妈妈也变成星星了吗?他们在看着我们吗?"

第十三章　春天来了

一

公社小学校园里拉起银幕，正播放着《洪湖赤卫队》，韩英唱起了《洪湖水浪打浪》。观众很多，黑压压一片，通嘎拉嘎和朝鲁坐在一起，他们中间空着一个位置，不断有人挤过来要坐下，都被两个人分别拒绝。

"她怎么还不来？都快演完了。""苏书记有客人，是跟他一起蹲牛棚的，估计还在喝酒吧。""早知道苏书记这么快就解放了，还不如不让她去念书。"

"通嘎拉嘎！""我是怪她没好好学，她给我的那些教材，她自己都没看完过。""你怎么知道？""有的书页都没裁开，真不知道她怎么通过考试的，她要是给人看病——""好了！看电影。"

通嘎拉嘎撇撇嘴，她突然愣住，前面第一排正走过来五个人，苏书记、阿藤花和廉家父子，他们在徐世铎的引导下，坐在了一直预留的第一排正中的位置上。

通嘎拉嘎盯着阿藤花，看到了她和穿着军装的那个年轻男人亲密地说着话。她又飞快地看了朝鲁一眼，朝鲁似乎并没有看到，平静的脸上映射着银幕上的光亮，通嘎拉嘎放下心来。她再次盯着阿藤花，阿藤花回过头，向后面的观众看着，她的目光在寻找，但随即被那个年轻男人的一句话吸引着扭回头去。

电影已经散场，街道上三三两两的人群都走向同一个方向，有人哼着刚刚学会的《洪湖赤卫队》的歌。通嘎拉嘎说："哥哥，你回家还是去民兵连？太晚了，就别回去了吧？"他看着停在苏书记家门外的一辆军用吉普车，说："没事儿。"

"苏书记家的房子已经腾出来了，我阿爸还说要给他盖新房子，苏书记不要，他已经调到旗里工作了。""阿藤花也要走了。""她跟你说的？那你们……""旗里又不远。""这是廉书记的儿子开来的车，听说还是个连长。"

他们走到车旁,阿藤花正好走出门来,她看到朝鲁,喜笑颜开地向他招手:"朝鲁!朝鲁!我等你半天了,快来!"

朝鲁和通嘎拉嘎走过去,通嘎拉嘎说:"你们刚才坐哪儿啦?找不到你们。"屋里爆发出一阵苏书记的笑声,影影绰绰能看到,苏书记正和廉书记大声说着什么。

阿藤花对通嘎拉嘎说:"你阿爸给我们留了位子。哎,朝鲁,我要去盟里啦!阿爸让我送廉叔叔去盟里。"朝鲁一愣:"你去送?""我阿爸说,廉叔叔在牛棚里熬坏了身体,这一路上需要照顾。""他儿子不是来了吗?"

"他要开车啊!那么远的路哇!再说,我是学医的,我最合适了。我要多带点布票,给你们买布料做新衣服,廉杰说盟里的布料好。""廉洁?""廉颇的廉,杰出的杰,廉书记最小的儿子,在部队当连长。"通嘎拉嘎看了一眼朝鲁,问阿藤花:"什么时候走?"阿藤花说:"明天一早。我阿爸帮我跟学校请假。"

屋里传来了苏书记的叫声:"阿藤花,阿藤花再拿点酒来。"阿藤花说:"来啦!"她向朝鲁和通嘎拉嘎做个告别的手势,朝鲁突然愣愣地打断:"电影挺好看,可惜你没有看到开头。"阿藤花也一愣,随即笑起来:"没事儿,我去盟里看,盟里上个月就放了,咱们这里还是太远了,什么都比盟里慢。"

朝鲁说:"那就好。"他点点头,转身走了。阿藤花说:"他怎么啦?"通嘎拉嘎刚要说什么,屋里又传来苏书记的叫声:"阿藤花?""来啦!"阿藤花对通嘎拉嘎说,"我走了啊,等我回来再聊。"

她跑进屋子。通嘎拉嘎表情忧虑地向朝鲁追去,朝鲁却越走越快,他径直走到拴马的那排马桩前,解开了缰绳,上了马。

"哥哥,她很快就回来了。"

"好。我回去了。"

他纵马狂奔,蹄声清脆,没入黑暗。

二

盟里是一番大城市的景象,有了四五层高的楼,有了宽大的很长的街道,两边有明亮的路灯。阿藤花被亮光晃得眯起眼睛来,神情不无惆怅。

廉杰打开车门,把大包小包拿出来:"阿藤花,你再想想吧?"阿藤花说:"出来好几天了,我阿爸该担心我了。""在我爸爸这里有什么可担心的?谁敢欺负你?""我也想回去了。""我是真喜欢你。""车怎么还不来?"

"是因为那个放马的吗?他配不上你。我觉得你对我也有好感,我们还要犹豫吗?这些年青春都被浪费了,应该赶紧抓住了。""你别说了,你会找到合适的人的。""我找到了,就是你。""你先回去吧,我自己等车就行,廉书记还需要你照顾呢。""他更需要你这个医生照顾,我们得让他赶紧恢复健康,才能让生活补偿我们受过的苦。"

一辆长途汽车拐过街角,喘息着开过来。廉杰招招手,长途车停下来,里面已经坐好的人都好奇地看着他们。司机跳下车,殷勤地跑过来:"是盟政府的廉同志吧?座位都安排好了,请客人上车吧。"廉杰说:"你先装行李。"

司机连忙把行李提起来:"就放在我驾驶台上,安全。"他抱着行李上了车。阿藤花向廉杰道谢,廉杰说:"一个电话而已,这种生活本来就是你该有的。我希望你回去之后能再想想,我不会放弃的。"

阿藤花笑笑,转身上了车,司机殷勤地引着她坐在最前面预留好的位置上。阿藤花向廉杰招手告别,车门关,车开动,沿着明亮宽阔的大马路远去。廉杰目送着,他掏出烟盒,熟练地弹出一根烟叼上,他志得意满,志在必得。

车厢里黑暗一片,坐在车头的阿藤花望着窗外的街道。灯光渐渐稀少,终于离开城市的最后一盏路灯,进入黑暗中。

三

通嘎拉嘎在摆弄着一桌子药材,把各种药草分门别类磨成药粉。徐世铎说:"温都苏也被解放了,不光官复原职,可能还要再提拔一下,唉,这世道我越来越看不懂,这些人怎么又都没事儿了呢?"乌兰其其格说:"粉碎'四人帮'了嘛!那是好事。"

徐世铎说:"对他们当然是好事,我让温都苏给通嘎拉嘎当老师,其实也算是救了他,估计他会心存感激吧?通嘎拉嘎,你找个时间去看看温都苏老师,说不定他能把你带到盟里的卫生学校去。"通嘎拉嘎像没有听见一样,继续忙着自己的事。

"听到没有啊,女儿?""阿藤花该回来了吧?""她?她可未必回来啦!廉书记的儿子啊,年轻有为!阿藤花可不会放过这个机会。""她不是那种人。""她就是这种人。我这双眼睛不会看错。""你还让她批斗苏书记哪!她不是也没答应？""那是我开的价码不够高。"

阿藤花跳下拖拉机，搬下行李，拖拉机开走了。阿藤花向着山坡上用力挥着手："朝鲁！朝鲁！"山坡上，骑在马上的朝鲁看到了她，纵马骑了过来。阿藤花笑眯眯看着越来越近的朝鲁。

骑在马上奔驰而来的人突然变成了穿着军装的廉杰。这幅骤然插入的画面瞬间就消失了，但是阿藤花的笑容却僵硬起来，她在这个瞬间窥视到了自己的内心。

朝鲁在她面前跳下马来，毫不停留地把她抱在怀里，在她头发里深深吸了一口气。阿藤花却张着双手："脏，脏，你弄脏了我的衣服。"朝鲁的表情一僵，他松开了阿藤花，阿藤花却不知道自己已经伤害了朝鲁。

阿藤花说："我这件衣服是盟里的上海裁缝做的，好看吧？我还给通嘎拉嘎做了一件，来不及给你做了。"朝鲁说："那你多住几天呗。"阿藤花说："多住也没有用，说不好你的尺寸。"

朝鲁抽抽鼻子，闻到味道。"好闻吗？这是雪花膏，上海货，可贵了，是廉杰送的，我自己可舍不得买，也买不起。""我还以为你第二天就回来呢。""那怎么可能？我还从没有去过盟里哪，总不能白去一趟吧。""看来你没有白去？我看你都舍不得回来了吧？"

阿藤花说："当然。盟里当然比咱们这里好十倍，不，好一百倍。我回来的时候，廉杰一个电话，就让长途车专门等着我，可到了咱们这里，我只能搭拖拉机。"

朝鲁突然转身上了马："那你就回去吧。"他抖动缰绳，骑马上了山坡。阿藤花还以为他在开玩笑："嘿，你干什么去啊？我快要累死了，赶紧送我回去——朝鲁！朝鲁！"朝鲁越走越远，阿藤花脸上的笑容才凝固下来，她一屁股坐在一大堆行李上。阿藤花喊着："你混蛋啊！真是莫名其妙，神经病！"朝鲁越走越远。

阿藤花见到苏书记时，也做出了决定："阿爸，有件事我想跟你说。"苏书记看看手表："你坐了一天车——""我还得坐一次，廉杰说，他喜欢我，想让我跟他到盟里去。""胡闹，他不知道你喜欢朝鲁吗？""我跟他说了，他说，那只是感激之情，不是爱情。"

苏书记仿佛被这个字眼扎了嗓子："你们都聊了什么啊？什么爱啊情的。"

阿藤花说："盟里的人都不怕聊这个。"苏书记揉着脑袋说："酒喝多了，脑袋有点糊涂，你回来见到朝鲁啦？"

阿藤花说："见了，我见了才觉得，廉杰可能是对的，我对朝鲁，就是感激之情。而且廉书记也喜欢我，我喜欢他们家。"苏书记翻身坐起来说："胡说八道，你们小孩子懂什么。不行，不行，我去跟廉书记说。"阿藤花说："阿爸，我已经下了决心。"

苏书记吓了一跳："这就连决心都下啦？""刚才叫醒您的时候还没有，现在我想明白了。阿爸，我要去盟里。""绝对不行，这不是成了忘恩负义了吗？"

"他们的恩我一定报答，但是不一定要用我的一辈子吧？""不行就是不行！这个不用再说了！你要还是我女儿，就不许再说了！"

"我当然是你女儿，你被关起来这几年，我一直都是你女儿，所以才吃了太多的苦，这些苦难道不应该得到补偿吗？""我说——"

阿藤花撸起袖子，露出胳膊上的累累伤疤："阿爸，这几年真的很苦，我没有抱怨过，我不求您给我什么，就求您不要干涉我。"

苏书记心生内疚："我跟哈图说好了——"阿藤花说："我已经长大了，知道自己要的是什么，反正你和哈图阿爸当时都喝醉了，你就继续装不知道吧。"苏书记无奈。

草原上，朝鲁手里握着一把马鬃，麻利地梳理着整理着。巴雅尔说："我们去火车站送送阿藤花，谢若水他们都去。"朝鲁头也不抬说："放着马呢！"巴雅尔说："找人替你。"朝鲁坚持："不去。"

巴雅尔说："你应该去，她这一走也不知道什么时候能回来了，听说她跟苏书记还吵了架，苏书记也不去送她了，她一个人走，太可怜了，不能让人家觉得咱们草原太冷。"朝鲁嘲讽："难得你一口气说这么多话。""走吧？""不去。""你真不是个男人。""你管不着。""我一定要让你去。"

他伸手去抓朝鲁，朝鲁挣脱，巴雅尔却不肯罢休，两个人一来二去动起手来。两个人在草原上摔起跤来，草丛被一片片压倒，巴雅尔被重重摔在地上："你不是男人，不是男人——"

火车站上，阿藤花向通嘎拉嘎苦笑着说："你知道吗？如果他今天肯来火车站，我就不去了，我要的是一个真心疼我的人。"通嘎拉嘎挑衅着问："他如果真来，你真肯留下？"

阿藤花说："反正他不会来，对吗？你比我更了解他，他不会来的。"

通嘎拉嘎说："所以你才会说这种话，把责任都推给我哥哥，好让你自己心安。"

阿藤花有些吃惊地看了通嘎拉嘎一眼："你生气啦？"通嘎拉嘎说："我只是说一个事实，阿藤花，我们一起长大，你是什么样的人我早就清楚了！""我知道你在生我的气，看在我们是一起来这里、一起长大的分儿上，我希望你别恨我。"通嘎拉嘎没有说话。

巴雅尔和谢若水走了过来，巴雅尔的脸上还带着伤："阿藤花，我们来送送你。""谢谢。我还会回来看你们。"她看着巴雅尔的脸，"巴雅尔，怎么了你这是？"巴雅尔说："马蹄子踩老鼠洞里了，摔了一跤。"阿藤花说："你皮糙肉厚，摔一下没事儿。你们都没见到朝鲁吧？"谢若水和巴雅尔一个摇头一个点头。

"巴雅尔你是个好人，好大哥，朝鲁他不是。"阿藤花强作欢颜，"我走了。"她转身上了火车，眼泪在瞬间流下来，通嘎拉嘎看着她迅速擦干眼泪，又转身隔着窗户，强颜欢笑。火车鸣笛，蒸汽升腾。

四

徐世铎闭上眼睛，他长长地叹了一口气："我最怕的事还真是来了，阿藤花成了廉书记的儿媳妇，苏书记可就不得了啦。"

乌兰其其格不以为意："可怜的是朝鲁那孩子，他别看长得壮实，心思可细着哪，这几天就让通嘎拉嘎陪陪他吧，咱女儿比他还坚强。"

"苏书记会怎么对付我？""苏书记？他为什么对付你？""你不懂。""不懂你才要说啊！"徐世铎不知道该怎么说。

"你是说他进牛棚？那也不能怪你，要怪就怪'四人帮'。""谁知道他是怎么想的！""苏书记是好人，你可别把他想扁了。"

徐世铎掀开门帘走进卧室，趴在床上大睁着眼，满脸绝望。

苏书记正把一堆书装进纸箱子，地上已经摆上了几个箱子，显然正在准备搬家，一片凌乱。徐世铎走进来："老书记，我们可舍不得您走啊，这间房还是给您留着吧？您常回来看看。"

"一忙起来怕没时间经常回来，别浪费了，时间紧迫啊，小徐。""那肯定是要把被'四人帮'耽误的时间夺回来——百废待兴嘛。""你去忙你的吧，我这里快张罗完了，别影响你工作。""我也是为工作，找您谈谈朝鲁的事。"

"他怎么啦？""他是通嘎拉嘎的哥哥，所以，我也可以算是他的长辈，有些事，我得替他出面。""有话你就说。""阿藤花要嫁到盟里去了。"他阻止苏书记的话，"您不用否认，这是不是事实，您和我都清楚。"苏书记做个让他说下去的手势。

"朝鲁应该得到补偿。""什么补偿？""公社保管员巴特尔年纪大了，腿又不好，我想让他干。"苏书记吃惊地看了他一眼。

"就算是对朝鲁的补偿吧，哈图不懂这些，但是我不能不管，我——"苏书记涨红了脸："你混蛋！你在干什么？讨价还价？你还是共产党的干部吗？我为你脸红。"

"您是该脸红，拿女儿换来锦绣前程，苏书记，还是您水平高。"他向着苏书记竖起大拇指。苏书记怒道："放屁！"

徐世铎毫不示弱地说："让女儿送廉书记回盟里，千里同行，一走好几天，回来就说要嫁给廉书记的儿子了，可怜的朝鲁被一脚踢开。"

苏书记强忍怒气："阿藤花年轻不懂事，对生活不负责任，我已经批评她了。""她不还是去了吗？当然，批评是一定要批评的，要不别人会以为是您特意安排的呢。""我可以对天发誓，绝不是这样。""别发誓啊，我们共产党员是无神论者。你拿老天爷发誓，管个蛋用！"苏书记被噎住。

"当然，您要是不觉得理亏，我也没办法，我一个小小的公社书记，怎么敢对您和盟委廉书记这样的大人物找茬啊！朝鲁再委屈也不是我亲儿子，我不会为他拼命。""你的所作所为，不配做党的干部。""您也是。""我问心无愧。"

"我更是。朝鲁不是我儿子，他当了保管员我也落不到一丁点儿好处。我是觉得这孩子太可怜了。你敢拍着胸脯说阿藤花对得起他吗？你被打倒这些年，要没有朝鲁，她早就不知道死到哪儿去了。"

苏书记没好气地说："我是怎么被打倒的？别以为我不知道！""不错，是我向上级报告的，我也知道不能再留在您手下工作了，所以，我的第二个条件是调动工作，我要离开咱们旗。""不可能！我绝不答应。"

徐世铎看着怒气勃发的苏书记："接收单位我自己联系，到时候找你盖章办手续，你不肯成全，我只能回家放牧去，那你害的人又多了一个。"

苏书记死死盯着徐世铎，徐世铎坦然对视："我的事我不求你，愿赌服输，什么结果我都认，我求你的只有朝鲁这件事，你欠他的。"

"朝鲁可以当保管员，但这不是交易，不是补偿，是他自己够格，与你，与阿藤花都无关。""行。"

徐世铎回到家说起这个事，乌兰其其格很不解："你为什么要这么做啊？"徐世铎说："你以为我想这么做？我没有办法啊！他一定会报复我，只要他在位一天，我在旗里就不可能有前途。""苏书记不是那种人。""如果有人把我弄到牛棚去，我出来后也一定饶不了他。"

"苏书记跟你不一样。""我不会看错他。就冲他把阿藤花养成那个样子，你就知道他到底是怎么样的了。""阿藤花也没有什么不对嘛，感情的事本来就说不清楚。""我跟你也说不清，反正我都安排好了，公社保管员有实惠有实权，朝鲁又最疼通嘎拉嘎，他会替我照顾你们俩，我走了也放心。"

"你去哪儿？""我调动到别的旗去，就算级别下调一级也认了。""不行！我去找苏书记说去。""男人的事，你个女人掺和什么？想让我一辈子都抬不起头？放心吧，凭我的本事，到别的地方也一定能干出名堂来，到时我再接你们俩过去。"

徐世铎一副远行的装扮，马鞍后搭着两个行李包，其中一个人造革的包上还印有上海之类的字样。通嘎拉嘎和朝鲁也骑着马跟在他身边。徐世铎勒住马："行了，你们就送到这里吧，反正也不算远，以后随时去看我。"通嘎拉嘎说："阿爸，你就不能不走吗？"徐世铎笑着说："傻孩子。"

他看向朝鲁："过一阵子会通知你到公社来当保管员，以后通嘎拉嘎和她妈妈就交给你照顾了。"朝鲁吃惊："保管员？我？""对，我都安排好了。""我不会干啊。""不会就学，必须得干，要不我怎么放心把她们交给你？"

徐世铎回望着空无人影的草原，有些感慨，"我从一转业到了这片草原，从没有想过要离开，我一直以为这辈子就贡献给这里了，没想到啊——我也有被逼着背井离乡的一天。"

朝鲁和通嘎拉嘎都看着他，不知道怎么劝解。通嘎拉嘎说："你是我的好阿爸。"徐世铎振作了一下："雄关漫道真如铁，而今迈步从头越——放心吧，阿爸不服输。"他抖动缰绳，向着山下奔去。

通嘎拉嘎和朝鲁看着他远去，身影越拉越远。通嘎拉嘎很是感伤，朝鲁却没有这种感觉。

"忘了跟你阿爸说了，他骑的马是咱们公社的，以后得还回来。"

通嘎拉嘎瞪了他一眼。

"我不是要当保管员了吗？保管员就是管这些的。"

第十四章　考大学

一

保管员朝鲁夹着一个本子，正仰头数着堆到房顶的草料，外面传来一阵急骤的马蹄声，随即脚步声响迅速靠近，朝鲁不为所动，继续数着饲料包。

"朝鲁——"朝鲁拿着铅笔的手摇了摇，继续数着，谢若水一脸焦急："你要查数目是吗？一共是二百一十七袋。""你怎么知道？""长乘宽啊？"

"什么长城？咱这里离长城远着呢。""你先听我说，然后我帮你数，行不行？是大事！关系未来的大事！"他不由自主压低了声音，"要考大学了。"

朝鲁很茫然。谢若水说："上大学啊！不是工农兵学员，是高考！所有年轻人都可以去考试，上大学！改变命运。"朝鲁还是很茫然。

"你不想让通嘎拉嘎去上大学？你想让她在这里待一辈子？""不是挺好的吗？在哪里都一样啊。"谢若水恨铁不成钢地说："那怎么能一样？这里能跟盟里比吗？能跟北京、上海比吗？上大学，国家分配工作，她就能去大城市工作！就能回上海！"最后的五个字打动了朝鲁。

朝鲁开着拖拉机，把谢若水和通嘎拉嘎送到旗里，旗政府大门前挤满了挥舞着介绍信的人，根本挤不进去，朝鲁从谢若水和通嘎拉嘎手里接过介绍信，向离得最近的人群挤过去，腿脚迅速插进别人的腿与腿之间，手也在别人的肩膀、胳膊、臂弯间借着力，前面的人莫名其妙地被分开，他动用了摔跤练就的手法，迅速破开人墙挤了进去。人群最里面是一张桌子，被围得死死的，朝鲁挤到桌子前，把介绍信拍在桌上。

谢若水和通嘎拉嘎急切地等待着，贾德晨出现在通嘎拉嘎面前："通嘎拉嘎？"贾德晨比几年前苍老了许多，装束打扮已经完全没有知青的样子，跟普通牧民一样了："你也要考大学？"通嘎拉嘎说："贾德晨？你不是招工走了吗？"贾德晨说："别提了！关系没转，这不是想考大学吗，还得回来报名，你们这是……"

谢若水说:"我们也想试试。你们知青也参加这个?"贾德晨说:"这是唯一的机会了。"谢若水说:"你们知青底子厚,比我们强。"贾德晨说:"厚什么啊?都被'四人帮'给剥削光了,咱们起点一样,都得靠真本事拼啦。"

贾德晨看了看很淡然的通嘎拉嘎,犹豫了一下,压低声音:"旗里请了老师,办了个补习班,你们最好想办法进去。"谢若水眼睛一亮。贾德晨补充说:"千万别说是我说的,名额早就满了,你们得想办法。"

朝鲁从人群里挤了出来,贾德晨脸色一变,转身就走,朝鲁扭头看着他的背影:"那是贾德晨吗?他怎么来啦?"谢若水说:"他也回来报名。报上名啦?"朝鲁说:"当然。"谢若水说:"我要在这里等我额吉来,你们去哪里?"朝鲁说:"去买书啊,课本!你不去?"

谢若水说:"我家里都有。你们快去吧,对了,朝鲁,那个补习班你们想想办法,很重要。"朝鲁说:"啊?什么补习班?"谢若水说:"通嘎拉嘎知道,你问她吧,我先走了。"他转身匆忙离开。

朝鲁看着他急匆匆远去的背影,又看看周围神情惶急的年轻人:"干吗啊这是!弄得都跟打仗似的。"

某座住宅楼前,满都拉认真地看着谢若水:"这就是一场战争,明白吗?"谢若水点头,有些局促地把手里提着的半扇羊肉倒了个手。满都拉说:"你田叔叔最喜欢吃咱们公社的羊肉,正好给他解解馋。进去吧。"

"妈,那个补习班……""田叔叔早给你报上名了。""能不能再加一个?通嘎拉嘎也参加考试。"

"那孩子我教过,基础一般,别浪费名额了。我跟你田叔叔分析过,咱们公社只有你有希望考上大学,所以才给你挤出一个名额来,你以为那么好报名?"他们走进大门,满都拉又低声叮嘱:"见了田叔叔可别提这个事。"

不久之后,满都拉和谢若水一前一后走出来,满都拉沉着脸走在前面,谢若水低着头跟着,刚刚转过街口,满都拉就回转身,劈头盖脸地骂起来:"我特意叮嘱你别提她的事!你为什么不听?为什么要提?你以为田叔叔留一个名额是那么容易的?你以为想多要一个就多要一个?你是人家什么人啊?人家为什么要给你留?你也这个年纪了,成熟点吧?"

谢若水说:"他一直笑眯眯的,我看他喜欢我,才试一试。"

满都拉说:"人家是喜欢那半扇羊肉!你以为这个名额是白给你留的?人家是看我搞了一辈子教育,可怜我一个人养大你培养你不容易!你真以为送扇羊肉就给你留名额,你太小瞧人了吧?"

谢若水说:"我不是想帮一帮通嘎拉嘎嘛!都是一个公社的,都是一列火车从上海来的。我要是不问一句,以后都没脸见她,但是现在不行,我也就问心无愧了。"

满都拉说:"你啊!你好好管好自己,好好考试,其他的什么都别想。补习班要住在学校,我会给你安排好吃住,考试之前不许回去,就剩下半年时间,最关键的半年,绝对要全力以赴,不能有一丝一毫松懈。"

朝鲁推开门,让开身子,让通嘎拉嘎看了一眼屋子,这间就是王朝阳当年自杀前住过一夜的那个房间,但是早已面目全非,屋里密密麻麻摆满了床。通嘎拉嘎的目光黯然。朝鲁关上门,带着通嘎拉嘎向远处的房间走去:"听说早就改造过了,重新刷了油漆,又加了好多床,价钱也贵了。"通嘎拉嘎没有说话。

"就这样也都住满了,好不容易给你要到一张床,你先住下。""你住哪儿?""我朋友遍天下,找人喝酒也能喝一夜,顺便打听一下那什么班的事。"

通嘎拉嘎转身要开门进去,朝鲁不放心地叮嘱:"通嘎拉嘎。你别胡思乱想,要是不想住这里,咱们就走。"通嘎拉嘎明白他的意思:"没事儿。"她推开门,里面传来一阵嘈杂的女人们说话的声音,这声音随着门关上又小了下去。

旗委宿舍楼苏书记家,三个酒杯碰在一起,桌上堆着一大盆手抓羊肉。苏书记看了看阿藤花和廉杰,一仰头把酒喝光,他皱着眉头看向酒瓶,那是一瓶洋酒。

廉杰说:"您喝不惯吧?这是我爸爸去西德访问带回来的外国酒,特意给您尝尝。"苏书记说:"资本主义国家就喝这个?他们的日子也不咋样。"廉杰说:"您多喝几次就习惯了,这个酒是麦子酿的,不伤胃。"

苏书记摇摇头:"吃菜吃菜,旗委食堂手艺还不错。你们能多住几天吧?"

廉杰说:"不行,我们俩都报名参加大学考试,得早点回去复习哪。"苏书记说:"年轻人,有志气,好,我先祝你们马到成功。"

三个人又举起酒杯,有人敲门,阿藤花跳起来去开门,朝鲁站在门口,两个人都吃了一惊。阿藤花说:"朝鲁?你找我?你知道我回来啦?"朝鲁说:"我来找苏书记。"

阿藤花让开身子,朝鲁走了进来。苏书记和廉杰都看着他。苏书记打着招呼:"朝鲁,吃饭没有?一起吃。阿藤花,给朝鲁拿筷子。"阿藤花没有动。

朝鲁说:"苏书记,我就说一句话。"苏书记说:"有什么话也要坐下来说,阿藤花!"阿藤花转身拿来了碗筷。廉杰说:"你就是朝鲁吧,我是阿藤花的爱人,我听她说起过你。"廉杰伸过手来,朝鲁却没有理会:"苏书记,我有事想找您帮忙。"

廉杰不快地收回手说:"求人帮忙?没看出来。"苏书记说:"我是看着你长大的,跟我还客气?先吃饭,不吃饭我不听。"朝鲁坐下来,抓起一块手把肉,抽出腰刀来熟练地剔削着,他大口吃着肉。阿藤花有些不安地坐下。

苏书记说:"这才对嘛!你阿爸好吗?公社都好吗?大家都好吗?乌兰其其格好吗?"朝鲁说:"都好。"苏书记说:"我到了旗里就忙得很,一直想回去看看,又抽不出时间。"朝鲁说:"大家都惦记着你。"

阿藤花说:"朝鲁,通嘎拉嘎好吗?我给她写过信,她也没有回。"朝鲁说:"她挺好,她也来了,报名考大学。""啊?太好了,她在哪儿?""住在招待所,旗里办了一个补习班,名额已经满了,我找苏书记想想办法。"

"是为了这个?""就是为了这个,我们在旗里也不认识别人。""这个忙我帮不了。""阿爸!""我在旗委扩大会议上三令五申,不许批条子走后门,我自己不能带头违反吧?"

"阿爸!通嘎拉嘎又不是外人。""所以才不能违反。朝鲁,我不能违反原则,明白吗?""明白。"他把腰刀在袖子上擦干净,插回刀鞘,"那我走了。"

廉杰拦住朝鲁,说:"等一等,也许我能帮你。"阿藤花:"廉杰,你别开玩笑。"廉杰说:"我知道。我也不会违反爸爸的纪律,是这样,你们这个补习班我听说了,我阿爸有几个朋友有多余的名额,我去随便要一个就是了。"

阿藤花说:"那太好了!行吗,阿爸?"苏书记说:"这样也好,留给他们反而助长不正之风。"廉杰说:"这是我欠他的,帮完这个忙,我跟他就再无亏欠了。"

他盯着朝鲁,阿藤花神色大变:"廉杰——"廉杰说:"我做事不喜欢有后患,借这个机会能了断,是好事。你说对吗,朝鲁?"

阿藤花紧张地看着朝鲁:"朝鲁,廉杰他——"廉杰打断她:"这是我跟朝鲁的事,男人的事,你不要管。"朝鲁拿过酒瓶,给自己倒满了酒,他弹指沾酒敬过天地人,然后一饮而尽。

已经是深夜了,街道上清冷一片,黑暗的角落里传来朝鲁呕吐的声音。在不甚明亮的街灯下,他的眼角含着泪水。朝鲁低沉的用头撞墙的声音从黑暗中传来。星空依旧灿烂。

二

悬挂在树干上的大钟被敲响。谢若水抱着书,和一群年轻人一起匆忙走向教室。他突然惊喜地叫起来:"通嘎拉嘎?你也来了?太好了,我还想着你可能来不了呢?你找了谁的关系?"

朝鲁不高兴地说:"你又找了谁的关系?有这种事也不想着通嘎拉嘎,真有你的。"谢若水窘迫。通嘎拉嘎责怪地说:"哥哥!"

"我知道,我知道,多一个人来就多一个竞争对手嘛!"朝鲁对通嘎拉嘎说,"你在这里好好念书吧,我过两天来看你。"他转身走向大门。

通嘎拉嘎说:"我哥哥就是这脾气,你别理他。"谢若水说:"我真的想帮你要一个名额的,不过没要到,不过我早做好准备了。"

他拿出两个一样的笔记本,封面上分别写着谢若水和通嘎拉嘎的名字。他把一个本子递给通嘎拉嘎:"看,我准备也给你记一份笔记,这下倒不用了,这个给你,你自己记吧。"

徐世铎把十几本教材放在桌上:"我一听到准信儿,就马上放下工作,把这些书都找齐送回来了。"乌兰其其格说:"就你们男人对这事儿上心,朝鲁也急三火四地张罗,我不知道这有什么意思。"

"怎么能不上心啊,考大学——""考了大学通嘎拉嘎就得离开我,到别处念好几年书,我舍不得女儿。""你这是目光短浅。""你又不在家,她再走了,我这日子还怎么过?"

徐世铎说："这是暂时的，等我站稳脚跟就接你走，等咱们女儿念完大学，由国家分配到别的城市，咱们老两口就搬去跟女儿一起住，给她带孩子。"

乌兰其其格说："咱们还是去一趟旗里，把书给女儿送去吧！朝鲁说她们都住在学校里，不让回家来哪。""我不去了，你让朝鲁跑一趟吧。"

"你不想见女儿？""我不想见苏书记，别的熟人也不想见。""我还正想去看看他呢。""不要见他，他就要倒霉了，跟他划清界限。"

"什么？又运动啦？""他以为能一手遮天？以为逼走了我就天下太平啦？不可能，我不会让他得逞，不会坐以待毙。"徐世铎越说越激动。

"苏书记可吃了不少苦，他是好人啊！""那我就是坏人？你觉得我是坏人？那凭什么他逼得我无家可归？凭什么？"

乌兰其其格说："你不是干得好好的？"徐世铎脱口而出："什么好好的？那个工作没有了，去了才知道没有了！也不知道是不是他在作梗，反正没有了。"

"啊？那你这半年……""告状，上访！我一定要把他告倒。""你没上班？那你靠什么过日子？你还给我寄钱。"她猛然站起来："我给你做肉去。"

"不用，我本领大着哪，饿不死，我就是咽不下这口气，一定要把苏书记的真面目揭穿。"乌兰其其格有千言万语，却一时不知道该怎么说："我还是先做肉去，公社分给的羊还没吃过呢。你先歇一歇。"她抓起刀，快步走了出去。

乌兰其其格心慌意乱，走得跌跌撞撞。羊圈是在公社街道边缘，很多羊混在一起，羊倌正坐在羊圈的木栏上，数着羊，乌兰其其格跟他打着招呼走进了羊圈，一连串熟练的杀羊动作——羊被绊住脚，按倒在地，手起刀落，鲜血接到桶里，手伸进羊肚子——乌兰其其格借助熟练的工作来整理着自己的思路。残阳如血，忙着杀羊的乌兰其其格的身影拖得很长，很孤单。

三

通嘎拉嘎望着窗外的夕阳发呆，教室里坐得满满的，大家都在低头看书，记笔记，黑板上也写满了数学公式。

谢若水又做完了一道题，他得意地放下笔，正看到了发呆的通嘎拉嘎。他探头看了看，通嘎拉嘎的本子上是一片空白。谢若水捅了捅她的胳膊，做了个跟他出去的手势。

通嘎拉嘎和谢若水坐在操场一角聊天。通嘎拉嘎说:"我的基础太差了,怎么听都听不懂。"谢若水说:"我妈说过,这世上就没有做不出来的题。""可我就是不会做。""那是你没有掌握方法。放心吧,我教你。"谢若水拿出笔记本。

"会耽误你学习的。""告诉你个秘密吧,我这些年一直在学习,我妈说知识永远都是最有用的,这些教材我早就被逼着学过了,我现在是复习。""真的?""当然。我不会让你掉队的。"他打开笔记本,两个人凑在一起,低声讲解,铅笔的笔尖在笔记本上拖着长长的影子。

徐世铎在床上发着鼾声。乌兰其其格把一杯水端到床前,她转身端起一盘炖肉骨头,走了出去。

民兵连已经解散很久了,这里现在成了公社仓库,朝鲁的办公室就在以前的民兵连办公室,但是基本上没有什么变化,几个挂在墙上的账本取代了以前挂在同一个地方的枪。

屋里的灯光亮着,传来一阵阵慢吞吞的打算盘的声音,乌兰其其格端着肉走来,她向着窗口叫着:"朝鲁?在吗?"朝鲁打开了门:"额吉?""杀了羊,给你送点肉吃。""太好了,正馋得难受哪。"

他把乌兰其其格让进屋子,急不可待地抓起一块肉吃着,乌兰其其格给他倒了盆热水端过来,他不好意思地笑着洗了手。

"学了一下午算盘,手指头都累坏了,打算盘太辛苦了,比接羔都辛苦。""你一定能干好。""怎么想起宰羊啦?要给通嘎拉嘎送去?""要送。""那我明天一早就去,正好去旗里办事。"

"还有一件事,我想跟你商量,我也没有个人商量,通嘎拉嘎她阿爸回来了,他要告苏书记的状。""为什么?""他有他的理由,我觉得不对,可一劝他就发脾气。我想问问你该怎么办。""他要告苏书记什么状?""还能有什么?就是他为了当官,把女儿嫁给廉书记当儿媳妇呗。"

"真是胡说!苏书记要想当官,就不会当十几年公社书记了。""你去旗里的时候找苏书记说说。就说我家老徐要告他的状,让他自己当心。苏书记心胸大,提前知道了就不会生气了。"朝鲁犹豫着。

乌兰其其格说:"我想来想去只能这么办,然后我再慢慢劝他。"

通嘎拉嘎在睡觉,外面传来谢若水压低嗓子的叫声:"通嘎拉嘎,通嘎拉嘎。"通嘎拉嘎醒来,同屋的女生们也有被吵醒的,不满意地嘟囔,通嘎拉嘎连忙穿上衣服,蹬上鞋,快步跑出宿舍大门。

谢若水送上了冒着热气的牛奶:"你以后也得早起,我妈说了,早晨起来记忆力最好,学东西事半功倍。以后我每天都来叫你起床,然后一起吃饭,然后看书,我妈说做事要集中精力,不能被生活问题分散精力。"通嘎拉嘎看着谢若水,表情有了变化,她的心里有一块地方变得柔软起来。

上课时,通嘎拉嘎从教室后门走进来,她坐到谢若水身边的空座位上。谢若水从专注中回过神来,问她:"你怎么才来?"通嘎拉嘎从怀里掏出一个纸包,放在谢若水的书本边上。谢若水打开,露出里面的奶酪,她飞快地抬头看了一眼周围的人:"供销社来了一批奶酪,排的队可真长,快吃吧。"

谢若水拿起一块奶酪,藏在手心送到嘴边吃着,心思还在书本上。

通嘎拉嘎说:"你多吃点儿,我明天再去买,有限量,排一次队只能买这么多。"

谢若水说:"快学习吧,这个不着急。"他伸手替通嘎拉嘎打开书本,"这些是重点,我给你画好了。"

通嘎拉嘎看了两眼书,却完全没有心思,她看着谢若水吃奶酪的样子,又凑了过去:"我记得你小时候不吃奶酪,也不喝奶,一喝就吐。"谢若水重复说:"看书。"

通嘎拉嘎老老实实开始看书。谢若水却又有些不安,他凑过去:"我不是不想跟你说话,但是现在是非常重要的时候,必须好好学习,这样才能一起考上大学,一辈子在一起。"通嘎拉嘎点点头。

"懂啦?不怪我?"通嘎拉嘎点头又摇头。谢若水再次把心神放在书本上,通嘎拉嘎的手又伸过来,把一个羊拐放在书本上。

"这是——从上海带来的那副羊拐?""送给你一个。""这太贵重了,我不能要。""我想送给你。"谢若水有些诧异地看着她,通嘎拉嘎目光坚定,谢若水抓起羊拐:"先看书,下了自习再说。"通嘎拉嘎看着他把羊拐放进口袋里,高兴地笑了。

通嘎拉嘎和谢若水坐在一处树木掩映的角落里，各自啃着馒头，谢若水还在看着书，他突然想起来，从口袋里掏出羊拐递给通嘎拉嘎。

"这个还是你保管吧，万一我给弄丢了呢！""你不会弄丢。""我是说万一！这东西跟了你十七年了吧？算是你半条命呢。""我有三个。三条命，我一条，哥哥一条，再分给你一条，挺好的，再说，这个跟你也有关系，你还记得吗？咱们第一次见面那次？"

谢若水皱着眉头，突然想了起来："你是说——"通嘎拉嘎说："就是那次。"谢若水说："真是很久之前的事了。你怎么没有给王朝阳？"通嘎拉嘎失神。谢若水说："对不起，我不该问。"通嘎拉嘎沉默片刻："那时候没想到，没想到朝阳还会有一天离开我。"谢若水说："我会好好保管的，人在它在。"

他伸手握住了通嘎拉嘎的手，通嘎拉嘎突然看着他的身后，愣住。谢若水连忙回头，吓得站了起来，满都拉抱着罐子，站在他们身后。满都拉的视线落在他们相握的手上，谢若水连忙松开手。

朝鲁提着一摞书走了过来："呵，你们找这个地方倒真僻静啊，从外面根本看不到。"满都拉的脸色又阴沉了一下。

通嘎拉嘎神色自然地翻看着那一叠书。朝鲁在一旁欲言又止，抓耳挠腮。
"我阿爸还好吗？""我都没见到他，刚才是怎么回事？满都拉校长怎么突然就生气啦？""不知道。""不可能。谢若水的腿都哆嗦了，你们在小树林里干什么？""吃饭啊，还能干什么？"她顿了片刻，"我把羊拐给了他一个。""给吧。什么？哪个羊拐？上海的羊拐？"朝鲁震惊地看着通嘎拉嘎。

通嘎拉嘎坦然："嗯，我喜欢他了。"

满都拉提着谢若水的行李，快步走出来。谢若水一路追着，还要顾忌着来来往往的同学，低声求恳着："你干吗啊？干吗啊？我不回家，我还要复习哪……"满都拉不为所动，谢若水抓住了行李包上的背带，满都拉差点被带了个趔趄。

满都拉说："要跟妈动手吗？"谢若水连忙松手："妈，你说什么呢？我怎么啦？有什么错您说啊。"满都拉说："我说不出口，我替你脸红，我让你来念书是为了考试，不是让你谈情说爱。"谢若水连忙看看来往的同学："没有啊，妈！"

"我眼睛瞎啦？""我们就是一起复习呢！同学之间相互帮助。""说谎！她能帮你什么？语文还是数学？我教了她七年，她是什么水平我还不知道？"

"她基础不好，我帮帮她。""你有什么资格帮别人？你自己都复习好了吗？你能保证考上大学吗？知道不知道这是什么时候？知不知道这里的每一个人都是你的对手？你还帮助别人！我看你是昏了头。"

谢若水说："我是昏了头，我改还不行吗？我要是回去了，肯定就没有这个条件复习了——考试就更没指望了。"满都拉说："你真想考大学？"谢若水连连点头。

满都拉说："那就离通嘎拉嘎远一点儿。再跟她纠缠，我就去找你田叔叔，取消你们两个考试的资格。"

朝鲁也不同意这件事："他哪里好啦？他不会放马不会放羊，身上没有几斤力气，他凭什么跟你好？"

通嘎拉嘎说："他关心我。我心里有个地方，一直冰凉冰凉的，半夜会冻醒，跟他一起上学，这里暖和起来了。"朝鲁迟疑地说："他……"通嘎拉嘎说："我也说不出是怎么回事，我知道他是真的关心我。"

"关心你也是应该的。他不该把你当妹妹吗？""我没有把他当哥哥，你才是我哥哥。""我还是觉得哪里不对劲儿。"

"你是担心我考不上大学？""对，对，就是这个。""只要他能考上就行了。这些书拿来得正好，谢若水可喜欢看书了，对了，他说你还欠他一本书呢。"

"他要是考上大学，你怎么办？""我们商量过了，他去念大学，我在这里等他。他说他一定会回来的。我相信他，咱们是一起长大的，他从没有骗过我。哥哥，你会支持我吗？""你打算让我说什么？不答应吗？"通嘎拉嘎开心地笑了。

旗学校外的街道上，朝鲁在拖拉机的车头前摇着摇把发动引擎，他向满都拉叫着："满都拉校长，您先在旗里逛逛，我去找苏书记说几句话，然后接您回公社。"满都拉说："不，不用接我了，我不回去了。我留下陪谢若水复习。"

朝鲁看着满都拉，揣测着她的意思。朝鲁试探："那学校呢？您不管啦？""放假了。""好吧，我走了，"他犹豫一下，"满都拉校长，我妹妹学习不太好，您也顺便给照看一下吧。""放心，都是我的学生，我不会不管。"她转身向学校走去。

谢若水和通嘎拉嘎手拉手钻进了校园树林，两个人抢着说话。

"我跟我哥哥说了。""我妈说——""你先说。""你先说吧，你跟朝鲁说了？他怎么说？他一直瞧不上我吧？""没有啊，他——算了不说他了，他怎么都会护着我，你要说什么？"

"我妈妈看出来了，她——""她说什么？我从小就怕她。""不用怕，我妈其实人挺好的，她是刀子嘴菩萨心。她就是说不能耽误考大学，所以咱们还得小心点儿。"

外面传来了满都拉的一声冷哼，谢若水变了脸色："谢若水，你出来。"谢若水脸上有惊恐有懊恼，他一动也不敢动，通嘎拉嘎伸手拉住他的手，他赶紧挣脱开，做了个嘘声的手势。满都拉："还要我再说一遍吗？"通嘎拉嘎率先走了出去，谢若水跟在后面走出来。

"不好好复习，钻这里来干什么？""我复习哪！""书呢？"谢若水和通嘎拉嘎手上都没有书，谢若水说："我背诵——"

满都拉勃然大怒："还撒谎！知不知道撒谎是最丑陋的行为。""我来——我来是想跟通嘎拉嘎说清楚。""说清楚什么？""说要集中精力学习，准备考试。""那你说吧，当我的面说。""不用了吧。""说！"

谢若水对着空气："我妈说，咱们以后只能是纯洁的同学关系。"通嘎拉嘎傻了眼，谢若水转身面对着她，背着满都拉向通嘎拉嘎使了个眼色。通嘎拉嘎顺着他的眼色移动视线，看到谢若水垂在腿边的手掌向她翻转过来，露出藏在掌心的那个羊拐。

谢若水说："所以，通嘎拉嘎，咱们还是不要相互帮助了，都把精力放在学习上吧。"通嘎拉嘎坚定地说："不。"谢若水吓了一跳，以为她没有明白自己的意思，连忙再次向她暗示掌心的羊拐。

通嘎拉嘎说："校长说得对，撒谎是最坏的行为，我们不能撒谎。我们没有做错什么，我们不撒谎。"谢若水一副如临大敌的表情。

满都拉说:"很好。我是谢若水的妈妈,我不同意你们在一起,我说得够清楚吗?"通嘎拉嘎说:"我们是自由恋爱。您不能干涉。"谢若水连忙拉她的衣袖,试图阻止。

满都拉说:"你让她说下去。乌兰其其格就是这么教你的吗?前几年就听说你跟一个知青要死要活的,现在看来,你还是没变。"通嘎拉嘎说:"我没有错,我为什么要变?"满都拉说:"一个已经为你自杀了,我不想我儿子成为第二个。"

通嘎拉嘎没有想到是这样的答案,她不知所措:"朝阳不是为了我——"满都拉说:"你不用跟我解释,跟王朝阳解释吧!"谢若水说:"妈,你怎么能这么说话?"满都拉说:"我说话还用你来教?马上跟我收拾行李滚回家去,你甭想考大学,你不配!"谢若水犹豫了。

通嘎拉嘎说:"我们都是成年人了,您阻止不了我们。"满都拉没有理她,只是盯着谢若水:"你也这么想吗?我能让你来上这个补习班,也能让你没资格考大学。"通嘎拉嘎说:"不上就不上。"

满都拉这才看向通嘎拉嘎:"看来你不了解我儿子啊。他从小那么爱看书,做梦都想上大学,他会舍得吗?"

通嘎拉嘎期待地看着谢若水,谢若水内心挣扎,通嘎拉嘎伸手去拉他的手,他却受惊一样挣脱开,手心里的羊拐也掉在地上,通嘎拉嘎呆呆看着。

谢若水艰难地开口说:"通嘎拉嘎,我们——这次考大学,我不能放弃。"通嘎拉嘎还是盯着地上的羊拐。谢若水接着说:"等以后——等以后——我真的想上大学。"通嘎拉嘎还是没有说话。谢若水捡起羊拐:"这个,我会好好保存,我——"

通嘎拉嘎神色缓和,满都拉咳嗽了一声,谢若水把羊拐递给通嘎拉嘎:"还是你保存吧,万一我弄丢了。"通嘎拉嘎伸出手,谢若水犹豫片刻,通嘎拉嘎的手执拗地伸着,谢若水终于把羊拐放在她掌心。

四

通嘎拉嘎跳下马,跪在草地上,伸手抚摸着草。她在草中间挖开一个坑,从怀里掏出一个羊拐,放在坑里。风吹着草与沙,呜咽着。她抓起土埋下了那个羊拐。她静静坐着,直到夜色降临,星空灿烂,风中传来了朝鲁的喊声:

"通嘎拉嘎——"

远远的可以看见火把的光亮和听到马蹄声，通嘎拉嘎没有回答，朝鲁吹着唤马的口哨，通嘎拉嘎身边的马闻声嘶鸣起来，朝鲁的马蹄声骤然加急，很快来到了这里，把火把插在地上。

"就猜到你来草原了。""哥哥，我没事儿。""放心吧。我不会饶了谢若水那小子。""哥哥，答应我一件事。""嗯？""别提他了，永远别再提。"

谢若水的笔尖应声而断。他愣了愣，换了支笔，灯光明亮，谢若水埋头复习，在纸上写写算算。满都拉端着一碗牛奶走进来："歇一歇再学吧。"谢若水没有抬头。

满都拉说："趁热喝，快点儿。"谢若水还是没有理睬。满都拉脸上的怒色渐生："喝奶。"谢若水转头接过来，头也不抬地一口气喝完，转身继续看书。

满都拉看着他的后脑勺，说："我知道你对我有意见，等你长大以后就明白了，妈妈都是为了你好。"谢若水不为所动，埋头看书，做题。满都拉叹口气，转身走出去。书一本本被翻过，题一道道被做完，谢若水神情专注而偏执，对时而出现的满都拉头也不抬。

公社学校校园内，乌兰其其格拦住满都拉："你儿子身上有我的血，是我救了他的命。"满都拉说："那你更不该毁了他的前程。""是你要毁了他的幸福。""跟你女儿在一起就会幸福吗？""当然！我女儿是最好的，这片草原谁不知道？"

"雄鹰在最高的山顶上飞，我儿子将来要上大学，去大城市，这片草原留不住他。""我女儿很聪明，学什么都一学就会，放羊、挤奶……"

"对，她是一学就会，除了学校里的东西。""她还会治病，她是桑杰喇嘛和温都苏院长的学生。""乌兰其其格，咱们也认识几十年了，你应该知道我的脾气，我说不行的事，谁也改不了。""你会后悔的。"

五

谢若水考上大学要走了，望着床上整理好的行李箱发呆，外面响起鞭炮声，谢若水一惊，鞭炮硝烟四起，虽然是冬天，但是气氛热烈。满都拉克制着笑容，和前来道贺的同事寒暄着。门前摆上了几张圆桌，摆着糖果瓜子。

巴雅尔说："校长，让大学生出来吧，都等着他喝酒呢！"白音呼和等民兵连的旧人一起应和着。

满都拉说："他忙着收拾行李呢，我去叫他。"满都拉走进屋子，谢若水说："你不用说了，我出去。"满都拉说："我做的一切都是为了你。"谢若水说："我知道，我没有怪你，我拼命复习，就是为了今天能离开这里，因为我没脸继续留下。"

满都拉明白了他的意思，一阵恼怒。谢若水意兴阑珊地向外走，被满都拉叫住："你站住！你把话说清楚！你甩这个脸子给谁看？我要是不阻止你跟通嘎拉嘎，你现在能考上大学吗？忘恩负义！"

谢若水说："我是忘恩负义，当初是乌兰额吉用她的血救了我的命，小时候在上海，我快要饿死了，还是朝鲁和通嘎拉嘎的爸爸妈妈救了我，我就这么报答他们！一想起这个，我恨不得马上就死了。"

满都拉说："那是意外。"谢若水说："是意外吗？不是。乌兰额吉不会让我这么做，哈图大叔不会让我这么做，就因为收养我的是你，我才成了一个忘恩负义的人。"

谢若水走出去，满都拉愣住了。众人鼓掌欢迎着谢若水，他的视线却越过人群，看向正龙行虎步走来的朝鲁。谢若水摘下了自己的眼镜放在窗台上。朝鲁从人群中间穿过，径直走了过来："谢若水，你考上大学了，我来陪你玩玩博克，算给你道个喜吧。"

他的架势让周围的人紧张起来，巴雅尔试图阻止："我来陪你玩吧。"朝鲁说："等你考上大学再说，今天我就跟谢若水玩玩，教教他怎么做男人。"

谢若水主动走上前，众人都惊讶地看着他，他向朝鲁伸出手，被朝鲁抓住双臂，抡起来摔在地上。朝鲁俯瞰着他："你不是男人。"谢若水吃力地爬起来，又被摔倒。朝鲁说："你不是男人。"

谢若水爬起来说："再来，还不够。"朝鲁又一次摔倒了他，就在几张圆桌之间的方寸之地，谢若水一次次被摔倒。满都拉在窗口看着院里的一切，她双拳紧握，克制着冲出去的念头，眼泪奔流。

第十五章　变　革

一

空荡荡的仓库，板壁上的缝隙透着光亮，这里依旧还是当年的民兵连，不过已经看不出模样了，一阵铁锁打开的声音，随即，大门被打开，震得尘土飞扬。

朝鲁站在门口，让进了苏书记和他带着的两三个随从，大家一起看着空荡荡的仓库。朝鲁说："苏书记，咱们公社的家底都在这儿了，救济款再不来，大家就得饿肚子了。"苏书记比以前更发福了些，也更见苍老。他问："账目都清楚吗？""跟这仓库一样一清二楚。""别跟我耍贫嘴，我问你有没有脏了手！""手比我的眼睛还干净。""那就行。"

"可眼下这问题怎么办？都等着救济呢。""先发扬风格吧，咱们公社还不算最差的。""这还不算最差！""少跟我耍滑头！弄个空仓库糊弄领导，你皮痒痒了吧？""我没有。"

苏书记跺跺脚，地上扬起一片灰尘，他又摸了一把板壁，也是一把灰尘："至少空了八个月，你认不认？我上个月拨下来的粮种呢？你存哪儿去啦？那是下半年才用得上的，你敢说都没有啦？"

朝鲁嬉皮笑脸地说："反正亏空了！苏书记，再这么下去可不行了啊？坐吃山空，牲口年年减产，社员们家家都揭不开锅了。"

苏书记说："有困难要克服，不要总想着伸手等国家救济。尤其是你还敢骗我，今年的救济没你们的份儿！"他带着人转身向外走。

朝鲁说："先吃饭，边吃边说。"苏书记头也不回："不吃了，气饱了。"朝鲁说："那放个屁就饿了，还是吃饭，我都派下饭去了，不吃也浪费，我们公社这么穷，经不起浪费……"

朝鲁引着苏书记一行人敲开一家的门："白音呼和，饭做好了吗？人我带来了。"白音呼和迎出来："苏书记,请进请进。"朝鲁说："苏书记跟我走啦,这几位领导你招呼好。"白音呼和爽快地答应："好嘞！"

其他几个人跟苏书记打着招呼,跟着白音呼和走进去。

朝鲁说："走吧,苏书记,给你派的饭不在他家。"

乌兰其其格和通嘎拉嘎把饭菜端了上来。苏书记问："乌兰,你男人还是没消息吗？"乌兰其其格说："也不知道跑到哪里去了！"苏书记说："这小子真不是男人,丢下你们娘儿俩一走三四年！有三四年了吧？"

"他写过信。""那你给他回信,让他回来报到,要不我开除他。"他制止乌兰其其格说话,"别跟我说他是病休,我不信这个。""他是看病去了,病好了会回来的。""他是去告我的状,去当盲流！等他回来让他找我,我打烂他的屁股。"

他抄起筷子吃起来,饭菜很简单,而且只有他一个人吃,这叫派饭。朝鲁把粮票和饭钱交给乌兰其其格,又接过通嘎拉嘎递过来的饭碗,坐回到苏书记面前,他的饭碗里更为简陋。苏书记从自己面前的菜碗里满满地夹了一筷子递过来,朝鲁连忙用碗接住。

"朝鲁啊,你的个人问题要抓紧了,我听你阿爸说,你谁也看不上？""公社生产抓不上去,我哪儿有心思！""狗屁。你能比我还操心？是不是还想着阿藤花？""没有。"

"没有就好,我已经当了外公了,你就别等了。""你,当外公？""阿藤花生了女孩儿,一岁多了。""是吗？也没听通嘎拉嘎说,她们还经常通信呢。"

"她就是知道也不敢告诉你啊。""苏书记,你也太小瞧我了,我跟阿藤花是纯洁的同志关系。""好,那你就去相亲去,告诉你实话,是你阿爸拿两瓶好酒托我帮忙,要不我才不管你。"

朝鲁不以为意地嘟囔了一句,苏书记说："跟你说啊,这个人不错,是旗里的小学老师,汉族,丈夫生病去世了,也没有孩子。"朝鲁笑着说："你给拨救济款不？给拨我就去。"

通嘎拉嘎抖开一身新衣服,给朝鲁穿上。朝鲁不以为意："你们也太当个事了,不就是去见个人嘛！我不换衣服。"通嘎拉嘎说："那怎么行？人家是个老师，你一身横肉，别把人家吓坏了，是吧，哈图大叔？"

哈图在一边擦拭着马鞍子："就是。娶不来媳妇别回来见我。"他抱起马鞍子走出门去："我去把马收拾漂亮了。"

朝鲁看着通嘎拉嘎在自己身边忙碌着："阿藤花当额吉了，你知道吗？"通嘎拉嘎一愣："啊，听说了。""怎么没告诉我？""你从来也不问她的事。""我没那么小气。""那就去给我找个嫂子回来吧。"

一匹马奔来，马上是一身新衣的朝鲁，他突然勒住了马，他神情惆怅，望着远方发呆，一曲长调在风中飘扬，他终于还是长叹一声掉转马头，向来时路跑去。

乌兰其其格和通嘎拉嘎各自背着一个拾粪的筐，从草原走到公社边缘。她们一路捡拾着牛羊粪，都累得气喘吁吁。两个人在路边的石头上坐下。

乌兰其其格说："你把粪带回去，我去羊圈看看，还能算半天工分呢。"通嘎拉嘎说："我去。"乌兰其其格："你做了一晚上衣服，回去睡觉。也不知道朝鲁这次能不能给你娶个嫂子。"通嘎拉嘎说："他不会的。"

乌兰其其格奇怪地看了她一眼。

"我哥哥心里别着劲儿哪，额吉，是不是男人都是这样？""你阿爸就不是。""额吉，你恨阿爸吗？""恨。每回累了都恨他。可是再想想，如果没有你阿爸，咱们俩不也得过日子？这么一想啊——"

她捶着腰站起来："我去羊圈啦。"她沿着公社最边缘的这排房子，向远处走去。通嘎拉嘎看着她孤单的身影走远，叹了一口气。

二

朝鲁的父亲哈图经人介绍，要娶媳妇了。朝鲁提着自己的行李离开家，走进仓库的办公室，通嘎拉嘎也抱着个箱子跟进来："额吉让你去我家住，反正我阿爸也不回来。"

"不去，我一个人住多自在。""谁给你做饭啊。""哥哥我心灵手巧，做个饭还能难住我？""额吉让你好好给哈图大叔办婚事，他这些年为了你，耽误了自己的事。""我把我的工分都提出来，让他风风光光的。""额吉让你去把羊杀了。""不用，不许杀啊！那是你们俩一年的工分。"

他麻利地铺好了床，躺了上去，舒服地伸展着身体："我来想办法，从今天我就算是独立门户了。汉族人讲三十而立，我正好三十，而立了。"

朝鲁开始操办父亲的婚事，先是率领巴雅尔、通嘎拉嘎和白音呼和等一群年轻人清扫打扮了蒙古包内外，又和通嘎拉嘎一起到处打猎、挖草药，到供销社换钱。通嘎拉嘎要他去杀了家里的羊，被朝鲁再次拒绝了，这几年日子是紧巴，婚宴上没有羊肉吃，大家也不会笑话。

朝鲁去请苏书记来吃喜酒，苏书记欣然答应，还给供销社打电话买了几瓶好酒。他翻找出几张钞票，走出旗政府大门，突然愣住，街道对面站着一个衣衫褴褛、满脸肮脏，头发遮住了脸的男人，他站得笔直，眼睛死死盯着苏书记。

苏书记愣住，风吹起那个人的头发，是徐世铎。苏书记端来奶茶和食物，放在徐世铎面前，徐世铎的喉结在急切地吞咽着。

苏书记说："先吃吧，还有，食堂马上送来。"徐世铎说："我要先洗洗。"苏书记说："你还挺讲究。"他拿起暖瓶，在屋角的洗脸盆里倒着水，徐世铎还是定定地盯着食物。苏书记见状，说："要不你先吃？"

徐世铎艰难地转回身，他走到脸盆边，开始洗脸洗头洗手。苏书记在身后打量着他："破裤子、破鞋、破背包。你这是从土里钻出来的？啊？这盆水直接可以种花了！"

徐世铎不予理睬，他端起水盆，推开门泼到门外的院子里，又回转身，再次倒上热水，又洗了一遍，徐世铎从背包里抽出毛巾，擦干了自己的头脸，头发也扎成了一束，整个人都精神起来。他坐到椅子前，风卷残云，头也不抬地大口吃起来。

苏书记说："你这是——又去哪里告我的状啦？"徐世铎边吃边摇头。苏书记说："不告啦？别停啊，接着告！有你鞭策着，我干得更来劲。"徐世铎用力吞下一口饭："告你没用，浪费时间。"苏书记说："哼，你浪费了四年时间！这辈子有几个四年？"徐世铎说："都像你这样占着茅坑不拉屎，有几个四年也是浪费。"苏书记琢磨了一下才明白他这话的意思，脸色冷了下来。

"话糙理不糙，你不觉得自己很不称职吗？""你这算疯狂攻击党组织了吧？""别拿大帽子吓唬人。你觉得你称职？你看看老百姓过的什么日子？谁家还有余粮？谁家日子过得宽裕？你要是称职还会这样吗？"

"这是赶上灾害天气了，我能怎么办？我已经够拼命的了。""不，你没有拼命，也不敢拼命，你不敢为了老百姓过好日子拼命。""胡说！""有的地方把牲畜分了。"苏书记的话头戛然而止，他并不惊讶，显然也知道此事。

"这是要拼命的事，你敢吗？""那是错误的。""但是老百姓能活命！我这几年跑的地方不少，心明眼亮，你我那点恩怨早就不算什么了。""我跟你有什么恩怨？一直是你在当疯狗！你也配跟我有恩怨？""急眼了，是不是？我还能把饭吃完吗？"苏书记把怒气闷回肚子，气鼓鼓地看着徐世铎吃饭。

徐世铎说："说真的苏书记，真的不能再这样下去了——"苏书记说："闭嘴！吃你的饭，国家政策也是你能指手画脚的？吃完就给我滚回公社去，让朝鲁给你安排工作，重新记工分，自己养活自己。这些年你丢下乌兰其其格和通嘎拉嘎，你还算个男人吗？"

徐世铎惆怅了一下："是啊，我唯一对不起的，就是她们了。"

苏书记有一句话差点脱口而出，徐世铎看出来，说出了他的心里话："我可没有对不起你，相反，我一下了决心就回来找你了。不想知道是什么决心？"苏书记说："闭嘴！吃饭！滚蛋！"徐世铎埋头吃起来。

苏书记说："哈图要娶媳妇，你跟我一起走。"吉普车在草原上颠簸着飞奔。徐世铎换上一身半新的干净衣服，他坐在前排副驾驶座位上，扭头看向后面的苏书记。苏书记抱着胳膊，眉头紧皱，闭目养神。

这里已经摆开了欢宴的架势，宾客云集，热气腾腾，这是一个标准的蒙古族婚礼。朝鲁带着巴雅尔、白音呼和等人在忙碌着，哈图和一伙牧民们喝着酒说笑着。

乌兰其其格和通嘎拉嘎在围着新娘子安雅打扮着，外面传来喧哗声，隐约夹杂着叫苏书记和徐世铎的声音。乌兰其其格神色一变，慌忙走向门口。徐世铎和苏书记走进人群，众人乱哄哄地打着招呼。

朝鲁脸上的笑容消失了，自言自语道："他还敢回来？他还敢回来！"他把手里的东西往身边人手里一丢，来势汹汹地向徐世铎迎过去。

苏书记拍打着哈图的肩膀寒暄着，躲在一边看笑话。哈图担忧地试图阻拦朝鲁："朝鲁——"徐世铎看向朝鲁，脸上带着笑容，他的手却垂在腿边，做好了应变的准备。通嘎拉嘎从朝鲁身边跑过去，扑在徐世铎怀里，徐世铎一把搂住，哈哈大笑。乌兰其其格站在门口，也含笑看着徐世铎，朝鲁停下脚步。哈图连忙招呼："开始吧，开始吧。"巴雅尔一招手，鼓乐响起。

徐世铎一边啃着肉，一边说笑着："朝鲁那小子还想跟我动手，真是笑话，当年在民兵连，我打得他满地爬。"通嘎拉嘎和乌兰其其格坐在对面，看着他狼吞虎咽。

徐世铎说："你们也吃啊！朝鲁也够没用的，当了四年保管员还兼着生产队长，结果他阿爸成亲，桌上连肉都没有，全是莜面！莜面还掺了麸子！我呸！"乌兰其其格说："这两年日子不好过。"

徐世铎说："那也不差一两只羊！满公社就找不出两只羊？"通嘎拉嘎说："哥哥的工分不够买羊的了，我说把我的工分给他，他又不要。"徐世铎说："那他这个保管员白当了，我白为了他跟苏书记翻脸。"

他拿起碗里的肉，分别给乌兰其其格和通嘎拉嘎放到碗里："吃！别舍不得，我回来了，我不会让你们再过苦日子了！"乌兰其其格说："你不再走啦？"徐世铎说："不走了。"

乌兰其其格说："留下工作？苏书记知道吗？他说让你干什么了吗？这两年公社书记一直是他自己兼着。"徐世铎说："说了，让我找朝鲁，重新拿工分，这不可能，我回来不是干这个的。"乌兰其其格说："那你打算干什么？"

徐世铎狠狠咬着肉，说话也带着恶狠狠的架势："我要带着全公社过好日子。"通嘎拉嘎的眼前一亮："那太好了，这几年日子真不好过。"

徐世铎看着通嘎拉嘎："女儿，愿不愿意爸爸当个大英雄？像格萨尔王那样的。"通嘎拉嘎连连点头。徐世铎哈哈大笑，伸出油手摸摸通嘎拉嘎的头发。

"对了，"他撩起衣袍擦干净手，从怀里掏出一个磨得快破了的纸包，"看阿爸给你买的什么。"通嘎拉嘎打开纸包，是一截红头绳。

徐世铎说："让你额吉给你扎起来，我女儿是最好看的姑娘。"通嘎拉嘎让乌兰其其格扎着头发。徐世铎一边低头吃着，一边哼着《白毛女》的调子。通嘎拉嘎突然跑过去，在徐世铎头上亲了一下，转身跑开。

乌兰其其格目送着通嘎拉嘎跑出去："这妹妹，越大越像个孩子了。"她转回头，一愣，看到徐世铎的头垂在碗上，肩膀在抽动。她伸手推了推徐世铎，徐世铎没有抬头，乌兰其其格一着急，扳起了他的头，徐世铎却满脸的泪水，无声地哽咽着。

乌兰其其格问:"怎么啦?怎么啦?"徐世铎问:"我……我这几年很想你们。"乌兰其其格一愣,明白了他的意思,把他的头抱在怀里,通嘎拉嘎又一阵风地跑回来,看到这一幕连忙转身:"我没看见,没看见,没看见。"

徐世铎向她伸出手去:"过来女儿。"通嘎拉嘎不好意思地磨蹭着过去,被徐世铎也搂住了腰:"这几年苦了你们,我回来了,不走了,我要让你们过好日子。"

三

朝鲁给苏书记倒着酒,苏书记说:"不行,我不喝了,你休想灌醉我,灌醉了也没有救济款。"朝鲁说:"我是那种耍阴谋的人吗?"苏书记说:"以前不是,现在是了。"朝鲁说:"那也是被你逼的,我早说了不想当这个干部。"苏书记说:"是你妹妹的阿爸逼的,要死要活逼我让你当这个保管员。"

苏书记看到朝鲁并不惊奇,反倒奇怪了:"你知道这事儿?你们串通一气啦?"朝鲁说:"他跟我说过,我可没当真,因为你不是个会受逼迫的人。"

苏书记一言难尽地摇头又点头:"我让你当保管员,把公社交给你,是我信得过你,看得上你,跟他威胁不威胁没关系,你信吗?"朝鲁说:"我信。"苏书记说:"那就好。姓徐的脑子太活跃,胆子也大,走到哪儿都是不安定因素。"朝鲁说:"他的品质有问题,您小心点吧。他还走吗?怎么给他安排工作?"

"我想想吧。"苏书记上床躺下,"我想想。"

晴空灿烂。街道上没有人影,小风吹着街角的落叶和垃圾碎屑,团团打着转儿。苏书记的吉普车停在街边,司机在擦着车。苏书记和朝鲁站在他以前的办公室门外,现在这里已经变成了住家,门口挂着尿布,晾晒着床单。

朝鲁说:"我住民兵连,连看仓库带办公,这里闲着,就分给别人住了。"

苏书记抬头看看,这间房子的屋顶,有一个水泥做的五角星,红油漆已经陈旧了,但依旧代表着昔日的辉煌。朝鲁看出他的不快:"反正你要让我管事,我就这么管,我这个小神只图实惠,用不着弄个大庙占着。"

鼓掌声传来,徐世铎从旁边的家门走出来:"说得好。"苏书记没好气地闷哼了一声。

"苏书记,我说的事你考虑得怎么样啦?""你先歇一阵子,好好陪陪乌兰,这几年可是苦了人家。""不按我说的办法,她们还会继续苦下去。""你说了不算。""所以要让你说。"

苏书记说:"我说了要想想!这么大的事你不让我想想?我还得琢磨琢磨你是不是要坑我哪!倒打一耙的事你不是没干过。"

"我知道我不是好人。"徐世铎死死盯着苏书记,"我们汉族人有句话,叫'我不入地狱谁入地狱',我既然是个坏人,正好进地狱走一遭。"

朝鲁听得莫名其妙:"你们俩说什么呢?"苏书记犹豫了。

徐世铎上前一步:"苏书记有时间吗?我跟你单独汇报一下?"

羊圈里很热闹,很多社员集中在这里,正是给羊剪毛的季节,通嘎拉嘎、乌兰其其格和大家一起忙碌着,用铁梳子从羊身上抓下一团团羊毛。

朝鲁匆忙走过来,他顾不上跟别人打招呼,招手叫来了通嘎拉嘎,在她耳边低声说着:"你马上回家,你阿爸正和苏书记说话,你回去听听他们在说什么。这里的活我帮你干,工分也算你的,我担心阿爸又琢磨什么圈套让苏书记钻哪,咱可不能再让苏书记受坑害了。"

通嘎拉嘎一惊:"好。"她匆忙跳出羊圈,向着远处的公社街道跑去。

徐世铎拿出一卷皱皱巴巴的纸,努力摊平着:"我琢磨了一个方案,一定能调动社员的积极性,还能保证集体的利益不受损失,我走南闯北,什么活都干过,什么事都经历过。"

"我要一接过来,就是同谋了,就开始犯错误了。"徐世铎说:"要不我念给你听?"苏书记瞪了他一眼。

徐世铎说:"我听说有的地方,头两年就已经开始这么干了,当年就见成效,社员的日子好多了,公社的集体财产也增加了。"

苏书记伸手去接那叠纸,门口闯进了通嘎拉嘎,苏书记连忙收回手,纸掉了一地。徐世铎说:"通嘎拉嘎?你回来干吗?"通嘎拉嘎连忙帮他们捡着纸张:"额吉让我回来给你熬奶茶。"

徐世铎说:"不用,我自己来就行。"通嘎拉嘎说:"你连茶叶在哪里都不知道,再说苏书记来了,肯定要喝我打的奶茶。是吧,苏书记?"

"好！"苏书记此刻已经镇定下来，伸手要过纸张："我先看一看。"他端坐桌前，戴上老花镜开始看那些文字。徐世铎推着通嘎拉嘎出了门，进了后院。

徐世铎帮通嘎拉嘎抱过打奶茶的木桶，帮她舀水清洗着。通嘎拉嘎发现徐世铎的手在颤抖，通嘎拉嘎伸手握住他的手。徐世铎这才意识到，他解嘲地笑笑："阿爸没事儿。"

"到底怎么啦？你给苏书记看的是什么？为什么你这么紧张？""是朝鲁让你回来的？""阿爸！""我没打算瞒着你，你是我女儿嘛！我为人做事，谁都可以误解我，但是我不能让你误解。""那你说啊！"

徐世铎深吸一口气："那是我东山再起的法宝，以后能不能让你们过上好日子，全看它了。你以为阿爸丢下你们娘儿俩一走好几年是为什么？"

"告状？""早就死心了。我长了见识，开阔了眼界，也知道了人生在世，应该坚持什么、放弃什么。阿爸已经四十四岁了，该像个男人一样有担当了。""你要做的事，能行吗？""行，一定行。"

屋里传来苏书记的叫声："老徐，你来。"徐世铎要进屋，通嘎拉嘎连忙跟过去："阿爸，我要看着你胜利。"

徐世铎慈爱地笑笑，抱起了茶叶桶，通嘎拉嘎把烧开的羊奶倒进茶叶桶，黑色的茶叶末漂浮起来。她一边上下捣着牛奶，一边看着正襟危坐的徐世铎和苏书记。

"这件事，我不知情。""那当然，这是我们公社自己摸索着搞的，真出了事，我顶着。""你可要想好了，真出了事就是大事，蹲大牢挨枪子，都有可能。"通嘎拉嘎紧张起来。

"我刚才说了，总得有人下地狱，我皮糙肉厚，关键是，值得冒这个险。""按照你的想法，的确可以增加社员收入——但是我给不了你任何承诺。""我只需要你让我继续当书记，我可不是伸手要权。""我懂。你的任命文件过几天下来，你停一阵子再开始。""好。"

苏书记起身："我走了。""奶茶还没好哪！喝了奶茶再走吧。""没心思。"苏书记走了出去，徐世铎一路送出去，很快传来了吉普车发动和开走的声音，通嘎拉嘎笑眯眯地忙碌。徐世铎走回来："傻姑娘，笑什么呢？"通嘎拉嘎摇着头，还是笑着。

徐世铎说:"阿爸又要当公社书记了,不过阿爸这次要干一件大事,挺危险的大事,你怕不怕?"通嘎拉嘎看向徐世铎的眼光充满了崇拜,她用力摇着头。

朝鲁得知了这件事,皱起眉头:"你没有听错?他要把牲畜分给社员?苏书记还同意啦?""是啊!""他怎么会同意?这明显是个圈套他也敢同意?你阿爸又在耍心眼哪!我得找苏书记去。"

通嘎拉嘎说:"他们说的话我全都听见了,我阿爸不是耍心眼,他是在做大事。而且我阿爸还把所有的危险都一个人承担了,他跟苏书记说,这件事他自己干,苏书记就当不知道。"

"他这么说啦?""我亲耳听到的。""你阿爸根本就不是那种人。你自己想想吧!他是个什么人你还不清楚?无利不起早,心黑脸皮厚。"通嘎拉嘎沉下脸,气恼地把梳子丢在桌上。

朝鲁说:"这事儿我必须得管,你生气我也得管,不能让你阿爸坑害了苏书记。"通嘎拉嘎说:"你一口咬定我阿爸是坏人!你有什么证据?你就是怕苏书记吃亏,你就是忘不了阿藤花。"朝鲁的表情一僵。通嘎拉嘎说:"你这样有什么用?阿藤花连女儿都生下来了,她回不来了。"

徐世铎忙碌起来,跟全公社的人密谋着什么,一天到晚都有人去找他,然后在一张纸上印上红指印。

月光从蒙古包的顶部投射进来,黑暗中,哈图和安雅睡着觉。门被拍响,外面马厩里的马也相继嘶鸣起来。哈图打开了门,朝鲁直直地扑进来,摔倒在哈图怀里,哈图连忙把他拖到床上安置好,安雅也麻利地点着炉子,热着奶茶。

哈图问:"怎么喝成这个样子?啊?"朝鲁脸上挂着醉酒后的傻笑,哈图沾湿毛巾,给朝鲁擦脸,朝鲁还躲闪着,被哈图的大手按住脑袋,狠狠地擦着脸,毛巾擦过之后,朝鲁清醒了些,他苦笑着看向哈图。

朝鲁说:"为什么他们都不信呢?明明他是坏人,他要带着大伙儿干坏事,怎么你们都不信呢?"哈图说:"徐世铎?他本质上还是好的。"朝鲁连连摇头:"不,不,恰恰相反,他本质上是坏的,你的腿是他带人打断的。"

哈图说:"我早就不在乎了。"朝鲁说:"我在乎!他还逼阿藤花去揭发苏书记,他还把知青闹事栽到苏书记头上,他还——他明明心术不正啊,你们都瞎了眼吗？为什么信他不信我？"

哈图说："知道，都知道。就这么大个地方，谁干了什么还瞒得了人吗？他人品不好，可他敢干事，大家现在需要的是个敢干事的能人。"朝鲁说："你也按手印啦？"

哈图举起自己的手来，食指上果然还有一块红色："咱家是马倌，已经拿全公社最高的工分了，可结婚连只羊都吃不起，朝鲁，我要干。"

油灯下，一卷写满了人名和按满了手指印的纸，被徐世铎小心地卷了起来。他摘下马鞭子，拧开马鞭子的把手，把纸卷塞进了中空的马鞭把儿里。

通嘎拉嘎说："阿爸，都齐啦？"

徐世铎说："就差朝鲁的，不过他是公社干部，不参加也可以。"

通嘎拉嘎说："那什么时候开始分牲畜？我跟额吉商量好了，我们要二百只羊。"

徐世铎踌躇满志地说："不急。我要先去旗里办点事，等我回来就分。"

四

苏书记正和几个人坐在沙发上开会，烟雾缭绕，徐世铎敲敲门，推门进来说："苏书记，您交代的事我办好了，我们公社三百二十六户社员都签了名，按了手印。"苏书记一愣，徐世铎这才装作看到别人的样子，说道："您在开会？那我待会儿再汇报。"

他退了出去，苏书记定了定神，开会的人中，有一个是邵卫东，他也显得苍老了："那是徐世铎？向阳红公社的徐书记？他回来啦？你还敢跟他打交道？吃的亏还不够？"苏书记说："我没有。"邵卫东问："你让他办什么事啦？"苏书记说："我真没有！开会开会！你接着说。"

另一个开会的人拿起笔记本念着："今年争取做到畜牧繁殖量再上一个新台阶，具体来说，牛增加五十头，羊（含山羊）二百只，骆驼十五只，马增加四百头……"苏书记神情不安，发着愣。邵卫东担忧地看着他。

徐世铎靠在墙上，马鞭子一下下在墙上抽打着。他的脸上挂着笑容，和来往经过的人打着招呼："……老王？我回来了，苏书记找我谈话。"

苏书记的办公室开了门，开会的人鱼贯而出。徐世铎笑盈盈地站直身子，望着他们，邵卫东戒备地看了一眼徐世铎，苏书记送走众人，远远望着徐世铎。

朝鲁和通嘎拉嘎骑着马，不断抽着马鞭，跑得飞快。远处出现了一片城镇，那是旗政府的所在地。通嘎拉嘎的马跑不动了，远远落在朝鲁的马后。朝鲁勒住马等着她。

通嘎拉嘎向他急切地喊着："你先去！别等我！"朝鲁再次纵马狂奔起来。

徐世铎和苏书记谈着条件："这件事做完之后，我要到旗里来工作，就在这个大院里，职位我不挑，只要不低于公社书记的级别。"苏书记面色阴沉地说："还有什么？"

徐世铎说："剩下的就简单了，通嘎拉嘎要来旗医院工作，她的水平足以胜任。"苏书记说："你果然是卑鄙小人。"徐世铎说："我在冒蹲大牢挨枪子的风险！总得有些好处吧？"苏书记说："你跟我可不是这么说的。"

徐世铎说："当时没想清楚嘛！冒这么大风险，总得让我考虑全面吧？这就是我的要求。我不是在求你，如果我还是公社书记，来旗里工作是早晚的事，我是拿回属于我的东西。"

苏书记说："我不会让你得逞。"徐世铎说："那你也别怪我无情。我手里的材料一递上去，就算你是廉书记的亲家，也一样要完蛋。没有人会相信这是我干的，我连个职位都没有，而且按这些手印时，我跟每一个人都说了，这是你的命令。"苏书记板着脸。

徐世铎说："早点下决心吧？我要的并不过分！而且我还会把这件事做下去，大家都急得嗷嗷叫，恨不得今天就把牲畜分回家呢。"

苏书记说："你这个小人！你休想——"徐世铎说："这是你说第六遍'休想'了，有用吗？你要是有胆子翻脸，早就叫民兵进来抓我了！苏书记，心平气和想一想吧，我是真心想好好工作——"

门被猛然推开，朝鲁满头大汗地冲了进来："徐世铎，你要干什么？"徐世铎说："我找苏书记汇报工作，你来干什么？""是吗？汇报什么工作？"

徐世铎沉下脸："这该你来问我吗？""我是公社的保管员兼代理大队长，有关向阳红公社的一切，我都有权参与。""我们已经谈完了，是吧，苏书记？"

苏书记说："你休想！我不会答应，我不怕你威胁！我心里是认可那个想法的，我愿意承担后果，但是你，我绝对不会让你得逞。"徐世铎苦笑。

朝鲁说："徐世铎，那份名单呢？我要签名按手印。"徐世铎说："你用不着。"朝鲁说："我一定要！"两个人目光对视着。

徐世铎说："好吧，等回公社就让你签字，苏书记，我不耽误你工作了，反正你也干不了多久了，多享受一下吧。"他一把拉开门，门口是气喘吁吁的通嘎拉嘎，她显然已经听到了屋里的对话，满眼失望和痛苦。徐世铎吃了一惊。通嘎拉嘎说："阿爸，你为什么要这样？"徐世铎说："回家再跟你说。"

他向外闯去，通嘎拉嘎死死把住门口："哥哥，在马鞭里。"徐世铎一惊，刚要有所动作，马鞭已经被朝鲁冲上来抢走，徐世铎上前抢夺，被朝鲁抽出腰刀顶在胸前。朝鲁把马鞭丢给苏书记，苏书记拧开马鞭把儿，倒出字条。字条上是一个个鲜红的手印。

朝鲁说："苏书记，快撕了它。"苏书记没有动，他盯着字条来回看着。朝鲁又喊："苏书记——"苏书记说："让他走吧。我不想再看到他了。"朝鲁谨慎地收回刀子。徐世铎看着桌上的字条，长叹一声："功亏一篑。"他转身向外走去，通嘎拉嘎愣了愣，转身追了出去。

通嘎拉嘎快步追着，一直追出了旗政府门口，徐世铎站在自己的马前面，转身看着她，目光复杂。"阿爸，你为什么要这么做？""阿爸说了，要做一件大事，有风险，所以，我要先安顿好你和你额吉，可惜……"

"你怪我吗？""怎么会呢？我的女儿心思纯正，我高兴得很，不过，世道不容易，要想让你过得好一点儿，我就得来当这个恶人，你也不要怪阿爸。"通嘎拉嘎欲言又止。

徐世铎说："我知道你想说什么，你想说阿爸做得不对，是吧？"通嘎拉嘎点头。徐世铎说："我不是说了吗，我是来当恶人的，总得有人当恶人，不是吗？"通嘎拉嘎目送着徐世铎，骑着马，离去。

苏书记还是盯着字条看："舍得吗？这一块块红红的，都是一个个热乎乎的心，我怎么能下得去手？"

朝鲁说："他不会善罢甘休的，万一他还有一份呢？万一他这份是假的呢？"
苏书记说："假不了，这些名字我看了三十年了，看着它们从年轻到年老，到现在大家都穷得过不下去了,我对不起他们啊!""也不能怪您。""朝鲁,这上面没有你的名字,你不敢吗?"

"谁说不敢?我是觉得他在耍花招儿,这不是真的耍花招儿啦?""他的事不说了,你敢不敢把它做下去?""啊?还做?你不怕他去告你吗?""那是我的事,你敢不敢?""敢。"

苏书记拉开抽屉,拿出笔墨和印泥,提笔签上了自己的名字,又按上了手印。朝鲁连忙阻止:"苏书记!"

他拿起笔来划掉了苏书记的签名和手印,"这是我们公社的事,你不能参加。"他签上了自己的名字,又按上了一个手印。手指挪开,手印鲜红。

五

一年之后,向阳红公社包产到户取得了成效。朝鲁到妹妹家吃饭,对她说:"你阿爸的办法还真管用,公社的牲口一下子增加了三成,好几年都没有这个成绩了。"

"那你得好好谢谢他。""这只是账面上的,接下来我得去抽查,看看有没有人虚报,真要有的话,还得想出惩罚措施。"

"我阿爸要是不走就好了,还能给你出出主意。""我可不敢指望他的主意。""你再说他坏话,我不给你饭吃了。""就看明年的了,如果能保持这个势头,明年咱们公社就能打翻身仗了。"

通嘎拉嘎气鼓鼓的,乌兰其其格说:"行啦,你哥哥是无心的。你阿爸是好人,你自己知道就是啦。"通嘎拉嘎瞪了朝鲁一眼。

乌兰其其格说:"我昨天遇到满都拉了。她说谢若水从大学毕业了,分配到呼和浩特一个单位上班。说起来这孩子也真是的,一走四年,一次都没有回来过,我看满都拉心里也不好受。"

"她有什么不好受的?为她儿子自豪呗。""当额吉的,当然希望孩子有出息,可要是光有出息,却不肯认这个额吉,滋味肯定不好受。""你怎么知道人家难受啊?别瞎操心了,跟咱们家有什么关系?""呼和浩特,那可是大城市,你们以后去那里办事,就有个熟人了。"

通嘎拉嘎生气地沉下脸:"额吉,你到底要说什么啊?东一句西一句的,你可真是……"乌兰其其格沉默,朝鲁在桌子下踢了通嘎拉嘎一脚。

通嘎拉嘎发作:"你踢我干什么!额吉,谢若水偷偷给你写信了,你别以为我不知道!我跟他没关系,我就是嫁牛嫁羊,也跟他没关系。"通嘎拉嘎扒了两口饭,放下饭碗:"我不吃了。我去放羊了。"朝鲁愣愣地看着乌兰其其格。

朝鲁对乌兰其其格说:"还给你写信?谢若水的脸皮可真够厚的啊。"乌兰其其格感慨地说:"那孩子也可怜,他来信说,他毕业分配了,如果通嘎拉嘎能原谅他,他就调动回来,如果不肯,他就一辈子不再回来了。"

满都拉在念诵着课文:"慈母手中线,游子身上衣……"教室里,七八岁的孩子们跟着朗诵着,孩子们朗诵课文的声音回荡在校园。满都拉突然停了下来,呆呆看着窗外,孩子们奇怪地看着她。满都拉镇定地说:"班长,去医务室找赵大夫,其他同学,不许动。"班长连忙出了教室,满都拉颓然倒下。

通嘎拉嘎赶来紧急救治,要把她送到旗里医院去治疗,还要通知谢若水回来一趟,因为她病了肯定不是一两天了,救治没有把握。

拖拉机带着一车厢人,颠簸在草原上。拖拉机的车厢里,通嘎拉嘎守在满都拉的头边,看着紧闭着眼睛、脸色惨白的满都拉。满都拉的头发被风从头巾里吹了出来,一半都白了,白发在飞扬。通嘎拉嘎摘下自己的头巾,把她的头包了起来。

通嘎拉嘎看着满都拉,突然一惊,满都拉的眼泪从眼角溢出,流下来。通嘎拉嘎摸出手绢去擦,伸到一半又停下了手。

第十六章　改　革

一

朝鲁成了劳动模范，代表本旗去盟里参加表彰大会，当他到了盟里跳下长途车，被扑面而来的高楼惊住了——从离开上海以后，这二十年他都没有见过这么高的楼，他神情恍惚。

住下之后，他拿出通嘎拉嘎给的电话号码，拨通了阿藤花的电话，但是听到阿藤花声音的那一刻，他嗓子发紧说不出话来。他刚要挂断电话，听筒里传来了阿藤花急切的叫声："朝鲁！是你吗？朝鲁！"

原来通嘎拉嘎已经把朝鲁要去盟里的消息打电报告诉了阿藤花，她一直在等着朝鲁的电话，两个人很快见了面。阿藤花打趣说："厉害啊，朝鲁！成劳模啦？我们厂几千人才选出一个劳模。"朝鲁问："不是你吧？"

阿藤花哈哈一笑："我可不是好工人，整天迟到早退，他们也拿我没办法。"朝鲁问："为什么不好好上班？"阿藤花说："没意思呗，累死累活也就那点工资。我又不指望奖金，还是把机会留给别人吧，再说孩子又小——"朝鲁的表情一僵。

阿藤花连忙改口："别说我了，说说你吧。这些年怎么样？你一直没成亲？"朝鲁不想说，便问起阿藤花的孩子，提出要看看孩子的照片，阿藤花手忙脚乱掏出钱包："你真想看？"朝鲁说："想看。"

阿藤花打开钱包，取出照片，是一张一家三口的照片，朝鲁接过来，视线首先落到了照片中那个男人身上，还是像最初见过的那样，趾高气扬。

阿藤花有些慌乱地在身上乱找着："本来是一张孩子单人的，我记得那张我也带着哪，我给你看那个。"朝鲁笑笑，把照片还给阿藤花："很像你小时候，黄小仙。"这个陌生的名字一下子击中了阿藤花，她愣住了。

朝鲁接着说："挺好的。我们本来都快被饿死了，现在都挺健壮，连孩子都有了，挺好。"阿藤花不想让自己陷入悲伤的情绪，主动转了话题："你们搞的事，我阿爸跟廉书记都汇报过了，廉书记还夸你眼光准，有担当。"

朝鲁说："眼光准的是徐世铎，有担当的是苏书记，我算什么！""你明天是要代表劳模讲话吗？你记住啊，要加上一点儿内容。"阿藤花凑过来压低了声音，"我听廉书记说，政治形势变了，虽然还没有下正式文件，不过，就要开始改革了。就是你们搞的那一套，步子会迈得更大。你在讲话稿里加一点儿这个意思，肯定会有高层领导关注你，对你将来有好处。"朝鲁听完不以为意。

阿藤花急了："你别不当回事，人这一辈子最重要的就是那么几步，一步错就步步错。"朝鲁直接说："我不是那种人。"

阿藤花愣了一下，突然勃然变色："哪种人？我这种人？你瞧不起我？我是耍了手段让苏书记收养了我，我是跟了廉杰没有跟你好！事实证明我都对了，我从小过得就比通嘎拉嘎好，我现在过得也比你们所有人都好，我——"

朝鲁问："你过得高兴吗？"阿藤花几乎喊起来："我高兴！我特别高兴！"朝鲁说："高兴就多吃点，把这些都吃了。这么多菜，别浪费了！"阿藤花赌气说："我就不！我请客！我想怎么浪费就怎么浪费。"

朝鲁把身上所有的钱和粮票都掏了出来，丢在桌上："用不着。钱不够你帮我垫上吧，算我借你的。"他起身向外走去，"我还得回去背讲话稿，人太笨了，背了好几天都背不下来。"他走了出去，阿藤花呆呆看着他的背影。

二

谢若水一脸风尘，看着病床上的满都拉："我调回来了。我办了调动，回旗里工作。"满都拉急了："什么时候的事？为什么不跟我商量？谁让你回来的？"谢若水没有回答，给满都拉削着苹果。

满都拉坚决地说："马上给我回呼和浩特去，我这里不需要你。你的事业在大城市。"谢若水诚恳地说："我就想扎根草原，像阿爸一样。妈妈，我已经长大了。"

苏书记对谢若水回来工作很是高兴："好小伙子，好小伙子！回来就好，回来太好了。"

谢若水说："苏书记，您是看着我长大的，将来工作上有什么不对的，您多教导我。"

苏书记呵呵一笑："会说官话了嘛！看来大学生就是不一样。对工作岗位有什么要求吗?"

谢若水说:"服从组织分配!如果可能的话我想尽量多陪陪我妈妈。"

苏书记说:"好,那就回公社当书记,朝鲁在那里当队长,你们搭班子好好干。他干得不错,不过脑袋有点慢,跟不上形势,旗里现在正在布置草场改革的事,文件我已经发下去了,估计他接受起来会有点难,你这个大学生正好教教他。"

谢若水迟疑地说:"他对我有点意见。"

苏书记笑着说:"小孩子时候的事了,还放在心上?放心吧,他要为难你,我打他屁股。"

朝鲁从盟里回来了,他背着行李大步走进公社办公室,看到满屋子人,都守着墙上挂着的一张公社地图争得面红耳赤。朝鲁听了听,他们竟然在分草场,再一问,说是有旗里的文件,别的公社早都分了,因为他去盟里开会才耽误了。

朝鲁检查了文件上的红印,相信文件是真实的,但他却不肯按照文件主持分草场,他认为这是在私分公家财产。他打电话给苏书记,苏书记却让他执行文件,他想不通。

苏书记在电话里喊着:"你仔细学习一下文件,盟里选咱们旗四个公社做改革试点,这是信任,分草场不能算是私分公家财产。"

苏书记放下电话,却看到满都拉来找他,一定要他把谢若水调回呼和浩特去。满都拉说:"他是国家孩子,他应该回南方工作。"

苏书记不以为意:"你这句话就不对了,他们都是草原的孩子,国家孩子投身草原报答草原的养育,这是好事啊!再说调动手续都办完了,户口也落了户,我可没本事改变了!"

满都拉说:"不可能!他刚刚回来,他是为了我的病才回来的。"

苏书记说:"他早就联系好调动了!"

满都拉这才知道谢若水早有打算,而且从来没想过跟她商量。

吉普车紧急刹车,苏书记和谢若水下了车,朝鲁背着一支步枪站在门口,社员们三三两两远远看着他,苏书记又好气又好笑:"朝鲁!你弄这么个蠢样子干什么？"

朝鲁说："苏书记，我在保卫公社财产。"苏书记说："谢若水调回来工作了，任你们公社书记，你还当保管员和队长。"朝鲁没好气地说："公家的东西都分了，还有什么要保管的？有什么要领导的？苏书记，到底是怎么回事啊？要搞资本主义啦？"

苏书记说："白让你去盟里开会啦？这是改革你懂不懂？不懂就学，我让谢若水来主抓改革，你跟他好好学。"朝鲁说："把集体财产分给个人，我想不通，如果一定要分，那把公社欠信用社的债也一起分了吧。"

苏书记说："文件你到底学习了没有？以前的债务该怎么处理都有规定，用不着你操心，你要做的就是执行。""想不通的事我干不了，我不干了。"朝鲁掏出钥匙丢在桌上，"对了，文件和账本都在抽屉里，谁接手都行。"

苏书记看向谢若水："你先把工作接下来，改革的事刻不容缓。"

三

徐世铎发来加急电报："闻公社将分草场和牲口，务必多要，我即日回去。"

通嘎拉嘎和乌兰其其格都很高兴，自从上次谋算苏书记失败后，徐世铎就离开公社，过上了四处做生意的漂泊生活，上次写信来的时候说是在锦州。朝鲁说徐世铎就是对搞资本主义这一套有劲头，通嘎拉嘎不高兴了，两人不欢而散。通嘎拉嘎说朝鲁现在整天沉着脸，好像整个公社都欠他的。

徐世铎回来了，第一句话就问弄了多少草场和羊群。通嘎拉嘎说按规定咱家三口人，只能有六百亩。徐世铎要找朝鲁想办法，得知他因为反对分草场，已经把保管员辞了。

徐世铎说："辞啦？这个败家的东西！坏了我的大布局。"通嘎拉嘎说："怎么了，阿爸？你不是也辞了吗？"徐世铎说："我那叫走投无路！我还指望他在仕途上有发展，咱们家才能要钱有钱、要权有权，才稳得住！这是我的大布局！"

通嘎拉嘎说："我哥哥那个人就不适合当领导。"徐世铎说："那也得当！我跟他谈谈，去找苏书记认个错，苏书记耳根子软，说不定还能挽回。"

通嘎拉嘎说："朝鲁不会听你的，他的耳根子可不软。"徐世铎说："不，你不了解他，要说心里有主意，他比不上你，我这就去找他。你不知道现在是什么时候了!南边人家说什么你知道吗?人家说,时间就是金钱!"

徐世铎在哈图家的蒙古包外找到了朝鲁:"我这半辈子风浪经得不小,但是每一次我都能顺风顺水,知道为什么?要懂得借势,要顺应国家的气运,沉舟侧畔千帆过啊,朝鲁。"

朝鲁说:"你好好说话,我听不懂。"徐世铎说:"就是让你多看看报纸,尤其是报纸的社论。看了报纸你就明白,改革的政策是不可避免的了,你梗着脖子跟它对抗,没有用。"朝鲁说:"那也不能同流合污。"

徐世铎笑了:"倒退十年,你这句话就会让你送了命。都用不着我动手!革命群众会把你打翻在地,再踏上亿万只脚,踩死你比踩死一个屎壳郎都容易,想想你阿爸的腿!"朝鲁沉默,往事并不遥远,朝鲁知道他说得是对的。

徐世铎说:"当然,我不会去告发你,告也没有用,时代不同了,现在的人盯着的都是钱。"朝鲁哼了一声,显然不以为意。徐世铎继续说:"大家伙都穷怕了,所以,改革才是春风啊,草原才会绿起来。"朝鲁陌生地看了徐世铎一眼。

徐世铎说:"不像我了,是吧?不管你信不信,这次我是真的,我的全部身家,我的后半辈子,都在这个政策上,我必须信它。"

徐世铎的话让朝鲁的心乱了,他晚上喝了酒,又在蒙古包外吹了半夜凉风,一下子病倒了。通嘎拉嘎带着药箱来给哥哥治疗,对哈图说:"我哥哥不会有事的,大叔,我的马跑伤了,你帮我去看看。"

通嘎拉嘎来到朝鲁面前,开始一系列切脉检查,此刻的她是个进入专业状态的医生,镇定果断。她打开了医疗包,迅速调配着药粉。朝鲁在身边胡言乱语着,通嘎拉嘎的手突然一抖,药粉洒落,她回过头吃惊地盯着朝鲁,朝鲁干裂的嘴唇说着胡话。

通嘎拉嘎凑近他,听出来他说的是上海话:"爸爸,那颗星星叫什么啊?为什么叫大熊星座啊?牛郎星和织女星在哪里?我能带妹妹去星星上吗?"

通嘎拉嘎把自己的手伸进了朝鲁的手中,紧紧握住,回忆轰然而至,那是在他们离开上海的火车车窗外,逐渐远去的巨大的烟囱,那种火电站的巨大的烟囱,是他们儿时离开上海时看到的,也是通嘎拉嘎记忆中关于上海的最深刻印象。

通嘎拉嘎泪流满面睁开眼睛，朝鲁正盯着她看，她连忙擦干眼泪："哥哥！我马上给你喝药。"朝鲁说："你的马跑伤了，我听出来了。"

通嘎拉嘎知道，这一刻的朝鲁，又是那个在草原上生活了二十多年的哥哥了。通嘎拉嘎说："大叔在给它调理，不怕。"朝鲁疲惫地闭上眼说："跟我阿爸说，要带它多转两圈散散血气，你这匹马性子柔，难受会憋在心里，不多转几圈缓不过来。去啊！要不马就落下病了。"通嘎拉嘎起身走到门口说："大叔，哥哥醒了，他说我这匹马性子柔，要多转两圈。"

哈图正在拉着马转圈，他挥挥手，嘴角露出了笑容，也不知道是因为知道朝鲁醒了，还是因为发觉朝鲁比自己更棒了。

四

谢若水手里提着一篮子鸡蛋去看望生病的朝鲁，他骑马爬上山坡，通嘎拉嘎正骑马过来，两个人打个招呼，两匹马交错而过。谢若水猛然回头叫住她："通嘎拉嘎，我要去看朝鲁，他好点了吗？"通嘎拉嘎说："好多了。"谢若水说："等等，你先等一等，跟我说说他的情况。"通嘎拉嘎说："没什么，就是受了风寒，喝药，出汗，没事了。"

谢若水把马头带过来，来到了通嘎拉嘎身边："就因为风寒？我看是心病。你跟我详细说说，我也好帮他治疗一下，治身体上的病，你比我强；心里的病，我比你擅长。"通嘎拉嘎说："你不是都知道吗？"

谢若水有些尴尬："我怕我猜得不对。"通嘎拉嘎说："用不着猜，就是那回事。"谢若水说："那你说说我该怎么办？我是说，怎么才能配合你？朝鲁得了病，咱们不能不管。"

通嘎拉嘎盯着谢若水看，谢若水故作的镇静终于崩溃："我想跟你说说话，我回来这么长时间了，一直没机会跟你说话。"通嘎拉嘎面无表情地说："你说吧。"

谢若水不知道怎么开口，通嘎拉嘎抖起缰绳准备离开，谢若水脱口而出："你是不是还在怪我？考大学那年——"通嘎拉嘎说："没有。"谢若水说："我不信。你应该怪我，应该恨我！是我毁了你的前途。"

通嘎拉嘎说："你说我没去考大学的事？我底子薄，本来也考不上，再说我现在挺好。"谢若水说:"我打听了你的事,知道你这几年过得很苦。"

通嘎拉嘎笑起来:"跟谁打听的啊?我挺好,每天都有使不完的力气,有那么多要干的事,要治疗的病人。"谢若水说:"那为什么不结婚?"

通嘎拉嘎说:"我要走了,我也不想你再找我说这个事,我就跟你说明白吧。那年的事我没有怪你,是真的,我原来以为我会很难受,但是后来发现没有那么难受,我的难受也不是因为你,可能那时候我并不是真喜欢你吧。我只是突然没有了王朝阳,很想重温一下那种滋味,想把没来得及告诉王朝阳的那些话,找一个人说一说。"

谢若水失魂落魄地骑着马,手里的鸡蛋篮子失手落下,在草原上溅起一片鸡蛋液。

五

乌兰其其格和通嘎拉嘎聚在饭桌前,填着一张表格,徐世铎在桌子另一边数着钱,头也不抬地叮嘱着:"一定要多要啊,草场、羊群都多要!咱家三口人,按照这个标准要。"乌兰其其格说:"你又不在家,我们娘儿俩怎么忙得过来?家家都有自己的草场和牲口,也雇不到人帮忙。"

徐世铎说:"这儿没有就去别处找,政策也不是一下子就能铺开的,别的公社,别的旗。"乌兰其其格说:"我们能养好一群羊几头牛就挺好,是吧,通嘎拉嘎?"通嘎拉嘎附和说:"就是,我还得给大家伙看病哪。"徐世铎露出一副恨铁不成钢的表情。

乌兰其其格说:"要不你回来,一个大男人,别整天卖那些玻璃丝袜子小口红什么的。"

徐世铎说:"我卖一天袜子够你们放两天羊的。有了好政策,当然要先挣钱!挣够了钱才能踏踏实实过日子!我现在恨不得生出八只手来挣钱。"

他拿过乌兰其其格面前的表格看了一眼:"不行,一定要按三个人来要,过了这个村肯定就没有这个店儿了。"乌兰其其格和通嘎拉嘎看着态度坚决的徐世铎:"好,好!就依你,以前没看出你是个牧主老财的命啊。"徐世铎嘿嘿笑着:"我放着公社书记都不肯当了,总不能亏待自己吧?"

哈图和朝鲁也在填表,哈图望着虚空,一脸兴奋:"你写上,别人不要的马，咱们家都要了。"朝鲁说："至少有一百多匹马呀！"哈图说："咱们旗最好的两个马倌，还照顾不好一百来匹马？"

安雅哄着儿子睡觉，插了句嘴："要头奶牛吧，我自己养。"哈图大手一挥，豪气逼人："要头奶牛！"朝鲁低头填着表。

哈图说："谢若水来找你啦？让你回去上班？安雅说你们聊得挺好的？"

朝鲁说："我不去。他说得有道理，但我还是不想回去。"

哈图高兴地一拍大腿："不去就对了，当领导哪有当马倌自在？还是给自己家当马倌！咱们爷儿俩好好养马，年底给你在旁边搭起蒙古包，再给你娶个媳妇。"

朝鲁转移话题："要不要养两只羊？"他转向安雅，"养两只吧。"

公社的草场分了下去，家庭联产承包办得很顺利，一向抠门的巴雅尔还跟朝鲁借了一笔钱修建草料棚，朝鲁很郁闷地问他："公社一直想盖草料棚，就是缺钱盖不起来，现在牲口一分，草料棚就有啦？"

巴雅尔答："为自己的牲口花钱嘛，大家都舍得，我连口粮都恨不得省给它们吃！吃得壮壮的，好赶紧给我生小羊。"

谢若水向苏书记提交了自己上任以来的第一份请示报告，请示要自筹资金搞一次那达慕，抒发牧民们快乐的心情，也算是拥护改革。这件事好处很多，可以振奋士气，宣传改革，增强对公社的团结；坏处也有一点儿，怕会太招摇。苏书记看到他考虑得面面俱到，很是感慨，想起他小时候的样子："我第一次见你的时候，你才这么高，整天生病，瘦得跟根干柴火似的。现在都成长起来啦！"他摸了摸自己的白头发，"老了，毛主席说得好，世界是你们的，也是我们的，但是归根到底是你们的。"

谢若水一有机会就找借口来通嘎拉嘎家，这次的借口是通报那达慕大会的事儿，乌兰其其格很高兴地说："那太好了，已经好多年没有搞过那达慕了。"

谢若水看看通嘎拉嘎："朝鲁肯定参加博克吧？他摔跤最厉害了。"

乌兰其其格说："那小子把他阿爸的本事都学全了，办那达慕啊，男人们最高兴。"

谢若水说："就是哈图大叔他们几个最早提出来的，我觉得挺好，能提高士气，宣传改革，抒发大家的快乐心情，就打了报告。"

徐世铎背着一个大包袱走进来。谢若水连忙打招呼："徐书记。"

徐世铎说："谢书记来了！别叫我书记，现在你是书记，要是念旧就叫我一声连长，我喜欢听。听说苏书记让你搞那达慕啦？"

谢若水吃惊："您怎么知道啦？他上午才刚刚签了字。"

"时间就是金钱，消息就是生命，瞧，我连要卖的货都准备好了，用实际行动支持你的工作。"徐世铎麻利地打开包袱抽出一件皮夹克，在谢若水身上比量了一下，随手丢给他："送你了。"

谢若水说："这不行，这可不行。"

徐世铎说："当叔叔的送你件衣服也不行？你是要气死我啊？记住，你在我眼里，永远是通嘎拉嘎的朋友，不是领导，记得了吗？"

通嘎拉嘎沉下脸来，谢若水却高兴得连连点头。

六

那达慕隆重召开，会场外，徐世铎支起勒勒车，摆满了花花绿绿的衣服吆喝着生意。几个牧民聚集在车前，好奇地看着商品。在勒勒车和这些衣服组成的"屏风"后面，是一片草原，聚集着一簇簇的人群，人人都穿着新衣服，脸上喜气洋洋。有一处地方拉起弧形的布幔，摆上桌椅，插了几面彩旗，这就是主席台了，一块横幅被风吹得一端掉了下来，在布幔后翻飞着。

谢若水向苏书记指点着那达慕的会场，苏书记拿着望远镜四处观看着。他的望远镜头里出现了那辆勒勒车，看到了在车后面吃喝的徐世铎，问："那是老徐？"谢若水答："是，他非要来摆个摊子，我觉得能丰富一下那达慕的活动内容，就没有拦着他。"

苏书记没有说话，谢若水察言观色，试探着："您要是觉得不合适——"苏书记说："不用。我是感慨啊，这个老徐是个人物，当领导威风八面，当个体户也像模像样，小谢，你要多跟他学学。"谢若水说："跟他学？"苏书记说："不是跟他学歪门邪道，是学他这种为了达到目的的执着劲儿。"

苏书记要看摔跤，摔跤场外，观众云集。在一块扯起的布幔后，摔跤手们换好了摔跤服，正三三两两活动着身手，摔跤手们都很兴奋，只有朝鲁不为所动，轮到他上场时，摔得一塌糊涂，所有的人都知道，他怕是有问题了。

谢若水让通嘎拉嘎带朝鲁去邻近的公社看电影，说他现在急需出去散散心，换换心情。她和朝鲁骑着马，并肩穿行在黑暗的草原上。星光灿烂，他们这一刻如同穿行在星星中间，通嘎拉嘎讲着要看的电影《牧马人》的故事："这个美国来的爸爸要带他去美国，继承好多钱，可是他不肯，他说他爱的是草原，是牧场，他还要改良牧草种子。后来他的美国爸爸知道他是高尚的，就不再坚持要带他走了。"

他们的马爬上一个山坡，远处的黑暗中，骤然出现了一块正在放映的银幕，光柱投射在银幕上，在此时此地看起来，是那么明亮夺目。画面无声，朝鲁喃喃自语："这就是梦啊。"

朝鲁和通嘎拉嘎坐在牧民中间，盯着银幕上的画面。朝鲁眼睛里闪着光亮，他终于找到了自己向往的事情，他想去学放电影。哈图匪夷所思："放电影？咱们几年也看不上一场电影。"朝鲁说："所以我要干这个，以后就能常看到电影了，我就想干这个，别的什么都不想。"

只有徐世铎支持他，还送了他一双皮鞋，但是他建议朝鲁当个体户，自己干，徐世铎兴奋起来："对，当个体户，我给你出钱，你去电影公司租电影，巡回着放，这一行我还真知道一点儿，只要能吃苦受累，挣钱不少。而且如果你想去电影公司当巡回放映员，肯定当不上，不信你就去试试。"

七

果然，盟电影放映公司对找上门来想当放映员的朝鲁很不以为意。

朝鲁说："我们那个地方太偏远，几年也看不上一次电影，真的，我今天三十二岁了，只看过三场电影，一场是《洪湖赤卫队》，一场是《草原英雄小姐妹》，还有一场是新闻片。"领导回复说："我们会尽可能地增加基层巡回放映力量。"

朝鲁急切地说："我就是力量啊！我能帮上忙，我不怕吃苦，我是最好的马倌，我能几天几夜不下马——再远的地方我都能到。"

领导说："这是我们放映公司的职责，谢谢你提出的宝贵意见，我们一定尽快安排放映员下去，我们还可以跟你们那里的乌兰牧骑联系，但我们不能让你干，因为我们是国营单位。"

朝鲁说："我也是国家孩子啊，咱们是一家人，我有证明。"领导说："什么意思？国家孩子？"朝鲁说："您不知道国家孩子？南方孤儿呢？上海来的孤儿？"领导还是一头雾水。

朝鲁说："我不是内蒙古人，我是上海人，三年困难时期，上海大饥荒，是周恩来总理把我们送到内蒙古来的，是乌兰夫主席把我们收养的。"

领导还是一脸茫然："你们？"朝鲁说："好几千孩子，坐火车来的。您是后来才到内蒙古来的吧？您单位如果有老人，您一问就知道。"

领导敷衍道："我不用问了，你讲得很感人，一曲……啊……民族团结的颂歌，但是，这件事还是不行，我们是国营单位，招工是有程序的，不可能由我来决定招不招人。"

朝鲁想起了徐世铎的话："如果不招工呢，我当个体户也行，我就想巡回放映电影。"领导如释重负："那就不用再谈下去了，我们是国营单位！巡回放映人员不可能是个体户。"

阿藤花到盟招待所来找朝鲁："你也太不够意思了，来了盟里也不说给我打个电话，不当我是老乡了？"朝鲁对"老乡"这个字眼有点陌生："老乡？"

阿藤花说："对啊，上海老乡，向阳红公社的老乡，不对吗？通嘎拉嘎特意发了电报给我，说你来办件大事，让我帮你忙。"朝鲁说："不用。"阿藤花说："嘴硬。有什么困难？说吧！"

一来二去，阿藤花知道了他的想法，答应帮忙，她打着廉书记的名头找到电影公司，朝鲁就成了巡回放映员，而且承诺先是临时工待遇，等以后有了招工名额再进行调整。

于是在广袤草原上多了一个巡回放映员朝鲁，他骑着一匹马，又牵着一匹驮着放映设备的马到处巡行。每到一处都受到欢迎，牧民们递上来的烟都攒了一箱子，但是辛苦也是真辛苦，遇到大雨倾盆的时候，朝鲁扯开雨布遮盖在两匹马身上，而他则蹲在马肚子下面，任大雨如注，四周苍茫一片。遇到大风沙，他又要跳下马来，张开手臂，把两匹马的头护在胸前。

苏书记得知消息后给阿藤花打电话，对她介绍朝鲁当放映员很不满意，正在家里带孩子的阿藤花解释说他都这个年纪了，就应该干他愿意干的事，但别指望他有什么前途了，朝鲁就不是个当官的料。

她身边正在看报纸的丈夫廉杰听到朝鲁的名字，抬头看了她一眼。阿藤花也意识到了,她转过身去,继续对着电话说:"要不是您一个劲儿跟我说,我还不愿意帮他哪!我跟他无亲无故,凭什么要搭人情啊!您以后别老让我帮这种忙,帮了还落您的埋怨。"

八

谢若水的工作也遇到了困难,他被要求分管计划生育,这是今年自治区的工作重点,必须完成好,可是太难了。牧民们喜欢孩子,觉得生养孩子是长生天的旨意,让他们计划生育,简直不可能。这天他去巴雅尔家宣传政策,被巴雅尔家的大狗追着狂奔,眼看着要被追到时,一声呼哨传来,狗停止追击,向通嘎拉嘎迎去,拼命摇着尾巴。谢若水惊魂未定:"它怎么不咬你?"通嘎拉嘎说:"我常来。"

谢若水压低声音让通嘎拉嘎帮忙劝说,通嘎拉嘎拒绝了,谢若水又央求她带自己进去,见到了巴雅尔,谢若水再次讲起道理:"牛羊不够多,草场也不够牛羊吃的,为什么?就是因为人口太多了,你看看你自己,你已经三个孩子了,还要生?一个孩子需要二十只羊养着,你需要八十只,你养得了?按照人口分给你家的草场是有限的,能养下这么多羊?你借别人的草场走敖特尔,可是如果家家都这么生孩子,家家都缺草场,谁借你?真到了那一天,你生了的孩子怎么办?塞回你老婆肚子里?塞不回去,就只能让孩子吃苦,孩子就得从小就吃苦,孩子欠你的?凭什么要生出来吃苦?"

巴雅尔反驳说:"草原上的人不知道什么叫吃苦,当年额吉和阿爸收养你们,也不知道什么叫吃苦,山再近也是山,人再远也是人,怎么能眼看着一条性命就不要了?"

他们不欢而散,谢若水和通嘎拉嘎一起离开,谢若水憋了半天,忍不住说:"通嘎拉嘎,我想请你支持一下我的工作。"

通嘎拉嘎说:"我帮不了你。巴雅尔说得没错,连我们都是他们的额吉和阿爸养大的,有什么资格不让他们生孩子。"

谢若水说:"你这是什么话?什么他们我们的?我们跟他们有区别吗?你把自己当外人吗?"

通嘎拉嘎说:"我没有。"

谢若水说:"那他怎么就是对的了?国家政策一视同仁,他巴雅尔不该遵守吗?"

通嘎拉嘎说:"巴雅尔他们身体都很好,他们能多养几个孩子。"

谢若水说:"生孩子就要对孩子的未来负责,要让孩子有吃有穿有父母!巴雅尔不知道,你也不知道?咱们小时候没有了父母无依无靠,这滋味你忘了吗?"

通嘎拉嘎被触动,她低声争辩着:"福利院的阿姨对咱们挺好的。"谢若水说:"那是咱们运气好!还有没能进福利院的孩子呢?你敢说没有吗?如果不是遇到你和你哥哥,不是你爸爸送我回福利院,我会怎么样?我可能早就死了!"

通嘎拉嘎说:"额吉和阿爸对咱们也很好。"谢若水说:"那就更该好好报答他们,报答这块土地,眼前最该做的就是把计划生育政策推广下去,就是让巴雅尔这样的人能当个好爸爸。"通嘎拉嘎说:"你变了。"谢若水说:"嗯?"通嘎拉嘎说:"你以前都不敢大声说话,你现在的唾沫都喷到我脸上了。"

谢若水愣了愣。通嘎拉嘎说:"好吧,我会帮你的。就算是我谢谢你吧,你的主意让我哥哥又活起来了。"

第十七章　爱情鸟的叫声

一

徐世铎按着一个袖珍计算机算着账，他的面前摊着一堆新旧大小都不同的纸片、字条和小本子。通嘎拉嘎忙碌地往桌上端着各种吃的，跟徐世铎那些字条抢着地方。

乌兰其其格把日历牌推给了通嘎拉嘎，日历牌显示的是三月十七日。通嘎拉嘎不解："额吉？"乌兰其其格叹一声，说："这一天撕过去，你可就三十四岁了。"通嘎拉嘎说："你舍不得啊？那就晚上再撕。"乌兰其其格说："我是问你，啥时候给我找个女婿！"通嘎拉嘎说："不着急。"乌兰其其格说："我急，你阿爸也急。"通嘎拉嘎说："阿爸才不着急哪，他舍不得我嫁人，是吧，阿爸？"

徐世铎的心思还在计算器上，他含糊地点着头。乌兰其其格说："也不知道你想找个什么样的人家。"通嘎拉嘎说："我找的是人，不是人家。阿爸，吃饭啦！"

徐世铎按下最后一个数字，看着计算器笑逐颜开："喝酒，今天要好好喝顿酒，一是给咱们女儿过生日，二是庆祝一下！"他压低了声音，"咱家现在是万元户了。"乌兰其其格和通嘎拉嘎却都没有像他期待的那样兴奋。

乌兰其其格说："这钱挣得太辛苦，一年到头也见不到你，当了万元户又有什么用。"通嘎拉嘎说："就是，阿爸你可别累垮了身体。"徐世铎不以为意，带着隐隐的傲意："哼，我就是要让别人知道，我不当官了是因为我能当万元户，一个旗里有六七个书记、六七个队长，可万元户就我一个。"

通嘎拉嘎吃完饭，找个理由离开家，公社已经有了路灯，虽然还是只有一条不长的街道，在公社最外面的一盏路灯下，通嘎拉嘎安静地站着。

谢若水从黑暗中深一脚浅一脚地走来，他从怀里掏出一个笔记本递给通嘎拉嘎:"我从那边绕路过来的,走这边太显眼了。生日快乐。"通嘎拉嘎要打开笔记本,他阻拦了一下说:"现在别看,灯太暗,看坏了眼睛。"他不安地看看空荡荡的街道,说:"咱们到那边走走,这里太亮了。

通嘎拉嘎顺从地跟着他走进黑暗中,影影绰绰地传来一阵阵亲热的低语。星空璀璨。两个人仰面躺在草料堆上,这里离公社其实并不远,几十米之遥而已,但是却藏在黑暗中,陪伴两个年轻人的是满天星星。

"若水。""嗯?""你困啦?""怎么可能?我哪儿舍得困?"通嘎拉嘎无声地笑笑:"今天额吉又催我了。""你怎么说?""我能怎么说?她还提起你来了,说你也不错。""那你怎么说?""我还能怎么说?说我们现在很好吗?还是说你额吉不喜欢我,让她再去受一次羞辱?"

谢若水内疚地抱住通嘎拉嘎:"对不起,都是我不好,以前是我伤害了你,我一定用后半辈子好好补偿你,报答你。你看了那个笔记本就明白我了,这些年我天天活在后悔中。"

通嘎拉嘎挣脱开他的拥抱:"我不想这样。不想你是因为内疚才跟我好。"谢若水急了:"我怎么是因为这个呢?我是真喜欢你。"通嘎拉嘎说:"那就光明正大来我家提亲,我不喜欢这么偷偷摸摸的。"

谢若水叹口气:"再给我点时间,我做做我妈妈的工作,她那个人你还不知道?"通嘎拉嘎仰面望着星空,耳边是谢若水絮絮叨叨的声音:"我现在隔三岔五在她耳朵边上说起你,让她慢慢习惯,习惯我的生活中有你存在……"声音渐渐模糊,星空更加灿烂。

二

朝鲁奔波在各个巡回点,为村民放映时下最流行的《牧马人》《燕归来》等电影,每次放映他也会跟着看,跟着哭,跟着流泪。

这天傍晚,朝鲁又来到了黄河边上的一个村子。他坐在河边抽着烟,望着天上早早亮起来的一颗星星,奔腾的黄河水声音很响。他身后的河滩上,几个村民正在两根树桩之间挂上银幕。

在放映机和银幕之间,村民们来来往往,摆着各家的椅子板凳,占着位置。图雅,一个个子高大的年轻女孩儿一屁股坐在他身边,也抬头看着。

图雅问:"这个是什么星星?"朝鲁笑着说:"给我带好吃的来没有?有好

吃的我就告诉你。"图雅问:"爱说不说,不说我问别人去。"

她嘴里虽然说着,还是从怀里掏出一个用玉米叶子裹着的东西塞给他。朝鲁嘿嘿笑着打开,里面是一块烤红薯:"干吗还要包起来?"图雅问:"揣着怀里弄脏了怎么办?"

朝鲁调笑着说:"怎么会脏呢?不脏!"他的表情让图雅愣了一下,转眼明白了他的意思,人家姑娘又羞又恼,猛然站起来:"你这人太坏了,不跟你玩了!"图雅掩饰着自己的情绪跑向远处那些座位,朝鲁有点尴尬地喊着:"我瞎说的啊!我给你留着位置啊!"图雅头也不回地跑走了。

一条小木船正靠在河岸上,船上的人跳下来,向着这边跑来,他们手里也提着板凳,他们跑得迅速而无声,反而带起一股子杀气腾腾的劲头,正在摆放板凳的人们起来阻拦,但是却无济于事,那些人不争辩不反抗,只是迅速把自己的板凳插进去放好,然后一屁股坐下,再也不动了。朝鲁也看到了这一幕,无奈地嘀咕着:"又来了!"

他把放映机拆卸下来,装进箱子,然后坐到箱子上。一群汉子从村口跑来,推搡驱逐着那些抢座位的人,双方很快厮打起来,终于大家打累了,能坐下来看电影了,放映机的光柱亮起来。

图雅坐在放映机后的一张椅子上,这是朝鲁的专座,也是他留给图雅的专座。图雅回头看向朝鲁。黑暗中,朝鲁坐在河边,望着对岸发呆。一个中年人在他身边蹲下来,递过一支烟。

朝鲁看了一眼他头上包着的白羊肚头巾问:"你是那边的?"中年人自我介绍:"是啊,那边的村主任,我姓赵,让你看笑话了,好几年没看着过演电影了,馋着咧。朝鲁师傅,能不能过去放一场?"

朝鲁说:"不行,放电影有范围。"村主任说:"我们也给钱,给你。"朝鲁说:"那更不行了。"村主任说:"咋不行?隔着黄河哪,还能传给谁知道?没事儿的。"朝鲁还是摇头:"我要是答应你,就得丢了饭碗,我可舍不得。"村主任很失望。

朝鲁在篝火上煮着奶茶,他已经用放映机的箱子和那块折叠起来的幕布搭起了一个简单的帐篷,这是他今晚的住处。他突然听到脚踩在石块上的声音,拿起一根燃烧的木柴向黑暗中伸过去。图雅从黑暗中走过来。

朝鲁说:"你……你怎么来啦?"图雅克制着羞涩:"你一早就走,怕见不到你，有句话我来问问。"朝鲁说："你问吧。"图雅说："你下次啥时候再来？"朝鲁说："就这个？"图雅说："可不。"朝鲁说："不好说，我这条线上十几个公社哪，轮一圈都要一个月了。"图雅露出失望的表情。

"你知足吧，我每次拿了新电影都先来你们公社。""是想谢谢你啊，你还每次都给我留座位。""那当然。你快回去睡吧，这都半夜了。""没事儿，我额吉她们都睡了。""那也不好，让人家看见。"

"我都不怕，你怕什么，我还有话问你呢。""不是问了吗？""那个不算。我想问你，"图雅吭哧着，问："你去别的公社，也给别的姑娘留座位吗？"

"开什么玩笑！那是我的专座。""那你为什么给我坐？""咱们不是朋友吗？"图雅有些羞涩，黑暗中突然传来石头被踩动的声音，这片河滩上全是鹅卵石。两个人都紧张地看向黑暗。朝鲁警惕地问："谁？"黑暗中无人回答。朝鲁捡起石头向黑暗中丢过去，也没有回应。

"也许是路过的野狗。""好了，问题你也问了，回去睡觉吧，你不走我也睡不了，要不你留下陪我？"

图雅连忙惊慌地站起来："我走了。"她走向黑暗，又丢下一句："等你下次来，我给你做好吃的。"图雅走进黑暗，走向村庄，朝鲁向着黑暗喊了一声："我等着。"黑暗中鹅卵石碰撞的声音凌乱了一下，朝鲁哈哈大笑，笑声在河面上飘荡。

三

朝鲁骑着马，牵着另一匹驮着放映机的马走来，村主任等在路边，还是想请他过去放一场电影。

"不可能。我是内蒙古的，不能去他们那边放，单位有规定。""通融一下呗。""凭什么啊？要是被你们那边的电影公司告一状，我的工作就丢了。""不会，谁会说？没人会知道。""我自己知道，你让我当个撒谎的人？"

"有点特殊情况，村里有个老太太死了，人特别好，三年灾害的时候把粮食全拿出来养活了全村人，全村人都认她当了娘，现在她过世了，村里人想放场电影，发送她。"

朝鲁沉默片刻："你们那边的放映队呢？"村主任说："根本排不上号，老太太可不能等了啊，这不正好你来了。"朝鲁动心了，犹豫片刻："我不要钱。"

村主任疑惑地说："啊？钱一定有——"

朝鲁说："我不能要，要了性质就不一样了，我这机器那个……那个灯泡坏了，我要过去配灯泡，要不会影响以后的放映。换上灯泡之后我要试一试机器，放一段影片，你们要是赶上了就看一眼呗。"

风大了起来，黄河这边是一个典型的山西小村庄，与内蒙古那边的村庄很不一样。朝鲁在村主任的陪同下，站在村庄尽头的山坡上，俯瞰着村庄。远远望去，村庄深处某一户人家前挂着孝幛，白花花的挺显眼，孝幛下面，进进出出的村民在忙碌着。

"就是那家了，朝鲁师傅还进去看看不？""不进村子了，我就是来换个灯泡，顺便试试机器。""朝鲁师傅太把细了，放心吧，没人会说出去。"

"你不知道，我们单位管理可严格了，尤其是这种跨范围放映的事，抓住直接开除。""不会吧？""我们是国营单位！赵主任，我是动了善念，你可别坑害了我。"

"怎么会！""那赶紧的吧，天一黑就放，对了，备好船，放完我马上就回去。""总得吃顿好饭吧？""为口吃喝冒这个险，不值得，对了，来时带把香来，我也给老太太烧烧香。"

三炷香冒着青烟在燃烧，已经烧了一多半，朝鲁望着香，发着呆。身后的河滩上，村民们看着电影。村主任突然神情惶急地快步走过来，走得如此之急，平地上都走得踉跄起来："朝鲁师傅，快走！俺们这儿电影队来人了。"

朝鲁说："什么？"村主任说："我安置到队部了，怕是拖不了多大一会儿，他们说特意来发送老太太的。"

朝鲁立刻跳起来，一把扯掉电源，摸着黑拆卸着放映机。突然的黑暗让村民们哗然起来，村主任连忙跑过去，呵斥、安抚。

两三个人沉着脸向村外快步走去，嘴里还骂骂咧咧的。他们提着马灯照着亮，灯光晃动之际，能看到他们穿着的工作服后背上有"电影公司"几个字。

黑暗中能听到村主任压低声音说："谁也不许说看电影了！谁说谁就是——就是叛徒。都没看电影，都在这里玩哪！赶紧回村去，散开了走！"朝鲁已经利索地把放映机放在马背上。

两个小伙子扛着幕布快步跑来，也掀到马背上。

朝鲁说："快走，送我过河。"他们牵着马向河边跑去，到了船边，马却怎么都不肯上去。朝鲁急忙说："马留你们这边，把机器搬上去。"

小伙子帮着他把机器搬下来，搬上船。远处有三个人正狂奔怒骂着冲下来，朝鲁紧张地想把船从岸边撑开，可是他根本就不会撑船，船身晃荡一番之后，放映机被晃进了水中，缝隙间骨碌碌冒着气泡。朝鲁傻了眼，追到岸边的三个人也傻了眼，放映机一歪，彻底沉入水中。

四

朝鲁望着放在桌上的摄影机，下半截还残留着泡过水的痕迹。门外响起敲门声，不等朝鲁答应，阿藤花已经推门进来，一脸着急地问："怎么回事？怎么搞的？"

朝鲁一时不知道从哪里说起。阿藤花说："问你话哪！你说你怎么搞的？这么大人了还管不住自己？你就那么缺钱？非要去挣？"

朝鲁明显有些吃惊："你知道啦？"阿藤花说："废话！你是我家介绍进去的，你出了事人家不先得找我家啊？现在麻烦了！孩子他爷爷退了好几年，孩子他爸爸又是做生意的，跟电影公司没关系，人家要怎么收拾你我也没办法。"

朝鲁闷声地："我知道。我们单位怎么说？阿藤花说：""你不会自己去问？给我打电话干什么？我还能帮你一辈子？""想跟你借钱！""我欠你的啊？""找人修放映机，都说修不了，我要买一台新的还给单位。""人家都要开除你了！"

朝鲁一愣，随即黯然："我猜到了。""我把孩子他爷爷都请出来帮你说情，没用！""能借给我钱吗？""用不着买新的！把这台还回去就行，人家这是给了面子。""这不是一回事，放映机是我弄坏的，就算开除我，我也得先还上。"

阿藤花不耐烦地："说了不用就是不用，你怎么这么死心眼啊？""我说还就一定还。我不能让别人以后瞧不起我。"阿藤花气恼地看着他。

通嘎拉嘎和乌兰其其格在羊圈里忙碌着，她们在给羊打药，两个人配合着把药水灌进羊嘴里，每一只被灌过药的羊，都在背上撒一把黄土做记号。

谢若水骑着马飞快地跑来，把朝鲁的事情告诉了通嘎拉嘎，朝鲁现在要赔单位放映机，但是钱不够。谢若水已经把自己的工资都取出来了，但还差得远。通嘎拉嘎回屋翻出自己存的钱，数了数也不够。通嘎拉嘎和谢若水四处想办法借钱，但是大家手头都不宽裕。

通嘎拉嘎正跟乌兰其其格商量准备卖几头羊，外面传来叫门声，哈图走了进来："听说你家要把羊卖啦？这可不是卖羊的好时候，是不是遇到难处了？"

几个人对望了一眼，都在犹豫要不要告诉他真相，哈图看出了异样："跟朝鲁有关系？要是你自家的难处，你们不会卖羊，要是谢若水家的，他也不会来跟你们商量，快说吧，是朝鲁的事吧？"

谢若水说："你还真厉害，真是朝鲁的事，他弄坏了单位的放映机，想要钱买个新的。"哈图说："这孩子还给我闯祸？"谢若水说："我们已经凑得差不多了。"

哈图说："不用你们凑，朝鲁要钱，为什么不找我？"通嘎拉嘎说："我是他妹妹，不是外人。"谢若水说："我是他朋友，也不算。"哈图说："那我这个阿爸反倒是外人喽？别啰唆……"

他从蒙古袍里抓出一叠钱丢在桌上："把羊买回来。这小子已经好多年没给我闯祸了。"

五

徐世铎拖着沉重的行李出了门，通嘎拉嘎帮他把行李掀到马背上，徐世铎和通嘎拉嘎牵着马走向公社外。这条土路通向柏油公路，徐世铎和通嘎拉嘎在路口停下等长途车。

徐世铎说："你跟谢若水的事要抓紧。"通嘎拉嘎吓了一跳："阿爸？""你额吉糊涂，我可是不糊涂，跟那小子好了有半年啦？""你怎么知道？""你哪年过生日半夜跑出去过？""你跟着我啦？"

"阿爸是那种人？我出来解手，正好看到你们回来。为什么不跟我们说？怕我们不答应？放心吧，谢若水这小子我还是很看好的。"

"为什么？""全旗年轻干部里唯一的大学生，这前途能差得了？咱家也能出一个廉书记也说不定！""可是我怕……怕他妈妈不喜欢我。""有阿爸哪，等下次我回来给她带点好东西！我这么好的女儿，配她儿子绰绰有余。"

长途车开到面前停下，徐世铎把行李拖上车，跟通嘎拉嘎挥手告别，车开走。通嘎拉嘎神情恍惚，上了马，发着呆。

谢若水埋头吃着饭，满都拉早早就吃完了，看着报纸。谢若水偷偷观察着她，刚想说话，满都拉的报纸动了一下，他连忙低下头。

谢若水刚要说什么，满都拉放下报纸问："有事儿？"谢若水连忙说："没有。"满都拉疑惑地说："你今天神不守舍的，有话要跟我说？""没有，没有，真的没有。"

满都拉还是审视着他，谢若水连忙把剩饭吃完，抹嘴站起来："我走了，下午还要开个会，布置税务工作，真是不好干，我走了。"他提起文件包，又道了一声别，走了出去。满都拉若有所思地看着他的背影。

晚上谢若水蹑手蹑脚进了门，灯却亮起来，是满都拉点亮了台灯。她问谢若水这么晚去哪里了，谢若水眼珠转了一下："去个社员家，基层工作真难做，每推行一个政策都要反复做工作。"满都拉说："工作好做吗？"谢若水说："还好，你儿子出马，肯定手到擒来。"满都拉说："帮人家卖羊也手到擒来吗？"

谢若水傻了眼。满都拉沉下脸来："学会骗妈妈啦？"谢若水说："我没有。"满都拉斥责："还撒谎！"谢若水说："我真没有，我不是怕你误会吗？是朝鲁发了电报来，要我和通嘎拉嘎帮他筹点钱，我能不帮忙吗？"

他掏出电报递给满都拉："通嘎拉嘎急着卖羊，一时半刻哪儿能找到买主儿？我认识的人多，我不得帮她家问问？这不连你都知道了，说明我问得还是有成效的。"

满都拉看完了电报："那也早就该回来了。"谢若水说："后来哈图又来了，夹缠不清地非要由他出钱，可他的钱又不够，我还得帮着协调。"满都拉说："好了，早点休息吧。妈的态度你知道，除了工作关系以外，不要跟通嘎拉嘎交往太密切。"

"知道了！"他鼓足勇气问，"妈，你到底为什么不喜欢她？"满都拉说："她差点害得你考不上大学，你忘啦？"谢若水说："那件事其实不怪她。"满都拉说："还有她以前那个知青，叫什么来着？王朝阳！一个好端端的性命因为她就没了，她这个人不吉利。"

谢若水说："妈，你这是封建迷信。"满都拉说："年纪越大胆子越小，妈就你这么个儿子，你有个三长两短，妈怎么办？""骑马踩进老鼠洞还可能出事呢。"

满都拉说："那更不能自寻死路。你记住妈的话，离她远一点儿，你要是不听，我就——死给你看。"谢若水说："妈，你看你这是干吗啊？你还像个党员干部吗？真是的！我累了，先睡了。"他进了自己的房间。满都拉神情阴郁。

六

朝鲁孤单的身影从电影公司的大门里走出来，他留恋地回头看了一眼。阿藤花站在街道对面，看着他的表情。朝鲁看到了她，向她挥挥手，转身离去。阿藤花愣了一下，穿过马路追上了他："朝鲁！你至于吗？就因为我没借给你钱，就装着不认识？"

朝鲁说："不是，我想先回招待所退房，过了十二点就要算半天钱了。""我给你出！"阿藤花突然反应过来，"你要走？"朝鲁说："是啊，这边的事了结了，该回去了。""你等等，你等等——"

朝鲁低头看了一眼她脚上的高跟鞋："你慢慢走，我先回招待所，在那儿等你。"他不顾阿藤花的叫嚷，迈开大步一路走去，阿藤花失落地看着他的背影。

马背上绑上了那台损坏了的放映机，阿藤花追了过来，朝鲁向她笑了笑，说请她吃饭，算是告别。这是他们第一次见面时的那家餐厅，只是变得更加破旧，没有什么客人，甚至连服务员都见不到，朝鲁和阿藤花还坐在上次坐过的那张桌子上。

阿藤花说："我没说不借给你钱，我需要时间准备，家里的存款都没有到期。"朝鲁说："没关系。"阿藤花说："有关系！我不是舍不得利息！你以为我是舍不得定期的利息？"朝鲁说："不是！"阿藤花说："去年不是开始用身份证了吗，什么都要用身份证，存款没到期非得要用身份证才能取！存款都是孩子他爸爸的名字，我得想办法才能拿到身份证。"

她从口袋里掏出信封，里面是厚厚的一叠钱："为了取这点钱，我跟孩子他爸爸还吵了一架。"

朝鲁说："怎么回事？"阿藤花不想说，下意识地摸着自己的脸，朝鲁脸色变了："他还打你啦？"阿藤花说："不怪他！我拿了身份证，结果正赶上他要去外地,到了飞机场才发现身份证不在钱包里——耽误了他的生意,他当然生气。"朝鲁说:"谢谢。"阿藤花说:"谢什么,也没帮上你的忙。"朝鲁说:"那也要谢。"他举起酒杯,两个人碰了一下。

阿藤花说:"这件事太窝囊,就这么丢了国营的工作?你还是先留在盟里吧,我再帮你找找工作,哪怕找个集体的先干着。"朝鲁说:"不用,我这几年整天跑,也累了,回去陪陪阿爸,歇一歇。"阿藤花说:"那你以后怎么办?我不信你还能在公社待下去!"

朝鲁笑笑:"待不下去再出来。"阿藤花说:"你还笑得出来?我看你是玩得心野了,赚钱赚疯了,要不你会过河去放电影?"朝鲁正色:"我还真不是为了钱,他们要给钱,我一分钱都没要。"阿藤花说:"那到底为什么?"

朝鲁说:"他们说放电影是为了送葬,给一个救过全村人性命的老太太,全村人不管年纪大小,都认她当妈,我一下子就想起咱们的妈妈了。"

阿藤花愣了一下:"哪个妈妈?上海的?"朝鲁说:"这里的。我也说不清是为什么,反正就觉得,就冲'妈妈'这两个字,我就得放这场电影。"

阿藤花琢磨着他的意思,但是显然并不理解。

朝鲁说:"我还给她上了三炷香,所以我不后悔。"

阿藤花眨巴着眼睛看着他,久久不说话,朝鲁埋头大吃了一阵子,奇怪地看着她。朝鲁说:"怎么?"阿藤花说:"咱们认识了半辈子,我这次看不懂你了。"朝鲁笑笑,低下头,继续吃得惊天动地、豪气飞扬。

七

通嘎拉嘎和乌兰其其格坐在炕上搓着毛线绳,身边堆着一堆羊毛。外面传来一阵某种禽类的叫声,嘶哑难听。通嘎拉嘎的动作一僵。

乌兰其其格说:"也不知道这是什么鸟,叫得这么难听。"通嘎拉嘎随口道:"是啊。""以前可没有这么多乱七八糟的动物,唉,这是因为分了草场吗?长生天不高兴了吗?"

通嘎拉嘎吓了一跳:"额吉,你瞎说什么呢?分草场是好事!你不高兴吗?"乌兰其其格说:"我当然高兴啦,就怕长生天不高兴啊,以前祖祖辈辈都没这么干过。""别瞎想了,我出去一趟。"乌兰其其格说:"干什么去?""不告诉你。"

通嘎拉嘎从床头拿了一卷手纸，动作夸张地撕下一段："把手电筒给我。"乌兰其其格把靠近自己的手电筒递给通嘎拉嘎。

通嘎拉嘎快步走在寂静无人的街道上。谢若水从两座房屋之间的夹道里露出头来，向她招手，通嘎拉嘎快步走过去，没入黑暗中。

通嘎拉嘎说："你叫得也太难听了，额吉说从来没听过这么难听的鸟叫。"谢若水不好意思地笑笑："要是学羊叫学牛叫，更骗不过别人了。""有什么事？""就是想你了，想得受不了，非得过来学回鸟叫。""甜言蜜语。""你不喜欢听？"

通嘎拉嘎沉默下来，拿着手电在天上墙上各处晃着，光柱忽长忽短变化着。谢若水感受到她的情绪的变化，伸手搂住了她："再给我一点儿时间，我让我妈妈喜欢你，以后就可以天天说给你听了。""嗯。""通嘎拉嘎，把那个羊拐给我吧？这一次我一定用性命去保护它。你还不相信我吗？""不是。""那就给我吧，这样即使你不在我身边，我也能知道你的心是我的。""再等等吧。""你还让我等到什么时候？"

通嘎拉嘎说："等到我想给你的时候。三个羊拐，一个给了哥哥，一个埋在王朝阳那里了，剩下的这个是我的命。"

谢若水堵住她的嘴："好了，你不用说了，我懂，我会让你相信我的。"他们抱在一起，还没有关闭的手电被压在两个人中间，透出一丝丝光亮来。一墙之隔的街道上，乌兰其其格慢慢转回身，慢慢向家的方向走去。乌兰其其格睁着眼睛，面朝墙壁躺在床上，听见通嘎拉嘎轻手轻脚走进来，乌兰其其格闭上眼睛。

天明，乌兰其其格穿着一身新衣服走在街道上，提着一个点心盒子，走进了公社学校的大门。满都拉正拿着笤帚扫着操场的落叶，她满脸灰尘，穿着一身旧运动服。她吃惊地看着站在自己面前的乌兰其其格："找我？"乌兰其其格说："来看看你。"

满都拉更是奇怪："我这儿——就开学了，我要打扫一下，着急吗？""着急。""那——在这里说？""行。"

满都拉拄着笤帚，等着她说话。乌兰其其格把糕点提起来示意了一下："给你带的，我记得你爱吃甜的。"通嘎拉嘎说："有话直说吧。"

"我女儿通嘎拉嘎和你儿子谢若水的事。""什么意思？他们能有什么事？他们什么事都不会有。"

"你听我说完。""你用不着说完，免得以后难见面。""你是什么意思？""我儿子不会娶你女儿，不会娶，不许娶！""为什么？我女儿哪一点配不上你儿子？""不为什么。""不可能不为什么！不为什么，你为什么不答应？"

"我有我的理由，我为什么要告诉你？""如果我今天没有来，你可以不告诉我，现在我就站在你面前，你不说也得说。"

"我就不说。""孩子们考大学那年，你就硬要拆散他们，好，那时候他们小，我忍了，现在两个孩子都三十多啦！你还要耽误他们？他们都是国家孩子，要是一辈子没有生孩子，你对得起他们吗？你就这么给他们当额吉？"

"好！好！既然你还记得他们是国家孩子，那他们就更不能好了！""为什么？""因为他们都是孤儿，已经够苦的了，如果两个人成了亲，其中一个有个意外，另一个可怎么活？不是更孤单了吗？"

"这真是一句混账话！他们是孤儿不假，可从他们一踏上草原，他们还是孤儿吗？我们这些额吉阿爸都是假的？还是你对你儿子的感情是假的？"满都拉哑口无言。

"你要是爱孩子，就要给他幸福，现在他看上了我女儿，跟我女儿在一起很幸福，你为什么不答应？""他们在一起很幸福？"

"当然！你儿子每天晚上跑到我家门外学鸟叫，引我女儿出去见面，你再不答应，他还不知道要学什么难听的叫声呢！"

两个年逾半百的老太太相互瞪着眼睛。满都拉脸色铁青，她狠狠挥起了笤帚，把灰尘扫得漫天都是："我要扫地了。""那这事呢？""等我想一想。""你要——"

满都拉歇斯底里大喊："我想一想！我想一想！我想一想行不行啊！你就这么急着嫁女儿吗？"

乌兰其其格转身离开。满都拉狠狠地看着她的背影，怒气难抑，一扫帚把糕点盒子打飞，五颜六色的水果糖和糕点散落一地。

谢若水正和几个穿着朴素的基层干部开着会。谢若水说："依法纳税，意义还用我再说吗？"干部甲说："你就再说说呗，以前说的谁也记不住。"谢若水说:"你别给我胡闹,说正事呢。"干部乙说:"这不就是正事?说完意义就该留我们吃饭了,下午再接着说正事。"干部甲说:"就是啊,以前徐书记总请我们喝酒,这叫工作餐。"

基层干部们笑起来,看得出来,他们对这个年轻的领导并不特别在意,他们纷纷掏出香烟点燃。谢若水无奈地看了一眼墙上蒙汉两种文字的"禁止吸烟"的字条,显然没有人理睬。谢若水不情愿地起身推开窗,看见满都拉正沉着脸站在窗外。

满都拉说:"你出来,我有话说。"谢若水说:"我正在开会呢。"满都拉忍了忍,还是没忍住:"我现在就要说。"谢若水说:"等一会儿行吗?我通知了上午九点开会,到现在人才到齐。"满都拉没好气地说:"你把骗我的本事拿出一半来,他们就不敢小瞧你。"

谢若水吃惊。他身后那些基层干部也好奇地探头看着,其中一个显然是满都拉的学生,还站起来向着满都拉打着招呼:"满都拉校长,你儿子惹你生气了吗?要我帮你教训他吗?"满都拉没有理睬他,丢下一句话转身就走:"你出来。"

谢若水为难地回头看看一屋子人,他们都嘻嘻哈哈催促着谢若水。干部甲说:"你快去看看吧,怎么惹得满都拉校长生气啦?"干部乙说:"满都拉校长一生气,我现在还会害怕哪!"谢若水说:"那我先去看一下,你们几个别嘻嘻哈哈的,好好想想我干吗让你们来开会!"他匆忙走出去。

满都拉面沉如水,谢若水追了上来:"妈,你干什么啊?他们都在看我笑话!"满都拉说:"我要是再不来,全公社都看我笑话了!"谢若水说:"什么啊?"

满都拉冷冷地看了他一眼:"当初收养你的时候,你阿爸说过一句话,说汉族人有讲究,收养孩子越小越好,喂过奶、把过屎尿的才亲,我说我们内蒙古人没这么多事,当亲生孩子养的,就是亲儿子。"

谢若水说:"妈,你说这些干什么啊?我当然是你的亲儿子啦!"满都拉说:"亲儿子会瞒着我跟乌兰其其格的女儿好吗?你亲口答应我的是什么?都是骗我的吗?"谢若水傻了眼。

满都拉说:"要不是乌兰其其格找上门来,我还不知道我孝顺听话的儿子半夜去爬人家的墙头学鸟叫！你不嫌丢人吗？你不嫌我还嫌呢！"满都拉声色俱厉，白发飞扬。那边的办公室，基层干部们从门和窗探出头来向这边张望。

谢若水说："妈，你先别生气，这件事比较复杂，我回家再跟你说，我先去开会——你也不想让他们看笑话吧？"这句话打动了满都拉，她甩下一句话转身离开："你好好想想吧！"谢若水神情苦涩地看着她的背影远去。

基层干部们从门前窗口退回来，迅速地围着桌子坐好，假意拿着文件看着。他们没有看到，谢若水过门而不入，身影从门前和窗口经过，消失。谢若水贴着墙边，一路远去，身形孤单，凄苦无助。他魂不守舍地一直走出公社街道，置身草原边缘，一屁股坐下，发呆，天地苍茫无限。

八

小县城的集市，徐世铎守着服装摊位，卖力地吆喝着。门可罗雀，周围的摊位上，卖货的人无精打采，其中几个索性聚集起来打着扑克，只有徐世铎向着空荡荡的街道吆喝着。他突然住了嘴，看到朝鲁牵着马，远远看着他。

路边小餐馆里，朝鲁埋头吃着夜面，桌上杯盘狼藉，徐世铎已经吃饱，剔着牙，看着朝鲁："你特意来找我的？别说你是顺路，我不信。"朝鲁说："我就是来找你的。"徐世铎问："什么事？想跟我一起做买卖？"

朝鲁摇头："我想走自己的路。""你自己的路？你知道该往哪儿走吗？""不知道，所以来找你，你脑子活、见识广，帮我想想。"

徐世铎笑了："你也学会拍马屁啦？""我没有人可以商量，我阿爸就想让我跟他一起放马。""你不想回去？""现在还不想，我还不甘心，这几年到处跑，才知道草原大得很，我见识得还太少。""你能来找我，我很高兴，我得给你谋划个好主意。"他仰着头想着，朝鲁眼巴巴地看着他。

"不行，你得回去搞牧场。""啊？""牧民的根子还是在草原上，像我这么跑出来做生意，不是正经路数。""可是——""你听说我完。这么多年我也看明白了，个人的命运，永远得跟着国家气运走，气运就是政策，现在国家政策是什么？草场！""那你怎么不回去？"

"我心野了，我的视线不仅仅是草原了，我要把买卖做到草原外面去。""草原外面？""是啊！哈尔滨、沈阳、长春、北京、天津、石家庄，还有你们上海。"

"我们上海？""是啊，你们上海。你也好，通嘎拉嘎也好，我都希望有一天能回你们的上海去，那才是繁华的地方，到处都是汽车、高楼、电视机！空气里都是汽油的味道。"徐世铎陶醉地形容着。

"你去过啦？什么时候去的？"徐世铎被噎住，恼羞成怒地："电影里没有看过吗？亏你还是放电影的！你到底听不听我的？""我要再想一想。"

闹钟的表针在走着，发出清脆的声响。通嘎拉嘎心神不安地看着表。乌兰其其格搓着马缰绳，头也没有抬："他今天不一定会来了。"

"额吉。""他额吉恐怕不会让他来见你。""她怎么知道？""我去找她了。""啊？""她脑筋有毛病，那么大年纪了，都活到牛犊子身上去了，我得跟她理论理论。""你怎么跟她说的？她怎么说？""她瞎了眼。""她还是不喜欢我？""不是，她喜欢你，她就是担心人丁不旺，要找个胖胖的女人给他家生孩子。"

"谢若水会来找我的。""我也希望他能来，他来了，你们的事才有希望，我就是怕啊，这孩子性子太软，不够有担当。""不会，他跟以前不一样了。"

街灯清冷。谢若水望着通嘎拉嘎家的灯光，默默转身，离开。满都拉胡乱翻着报纸，虽然外表镇静，但频繁看表，心绪不宁。外面传来脚步声，满都拉立刻正襟危坐看起报纸来。

谢若水走了进来，满都拉问："吃饭了吗？桌上有。""跟几个干部吃了，非缠着我要喝酒。""吃饱了就说说吧！说完睡觉。"

谢若水深吸一口气："妈，我承认我不该骗您，不过我不是有意的，我是不想让您心烦。""直接说重点。""我和通嘎拉嘎从小一起长大，知根知底——""说重点。""我要跟她好，希望您成全。""我要是不成全呢？"谢若水哑口无言。

"看看你说的话，还希望我成全，好像我是恶人，非要拆散你们俩！我是要拆散你们俩，因为你们不合适。""怎么不合适？""我教了她三年，我还不知道她？看起来性子柔和，其实骨子里倔强着呢！你从小就性子软，跟她过一辈子，就会一辈子都抬不起头，不会幸福。""幸福不幸福我自己知道，这是我自己选的生活，我会负责的。"

满都拉冷笑："你真跟他们几个吃了晚饭？""对。""那几个人下午就走了！你还能跟他们吃晚饭？你连对我说实话都不敢，你还说什么对生活负责？你有这个资格吗？""我不饿。"

满都拉突然怒气爆发拍起桌子："我没问你饿不饿！我说的是你的性子没担当！当然，你是我儿子我不会怪你！但是你这性子就得找个温柔女人，不容商量。"

"妈妈，这是我的事，再商量一下不好吗？""这不是你一个人的事，这是一个新的家，我不能明知道她不能给你幸福，还把你交给她。""阿妈——""除非你不再叫我妈了。你自己选择吧！"谢若水苦涩无助。

通嘎拉嘎走出门来，冷得缩着肩膀，她向长街两侧望着，长街无人。她沿街走去，向着黑暗的夹道张望。脚步声越发清晰孤单，她终于停下脚步，已经走到了公社的尽头。她仰望星空，万籁俱寂。

通嘎拉嘎来到谢若水办公室，门上挂着锁，一张纸片插在门上，在风中抖动着。她走到近前，纸片上写着：下乡，有事留言。

门框边还搁着半截铅笔，通嘎拉嘎伸手拿起来，却不知道写什么。一天天，一次次，纸片在风中抖动，终于纸片已经被风吹走了，门依旧被锁着。通嘎拉嘎神色憔悴决绝，伸手拿起那截铅笔，在门边的墙上写字，第一笔下去，笔尖就折断了，她无法写下去了。

乌兰其其格伸手搂住了她："孩子，别怪谢若水，他尊重养母，是个好孩子，他只是还没有展开翅膀真正长大。"通嘎拉嘎喃喃地："我知道，额吉，我等不及他展开翅膀了。"

谢若水骑马走在草原深处，极目四望，蒙古包主人正在远处的草料堆前忙碌，谢若水连忙带马跑过去。他下了马寒暄着，随即抄起工具，一块帮着干起活来。

他和主人同吃同喝同住，夜晚蒙古包里的人都睡了，他却大睁着眼睛，看着脑包外露出的一角星空，整夜整夜地失眠。

哈图坐在高坡上，俯瞰着马群，他已经有了老态，三四岁的小儿子正在身边跑来跑去。朝鲁坐在他身边，发着呆。

"我把马群分一半给你，你愿意和我一起养也可以，反正我年纪大了，你弟弟还小。""我还没想好哪。""还想什么？我看不放电影了更好。""等我再想想吧。"

"那就好好歇一歇，这两年你跟吃了疯羊草一样到处跑，赶紧让安雅给你找个女人吧。""不用。""就你这个笨样子，你自己能找得到？"

朝鲁神情恍惚了一下，哈图有了发现，变得兴奋起来："真有？还真有？是哪里的姑娘？我见过吗？"

一盘盘丰盛的饭菜被安雅端上桌来。哈图还在喋喋不休地追问着："到底是谁家的姑娘？是哪个旗的总能告诉我吧？家里是什么情况？家里情况不好也没有关系，咱们家还好，我会给你办个最大的婚事。"

朝鲁下定决心就是不告诉他，埋头吃肉喝酒，还不忘了给小弟弟夹块肉。哈图急得抓耳挠腮。安雅劝道："你就别着急了，朝鲁拿定主意了会跟你说的。"哈图说："他做事还有准儿？我们得早点知道，早点准备。"安雅说："朝鲁，你就跟阿爸说一说呗，要不他这几天连饭都吃不下。"

朝鲁叹口气："我连该干什么都不知道，哪儿有心思琢磨这些？"安雅叹道："你这当哥哥的不着急，通嘎拉嘎也不着急，就乌兰额吉和你阿爸着急。""她跟谢若水挺好。""你还不知道吧？他们两个不行了。"朝鲁一愣。

"好像是满都拉校长不答应，谢若水也没办法，只好——"

"只好什么？他又想把我妹妹丢下？"

满都拉倒着奶茶，一个身材壮硕的女孩子拘谨地坐着，谢若水面无表情。

满都拉介绍说："莎娃是我教过的学生，现在在奶粉厂当技术员，家里的条件我也很了解，父母都是老实人。"谢若水还是没有回应。

满都拉又说："你们年轻人好好聊聊，谢若水，你主动点儿。"谢若水不情愿地说："奶粉生产要注意卫生，关系到人民生命安全，马虎不得，你们厂有哪些措施啊？"莎娃更加拘谨，说话都不利索了："我……我……知道，不知道。"

朝鲁闷着头快步走着，前面就是学校的大门了。通嘎拉嘎追了过来，一把抱住了他的腰:"哥,你干什么?"朝鲁挣脱着:"你别管。"

"你要去找谢若水!我不让你去!""我要把他的牛黄摔出来。""要摔也是我摔。""你还想护着他?""如果打他一顿能让他有胆气有担待,那就去摔,可他根本不值得。"

"是我看错了人。""我自己选的,跟别人都没有关系。""我得打他一顿,出出气。""那他反而坦然了,因为他觉得他付出代价了。我不想让他坦然,我要让他记着,他这辈子对不起过一个人。"

门内突然走出两个人,是谢若水送莎娃走了出来。他们隔着一条马路相遇,他看着通嘎拉嘎的眼神,突然低声地对莎娃说:"那我就不送你了,我有个老朋友从外地回来了,我去见见他。"

他顾不上等莎娃回答,径直穿过街道走向朝鲁和通嘎拉嘎。通嘎拉嘎拉紧了朝鲁的胳膊。

"朝鲁,你回来啦?什么时候回来的?"他也没有等朝鲁回答就转头看向通嘎拉嘎:"我下乡去了,刚回来。那是我妈妈以前的学生,来看她,我顺便送出来,正想去找你哪。"通嘎拉嘎问:"真想去找我?""当然。"

通嘎拉嘎垂下眼睛,看着他脚上穿着的拖鞋。谢若水也知道自己说漏嘴了,他胡乱编着理由:"忘了换鞋了——反正也不算远,这双拖鞋我穿了六七年,也该换换了。"

朝鲁和通嘎拉嘎都盯着他,谢若水说不下去了说:"你打我一顿吧。我对不起通嘎拉嘎。"通嘎拉嘎再次握紧朝鲁的胳膊。

朝鲁说:"我是要来打你的,不过通嘎拉嘎不让我打你,她说得对,你不值得我动手,你现在就是一块被雪埋了一冬天的死羊肉,你身体里已经没有热血了,我打你干什么?我打一块死羊肉干什么?通嘎拉嘎,咱们走。"

他拉着通嘎拉嘎转身就走。谢若水下意识地追了几步,却被猛然转身的朝鲁一把拦住,他吓得连连后退,一只拖鞋掉在地上。

朝鲁轻蔑地看着他光脚站在泥土里的样子:"从此桥归桥路归路,你再纠缠我妹妹,我弄死你。"兄妹俩再次转身离去,谢若水失魂落魄,狼狈地看着他们远去。在他身后的校园里,满都拉也在远远看着自己的儿子,她神色坚定,毅然转身离开。

朝鲁向乌兰其其格偷偷使着眼色，意思是问通嘎拉嘎的情形。乌兰其其格说："放心吧，我的女儿我知道，坚强着呢。"通嘎拉嘎看了他们一眼，朝鲁连忙岔开话题："阿藤花让我给你代好，说等她女儿放暑假了要带她来玩。"通嘎拉嘎问："她还好吗？"朝鲁说："我瞧着不算好。"通嘎拉嘎问："怎么？"朝鲁说："我也不知道，反正就是——她以前说三句话，至少要提两次她男人，现在也不提了。"

通嘎拉嘎没有说话，乌兰其其格却意味深长地看了他一眼，朝鲁问："怎么了，额吉？"乌兰其其格说："一个女人不再把自己的男人挂在嘴边啊，说明这个人已经不在她心里了。"朝鲁说："啊？也不是全不提了，是提得少了。"

乌兰其其格在下巴前比画了一下："那就是已经到了这儿，快离开她的心了。"通嘎拉嘎对朝鲁说："哈图大叔说，要把马群分你一半。"朝鲁说："嗯，我还没想好。我没想好以后干什么。""你不放马吗？你是最好的马倌。"

乌兰其其格说："是啊！现在日子好过多了，都攒足了劲儿，繁殖牲畜，经营自家的草场，你阿爸现在可有钱了。"朝鲁说："我知道家里有钱了，所以我才想，是不是我不用再为挣钱活着？"

通嘎拉嘎和乌兰其其格都不解地看着他。

朝鲁说："我也说不清楚，就是觉得心里有个什么东西，还饿着，饿得整天在我耳边叫。""叫什么？""我要是能听清楚就好了。"他站起身来，"我回去了。"

"你就睡这里吧，还去跟哈图大叔挤？""我还住库房。""明天收拾好了再住。""没事儿，不用收拾。我的放映机在那儿，不守着睡不踏实。"

他向乌兰其其格道个别，走了出去。

九

这里还是以前的民兵连连部，是朝鲁与哈图分家后的住处，简陋得很。朝鲁躺在床上，看着立在屋子中间的装放映机的箱子，灯光下，箱子的边角都是磕碰的痕迹，回想着夜色下的河滩，电影放映机把白光投射在银幕上，演绎着故事。

他想起坐在放映机下的那个背影——图雅的背影，他记得所有的细节，包括鬓间飞扬起来的亮亮的发丝。图雅似乎能感受到他的目光，微微侧着脸扭着头,让他看到更多的容颜。睫毛、发丝,在这一刻都那般完美,叠映着背后银幕上的悲欢离合,这是朝鲁不舍得放弃的原因。

　　箱子已经打开,放映机的零件摊了一地。朝鲁目光柔和,神情专注,用一块柔软的马皮,细细擦拭着放映机。尝试了很多次,放映机依然无法正常工作,朝鲁决定去外面找找能修理的人。

　　乌兰其其格手里搓着羊毛绳,关切地看了一眼发呆的通嘎拉嘎。她拽了拽手里的羊毛绳,通嘎拉嘎惊醒过来。乌兰其其格说:"你这孩子今天是怎么啦?一晚上都发愣。"通嘎拉嘎说:"额吉,哥哥又走了。"乌兰其其格说:"走啦?走了也好。雄鹰飞得高了,就该落到山顶上。"

　　通嘎拉嘎说:"你总是护着他。"乌兰其其格说:"你要是想飞,我也一样高兴。"通嘎拉嘎说:"我可舍不得离开你。哥哥他是心里有主意了。""那你呢?真想跟额吉放一辈子羊?你的医都白学啦?"

　　"我给别人看病啊。""你还能给更多的人看病,开家诊所吧,女儿,给更多的人看病,骑上你的马,带上你的药囊。"

　　"像桑杰老师那样?""像赤脚医生那样,你小时候不是最想当赤脚医生吗?要不是你把机会让给了阿藤花,你早就是了。"

　　通嘎拉嘎显然被说动了,理想浮现在心间:"我能行吗?"乌兰其其格说:"怎么不行?你这些年治好的病人那么多,你还不相信自己?""可是,咱家的羊怎么办?""额吉没老,这点儿羊算什么?再说你不看病的时候还可以帮我嘛!""我再想想吧。"

　　图雅在翘首以盼。远处,一个小小身影出现,她变得很兴奋,患得患失。她用力盯着那个身影,看出是两匹并排的马,其中一匹上坐着骑手,另一匹只是驮着东西。

　　图雅放心地笑了。转眼,两匹马到了图雅面前,马背上是放电影的机器,马上的人却没有人见过。放映师傅告诉图雅,朝鲁被开除了,图雅傻了眼。

　　长途车在黑暗中轰鸣着前行,车厢里的人都睡得东倒西歪。图雅坐在靠窗的位置,脸上的表情有羞涩有坚毅,看着车窗玻璃上自己的影子。

　　图雅提着行李走来,通嘎拉嘎背着筐捡着牛粪,她们隔着一条土路相遇,却好像认识一样，忍不住相互打量。图雅突然开口："你是——通嘎拉嘎吗？朝鲁的妹妹？"

通嘎拉嘎带着图雅一路说笑着走来。图雅说："朝鲁说了好多你的事，所以我一眼就认出你来了。"通嘎拉嘎说："我也觉得你眼熟，不过肯定没有见过，我从没有去过南边。"图雅说："有机会去看看吧，我们村子在黄河边上，你哥哥喜欢坐在河边抽烟。"

通嘎拉嘎问："你怎么找到这里来的？他给你的地址？"图雅说："他说过一次，我就记住了。这次的事，我们村里都觉得对不起他，还害他没有了工作，我就想来看看他。"通嘎拉嘎笑起来。

图雅说："你笑什么？"通嘎拉嘎笑着说："我在笑我哥哥，这么大年纪第一次有了女人缘。"图雅不好意思地说："什么啊！我就是来看看他，他对我们村子挺好的。"

通嘎拉嘎问图雅："他还不知道什么时候才能回来，你是住他的住处，还是住我家？"图雅犹豫着，想必她更想住在朝鲁的家，但又知道这不太合适，通嘎拉嘎再次大笑起来："好了，我替你决定吧，你跟我回家，我哥哥那个窝根本不能住人。"

图雅松了口气，又似乎若有所失，通嘎拉嘎已经推开了自己家的门，大呼小叫地进去："额吉！来客人了，是朝鲁的朋友，从很远的地方来的！"

图雅紧张地站在门口，通嘎拉嘎伸手把她拉了进去。

阿藤花虽然不大情愿，但还是给朝鲁搞来了几盒库房报废的胶片，她看着支起来的放映机，问朝鲁："这不是坏了吗？"朝鲁没有理睬她，自顾自把胶片安装在机器上，又开通了电源，向阿藤花做了个噤声的手势："嘘——"

他开动机器，一道白光投射到对面的墙上，一段模糊的画面放映出来。阿藤花一脸不以为意的表情。朝鲁调整着机器，画面清晰起来，一段影片放了出来，是《简·爱》。随即，声音也传出来。

阿藤花问："你修好啦？"朝鲁高兴得无法自制，他突然抱住了阿藤花，随即又松开。阿藤花却一惊，连忙四下看看，嗔怪着说："胡闹什么你！"

朝鲁还是无法宣泄高兴，他在电影机前连翻了几个跟头。阿藤花被他的快乐打动，看着他的笑脸，自己也笑了。朝鲁回到放映机前，和阿藤花一起看着墙上的电影。

"阿藤花,我知道自己要干什么了。我长这么大,还是第一次这么想做件事。""你要再回放映公司?行,就凭你这么喜欢,我一定帮你去找找关系。""我不回去了,我要自己干。""啊?""你刚才说这是报废的片子?我们单位的库房我进去过,报废的片子堆得跟山一样,你帮我都买下来。"

"你要干个体户?""叫什么都行,我就想放电影。""不可能!你们单位不会答应。这是国家专门管理的。""我偷偷干,巡回放映根本顾不过来那么多嘎查,我知道他们的路线,我不跟他们抢。"

"那也不行。""行不行我都要干,我一定要干,哪怕他们拿枪追着我,我也要干,你就帮我去买胶片就是了。行吗?""你有钱吗?就算是废品,也得花几个钱哪!拉关系的钱我可以给你出。"

朝鲁拿出一卷钱塞给她:"还得找个地方保管胶片,你看着花吧。"阿藤花问:"你哪里来的这么多钱?"朝鲁答:"保密。"

哈图疑惑地看着面前的几个汉子:"要买我的马?"汉子甲说:"哈图大叔,不是你的马,是朝鲁的马。"哈图说:"他哪儿有马?他——"

汉子乙说:"朝鲁说你把马分给了他一半,他卖给我们了,我们想着是你们养的马,肯定错不了,就把钱给了他。"哈图说:"你们还给了他钱?"

汉子甲催促着,汉子乙连忙掏出了字条。汉子甲说:"他打的收条,还按了手印,他还让我们跟你说句话。"哈图看着纸条,强忍怒火:"说什么?"汉子乙说:"他说他选好了自己的路,但是没有上路的盘缠,只好把阿爸给他的马卖了。"

哈图说:"我还没给他呢!"安雅也一脸急切地抱着孩子上前:"朝鲁他不能这样,你们不能这样啊!我们去找公社——"

哈图说:"你别插嘴。马我不会给你们,他拿了你们多少钱,我给。"汉子甲说:"我们不要钱,就要马。"哈图说:"马不给。"汉子乙说:"我们有字据,他按了手印。"哈图说:"我按了吗?"安雅说:"就是啊!这是违反政策的,你们找他要马去!"哈图说:"闭嘴。"汉子乙说:"哈图大叔,你怎么说?"

哈图说忍着怒火,汉子们相互看着,马群不断传来阵阵马嘶,他们舍不得放弃。哈图说:"条子我看看。"汉子乙有些迟疑,握紧了字条。汉子甲踢了他一脚，汉子乙连忙把字条递给了哈图。哈图看着字条说："你们去拉马吧。"汉子甲说："谢了。"

他们转身就走，各自跳上马，拔起插在马旁的套马杆，冲向马群。安雅急了："孩子他阿爸！你这是干什么？这是你辛辛苦苦养下的马！"哈图说："我答应过给他一半。"安雅说："他不是没回来嘛！不回来还给他干什么？本来指望他帮你放马才——"哈图说："不要说了。等他回来我打断他的腿，再也不认他这个儿子，但是现在他还是我儿子，他要的，我给。"

哈图翻身上了马，向安雅伸出手。安雅说："你还要帮他们？"哈图没有作声。安雅一脸不快地从房子边抱过哈图的套马杆。哈图把套马杆在手中有力地挥动了几下，随即纵马冲向自己的马群。汉子们在马群中纵横奔驰，套着一匹匹的马，尘土飞扬在高空，久久不落。

这是一间空厂房，墙边堆着一盒盒朝鲁买来的电影胶片。窗户上蒙着窗帘，屋子里很暗。朝鲁在放着电影，一部描写父子情的电影《牧马人》此刻正放到一段父子告白的感情戏。黑暗中，朝鲁在流着眼泪。

通嘎拉嘎挥起羊鞭，抽出脆响，领头的羊乖乖地改变方向。图雅很是佩服。

通嘎拉嘎说："你试试？"图雅有点退缩："我不行，我们那边是农区，全村加起来也没你这么多羊。"通嘎拉嘎鼓励她说："试试呗，我们这里的女人都会放羊。"这句话打动了图雅，她接过鞭子，挥了出去，鞭子也响了，但是羊群却没有理睬。

"我跟哥哥从小就放羊。""朝鲁说过你们俩的事，其实我也是孤儿。"通嘎拉嘎吃惊："你也是从上海来的？""那倒不是，我就是这里的，小时候父母亲去挖水库，塌方了，都死了，是村里人把我养大的。"

"难怪我哥哥跟你聊得起来，他那个人可不会跟别人交往了，小时候老闯祸。""我看他挺好的，很会照顾人。""是会照顾你吧？"

图雅有些慌乱："没有啊，我们全村他都照顾，他还去别的村子去放电影。"通嘎拉嘎只是笑，图雅也觉得好笑，两个人一起笑起来。

通嘎拉嘎又问："对了，要不要我带你去见见朝鲁的阿爸？"图雅惊慌地摇头:"不,不,我去干什么?我不去。"通嘎拉嘎哈哈大笑,图雅才知道自己受了戏弄,她向通嘎拉嘎追了过去,两个女人打打闹闹起来。

通嘎拉嘎和图雅坐在山坡上,下面散布着羊群。通嘎拉嘎不断揪起地上的草给她看:"这也是一味蒙古药,能治疗皮肤脓肿,熬水喝。"

"你懂得真多。""谁叫我比你多吃了几年饭哪。对了,你说我到底要不要开诊所?""当然要开了,不光能救人,也能挣钱,我们村里就有个小药房,都是药片,挺不便宜的。""我这是蒙医,不是西医。"

"能治病就行。你既然有这个本领,就应该开诊所。""我也会放羊啊。""会放羊的不缺你一个,会看病的呢?""好吧,你说服我了。"

图雅有些紧张:"你哥哥怎么说?"通嘎拉嘎说:"他还不知道呢,不过我猜,跟你说的差不多。"

图雅松口气:"朝鲁什么时候能回来?我出来几天了,怕村里的人会着急。"通嘎拉嘎说:"这可没有准信儿了。我要去旗里,你是留下来等我哥哥,还是跟我一起去?顺便可以送你回去。"

图雅犹豫片刻:"我跟你一起走吧。"通嘎拉嘎安慰地握住她的手:"放心吧,你以后来我们这里的次数还多着哪。"

图雅想问又不敢问,她含糊地应了一声,爬起来拍着屁股上的草叶。通嘎拉嘎也拍着屁股,两个女人也不知道怎么了都觉得好笑,再次一起笑起来,也许她们只是为彼此相遇而忍不住高兴。

第十八章　毕力格

一

送走了图雅，通嘎拉嘎来到旗医院，医院大门外挂着好几块牌子，分别是旗卫生院、旗卫生学校和旗医院。

她找到了医院的诊室，医生正在看病，病人在有序地等待。一个高大健壮的蒙古族小伙子——毕力格也在等待，他看到了进来的通嘎拉嘎，眼前一亮。他紧紧盯着通嘎拉嘎，通嘎拉嘎却压根没有看见他，她走到一个正在给病人看病的大夫面前："请问，您是卫生院的陈院长吗？"大夫看了她一眼，继续看着病。

通嘎拉嘎说："我到卫生院找您，他们说您今天值班看病，我就——"大夫有些不高兴，通嘎拉嘎停下追问，等着他给病人开着药方。病人拿走了药方，通嘎拉嘎抢先坐在椅子上，她向站起来的病人做了个歉意的表情："抱歉，我就说一句话。"

她拿出一页纸，递给陈院长："这是我的申请报告，我想开一家诊所。"陈院长说："现在是看病时间，不办公，你要是看病就去挂号排队。""对不起，是我着急了，我不是旗里的，我坐长途车来的。"陈院长说："我说过了，现在不办公。""请您通融一下，我跟温都苏老师学过医，我是——"

陈院长反感地说："你认识温都苏又怎么啦？"通嘎拉嘎吓了一跳："不是，不是，我没有这个意思。"陈院长说："那请你让开。"通嘎拉嘎只好站起来。

"下一个。"毕力格站起来，对医生说："医生，该我了。我不看了，我的号让给她，你给她看吧。"通嘎拉嘎吃惊地看了他一眼。

陈院长瞪了他一眼，毕力格坚持地看着他，陈院长拿过通嘎拉嘎的纸，翻看了一下："不行，拿回去吧。"通嘎拉嘎说："为什么？"陈院长说："不符合条件。"通嘎拉嘎说："什么条件？"

陈院长说："你连要什么条件都不知道就要开诊所？"通嘎拉嘎说："我不

知道还有条件啊！我学过医，平常也给大家伙看病，我现在只是想——"陈院长说："你以前那叫无照行医，是违法的。现在你想合法，可以，符合条件就行。"通嘎拉嘎说："可是——有什么条件啊？"

毕力格插话："你这个院长也是，有什么条件你跟人家说啊！"陈院长再次看了毕力格一眼："最基本的一条，是需要考一个行医执照，没有就不能开业。"毕力格说："通嘎拉嘎的医术好得很，我们那里的人都找她看病，不需要什么证。"通嘎拉嘎吃惊地看着毕力格。陈院长说："那小伙子你为什么来医院啊？"毕力格说："我来旗里卖牲口，顺便来看——我现在不看了，我就找通嘎拉嘎看。"

他恼怒地把挂号条一撕两半，陈院长看向通嘎拉嘎。

通嘎拉嘎说："我不知道有这个条件，还没有准备好。"陈院长说："那等你准备好再来，旗里原则上鼓励开设各级医疗机构的，但是也要严把审批关，因为关乎人命，这需要你理解。"通嘎拉嘎说："我理解，谢谢。"

通嘎拉嘎起身向外走，陈院长对毕力格说："到你了。"毕力格却追了出去："我不用你看了。"

通嘎拉嘎走出来，随即，毕力格追了出来："通嘎拉嘎，等等我，我叫毕力格，是云山嘎查的，我见过你……"通嘎拉嘎说："谢谢你把号让给我，你快去看病吧。"毕力格说："不，我就想让你帮我看。"通嘎拉嘎说："我……我没有执照。"

毕力格脱口而出："我不在乎。"通嘎拉嘎说："不必这样，你都到了医院了。"毕力格执拗地说："我就想让你看。"通嘎拉嘎说："好吧。不过我什么都没有带。"

毕力格说："我可以跟你回去，你现在要回去吗？我们一起回去？"通嘎拉嘎说："没有长途车了。"毕力格说："骑马。我带了两匹马来，正好给你骑。"

毕力格和通嘎拉嘎一起骑马走着。通嘎拉嘎扭头看着他的马，马很高大，马鞍和各处都装饰得很漂亮，禁不住夸赞道："你的马真漂亮。"

毕力格二话不说跳下马，把马缰绳递给通嘎拉嘎，通嘎拉嘎说不骑，但毕力格执着地举着马缰，通嘎拉嘎只好下马，接过马缰。

毕力格的马似乎有些抗拒，嘶鸣着。毕力格拍着自己的马头，喃喃自语："宝青，乖。她就是通嘎拉嘎，让她骑。"

马儿老实了，通嘎拉嘎奇怪地看着他，翻身上马。毕力格牵着马走着，通嘎拉嘎说："你也上马啊！这要走到什么时候啊？"毕力格这才上了马，两个人远去。通嘎拉嘎问道："你究竟是哪里不舒服啊？先跟我说说。"

乌兰其其格笑眯眯地收拾着一盘又一盘的奶酪、炒米，不时还探头看一眼通嘎拉嘎和毕力格。通嘎拉嘎正专注地给毕力格诊病，毕力格的眼神满是爱慕，偷偷看着通嘎拉嘎，而这一切却都被乌兰其其格看在眼里。

通嘎拉嘎突然疑惑："你的心怎么跳这么快？平常也这样？"毕力格说："不，我身体壮得很，一顿能吃三斤肉。""奇怪！"

乌兰其其格无声地笑了，她端着各种美食送了过去："好了，先别急着看病，让客人尝尝咱家的奶皮子。"通嘎拉嘎说："对，你可能是饿的吧？先吃饱了我再给你看看，你这个病，我得琢磨一下。"

通嘎拉嘎松开把脉的手，毕力格如释重负地松口气。乌兰其其格倒上奶茶，让着毕力格："孩子，快尝尝，这是我家通嘎拉嘎的手艺，你尝尝喜欢吗？"毕力格说："喜欢。"通嘎拉嘎说："你还没吃哪就说喜欢。"毕力格傻乎乎地笑。

乌兰其其格说："这孩子的牙可真白。"通嘎拉嘎也看了一眼，毕力格更加局促。乌兰其其格说："你是云山嘎查的？家里还有什么人啊？养牲畜吧？养的什么？"

通嘎拉嘎大口吃着奶干："额吉！你这是查户口啊？你也不问问我事情办成了没有。"乌兰其其格说："那一定是办成了。"通嘎拉嘎说："没有！卫生局说我要先有个照。"

毕力格说："行医执照。"通嘎拉嘎说："对。"乌兰其其格说："那到哪儿去领一个？"通嘎拉嘎说："我回来时绕到扎拉嘎查去找我同学问了一下。"

乌兰其其格说："你们俩去扎拉嘎查啦？那绕的圈子可不小，小伙子你不会嫌烦吧？"毕力格连忙把头摇得很剧烈。

乌兰其其格说："我家姑娘吧就是认死理儿，想搞清楚什么事，就非得立刻搞清楚，你们绕这么远，一定饿坏了吧？快吃！"

通嘎拉嘎说:"额吉!你听不听我说?""边吃边说嘛。"通嘎拉嘎说:"反正就是不好办。"乌兰其其格说:"那就不办了。"通嘎拉嘎说:"不开诊所啦?"乌兰其其格说:"不开就不开,你这不是把病人带回来了,不用诊所也一样看病,你说是不是啊,毕力格?"

毕力格说:"我不知道。"乌兰其其格说:"那你信不信通嘎拉嘎?敢不敢让她给你看病?她可没有你们说的那个照。"毕力格说:"敢。我就信她,就是把我治死了我也愿意。"

通嘎拉嘎往地上吐了吐口水:"呸呸呸,我还不愿意呢。快吃!吃饱了我好看病。"毕力格连忙把食物塞进嘴里:"吃饱了。"通嘎拉嘎没好气地:"我还没吃饱呢。"毕力格说:"那我还能吃。"乌兰其其格笑起来。

光柱投在银幕上,故事在上演,观众们看得如醉如痴。朝鲁坐在放映机后,虽然也盯着银幕,但却心不在焉。他的两手垂在腿中间,伸在屁股下坐着的木箱里。木箱里是凌乱的钞票,朝鲁的两手在整理着钞票,左手里已经握了整理好的厚厚的一叠钞票。朝鲁的脸上挂着压抑不住的笑容。

图雅低头走在街道上。村里的人在各自家的院落里、家门前看着她,低声地指指点点。一个大婶扯着嗓子:"图雅,回来啦?听说你串亲戚去啦?"图雅有些慌乱:"啊!诺敏大婶,去串个亲戚。"

诺敏大婶说:"你从小就是一个人,哪儿有什么亲戚?你有亲戚我们怎么不知道?"图雅说:"就是个亲戚。"诺敏大婶在邻居们的注视下,声音更加大起来:"是会情郎去了吧?说给我们听听,到底什么男人能引得你跑出去好几天啊?"众人大笑起来。

图雅疾走了几步,站住脚,她看向诺敏大婶:"诺敏大婶,就算你们不问我也要说的,我从小是村里人养大的,你们就是我的长辈,我有了喜欢的人,当然要告诉你们。"众人都被她的态度震慑,收拾起戏谑的笑。

图雅说:"我没骗你们,我见到了朝鲁的妹妹和妈妈,我没有见到朝鲁,但我以后肯定会见到。"诺敏大婶说:"你说的朝鲁就是放电影的那个?"图雅说:"对。他这次不在家,但他会来找我,以后,我就搬到他们那个苏木去住啦。"众人都无言地看着她。

满都拉和谢若水坐在角落里，谢若水心不在焉，满都拉给他整理着衣领。

满都拉叮嘱道："哈斯其其格是年轻干部，你也是年轻干部，你们两个最合适了，工作上能相互促进。"谢若水不置可否。满都拉接着说："你可给我打起精神来，这是你田叔叔介绍的姑娘，要是谈不成，我在你田叔叔面前可就丢脸了。"谢若水说："那我还是不见了，我可不敢担这个责任。"

满都拉拉住他："你给我正常表现就行！该热情就热情，不卑不亢，只要你正常表现，我相信那姑娘会看上你。"谢若水说："你还真有信心。"满都拉说："那当然，我的儿子我有信心。"

一个年轻的女人走了进来，她四下打量了一下，径直走过来。满都拉低声嘀咕："应该是这孩子，真不错。"谢若水无精打采，被满都拉伸手招了一下。

"请问是满都拉阿姨吗？我是哈斯其其格。"满都拉起身招呼着："就是我，快来坐下。这是我儿子谢若水。"

哈斯其其格向谢若水点头致意，落落大方地坐下："我见过谢书记，有一次开民主生活会，谢书记带着我们学过文件。"谢若水凝神回想，显然没有想起来。

哈斯其其格说："我当时坐在后面，没有发言，不过谢书记的学识我还是很佩服。"满都拉很高兴："你这姑娘也不错，我听老田说，你在自学计算机？""是想多学一点儿知识。电子计算机在将来会大有作用。"满都拉推了谢若水一把："你看看人家多有计划性，你也学着点，别整天往下面的嘎查跑。"

谢若水看向刚刚进门的一个人，如释重负一般向那人招招手。哈斯其其格和满都拉都看过去，是卫生院的陈院长，但是他显然似乎没想起谢若水来，虽然也抬手招呼，但是一脸茫然。

谢若水想借机溜走："你们先聊着，我去打声招呼。"满都拉拉住他："别走，有什么招呼非现在打？"谢若水说："是个老朋友，我找他有事呢。"

这么一耽误的工夫，陈院长已经走了过来："你是……"谢若水有点尴尬："你好，陈院长，谢若水，向阳红苏木的，咱们去年开卫生工作会议，见过面。"

陈院长想起来了："谢书记？对吧？"谢若水说："就是我，是我——没事儿，好久没见了，跟您打声招呼。"陈院长说："好，好，那你忙吧。"谢若水说："再见。"

陈院长又回转身来:"对了,谢书记,有个通嘎拉嘎是你们苏木的吧?认识吗?"满都拉警惕地看着他。谢若水说:"当然认识,怎么?""认识就好,你帮我带个话,让她最近抽时间来找我。"谢若水说:"好,陈院长这是有好事找她?"

陈院长说:"她上次来找我,想申请开办个诊所,我那天正值班,没顾上多了解她的情况,前两天见了老领导问了一下,她还真是跟温都苏局长学过医。"

谢若水问:"通嘎拉嘎要开诊所?"陈院长说:"是啊。温都苏局长说她还会蒙医,得的是喇嘛庙桑杰喇嘛的真传,不简单,我们卫生局可以适当放宽一些条件,扶持她开诊所。"谢若水替通嘎拉嘎高兴:"好,我马上转告她。"

陈院长摆摆手,向着茶馆深处走去,里面传来迎接他的寒暄声。谢若水重新坐了下来。满都拉神色不快。

哈斯其其格看着谢若水,突然笑起来:"谢书记很高兴啊,脸色都不一样了。"满都拉说:"他啊!一脑袋都是工作,做梦都想着多干出成绩来,估计是想早点搞这个诊所吧。"谢若水说:"抱歉啊,我这个人,工作永远是第一位的,一般人都接受不了。"哈斯其其格说:"男人就应该这样。"

谢若水和满都拉、哈斯其其格站在一辆卡车前,谢若水拉开车门,司机在里面向他们招招手。谢若水让满都拉坐驾驶室。满都拉转身和哈斯其其格告别。

谢若水礼貌性地说:"再见啊,有机会到我们苏木去玩。"哈斯其其格向他们挥着手。

谢若水爬上后车厢。满都拉说:"哈斯其其格,我——"哈斯其其格说:"您不用说了,我知道,快上车吧,估计得天黑才能到家吧。"

满都拉说:"我会让他再来找你。"满都拉上了车。卡车发动,开走。哈斯其其格保持着风度,目送。

车厢里装满货物,谢若水歪倒在一堆麻袋上,很是疲惫。车摇晃地开着,突然停下,传来开关车门的声音,随即,满都拉的白发出现在后车厢外,她正吃力地要爬上来。谢若水连忙去接她:"妈,你怎么过来啦?你坐前面吧,前面舒服。"

满都拉在麻袋上坐好，车继续开动。

"我不舒服，我一点儿都不舒服！你到底要干什么？不肯相亲是吧？""妈，你先坐回去，咱到家再说。""不，我忍不了这一路，不说出来我晕车。"谢若水只得坐下。

"你这是消极抵抗是吧？因为我不同意你和通嘎拉嘎，就消极对待所有的人，是吧？""我没有。""人家哈斯其其格已经看出来啦！""她误会了，我对她彬彬有礼。""是冷若冰霜！你以为人人都是傻瓜，没感觉没知觉？""我是冷，我也没办法。火灭了，再想烧起来，不容易。"满都拉恨恨地瞪着他。

"你安排我见的人，我都见了，你总不能逼我热起来吧？你非要我成家，可以，见过的这些人里，你说哪个就是哪个吧，我不挑。""你这是什么态度？你是给我成亲吗？""是。"满都拉气得说不出话来了。

夜色已深，卡车在草原上轰鸣着摇晃着。

谢若水在床上熟睡，他皱着眉毛，似乎在梦里也不快乐。满都拉坐在床边看着他，她起身离开，去了自己的卧室。

满都拉看着丈夫的遗像，自言自语："咱儿子的脾气真像你，有什么事都喜欢闷在心里，自己跟自己过不去，我知道他过得不高兴，可是我错了吗？我是为了他好，为了他这辈子，这辈子还长着呢，他必须找个能和他过一辈子的人，要不然，太孤单，太难过了，我不敢冒险，不敢让他给自己选——他如果选错了人，吃一辈子苦，我怎么有脸下去见你？我一定要坚持，一定要亲手给他选一个好女人。"谢若水睁着眼睛，满眼绝望。

谢若水打开文件柜，在各种文件中上下寻找着。他找出几份文件，又走回到办公桌，拿起电话拨号。

"是旗委法规科吗？我是向阳红苏木的谢若水，向你们咨询个事情啊，我们苏木有牧民想开办一家蒙医诊所，我想问问相关的政策法规，对，对，我手里有两份文件，但是我不知道全不全面……"

谢若水拿着一个档案袋走来。他看着徐世铎门前的拴马桩上拴着的那匹好马——只有实力强劲的牧民才会骑上这么好看的马,马身上的银鞍,还有马笼头马缰绳上细心的各种小装饰,都象征着马儿的主人的不一般。

他快步走进徐世铎家:"有人在家吗?乌兰额吉,通嘎拉嘎——"谢若水走进来,看到了毕力格正笑着和通嘎拉嘎说着话,他穿着一身新衣服,牙齿雪白,笑起来很健康。

乌兰其其格招呼谢若水:"谢若水来啦?"他把档案袋放在桌上:"听说通嘎拉嘎要搞一个蒙医诊所,我搜集了一下相关政策,你参考一下。"

通嘎拉嘎说:"让你费心了。"谢若水说:"这是我应该做的,毕竟是咱们苏木第一个私人性质的蒙医诊所,我有义务保驾护航。"

通嘎拉嘎没有邀请他坐下,谢若水有些尴尬。谢若水主动找话题,问道:"这位是……"通嘎拉嘎说:"毕力格。"谢若水说:"你好,我是谢若水,我是——"

毕力格说:"谢书记,我见过你,你到我们嘎查抓过计划生育。"谢若水说:"你是哪个嘎查的?"毕力格说:"云山嘎查。"谢若水说:"你们嘎查长青格勒还好吧?"毕力格说:"不知道,好几天没有见过他了。"

谢若水说:"这小子,又忙着搞自己的草场了,下次我批评他。毕力格,你这是——你跟通嘎拉嘎认识?"通嘎拉嘎说:"毕力格是我的未婚夫。"

乌兰其其格一惊。毕力格倒是神情镇定。谢若水神情苦涩:"啊?那恭喜啊!"毕力格笑得更欢畅:"谢谢。"谢若水说:"都没听到过信儿。通嘎拉嘎,你还保密?"通嘎拉嘎拿起档案袋:"谢谢你了。"

谢若水看出了拒绝之意:"好吧,那我就走了,你再有什么要问的,随时去找我。"通嘎拉嘎点点头。谢若水说:"那我走了,乌兰额吉我走了,毕力格我走了。"

他絮絮叨叨告着别,脚下踉跄,走得慌慌张张。谢若水面无表情,匆忙走着,突然拐进夹道——他以前等通嘎拉嘎的夹道——猛然站住,背对着街道,就那么站着,不靠不倚,微微驼着背的呆立的背影,心如死灰。

毕力格看着通嘎拉嘎,乌兰其其格责怪地看着通嘎拉嘎,通嘎拉嘎低着头,胡乱翻看着那些文件。乌兰其其格说:"你跟毕力格说清楚。"通嘎拉嘎没有回应。乌兰其其格又说:"你不说我说。你也这么大了,怎么还像个孩子一样乱说话？你这是不负责任！"

毕力格看看她，又看看通嘎拉嘎，却突然看到大滴的眼泪正落在那些文件上："不用说了，我知道，都知道。"乌兰其其格声音严厉："这不是小事儿。毕力格是你的病人，你怎么能伤害他？桑杰喇嘛这么教你的？还是温都苏局长这么教你的？"

毕力格说："额吉，你不要说她了，我愿意。我喜欢她，就算她是骗我，我也很高兴。谢书记的事，我听说过，要是通嘎拉嘎愿意这么跟他说，那就说，不用管我。"

通嘎拉嘎擤鼻涕擦眼泪，收拾干净后抬头看着毕力格，他的眼睛里只有关切。

通嘎拉嘎说："谢谢你。是我不好，没多想就这么说了。"毕力格说："我愿意——"通嘎拉嘎说："听我说完。我额吉也在这里，让额吉做个见证，我虽然现在还不敢说喜欢你，但是——"

她深深吸了一口气，下了决心："如果你不嫌弃，我刚才说的话就是真的。"乌兰其其格说："通嘎拉嘎！"通嘎拉嘎说："当然不是现在。我需要时间，把我自己向你敞开。额吉，我该这样了，对吧？"

二

县城商场里，朝鲁看着柜台里的一条红色长裙，他伸出手指头："两件，分开包。"

售货员开票收钱，将两条裙子各包了一个纸包。朝鲁等待着，他的眼神突然定住，一个小偷正在偷钱包。失主是个采购员模样的人。他叫赵昌平，是那种穿着夹克衫，系着根领带，背着人造革书包，留着油腻腻的分头，带着种土精明的中年人。他虽然很有经验地护着自己的背包，但是背包一侧却已经被小偷划破，小偷的手正伸进缝隙中。朝鲁挤了过去，一把抓住了小偷的手腕。

失主被惊动，转眼明白了局面，他从小偷被攥住的手里抢回一个厚实的信封。小偷猛烈挣扎，藏在手心里的刀片刮破了朝鲁的手，他转身向外跑去，被朝鲁追上揪住，连续几个利索的摔跤动作，小偷被摔得站不起来。

围观的人们喝彩着。警察们在售货员的指引下快步跑来，铐住了小偷。失主赵昌平向朝鲁伸手："谢谢兄弟！要不是你，我今天就完了！你救了我赵昌平一条命，也救了我们厂子一条命！"

赵昌平和朝鲁从挂着派出所牌子的房子里走出来。赵昌平请朝鲁到他住的招待所坐坐，路上顺便买了几样荤素凉菜。酒杯相碰，已是杯盘狼藉。

赵昌平酒意正浓："上海什么样？没人比我更清楚！我年年跑两趟上海！别人一说就说什么南京路，什么淮海路，什么外滩，其实都不对！真正代表上海的是什么？是五角场！是外高桥！是松江！那里全是工厂，大大小小的工厂！你说我们采购员去上海干什么？就是冲着工厂去的，不是外滩大马路——"

朝鲁抓起酒瓶倒了满满一杯，他举杯："我敬你。"朝鲁干了，赵昌平诧异地看着他。

朝鲁说："我就是上海人。"赵昌平说："啊？你是知青？"朝鲁说："不，我比他们来得早。十岁就来了，我家就在你说的五角场。"赵昌平说："等等等等，是怎么回事？你不是内蒙古人吗？"朝鲁说："像个蒙古族吧？我也把自己当蒙古族。"赵昌平摇晃着脑袋，似乎想甩掉酒意。

朝鲁说："我和我妹妹，从小就被送到这里来了，是现在的额吉和阿爸收养了我们。三年困难时期，上海那边养不活那么多孩子，乌兰夫主席收留了我们，好几千人哪。"

赵昌平无言地伸出大拇指。朝鲁掏出一个柔软的马皮荷包，倒出一个羊拐，岁月已经把它磨得油光发亮了。朝鲁把羊拐摊在掌心递给赵昌平。

朝鲁说："看见没有？这个？上海的羊拐！我妹妹从上海带来的，分给我一个！二十七年了，老哥！"

赵昌平探头看了看，显然不明白这个羊拐代表的情怀："上海的羊不行，羊拐也比咱们内蒙古的小，不过他们那边不爱吃羊，爱吃鱼。"

朝鲁把羊拐握在手心，仰脖干了一杯。

"想没想过回上海？""以前想过，小时候，年轻的时候都想过。""老弟，跟哥哥比起来，你还年轻得很哪！大把的好日子等着你过！回上海过！""回上海？""当然！要说繁华还得是上海啊！全国都比不上。你应该把户口迁回去。"

"能迁户口？""照理说应该能吧？你们是上海人嘛！不过有一样，你不能在这边成家，你结婚了吗？"朝鲁摇头。

赵昌平说:"那就好办了!前几年知青办返城,没结婚的基本上都能办成,早晚的问题而已,可是结了婚的就不行!一走就是一家子,要落好几个户口!难办!"朝鲁沉思。

三

朝鲁骑在马上,依旧在沉思,萍水相逢的赵昌平一番话,显然搅乱了他的心。他手里把玩着那个羊拐,突然惊觉,勒住马。此刻他是在一条岔路口上,这里是通向图雅的村子的岔路,图雅在这里等过长途车,朝鲁也和巴特尔在这里相遇过。

朝鲁犹豫片刻,毅然掉转马头,离去。

图雅和一群乡亲在庄稼地里干着农活,这里是农耕地区的内蒙古,虽然村里人穿着蒙古族的服饰,干着的却是农耕的活。

图雅神情憔悴,不时停下来看着远处的道路。周围的人也时而偷偷看看她的神色。快言快语的诺敏大婶刚要说话,被身边的人拉住、制止。诺敏大婶重重地叹了口气。图雅没有回头,但是神情更加哀伤。

一台正在修理的拖拉机前,毕力格抬起头来。谢若水站在他面前:"青格勒说你在这里,我来你们嘎查办事,顺便来看看。"谢若水打量着他干净的衣服,还有满是油污的手套。

谢若水说:"你很爱干净。"毕力格说:"我不怕脏,但是能干净,更好。"谢若水说:"通嘎拉嘎喜欢爱干净的男人。"毕力格没有说话。

谢若水说:"你知道为什么吗?"毕力格说:"谁会不爱干净?""她不一样。我跟她从小一起长大,她的事我都清楚,你想知道吗?毕竟你们快要谈婚论嫁了。"毕力格戒备地看着他。

谢若水说:"看来你知道我和她的事了。不错,我承认你们现在这样,我有点不舒服,不过,我没话可说。"毕力格还是看着他。

谢若水说:"想知道吗?大概是十年前,那时候咱们这里还有知青,一群上海知青,其中有一个叫王朝阳的,很爱干净,牙齿很白,衣服几天一洗。通嘎拉嘎喜欢他,可惜他死了。"毕力格抿住了嘴。

谢若水说:"看来你猜到了,你或者我,都算是爱干净的人,都是那个知青的替代品。通嘎拉嘎这辈子只会爱一个人,一个不在世间的人。"毕力格阴沉的脸突然展露笑容。

谢若水说:"我觉得你应该知道这件事,因为——"毕力格说:"你不是顺道来的,你是专门来找我的,就为了说这几句话。"谢若水说:"我的工作没必要向你汇报。"

毕力格说:"你以为说这些我就会不喜欢通嘎拉嘎?不可能!我早就喜欢她了!六年前我第一次见到她就喜欢她了,为了她我去学了汉族人的话!我会用汉字写我的和她的名字!"谢若水说:"那就算我没来过吧。"

毕力格说:"你站住!你知道你现在像什么吗?就像这团棉纱,从里到外浸透了脏水和废油,你在嫉妒我们!你不是祝福!不是为我们高兴!你的心是黑的!"

谢若水说:"随便你怎么想吧,反正我是好心,我随口一说。"他狼狈地上了马。

毕力格把手里的面纱向他丢去,砸在他的后背上:"滚!你永远也配不上通嘎拉嘎!"谢若水纵马狼狈逃走,那团面纱被马鞍子挂住,也一同被带走。

谢若水纵马奔来,他突然勒马跳下,跪坐在草地上。他脸上充满了自责和悔恨,恨不得抽自己几个耳光,但是他没有,只是颓然地跪坐着。马在身边踏着蹄子,那团面纱掉下来,落在谢若水面前,他伸手拿起来,紧紧握在手心里。

满都拉守着一桌子饭菜发呆。谢若水走进来,神情平静地坐下吃饭:"妈,上次那个女干部你喜欢吗?"满都拉警惕地说:"喜欢。"谢若水说:"那你跟田叔叔说一声吧,她要不反对就结婚吧。"满都拉怀疑自己听错了,说:"什么?"谢若水说:"我工作忙,没时间考虑个人的事,您多费心吧。"

满都拉将信将疑:"你怎么啦?"谢若水说:"没怎么啊?我这样您不愿意?"满都拉说:"你能想通了我当然高兴,但是你真想通啦?"谢若水说:"真的。"满都拉说:"你怎么想的?"谢若水说:"就这么想的,儿女情长都不重要,我有事业要忙,全力以赴,所以,成家的事您来操心。"满都拉说:"那也要你满意才行。"谢若水埋头吃饭,随意地回答:"我满意。"

四

朝鲁骑着马,手伸进怀里摸着什么,他摸出了那个装裙子的纸包。他愣了一下,掉转了马头,另一匹驮着电影放映机的马也跟着掉头。

他勒住马,再次掉转了马头,他手上一直握着那个纸包,那是他的爱情。朝鲁勒住马,一脸疲惫。苏木远远在望,朝鲁似乎已经认了命,他把纸包装进马背上的皮口袋里。

通嘎拉嘎接过朝鲁的礼物,一边叽叽喳喳拆着,一边说着:"哥,你快老实交代吧!在外面放电影还干了什么坏事了?"朝鲁说:"胡说。"他给乌兰其其格送上礼物,是一把梳子。通嘎拉嘎说:"没干坏事啊?那——图雅是谁?"朝鲁愣住。

通嘎拉嘎说:"没想到吧!图雅来了,还在咱家住了两天,可是你一直也不回来。"朝鲁说:"她来干什么?"通嘎拉嘎说:"哥,我喜欢她,你让她给我当嫂子好不好?"朝鲁说:"胡说。"

她拆开了包装袋,看到了两条一样的裙子:"哎?这两条一模一样啊?你也太偷懒了吧?买两条一模一样的裙子!"朝鲁说:"换着穿吧。"通嘎拉嘎说:"一模一样还怎么换?真是的!正好,我给图雅一条吧。"朝鲁说:"不用。都是给你的。"通嘎拉嘎说:"你给她买了什么礼物?让我看看。"她翻着朝鲁的包,发现没有礼物了。

通嘎拉嘎说:"哥,你没有给她买礼物?还是你先去见她啦?不对啊,你要先见了她,就知道她来过咱家啦?"朝鲁说:"行啦,叽叽喳喳的吵死我了,去试试裙子,我去看看阿爸。"通嘎拉嘎进了里屋。

乌兰其其格说:"听说你把你阿爸家的马卖掉啦?"朝鲁说:"是他说过要分给我的。"乌兰其其格说:"听额吉的话,见了你阿爸赔个不是,还有,把这个给安雅吧,额吉用不着。"她把朝鲁送她的木梳子塞给他。

朝鲁说:"不用,我给她买了。"乌兰其其格说:"多给她几样,她没少为你操心。"朝鲁说:"是不是她说我什么啦?"乌兰其其格说:"连我都要说你!做事太莽撞,你该先跟你阿爸说一声,他难道还会舍不得?"

朝鲁说:"我知道,走之前我也没有这个打算,后来正好遇到了要买马的人。"乌兰其其格说:"这些都不是理由。"朝鲁说:"知道了。我去了,额吉,我不回来吃饭了,让我阿爸好好出出气。"朝鲁背上口袋出去了。

通嘎拉嘎换上裙子跑出来:"好看吗,额吉?"乌兰其其格说:"好看。"通嘎拉嘎说:"可惜哥哥太懒了,两条裙子居然一模一样。"乌兰其其格说:"他是偷懒,这裙子可能有一条是给图雅那姑娘的。"通嘎拉嘎说:"啊?那他怎么说……"乌兰其其格说:"这孩子我有些看不懂了,他的眼睛里多了点什么,亮晶晶的,看不懂。"通嘎拉嘎说:"那这条我给图雅留着,回来非好好审他!"

弟弟在门口玩,看到走来的朝鲁,伸手迎过去,朝鲁把他扛起来,坐在肩膀上,走进屋里。哈图闷哼一声,沉着脸。安雅从房门内出来,看到朝鲁,神色有些不自然,她打了声招呼:"回来啦?"朝鲁应声说:"回来了!家里都挺好吧?"安雅飞快地看看哈图的神色:"都好,我给你做饭去。"

朝鲁看着不理自己的哈图,把弟弟从肩膀上拽下来,又送上了哈图的肩膀。弟弟高兴地笑着。朝鲁在哈图面前蹲下:"我都想不起小时候的事了,不知道有没有像他这样在肩膀上坐过。"哈图瞪了他一眼:"你从小就骑在我头上拉屎了,骑了二十多年!"

安雅忙着煮奶茶,却留意地听着外面的交谈。朝鲁一边逗着弟弟一边说:"阿爸是生我的气了。卖马的事是我不对,我不该自作主张。"哈图说:"我不在乎,马是你的,你想卖就卖吧。"朝鲁说:"我卖马,是因为我找到想干的事了。"

哈图看了一眼马背上的放映机箱子,又看向朝鲁。

朝鲁说:"就是这个。我买下了不少过期的胶片,专门走我们单位不去的地方,这半个月我挣了……"哈图说:"一个马倌!想当个乌兰牧骑?"朝鲁说:"我跟他们不一样,我要当个体户。"哈图说:"一个马倌!要当徐世铎那样的人?"

朝鲁的声音突然大起来:"我就当我自己。不是你这样的马倌!也不是徐世铎那样的个体户!"安雅担心地走出门来,哈图向她挥挥手示意无妨。

"饭马上就好了。"安雅说完,再次走回了房间。

哈图说:"女人心眼小,不知道男人在想什么。"

朝鲁突然想起来:"我那匹儿马子你没卖吧?也该长成大马了!"哈图说:

"他们眼睛也不瞎，第一个挑上的就是它。"

朝鲁急了："他们挑上了你就卖？"哈图说："你都不在乎，我更不在乎。"朝鲁说："那是我最喜欢的马——你不会卖的！"

他站起身，向着远处的马群打个响亮的呼哨，随即，马群里传来一声马嘶，一匹青色的马从马群里跑出来，向这边飞快地跑来。朝鲁如释重负地说："阿爸——"哈图没好气儿地说："这次不卖下次卖。"

大青马跑到朝鲁面前，亲热地喷着响鼻蹭来蹭去。朝鲁揉着马头："我就知道你舍不得我。"

哈图说："它长大了，总有一天远走高飞，你现在越疼它，将来就越舍不得。"

朝鲁说："它跑得再远也忘不了我，忘不了咱们这个家，对不对？"

大青马无辜地点着头，这对父子用这种办法和解了。

一家人热热乎乎吃着饭。朝鲁从怀里掏出一卷钞票放在桌上——是那种结结实实捆成圆溜溜一卷的钞票。哈图说："干什么？"朝鲁说："挣钱了，当然给家里用。"哈图说："我用不上，你留着娶媳妇吧。"朝鲁没有收回钱："我再挣。"

安雅问："有个叫图雅的姑娘，是你相下的人吧？"朝鲁说："不是。"安雅说："听你妹妹说，那姑娘想来见我们，又不敢来，我还怪了你妹妹一顿，听说姑娘很漂亮。""真的不是。"

哈图说："不是人家会找上门来？我可跟你说，不许祸害人家姑娘！你阿爸一辈子要强，不能被人家戳脊梁骨。"朝鲁说："真的不算熟，就是去他们村子放电影聊过几次天，一只巴掌都数得过来。"安雅说："你对她没有意思？"朝鲁态度坚决："没有。"哈图说："那就好。"

安雅疑惑地看看哈图。哈图说："有人喜欢是好事，只要不去祸害别人，喜欢就喜欢吧，有本事的男人还能没人喜欢？"

五

朝鲁喝得醉醺醺地走过来。谢若水在路灯下等着他："朝鲁，你回来啦？"朝鲁认清是他，神情冷淡。

谢若水说:"听说你现在单干啦?明天来填张表吧,上级对个体户有要求。"朝鲁说:"知道啦。"谢若水说:"填了表有好处,以后可以参加优秀个体户的评选。"朝鲁说:"我说,行啦!还有事吗?"谢若水说:"我知道你对我有些误会。"

朝鲁懒得理他,转身就走。谢若水说:"我要结婚了。"朝鲁扭头看着他。谢若水说:"想请你放场电影,算我请大家看电影,我付钱。"朝鲁说:"不,我不放。"朝鲁扭头走了。谢若水怅然,街灯清冷。

一个大红喜字贴在墙上。谢若水和哈斯其其格站在饭店前迎接宾客,他们都穿着崭新的蒙古袍,胸前戴着新郎新娘的礼花,两个人脸上带着笑容,说话的内容却与笑容相反。

哈斯齐齐格说:"我不可能跟你住到苏木去,我的事业在旗里,你考虑一下来旗里工作吧。"谢若水说:"我现在还不想——"哈斯齐齐格说:"当然不是现在,一时半刻也找不到合适的位置,来旗里工作最重要的是找好落脚点,关系到你以后的发展潜力。"

他们边说还边接待着客人,握手寒暄接受祝福让进饭店。饭店深处的满都拉看向他们,眼神里带着欣慰和自豪。

谢若水说:"我喜欢干基层工作。"哈斯齐齐格说:"没有理想就没有前途,再说基层工作太得罪人,你看你,连结婚都没有人来捧场。"谢若水说:"是我没张罗。"哈斯齐齐格说:"你不张罗,你妈也不张罗?"谢若水说:"咱妈。"哈斯齐齐格说:"我父母对这么简单办婚事很不满意,我跟他们说是我的意思。"

谢若水说:"就是个形式,咱们俩都是干部。"哈斯齐齐格说:"我一辈子能结几次婚?就这么简单地摆几桌,不要典礼没有仪式,我一辈子都会遗憾。"谢若水沉默片刻:"不是跟你商量过了,你说不在乎吗?"哈斯齐齐格说:"我以为我不在乎。"

一间临街的房子已经整修一新,毕力格正踩在摞起来的凳子上,挥动锤子钉着诊所的招牌。朝鲁和通嘎拉嘎站在下面端详着。

朝鲁悄声地问:"你这个病人是干活的好手,哪个嘎查的?"通嘎拉嘎说:

"云山嘎查。"朝鲁说:"他是什么病?你这么使唤人家,别把他累坏了。"通嘎拉嘎说:"他壮实着呢。"

朝鲁奇怪地看了她一眼。通嘎拉嘎说:"他的病早就好了。"朝鲁说:"好啦?那还老赖在你这里?我回来这几天他天天来。"

通嘎拉嘎笑了:"他现在不是病人了,是我的未婚夫。"朝鲁吃惊。

通嘎拉嘎说:"本来想给你个惊喜。"朝鲁说:"你还真让我吃惊了——额吉知道吗?你是在跟谢若水赌气吗?他在旗里结了婚,你就找个未婚夫来?我告诉你,这不是开玩笑的事!"通嘎拉嘎说:"额吉知道。"朝鲁说:"她怎么说?"通嘎拉嘎说:"她挺喜欢毕力格。"朝鲁说:"他叫毕力格?"通嘎拉嘎说:"嗯。这个诊所里里外外都是他收拾的。"朝鲁神色阴晴不定。

谢若水在埋头看着文件。屋里光线一暗,朝鲁走了进来。

谢若水说:"朝鲁?"朝鲁说:"你还放不放电影啦?"谢若水说:"怎么?"朝鲁说:"你不是说要放一场电影?还放不放?"谢若水说:"放。"朝鲁说:"那就明天晚上吧,连着放两部电影,在小学校操场上,你用喇叭通知一下大伙,自带板凳。"谢若水说:"好,多少钱?"朝鲁说:"不用钱,算是我祝贺你成家吧。"

谢若水拉开抽屉拿出一包喜糖:"谢谢,吃喜糖。"朝鲁说:"一趟火车过来的,说谢谢干什么,对了,还有事找你帮忙呢。"谢若水说:"你说!要填表是吧?我马上——"

他拉开抽屉找表格。朝鲁说:"不是那个,我对什么优秀个体户没兴趣。"谢若水说:"还是有用的。"朝鲁说:"你帮我出个证明,证明一下我和通嘎拉嘎是从上海来的。"

谢若水没有想到:"啊?要这个干什么?"朝鲁说:"你就别管了,出证明就是了,要盖公章。"谢若水答应道:"好吧。"

挂在电线杆子上的高音喇叭响起来:"谢若水请大家看电影,明晚七点整,在小学校操场放映电影,请观看的同志们自带板凳,准时到场。"

正在打扫诊所的通嘎拉嘎和毕力格听到了,毕力格的表情很鄙夷。通嘎拉嘎说:"怎么啦?"毕力格说:"这个人,不好。"通嘎拉嘎说:"他就是胆子小，倒也不是坏人。"毕力格摇头。通嘎拉嘎说："诊所他也帮了不少忙。""不用他帮忙也能行。"

通嘎拉嘎饶有兴趣地说："你这是吃醋啦？"毕力格说："我吃他的醋，手下败将！"通嘎拉嘎说："我跟他算不上开始，你也用不着跟他比什么，我不喜欢。"毕力格立刻老实了："那还看电影去吗？"通嘎拉嘎说："看啊！我哥哥放电影，凭什么不去看？"

谢若水跟满都拉说朝鲁同意明天放电影，但哈斯其其格工作忙不过来，满都拉觉得放电影就是为了让大家见见她，不来不好，谢若水并不在意，满都拉只好默许，但要谢若水强调一下是他请大家看电影，别让人以为是朝鲁请。

朝鲁在校园里搭起了银幕，络绎不绝的乡亲们提着板凳走来。满都拉站在校门口，不断给大家解释着："请进，请进，我家谢若水结婚了，请大家看场电影——"

众人惊讶着道喜着走进去，操场上很快摆满了椅子。朝鲁坐在放映机后面，时而调一调机器。谢若水走来，把一个信封递给朝鲁："你要的证明。"朝鲁塞进口袋，这时候前面的通嘎拉嘎正好回头，看到了这一幕。

通嘎拉嘎走了过来："哥，你还要他的钱啦？"朝鲁说："没有啊。"通嘎拉嘎说："我都看见了。"她伸手从朝鲁怀里掏出信封来："这是什么？"朝鲁说："你自己看。"通嘎拉嘎抽出来看了，很迷惑："你要这个干什么？"朝鲁说："等会儿，我跟你细说。"观众们发出一阵哄笑，朝鲁也笑了。他扭过头，发现通嘎拉嘎正认真地看着他。

朝鲁说："好，我跟你说，不过你不能跟额吉说，也不能给我阿爸说，谁都不能说，明白吗？"通嘎拉嘎摇头："毕力格也不能说吗？"朝鲁脸色一僵。

通嘎拉嘎说："好吧，我谁也不说。"朝鲁凑到她耳边，低声说着："我开这个证明，是想把咱们俩的户口迁回上海。"通嘎拉嘎失声："什么？""小点声！"

他看看前面的观众们，没有人回头，继续道："我认识了一个人，赵大哥，很有门路，他答应帮咱们跑跑这个事儿。"通嘎拉嘎问："为什么？"朝鲁说："为什么？你不知道？你不想回上海？"

通嘎拉嘎拉着他走进放映机后面的黑暗处。他在放映机上操作着："等等，等等，等我换一卷胶片。"

通嘎拉嘎已经理清了思路。朝鲁走了过来："行啦，一盘胶片放十分钟，只能说十分钟。"通嘎拉嘎说："哥，你到底在搞什么名堂？为什么要回上海？"朝鲁说："咱们的根在上海啊！"通嘎拉嘎说："咱们的根就在脚底下！你真是——要是额吉知道你在想这个，她一定会难过。"朝鲁说："所以不能告诉任何人。"

通嘎拉嘎说："办成之后呢？"朝鲁说："到时候再说嘛！我并不是一定要回上海，我是要有能回去的资格。"通嘎拉嘎说："到底为什么啊？我就是不明白！"

朝鲁抬头看看星空，远离了放映机，这里的天空依旧是星空灿烂。他说："我也不知道，我就是觉得，我应该这么办。"

通嘎拉嘎说："上海跟咱们没有什么关系了，它就是——就是一个城市的名字，一个收音机的名字，一个大白兔奶糖糖纸上的名字——哥哥！"

朝鲁说："它是你和我出生的地方，我们自己的爸爸妈妈都在那里！"通嘎拉嘎说："爸爸妈妈死了！"朝鲁脱口而出："王朝阳也死了，你不是还在想念他？"通嘎拉嘎愣住。

朝鲁说："你跟毕力格不冷不热的，真是因为谢若水？不是！你爱的不是谢若水，你爱的就是王朝阳！因为他是上海来的，你爱的是上海！我们的上海！"通嘎拉嘎愣愣地看着他。

朝鲁醒悟："我胡说哪，我是说——"那边放映机突然爆响了一声，随即白色光柱消失，银幕黑暗，放映机倒冒出火苗来。众人齐声叫了一声，朝鲁怪叫一声连忙冲回去，一通手忙脚乱地灭火。通嘎拉嘎独自站在黑暗中，发着呆，她突然转头，快步跑出去。

六

通嘎拉嘎在路灯下向远处狂奔，她跑出路灯的光亮范围，跑进黑暗中，随即从黑暗中传来压抑不住的哭声。

远处，学校的方向，放映的白光再次亮起，片刻之后，毕力格寻寻觅觅地快步走来，他循着声音走进黑暗中："通嘎拉嘎？通嘎拉嘎？"

通嘎拉嘎把一个手绢包递给毕力格。毕力格打开，里面是一个磨得溜光的羊拐："这是——这不是平常的羊拐吧？"

通嘎拉嘎说："是我和哥哥从上海带来的，我们俩一人一个，是我们兄妹的命。"毕力格连连点头。通嘎拉嘎说："我把它交给你了。"毕力格一惊。通嘎拉嘎说："我们结婚吧。"毕力格又惊又喜，连连点头。

朝鲁正在对着灯光检查胶片："跟毕力格结婚？不行！坚决不行。"一脸幸福的通嘎拉嘎愣住："为什么？""我自有安排。""可是——""这件事你得听我的，你不能结婚，我也不能结婚。""到底为什么？""你别问了，到时候你就知道了。""又是为了上海？""对。赵大哥说了，如果在这边成了家就很难办了。""哥哥，我不想回上海。"

"你怎么能不想呢？""我就是不想，从小就一直是你在想，我根本不想。""不想你还留着那些羊拐？""我想上海，是想爸爸妈妈，并不是想回上海。""那是一回事！""不是一回事！反正我不回去，我要和毕力格结婚，你没有权力阻止我。""我是没有权力，我只是你哥哥，我的话你不听，我能拿你怎么样？"

朝鲁愤愤地把胶片收在盒子里。

"别这样哥哥，从小你都是最疼我的人。""我白疼了！""我希望你把我送到毕力格的家里去。""不行，我没有时间，我要出去放电影。"

通嘎拉嘎诧异："你连我的婚礼都不参加？""谁让你不听我的话？我是为我自己吗？我是为了你！可你怎么对待我的？你领情吗？"

"哥哥，我请求你参加我的婚礼，我请求你做我的家人——""你走吧，我要睡觉了。""你答应啦？""我要睡觉了！"

通嘎拉嘎辗转反侧，乌兰其其格披衣下床，来到她的床边，问道："睡不着？"通嘎拉嘎说："睡了。"乌兰其其格说："是为了毕力格？"通嘎拉嘎说："是为了我哥哥。他不让我嫁给毕力格。"

乌兰其其格说："为什么？"通嘎拉嘎欲言又止："他胡言乱语呀！我不会听他的。额吉，你去睡吧，我也睡了。"乌兰其其格坐在她床边，轻轻拍着她，唱起一首摇篮曲。通嘎拉嘎睡去。

通嘎拉嘎推开门,屋里已经没有了人,铺盖也没有了,露出光秃秃的床板。她连忙跑到马厩,马厩里也空了。她有些失落。

毕力格提着大包小包,和通嘎拉嘎采购归来。通嘎拉嘎表情失落,毕力格关心地追问,她总是摇着头。

朝鲁安装着放映机,对面有人在绑扎银幕,有人在摆放座椅。一个男人送来了钱,朝鲁两手忙碌着,他示意了一下,那人把钱塞进了他的口袋。光柱投在银幕上,朝鲁面色不快,守在放映机后面发呆。

一辆吉普车在徐世铎家门口戛然停下。阿藤花跳下车来,向着门里喊了一声:"通嘎拉嘎!我来啦!"通嘎拉嘎连忙从屋里迎出来,两个女人抱在一起笑着。

苏书记——好久没出现过的苏书记——也下了车,捶着自己的老腰,打量着四周。通嘎拉嘎笑着说:"苏书记!"苏书记说:"恭喜啊,我们的通嘎拉嘎也找到归宿了。"通嘎拉嘎说:"谢谢您能来。"

苏书记说:"好久不回来了,真想大家了,都好吗?你额吉好吗?"阿藤花说:"好不好您自己进去看看吧。乌兰额吉——"乌兰其其格也迎了出来,和苏书记寒暄着一起走进屋子。

阿藤花拉过通嘎拉嘎:"来,见见我女儿娜仁托娅。"她找了一下,四周没有人,拉开车门,看到一个八九岁的小女孩儿坐在车内没有动。

阿藤花说:"这孩子!快下来!这是你通嘎拉嘎阿姨,你妈妈最好的姐妹!"娜仁托娅慢吞吞地下来,一副懒洋洋的样子。阿藤花催促着:"叫阿姨啊。""阿姨。""说恭喜阿姨。""恭喜阿姨。"

通嘎拉嘎见状,赶紧说:"好了,快进屋吧。司机师傅呢?这车……"阿藤花得意地指着自己的鼻子:"厉害吧?我开来的,没让我阿爸的司机来。"通嘎拉嘎说:"好,到时候你给我当司机。"阿藤花哈哈大笑着,搂着通嘎拉嘎进了门。

阿藤花和通嘎拉嘎在准备着奶食和牛肉干、奶茶,屋里,苏书记正和乌兰其其格说笑聊天。阿藤花一边往自己嘴里塞着嚼着,一边吃惊地看着通嘎拉嘎:"他不同意?凭什么啊?"

通嘎拉嘎说："他是走火入魔了。"阿藤花说："怎么回事？详细说说。不是我说他啊，你这个哥哥现在可不像话，一遇到事就找我帮忙，事儿解决了就一脚踢开，连个电话都不打，我欠他的啊？我是不是上辈子欠了他的？"通嘎拉嘎笑着说："你们俩的事我可说不清楚。"

阿藤花愣了一下，狠狠挠着通嘎拉嘎的痒痒肉："好啊你，我女儿都这么大了你还笑话我——"

苏书记在屋里喊了一嗓子："姑娘们，你们的奶茶还没有好吗？渴死老头子了。"阿藤花和通嘎拉嘎连忙收住笑，端着各种奶食肉干和奶茶进去。

苏书记得知朝鲁不在，很吃惊："他不参加婚礼啦？这孩子怎么越活越糊涂了。"乌兰其其格说："也不怪那孩子，是通嘎拉嘎说话太冲了。"通嘎拉嘎说："他是我哥哥，他就应该祝福我。"乌兰其其格说："他会祝福你的。"

阿藤花说："你哥哥做事是有点——用汉族人的话，叫一根筋。"

乌兰其其格给娜仁托娅抓着奶干，阿藤花抽冷子还教导着娜仁托娅："说谢谢啊！这孩子！"娜仁托娅说："谢谢额吉。"乌兰其其格说："乖！真像阿藤花小时候，是吧，苏书记？"苏书记慈爱地看着她们："是啊，我的小阿藤花，小娜仁托娅。"

阿藤花说："她比我们那时候幸福一万倍！你问问她，知道什么叫饿肚子吗？知道什么叫害怕吗？我们在上海的时候——"通嘎拉嘎说："朝鲁想回上海。他不让我结婚，是怕我走不了。"众人都愣住。

七

谢若水一个接一个地拨着电话："有没有一个放电影的人去你们那里？""不是公家的，是个体户，收钱的？""有？真有？"

谢若水骑马狂奔，夕阳把一人一马的影子拖得很长。夜色渐深，他依然奔驰在黑暗中。电影已经放映完毕，朝鲁正拆卸着放映机。远处一匹快马疾奔而来的声音，朝鲁诧异地凝神望去，黑暗的街道上，马蹄子的铁掌不断碰出火星。马跑到了近前，谢若水跳下大步奔来，把一个纸包砸在放映机上，纸包脱落，露出一团黑乎乎的脏棉纱。朝鲁诧异地看着他。

"瞧见了吗？这就是你！你就是这团脏棉纱。""发什么疯啊你？""几个月前，毕力格把这块棉纱丢在我身上，他说我就是这团脏棉纱，我没话可说，我是肮脏丑恶，我收好这块棉纱时刻提醒自己，现在我发现我用不着了，因为你比我更像它，更需要它！我来转送给你。"

"什么乱七八糟的！你专门来找我的？你怎么找到的？""爱一个人就是要跟她共享富贵，共担困苦，你现在在干什么？为了自己回上海，宁可放弃爱人！放弃得好！放弃得对！因为你这样的人不配爱别人！你跟我一样都没资格爱别人！"

"你少拿我跟你比！""对，咱们俩是不能一起比，至少我还知道我是块脏棉纱，你呢？恐怕还把自己当好汉呢？！一个挥慧剑斩情丝的好汉？一个男子汉？呸！"谢若水吐了一口唾沫，"男人就是你这样的？男人要有担当！可笑吧！我这么个没有担当的男人给你讲大道理？你知道不知道，从放弃通嘎拉嘎那一天起，从接到这团破棉纱起，我过的是什么日子？日日夜夜，悔恨交加！"

"我跟你不一样。""对，你远不如我。""你——""咱们是一趟火车带来的，咱们一起在这里长大，我真的不希望你有天也像我一样悔恨。""你知道个屁！我要回上海！"

"那就带你的女人回去！怕她连累你？那我就没骂错你！我佩服通嘎拉嘎，我也喜欢过她，她现在有了归宿，我替她高兴，我知道她最盼望你能在她的婚礼上，所以才来找你，来求你，来骂你。这是我能为她做的最后一件事！你自己想想吧。"他转身，上马离开，身影疲惫。朝鲁发着愣。

毕力格家的蒙古包周围，婚礼的各种准备都在进行着。男人们在宰杀羊，大锅里煮着肉，女人们在做着血肠。一箱箱酒被搬来，摞在地上。乐师调着自己的乐器。孩子们在换着新衣服。

毕力格穿着新郎的衣服，正拿着一张字条，背一首诗。一匹快马跑来，一个小伙子冲过来："毕力格，通嘎拉嘎那边说还要再等等，她非要等她哥哥回来。""那就再等等。""再等肉都不好吃了。""不好吃了就再杀，都不要去催了！等！""可是——""还可是什么？没看到我在背诗吗？出去等着！"

一群人聚集在新娘通嘎拉嘎家，焦急地等朝鲁。哈图说："我是他阿爸，他不来，我代替他。"阿藤花说："就是啊，别等了，有哈图大叔，还有额吉，还有我阿爸,都能当送你上马的人。"

通嘎拉嘎一身新娘的装扮,她执拗地摇头。阿藤花说:"你现在让毕力格下不来台,他以后怎么对你好啊?""他懂的。"

"他懂,不见得别人都懂吧?那么多亲戚朋友宾客,都陪着等?谢若水,朝鲁到底会不会来,你给个准信儿!"谢若水坐在人群后面,众人都看向他。

"该说的,不该说的,我都说了,以我对他的了解,他会来。""那你跟他说是今天了吗?他明天回来还有什么用啊?""说了。""真的不能再等了——将心比心,你得替别人考虑考虑。"通嘎拉嘎沉吟片刻:"好。"

吉普车上扎了很多鲜花,阿藤花出了屋子,吩咐着周围的小伙子:"谁的马快?去叫毕力格来接新娘子。"一个小伙子骑上马就跑了。阿藤花嘀咕着:"真是不省心!"

远远的,黑压压的一群人、一群马向这边跑来,鲜衣怒马,是来迎亲的毕力格一行,穿行过街道,毕力格等人来到通嘎拉嘎家。众人簇拥着盛装的通嘎拉嘎走出门,阿藤花拉开车门,众人也纷纷上马。通嘎拉嘎向街口眺望,无人。阿藤花说:"好了,上车吧。"

毕力格关切地看着她,通嘎拉嘎上了车。谢若水跟在人群后,大队人马浩浩荡荡向苏木外行去。迎亲和送亲的队伍一路行来,毕力格骑在马上,不时看看吉普车。通嘎拉嘎一直望着车窗外,毕力格也替她扭头看向远处的草原。

人群后,谢若水也在眺望。远处,毕力格的家已经在望。通嘎拉嘎似乎已经认命,低头靠着车窗。毕力格看在眼里,急在心里,他再次扭头看向草原,突然挥手叫停。

马队停下来,通嘎拉嘎从车窗看出来,看到大家都驻足向草原张望,远处,一匹马正疾驰而来。

谢若水松了一口气。通嘎拉嘎拉开车门,站在吉普车的踏板上,进而又上了车顶,她看着远处,朝鲁正在向这边打马疾驰。通嘎拉嘎的眼泪流下来。阿藤花又是心酸又是嫉妒,在下面嚷嚷着:"别哭!别哭!妆都花了!真是的!"

朝鲁的马到了众人面前,他利索地跳下马,大步穿过人群,来到通嘎拉嘎的车前,他伸手抱下了通嘎拉嘎:"哥来晚了——"通嘎拉嘎拼命摇头。朝鲁说:"毕力格,我把我妹妹交给你了,你要好好待她!"毕力格说:"这是我的誓言。"朝鲁喊着:"走!嫁妹妹去——"一行人重新上马,前行。

喜庆的歌声在蒙古包内外唱响,各种美食被端上来,一套很有仪式感的蒙古族婚礼。乌兰其其格、朝鲁、苏书记、哈图、谢若水等人敬酒,唱歌。

毕力格被引上前面,他拿着一张纸:"我要给我的新娘念一首诗。我本来是要背下来的,但是一直没能背下来,我念吧。"

他吭哧了一下:"这是一首汉族的诗歌,听说是最有名的爱情的诗歌,我找了旗文化馆的老师给我抄的。"众人都饶有兴趣地看着他。

毕力格继续讲道:"为什么要念一首汉族的诗歌呢?因为我的通嘎拉嘎是那么美好,我就是唱尽所有的歌都赞美不完她,所以,我要念一首汉族的诗歌。"阿藤花催促着:"你快点念啊!"

众人哄笑起来。毕力格看着通嘎拉嘎,半举着手里的纸片:"红豆生南国,春来发几枝。愿君多采撷,此物最相思。"众人都愣愣地听着,似乎还在等待。

谢若水痴痴地自嘲地笑了。毕力格放下了纸片。阿藤花说:"就完啦?"毕力格说:"完了。"阿藤花说:"通嘎拉嘎,你喜欢吗?不喜欢就让他重新念。"通嘎拉嘎说:"我喜欢。"

通嘎拉嘎唱起一首内蒙古歌曲。众人叫着好,喝着酒、唱着歌。通嘎拉嘎拉着毕力格,向他介绍着谢若水,想必是在说他去找朝鲁的事。谢若水和毕力格微笑着对望,毕力格向他伸出手来,两个男人握手和解。

朝鲁坐在僻静的地方,和娜仁托娅玩着几个羊拐,但朝鲁神色不定,心不在焉。阿藤花走过来,一屁股坐在朝鲁身边,还塞给他一瓶酒:"怎么躲这里来啦?"

娜仁托娅举起手里的羊拐给阿藤花看:"妈妈你看,舅舅给我的玩具。""好好玩吧,你舅舅可会玩了。"

朝鲁叹口气:"我们刚来的时候,也就她这么大,一晃,这么多年了。""还学会叹气啦?我听说你想回上海?"朝鲁看了她一眼。

"通嘎拉嘎说的,你阿爸和乌兰额吉都在场。""他们怎么说?""什么都没说。你年轻的时候不是老惦记着要回上海吗?他们都不在意了,你真想回去?有十几年没听你提起这个念头了!""嗯。""可惜我回不去喽。""想回去,但

291

是想带着家人一起回去。"

阿藤花看着远处人群中跳舞的通嘎拉嘎："通嘎拉嘎不一定愿意跟你走了。"朝鲁站起来："谁说我要带她走？"他向自己的马走去，翻身上了马。

阿藤花莫名其妙："你要干吗去？你想带谁走？""带想跟我走的人。"他纵马离开。通嘎拉嘎走过来："我哥哥干吗去？""谁知道，说着说着就走了，说要找什么人去。"通嘎拉嘎笑了。

朝鲁此刻正纵马狂奔，太阳落下去了，他和马的影子在草原上拖得很长，他这一跑就跑到了图雅的村庄，正是收工的时候，村民们扛着锄头，三三两两走在回村路上。图雅神情黯淡，直到马嘶声传来。朝鲁跳下马大步走来，手心里托着一个羊拐，他问道："图雅，你愿意嫁给我吗？"

第十九章　难　产

一

图雅大着肚子，抱着一个邮局的包裹进来，通嘎拉嘎也大着肚子，正在给一个病人诊脉看病。图雅说："朝鲁寄了个包裹，我猜是给孩子们的衣服。"通嘎拉嘎说："拆开看看。"

图雅找到剪刀拆开包裹，里面果然是几身婴儿衣服。通嘎拉嘎已经给病人拿好了药，用一个个小纸包好，病人付钱，离开。通嘎拉嘎说："朝鲁做事就是偷懒，又买一模一样的衣服。"图雅说："是啊，还是你家毕力格会买东西，心灵手巧。"

通嘎拉嘎压抑不住自豪："他啊——不过我哥哥也很不错啊。"图雅也很自豪："还用你说！就是有一样不好，对上海落下魔怔了，你看看我家里，收音机、筷子、饭碗、暖水瓶、镜子——只要沾'上海'两个字，他都往家里折腾。"通嘎拉嘎拿过衣服看了一眼，笑了："也是上海出的。"

茶馆里，朝鲁举着胶片，看得很认真。一条长长的胶片对着阳光移动着，依稀能看出黑白的影像是高楼、河流、大轮船之类的。对面一个中年人正迅速打量着朝鲁身上的细节，包括腰间鼓囊囊的腰包、桌上的马皮口袋、腰间的蒙古刀——他叫张春。

朝鲁放下胶片："有多少？哪儿来的？"张春说："哪儿来的你别管，这是规矩。""偷的我可不要。""放心吧，都是单位淘汰的，一九六九年到一九七四年的上海新闻简报。""全是上海的？""全是。你不是就想要上海的东西吗？"

"可是你手里的为什么全是上海的？新闻简报又不光是上海的？""这个——是这样，你不知道，这个单位里上海人特别多，所以只关心上海新闻，懂了吧？""什么单位？""不能告诉你，这是规矩。你到底要不要？""如果全是这个水平，我要了。"

朝鲁牵着自己的两匹马，跟着张春走着，一路走到了僻静的街道上。朝鲁突然警觉地站住问："还要走多远？"张春答："就在这儿也行啊。"

几个不怀好意的大汉前后围堵过来。朝鲁大声问："你们要干什么？"张春指指马背上的放映机："谁叫你偷偷放电影的？收缴作案工具，没收非法所得。"朝鲁突然向张春冲过去，一连串眼花缭乱的摔跤动作，对方也有好手，一时间你来我往，战事胶着。

有人去抢马，朝鲁嘴里发出口哨声，指挥他的两匹马躲避。撕扯中，捆扎放映机箱子的绳索脱落，箱子从马背上轰然跌落，摔在地上，四分五裂。朝鲁又惊又怒，他拔出腰刀，却被一砖头砸在脑袋上，血从头发里流下来，他晕倒了。

朝鲁醒过来，头上已经包上了纱布。他动了动手脚，发现被捆在椅子上。对面的谢若水松了口气。朝鲁问："怎么啦？我怎么在这儿？我的放映机呢？"谢若水说："你先别着急。""我遇到强盗了，快去抓强盗。""他们不是强盗，让他们自己说吧。"

他转身拉开门，张春走了进来，朝鲁诧异。

"闹到这一步纯属意外，说起来咱们以前还是同事，"他掏出工作证来，"自我介绍一下，我叫张春，盟电影放映公司保卫科的。"

朝鲁一脸茫然，看向谢若水："怎么回事？"张春说："我们只是要拿回公家的东西，你不是电影放映公司的，你不能放电影！""公家那一台，我买了新的还上了，这一台坏了的，我修好自己用。"

"你自己在家里放电影可以，到处去放映牟利就不行，这个国家有规定。""所以你们就动手抢？""我都说了这是个意外，再说我们也有同志被你打伤了，就各不追究了吧，但是你以后不允许再非法放映，我们会盯着你的。"

谢若水和朝鲁提着抱着放映机的箱子走出来，然后把箱子捆到马背上。

"你啊，一听到'上海'两个字就犯迷糊，要是平常你会被他们算计上？""不能就这么算了。""不这么算了你还想怎么着？我找了苏书记写条子才把你放出来。""是他们打我！"

"人家是公家！还拿着介绍信，没找派出所直接抓你就不错了，你知道你是什么罪名？非法放映！要是追究起来，还是偷税漏税！"

"我不管，这么大的地方，他们不可能各个嘎查、浩特都去，我去放电影有什么不行？我偏要去！"

"你小点儿声，我知道也拦不住你，以后多加小心吧，再被他们抓住，恐怕连放映机都保不住了。"朝鲁拍了一下箱子，里面传来稀里哗啦的声音："现在也保不住了。"

朝鲁跟通嘎拉嘎说要去上海修放映机。通嘎拉嘎很惊讶："什么？去上海？""上回只是进了水，还能找到人修，这回有好几个零件都摔坏了，得送回厂子去修，在上海。""那得有多远啊？"朝鲁如数家珍："从盟里走的话，直线距离一千六百三十八公里，火车路线是一千八百二十公里。两天就能到。"

他们这个新家，到处都是上海印记，包括收音机的商标、暖水瓶上的字样、镜子上的字样，还有墙上挂着的上海地图。上海地图上面画着大大小小的圈圈，标出地名和路线，这是朝鲁无数次幻想的上海之旅。

图雅关心地看着他头上包着的纱布："还疼吗？"朝鲁摇摇头："在上海待两三天，连来带去，一个星期就回来。""你又没出过远门。""谁说的？我当年——我们都是坐火车来的。"

通嘎拉嘎和图雅没有反驳他的胡言乱语，对望了一眼。朝鲁继续说准备跟赵昌平一起去上海，通嘎拉嘎没想到他们还有联系，她对赵昌平很不以为意，他拿了他们两千块钱说给办上海户口，两年了杳无音信。

通嘎拉嘎说："你什么时候去？去多久啊？图雅都这样了，要不你再等几个月？"朝鲁看了一眼图雅："我不是怕生了以后更没时间了吗！"图雅说："让他去吧，他都想了这么多年了，让他在当阿爸前把心愿了掉吧。"

朝鲁被说中心事，不好意思地笑笑。通嘎拉嘎说："那你得答应，回来之后好好过日子，别整天胡思乱想。"朝鲁说："知道了。"图雅说："阿爸那边去说一声，还得给你准备吃的穿的，你下周再走？"朝鲁说："那哪儿行！我跟赵大哥约好了明天走，明天下午有趟火车。我早去才能早回嘛！你大着肚子，我也不放心。"

通嘎拉嘎说："那就明天一早走，让毕力格跟你去，把你的马带回来。"朝鲁起身摘下了墙上的地图："我还是今晚走吧。"通嘎拉嘎说："来不及，我还有东西要带到上海。"

二

通嘎拉嘎大着肚子骑着马，毕力格一路小心地跟着。通嘎拉嘎四下打量着，勒住了马："就是这里了，扶我下来。"毕力格连忙跳下马，又小心搀扶着她下了马。

通嘎拉嘎神情肃穆，她缓缓蹲下，伸手抚摸着青草，草叶在指尖滑过，毕力格担心地看着她的表情。通嘎拉嘎说："王朝阳就埋在这里。"毕力格一愣。

通嘎拉嘎轻轻拍了拍自己的胸口："你知道他，虽然从不提他，但是，他在这里，也在我心里。""我知道。""我答应过要送他回上海，可是没做到——所以他一直在这里。""你想怎么做？""他已经和这片草原分不开了。"

通嘎拉嘎摘下头巾，用手挖出一把泥土放在头巾上。毕力格明白过来，也连忙帮忙捧了一把放在头巾上。通嘎拉嘎阻止他再去挖土，与他十指相扣握住了手。

通嘎拉嘎说："朝阳，好几年没来看过你了，别见怪。你在下面还好吗？你还是年轻时的样子吧，我已经老了，他们都叫我高龄产妇了，你肯定想象不到我现在的样子。朝阳，想起你的时候，就像远远地看我自己，很远很陌生，但是我知道那就是我，每一步都是自己走过来的，我不后悔。今天我们夫妻来送你一程。这是我丈夫毕力格，还有我肚子里的孩子，没起名字哪！朝鲁要去一次上海，我托他送你回去，从此——"她愣了愣，迟疑着，不知道自己以后会不会放下他。

"从此你就是我家的亲人，我们夫妻，还有孩子，都不会忘了你。"毕力格说出了通嘎拉嘎的心里话，通嘎拉嘎握紧他的手。"来，送兄弟启程吧。"他唱起一首长调，神情肃穆地包起头巾。两匹马在草原上远去，风吹过，草叶呜咽，似在告别。

三

风声渐变做火车的鸣笛，一列火车远远地驶过草原。硬座车厢里，赵昌平正靠在椅背上睡觉，嘴角还叼着半截牛肉干。他的对面，朝鲁翻看着他的地图，他们面前的小桌上摆满了各种吃食，一片凌乱。

车厢里挤得满满的，有些人没有座位，站在各处，朝鲁突然想起了什么，他伸手去轻轻撩起赵昌平的袖子，扭头看着他的手表。

赵昌平惊醒，一把捂住手表，他看清是朝鲁，松懈下来："两点十分，快要到了。""把你给弄醒了。""没事儿。朝鲁老弟，你也睡一会儿吧。""睡不着，对了，进上海前肯定能看见那些大烟囱吧？""能，我一年看好几次，错不了。你怎么对烟囱那么感兴趣？问了我一路了。"朝鲁不好意思地笑笑。

"说说吧，肯定有缘故。""其实我对上海的印象，就剩下烟囱了，各种各样的烟囱，其中记得最清楚的就是那个，是我们那年离开上海，最后看到的上海。""理解，对你来说，看见烟囱才是回了上海。"

朝鲁连连点头，他突然站起来，在头顶上自己的行李箱里翻找着什么。他身材高大，站着就能打开自己的箱子，但是他身上的蒙古袍子也因此展开，估计是散发出汗味，坐在周围的人都屏住呼吸。

赵昌平说："快坐下吧，你找什么？"朝鲁拿下来一身崭新的蒙古袍："我要换上新衣服进上海。"赵昌平觉得好笑，但是又表示理解："那你去厕所换吧，我给你看着座位。"朝鲁答应了一声，拿着蒙古袍向车厢中间的厕所挤过去。

赵昌平看了眼手表，转眼间，朝鲁的座位上坐进了一个男人——一个江浙一带身材瘦小的男人。"这儿有人。""先坐一会儿，等他回来我再走。""那你说话算话啊。"

男人不再理睬，靠在车窗上闭目假寐。赵昌平不安地看向远处，朝鲁刚刚进了厕所。

朝鲁望着镜子里自己这张成年男人的脸，感慨。

他在狭小的空间里，费力地脱下衣服，又换上了新衣服，一个纸卷从换下的衣服里掉落，在便池边停顿了片刻——那是一卷钞票，朝鲁低头"哎呀"了一声——钞票便掉进了小便池的洞里不见了。

火车从头顶呼啸而过。一卷沾了水的钞票落在枕木间。朝鲁蹲下来研究了片刻，知道这钱是找不回来了，他站起来，镜子里的自己不知所措。

朝鲁换好了新蒙古袍，抱着自己的衣服走回来。赵昌平推了推那个男人："喂，喂，人回来了，让开吧。"那个男人死活不睁眼，装睡。

"你怎么耍赖啊,醒醒,别装睡。"那个男人就是不睁眼。

"这个人!说坐下歇歇脚,你回来就让开,结果现在——"

朝鲁说:"没事儿,让他再坐会儿吧。"赵昌平说:"那怎么行!这是你的座儿,咱们花钱买的。"他伸手去抓那个男人:"你起来啊!"那个男人突然抬手挡住赵昌平的手:"干吗啊!想打人啊!有话说话,你干吗打我啊!"

"那你起来,这是我们的座儿。""你说是你的就行啦?你叫它一声它答应吗?你非要逼我站起来,我还就不站起来了。""你这个人怎么不讲理啊?我们有火车票。朝鲁你把车票给他看看。"

"我不看,我看得着吗?我眼睛不好,就不看,"男人梗着脖子靠在车窗上,"我就不起来,谁叫他离开的?土老帽儿,坐个火车还要换新衣服——"

朝鲁伸手抓住了他的脖领子,把他拎了起来,男人拼命尖叫起来:"杀人啦!打人啦!抓小偷啊!你放开,放开!"

他拼命挣扎,朝鲁把他举起来往人少的地方丢过去。他死死把着车座靠背尖叫不已,赵昌平起身劝着架。在这个争执过程中,那个朝鲁期待了三十年的画面——那几个巨大的烟囱已经出现在车窗外,又远远被抛到后面。

朝鲁突然看到了车窗外掠过的这一幕,骤然焦躁起来,他突然发作,把那个男人叠巴叠巴弄成一团,塞进了行李架,那男人的头从两腿之间露出来,一脸惊恐,裤裆处渐渐渗出一团尿迹,尿从行李架上滴答下来。

四

屋角的水龙头没有关紧,不断滴答着水,落在下面的盆里,一声声响着。朝鲁望着水龙头发呆。门开了,赵昌平点头哈腰地谢过警察,快步进来。

"朝鲁老弟,事情经过我都说清楚了,那个小子也都承认了,你应该没什么事,顶多关一晚上就能出去。"

"为什么要关我?""其实也不是关你,那个小子不是送医院去了吗?警察要等那边的治疗结果,朝鲁老弟,你的手可够重的。""只是脱臼,骨头没事儿。""真的?那就好,太好了,那你就更没有问题了,明天一早肯定能走。"

朝鲁看了一眼地上堆着的行李。赵昌平歉意地说:"我不能在这里陪你了,约好了请人家的供销科长吃饭,不好反悔。"朝鲁说:"你去忙吧。"赵昌平拿出一张字条:"你要去的上海电影放映机厂,地址、路线都给你抄好了,厂子边上有个招待所,你就住那里吧,我忙完了去找你,咱们一起回。"朝鲁说:"谢了。"

赵昌平拍拍他的肩膀,犹豫了一下,还是叮嘱道:"老弟,在上海可不比在咱们那里,遇到事就找警察帮忙,别光靠拳头。"朝鲁说:"知道了。"

闹钟响起来,图雅和通嘎拉嘎不约而同看向闹钟。通嘎拉嘎说:"要是没晚点,他这会儿该到站了。"图雅说:"一气儿坐一天半火车,够累的。""他活该。""你不愿意他回去?"

"他就是不安分,从小就不安分,不肯老老实实养马放马,也不肯老老实实当阿爸。""我懂他。""懂?""要是没有这个孩子,他还不一定这么想回去,他是想给孩子找一个根啊,要不心里就是空落落的。"

"我就是生他这个气!他的根就非得在上海?在咱们草原就不行?我告诉你一个事儿,你听了就知道他多好笑了。""你说。"

"其实我们的爸爸妈妈,我们在上海的亲生的爸爸妈妈,也不是上海人。他们一个老家是山东栖霞的,一个老家是湖南郴州的,只不过是因为工作才在上海安家,你说好笑不好笑?"

图雅也觉得好笑,笑了起来,随即皱着眉头捂住肚子。

"怎么啦?""有点疼。"

一个满脸稚气、故作威严、胡须尚且毛茸茸的警察严肃地看着朝鲁的那张地图。地图上勾勒着各种路线,警察的眉头越皱越紧。朝鲁莫名其妙地看着他。

"说吧,你来上海有什么图谋?什么计划?你的同伙在哪里?""什么?""你要老实交代!坦白从宽,抗拒从严,这不用我给你说了吧?"

"我交代什么?""该交代什么就交代什么!就从这张地图说起吧。""地图怎么啦?""这是一九七七年出版的地图,现在已经是一九九〇年了,为什么拿一张老地图来?"

"我——""地图四个角都有图钉的痕迹,说明长时间被钉在墙上研究,还有这些线路和标记更说明问题。""我在找我家的位置。我不能确定是哪里,想逐个去看看。""你不是内蒙古人吗?""我以前是上海的,三十年前,我是国家孩子。""笑话。我们都是国家孩子!"

"你不知道国家孩子?""知道什么?你老实交代你的问题,谁让你问我啦?""你不知道,我说了也没有用。""你就老实交代,为什么在这张地图上做标记!而且标记的都是我们上海的工业区!为什么?你要搞什么破坏?"

朝鲁不满地用蒙古语嘀咕了一句。"你说什么?你在说什么?你再说一遍!""再说一遍你也听不懂!找你们领导来吧,我跟你说不明白。"警察很是恼怒。

谢若水匆忙走来,通嘎拉嘎迎在门口。屋里传来图雅的一声声痛苦呻吟。

谢若水说:"情况怎么样?"通嘎拉嘎说:"早产,难产,我接不下来,必须送旗医院。""你也是医生啊,你接不了吗?""我试了,太难了,我不行。""我打电话找苏书记,让他派车送医生来!"谢若水转身就跑。通嘎拉嘎在后面喊:"告诉他们,要快!"谢若水跑得更快了。

朝鲁说:"一九六〇年,三年困难时期,我们这些孩子在福利院没有饭吃——"警察说:"胡说八道,福利院还会让你没有饭吃?""国家就把我们送到内蒙古,交给当地人收养。""他们就有饭吃?你编瞎话也要动动脑子好不好?"

朝鲁说:"你今年多大啦?有没有二十岁?你不知道以前的事,你家里人一定知道!你回家问问他们——""现在是我在问你!你不要给我编故事捣糨糊了!"他流露出明显的上海口音。

"捣糨糊!我要是没有去内蒙古,现在也会说一口上海话,还轮得着你这小伙子训斥我?"朝鲁的神态让小警察有些担心,他戒备地站起来:"你干什么?这是派出所,你不要撒野!"

图雅的手在被单上移动着。她的手伸到自己怀里,通嘎拉嘎连忙伸手帮忙,从她怀里掏出一个马皮小口袋。通嘎拉嘎问:"你要找的是这个吗?"

图雅点头,通嘎拉嘎打开,里面是那个朝鲁求婚用的羊拐,她把羊拐放在图雅掌心,图雅紧紧握住。乌兰其其格和谢若水跑了进来。

谢若水说:"套了一辆车,咱们也往旗里赶吧,还能早点跟医生见面。大晚上的有车灯,也不会错过。"

乌兰其其格说:"朝鲁他阿爸套了最老实的马。"

谢若水说:"我给上海那个工厂打了电话,朝鲁还没有去,估计他明天白天会去,我留了话,他一去就能收到。"通嘎拉嘎说:"图雅,我们现在要送你去旗里,别害怕,我们都跟着你。"图雅点点头。通嘎拉嘎说:"再叫几个人来,连褥子一起抬出去。"

一个老警察正在训那个小警察:"谁让你审人家的?人家是受害者!你凭一张地图就怀疑人家?你福尔摩斯小说看多了吧?"门没有关,另一间屋里,朝鲁听得很清楚。

"我看你是有傲气了!你是上海人就了不起啊?人家要是没离开上海,现在不也是上海人?你爸爸比人家大不了几岁吧?说不定正因为人家走了,才省下粮食养活了你的爸爸,才有了你——"

朝鲁的眼泪突然不可抑制地奔涌而出,他拼命擦着,拼命不让自己出声,这可能是他最委屈的一刻,是他对命运最抗争的一刻:如果不是离开,那我就是上海人。那边的声音渐渐模糊起来:"你必须跟人家道歉,还要写出检查——"

哈图驾着马车走在草原上,谢若水和乌兰其其格骑着马走在前面,各自举着火把照着亮。通嘎拉嘎抱着图雅的头坐在车上。

图雅看着灿烂星空说:"看,好多星星。"通嘎拉嘎说:"是啊,你觉得怎么样?还疼吗?"图雅喃喃自语:"朝鲁最喜欢看星星,他一看星星我就担心,那时候他离我最远,我不知道他在想什么,觉得他是另一个世界的人,我很怕他看星星。"

"别担心,他小时候学过星座,一知半解,他瞎看哪。""不是,我知道不是——"远处有车灯闪过,谢若水喊道:"好了,车来了,车来了!"

一辆警察的三轮挎斗摩托开来,朝鲁抱着他的放映机箱子坐在挎斗里。小警察开着摩托,还态度友好地指指点点讲解着,显然,朝鲁在派出所受到的委屈用这种方式得到了解决。

朝鲁喊:"停下,停下。"摩托车停在江边。"这是黄浦江?""对啊。"朝鲁跳下摩托："等我一会儿，就一会儿。"他打开放映机箱子，取出了包着泥土的头巾包，走向江边。

小警察好奇地看着。朝鲁站在江边："朝阳兄弟，我和妹妹，送你回家。"

他把头巾包浸在水里，流淌的江水转眼浸湿了头巾包。

"你走好。"他松开手，头巾包沉了下去。

五

朝鲁向气派的电影放映机厂大门内走进去。门卫冲出来拉住他："同志，同志！进门要登记。"朝鲁说："我来修放映机。""不管干什么都要登记，怎么能乱闯呢，工作证、介绍信。""我是个体户，没有这些，我有户口本。"

门卫接过户口本看了一眼，却在桌上翻找起来，找到一张字条："你叫朝鲁吧？是内蒙古来的？你爱人叫图雅？"朝鲁吃惊："对啊，你怎么知道？"

门卫说："昨天半夜有个叫谢若水的领导打电话来，说你今天会来我们厂，他让我务必留字条给你。你爱人难产了，有危险，送到旗里医院抢救，让你速回！"

朝鲁蒙了，眼前的一切骤然模糊。到处人头攒动，售票处有"售罄"的字样。背着放映机箱子的朝鲁在拥挤的排队的人群中挤来挤去，却没办法买到一张票。

朝鲁跳下站台，在列车间奔跑。有一个铁路工人看到了他，却追不上，他的身影很快消失在列车间，只剩下茫然的铁路工人。

另一处，朝鲁从铁轨下爬出来，他找到了标明上海去往呼和浩特的火车，找到一个敞开的车窗，解下腰带捆住箱子，用箱子垫脚爬了进去，又用腰带提起了箱子。铁路工人寻找过来的那一刻，箱子被提进了窗口。

朝鲁似乎是凭着本能在行动，无所谓思考，也无所谓畏惧，只有一个念头——回去！

担架车推着图雅快速前进着，护士和医生在跑动，各种医疗器械在传递。图雅的眼睛在这个过程中执着地盯着虚空。

朝鲁猛然抬起头来。他正抱着头蹲在车厢连接处，一个戴着白手套的手碰了碰他的肩头。乘警在查票，朝鲁坦白没票也没钱。

乘警盯着他看了看："老实在这里待着，哪儿也不准去。"朝鲁应了一声，蹲下。乘警离开，回望他的眼神充满警惕。火车进站，朝鲁的肩膀再次被抓住，他惊醒过来，两名乘警抓起他驱赶下了火车。

这是一个草原上的简陋的露天小站，只有寥寥无几的上下车乘客。别的车厢也有几个人被乘警赶下来，乘警跟下面的车站工作人员交接着，朝鲁的行李也被搬下来。

火车继续开动，朝鲁这才反应过来，他追着火车，大喊着："我要回去，我有急事！票我以后补——"

火车开走了，车站工作人员围上来："逃票的，跟我们走！你们，你们几个跟上。"朝鲁转而求着他们："同志，我真有急事，我爱人难产在旗医院哪，我急着——""少废话，谁叫你逃票的？"朝鲁继续哀求着："我的钱丢了，我有急事！下趟车什么时候？我得马上赶回家啊！"

车站工作人员不再理睬，把这些人带到了站台一侧，那里堆着一堆大小石块，已经有几个人在那里抡着锤子砸石头子了。

"按规定，罚你们砸一天石头子，铺铁路用的，是对逃票的惩罚，都别唧唧歪歪的啊！这是救你们！要不就全送派出所去！"

朝鲁说："什么时候能走？下班火车什么时候来？"

"你还想坐火车？那就砸两天吧。都别想跑啊！几百公里没有人烟，饿死没人管。"

远处传来一声马嘶，朝鲁猛然抬头，看到远处车站那边正有个人下了马，跟工作人员说着什么。

朝鲁起身握着锤子向那边走去，越走越快，工作人员发现了气势汹汹的他和他手里的锤子，吓得四下躲闪。朝鲁已经跑了起来，他跃上了马背，抢过缰绳，纵马就走，车站工作人员和马主人这才反应过来，他们在后面追喊着，但是马已经越跑越远了。

朝鲁拼命打着马。图雅失神的眼神，眼角流出一滴泪，摊开的手掌里是那个羊拐。赶到旗医院的朝鲁呆呆站在走廊里，他跪在病床边，紧紧握住图雅的手。

日影西斜，残阳如血。

六

大门口一阵喧哗，几个车站工作人员和警察向朝鲁扑了过来。其中一个工作人员指着朝鲁说："就是他！逃票！持械行凶，还抢马！"

警察们举枪围住了朝鲁，众人都不明所以，毕力格和谢若水阻拦着他们。朝鲁突然直直地向警察扑去："对，就是我，你开枪打死我吧，打死我吧！"

他伸手去抓警察的枪，顶在自己的脑门上："你开枪，你开枪，开枪啊！"警察挣扎着，众人也连忙上前拉开了朝鲁，车站工作人员吓得退缩着。

通嘎拉嘎挺着大肚子挡在朝鲁面前："哥哥！你冷静点！冷静点！"谢若水迎向警察："你们谁负责？我是苏木书记谢若水。"他们走到一边去商议去了。

朝鲁说："是我害了图雅，我没脸活下去了。"

通嘎拉嘎说："你别这么说，是我没本事救她。"

朝鲁拼命摇着头，通嘎拉嘎拉开朝鲁的手，把羊拐放在他手心里："哥哥，图雅不愿意你这样，她到最后都希望你能回到上海去。"朝鲁突然爆发出压抑不住的哭声，他蹲下来，垂头看着地面，狠狠地哭着。

谢若水送警察和车站工作人员离开，一个警察指了指他们带来的放映机的箱子，谢若水无声地点着头。

上海牌收音机被举起来，摔在地上，家里的各种带有上海印记的东西，都被撕被毁被砸碎，放映机也被丢在地上的那堆残骸里，朝鲁发疯一样砸着，踩着。

通嘎拉嘎和谢若水听着屋里的各种声音。谢若水担忧地说："他没事儿吧？"通嘎拉嘎说："他想让自己忘了上海。"

苍茫草原，朝鲁跪在小小的木制的墓碑前，上面写着"亡妻图雅之墓"。没有堆起坟包，只有草原上这一块不高的墓碑，只有朝鲁一个人，风声萧索。朝鲁挖下一个洞，把那个羊拐放了进去，掩埋好："图雅，我再也不回上海了，我把心，埋在这里了。"

他举起酒壶，把酒洒在墓碑前，酒丝在风中飘扬，马头琴在呜咽。酒液哗哗流下，落入朝鲁嘴里，他醉眼蒙眬，屋里又脏又乱，空酒瓶子满地乱滚。

他呆坐在墙角，一口口地灌着自己。

哈图骑着马爬上山坡，他皱着眉头。山坡下的马东一群西一伙，已经散了队形。哈图四下寻找，看到了倒在一处草窝里醉醺醺的朝鲁。他气恼地从马背上拽下一块小毡子盖在朝鲁身上，随即上了马，嘴里连连打着呼哨地骑马下山，开始收拢那些马群。朝鲁闭着眼睛，伸手在地上摸到酒瓶，继续喝着。

通嘎拉嘎接过毕力格递过来的热毛巾，给朝鲁擦着脸上的污渍，朝鲁神色木然。"哥哥，你不能再作践自己了，你以为这样图雅会高兴吗？她不会，她会生气你这样——"朝鲁扭过头，通嘎拉嘎说话的声音渐渐小了。

朝鲁站在图雅坟前："我知道他们都是为我好，阿爸让我放马，通嘎拉嘎不让我喝酒，都是想让我好，可是我做不到，你走了，带着我们的孩子走了，我不知道每天活着还有什么意思，活着是为什么。喘完这口气，还要喘下一口气，有什么意思。"

他仰面躺在墓碑旁。蓝天上，白云朵朵移动得很快，风吹长草，在朝鲁脸庞摇曳。朝鲁屏住了呼吸："我真想不再喘下一口气了。"

他用力屏住呼吸，眼睛渐渐凸起，鼻翼翕张，心跳的声音被放大——他还是忍不住吐出一口气来，随即大口呼吸起来。朝鲁的眼泪流下来："图雅，你带我走吧，等妹妹生了孩子，我就去找你。"

第二十章　义　父

一

通嘎拉嘎的肚子更大了，她半躺在床上，乌兰其其格摸着她的肚子。毕力格在一边神色紧张："怎么样啊，额吉？""嗯，快要瓜熟蒂落了。""那我去套车，早点去旗医院吧。""行。"毕力格连忙转身跑出去。

通嘎拉嘎说："阿爸还没有消息？他到底跑到哪儿去啦？"乌兰其其格说："别担心，他会记得你要生孩子了，就算赶不回来，他也会祝福你。""他要是不回来，我就不让孩子叫他外公。""傻孩子，你只管好好生孩子吧，你阿爸会替你高兴的。这是女人一辈子最好的时候。"

"额吉，你没有生过孩子，会不会后悔？""傻姑娘，你不就是我的孩子？""你知道我的意思，要不是有了我，你肯定也会生个自己的孩子吧。""你虽然不是额吉肚子里生出来的，可额吉觉得你就是我亲生的女儿。""额吉，你真不后悔？""不后悔。"

通嘎拉嘎高兴地靠在乌兰其其格身上。外面传来朝鲁醉话连篇的喧闹声："我一定要去，我妹妹生孩子，我怎么能不去！我没醉，我能骑马。"

通嘎拉嘎躺在马车上，毕力格驾着马车，乌兰其其格坐在车里陪着她。朝鲁醉醺醺地骑在马上，闭着眼睛，东倒西歪，仿佛随时都会掉下马去，却又总能控制住自己。通嘎拉嘎担心地看着他。

马车停在旗医院外，毕力格松了一口气，连忙下马过来张罗。一辆吉普车开来，刹车，阿藤花跳下驾驶座："我估计你该生了，特地回来陪着你。不害怕吧？""没事儿。""我阿爸给医院打招呼了，你放心吧，主任亲自给你接生。"

朝鲁跌跌撞撞地过来："对，就找主任，我妹妹要是生不好，我就烧了这个医院。"阿藤花嫌弃地推开他："你怎么变成这样啦？"朝鲁醉醺醺地看着她："你怎么变成这样啦？你看你，都满脸皱纹了。"阿藤花脸色一沉："讨厌。"

通嘎拉嘎发出叫声，朝鲁一激灵，向着医院大门内跑去："医生！医生！"孩子哇哇降生的哭声传来，通嘎拉嘎顺利地生下了一个大胖小子。

二

产房里毕力格在旁边忙活着照顾通嘎拉嘎和孩子。通嘎拉嘎说："有个事想跟你商量。""嗯。""等孩子满月了，我想把他过继给朝鲁。他现在这样下去，人就完了，把孩子给他，就能给他一份责任，他就能再好好活下去。"毕力格思索着。

通嘎拉嘎不安地说："当然，孩子还是咱们来养，他笨手笨脚肯定不行，其实就是个名分，给他加一份担子。"毕力格爽快地说："行。"

"你真答应？""救人嘛！我懂朝鲁现在的心情，如果失去了你和孩子，我也会像他一样，你这个办法有用。""那我跟他说？""一起说吧，他是聪明人，会知道我们的心意。"

病房里进来一屋子人，乌兰其其格、哈图和阿藤花都围着床看着孩子。朝鲁也挤进来，痴痴地看着婴儿："让我看看，让舅舅看看——"通嘎拉嘎和毕力格对望着。通嘎拉嘎说："哥，你不是他舅舅。我和毕力格商量了，想把孩子过继给你，你是他阿爸，不是他舅舅。"

众人都吃惊地看着通嘎拉嘎，看着毕力格。毕力格说："你可要好好养活他。"朝鲁蒙了："你们……你们这是……""我们想让你好好活下去，我们的儿子多一个疼他的阿爸。""你们……""哥，你一定要答应。以前我和图雅商量过，生了孩子之后两家一起养，省事儿，现在这个担子，你要担起来。"

朝鲁看着婴儿的小脸。哈图说："你答应吧。"乌兰其其格说："答应吧，好好当阿爸。"朝鲁突然转身跑出了病房，脚步声跟跄着远去。毕力格说："他不答应？"通嘎拉嘎说："他答应了。"

朝鲁快步走向出口，走出门口的瞬间，阳光灿烂，白光一片。他站在门口，尽情流淌着眼泪。

三

朝鲁骑在马上，笑逐颜开。他怀里抱着婴儿，身后的大队人马跟随着他，还牵着一头奶牛,显然是为了喝奶用的。

通嘎拉嘎靠在车帮上,看着前面身形重新挺拔起来的朝鲁,她感激地伸手握住毕力格的手,哈图和乌兰其其格骑马跟在后面。

乌兰其其格说:"朝鲁这孩子,非要买一头奶牛!通嘎拉嘎又不缺奶水。"哈图说:"让他买吧,给通嘎拉嘎喝也好,这头奶牛我来出钱,我当了爷爷,高兴!"乌兰其其格说:"好。"

哈图说:"徐世铎恐怕还不知道自己当了外公吧?好,他一辈子都争先,这回可慢了。"乌兰其其格说:"他呀,说不定已经在家等咱们了。"

徐世铎没有在家,他在离家很远的地方,一个看起来也过着日子的地方。他沉着脸拍着桌子,对面一个风韵犹存的中年女人幽怨地看着他。

徐世铎说:"这些年我在你面前心疼过钱吗?人不能太不知足。"中年女人一言不发,徐世铎更恼怒:"我有家有口,我还能在你这里住一辈子?生意做不做啦?不挣钱拿什么给你花?我女儿要生孩子了,我当阿爸的能不回去吗?你不让我走,我能高兴吗?"

朝鲁用羊毛绳包裹着家具的棱角,家里所有的家具的棱角都被羊毛裹上了。阿藤花抱着胳膊,一脸挑剔:"你这么费力气干什么?孩子要跟着通嘎拉嘎吃奶呢。"朝鲁说:"这是他的家,他以后肯定得跟我住,万一磕碰了怎么办?所以我先准备好。你有经验,你多跟我说说。"阿藤花没好气地:"我早忘了。"

"我现在能明白当阿爸的感觉了,娜仁托娅她阿爸是不是也这样?虽然我不喜欢你男人那个傲慢劲儿,但是——"他弯腰用牙咬着绳子,但是没有咬断,"拿剪刀来。"阿藤花没有动,朝鲁诧异地回头,发现阿藤花背对着他。朝鲁喊道:"喂!拿剪刀!"

阿藤花还是没有回应,朝鲁起身过去,却发现阿藤花哭了:"怎么啦?我说什么?我刚才……"阿藤花掩饰着自己:"没有,你这屋里灰太大。"

朝鲁一把扯开她的手,看着她的泪眼,阿藤花拼命摇着头:"我要离婚。""啊?为什么?都这把年纪了。""这把年纪了又怎么样?要忍着他拈花惹草?对我跟孩子不闻不问?"

"他有别的女人啦?""他有别的女人我可以忍,可是他把别的女人带回家,我忍不了,家里有孩子呀!让孩子怎么想?怎么看?我带孩子回来,一是陪通嘎拉嘎，再一个也是想躲个清净。""那就离婚吧。"

"我舍不得孩子！离婚的话，他一定会跟我争这孩子！我这半辈子都过来了，就剩下个孩子，我公公虽然过世了，可盟里还是有人给廉杰面子，真打起离婚，我怕我要不到这孩子，唉，这孩子也大了，越来越不听话，越来越不省心，她想留在盟里过暑假，是我硬拉她来的，所以一路跟我生闷气哪。"

娜仁托娅的确不让人省心，十岁多的孩子，冷漠隔阂，她从一进门就坐在角落里玩任天堂掌上游戏机，跟谁也不说话。乌兰其其格不断把各种吃食送过去，娜仁托娅却头也不抬，无动于衷。

通嘎拉嘎抱着婴儿在屋里走来走去："额吉，你别管她了，小孩子饿不着。"

乌兰其其格转身在柜子里一通翻找，找出了一个大玻璃瓶，里面装了半瓶子羊拐，上次她看到娜仁托娅和朝鲁玩过，就留意着攒了不少。娜仁托娅却很嫌弃，还不耐烦地打翻了罐头瓶，羊拐撒了一地，还对着阿藤花大喊大叫。朝鲁很生气，把娜仁托娅揍了一顿。

朝鲁和阿藤花蹲在地上，捡拾着羊拐和碎玻璃。阿藤花问："你为什么打她？真为这些羊拐？"朝鲁摇头："我就看不得她对你吼。"阿藤花忍不住笑笑。

"笑什么？不怪我打你女儿？""你就是这么个脾气，把女儿交给你管，我放心。""放心就好。""我明天就带女儿回去，离婚。"

长途车在草原上颠簸奔驰，娜仁托娅怀里抱着一个大玻璃瓶，里面的半瓶羊拐在颠簸中哗哗作响。阿藤花望着窗外，嘴角露出笑容，娜仁托娅和她并排坐着，问舅舅是不是喜欢过她，阿藤花猝不及防，连忙敷衍。

四

谢若水、满都拉和哈斯其其格一起吃饭。谢若水的碗空了，他刚要去盛饭，哈斯其其格接过来替他盛好饭。"谢谢。""不客气。"满都拉抬眼看着他们——夫妻两人之间的客气和疏远，让她不能不在意。

满都拉说："下午遇到乌兰其其格了，抱着孙子满街跑，也不怕孩子冻着。"谢若水说："那孩子挺结实。"满都拉说："她是在炫耀，有什么可炫耀的？真是没有意思。"谢若水说："是啊。"满都拉说："你们两个也该考虑一下了吧？"

冷场了，哈斯其其格琢磨了一下："妈，我刚刚又给若水联系了一个单位，还是调到旗里去吧。"满都拉说："我看也应该。"哈斯其其格说："去劳动局当科长，也算抓点实际工作，若水不是喜欢接触基层吗？劳动局离不开基层。"

满都拉说："挺好，若水，你这次没理由再推托了吧？你要是说舍不得我，我可以跟你们去旗里住，还能帮你们带孩子。"哈斯其其格说："是啊，若水，你就听妈的安排吧。"谢若水支吾着："我再了解一下，劳动局，以前没有接触过。""这次机会挺难得的，你可别再错过了，咱们也年纪不小了。""好，我知道了。"

哈斯其其格在卸妆，谢若水小心地关紧了房门："你以后再说这样的事，先和我商量一下，别当着妈的面说。""我跟你说过。""我说了要想想。""两个星期了，多少人盯着这个位置。""那你也别拿妈来压我！我讨厌你这么做！"

"不拿你妈压你，你肯听吗？这么大人了，对自己没有点规划？你转眼就不是青年干部了，现在上不去，永远都上不去。""那就不上了，我这样挺好。"

"你也要为家庭为我考虑吧？我跟你结婚图的是什么？就图一辈子当个苏木书记的老婆？""那你图的是什么呢？"哈斯其其格被噎住，她悻悻地说："不跟你说了。""不管你图什么，看来都图不上了，你还是早作打算吧。"

哈斯其其格瞪着他："你这话什么意思？""没什么意思。""你想跟我离婚？你敢去当着妈的面再说一遍吗？"谢若水上了床，背对着她躺下："是你自己这么想的，我可没说，我只是告诉你，你图的，我没有，肯定没有。"哈斯其其格瞪着他的背影，谢若水沉沉地闭上眼。

满都拉穿着一身旧运动服，拿着笤帚打扫校园里的落叶。谢若水和哈斯其其格穿戴齐整地走出家属区，走向满都拉道别。满都拉奇怪哈斯其其格为什么周日还要回去工作，哈斯其其格解释说回去拜访她爸爸的一个老战友，想给谢若水再铺铺路子。满都拉望着他们的背影，表情还是有些失落。

哈斯其其格冷若冰霜地走在前面，谢若水跟在后面，他们经过了蒙医诊所，通嘎拉嘎正在打扫卫生，跟他们打着招呼："谢若水，嫂子，出门啊？"

哈斯其其格脸上换上笑容："是啊，诊所生意不错啊。""多亏大家帮忙。进来坐坐？""不了，再见。"通嘎拉嘎不适应她这种语言风格，连忙应对：

"啊，再见。"谢若水一直鼻观口口观心，低头走了过去。通嘎拉嘎奇怪地看着他们。

走开一段距离后，哈斯其其格目不斜视，语气冰冷："为了她，你才舍不得走吧？""胡说，人家孩子都有了。""那更好啊，省得你自己生了。""你这还像是个干部说的话吗？""真以为我不知道你们俩那点事儿？我不说，是我觉得恶心。"

"这才是真正的你吧？看起来很懂道理懂礼貌，其实一肚子尖酸刻薄。""咱们俩换个位置试试？看看你愿不愿意做别人的替代品？""我的事你早知道了，为什么还要嫁给我？""这问题真好笑！你为什么要娶我，我就为什么要嫁给你！"谢若水没有回答。

"既然说开了，我也就给你说明白，我们本来就是为了相互扶持走得更好才成了家，我绝对不允许你不思上进，躲在这小地方拖累我。""我愿意。""好啊！只要我拿生孩子这件事逼一下你妈妈，她就会逼你跟我去旗里，你敢不答应吗？你敢吗？"哈斯其其格轻蔑地盯着谢若水，谢若水又气愤又颓唐。

哈斯其其格替他整理了一下衣角："我不想用这个办法，所以你最好自觉一点，我没有别的要求，既然是一家人了，就好好过，事业有成，共同进步。"谢若水呆滞。

满都拉戴着老花镜看报纸，谢若水儿次鼓足勇气要说话，但是都不敢开口。满都拉头也不抬："要说什么就说吧，再不说我要出门了。""昨晚上哈斯其其格说的那个事，能不能……我不想……""我儿媳妇的事业心很不错，听她的安排，事业生活才能双丰收。"

"我不想去旗里工作。""是因为通嘎拉嘎吗？"谢若水连忙否认："不是。""我想也不是，人家都当了妈妈，你也该死了这条心了。""跟她没关系。"

满都拉抬起头来："跟她没关系的话，我真想不出你还有什么理由。你真想像当年苏书记那样，在基层一待十几年？也不可能了啊！现在的人事制度不允许！"

"我没想那么多，就是想多积累一些基层经验。""你是不想生孩子，所以才不去旗里。你对我给你安排的婚姻不满意，消极抵抗。"

"没有。""你是我拉扯大的，你心虚时是什么样子，我闭着眼睛都知道。""没有。""你恐怕还存着离婚的心思吧？没有孩子就没有牵挂，等我一死，没人碍眼了，就跟人家离婚！"

"您说的这是什么话啊！您才六十！""你是逼我早点死啊！好腾出时间让你离婚，再找个你满意的人，我真该早点死了好，别耽误了你的好事。是吗？是这样吗？"谢若水垂头丧气："当然不是。""那就去旗里工作吧，你媳妇都安排好了。"

桌上摆着整齐的文件夹，谢若水整理着文件，他从腰带上摘下一串钥匙，拆下其中的家门钥匙，把剩下的整齐地放在桌上。随着这一放下，他知道他放弃的是他的自由。

通嘎拉嘎站在敞开的门口敲着门，谢若水有些惊慌："你怎么来啦？""来请你啊！你要高升了嘛，大伙儿要给你送送行，等以后到了旗里也有人请吃饭。"

"那我肯定举双手欢迎。""走吧？""再等一会儿吧，这间办公室以后不属于我了，有点舍不得。""好，你还是那么多愁善感啊。"

谢若水看着通嘎拉嘎发了一会儿呆。"怎么啦？""当妈妈感觉好吗？""好啊，好极了。""我妈妈也逼我要孩子，我不想要，跟没有感情的人要一个孩子，我做不到。""那就别要啊。""可是我没办法。这次调到旗里去，也是因为这个。"

通嘎拉嘎觉得可笑："因为什么？要孩子？""她以为我没有孩子，是两地分居的原因，她不知道我是在用这种办法向她抗议。"

通嘎拉嘎不高兴了："你这话可不对。你这种抗议，把你爱人放在什么位置了？不也是在伤害她吗？你要是男人，就不要屈从你妈妈的意见，既然屈从了，又用这种办法抗议，你不觉得对你爱人不公平吗？"

"我家的事你不知道。""但我知道人之常情。你不能害人家。""我跟一个我不爱的人生孩子，这就是对她好吗？""既然不爱为什么要娶她？""你还问为什么！"通嘎拉嘎愣住，半晌："你别说是因为我，我不敢担这个责任。你是因为你妈妈。"谢若水泄了气。

"算了，怪我多嘴。""不，不，你说得很好，我早都麻木了，需要你刺一刺。""我刺你干吗啊！你都已经这样了。""你不觉得，我应该反抗吗？""你能吗？从小到大，哪件事你不是看你妈妈的脸色？""那我能怎么办？我是她养大的，小时候病那么重——"

通嘎拉嘎不耐烦地："换个别的妈妈也不会让你饿死、病死！你的血管里还有我额吉的血呢！"

"可是我没有办法选择，对不对？命运给我的就是这个妈妈，她虽然严厉，但是为了我付出了一辈子，她的话我怎么能不听？都是为我好的话。""是吗？结果呢？""我不敢问结果，我只是说我没有办法。通嘎拉嘎，你不该对我这么严厉。"

"那你就说给自己听吧，我其实早就知道这个结果，你看，我也没有怪过你。""真的？""对啊，怪你干什么？你是个什么人，这辈子走什么样的路，都一清二楚，明明白白，与我又有什么关系呢？"谢若水无言。

毕力格点起了一堆篝火，他站在火堆前烤着一只羊。朝鲁、通嘎拉嘎、巴雅尔、白音呼和等当年民兵连的人向谢若水敬着酒。他来者不拒，酒到杯干。众人大声喝彩着。朝鲁嘀咕着："这小子转性啦？今天这么能喝？"通嘎拉嘎说："让他喝吧，他跟自己过不去呢。""怎么啦？""没事儿。"

篝火边人并不少，这些男人都已人到中年，所以都带着自己的老婆孩子，一时间气氛热烈，朝鲁唱起了歌，众人跟着相和，谢若水也站起来跟着大声唱着。

满都拉站在宿舍区的阴影中，看着外面操场上的篝火和人影。她听着谢若水声嘶力竭的歌声，这是一首赞美母亲的蒙古族歌曲，但是被谢若水唱得凄惨无比，她心里默默地念叨着："孩子，我是为了你好。哪个母亲不是为了孩子好呢？"

谢若水和满都拉在站牌下等着长途车。风瑟瑟，谢若水裹紧衣服。风吹乱了满都拉的头巾，白发从头巾下飘出来，在风中飘着。

"你回去吧，我自己等，今天可能是晚点了。"满都拉没有回答。

"我反正每个周末都回来，不用送来送去的。""妈妈送不了你几次的。"谢若水被噎住。

"你上大学送送你，去旗里工作送送你，也就是这辈子几个大关节上送

—— 313

一送，我可不是那种心肠软的妈妈。""我知道。""你以后别恨妈妈就是了。""不会。"

"是不会还是不恨？""不恨，也不会恨。""不管你信不信，我都是为你好。""我信，我知道你是为我好，所以我不管你对不对，我都接受，因为你是我妈妈。"

"听你这么说，还认为我做得不对啦？""对与错，恐怕都需要时间才能证明，现在您非要问我，我只能说您是对的，因为您是妈妈。""我不会错。""好，您别陪我等了，我自己走就是了。""我不冷。"

两个人无话可说，都冷冷地看着远方，盼着车来。远远的，小小的两个身影，反而更显得清冷孤单。

第二十一章 离 婚

一

通嘎拉嘎收到了阿藤花的来信，正看着信发呆。乌兰其其格背着拾粪的筐子出现在门口，她将粪筐放在屋外，又拍打着身上的灰土。她从粪筐里拿出一个包裹走了进来，通嘎拉嘎收起了信纸。"遇到邮递员了，正好有咱家的包裹。""谁的？""你阿爸。"通嘎拉嘎的脸沉了下来。

"肯定还是给小布和的玩具。""我儿子不要他的玩具。""就是，这个当外公的太不像话了，光寄东西来有什么用？生了外孙都不回来看看，你说他的生意真有那么忙？"

"额吉！""男人吧，窝在家里没有出息，有了出息吧，又不回家——""额吉！你就别骗自己了！""这孩子！好了，东西给你放下了，我走了，今天兽医站来送药。"乌兰其其格起身往外走。

通嘎拉嘎说："阿爸不要咱们了！"乌兰其其格头也不回，加快脚步："胡说，哪儿有不要家的男人，他是做生意赔了本，不好意思回来。"乌兰其其格匆忙地走了出去，连粪筐也没有带，远去。

通嘎拉嘎叹口气。原来阿藤花来信说在盟里菜市场看见徐世铎了，跟一个女人在一起。她准备去找徐世铎，给额吉讨个公道。

二

阿藤花和通嘎拉嘎走在狭小的街道，这是一片最老的住宅区，房屋建筑都有些杂乱，充满生活气息。

"这地方我平常是不会来的。那天也是巧了，一来就看到你阿爸了，穿着个拖鞋、睡裤，在小店里买烧麦，我刚要去打招呼，就看见一个女人和他在一起，"阿藤花指点着一个小门脸和不远处一座老旧的小二层居民楼，"就是这个烧麦馆，他们后来进了那个楼。"

她说不下去了,因为她们一起看到,徐世铎正从楼里走出来。通嘎拉嘎刚要抬手招呼,一个风韵犹存的女人从后面追了出来,挽着徐世铎的手。从年龄上看,他们相差比较大,徐世铎头发都白了一半,那女人却与通嘎拉嘎和阿藤花年龄相仿。

阿藤花不知道该怎么办,她一把拉住通嘎拉嘎,藏身到他们看不见的墙角,徐世铎和那个女人说笑着经过,远去。阿藤花在通嘎拉嘎耳边嘀咕着:"先看清楚了再说。"

"这还不够清楚吗?""总得搞清楚来龙去脉吧?他们什么关系?到什么程度了?怎么认识的?关系深不深……"

通嘎拉嘎已经冲出去,她快步追上去,阿藤花一把没有拉住,为难地跟了出来。通嘎拉嘎几步就追上了他们,她拦在徐世铎面前,却喉咙哽咽,说不出话来。徐世铎吃了一惊,连忙四下看着,阿藤花向他点头打着招呼,略有尴尬。

徐世铎挣脱开女人挽着他的手:"通嘎拉嘎,你怎么来啦?这是你袁阿姨,是阿爸的——生意伙伴。"袁阿姨说:"你就是通嘎拉嘎啊!老徐天天在我耳边提你,说他有个聪明的好女儿。"通嘎拉嘎没有看她,死死盯住徐世铎。

徐世铎努力维系着威严:"你是来找阿藤花的吗?怎么转到这个地方来啦?"通嘎拉嘎还是不出声。阿藤花说:"算了,换个地方说会儿话吧,别挡在路上。"

徐世铎说:"阿藤花说得对。你住在哪里?我现在还有事,待会儿忙完了——"

通嘎拉嘎突然爆发:"你好躲起来是吗?你躲了一年多了,还想躲下去?"徐世铎说:"胡说——"来往的行人跟他打着招呼:"老徐,有客人啊?"徐世铎尴尬地应付着,袁阿姨伸手拽了拽徐世铎的胳膊,通嘎拉嘎狠狠指着:"放开他!放开我阿爸!生意伙伴,是吗?生意伙伴动手动脚?"

徐世铎沉下脸来,行人吃惊地看着。袁阿姨也是个狠角色:"那就回家说个清楚吧。"她转身就往楼里走,见徐世铎没有动,她说:"老徐,你还想躲一辈子?"

袁阿姨开门进来,屋里堆得到处都是货物——一袋袋塞得鼓鼓的编织袋和一叠叠的鞋盒子。袁阿姨转身丢下几双拖鞋，通嘎拉嘎脱了鞋，没有穿拖鞋，就这么走了进去。她嫌弃这个屋子里的任何东西。

阿藤花没有脱鞋，也没有进去，就在门口站着。她四下打量，屋里摆着好几张合影，都是徐世铎和这个袁阿姨的，背景倒是有山有水有城市，显然跑过不少地方。通嘎拉嘎目不斜视地坐下，盯着徐世铎。

袁阿姨摆上各种吃的，端上奶茶："知道你们不一定吃，但是我得摆上，我和你阿爸是正经过日子，不凑合。""他有家有老婆。""我知道。乌兰其其格嘛！这个名字他老念叨，说对不起她。"

通嘎拉嘎看向徐世铎，徐世铎低垂着头。

"我从头说起吧——""我要听他说！我要听我阿爸怎么有脸跟我说。""你这就是不讲理了——""你抢走我阿爸！跟谁讲理了！"通嘎拉嘎夹枪带棒毫不客气。

徐世铎说："我来说吧。我跟她的确合伙做生意。她在市场有摊位，我进货有一套，可是有一年我遇到车祸，我受了伤，一车货也一把火烧光了，她悉心照顾我，又借给我本钱让我翻身，我觉得她人很好，就这么着——"

通嘎拉嘎说："就这么着？"袁阿姨说："他的生意在这里，其实也可以隔段时间就回去一趟，可是他说他不能骗你们，又说不出口，只好这样了，可是每个月挣的钱，他都定时邮回去——"

通嘎拉嘎说："我们图的是钱吗？"袁阿姨说："知道不是钱，我也这把年纪了，我懂。但是现实就是这样，我跟你年龄差不多大，你说他会回去陪你妈妈还是我？"徐世铎说："你胡说什么？"通嘎拉嘎说："你无耻。"阿藤花也愕然地看着袁阿姨。

袁阿姨说："真的！你阿爸让你叫我一声阿姨，那是从他的辈分上论的，我其实——"徐世铎说："行啦！"袁阿姨乖巧地不再说话。

徐世铎说："你既然看见了，我就不再说什么了，我会对你额吉、对你负责——""你就这么负责？""我反正也要到处做生意，一年也回不了几次家——""那我们就搬来！我们跟着你一起做生意。"

"你们——""别跟我找借口了，阿爸！别让我瞧不起你！""好，我不找借口。我跟你额吉只能分开了。""为什么？"

徐世铎没有回答，袁阿姨在一边伸手看着自己的指甲——涂着红指甲油，不错，她是在搔首弄姿，借以回答通嘎拉嘎的问题，通嘎拉嘎抓起奶茶泼在她身上。袁阿姨尖叫着跳起来，通嘎拉嘎抽出腰带上的蒙古刀，阿藤花吓了一跳。

徐世铎拿起烟灰缸，狠狠砸在自己头上，烟灰撒得满头满身，可惜没有破，生活不是狗血剧，砸破脑袋不容易，但这个动作，还是及时制止了女人们的殴斗。

袁阿姨转头进了厕所，随即拿出两条毛巾，一条丢给徐世铎，一条擦着自己的脸。徐世铎说："把东西拿来。"袁阿姨压抑着喜色，连忙找出钥匙，打开抽屉的锁，拿出一个信封，徐世铎递给通嘎拉嘎："其实早就写好了这个，但是没有勇气拿回去，没有勇气见你和你额吉，不过现在——你带回去吧。"通嘎拉嘎没有接。

"所有的不是，都是我一个人的罪过，我欠你们娘儿俩的，下辈子当牛做马再还吧。""你还不起！"

通嘎拉嘎站起来往外走。徐世铎把信封递过来："我寄过去，怕你额吉收到，会受不了，你拿着，还能——"通嘎拉嘎拽过信封，走向门口："我们走。"阿藤花连忙开门，通嘎拉嘎光着脚走了出去，阿藤花赶紧捡起她的鞋追出去。徐世铎呆呆坐着。

通嘎拉嘎光着脚走得飞快，阿藤花一路追过来，通嘎拉嘎突然站住，脚踩着了什么东西，血流了出来。阿藤花大惊失色地追过来，周围的邻居尖叫起来。

"怎么了，这是？快送医院吧？叫救护车……"邻居的嘈杂的声音传来，还夹杂着阿藤花的叫喊声。

徐世铎突然一跃而起，飞快地冲出屋子。远处，阿藤花搀扶着通嘎拉嘎上了出租车，开走了，徐世铎从楼门里出来，一眼就看到了地上的一连串血脚印，他捂着脑袋软软地靠在门框上。

医生在给通嘎拉嘎的脚清创、消炎、包扎，阿藤花在一边感同身受地做出各种痛苦表情，通嘎拉嘎却毫无表情。

"你怎么那么愣啊！流了多少血啊！要是扎断了脚筋，你这辈子怎么办？""他养了我快三十年了，对我很好，现在恩断义绝，我还他点血也是应该的。"

"这话说得阴森森的。""是我心里冰凉冰凉的。""你阿爸可真显老了，也不知道那个女人图他什么。"

护士拿着交费单子走进来："急诊的，把费交一下。"阿藤花拿过自己的包翻了一下："坏了，今天忘了带钱包，你带钱了吗？"

通嘎拉嘎把自己的钱包递给她。阿藤花说："我替你交钱去。"阿藤花走了出去，包放在椅子上，没有放正，慢慢滑落，终于掉在地上，钱包滚了出来。通嘎拉嘎看着钱包。

阿藤花正好又走了进来："你要发票吗？"她看到了掉在地上的钱包，连忙上前捡拾，尴尬一闪而过："嘿，这不是我的钱包吗？原来我带了！你看我多糊涂！这个包太大了也不好，找什么都找不到。"

她把通嘎拉嘎的钱包递给她："不用你的钱了，我找到钱包了，我给你出钱，算我请客。"通嘎拉嘎没有接自己的钱包："快去吧。"

阿藤花说："真是的，瞧我这嘴！哪有请客看病的，回头请你吃饭吧。"她拿着自己的包，快步走了出去。通嘎拉嘎没有心思盘算阿藤花的小心眼，她发愁地看着手里的那个信封。

三

通嘎拉嘎瘸着腿从长途车上下来，毕力格连忙迎过来扶住她："疼不疼？怎么会扎到脚？""你没有告诉额吉吧？""你不让说，我当然不会说。"他扶着通嘎拉嘎上了马，替她牵着马，长途车继续开走了。

"我见到阿爸了，他有了别的女人，要跟额吉离婚。""啊？""咱们得商量一下怎么办。如果就这告诉额吉，我怕她受不了。""他怎么能这样？""他已经这样了！他是我阿爸，我又不能拿刀子逼他回来。""那你说怎么办？咱们家都是你拿主意。""我想了一路，不知道怎么办。"

乌兰其其格看着扶着毕力格站着、鞋里露出纱布的通嘎拉嘎，惊呼一声迎了上来。通嘎拉嘎说："额吉，我没事儿，就是被碎玻璃扎了一下。"

乌兰其其格不由分说把她安放在椅子上，又蹲在她面前，小心地给她脱下鞋，查看着她的纱布："怎么就会扎了脚？你长这么大也没有扎过脚，看来盟里不是好地方，以后不要去盟里了。"

通嘎拉嘎看着乌兰其其格的白头发，眼泪突然流下来，毕力格连连使着眼色阻止，可惜通嘎拉嘎根本看不见。通嘎拉嘎越哭越厉害，终于大声地："额吉，阿爸不要我们了——"

乌兰其其格身形一僵，随即没有抬头，细细地包扎着。"额吉。""哪儿有阿爸不要女儿的。""真的，我见了他了，他说要和你离婚哪。""这把年纪了，不怕人家笑话吗？好了，好了，这有什么好哭的呢？"

她把通嘎拉嘎的头抱在怀里："不想在一起过下去了，那就不要过嘛，这个还值得哭一鼻子的，我的女儿的眼泪可珍贵了，一滴眼泪就是一颗星星，天上的星星已经太多了，所以不能再哭了，再哭天上就挂不下那么多星星了，该掉下来了。"

"额吉，你不难过吗？""难过，也得过啊。你还想看额吉也哭一鼻子吗？孩子，不要记恨你阿爸，他是疼你的，也很在乎这个家。""他要在乎就不会这样。"

"他这样了也一定有他的道理，不过我们不想知道了，对不对？那是他的道理，不是咱们的道理，咱们不想知道了。""你真要答应跟他离婚？"

"我不答应他会回来吗？不会吧？那又何必让他也不快乐哪，有一个人不快乐，就够了。我的小通嘎拉嘎是好人，一定不会让别人不快乐，对不对？"

"额吉，别再把我当小孩子了，我也是额吉了。""好吧，你是额吉了，你就能懂了。草原上牲畜兴旺，靠的是快乐，不是仇恨。"

乌兰其其格拿起笔来，在离婚协议上签名字，通嘎拉嘎在一边看着。

"你阿爸写了一手好字，当年我就是因为这个喜欢他，觉得他写字好看，有学问，又是复员军人，为人老实可靠。"她签完了名字，"我这个名字还是他逼着练的，现在还给他。"

徐世铎坐在沙发上发呆。袁阿姨挽着袖子做大扫除，窗上贴着红双喜字。袁阿姨的身影在屋子各处叠来叠去，有打扫卫生的，有到处摆花的，有比画新衣服的，徐世铎一直保持着同样的动作。袁阿姨开门进来，一脸喜色地拿着一封信："哎！信来了！你女儿办事还真快！她真在离婚协议上签字了！"

袁阿姨要拆信，徐世铎伸出手。袁阿姨说："好，你的信你自己拆！咱们下午就去街道领证吧，还要订酒席，通知亲戚朋友——我真是一天都不想等了。"

徐世铎拆开了信，信纸展开，上面有乌兰其其格的签名。徐世铎久久地看着乌兰其其格的名字，他突然松开手，倒在沙发上，片刻传来袁阿姨的惊呼。

四

乌兰其其格在羊群里忙碌着，她突然直起腰，看向远处。一辆面包车向这边开来，然后停下，车上的司机向她喊着："你是乌兰其其格吗？""是啊。""你有个女儿叫通嘎拉嘎，丈夫叫徐世铎？""是。""那就对了，你过来看看。"

乌兰其其格连忙走过去，司机打开了面包车的后门，后面是一副担架，半身不遂的徐世铎躺在担架上。乌兰其其格和徐世铎对视，徐世铎闭上眼，一滴眼泪掉下来。

司机说："有人出钱让我把他送来，没想到病人这么难伺候，又拉又撒的，把他送哪儿去？赶紧搬下来洗洗吧。"

朝鲁和通嘎拉嘎快步走来，此刻已经过去一些日子了，她的脚已经好了。

朝鲁说："就是说他还没去结婚就中风了，然后那个女人就把他送回来啦？可他已经跟你额吉离婚了啊！""我也不懂法律上是怎么规定的。""我知道啊！我当过大队干部。""你那是以前的法律！""差不多，不信打电话问问谢若水，反正你们不能管他！太欺负人了！"

他们来到家门口，看到的是一脸安详的乌兰其其格，她向两人做了一个要安静的手势："你阿爸睡着了，我刚给他洗了个澡，这一路他可受罪了。"

朝鲁说："额吉，你要留下他？""当然。""可是他不是已经——""那不重要，重要的是他现在又回来了，女儿，咱们要辛苦点了，刚才给你阿爸翻身，累出我一身汗。"乌兰其其格冲通嘎拉嘎说道。

朝鲁说："可是——"通嘎拉嘎说："哥，你不用说了，我懂额吉的意思，这是我阿爸，我要留下他。"朝鲁说："可是你们已经离婚了，住在一起，犯法。"通嘎拉嘎和乌兰其其格都笑了。乌兰其其格说："那就再结一次嘛！"徐世铎听着外面的说话声，咧着嘴，无声地哭着。

——/ 321 /

第二十二章 保　险

一

阿藤花跳下车来,她从车门里拽出自己的包和口袋。车开走了,她蹲在地上捡拾着自己口袋里的东西,把水果倒出来,水果已经被挤坏了一部分,她心疼地咧着嘴。她挑拣着水果,把好的装回口袋,把坏的在衣服上擦了擦,一一吃下去,坏的太多了,她索性蹲下狼吞虎咽地吃着。

她提了提包,觉得挑出来的好水果少了点,又在地上的坏水果里挑了几个相对好的,塞进了那袋好水果底部。

到了通嘎拉嘎家,阿藤花俯身看着半身不遂的徐世铎:"老爷子,您好好养病,回头我再来看您。"她指指桌上的水果:"给您补养身子,多吃水果,健康。"徐世铎神游物外,不予理睬,阿藤花跟着通嘎拉嘎走出了徐世铎的卧室。

"你这是从旗里来?""没有,我直接过来的。""没去见苏书记?""这趟是专门来看望你阿爸,说实话,听说了你阿爸这事,心里不好受,当年多威风多结实的徐连长啊!"

"他恢复得还算好,我天天给他扎针灸哪。""人这辈子啊,真是难说!"她突然兴奋起来:"哎!我现在有个好机会,能管这个事儿!""什么事儿?""人生的意外啊!你听说过保险吗?保险公司!"

通嘎拉嘎茫然地摇头又点头:"你是说新华大街那个保险大楼?""对,我有朋友在里面,我能找他帮你的忙。""什么忙?""上保险啊!上了保险,后半辈子就有保证了,我一听你阿爸这事,就替你操着心哪!结果运气不错,还真找到保险公司的关系了。"

"要花钱吧?""是要花一点儿,但是数量可多可少,分不同的赔偿级别,但是绝对物超所值,这个我可以保证。"

"家里的钱毕力格管着呢,我得跟他商量一下。""那是应该的,不过,不是我说男人们的坏话啊,有几个男人真的担心以后的日子?我的客户大部分都是女人——"

"你的客户?""咳!是这么回事,我不是找了保险公司的朋友吗?人家说可以帮忙,不过条件是我也得加入,用我的名义来办,我一想,加入就加入呗,谁叫咱们是好姐妹呀,你的事我不能不管。"

"那你的工作呢?你不是都当上厂卫生所的副所长了吗?""咳!厂子都倒闭了,工人都下岗回家了,哪儿还有卫生所?""那你呢?""我也回家了呗!其实也没个家了,孩子虽然跟了我,可得花钱养着啊,你可不知道现在养孩子有多费钱。"

"娜仁托娅呢?""跟她爸爸去泰国旅游了,她爸爸有钱,这便宜不占白不占。本来也要我去,我去算怎么回事啊。再说我还惦记着给你上保险这事儿哪!咱们自家好姐妹,当然比前夫重要。""我跟毕力格商量一下。"

"商量吧,你跟他说,买保险就跟上银行存款一样,是为了保证将来的生活,是吧?谁敢说一辈子没病没灾?你阿爸当年多棒的身体?是吧?当然现在生活水平提高了,可是生活成本也增加了……"她在照本宣科地背着,时而有想不起来的地方,就加一句"是吧"来掩饰。通嘎拉嘎看着她已有皱纹的眼角和粗糙的手指。她看到阿藤花衣服里面起了毛边的领子露出来一半,她忍不住伸手去把领子抚平。

阿藤花被打断:"怎么?""没事儿,领子歪了,你接着说。""我说到哪儿啦?"她想不起来了,"反正我不会骗你就是了,我们认识了半辈子,我会骗你吗?咱们这边离城里远,观念还跟不上,盟里的人现在都办了保险,想卖一份就不容易了。"

"好,我买。""什么?你买?你真买?给谁买?""都买,额吉、我、毕力格、小布和还有他爸爸。""给朝鲁也买?""当然,你指望他自己会想到这个?""通嘎拉嘎,你放心,肯定物有所值,不会让你白花钱。""保险嘛,你说得有道理,应该保险。"

"我这就给你们办,需要你们的身份证复印件。""复印件可没有。""没事儿,把身份证给我,我下午去旗里复印。""好,朝鲁也在旗里哪,你正好去找他要。"阿藤花有点犹豫:"他也在旗里?他在旗里干吗?"

二

谢若水的办公室里，朝鲁翻看着报纸，谢若水把一个号码牌递给他："办好了，凭牌入场。以后有这种事早点报名，免得我还得到处求人。"

"找你老婆帮忙也算求人？""不过你想参加种畜拍卖是好事，推广优良种畜是国家的新政策，意义深远。""行啦，一坐进机关，说话都像做报告了。不是我要去，是毕力格。"谢若水愣住。

"这小子脑子灵，爱鼓捣新鲜事儿，他非要参加这个。""以后是他家的事，你跟我直说。""直说你肯办？别以为我不知道，凡是沾上通嘎拉嘎的事，你都躲得远远的。""这不是在旗里嘛！她的事——哈斯其其格也在旗里工作，不方便。"

朝鲁瞪着他："你们整天脑子里都琢磨什么呢？"谢若水苦笑。

阿藤花躲躲闪闪地等在一家商场门外，她看着在里面大肆采购的朝鲁。等朝鲁提着大包小包走出来，阿藤花叫住了他。两人来到路边的小面馆。

朝鲁埋头吃着一碗莜面。阿藤花说："你究竟听我说了没有？"朝鲁说："听着呢，不就是让我买你的保险嘛。""不是我的，先声明啊，我纯属帮忙。"

"那就好，前一阵子，白音呼和带了个朋友找我，就让我买保险，我没答应，既然你也说保险好，我就去找他一趟。""啊？哪个保险公司？""跟你这个一样。"

朝鲁扭头看了一眼桌上的保险文件："一模一样。""你别买他的呀。""不好吧？白音呼和说他很有实力，还说要把保险卖给劳动局哪。"阿藤花眼睛一亮，随即又黯淡了。

朝鲁嘿嘿笑着："跟我说实话吧，我可不像通嘎拉嘎那么好糊弄。我知道卖保险是怎么回事。"阿藤花没好气地看着她："你都知道了还问什么？"

"怎么不找你阿爸？他说句话——""我找他干什么？我不找他，怎么说？说我离婚了下岗了，没钱吃饭啦？""他还不知道？"

阿藤花叹口气："他最得意的就是我嫁到了廉书记家，我不想让他这个年纪了再挨一闷棍。"朝鲁明白她的意思。

"其实是我活该，我一辈子顺风顺水，也该受点磨难了。""这算是磨难？"

阿藤花突然崩溃，眼泪流下来，她倔强地擦着，可就是擦不干，她索性背对着朝鲁："以前我没有为生活操过心，厂里有进修机会也没要过，现在没能力没文凭，又离了婚一个人带孩子，保险公司不看文凭，谁都可以去。可是太难了，要开口求人，我在盟里十几年没求过人，就为你放电影的事求过人——"朝鲁站起身来："走，我带你去见一个人。你不想卖保险吗？想就跟我走。"

三

谢若水愣愣地看着保险文件。朝鲁说："我妹妹的事你不管，这件事你总帮得上忙吧？你这个科长管的就是这种事！我打听了。"

谢若水看看一脸期待的阿藤花："你让苏书记给马局长打个电话吧。"

阿藤花说："我爸爸不会打的，他那个人你们还不知道？最恨不正之风。"

谢若水说："马局长是苏书记的老部下，不是外人，要不这样，你跟我去见见他？"

阿藤花说："我不想让我阿爸知道，要不我就直接去找马叔叔了。"

朝鲁说："谢若水你怎么啦？又不是让你打开后门，只是帮个忙而已。"

谢若水拉开抽屉，拿出一叠各种各样的保险公司的文件夹："你们自己看吧！局里是打算给职工买保险，你看，这是陈科长介绍来的，这是张部长的，这个是徐科长介绍的，还说是他亲弟弟。"

他们看到那些文件夹外面果然别着字条，潦草简单地写着介绍人的姓名。朝鲁说："看来就我这个介绍人没身份。"阿藤花说："我知道现在可能有点晚了，不过，只要没定下来就还有机会，你有什么要求都可以提，我跟公司申请。"

谢若水说："我知道你的意思，这些人也都说这套话，可我没这个想法。多少双眼睛都盯着我，巴不得我出点纰漏哪！"

阿藤花说："沾钱的事是应该小心，但咱们从小一起长大，知根知底，我能害你吗？再说是朝鲁带我来找你的，我要是坑了你，他能饶了我吗？他那个脾气！"

谢若水还在犹豫。阿藤花说："朝鲁，你倒是说句话啊，替我担个保，做个证。"朝鲁说："怎么样啊，谢若水？还真要兄弟求你？"

四

事儿办完了，阿藤花和通嘎拉嘎准备一起去盟里。通嘎拉嘎说："温都苏老师说，医科大学要在盟里招人进修，让我赶紧去考一下试试。"阿藤花说："那好啊，你终于可以圆你念书的梦了。"

通嘎拉嘎说："先去看看再说吧！我阿爸这个样子，小布和又小，还不知道怎么办哪！再说，也不知道能不能考上。"

朝鲁抱着小布和过来，跟通嘎拉嘎告着别，通嘎拉嘎亲个没够。阿藤花说："小布和啊，下次阿姨给你带好吃的来。。"

长途车远远地开来了。阿藤花说："朝鲁，这次真要多谢你了！谢若水是冲着你才答应的。"朝鲁说："你自己找他也一样，都是一起长大的交情。"

"别安慰我，我心里有数。对了——"她拿出个信封递给朝鲁，"这是给你的。现在别看，等我走了再看。"通嘎拉嘎说："什么啊？你们有什么话还要写信说啊？"阿藤花说："我给你哥的情书！你小孩子就别掺和了。"通嘎拉嘎坏笑："好啊，你们俩！"

朝鲁没有理她们，径直去拆信，被阿藤花阻止："朝鲁，给我点面子行吗？别让我不好意思。"通嘎拉嘎在一旁大笑着，朝鲁把信塞进口袋。

车停好，毕力格安置好行李，阿藤花和通嘎拉嘎上了车，她们挥手告别，车开动。朝鲁目送车子远去，他转身走了几步，拿出信封拆开，往里面看了一眼，信封里露出一叠钱，脸色阴沉下来。

长途车上，通嘎拉嘎问阿藤花："你给我哥写了什么信？"阿藤花说："大人的事你少打听。""过河拆桥啊你！你要是不告诉我，我可拆你俩的台。""不是你想的那回事。""那是哪回事？其实你们俩要是好上也挺好，前世因缘。"

阿藤花凑近她说了句什么，通嘎拉嘎的笑容消失。阿藤花说："这是规矩，我必须得这么做。"通嘎拉嘎担心地说："你肯定做错了。"

五

旗镇郊外的一个畜栏插着彩旗，挂着红绸，一个写着"良种牲畜推广会"的横幅在风中被吹得飘飘扬扬的，高音喇叭播放着喜气洋洋的歌曲，牧民们三五成群地聚集在这里。

朝鲁和毕力格走了进来,朝鲁阴沉着脸,连有人打招呼也不理睬。毕力格替他跟人家回应着:"你们也来了啊。"朝鲁挤进牲畜栏前,看着里面的各种牲畜。毕力格也挤了过来:"牌子要到了吗?"

朝鲁从怀里掏出号牌递给他:"你到底要买什么?"毕力格看向一只神气活现的山羊:"就是它!"

山羊被单独牵出来,一个主持者正拿着麦克风,向围观的牧民们吆喝着:"来自鄂尔多斯高原的阿尔巴斯白绒山羊,色泽纯正、绒毛长,手感好,出绒率高,拍卖开始啊,底价五百块!"

围观的牧民们哄然作声,显然这个价格超过了他们的想象。毕力格说:"这家伙不便宜啊。"对面一个牧民甲说:"我要了。"众人看向牧民甲。

毕力格也举着牌子喊起来:"我出五百五。"牧民甲说:"六百。"牧民乙说:"六百五十。"他们此起彼伏地喊着价格。

毕力格放下牌子。朝鲁说:"怎么?"毕力格说:"太高了。草场有限,养不了那么多。"朝鲁说:"不是还有我吗?再来!你看好的事错不了。"毕力格又喊了一声:"七百。"

几个回合后,价格到了九百五十。朝鲁说:"喊啊。"毕力格说:"算了。"朝鲁抢过号码牌:"我来。"毕力格拉着朝鲁的胳膊试图劝阻,朝鲁挣脱了他。

朝鲁说:"我出一千一了。"那个牧民不再叫价,主持人向朝鲁指着:"给你了!你是朝鲁吧?给你了。"众人都表情复杂地看着他。

六

哈图逗弄着孩子,安雅在批改着学生作业:"听说朝鲁在旗里做了件大事。"哈图说:"什么?""他买了一只种山羊,一千一百块。""嗯?买山羊?一只?""是旗里举办的种畜推广,好像是只了不起的种羊。"

"金子的也没那么贵!再说为什么要买山羊?就算他不想再养马了,也该买绵羊。""你就别替他操心了。他都那么大了,想做什么就让他做吧。""再大也是我儿子,我能不管他。"

朝鲁和毕力格骑着马,那只山羊被牵着跟在后面。毕力格说:"就算咱们两家合买的吧，母羊我来买。"朝鲁说："行。"毕力格继续："养山羊要想成规模，需要一块大草场，而且冬天还得准备足够的草料。"

"放心吧，我阿爸说过，有长不完的草，才有放不完的羊群。"

"那是以前啦，这几年草场可不太好。"

"所以才要选最好的品种，这个钱花得值，如果它真像你说的这么好，一定会挣回来的。"

毕力格没头没脑地说："为什么？你本来没打算买山羊，怎么突然改了主意？"朝鲁犹豫了一下："今天突然觉得，挣钱挺好。""听不明白。""阿藤花那么傲气的人，现在为了一点点钱就要低头赔笑脸，看着真不好受。"

七

阿藤花和通嘎拉嘎走出长途车站，通嘎拉嘎一脸不快地走在前面，阿藤花追着她："都跟你解释了一路了！这真是规矩！公司都给下账，交际费啊！我要是不按规矩来，别人干吗帮我啊！"

"朝鲁是别人吗？在你心里他就是个别人？要不是你的事，他会去求谢若水？""我知道我错了！下次再也不敢了。"

"你还想有下次！""好了，反正错也出了，想想怎么补救吧！要不给他写封信，就说钱是给谢若水的，只是让他转交？"

"没用。""那你说怎么办？我也说了一路了，嘴都说干了，先回家吃饭吧。""我住招待所。""开玩笑！你到了盟里还要住招待所，这不是当面骂我吗？跟我回家！托娅也想你了。"

门开，阿藤花带着通嘎拉嘎进来，娜仁托娅已经是十四岁的小姑娘，正在饭桌上写作业，娜仁托娅跟通嘎拉嘎打了个招呼。通嘎拉嘎四下打量着房间，这是一间极其普通的住房，狭小，凌乱，能看出女主人对生活的无心经营。

"租的房子，我也懒得收拾，你跟我睡一张床吧，对了，咱吃莜面吧。"阿藤花手脚麻利地忙碌着，唠叨着，"我做莜面的手艺还是在咱公社练的，谁吃了都说好吃。我都想过，以后要是保险干不下去，我就开家莜面馆，虽然辛苦点儿，可不用再仰着脸求人啊，你知道我最受不了什么吗？就是受不了求人！"

通嘎拉嘎看着阿藤花的背影："你有意让我来看看的吧？"

阿藤花动作一僵，随即继续忙碌："你要来盟里念书，也瞒不了你，这把年纪了，日子越过越难，丢脸。""哥哥那边，我帮你说吧。""让他别怪我。"

八

那头种羊在屋角安静地站着。朝鲁跟哈图解释："现在最能挣钱的就是山羊，羊绒价钱越来越高，我和毕力格商量了，以后就专养山羊，咱们家的草场能养八十多只山羊，每只羊产七八两羊绒，哪怕按现在的价格——"

哈图说："养不了那么多，还得养马呀。""我就是想跟您商量这个，马就不养了吧？太亏本，也没有人买了。""我养了一辈子马。"

"对啊！马都养得好，养别的更容易。""我就要养马。""如果要养马，就养不了多少山羊了，钱肯定就挣得少了。""要那么多钱干什么？""用处可大了。别的不说，弟弟将来上学要用钱吧？""上学的钱我有。"

"中学要去旗里念，你舍得让他自己去？家肯定要搬过去，在旗里买一个房子不得花钱？"安雅显然被朝鲁的话吸引。

"这不是我编的，别人家也都是这么做的，你去打听一下嘛！""干什么要把家搬过去？我儿子没那么娇贵！""没有钱他当然只好不娇贵了。我是他哥哥，我不能让他吃苦。""你别管。"

"还有，咱家的草场，也该弄围栏了，别人家早都围了，这个也需要钱啊，还不是小数哇。""围什么围栏？把草场分割成一块块的就好吗？""不是好不好的问题。大家都这么干。阿爸，现在跟以前不一样了，草场分给个人承包，承包的意思就是你要把它围起来，保护好。"哈图没有再辩论。

"建围栏得用钱，对不对？还是把马卖了吧，当然，不全卖！把你最喜欢的留下。"朝鲁指指种羊，"等它变成产金毛的宝贝，你也会喜欢它的。"

谢若水在看报纸，敲门声响，随即哈斯其其格走了进来。

"你怎么来啦？""有点急事，电话里不方便说。你们那个职工保险办了吗？""你也知道啦？已经办了。""啊？什么时候办的？给谁啦？""是盟里的保险公司。"

"谁的关系？还能改吗？是陈主任开的口，我没办法推。""他啊！他知道这个已经签合同了啊。""所以人家打电话找我！还能不能挽回？是谁的关系？""阿藤花，苏书记的女儿。""苏书记已经退了。""话不能这么说。"

哈斯其其格埋怨："那该怎么说啊？这么大的事你怎么不跟我商量一下。"谢若水口气生硬："商量什么？这是我日常的工作。要不你来坐我的办公室？""你——"她压下一口气，"陈主任那里我去说，你最好也找个机会跟他解释一下，强调一下苏书记和你们局长的关系。"

谢若水不置可否，哈斯其其格气恼地离开，谢若水起身走到文件柜前，拿出标明"保险"两字的文件夹，他仔细检查之后松了口气。

他拿过电话拨打着："财务科吗？我是谢若水，盟保险公司的发票寄来了吗？怎么样？是正规发票吧？印章什么的都没问题？好，那就好。"他听着话筒里的声音，神色凝重起来："嗯？还有谁问过？"

九

通嘎拉嘎从挂着医学院牌子的大门走出来。阿藤花迎了上去："怎么样？考得好吗？题难不难？"通嘎拉嘎露出失落的表情，阿藤花连忙安慰她："没事儿没事儿，这次不行还有机会嘛！我刚才进去看了看，还有函授学习的呀。"

通嘎拉嘎摇着头。阿藤花接着说："你别这样啊！我请你吃饭去，下馆子去！我知道学医是你的梦想，我以前太自私，逼你把机会让给了我，我一直特别内疚。"通嘎拉嘎突然笑了："好了，骗你的！我考得挺好的。""真的？""当然！我肯定能考上。""好啊你，敢吓唬我！"

她们追逐打闹起来，两个加起来七十多岁的女人，在这一刻真的感到了快乐。"我下午就回去了，温都苏老师让我回家等通知书。""下午就走啊？""阿爸还躺在床上呢，好几天了，我也不放心。""好吧，我送你。""还早，陪我在学校里走走。""走，提前过一下大学生活。"她们转身进了校园。

通嘎拉嘎和阿藤花在校园里走着，一路指指点点。"那是宿舍楼，你会住宿舍？""温都苏老师说都要住校。""那可够吵闹的，跟一帮小疯妹妹一起住。""热闹一下更好。"

阿藤花猜测着："教室呢？在哪个楼？"通嘎拉嘎憧憬着："我想好了，每天除了在教室，就是在图书馆，要学的东西太多了，宿舍就晚上睡觉才回去。"

阿藤花说:"也得跟学生们去食堂吃吧?不知道莜面做得有没有我好吃,要是不好吃,你就来找我。"

操场上,学生们在打球。校园里,抱着书本的学生在行走,通嘎拉嘎和阿藤花越走越慢,她们终于停下来。

阿藤花一脸惆怅:"咱们年轻的时候,可没这么好。""现在学也不晚。你不是说还有函授的?""不行了,拖家带口,现在我这日子,只往外掏,没办法往里进东西了。""还是你不想学。""真羡慕你,生了孩子有朝鲁给养着,自己也没什么变化。"通嘎拉嘎笑笑,没有回答。

十

乌兰其其格给徐世铎喂着饭,外面传来朝鲁的呼喊声:"额吉,额吉。"徐世铎面色焦急,用唯一能动的手推着乌兰其其格。乌兰其其格明白他的意思,连忙回应着:"朝鲁啊,你等我一下,我来了。"

朝鲁却已经掀开门帘走进来,徐世铎马上闭上眼睛。朝鲁说:"吃饭哪,徐书记怎么样?见好了吧?"乌兰其其格说:"好多了。""我来要一个阿藤花的地址,她给小布和寄衣服的包裹布还在吧?""我给你拿。你过来喝茶吧。""不了,我陪陪徐书记。""他睡了。"

"饭都没吃完就睡啦?"乌兰其其格艰难地说着谎话:"啊,是啊,他现在老是这样。来,我给你找她的地址。"

朝鲁跟着乌兰其其格走出去,徐世铎睁开眼睛,一脸不快,门帘外面传来朝鲁和乌兰其其格的交谈声。

"听说你和毕力格买了头种山羊?""是啊,正要跟您说这个,咱家以后养山羊吧,养别的都不划算。""山羊吃草太厉害了,光靠这片草场可不够它们吃的,我又不能走太远,她阿爸还离不开人。""有我们哪。我想把咱们三家的草场合在一起,全都养山羊,额吉,现在养山羊的都挣了大钱。""等你妹妹回来,你们商量吧。"徐世铎若有所思。

朝鲁走过来,沿途有人跟他打着招呼。巴雅尔已经是书记了,他问朝鲁:"朝鲁,你买的那头山羊真能挣钱?"朝鲁说:"当然。"

"小羊羔我要几只。""行啊,对了,你今天要去旗里?""开会,当这个书记就是麻烦……""正好，你帮我去邮局寄点钱。"

朝鲁掏出信封和一个包袱皮："八百块钱，给阿藤花。""阿藤花吗？你们还常有来往啊？她现在什么样啦？""还是以前那个熊样儿。"

徐世铎吃完了饭，问乌兰其其格："他刚才说的山羊是怎么回事？""旗里推广良种牲畜，他花了一千多块钱，买了一只种山羊。""是什么品种的？"乌兰其其格摇头。"去问清楚，一定得要是阿尔巴斯白绒山羊！这个我还真了解过，要是没生病我下一步就做这个了。""那等你好了接着做吧。"

徐世铎突然勃然变色，变了脸："睁眼说瞎话！我还能好得起来吗？你是要气死我啊！""刚吃完饭，生气不好。"

徐世铎更生气了："那你是让我饿着肚子生气？你干脆饿死我算了。""好了，算我没说。""真是受够了看你眼色活着了。""那我去问朝鲁，还要问什么？""不问了，睡觉。"

他气鼓鼓地闭上眼，乌兰其其格收拾着饭碗，发出饭碗相碰的声音。徐世铎猛然睁开眼："要吵死我啊？还让不让我睡觉？不知道我在养病吗？"乌兰其其格轻手轻脚走了出去，徐世铎气鼓鼓地瞪着眼。

阿藤花送通嘎拉嘎上了车，叮嘱道："别忘了跟朝鲁解释。"

"我估计他会把钱寄回来，你赶紧还给你们公司。""你放心吧。""我不放心。别跟我说什么行规，这就是行贿受贿，你是要害谢若水啊还是害朝鲁？"

"知道，知道，我有数。你就负责让朝鲁别生气就是了，要不我都不敢回去看你们了。"通嘎拉嘎不放心地看着她。车开动了，阿藤花频频挥手："我等你来啊，大学生！"

十一

哈图看着他的马群，他吹了声口哨，马群中的一匹马扬头看着他，哈图的眼睛骤然湿润了，他掩饰地擦着眼泪。朝鲁在不远处跟几个马贩子在说着什么，无意中抬头，恰好看到了这一幕，他愣了一下。

"你们先清点着数。"朝鲁走向哈图，哈图知道他过来了，连忙把自己掩饰得更好——他的办法是沉下脸来。

朝鲁和他并肩站着："我也舍不得。""滚一边去。""我说的是真心话，我是草原第一马倌的儿子，你说我对马能没感情吗？""没有，你心里只有你想做的事，当初你为了放电影就卖了一半的马，现在为了挣钱，你又要卖马。"

"阿爸，我不是为了好玩，我是要对这个家负责任。你这辈子是什么样的人你自己还不清楚？有了上顿你就可以不要下顿，可现在不一样了，这个家里不光是只有咱们俩了，你有老婆我有弟弟，我们两个男人要负责，没钱怎么负责？"

"没钱就不活啦？""没钱就活不好。没钱让弟弟上学，没钱围咱家的草场，没钱——算了，其实你自己都知道，没钱什么都不是。"哈图不以为意。

朝鲁感慨地说："阿藤花，多要强的人！一辈子要风得风要雨得雨，现在呢？为了钱赔着笑脸到处求人！我太了解没钱会把人变成什么样了！"

"没钱会让人更坚强。""阿爸，咱们别争了，你喜欢的马，我喜欢的马，咱们都留下，行吗？"

哈图沉默片刻："要卖就都卖吧，每匹马都是我从小养到大的，留下谁，都会让我舍不得别的马。"

"我来安排，你就别管了，对了，我跟他们说了，马不能杀了吃肉，也不能卖到马戏团去，他们答应。"

哈图无言地站着，好像有一个无声的信号，那些马开始相继嘶鸣起来，此起彼伏，哈图转身就走，再也忍不住老泪纵横。

乌兰其其格刚刚走进门，一个饭碗就从门帘后砸了过来，在地上摔碎。徐世铎在门帘后咆哮："滚！滚！都不是好东西，都滚！"

乌兰其其格掀开门帘进去。"你干什么？你别碰我，我不换裤子，我就愿意拉在床上。"

乌兰其其格端着一盆脏衣服走出来，走到门外去。"你别装好心，我不会上当！我没让你给我换裤子！把我的裤子还给我。"

又一个茶杯砸过门帘摔在地上。通嘎拉嘎正走进门来："阿爸？额吉？"她丢下行李，掀开门帘进去。

徐世铎躺在床上，能动的那只手正在床边摸着可丢的东西。通嘎拉嘎连忙过来："阿爸，我回来了，你这是干什么呢？额吉呢？""不用你管我，你走！走！""我不走，我是你女儿，我干吗要走？你好点了吗？哪儿不舒服？"

她给徐世铎按摩着胳膊，徐世铎安静下来。徐世铎说："去找朝鲁，问他买的羊是什么种？是不是阿尔巴斯白绒山羊，让他来找我，我有好多买家卖家。"他越说越快，越说越急，还含混不清，通嘎拉嘎连忙安抚他："阿爸你别着急，慢慢说。"徐世铎又生气了："怎么能不着急？等他自己把这门生意做起来，咱家还怎么插手？怎么挣钱？你额吉就是磨磨蹭蹭，你不许磨蹭，马上去！"

通嘎拉嘎说："好。我这就去！"

通嘎拉嘎走出门去，徐世铎支棱着耳朵，用力听着外面的声音。

通嘎拉嘎在乌兰其其格面前蹲下，接过她手里正在洗的徐世铎的裤子，问："怎么回事啊？"

"想挣钱想疯了。非要逼着我去找朝鲁。""朝鲁又怎么啦？什么阿什么山羊？""你哥哥买的是种羊，说以后专门养山羊了，卖羊绒更挣钱，唉，现在也不知道怎么了，人人都只想着挣钱，那山羊是好东西啊？一群里面有个几只还可以，能带着羊群跑得远点，吃点新鲜草，可是专门养山羊！那东西毁草啊。"

"朝鲁不知道？"乌兰其其格叹口气："草原上长大的，谁不知道？都不管了，顾不上管了。""没事儿额吉，这么多领导呢，不会不管的。"

"盟里的事办好了？"通嘎拉嘎兴奋地点头："额吉，我要去上学啦！我要当大学生了。""太好了，我就知道我的通嘎拉嘎能上学。"

"上次图雅难产出事，我一想起来心里就疼一下，我要是上过学，好好学过医，一定能救下她和孩子的命。"

"那就好好学，多救几条命，为她们娘儿俩修修来生的福气。"

"额吉，我要是去上学，阿爸怎么办？你一个人肯定不行，我们找个人来照顾他吧。"

看乌兰其其格迟疑，通嘎拉嘎劝着她："就当是接羔的时候忙不过来，雇个羊倌帮忙嘛！""好啊！你把你阿爸当羊来放啊。""他比羊可难伺候，要是有个外人来帮忙，他还能收敛点，他那么要面子，怎么也不会冲外人发脾气。"

徐世铎却坚决不同意找人来照顾自己:"你们要干什么啊?我得病了我倒霉,我不指望你们照顾我,但是你们别想找外人来羞辱我!"

"阿爸!这怎么是羞辱?家里忙不过来了,找别人帮忙,这不是平常的事嘛!"

"我徐世铎在这里英雄了半辈子,到老了要别人帮我把屎把尿?还让全苏木的人都知道?你干脆拿刀子杀了我吧。"

"额吉要放羊,不能总守在你身边,我又要去上学。"

"那就让我死了吧,我不想拖累你们。帮我买点安眠药,算我最后一次求你们,看在咱们夫妻一场的情分上。"

乌兰其其格拦住通嘎拉嘎:"没关系,我回家来照顾他。""羊呢?不放羊咱家吃什么喝什么?""羊交给别人放,大不了多出点钱。""可你太辛苦了。"

徐世铎说:"当着我的面喊累!喊给谁听呢?你们别管我!我早就不想活了。"乌兰其其格说:"就这么说定了吧。不找人了,我们家的事,不要别人管。"通嘎拉嘎无可奈何地说:"好吧。阿爸,你以后不能随便骂人。"徐世铎不依不饶地说:"我就骂!怎么啦?你们嫌难听可以不管我啊,让我死吧!"

乌兰其其格说:"好了,他心里不痛快,骂出来就痛快了。"通嘎拉嘎喊:"额吉——"乌兰其其格没有理她:"我做饭去了,我做好吃的,女儿考上医学院了,要庆祝一下。你晚上想吃什么?我给你做去。"

徐世铎没好气地说:"吃屎。"通嘎拉嘎气冲冲地走出去:"那我给你端去。""看你养的好女儿,她要给我吃屎啊。""你不痛快就骂我吧,你舍得让女儿受委屈?"

徐世铎被噎住,半晌:"她上医学院?怎么回事?"

通嘎拉嘎气冲冲地走来,朝鲁和毕力格正在检验着那些山羊,最大的是那头昂贵的公山羊,而新买来的母山羊也被轰进了羊圈。

朝鲁说:"回来啦?怎么样?"通嘎拉嘎说:"被我阿爸气死了。""我是说我的羊,产金羊毛的羊。""你就知道你的羊!""徐世铎又发火了吧?他现在脾气一天比一天大,算不算身残志坚?"

通嘎拉嘎瞪了他一眼:"额吉要你别养太多。""我知道,多了羊绒价格就跌下来了。我懂。"通嘎拉嘎心情不好,懒得跟他解释:"我考上医学院了。"

朝鲁惊喜地说:"真的啊!太好了,咱们草原终于出了第二个大学生了。要好好庆祝一下,要喝酒。喂,毕力格,过来!怎么你媳妇回来了你倒躲起来了。"

毕力格分开羊群走过来,憨憨地跟通嘎拉嘎打着招呼。"你媳妇是大学生了,你得好好照顾咱们的羊,给她挣钱挣脸面。""我去杀只羊。""你敢动我的羊。去找额吉要一只,反正她那些羊将来也得换掉。"

十二

满都拉戴着老花镜在看报纸,门外响起脚步声,随即,谢若水走进来:"妈,我回来了,你怎么样?"满都拉看看他身后,不解地:"就你一个人?""啊,哈斯其其格有事,这个礼拜来不了。""有什么事?是不是有啦?去医院检查过吗?"

谢若水无奈地说:"妈,她是加班。"满都拉叹口气:"想孙子都想糊涂了。你们俩还好吗?现在工作太忙太累,以后周末就别回来了,一来一往休息不好。""没事儿。"

满都拉不容争辩:"听我的!下个星期都别回来,我去你们那儿。"谢若水没有作声,满都拉观察着他的表情:"怎么啦?你们两个闹别扭了。"

"没有——""别撒谎。""是吵了一架。""为什么事?""工作的事。""胡说,你在劳动局,她在政府,你们能为工作吵架?""真的是工作的事。我们劳动局给职工办保险,我负责这事儿,她非要干涉我选什么保险公司。"

满都拉愣了一下:"她一定是为你好,在旗里工作,人际关系比苏木复杂。"

"我厌恶这种交换,爸爸和你也不会搞这种名堂。""那倒是,你阿爸最不喜欢这种事了,这件事你做得没错,我会跟哈斯其其格谈谈。"

"她知道你会说什么,所以才不回来。""不会,她很明白道理,我比你了解她。你也要改改习惯,多去了解她,她是要跟你过一辈子的人。"

谢若水言不由衷地说:"好。妈,我去找一趟朝鲁,他不是买了头种公羊吗?我去了解下情况,做个调研。"

谢若水低着头走在苏木街道上,朝鲁也提着一捆酒瓶子从供销社门里走出来。朝鲁说:"谢若水!真巧!去我家喝酒去。"谢若水跟着他走去:"阿藤花跟你联络过没有？"朝鲁一惊："怎么啦？"

"我心里老有点不踏实，她那个人咱们都了解，我怕她——""她现在跟小时候不一样了。""你能给她打包票？""行啦吧你！怎么当了这么大领导还啰啰唆唆的？出了事你找我就是了！"

"你最好也给她打个电话，叮嘱她一下，这次保险给了她，我这边压力不小，好多人都盯着呢！让她千万仔细点。""知道。"

谢若水这才想起来，问道："为什么喝酒？"朝鲁说："通嘎拉嘎考上医学院，要去盟里念大学，给她送行。""啊？好事啊！是进修？""脱产进修，学两年呢！"

"那真是太好了，太好了！"谢若水停下脚步，"我就不去了，得陪我妈吃饭，一个礼拜才见一次，不陪她不好。""那行。等通嘎拉嘎放假回来再聚聚。""替我向她道喜。""知道。"朝鲁摆摆手，头也不回地走远。

谢若水慢慢转身往回走，还不断扭头看着朝鲁的方向，似乎是在向朝鲁告别。他突然又转回身，追了上去："等一下，我不跟你们吃饭了，我去看一眼你买的羊，养山羊是新兴事物，我要调研一下。"朝鲁把手里的酒分出一捆交给他，两个人一起走远。

谢若水蹲在羊圈里，观察着那头种山羊。羊圈外就是朝鲁为了照顾羊而准备的临时住处，门前支着大锅，毕力格和朝鲁正在忙碌着杀羊煮羊，巴雅尔等人在进进出出地帮忙。通嘎拉嘎向谢若水走来，谢若水紧张地站起来说："恭喜你！"通嘎拉嘎说："谢谢。"

谢若水像背书一样，把话说得又快又急："大学里最重要的是占座位，自习室和图书馆都要占，我不知道你们医学院的情况，估计都差不多，你最好准备一个书包，书包外面绣上你的名字，这样可以提前用书包占座位。不过书包里别放贵重东西，万一丢了心里不痛快。"

"我知道。""还有，多准备几支笔，大学里最容易丢笔，你有没有？我这里正好有一支——"他手忙脚乱从怀里掏出一支钢笔："送给你。"通嘎拉嘎没有伸手接。

谢若水说："这是我当先进工作者的奖品，挺好用的，虽然旧了点儿，等以后再给你买支更好的。你能去念书，我特别高兴，比我自己上大学还高兴。

这块石头，压在我心里很多年了。"

"以前的事，又提它干吗？""是啊，你好好念书，我走了，我不陪你们喝酒了，就是来看看羊，做个调研。我得走了。"

他慌慌张张地迈过羊圈，把钢笔放在羊圈的栏杆上，又向朝鲁那边走去，桌上已经摆上了酒碗，毕力格正提着硕大的塑料酒桶给每个碗里倒着酒。

谢若水拿起一碗酒，向通嘎拉嘎看了一眼，仰头喝进去。他指指钢笔，转头离去。通嘎拉嘎慢慢伸手拿过了钢笔。

毕力格走了过来："谢若水走啦？"通嘎拉嘎点点头："他送了我一支钢笔。""那挺好的。"通嘎拉嘎旋转笔杆，看着上面刻着的"1990年度先进工作者纪念"的字样："还是个奖品哪。"毕力格说："那真的挺好的。喝酒去吧。"通嘎拉嘎和毕力格牵着手走向酒桌，问他："真的挺好的？""当然挺好的。"

谢若水失魂落魄地走来，他酒意上涌，摇摇晃晃。满都拉和哈斯其其格站在小学校门口聊着天。

满都拉说："怎么去了这么久啊？我们正想去找你呢。"谢若水说："你怎么来啦？"哈斯其其格说："我单位的事办完了，正好有车过来，就来了。你喝酒啦？"满都拉说："就是啊！怎么还喝这么多？你不是去找朝鲁了吗？"谢若水说："通嘎拉嘎考上大学了，给她送行呢。"哈斯其其格的表情一僵。

满都拉说："这把年纪了还去上学？不是正经大学吧？"谢若水说："盟里的医学院，她的理想总算实现了，我替她高兴。"满都拉说："没酒量就少喝点酒，回家吧，给你们做好吃的。"三个人一起向小学校走去，谢若水和哈斯其其格离得远远的。

第二十三章　保险出事了

一

救护车的灯在闪着，医生们推着担架车在走廊里快步走着，谢若水和局长站在病房外。局长问："家属情绪怎么样？"谢若水答："已经派人去照顾了，好在伤势稳定，没有大碍了。""你记一下，要下一个通报，提醒大家注意安全，避免这种意外伤害发生。""我马上办。""咱们不是办了保险吗？你查查，这种情况保险公司管不管。""好！"

朝鲁匆忙走进来，谢若水和阿藤花等在门口。

朝鲁说："什么事儿这么急？阿藤花？你也在？"谢若水说："有个职工从马背上摔下来，摔伤了，我要跟阿藤花索赔，可她说不行。""我没说不行，我是说得走程序，保险索赔要走程序，光找我没有用。""合同是跟你签的，钱也是交给你的，出了事你就不管啦？""我这不是来了吗？怎么能叫不管呢？"

朝鲁说："先别吵，到底怎么回事？"谢若水说："我们局长很生气，知道是你介绍她来的，要找你问问情况。我也不知道他要问什么，走吧，上去吧。"

阿藤花说："那没我事儿了吧？我还是回盟里吧，帮你们走程序。"谢若水说："你先等等吧，看局长要不要见你，这事儿肯定没完。"

局长看着坐在办公桌前的朝鲁和谢若水，他拉开抽屉，拿出一封信："局里接到检举信，说这笔保险存在收受回扣的现象。"

谢若水说："什么回扣？我没拿回扣，一分钱都没有。"朝鲁说："回扣确实有，是八百块钱现金。"谢若水急了："朝鲁，你可别血口喷人。"

朝鲁说："你别急啊，跟你没关系，钱是交给了我的，上车前塞给我的一个信封，车走了我才知道是钱，但是我第二天就让巴雅尔给寄回去了，有人证，还有汇款单子做证。"

谢若水说:"那就好。局长,情况就是这样,虽然我没有拿回扣,但是暴露了我做事草率的问题,我应该多比较调查几家——"局长翻看信件:"信上说,一共有两千块钱回扣。这里有保险公司出具的证明,你们再好好想想,不要心存侥幸。"谢若水和朝鲁都傻了眼。谢若水说:"我真不知道啊。"朝鲁说:"我去找阿藤花问问。"他转身匆忙离去。

朝鲁抓住阿藤花:"怎么回事?不是八百块钱吗?怎么变成二千啦?""啊?你怎么知道?""人家把检举信都寄给局长了!谢若水在上面挨训哪!到底怎么回事?""怎么会这样?不应该这样!一定是有人嫉妒我!""我问你怎么回事?""你就别问了。"

"我能不问?我带你去找的谢若水,现在人家要替你背黑锅!我能不问你?""我也说不清楚。""说不说清楚我不放过你。"

阿藤花无奈:"我只说给你一个人,你不能告诉别人。""不行。""那我死都不说,说了,我就死定了。""还死定了!你说吧,我倒想知道你怎么死定了。""你非要知道?""对。""我给了你八百块回扣。""我没要。"

"跟公司报销的时候,我报了两千块钱。"朝鲁一愣。"多出来的一千二我自己拿了。公司知道的话会开除我,而且还会扣掉入职时的保证金,那是我借的钱。""你为什么要这么做?""挣钱。""为挣钱就什么都不顾啦?""奋不顾身都不容易挣到钱,如果再有机会,我还会这么做。"

朝鲁说:"哪怕毁掉别人?毁掉人家给你的信任?友谊?"

阿藤花没有回答。

朝鲁说:"我没看错你,你还是那个自私自利的阿藤花,从小我就看透你了,你就是个自私的人,一辈子都是。"

阿藤花喃喃地说:"如果不自私,我三十年前就饿死了!你就当我是个死人,放过我不行吗?我不能丢了这个工作,我不能被开除!我还要养女儿,还要活下去——"

"缺多少钱我给你补!""你能补我一辈子吗?我要的不是钱,我要的是自食其力的机会!"朝鲁瞪着她,阿藤花神情凄苦:"你要我给你跪下吗?为了我女儿,我可以给你跪下。"

朝鲁敲着门,走了进来。朝鲁艰难地说:"是我干的,是我假冒了谢若水的名义,拿了一千二百元。"谢若水震惊地看着他。

局长说:"你不是说八百吗?""我怕都拿了不安全,就退了八百。"局长笑起来,完全不信朝鲁的话:"朝鲁,我知道你们是一起长大的朋友,你是要包庇他吗?"朝鲁说:"跟他没关系。我一时糊涂,我会跟保险公司承认这事儿,也希望您不要误会了他。"

朝鲁走了出去,谢若水发着愣。局长叹口气:"事情能这样了结也好,你是我器重的部下——"谢若水说:"您不相信我?""我当然相信了,用人不疑,疑人不用嘛。""我真的没有拿回扣,一分钱都没有拿。""这说明我们的干部经受住了考验。回去工作吧,放下包袱,轻装前进。"

谢若水沉着脸走出来,朝鲁连忙迎过来。"滚开!""我知道你生气了,我也生气,你听我解释。""滚,滚,滚。"

谢若水的声音很大,楼道里的人都吃惊地看过来。朝鲁不悦:"不值得生这么大气吧?"谢若水说:"是,不值得,不值得跟卑鄙无耻的小人生气。"

他从朝鲁身边走过,被朝鲁一把抓住胳膊:"你等等。"谢若水却突然把手里的笔记本劈头盖脸地砸过来。

朝鲁躲闪着,无奈之下把谢若水重重地撞到墙边制住,谢若水挣扎不开,眼神险恶地盯着朝鲁:"无耻小人!你坑了我,我以后一定百倍地找回来。"

哈斯其其格把一块膏药贴在了谢若水的肩膀上,谢若水咬牙忍着疼。

"你就应该报警,让警察把他抓起来。你为什么不报警?怕他会报复你?他不敢!""你还嫌我不丢人?"

"报了警才不丢人!就可以把这件事的前因后果都说清楚,记录在案,组织上会认这个记录,也就彻底说清楚了。"

"是我先动手的。""我还没说明白?还是你装糊涂?报警不是为了惩罚朝鲁,而是为了保护你自己——"

谢若水不耐烦:"行了,我自己的事,我知道怎么做!"哈斯其其格忍不住嘲讽:"是吗!你知道怎么做!当初非要把保险给阿藤花,现在让人家扣了一脑袋屎!"

谢若水恼怒地瞪着她,哈斯其其格毫不示弱地回瞪着他。谢若水颓然起身,穿好衣服,走向大门。哈斯其其格问:"你干吗去?"谢若水说:"值夜班。"

谢若水躺在几张椅子拼起来的床上,大睁着双眼,看着天花板上的灯。窗外渐渐亮了,谢若水站在窗前,看着外面。

二

局长吃惊地看着谢若水的申请报告:"你要调到苏木去?""我要求组织上处分我。""为什么?""承担责任。"

"小谢,别糊涂了,能有现在这个结果,已经是最好的了。有人告你,有人保你,我这里的条子堆了一抽屉,你让我怎么办?"

"局长,我不是一时冲动,也不是闹情绪,我喜欢在基层工作,这件事也暴露了我机关工作经验不足,我要求重新到基层去,从头做起。"

"你可要想好啦?还是先跟你爱人商量一下吧?"

"不,我自己的事我自己做主,局长,我请求您答应。"

哈斯其其格知道之后大怒:"你为什么不跟我商量?为什么?""这有什么可商量的。""你知道为了把这件事压下去我找了多少关系,搭了多大的人情?"

"我早说过不要你管。""我能不管吗?你以为你还是个单身汉?你现在和我是一家子,一荣俱荣,一损俱损!""我说过,不想拖累你。""那就别给我惹麻烦!""我是不想啊。你要是觉得受不了,就离婚吧。"

哈斯其其格吃了一惊,愣愣地看着他,谢若水神态自若,他起身拿出箱子,开始收拾自己的行李。"你还是跟你妈妈商量一下吧!""从今天起,我自己给自己拿主意。"哈斯其其格猛然发作,她扑上去把箱子一把合上,死死压住。

谢若水的手被箱子盖压住,他咬牙坚持着。"你自己拿主意?想结婚就结婚,想离婚就离婚,你把我当什么啦?当旧衣服?""咱们两个不合适。"

"你早干什么去了?你是今天才知道不合适的吗?你把我当什么人的替代品了是吗?还是屈从你妈妈的要求?""以前都是我不对,现在改还来得及!"

"来得及个屁!我一个黄花闺女,现在来什么来得及?"

她口不择言，情绪激动，披头散发地狠狠捶着箱子。谢若水随着捶打，脸上的肌肉在颤抖，血从被压在箱子盖下的手指缝里流出来。

哈斯其其格情绪稳定了些，一眼看到了箱子下夹着的谢若水的血手，连忙掀开箱子。谢若水的手指血肉模糊，哈斯其其格惊叫一声，连忙回身找着纱布碘酒。

"是我自找的，这滋味我得记住。哈斯其其格，对不起了，以后我要为自己拿主意了。"哈斯其其格不为所动，一脸惶急地给他包扎着。

朝鲁打着手电，查看着那些山羊。通嘎拉嘎晃着手电走来，手电光照在朝鲁脸上，他一脸平静。通嘎拉嘎愤愤不平地说："你干吗替她背黑锅？"

朝鲁问："你都知道啦？""旗里都传遍了，哈图的儿子朝鲁吞了保险公司的回扣，还赖在谢若水头上。""只要谢若水没事就行。"

"他本来就没事！你们俩都没事！阿藤花该负责任！你干吗跳出来背黑锅？"

"苏书记对我挺好的——我不想他难受。""胡说！你是舍不得阿藤花吧？""谁？""阿藤花！""我不认识这个人。"

通嘎拉嘎从他的语气里听出了化解不开的恨意，她转身就走："我明天就找她算账去。"

阿藤花正在检查着女儿的作业，但是显然以她的水平，其实看不出对错来，她只是在宣布自己的权力。娜仁托娅显然也懂这个，所以并不等待她的评判，自顾自地整理着书包。阿藤花心神不宁，敲门声响，阿藤花一惊，女儿跑去开门，是通嘎拉嘎。阿藤花有些慌乱，她知道通嘎拉嘎是来找自己算账的，她匆忙道："托娅要写作业，咱们出去说话吧，别打搅她。"

"我写完了。""再复习一遍。"她带着恳求的语气，看着通嘎拉嘎。

阿藤花说："我跟你通嘎拉嘎阿姨说话声音大，别吵到你。"

通嘎拉嘎转身走出屋子，阿藤花连忙追过去，叮嘱着："托娅你自己复习啊，复习完了可以看电视，饿了厨房有吃的。"

通嘎拉嘎和阿藤花一前一后走来，通嘎拉嘎站住，阿藤花差点撞到她身上："是我做错了事，我欠你哥哥的——"

通嘎拉嘎说:"你欠他的还少吗?你这辈子欠他的还少吗?你一辈子都打算这么过,好像所有人都该你的欠你的?你不觉得太自私了吗——"阿藤花突然蹲在地上,痛哭流涕。

"你少跟我装可怜!我哥哥比你更可怜!谢若水也比你可怜!你这样害了一个又一个,良心就没有不安吗?每顿饭吃起来都心安理得吗?""心安理得!"通嘎拉嘎吃惊。

"我不是为了我自己!这件事我是有错,我是贪了一千二百块钱,可一分都没花在我自己身上!"

"我知道你离婚了,日子不好过——"

"你知道个屁!离婚我不在乎,我不能让我女儿受委屈!知道那钱我干吗用啦?英语班,舞蹈班,绘画班!一千二百块钱,也只够上一个月的,下个月我还不知道怎么办哪!"她突然停下来,远处,娜仁托娅正吃惊地看着她们,阿藤花连忙起身走过去。

娜仁托娅转身就走,被阿藤花一把拉住,娜仁托娅举了举手里的垃圾袋:"我下来倒垃圾。"阿藤花说:"妈没事儿,妈跟你通嘎拉嘎阿姨开玩笑哪!她不是在骂妈妈,她是——"通嘎拉嘎说:"是啊,我跟你妈妈开玩笑哪。"

娜仁托娅飞快地看了她们一眼:"我作业写完了,你们回去聊吧。还有,下个月我不上课外班了。"娜仁托娅快步走回去。

通嘎拉嘎懊恼地说:"应该走远点儿!我把孩子伤了。"阿藤花无奈地说:"让她知道也好,穷人的孩子早当家。"通嘎拉嘎不知道说什么好,阿藤花也神色木然,两个女人相对无言。

第二十四章　山　羊

一

家里一片狼藉，床边有被点燃焚烧的痕迹，泼了灭火的水，一片泥泞。乌兰其其格身上也被泼上一碗奶茶，浑身水淋淋的，正忙着安抚徐世铎。

徐世铎说："你走啊！你改嫁去啊！我不怕丢人！让我一个人死了拉倒！反正活着也是累赘。"

看热闹的人也是救火的人，都拿着水盆水桶，巴雅尔正在劝着徐世铎："你再有委屈也不能点火啊，咱们的房子都连着，真烧起来可是大事！"

"我不想活了！你管得着吗？一个老婆整天放羊，一个女儿还要远走高飞，我活着有什么意思？一把火烧死算了——"通嘎拉嘎挤了进来："怎么啦？怎么啦？额吉？阿爸？"

窗户的玻璃烧爆裂了，通嘎拉嘎用白纸糊着窗户。徐世铎已经睡了，呼噜山响。乌兰其其格小声地说着："他身子动不了，心里肯定不痛快，所以才闹点动静出来。""可是多危险啊。"

乌兰其其格声音更小了："别害怕，我估摸着他是想抽烟，手不利索，把衣服给点着了，又不好意思承认，索性装作闹腾的，唉，你阿爸年纪大了，反倒跟个孩子似的了。"通嘎拉嘎奇怪地看着乌兰其其格："额吉，你还笑得出来啊？"

"当然了，他要是有意烧自己，我才该担心哪！现在，没事儿！"

通嘎拉嘎想着什么，徐世铎在床上呼呼大睡。

通嘎拉嘎环顾着小小的诊所，手指一一摸着桌子、柜子。她从口袋里掏出一张纸，隐约可见一个红色的章，犹豫片刻，她想撕了这张纸。

乌兰其其格已经走进来，抢过了通嘎拉嘎要藏起来的纸："这个是什么？有个公章。""没事儿。""有个公章啊，怎么会没事儿？"

她从身上摸出了老花镜,凑到灯光下看着。通嘎拉嘎说:"是医学院的通知书,不过我不去了。"乌兰其其格神色严肃起来。

通嘎拉嘎伸手去拿那张纸,乌兰其其格藏在身后,两个人撕巴起来。

"你不去了?你必须去,我就是累死也要让你去上学。""额吉,你听我说,听我说。""我不听,我不听,你要去念书去,额吉以前不懂,没让你上大学,你现在必须去。"

通嘎拉嘎按住她的手:"额吉,上大学是为了让你们过得更好,现在我留下你们就能更好,何必再去上学!""胡说八道。你必须给我去。""额吉,我不是小孩子了,我知道该干什么。"

通嘎拉嘎抢过通知书,胡乱撕着。乌兰其其格一愣:"你撕了也不行!我去盟里找人,没有这个也能上,你已经被选上了,没有这张纸也能上。"

"额吉,你要我后悔一辈子吗?""你要额吉后悔一辈子吗?上学的事,才是你一辈子的事啊。""是,所以我选了,我要陪你们过一辈子,今天这事儿,阿爸是个意外,可以后再有意外怎么办?我一辈子都要后悔死,一辈子都不会快乐,额吉,你让我做一回主吧,我是大人了,我给这个家做主。"

乌兰其其格百感交集,一遍遍摸着通嘎拉嘎的手:"孩子,孩子,额吉对不起你啊。"

"没有额吉,我早就死了,我不该报答你们吗?老鹰长大了还知道抓野兔喂养它的父母,我还不如一个动物吗?""你跟毕力格和朝鲁商量一下吧?""不用,他们懂得我,会支持我。"

二

朝鲁和毕力格在修筑围栏,他们挥动大锤打下木桩,又缠绕上铁丝。通嘎拉嘎的儿子小布和已经六岁了,正跑来跑去帮着忙。

朝鲁说:"今年下的羊羔都不卖了,咱们自己养。"毕力格说:"草场怕是不够了。""没事儿,可以租别人家的,再寻几块打草场,今年早点开始打草。""好。""得抓紧挣钱啊,毕力格!我算了一笔账,把羊羔子卖给别人挣不了多少钱,人家拉回去养大了,产绒了,钱哗哗响地流走了,我们为什么不自己养?又不是养不过来?养不过来可以雇人嘛!""好。"

通嘎拉嘎骑着马跑过来:"哥,我阿爸让你去一趟。"

朝鲁说："什么事儿？我正忙着呢！"通嘎拉嘎说："我也不知道，你快去吧，晚了他又得发脾气。"

朝鲁还是忙着手里的活："是你们惯他的毛病。""不哄着他又能怎么办？快走吧，毕力格你也别干了。"毕力格憨厚地一笑："我再干一点儿。"

朝鲁一脸不快地丢下锤子，走向自己的马。

奶茶冒着热气，乌兰其其格给几个人斟上奶茶，又摆上了奶酪和干肉，一个看起来很精明的中年商人大口吃着干肉。

朝鲁看向躺在床上的徐世铎，徐世铎换了一身新衣服，一脸亢奋，举着能动的那只手指点着："尝尝干肉，这个可不容易见到了，多吃点儿。"

商人连连点头，手法熟练地吃着喝着。

徐世铎看朝鲁进来，忙说："你胃口还是那么好。朝鲁，这就是我跟你说的曲老板。"

曲老板向他伸出手来："曲龙山。你就是羊绒大王朝鲁吧？远近闻名，没想到你和我徐哥是亲戚。"朝鲁敷衍地握了一下手。

徐世铎说："曲老板是我帮你找的买家——"

朝鲁眉头一皱，曲老板察言观色，连忙打断："不能这么说，朝鲁老弟的羊绒根本不愁销路，是我托徐哥的福，能跟朝鲁老弟认识，这是缘分。"

朝鲁的脸色好看了一点儿，徐世铎不管不顾："曲老板以前跟我合伙做生意，人品我信得过，你的羊绒就卖给他吧。"

朝鲁嘟囔着："买主儿都等在这儿了！白音呼和家的旅馆住的全是！"

曲老板说："没错！我也住在那里，全是各地来的羊绒商人。"

徐世铎说："你是我请来的，还能让你住旅馆？去把行李搬来，住家里。"

曲老板说："住哪里都无所谓，只要朝鲁老弟肯卖给我羊绒，不睡觉都行。"

徐世铎说："他不卖你卖谁？就这么说定了吧！你们商量价格吧！"

朝鲁没有回答，乌兰其其格为难地看着他。

通嘎拉嘎说："哥哥！阿爸也不是逼你降价，只是多给一个机会嘛！"

曲老板说："就是就是，我一定给个好价钱。"他伸过手来，搭条手绢盖住了手，"咱拉拉手？"

徐世铎把一个袖珍计算器丢过来："都不是外人，你们拉什么手啊？用这个。"

曲老板看了看朝鲁的神色，伸手在计算器上按了数字："朝鲁老弟，这个价格，行吗？"朝鲁伸出手掌比画了个数字："只能给你这么多，别人等了很久了，不能让人家空手走。""好，我知足。朝鲁老弟是厚道人，难怪成了羊绒大王。"曲老板拖过脚边的编织袋，拉开，里面是满满一口袋钞票。

朝鲁提着编织袋走着，通嘎拉嘎追在身后："生气啦？我知道你不喜欢别人命令你，就算看在我和额吉的面子上吧？""我无所谓。"

"他现在就愿意找点事做，你看他今天精神多好，一大早就换了新衣服，还刮了胡子。""你们就哄着他玩吧！总有一天他插不上手了，更失落。"

通嘎拉嘎叹气："快乐一天是一天吧。"

曲老板熟练地把一叠钞票塞到徐世铎的枕头下。

"老曲，你这是干什么？我不是为这个！""我知道，你是顾全咱们的交情才帮我牵线搭桥，我真心感激，不能坏了规矩。"

"我用不着钱，女儿女婿都对我很好，不缺吃不缺穿。""看得出来，连朝鲁这么威风的人，你也一招呼就来了，徐老板，"他竖起大拇指，"你是这个！"

徐世铎满足地笑了："朝鲁那孩子，我看着长大的！怎么？他现在很威风了？"曲老板说："这片草原所有的羊绒都在他手里，你说他威风不威风？今天真是你面子大，谢谢了！"徐世铎大笑："放心吧。以后有我在，你就缺不了羊绒。"

曲老板起身，婉拒了徐世铎让他留下吃饭的邀请："我得赶紧提了货回去了，羊绒价格天天疯涨，我一天都不敢耽误！下次再来好好陪你聊聊！"

乌兰其其格把千恩万谢的曲老板送了出去，徐世铎很高兴，他伸手去摸枕头下的钱，却总也摸不到，尝试了几次之后，他焦躁起来，乌兰其其格走了回来。

徐世铎说："快，拿出来看看，看看是多少钱。"乌兰其其格拿出了钱，徐世铎催促着："数数！快数数！"乌兰其其格数了一遍："真不少啊！二千块钱哪！"

徐世铎大为欣慰："你拿着花吧，给自己做身新衣服，给女儿当学费也行，她念的书得花不少钱吧，没事儿，有我哪！我还能挣钱！"

"那当然，谁能打个电话就挣二千块钱？"

徐世铎一脸兴奋："等我再想想，再打几个电话——"

三

哈图抱着酒瓶，眼神痴呆，醉倒在土丘上，他比以前苍老多了，眼前是光秃秃的草原，裸露着草下的沙土。安雅伸手夺酒瓶，哈图死死攥住不松手。

"马没有了，还能叫草原吗？""醉话！草原上只有马啊？牛羊骆驼不算？五大畜在你眼里就只有马？""牧人没有了马，还能叫牧人吗？草原没有了草，还能叫草原？"

安雅觉得他是瞎操心，让他琢磨琢磨搬到旗里去，哈图一口拒绝。安雅说："孩子要去上中学，你还留下干吗？跟朝鲁放羊？"哈图深恶痛绝地说："我不！"

"那就跟我们去旗里，你想醉死在这里啊？""死了就把我埋了，埋在这里。""没事就回家看着孩子去，我得去朝鲁那里帮忙。"

"嗯？""朝鲁整天送这个送那个，年底还分了那么多钱，我能心安理得地收着？有空了就去帮帮忙！快走吧，你回去给儿子做饭。"

哈图梗着脖子："他自己不会做？"安雅说："他要做功课！写作业！你儿子你管不管？不管就让他饿着。"哈图无奈地爬了起来，向着坡下的蒙古包走去。

朝鲁被巴雅尔硬拉着走过来，朝鲁说："什么事？什么事你说吧，非拉我来干什么？"满都拉白发苍苍，站在校门口等着他们。

朝鲁说："满都拉校长。"满都拉说："朝鲁，谢谢你啊。"朝鲁觉得有点莫名其妙："校长？"巴雅尔说："你看看，你看看咱们苏木的小学校，你看看这院墙！"他推了一把，几块砖从墙头掉了下来，"再不修怕砸到娃娃们啦！满都拉校长没钱，我也没钱，只好找你。"

朝鲁说："就这个事儿？那就开始修吧，让他们找我去拿钱就是了。"满都拉说："我代表学生们谢谢你了。"朝鲁说："我跟谢若水是一起长大的，去年那事又欠了他的情，就当我还情了。"

满都拉的脸色沉了下来，巴雅尔埋怨着："提那事干吗？不过我听说谢若水干得不错，旗里还下文件表扬过呢。"

她转身向学校内的宿舍区走去，背影萧索："修围墙的事，还望你们费心了。"朝鲁和巴雅尔无声地相互埋怨着。朝鲁低声说："再弄突然袭击，我一分钱也不给。"巴雅尔也压低声音说："谁让你提谢若水的！"忽然外面传来阿藤花的声音："这就是阿妈小时候念书的地方，早就想带你来看看了——"

朝鲁回过头，正看到一个很大的口香糖泡泡，口香糖泡泡破裂，露出娜仁托娅的脸："舅舅。"阿藤花假装吃惊地看着朝鲁。

"托娅来啦？放暑假啦？""我妈非让我来。"阿藤花尴尬地说："朝鲁。"朝鲁没有看她，拍拍娜仁托娅的肩膀："去找你姨妈玩去吧，多吃点肉，太瘦了。舅舅走了。"他转身要走，阿藤花偷偷推了娜仁托娅一下。

"舅舅，我要跟你去玩。""我那儿没什么好玩的。""我妈妈说你养了一头最贵的山羊，我要去看看。""去找你姨妈，让她带你去。要不，巴雅尔你带她们去看吧。"巴雅尔看了阿藤花一眼，连连摇头："我也有事，我好歹是个书记吧！"

朝鲁看着娜仁托娅，突然伸手把她头上的发卡、手腕上的手镯、脖子上的项链等乱七八糟的饰品都拽下来："什么样子！小姑娘就要像个小姑娘——"

娜仁托娅躲避不开，苦着脸，朝鲁把手里的东西握成一团，四处寻找丢弃的地方。娜仁托娅连忙向阿藤花求救："妈妈。""活该，就该你舅舅管你，我说话你就是不听。""是你逼我来找舅舅的。"

阿藤花很尴尬："对啊，就是啊，谁让你不听话，不好好学习，非得让你舅舅管管你。"

娜仁托娅捏着鼻子，厌恶地凑近那头种山羊，看得出来她对山羊并无兴趣。朝鲁沉着脸整理着羊圈的护栏，羊圈里外还有一些雇来的人也在忙碌着。

阿藤花凑了过来："托娅该考大学了，我们娘俩商量了好几天，也不知道该考什么大学，所以来问问你这个舅舅的意见。"朝鲁没有理睬她。

"我知道你不想见我，不想理我，我让她自己来找你，她从小听你的话，可是又怕路太远不安全——"朝鲁还是没有说话。

"你不理我，我活该，是我有错在先，可是托娅是无辜的！都说考大学很关键，我们娘儿俩也没有人可商量，万一走错了怎么办？我就是年轻时走错了路，阿爸整天忙工作，也不管我，所以我才——难道你想让托娅也这样？"

"上海的。让她考上海的学校。"

"她成绩不好，怕考不上啊，我想让她在盟里念个师范——"

"不行，一定要念上海的学校，考不上就花钱，我给她出钱。"

"为什么一定要让她考到上海去？你想让她得个上海户口？听说现在毕业要自己找工作，也不一定能留在上海工作。"

"我没说要她留在上海，那要看她自己的造化，但是至少她应该去上海生活几年。"

"算是替我们弥补遗憾？"

"我没有遗憾。就这样吧，我还有事儿。"

"谢若水怎么样啦？还那么恨我吗？"朝鲁没有回答。

"通嘎拉嘎都跟我说了，你帮我背了黑锅，他现在恨的是你，我回来也想跟他说清楚，不能让你背黑锅。"朝鲁还是没有理睬。

"可我不知道怎么才能找到他，听说他不在旗里工作了。"

"你不做保险了吧？回扣的事威胁不到你了，所以你来装好人？阿藤花，收起你这一套吧，我不恨你，因为我根本不在乎你。"

他大步走向自己的马，利索地上了马，跑了。

阿藤花傻傻地望着他的背影。

娜仁托娅在她身边的护栏坐下，人小鬼大地叹口气："妈，你的招数不灵啦！干吗不告诉舅舅你还在做保险啊？"

"大人的事，你别管。"

"舅舅都不在乎你啦。"

"不会，你舅舅以前可喜欢我了。"

娜仁托娅翻了个白眼："拜托！那是什么时候的事啦？上辈子吧？"

阿藤花一阵恍惚，随即眼神再次坚定下来："你舅舅说了，让你考上海的学校，考不上也不要紧，他拿钱让你上。"

"妈，我不会是你跟舅舅生的吧？"

乌兰其其格正喜爱地招呼娜仁托娅吃这吃那。徐世铎嗓门很高地跟娜仁托娅聊着天:"徐爷爷刚刚挣了一笔钱,你猜猜有多少?猜对了给你买新衣服。"娜仁托娅兴致勃勃地猜着。

另一间屋子里,阿藤花看着桌上高高摞起的医学函授教材问通嘎拉嘎:"跟得上吗?""当然。""后悔不?"通嘎拉嘎摇头。"你啊!你就不想想以后怎么办?错过这次机会——"

外面的屋子里传来徐世铎得意的大笑。通嘎拉嘎说:"阿爸能高高兴兴的,我就没什么可后悔的。""那以后怎么办?一辈子在乡下开个小诊所?理想不要啦?""理想都是一段一段的,我现在的理想就是让阿爸高高兴兴的,额吉也健健康康的。"

"还一段一段的!""你想想你小时候,理想跟现在一样吗?""小时候啊?在上海的时候,我想着天天能吃饱饭;来这里之后,就想着阿爸天天都喜欢我;现在嘛,就想着让托娅能考上大学,有出息。"

外面传来娜仁托娅和徐世铎嬉闹的笑声。阿藤花说:"听到她笑,我就觉得自己老了。对了,谢若水到底怎么样啦?"通嘎拉嘎说:"他?他在自讨苦吃。"

四

一头小公牛被一个牧民抱起来摔倒在地,随即用绳子缠绕住蹄子。谢若水站在牲畜栏外,向牧民叫喊着:"我不管你有什么理由!什么理由也得交税,你是共青团员吧?你得起带头作用!"

牧民头都不抬,拿出小刀在小公牛的睾丸上一划,随即挤出牛睾丸,拽下来丢进桶里。谢若水感同身受地缩了缩脖子。

桶里有水,已经浮沉着一些睾丸了。谢若水说:"我知道现在是最忙碌的时候,但是再忙碌也得交税。白音呼和,你是来帮忙的吧?你劝劝他——"

缠绕牛蹄子的绳子抽掉,小公牛站起来,白音呼和在它背上撒了把土当作记号,小公牛躲进牛群中。牧民向另一头小公牛走去,他突然站住脚:"你能帮上忙,我就交税,帮不上忙就滚远远的。"谢若水一愣。

白音呼和说:"别胡闹!他什么时候干过牧区的活儿!"牧民干脆地说:"那他就回去坐办公室!"

谢若水说:"那我就试试。"他笨手笨脚爬过牲畜栏,又脱掉外衣,想了想,还摘下手表挂在外衣旁。他向牧民们走来。

白音呼和说："你算了吧！别丢人了！"谢若水执意向他们伸着手，牧民把绳子交给他。谢若水反复捋了捋绳子，走向牛群，牛群动起来，谢若水被裹挟在其中，猛然被撞倒在草地上，砸起一片尘土。

牧民们轰然大笑。谢若水爬起来，又往上冲去，牛群再次吞没了他。一个老者劝着谢若水："谢科长啊，你就先回去吧，我们再劝劝他，等忙完这一阵子——"谢若水说："不行！每次都这么样，税什么时候能收上去？你们别拦着我。"

谢若水再次被牛顶翻在地，他继续扑向牛群，抱着一头小牛拼命想摔倒它。尘土升腾，笼罩在牲畜栏上空，牛们在他身上撞来撞去，他咬牙坚持着。

到了晚上，在谢若水住的单身宿舍里，他裸着上身，正吃力地往自己后背上贴膏药，但总是贴不到位置。他的后背被摔得青一块紫一块的，随着贴膏药的动作，他疼得呲牙咧嘴吸着凉气。

哈斯其其格用钥匙开门进来，谢若水吃了一惊，下意识地扯过衣服挡住自己。哈斯其其格连忙走过来："怎么了，这是——"谢若水说："没事儿，帮老乡们骟牛！真是个体力活！"哈斯其其格接过膏药，给他贴着："你还会牧区的活儿？""学呗！还真挺有学问的，不过学会了也简单。"

他指指桌上一碗煮熟的牛睾丸："他们送我的，这可是好东西，有营养，你怎么这么晚还过来？""开会，离你这里也就二十几公里，就找了个车送我过来了。""那你怎么回去？我这里可没有车。我们乡是穷地方。""不要你管了。"

谢若水把衣服穿上："你的车走了吗？要是没走就回去吧，我挺好的，不用操心。""你就这么不想见我？""不是这个意思，是真的没车送你走，就一匹马，我明天还要骑着下乡，再说你又不太会骑马。"

哈斯其其格叹气："你一定要跟我这么客气地说话吗？还是你打定主意要跟我分开啦？""没有——""我不会离婚的。""你怕耽误了进步？！"

哈斯其其格气哭："我要说我对你有感情，你会怎么样？不相信？人家汉人说，一日夫妻百日恩，我们也结婚好几年了，难道一点感情都没有？""大半夜的说这些干什么啊？""不说不行了。""怎么？""今天妈跑到旗里去了，

/ 353 /

找我谈话。"

"啊？她要干什么啊？""指责我呗！让我对你再上心一些，多体贴，多容忍，赶紧跟你生个孩子。你妈妈也是知识分子，学校老师，怎么跟个没文化的老太太一样？"

谢若水脸一沉："我不许你这么说她。""好吧，算我没说。""你怎么跟她说的？""我跟她说，不是我不够热情，是你先把自己封闭起来了，我没有办法，也只好靠工作来排解了。"

谢若水点点头："我妈又怎么说？""她说你的脾气像你爸爸，有事喜欢闷在心里，喜欢自己去扛着。""我爸爸跟我妈感情很好。""你别拿这个话激我，你阿爸和你阿妈之间还没有夹着别人哪。""你这是什么意思？""什么意思你还要我说？连你妈妈都知道，她说对不起我。"

谢若水吃惊："她这么说？"他转移话题，"以后别提这个了，都这把年纪的人了——""我也奇怪，都这把年纪了，还有什么不死心的？为什么就不能安心过日子？我就是个很平常的女人，没有那么多夫贵妻荣的野心，也不打算出人头地，就想找个喜欢的男人过一辈子，就这么难？"

谢若水面对哈斯其其格的疑问，久久不语："对不起。"

哈斯其其格死死盯着他，谢若水不肯抬头，这一夜，对两个人来说，注定都僵硬无比。

五

徐世铎躺在床上，手里还握着电话，对着电话说个不停："肯定能挣钱！你还信不过我吗？来看看，你自己来看看——"通嘎拉嘎给他按摩着瘫痪的胳膊和腿，乌兰其其格走进来说："歇歇吧。"通嘎拉嘎说："没事儿，我不累。"

外面传来了摩托车的声音，随即传来了毕力格的叫声："通嘎拉嘎？通嘎拉嘎？"乌兰其其格说："快去吧。"通嘎拉嘎走了出去。

毕力格骑在一辆崭新的嘉陵125摩托车上，摩托车没有熄火，发出阵阵轰鸣："摩托车我买回来了，快，上来。"通嘎拉嘎上了车，抱住了他的腰，摩托车轰鸣着跑了起来，直向苏木外驶去。摩托车载着两个人在草原上奔驰，毕力格越开越快，通嘎拉嘎兴奋地尖叫着。

他们坐在坡顶，摩托车支在身旁："应该带小布和来，他肯定喜欢。""以后再带他玩吧。"毕力格幽怨地："他现在跟朝鲁更亲。""后悔啦？""没有。有两个阿爸多好，都疼他，就是不知道他将来能不能记得，我像他这么大的事一点儿都想不起来。"通嘎拉嘎没有说话。

"怎么啦？""我能想起来。""像他这么大？""比他小的时候的事也能想起来，以前朝鲁老跟我说上海的什么事，我都没有印象，就像没有开窍一样。""现在开窍啦？"

通嘎拉嘎点头："我没有敢跟朝鲁说，你说我这是不是老啦？""你不老。""人不老，心老了，所以开始想小时候的事儿了。""你是没能去上学。"

通嘎拉嘎奇怪："跟这个有什么关系？""你为了阿爸，放弃了你这辈子最大的梦想，肯定心里也是不好受的，但那是阿爸，你知道这么做没错。""那又怎么样？""我也说不明白了，可能你就会想为人父母啊，想为人子女啊这些事。"

通嘎拉嘎缓缓点头："还真是。你现在越来越厉害了。"毕力格憨厚地笑笑，站起来骑上摩托车，打着发动机，通嘎拉嘎坐在后座上，搂住他的腰，把脸贴在毕力格的后背上："年纪越老，越觉得你好。"毕力格一阵慌乱，摩托车熄火了，通嘎拉嘎哈哈大笑。快乐的笑声在草原上回荡。

摩托车沿着街道开过来，停在阿藤花面前，她正擦着窗户玻璃，娜仁托娅懒洋洋地在旁边帮忙。通嘎拉嘎下了摩托："托娅，喜欢坐摩托车吗？"娜仁托娅装作见多识广不在乎的样子："这有什么了不起——"通嘎拉嘎说："去，让姨夫带你玩去。"

娜仁托娅犹豫片刻，忍不住跨上了摩托车。阿藤花叮嘱说："别跑太远，还得回来做功课。"毕力格一拧油门，带着娜仁托娅远去。

通嘎拉嘎看着打扫干净的房子，问："真要开保险公司？"阿藤花说："是代办点儿，周围两个乡十八个嘎查七千三百户人家二万七千人口，都归我。"

"还是应该开到旗里去。""你以为我不想啊？旗里早有一家了，有规矩不能再开另一家，就连这个点儿也是申请了好久才批准的，我知足。"

"那以后该叫你什么？阿藤花经理？""叫什么都是虚的，真金白银拉来业务才是真的，你以后把找你看病的人都推荐给我，办成了给你提成。""还敢说提成！""放心吧，提成不是回扣。我不会再犯老错误了。"

"我帮你打听谢若水的消息了,他现在是年轻有为造福一方的基层干部。""呵呵,这么正式的字眼儿?""是旗里文件上的词儿,他现在境界比咱们高,不会记恨你和朝鲁的错误。""是我的错误,我准备去找他说清楚,道个歉,顺便拉拉业务。"通嘎拉嘎无语地看着她。

"怎么啦?道歉和拉业务又不矛盾。你跟我多说说他,知己知彼,战无不胜。他还没有孩子吧?跟爱人关系怎么样?听说他爱人比他的官大……"阿藤花絮絮叨叨追问着。

苏木街道上,炊烟袅袅,饭馆和旅馆也开始营业,美发店前的红绿日光灯也通电点亮了,一幅生机勃勃又朴实的街景。

六

朝鲁牵着小布和的手,和安雅、通嘎拉嘎、毕力格一起走在新建的楼群间。楼群还没有完全竣工,窗户都没有安装玻璃。朝鲁四处指点着:"西边就是高中,走路也就是七八分钟,弟弟中午就回家吃饭,不要吃食堂了。"

安雅说:"这挺好。"朝鲁说:"听说还可以开商店,咱家也开一个,不为挣钱,自己吃喝方便。""那敢情好,我还怕你阿爸闲不住哪。""就怕他算不过账来。""有我哪。"

通嘎拉嘎说:"我也要买一楼的房子,让阿爸可以晒太阳。"朝鲁说:"那就买楼上楼下,住在一起热闹。"他声音很大,在空荡荡的楼宇间带着回音,一副财大气粗指点江山的模样。

哈图听说了这事,说:"我不去!"安雅说:"房子都买好了,你不去给谁住?""我就不去。""再说这也是政策,国家鼓励咱们去城镇里面住,让咱们过好日子。""牧民离开了草原还是牧民吗?"

"怎么不是?牧民走到哪里都是牧民!你还想变成别的人?"她不以为意地收拾着行李箱,"朝鲁不让我带家具去,说一切都在旗里买新的,我没答应他,这些能用的就别买新的了……"

哈图起身走出家门,他这一刻的不快乐,也许是因为他意识到自己已经不是这个家庭的主宰了,他不适应。

此时的苏木街道与以前有了些不同,多了几家晚上还亮着灯开着门的店铺，而且是那种简陋的缠着红绿彩纸的日光灯管装饰的门面。其中有白音呼和开的小旅馆，那里住满羊绒商人。还有一家聚集了不少年轻人的美发店，放着节奏激烈的音乐。饭馆酒馆也开了一两家，朝鲁正被一帮外地商人簇拥着走出一家饭馆。

朝鲁声音很大，意气风发地说："我手里新成了一群羊，正在转场回来的路上，一回来就能剪绒，到时候你们再来。"外地商人说："我宁可在这里等，朝鲁老板，这次一定要留给我啊！""好说，好说。好了，我去找我阿爸了，回头见。"

朝鲁看到了哈图，告辞了众人，穿过街道走过来。"阿爸？你去哪儿啊？出来喝酒？""用不着你管。""我从来不管你喝酒，我就管一个事，就是你一定要喝好酒，别图便宜，喝到假酒伤身子。"哈图脱口而出："喝死了我也愿意。"

朝鲁愣住："怎么了阿爸？不高兴啦？安雅额吉没跟你说吗？咱家买房子了。"哈图没有理睬他，转身就走。朝鲁摇晃着脑袋，让自己清醒一些，他追了上去。

寥寥的几匹马，看到哈图和朝鲁进来，都凑过来亲热。哈图给马添着饲料。朝鲁也伸手去抓刷马的毛刷，被哈图粗暴地抢了过去。

"到底怎么了，阿爸？瞧你那脸，都快赶上马脸长了。""那也没有你朝鲁面子大，人家都不要旗里的房子，就你抢。""原来是为这个啊！你舍不得你的马？这的确是个问题，住宅小区不让养马。"哈图无言地刷着马。

朝鲁表着功："不过我已经把这个事解决了。小区边儿上是邮电局，他们还养着几匹马，有专门的马夫，我给他们说好了，您的马也送过去养，每个月给他们点饲料费就是了，怎么样？"哈图并没有高兴起来。

朝鲁也有点讪讪的："没办法啊，阿爸，总不能老停留在过去吧，现在都骑摩托车放牧了，毕力格刚刚买了一辆，比马快多了。"

他观察着哈图的神色："不过我没打算买摩托车，我还是喜欢马，毕力格就喜欢拖拉机摩托车什么的。"哈图还是没有说话。

朝鲁沉默片刻："阿爸，没有办法。留在这里，你会天天喝酒，这辈子就完了，去旗里换个环境，也许还能好一点儿。"

一辆大卡车装满了各种家具行李，乌兰其其格、通嘎拉嘎等人在和安雅告别送行，人人脸上都笑逐颜开。乌兰其其格说："等天暖和些了我们也搬过去。"

　　哈图沉着脸走过来，径自坐进驾驶室，关上了门，外面的喧哗一阵阵传来。小伙子们说："放心吧，朝鲁大哥，我们一定把家给您安顿好了。"

　　朝鲁来到驾驶室外："阿爸，您的马还是带去吧？我让他们专门找个车来——""留在这里吧，去城里孤孤单单的，一定好吗？""那行，先留在这里我给您养着，等想它了再送去。"

　　他拉开车门，招呼安雅和弟弟上车。弟弟说："我坐后面。"他跑向车后，被小伙子们七手八脚拉上去。司机也上了车，朝鲁叮嘱司机慢点开，安全第一。司机发动了车，大卡车开动起来，车上的年轻人哈哈笑着。

　　车下的众人挥手告别，马厩里，哈图的那匹马扬声长嘶。卡车驾驶室内，哈图握紧了双手，闭上了眼。卡车开向远方。

第二十五章　煤

一

通嘎拉嘎骑着马，向草原深处的乌拉山跑去。近处的草场因为过度放牧，长不出好药材了，通嘎拉嘎已经很长一段时间只能来乌拉山采药。山口处停着一辆越野吉普车，车上无人。通嘎拉嘎勒住马，好奇地看着那辆车，她把马拴在山谷入口的石块上，背着背篓走了进去。

几个学者正围着满山谷的岩画，又是拍照，又是测量地研究着。谢若水蹲在一边，生着篝火，熬着奶茶，通嘎拉嘎一边采药一边走了过来。谢若水向她招手。

"谢若水，你怎么在这里？""北京来的专家，研究咱们乌兰山的岩画呢，上级让我们苏木负责接待。""这个还值得研究？""听说这些东西挺了不起的，有好几千年了。""那有什么用？""当然有用了，远的来说，可以知道古代人是怎么生活的，近的来说——"

他压低了声音："要是能开展旅游，我们苏木就能找到新财源，开旅馆饭店，当导游什么的，都能增加税收。""你现在真像个苏木干部了。""我本来就是，我喜欢在基层做些具体的事，比在旗里坐机关强多了。"学者们越走越远。

"你和朝鲁——"谢若水沉下脸来。"其实那件事并不怪他，是阿藤花——""我知道。""你知道？""一起长大的，朝鲁是什么人我不清楚？他心高气傲的，断断不会贪图什么回扣。"

"你是怪他逼你买阿藤花的保险？还是……我听朝鲁说，他找过你几次，你都不肯见他。""我是讨厌他现在这个样子，财大气粗，见钱眼开，走路都仰着头。"通嘎拉嘎笑了起来："还真是！他现在张口就说，多少钱？我给钱。"两个人都笑起来。

"像他这种靠卖羊绒发财的人不少。我那个苏木也有几个，我现在——""听说你跟你爱人关系不好？"谢若水一愣。

"你妈妈跟我额吉说的。""我妈怎么什么都说?""她一个人住,整天也没有个人说说话,就变得爱唠叨了,她现在跟我额吉经常走动,有意思吧?一辈子也很少走动的两个老太太,现在倒成了朋友。"

"我得多回去陪陪她。""你把个人问题解决好,她才会高兴。""没那么容易。""有那么难吗?既然和人家结了婚,至少说明彼此不反感吧?日久也能生情。""我生不出来。""那是你不想。来——"

她站起来,走向岩画。谢若水跟了过去。通嘎拉嘎把他带到最边缘的一幅岩画前——这是多年以前,她和王朝阳见证爱情的那幅岩画,一幅描绘古人爱情的画面。谢若水看得莫名其妙。

"这是我和王朝阳发现的。"谢若水一惊,连忙看向通嘎拉嘎。

"我从不来这里采药,怕想起他来心里难受,可是今天我才发现,没有我想象的那么难受,那时候王朝阳说了好多话,我都想不起来了,不过才二十多年前的事,又是自己那么在意的人,居然想不起来了。谢若水,你也想一想吧。"

"我想什么?""想一想,过日子是怎么回事。""是怎么回事?"通嘎拉嘎指着那幅岩画:"瞧,过日子就是两个人一起打猎、跳舞、睡觉。几千几万年前的人是这样,现在的人,也是。"

"你说得不对,难道爱情不重要吗?""重要,但如果跟这一辈子比起来——"通嘎拉嘎没有说下去。"你变了。""说真的,你想想我的话,想想这张画!别把自己锁起来,试着对你爱人好一点儿。"谢若水没有回答。

"这些话说出来,我也轻松了。我采药去了。"她挥挥手,背着药筐向山谷深处寻寻觅觅地走去。谢若水呆呆望着那幅岩画。

通嘎拉嘎走过那些拍照研究的学者,越走越远。转过一处山石,转到没有人能看到的地方,她颓然坐倒。刚才那一通滔滔不绝的言论,其实并非出自真心,她在这一刻,的的确确想起了王朝阳,想起了自己的青春岁月,然而青春无法回头,终将逝去,所以这一刻她才真的难受,真的告别。眼前的山谷,只有风声的呜咽,以及山石后远远传来的轻微的照相机的快门声响。

通嘎拉嘎背着满满的药筐走出山谷。那辆越野吉普车已经开走了,地上只留下车辙印。她走到自己的马前,卸下背篓绑在马背上。她看到马鞍上挂着一个不大的塑料袋，应该是谢若水走之前留给她的。打开塑料袋，里面是一瓶矿泉水、一包饼干。

通嘎拉嘎拧开矿泉水喝着，她发现塑料袋里还有张小纸片，上面写着两个字：谢谢。通嘎拉嘎咧嘴笑笑，眼睛却有些湿润，直到这一刻，年轻时所有的恩怨，都放下了。她翻身上马，策马扬鞭，奔向草原。

二

徐世铎望着窗口的亮光发呆。朝鲁走了进来："你找我？""坐。""有话你直说吧，我那边还有一摊子事，是不是又介绍谁来买羊绒？""你觉得羊绒还能卖多久？"

"什么？""你这几年的发展我都看着呢，不错，抓住了机会，也挣到了钱。不过你想没想过，你还能风光多久？""你今天说话稀奇古怪的？""我的身体不行了，我自己知道，所以我得跟你谈谈这个事。"

朝鲁困惑地四下看看："通嘎拉嘎呢？额吉呢？""我把她们都支走了。今天就是咱们爷儿俩，单对单、面对面地聊聊。""什么意思？""我最担心的，就是我死了她们娘儿俩怎么办。通嘎拉嘎还好说，有个还算明白的男人，可他不如你，要想保她们一生富贵平安，还得靠你。"

"你操心也太多了吧。""这是我的责任，我的担当。你们的乌兰额吉是好人，嫁给了我，一辈子也没享福，我算不上坏人，但是也绝对不是好人。"

"你还不算是坏人？""你总算说实话了，你很恨我，是吧？""谈不上恨你。""对，你现在比我有能耐了，所以谈不上恨我了，可你想过没有，你还能风光多久？我不是危言耸听吓唬你，养山羊长久不了，国家一定会控制。""我不知道你在说什么——"

徐世铎指指墙角，那里堆着半人高的一叠叠整整齐齐的报纸："要想生意好，就得多看报。你看看现在报纸在吆喝什么？保护草场！山羊这东西太能毁草场了，而且这些年大家都拼命地养，拼命地卖羊绒，我可以断定，这样不可能长久，国家一定会管的。"

"那又怎么样？到时候再说嘛！总不能我现在就把山羊全都卖掉，看着别人去发财？""我没让你这么干，你不是说了嘛，我不是好人。我才不管草场怎么样哪，我是让你早做打算。毕竟，她们娘儿俩将来也要靠你呢。"

"这个不劳你操心，有我吃的就有她们吃的。""你的人品我信得过，不过我可不想让她们跟你过苦日子，你得找到新的生财之道。""新的？""对，我替你找好了，就是这个。"

说完，徐世铎从褥子下面摸出一块黑色的煤块。

几个穿着工作服的工程师模样的人拿着标尺杆子和测量仪器，在草原上测量着。朝鲁一脸狐疑地看着。

通嘎拉嘎在桌上炮制着药材，采摘来的药材被分门别类地处理着，但是显然她心不在焉，注意力都集中在自己身后。她身后聚集着一屋子人，有朝鲁，有那个买了不少羊绒的曲龙山曲老板，还有几个脑满肠肥又一脸精明的商人，还有苏木书记巴雅尔。徐世铎催促着："你快点签字吧，饭都快好了——"

另一间屋子，乌兰其其格正一盆盆地往桌上端着饭菜。朝鲁在看着一页打印纸，问巴雅尔："这真行？"巴雅尔说："我也没处理过这种事，不过，好像别的旗有这么做的。"徐世铎说："草场承包给你了，你又想租给别人，有什么不行？租给别人放羊打草，和租给别人开矿有什么区别？"曲龙山和几个商人连连附和。

曲龙山说："就是啊！国家政策允许，也不影响你放羊！"巴雅尔说："要是不放心，就等我去旗里问问——"朝鲁说："真的不影响我放羊？"曲龙山说："影响极其有限，几位老板带来的图纸你也看了，就井口上架一个铁架子，也就这屋子这么大，能影响你多少草料啊？"

朝鲁说："真的给我这么多钱？"曲龙山说："老板们把钱都带来了，还真的假的？"

朝鲁伸手在桌上找笔，曲龙山和那几个商人同时抽出各自的笔一起递过来。朝鲁随便拿了一支笔。通嘎拉嘎说："等等。还是找人问问吧？"

徐世铎发脾气："问什么问？有什么要问的就问我！我说的话还有假？我会坑你哥？真是——"通嘎拉嘎说："阿爸——"徐世铎说："我不是你阿爸，你眼里还有我这个阿爸？"朝鲁说："行啦，你也别倚老卖老，不就是签个字吗？瞧给你急的！"

他抓起笔在那两页打印纸上签了名字。朝鲁说："喝酒，吃肉！"他起身向外屋的饭桌走去。徐世铎说："老曲，时间就是金钱，你们打电话，赶紧把机器设备发过来吧。"曲龙山连连答应着,引着那几个商人走出去吃饭。

徐世铎如释重负,通嘎拉嘎端着堆着肉的饭碗走回来,不高兴地给徐世铎喂饭。"傻姑娘,生阿爸气啦?阿爸不对,不该冲你发脾气,还当着那么多人。""阿爸,你干吗逼朝鲁签字,等我问问也好啊。""你能问谁?巴雅尔这个书记对政策还没有我熟悉!""我去问问谢若水。"

"没必要!阿爸会害你们吗?阿爸对政策研究得很明白,知道什么才是对的,放心吧,阿爸做的一切都是为了你们。"

三

一座铁塔般的铁架子被树立了起来,这就是小煤窑的井架,下面被掏开的是采煤的竖井,工人们在爬上爬下地忙碌着,朝鲁和毕力格看着热闹。

毕力格说:"通嘎拉嘎整天唠叨,让咱们再等一等,她去找谢若水打听去了。"

朝鲁说:"还等什么?地已经租出去了,咱们想等也等不了啊。毕力格,这个机器你看明白了没有?咱们自己能不能干?""如果就这么个架子的话,那开矿很简单!咱们能干。""那以后咱们自己干,咱脚下的煤值钱,不能让外人挣了大钱去。""行,那几个找煤的科学家我留了电话。""行啊,毕力格!你早有这个打算啦!""跟着你干,都掉到钱眼里去了。"朝鲁哈哈大笑:"那就对了,毕力格,那就对了!"

远处一辆吉普车扬着烟尘开过来。朝鲁说:"这是谁啊?又是来给咱们送钱的?"吉普车在他们面前停下来。谢若水和几个穿着工商、税务和民警服装的联合执法人员下了车。他们动作麻利地在井架上刷上糨糊,随即贴上了盖着红章的封条,干活的工人被喝令停工,驱赶着站在一边。

朝鲁说:"嘿!这是怎么回事?"谢若水说:"朝鲁,国家有规定,草场租赁不能用于采矿,你们的租赁协议无效,这个矿井必须封存,罚款。"朝鲁和毕力格都很吃惊。

朝鲁说:"你——你不是咱们苏木的,你管不着!"谢若水说:"我只是检举,管你的是旗里的联合执法小组。"一个工作人员向朝鲁晃了一下自己的证件:"你是朝鲁吗?现在通知你——"朝鲁一把撞开这个工作人员,向谢若水扑去:"你检举!你检举!你是要报复我!你这个——"

毕力格连忙抱住他，别的执法人员也纷纷出手，阻拦着他。谢若水说："保护草原，人人有责，我检举你我光荣。"朝鲁挥拳打向谢若水："呸！你就是报复我！你一直怀恨在心，一直想看我倒霉！没门！我不怕你——"

乌兰其其格和满都拉边说边走出来。

"朝鲁他阿爸在旗里，他是我看着长大的，又是通嘎拉嘎的哥哥，也只能我出面来找你了。""他打我儿子，难道还有道理啦？""他那个脾气随他阿爸嘛！再说谢若水不打招呼就带着警察来了。""我儿子是政府的人，打招呼就是徇私枉法。"

"咱们也别争这个了，我来就是想跟你商量一下，别让警察抓走朝鲁，他是国家孩子。"满都拉不满地哼了一声。

"他对苏木一直都有感情，你这个学校围墙，不还是他出钱修的吗？"

"他要是打坏了我儿子，我可不饶了他。"

"就一点点伤——"

四

谢若水脸上擦了药水，红红绿绿的，疼得直咧嘴。通嘎拉嘎问："疼吗？"谢若水说："习惯了，在基层没少挨这个。""朝鲁会怎么样？""先让他冷静一下。这几年他有了钱，变了！财大气粗，早晚会吃亏。""我知道。"

满都拉和乌兰其其格走了进来，满都拉迅速看了看谢若水的伤。谢若水说："没事儿。朝鲁比我惨。"满都拉说："你真是有意报复他？"谢若水一愣："当然不是。""敢发誓？""我要是存了报复朝鲁的私心，就——就——让我一辈子孤苦到死。"众人都被这个独特的誓言惊住了。

满都拉说："那就好。我的儿子就要坦坦荡荡。"谢若水说："你们都以为我在报复他？太小瞧我谢若水了。这次不派联合执法组来制止他，一旦那个矿开始产煤，草原就要被破坏了。"

乌兰其其格说："那孩子现在也知道错了，就别抓他走了吧？"谢若水说："他的行为构成了暴力抗法，不过我能理解他，我会要求酌情从轻处理。额吉，你们别怪我，这几年在基层，眼看着草原不如以前好了，我心里着急。"通嘎拉嘎说："草原不好了，也不是朝鲁一个人的问题，不放了朝鲁，我们心里更着急。"谢若水说:"好吧。希望他能吸取教训。"

徐世铎大发脾气,能动的那只手拼命拍着床板:"凭什么协议作废啊?凭什么不让出租啊?我承包的草场,我愿意出租——"

朝鲁脸上也带着搏斗后的乌青和伤痕,一脸不以为意:"大不了把钱退给他们。"徐世铎说:"这是退钱的事吗?我研究的政策,我找到的发财路子,我把他们叫来的!他们要是赔了钱,以后谁还会听我的?"

朝鲁说:"我赔他们的损失!不就是运了个铁架子来吗?我买下来!再赔他们点路费!"徐世铎痛心疾首:"你不懂,你根本不懂!这不是钱的事,这是眼光的事!他们会不相信我的眼光,不相信我的话!"

"你还想让我怎么办?我没时间跟他们打官司。"

"你是掉在钱眼里去了,这世上还有比挣钱更重要的事。"

"把草场租给他们不也是为了钱?我多养几头山羊,多出几斤羊绒就是了!"

"朝鲁,我把话撂在这儿,你的好日子也长不了,肯定会限制你养山羊的,不信你就等着看!"

草地上露出沙土,一丛丛绿色的沙葱在风中摇曳,远处,毕力格骑着摩托车,赶着山羊群,羊群铺天盖地,蔓延在草原上。毕力格的车突然停下,他下了车,蹲在地上,挖着一丛丛的沙葱,他突然停了手,面带忧色。

第二十六章 赌

一

朝鲁在收拾行李，通嘎拉嘎把一罐罐玻璃瓶的腌沙葱给他装进行李："让他们先吃新鲜的，新鲜的沙葱存不住，安雅阿姨都知道。"

"也不知道怎么回事，一让阿爸闲下来，还到处都是毛病了。""风湿病嘛！他们那一辈儿人常年在冬牧场住地窨子，得风湿病的多。""人家要得早就得了，哪像他？好日子过上了，反倒风湿了，风湿能吃沙葱吗？""能。"

她发现行李里有两个羊拐，脸色沉了下来，一把将羊拐抓了出来："哥哥，你答应过再也不碰这个！"朝鲁讪笑着说："随便玩玩嘛。""是该随便玩玩，谁叫你拿它赌钱的？"

朝鲁狡辩："没有赌，旗里我又不认识人——""你少骗我。你们那帮人肯定跟狼一样跟着你去了！"

她把羊拐和沙葱都拿了出来："你阿爸我去照顾，你别去了。""那怎么行！那是我阿爸，他病了我能不去吗？""那我跟你一起去。""你阿爸怎么办？放心吧，我肯定不赌！你还信不过我？""信不过。从你去年沾上赌钱，你跟我说了多少次不赌啦？""小玩玩嘛！"

"朝鲁！""一天到晚除了放羊就是放羊，除了数钱就是数钱，这日子有什么意思？我弟弟念书的钱，小布和念书的钱，娜仁托娅出国留学的钱，咱家老老少少看病吃饭的钱，交给阿藤花做保险的钱，养老的钱都挣好了放在银行里了，再挣钱还有什么意思？"

"那你就做点好事。""我没少做！翻修了学校，给苏木盖了电影院、洗澡堂，给八十岁的老人按月送钱送粮食，可还是没意思。"通嘎拉嘎也无语。

"你就让我玩玩羊拐吧，就算输了点钱，也是帮助别人致富嘛！""别的都可以，这个不能答应你。哥哥，我是认真的，你要是再不改赌博的毛病，我就不认你这个哥哥。"

朝鲁愤恨不平地看着通嘎拉嘎。通嘎拉嘎已经是一个五十岁的女人了，脸上是岁月的痕迹，却还带着少年时对哥哥的依恋，朝鲁突然一阵心疼。

朝鲁伸手摸了一下通嘎拉嘎眼角的皱纹："好了，哥哥答应你。哥哥就你一个亲人，怎么会不答应你呢？""胡说，你还有阿爸、小布和——""当然，当然。好了，我答应你了，走了。"

他提起行李走出门去，门外停着一辆硕大的越野吉普，他把行李丢上车，对通嘎拉嘎说："让你阿爸也早点搬到旗里去吧，跟我阿爸还能做个伴，房子都给他买好了。"通嘎拉嘎挥手告别，朝鲁发动了车。阿藤花连连挥手，从街道另一侧跑来："等等，等等我——"

朝鲁说："你跟她说了我去旗里？"通嘎拉嘎说："你阿爸得病的事还是她说的，你还瞒得住她？再说你干吗老躲着她？她现在跟以前不一样了，你们还不如——"朝鲁连连制止她："停，停，你啥时候改行当媒婆儿啦？我答应你不碰羊拐了，你也别再提这个了。"通嘎拉嘎说："为什么？"

朝鲁没有回答，阿藤花已经跑了过来："你要去旗里吧？捎上我。"她把手里的行李丢进车箱，自己也上了副驾驶座，喘得上气不接下去："就怕晚了——还好，还好！"

朝鲁和通嘎拉嘎无声地交换着眼神，通嘎拉嘎在追问自己的问题，而阿藤花的表现恰恰在做出回答——她已经是一个五十来岁的女人，外表艳俗，穿金戴银，咋咋呼呼，常年做保险，她变得口齿伶俐，眼神精明。一句话，和以前有了很大反差。

阿藤花跟通嘎拉嘎招手告别："帮我照应店面啊，有人买保险就让他留下联系办法，我回来联系，有索赔的就让他以后再来。"朝鲁一脚油门，车蹿了出去，甩下一声阿藤花的惊呼和连串撒娇的叫喊声。阿藤花嗔怪地说："你讨厌死了，干吗开那么猛啊！"通嘎拉嘎也皱起眉头，显然觉得阿藤花与朝鲁的爱情复合之路，任重道远。

二

越野吉普车奔驰在草原道路上。前面到了一个路口，路边停着三四辆好车，几个人在车边等待，看到朝鲁的车开过来，他们纷纷上车，发动了车子。朝鲁的车从他们面前高速掠过。

阿藤花从后视镜里看到这些车也跟了上来:"好啊你朝鲁!这些是跟你去赌博的吧?你们居然躲在这里见面。""不是。""还说不是!我打赌他们会打电话来。"

朝鲁插在仪表盘上的手机响起来。他按下免提,里面是白音呼和的叫声:"朝鲁,我们住大东海,你见完你阿爸就过来吧。""我不去了。""为什么?都订好房间了,放心吧,兄弟们这回带够了钱,肯定玩个过瘾。"阿藤花一脸得意。

"从今天起,我不玩了,我劝你们也别玩了,赌博不是正经事。"他挂断了电话,阿藤花吃惊地看着他。

朝鲁说:"我答应通嘎拉嘎不玩了。"电话再次被拨响,朝鲁直接按了拒绝接听。阿藤花说:"她以前没少阻止你,你怎么不听?"朝鲁咧咧嘴,没有回答。"说啊!到底为什么?"电话再次响起,朝鲁还是挂断。

"你这人!到底为什么啊?""她今天劝我的样子,像我妈妈,我们的妈妈。"阿藤花愣住。电话再次响起,朝鲁按下接听键:"我只说一遍,以后谁再劝我赌钱,谁就是我朝鲁一辈子的仇人。"说完,他挂断电话。

阿藤花从后视镜里看到,跟上来的车相继刹车,停下,掉头:"像你们的妈妈!真是太——太——太莫名其妙了。不过也好,赌钱就是糟蹋钱,还不如交给我买保险,我们最近又推出了一款——"

朝鲁说:"闭嘴,别打搅我开车。"阿藤花嘟囔着:"那么凶干什么。你这么对待他们,也太粗暴了吧?都是你的好朋友,你突然说不玩了,人家都没有思想准备。你这样会得罪人的。"

她的一言一行都带着夸张和表演的色彩,这是她进入中年之后才进化出来的本事。朝鲁突然探身,拉开副驾驶前的手扣盒子,里面是好几叠钞票。

阿藤花问:"干什么?怎么把钱放这里?丢了怎么办?"

朝鲁说:"我就是告诉你,只要有钱就不怕得罪人。"

越野吉普车加速前进,笔直地远去。

朝鲁的越野吉普车停在苏书记家门口。

"跟苏书记说,我下次再来看他。""没诚意,你要想看他现在就下车。""下次吧,我急着回去看我阿爸。""那我先跟你去看你阿爸。""还是不用了,万一我跟他又吵起来哪,我不想你看笑话。"

阿藤花悻悻地开门下车:"对了,托娅从日本写信回来了,还专门给你写了一页纸,给我才写了半页。"

朝鲁伸手要信,阿藤花说:"在行李里不好拿,你接我回去时我给你。"阿藤花拖下行李,关上了车门。朝鲁叹口气,开车离开。阿藤花表情惆怅。

朝鲁的新家所在的楼群,看起来已经很不一样了,绿化搞了起来,道路边停满了车,家家窗口都亮着灯。安雅把各种沙葱炒的菜端上桌来。哈图已经老态龙钟,他怕冷一般裹在狼皮袍子里,窝在床头。

安雅说:"快吃吧,你不是老惦记吃沙葱吗?这是新鲜的。"朝鲁说:"对,上午毕力格才从外面摘来的。"哈图说:"从哪里?"

朝鲁说:"我没问,应该离苏木不远吧,我下次让他多采点儿。"

哈图提起的筷子又放下了,安雅担心地看着他的表情。哈图说:"长出沙葱的草原,就是草退沙进的地方啊,快到苏木啦?"朝鲁说:"也许不是,他骑摩托车放牧嘛,谁知道跑出去多远啦?"

"我这辈子没放过山羊,但是我知道,山羊吃草也就能跑出三十里,离苏木还远吗?""阿爸,你也别瞎操心了!哪块草原上敢说一点儿沙葱都没有?只要不泛滥成片就没什么。对不对?你为什么喜欢吃沙葱?不是从小吃惯了吗?那时候你知道什么草退沙进啦?"

安雅说:"就是啊,别老皱着眉头了。快吃吧,孩子开几百公里送来的!"哈图吃了两口,还是放下了:"吃不下。"

安雅也不高兴了,她把几盘沙葱都挪到自己和朝鲁面前:"你就找别扭吧!看大家活得挺好的你就不痛快,你就整天摔脸子给我们看吧!也不知道上辈子欠了你什么了,一年三百多天,要看你二百多天脸子。"哈图说:"不爱看就别看,我求你看啦?"

朝鲁连忙劝着:"好啦,好啦!这点事儿也值得吵吵?""在城里住着,看不到草原看不到天,心眼都堵死了。我都快憋死了!"哈图指指窗口,"整天就看到这么大点地方,我真恨不得跳出去摔死算了。"

安雅说:"你摔不死,咱家是一楼!"朝鲁赶紧劝:"好了,好了,吃饭!哎?弟弟呢?"安雅和哈图同时不说话了。

朝鲁沉下脸："怎么？又去网吧啦？"

安雅说："那倒没有，他现在不爱去网吧了，迷上唱歌了，整天泡在卡拉OK里，非要当歌星。"

三

朝鲁的弟弟宝喜已经二十多岁了，穿着时髦夸张，正抱着麦克风，唱一首二〇〇二年流行的歌曲。朝鲁挤了进来，宝喜看到了他，向他高兴地挥手，正好是一首歌的间奏阶段。宝喜说："今天我很开心，我生命中最亲爱的人之一——我的哥哥朝鲁也来到了演出现场，这首歌我献给他。"

台下坐着好多桌年轻人，都顺着宝喜的手指方向看向朝鲁，宝喜接着唱歌，朝鲁看到年轻人的桌上有一个生日蛋糕，其中一个女孩儿头上还戴着生日纸冠，他突然想起来什么，一把抓住身边走过的女服务员，把人家吓了一跳。

"今天是几号？"他一连问了几遍，惊魂未定的女服务员才反应过来，连忙回答了他，朝鲁松手让女服务员走了，然后掰着手指头算着什么。宝喜唱完了歌，在朋友们的叫好声里下了台，他快步走到朝鲁桌前。

"哥，你来啦？我唱得好吗？今天有朋友过生日我才过来，平常我都不来，这里饮料太贵了。哥你喝什么？"

"不喝了，跟你说个事。阿爸快过七十二岁生日了，你们小孩子都知道要过生日，我打算给他好好操办一个。"

"好啊！在哪里办？我给他唱歌——"

"回牧场办，他不是整天想回去吗？回去让他高兴高兴。我要让所有的人都羡慕他。"

草场围栏入口搭起了高大的牌楼，绑着各色绸缎，花团锦簇，不断有人穿着新衣服，骑着摩托车或骑着马来到，宝喜和一群跟他从旗里来的年轻人站在围栏入口，热情地指点着："一直往里面走——"

主会场是一排新搭建的蒙古包，其中一个是专门做饭的，蒙古包内外都支着锅，煮着牛羊肉，通嘎拉嘎等一群妇女们在灌着血肠肉肠，白音呼和等一帮汉子们在杀羊。

蒙古包前，歌手在拉着马头琴唱着长调，宾客们围着歌手席地而坐，吃喝欢笑,最大的蒙古包前不断有人进进出出,毕力格扛着一个巨大的家用摄像机在到处拍摄。

哈图穿着盛装,和来道贺的人寒暄着。在他身边,徐世铎倚在靠垫上,有一搭没一搭地跟他聊天:"这下你高兴了吧?你摊上了好儿子,会赚钱还孝顺,人活一世图的啥?不就是这个风光吗!"

哈图打发走了来道贺的人,神情疲惫地说:"我图的不是这个。""瞎话!你这把年纪了学会说瞎话了。""我没有——"

徐世铎说:"我不信!你敢说你不喜欢风光?那你干吗要当马倌?朝鲁不让你养马了,你为啥跟死了亲戚似的?还不是因为草原上马倌最风光?老头子,你风光了半辈子,到老了又风光这么一场,知足吧!"

哈图笑了:"我说不过你。"徐世铎说:"那当然,我的理论水平,你拍着马也跟不上。不过你这场风头出得好,我估计至少五年,不,六年之内,大家一说起来都会羡慕。"

"怎么还有零有整的?""六年之后我也七十二了!我要让通嘎拉嘎办个更好更大的,盖过你。""唉,我真不是为风光。""你就是!就是!就是!"

哈图气愤地说:"那我现在就让朝鲁停了。"徐世铎说:"你明知道他停不下来,你就是!就是!""就是什么啊?让我听听好不好?"阿藤花扶着苏书记走了进来。

阿藤花说:"哈图大叔,我阿爸给你拜寿来了。"哈图连忙吃力地站起来:"那可不行,苏书记是老大哥,应该我给你拜。"徐世铎一脸不屑的表情。

苏书记说:"谁的正日子就给谁拜,错不了,老徐还是老样子啊,听说这两年脾气不好!"徐世铎说:"苏书记你倒是老当益壮啊,怎么?玩上健身球啦?"

阿藤花扶着苏书记坐下,苏书记手里滚动着两个铁胆球,发出哐当声。苏书记说:"外孙女从日本寄来的。"徐世铎嗤之以鼻:"拉倒吧你!这就是咱们中国的特产!保定知道吗?出驴肉火烧那地方!就那里出的,满大街都卖!还跑到日本去买?"

阿藤花说:"小孩子没见识,倒是一片孝心。你们三个老头儿聊聊天,我出去帮忙,一会儿就吃饭、喝酒。"阿藤花走了出去。

苏书记咣当着手里的铁球:"哈图,你这个老东西不地道,住在旗里那么久都不去看我。"哈图说:"在旗里住得不自在,天天不想出门。"徐世铎说:"苏书记你也不下基层啊,是不是没有车了不方便?以后想来就给我打个电话,我安排车去接你。"

苏书记没有回答,盯着徐世铎看了半晌。徐世铎说:"干什么——"苏书记说:"这把年纪了,你还这个样儿,没什么长进啊。"徐世铎被噎住,哈图哈哈大笑起来。

朝鲁四下巡视着:"肉不够,再杀两只羊去,快去——"有人应命跑开。朝鲁说:"多拿酒来,酒管够!不喝醉了不许走!"他突然站住脚步,看着迎面走来的谢若水:"你怎么来啦?""给你阿爸贺寿,怎么,不欢迎?""贺寿当然欢迎,不过我提醒你,别跟他说你那一套,今天是他的大日子,不想让他心烦。"

"我倒想问问你,三令五申给你下文件,为什么不听?""我当然不听!凭什么不许我养山羊?""文件你没有看吗?不是不让你养,是限制数量,你养得太多了。"

"废话!养得少了连油钱电钱都挣不出来,你要我赔本吗?"

"就是因为你养得太多,草场破坏太大,草越来越少,所以才越养越赔本!"

"我不听你胡说八道!当初支持我养山羊的是你们,现在不让养的又是你们!我不管,我的草场,我爱怎么养就怎么养。"

"那不是你的草场!那是国家的草场,所有权在嘎查,你只有使用权,你没有权利糟蹋它。"两个人剑拔弩张。远处传来一阵阵叫好声,人群深处,摔跤比赛开始了。

摔跤场上,穿着博克服的摔跤手猛然撞击在一起,翻翻滚滚摔着。人群在激烈喝彩,毕力格在拍摄着,正中央的位置是哈图和苏书记、徐世铎三个老者,通嘎拉嘎正带着阿藤花在旁边照顾着他们三个。场上的摔跤手很年轻,都是没有见过的生面孔。

苏书记说:"年轻人还没把手艺丢下,好!"徐世铎继续抬杠:"好什么啊!这是朝鲁花钱从外地请来的,咱们这里没有人啦!""哦?是这样吗?哈图，你和朝鲁要多收几个徒弟啊！"

徐世铎又嘲笑："哈图的腿硬得跟树根一样了，朝鲁整天忙着挣钱。"阿藤花推了通嘎拉嘎一下，通嘎拉嘎连忙抓过一块肉，喂给徐世铎，堵住他的嘴。谢若水穿过人群走了过来，朝鲁阴沉着脸跟在后面。谢若水说："哈图大叔，我来给您贺寿了，祝您福如东海，寿比南山。"哈图说："好，好，有心了，来，坐下。"

谢若水又跟苏书记和徐世铎打招呼："苏书记，徐书记——"徐世铎连忙把嘴里的肉咽下去，抢着话头："还福如东海寿比南山，你这官腔越来越熟练了。"谢若水说："主要是这八个字特别贴切，把我的祝福都包含在里面了。"哈图说："我喜欢，坐下陪老头子喝几杯。"

谢若水抓起酒杯来："我敬您，祝您早日看到儿时的草原。"众人一愣，哈图喃喃自语："儿时的草原？"谢若水说："是啊！您不觉得现在的草原没有以前好了吗？还是以前的草原好，水草丰美，一眼望不到边的绿色——"朝鲁的脸沉了下来。

苏书记说："还真是。"哈图说："是啊，那时候的草原。"谢若水说："国家制定了新的草原保护政策，从限养山羊、限制草原载畜量开始，相信通过大家的努力，能早日恢复最美好的草原。"哈图说："好，好，这是我收到的最好的礼物，好，值得喝一杯。"众人举杯一起喝酒。

谢若水说："这个政策还需要大家的支持，特别是朝鲁这样的养殖大户的支持。"

哈图说："他一定会支持。"朝鲁说："好了，今天是我阿爸的大日子，不谈工作，谢若水，咱们上场去助助兴吧？敢不敢？"众人被他的火药味惊醒，都看着谢若水。谢若水说："好啊，只要你肯支持我工作，那我就去助助兴。"

在博克手换衣服的帐篷里，谢若水和朝鲁各自换着衣服。阿藤花追着朝鲁说："你要干什么？谢若水他不会摔跤，你要干什么？"朝鲁说："多摔几次就会了。""何必呢？你们两个一直有矛盾，借这个机会解开不好吗？""是他步步紧逼，给我找麻烦，我还要一直忍下去？"

另一侧，通嘎拉嘎正帮着谢若水换博克服。谢若水很紧张，手在颤抖，通嘎拉嘎握住他发抖的手。"好笑吧？我还真紧张，长这么大我都没穿过这身衣服。""非得摔吗?""摔吧!让他摔痛快了,我的工作就好展开了。""有必要吗?"谢若水深深吸气,让自己放松。他笑了笑:"对别人我没有必要这么做,对你哥哥,有必要,我必须去。"他举起手,手已经不再颤抖了:"保佑我,不被他摔死。"

谢若水从布幔下转了出去,外面响起一阵叫好声,随即朝鲁也出去了,叫好声更大了。通嘎拉嘎和阿藤花站在布幔后,看着布幔上两个身影相互接近,随即摔跤开始,一个身影被一次次摔倒。

四

寿宴之后没有几天,谢若水带着三辆专门运牲畜的卡车,来到朝鲁的牧场门前,车上车下站着一些戴着红袖标的小伙子,还有几个警察守在四周。谢若水的脸上还带着伤痕,胳膊也吊在胸前,眼神安详地看着围栏入口,朝鲁手持弓箭挡在门口。

一名警察举起电喇叭喊话:"朝鲁!你不要抗拒执法,这是国家政策,你必须执行!"朝鲁没有理睬,谢若水抬起脚来,警察连忙小声阻止:"谢主任,还是我们来吧!"

"我了解他,不能跟他来硬的。""是他跟咱们来硬的。""听我的,不要动武,无论如何都不要。"

他抬腿走过去,朝鲁也瞬间举起弓箭,拉满了弓,谢若水一步步走过去,前面箭头的金属寒光刺着他的眼。在踏进围栏的瞬间,朝鲁放手射箭,发出尖利的啸声,随即射在围栏上,箭尾颤抖。

谢若水抬起的脚有些迟疑,警察们在大声呵斥着。朝鲁再次张弓搭箭瞄准,谢若水呼吸着,两个人的眼神在交锋。他再次迈出一步,又一步,他向着朝鲁走去,朝鲁的眼神在变幻,他扣住箭尾的手指绷得发白,所有的人都屏住呼吸。

朝鲁终于射出这一箭,不过不是向着谢若水,而是另一个方向。箭飞得无影无踪。朝鲁颓然垂下弓箭,围栏外的卡车发动,相继开了进来,卡车从他们身边开过去,开进牧场深处。谢若水站在马头前,看着垂头丧气的朝鲁。

朝鲁说:"我输了。"谢若水突然扑过去,狠狠厮打着朝鲁:"我怕得要死,怕你真射死我,怕你忘了我们是坐同一趟火车来的,怕你是个混蛋。"

两个男人抱头痛哭，他们这一刻想到的是在上海弄堂深处推翻泔水桶寻找骨头的谢若水，是在儿童福利院一起趴在床上、脱了裤子打预防针的谢若水，是在内蒙古保育院躺在病床上接受输血的谢若水，是在小学校认真上课的谢若水，还有拖着装王朝阳的棺材、跟朝鲁并肩而立的谢若水和考上大学后被朝鲁殴打的谢若水……

五

哈图不行了，朝鲁弯腰跑进蒙古包的时候，他靠在安雅的怀里，眼神呆滞地望着门外的草原，通嘎拉嘎在照料着哈图，在他的头顶上插着银针。

"阿爸。"他望向通嘎拉嘎，"阿爸怎么啦？"通嘎拉嘎说："脑溢血急性发作，打电话叫了救护车，你有什么话，赶紧跟阿爸说吧。"安雅闻声再次落泪，通嘎拉嘎已经宣告了哈图的悲剧结果。朝鲁握住哈图的手："阿爸，我错了，我不该让您回来——"

哈图回光返照，反而神态安详："傻孩子，跟阿爸说什么客气话呢？我高兴我回来了，我能死在草原上，踏实，这是我们的草原，只有牛羊，只有马，有骆驼，有茂密的草，羊群进去都看不到身子，风一吹才露出来白滚滚的身子，看着就喜欢，夏牧场要挨着河，让牛羊有水喝，冬牧场要背着风向着阳……"

哈图越说越兴奋，面色潮红，谢若水也走了进来。哈图说："那是我们的草原。"朝鲁跪倒在哈图面前："阿爸！你放心走吧，我朝鲁发誓，一定把那个草原还给你。"哈图含笑合上了眼。

围栏大门被铁链子锁上，蒙古包后面的风力发电机被关掉，机井盖被盖上，蒙古包的大门也上了锁。只有徐世铎很惋惜："那也不用封了草场啊！"

朝鲁说："山羊把草场祸害得太厉害了，封上三年草场，也许才能缓过来。"

通嘎拉嘎说："我支持哥哥，谢若水说，你可以做个实验，起个带头作用，如果可行的话就全面推广。"

徐世铎说："可行个屁，他三年不干活，吃的是老本儿，别人吃什么？"乌兰其其格说："有我们吃的，就有朝鲁吃的。"徐世铎说："他可大手大脚惯了。"朝鲁说："我可没说不干活了，我想好了，这三年不搞畜牧了，我搞旅游。"徐世铎眼睛一亮。

通嘎拉嘎说:"哥哥,这行吗?"徐世铎很兴奋,抢着回答:"行,怎么不行?咱们草原离城市不远不近,位置正好,现在城里的人都兴旅游,让他们来这里花钱。"他连连赞许:"朝鲁,你进步了,脑子灵了。"

朝鲁说:"其实没想那么多,阿爸一辈子风光,喜欢热闹,如果有人来玩,可以陪陪他。"

徐世铎愣了愣:"怎么好好的事,让你这么一说就阴森森的呢?还是我来给你当顾问吧!我走的地方多,对旅游这事儿了解一点儿。"

"行啊。"

徐世铎精神一振:"第一步,你得打广告。"

第二十七章　老　乡

一

一张不大的彩色宣传页被贴在电线杆上，在风里抖动，能看出上面的骏马草原蒙古包的照片，朝鲁端详着。

"朝鲁！"阿藤花怒气冲冲走过来，"有钱也不能这么糟蹋吧！一张就是八毛钱，你等于把钱贴到电线杆上了。""没事儿，只要能拉到客人就行。""根本拉不到！谁会看了电线杆上的宣传就去啊？还那么远！"

"那怎么办？""你要来盟里，干吗不告诉我？你明知道我也要来！""我不知道你——""说谎！我问了通嘎拉嘎，你还跟她说别告诉我！"

朝鲁被揭穿，嘟囔着："这个通嘎拉嘎，我不是怕你忙吗？你的保险——""我用不着你管。老跟防贼一样躲着我，我招你惹你啦？"朝鲁不好意思："好了，下次不了，你说说，我这个办法怎么不行？徐世铎说我得做广告！"

"做广告也要选对了地方！去找旅行社，找旅馆，找有游客的地方。""还有飞机场和火车站？""我帮你跑这些地方。""你不是还有事吗？"

"我顺便行不行？你又防着我了？好像我要讹上你似的。""看你说的。""要是真能讹上也好，起码吃喝不愁了。"朝鲁无言以对："哦。"

阿藤花爆发出一阵突兀的笑声："跟你开玩笑呢？害怕啦？真害怕啦？"

阿藤花数着宣传画的数量，在纸上专注地写写画画。她额头的一缕头发不断掉下来挡住眼睛，她只好不断用手挡着。

朝鲁隔着满桌子饭菜，看着她。此刻的她，因为专注而美丽，朝鲁心中柔情忽动，他欠起身来，伸手去替阿藤花拢住头发，又拔下她的发卡，帮她别好了头发，这一切发生得那么自然和流畅，以至于阿藤花来不及做出反应。朝鲁坐回自己的位置，也突然觉出自己的孟浪，他吭哧着想要解释。

"那个——先吃饭吧，都凉了。""马上就好了。""让你先吃就先吃。"

"好。"阿藤花放下手里的笔,"你帮我盛。""自己盛。""我帮你算了一天账,胳膊都酸了,你帮我盛碗饭都不行?""我没求你帮忙。""怎么这么说话啊!合着我自作多情,上赶着找骂?"

气氛骤然紧张起来,两个人都有些发愣,好像不知道为什么柔情蜜意转眼就变了味道。朝鲁伸手去拿碗,正赶上阿藤花也去拿碗,两个人的手碰在了一起,朝鲁连忙缩手,被阿藤花一把抓住:"朝鲁!我们还是把话说明白吧,这么着太折磨人了。"朝鲁飞快地看了一眼餐厅里的人,挣脱了她的手。

"我对你的心思,通嘎拉嘎跟你说过,你自己也能看出来,我就这么让你看不上?""怎么说起这个了,都一把年纪了。""只要没死都不算晚。""我没想过。""那现在想,我就坐在你面前,你随便想。我知道我老了,皮肤不好了,没有以前漂亮了。我以前是漂亮的,对不对?你不能昧着良心说话。""你现在也漂亮。""昧良心!说,考虑得怎么样?"朝鲁不知道怎么回答。

"其实,我早已经把你当作了家人,托娅虽然叫你舅舅,其实也是把你当作了阿爸,她从来不跟她亲阿爸联系,还有,你又出钱送她去日本留学。"

"这不算什么。将来我还要送布和去留学,谢若水如果生了孩子我也管,咱们这些一趟火车来的人,我都管。"

阿藤花失落:"你管得过来吗?咱们那趟火车有好几百人,一共来了三千多孩子哪!"

"能管多少是多少,我总觉得咱们这些国家孩子,都是兄弟姐妹,是一家人。等腾出空来,我倒想找找他们,看看我们一起来内蒙古的兄弟姐妹们都过得好不好,有没有什么困难需要帮把手——"

阿藤花眼神亮了起来:"我来办,这件事我来办,我有空!你交给我吧。""你?""对!我来办!我正苦于业务陷入低谷了,这是一个新的群体,能带来很多业务机会。"朝鲁失望地看着她。

"怎么啦?我不是杀熟!我是利用这个机会把保险的理念带给大家,这是双赢,我保证不坑不骗,权当是给自己家人办保险!"

"我是说,一谈到钱,谈到生意,你就忘了我们刚才的话题了。"

"你是说感情的话题,放心吧,感情不是生意,不用全力以赴,只用全心全意就够了,我会一辈子缠着你。"

二

蒙古包内灯光迷离，宝喜穿着奇装异服，拿着话筒唱着一首汉语情歌。灯光突然亮了。朝鲁说："停，停！"音乐停止。

宝喜问："怎么了，哥？"朝鲁说："游客们从大城市来这里，不是听你唱这种歌的。""我唱得挺好的。""再好也比不上歌星吧？人家游客是来听特色的，什么是特色？马头琴！长调！懂吗？"

"可是，我喜欢唱这种——""这是生意，不是为了让你喜欢，生意做好了，你可以去北京去上海唱你喜欢的去。""真的？""当然，但是现在，你要先给我做好生意。"宝喜高高兴兴地跳下舞台："我这就换衣服去。"

度假村其实还是那几座蒙古包，只是现在样子有了些变化，周围长起了更多的草，昔日的羊圈变成了马圈，几匹马正在里面溜达。其中一间的门开了，传出宝喜唱蒙古族歌曲的声音。朝鲁走了出来，他诧异地看着两个骑着一辆摩托车的牧民。

骑着摩托车的牧民叫照日格图。他对朝鲁说："你是朝鲁吗？我叫照日格图，他叫冯文庆。"朝鲁诧异地看着他们，照日格图和冯文庆下了摩托车，冯文庆拿出一张折叠得很整齐的报纸递给朝鲁。

照日格图说："我们从阿来井苏木来。"朝鲁说："那可不近啊？"照日格图说："骑了五个小时的摩托，我们俩轮流骑，但是能找到家，不累。"

朝鲁这时也打开了报纸，看到的是半个版的广告，最显眼的大标题是：寻找亲人，寻找老乡，寻找国家孩子，寻找一九六〇年前后从上海来内蒙古的孤儿们。朝鲁抬头看着面前的两个人。照日格图说："这上面说来这里找你。我们两个都是，上海老乡。"

阿藤花张罗众人吃饭："咱们还有一个老乡叫谢若水，现在是我们旗政府计划科的主任，我打了电话，他已经在回来的路上了。"

通嘎拉嘎说："你们两个是怎么认识的？从小就认识吗？"冯文庆说："不是，我们两个离得也远哪，我在苏木坐机关，他在嘎查放羊，有一次我下乡去给机关食堂采购福利，那里的人说，你要买羊就买他的，他是上海孤儿——"

照日格图笑了笑："我们嘎查的人都照顾我。"冯文庆说："就这么认识了，然后就常来往，这次我看了报纸，连忙找他一起来了。"

朝鲁问："你怎么叫个汉人的名字？"冯文庆说："我来的时候，身上别着个布条，写着我这个汉文名字，收养我的额吉和阿爸说，就不改名字了，就叫这个吧。"

哈斯其其格开着车，谢若水一脸焦急。哈斯其其格说："你就这么想见他们？都不认识。""也不是。""还说不是，你脸上写着'着急'两个字哪。"

"你不懂。到现在这个年纪了，经常会一阵阵觉得孤单，自己从哪里来的，将来又会到哪里去，想一想都心寒，所以就想多认识一些和我一样的人。听说这次的事是阿藤花搞起来的，好事，她这辈子总算做了一件好事，虽然我很怀疑她这么做还是想卖保险，但这是件好事，而且这么快就有了回应，说明我们这些人可能都一样孤单。"

"你很久没有跟我说过这么多话了。"谢若水一愣。

"我以前对你太冷淡了，没有去想过你的孤单，是我不好。"哈斯其其格伸手过来握住谢若水的手，谢若水一愣，欲待挣扎，被哈斯其其格握得紧紧的。

"你刚才说话的时候，才是真正的你。"谢若水反手握紧了哈斯其其格的手。

一张五十元的钞票在众人手里传递着，钞票被塑封过，硬邦邦的。照日格图说："有城里人找我买羊，他们是上海来的，我就说我也是上海人，是上海孤儿，结果有一个人就非要给我这五十块钱，他说他妹妹也跟我是一样的，小时候家里穷养不起，丢到福利院门口，后来听说送到内蒙古来了，他说他妹妹找不到了，这个钱算是给所有弟弟妹妹的。"

朝鲁问："他的妹妹叫什么？有什么线索？"照日格图说："我也问过，他说他那时候小，什么都不知道，只是听大人说来找过，还找到了，但是又不知道怎么断了联系，知道情况的大哥也遭遇意外去世了。"众人都惋惜地摇头。

阿藤花说："咱们应该高兴！这说明家乡的人还在想着咱们，还在找咱们，照日格图，你这五十元钱，就上交给咱们这个老乡会吧，咱们把它挂起来，表示永远不忘记家乡。"照日格图赞同地说："行，反正我一辈子都不打算花掉它。"

门外响起刹车声，随即，谢若水和哈斯其其格走了进来。阿藤花说："谢若水，快来快来！给你介绍咱们的上海老乡，这是照日格图，这是冯文庆，他们是阿巴嘎旗的，比咱们晚两个月来的内蒙古。这是咱们的谢若水谢主任，旗里的干部。"

谢若水和两个人握手寒暄，随即介绍了身后的哈斯其其格。谢若水说："我爱人，哈斯其其格。"照日格图问："也是咱们老乡？"谢若水说："不是，不过她很理解咱们。"哈斯其其格微笑着跟两人打着招呼："你们好。"

通嘎拉嘎意识到谢若水和哈斯其其格的关系发生了变化。

三

徐世铎看着哼着歌走来走去的通嘎拉嘎，问乌兰其其格："咱们女儿怎么啦？唱了一晚上了。"乌兰其其格说："她呀，她遇到好事了。""什么好事？什么好事？朝鲁又挣了钱啦？我怎么不知道？""他们几个搞了个老乡会，找跟她们一样的人，还真找到了。""跟她们一样的？上海来的孤儿？""也有从安徽江苏来的。""找他们干什么？""热闹呗。"

徐世铎一脸严肃："没那么简单。通嘎拉嘎！"通嘎拉嘎快步走过来："阿爸？""你们——"乌兰其其格撇撇嘴："你阿爸又胡思乱想了。"徐世铎问："你们找那些人干什么？有什么打算？"乌兰其其格说："瞧你，怎么跟孩子说话呢？审坏人啊？"

"就是啊，阿爸，你干什么啊？""别以为我不知道你们要干什么！凑起来商量回上海，找你们的亲生父母，对不对？"乌兰其其格看向通嘎拉嘎，通嘎拉嘎很是诧异："没有啊。"

"看看报纸！"徐世铎指指摞在床边的高高的报纸堆，"有的地方，你们这些上海孤儿——国家孩子成群结队去上海寻亲！还上了报纸！这是值得宣传的事吗？不怕养父母难过吗？白养你们这么大，一个个全都往回飞啦？"

"你这个老头子！你就不会好好说话啦？找亲生父母有什么不对？找到亲生父母，我就不是额吉、你不是阿爸啦？去吧，女儿，去找他们吧！"乌兰其其格不以为意。

"阿爸！额吉！我们真没有这个想法。"

徐世铎瞪着眼："那现在想想吧，算你阿爸给你们提个醒。"

那张五十元的钞票用相框挂在墙上，阿藤花看着钞票，说道："寻亲？这个点子好啊！一定很多人响应！我去联系旅游公司！咱们也组织一次寻亲，当作老乡会的第一次大活动。"朝鲁说："你没安别的心思吧？"阿藤花说："什么心思？你以为我又要拿回扣什么的？我就是再想赚钱也不会在老乡身上赚钱！"

"就是给你打个预防针。""当然我也有心思，就是借这个机会把更多的老乡聚集起来，这样我的保险业务也能拓展起来。"朝鲁哼了一声。

通嘎拉嘎说："就怕咱们的养父母知道了会难过。"阿藤花说："这个因人而异吧，我阿爸早就劝过我，让我给上海民政局写信，找找亲生父母，我没答应。"

通嘎拉嘎说："为什么？"阿藤花说："我现在一个人过得好好的，孩子有她舅舅撑腰，也挺好，我何必找一堆亲戚？再说就算找到了，也不一定能借到光，有的上海人家还没有咱们过得好哪，房子紧巴巴的。"朝鲁鄙视："你还是那么势利眼。"

"这叫审时度势！你懂什么？弄上一堆穷亲戚，那才叫悲惨哪！""那你还张罗寻亲？""不是说了吗？这是为老乡会做贡献，不是为我自己。就这么定了吧，我给咱们的老乡发信统计人数，订车订旅馆，可有的忙啦。"

她风风火火地跑了出去，通嘎拉嘎问朝鲁："哥，咱们去吗？"朝鲁说："你去吧，我答应过你嫂子，再也不去上海了。"通嘎拉嘎说："哥，都过去那么久的事了，你也去吧！嫂子以前最支持你寻求梦想了，你回去，也算带着她看看你的故乡。"

朝鲁沉默片刻，点点头："你问问谢若水，咱们四个一起来的，看看能不能一起回去。"

四

谢若水选择在吃饭时撒这个谎："妈，我明天要出趟差。三五天吧。"哈斯其其格飞快地看了他一眼，满都拉问："去哪儿啊？"谢若水说："栖霞，在山东，那儿出产苹果，要搞个经验交流会，领导让我去一趟，顶多五天就回来了。"满都拉说："好啊，你从小爱吃水果，这下能吃个够。"谢若水说："可能吧，你要有什么事，就给哈斯打电话。"满都拉说："我还没那么老。"

谢若水收拾行李时，哈斯其其格递给他一叠钱："穷家富路，要是能买点苹果就买点，估计上海能买到山东苹果。"谢若水吓了一跳。

"街上传得沸沸扬扬的，你们这些人要去上海寻亲。"

"我不是——"

"你提前一天走也好，妈想不到你这么老实的人也会说谎。"

谢若水知道自己被识破了，低声地："你别告诉她。"

"还用你说？"

"我不是要去找亲生父母，我是想回去看看，再说，这么多人去上海，也需要管理正规些，我怕出了纰漏。"

"我都懂。"

第二十八章 寻 亲

一

照日格图、朝鲁等人在统计着行李，乌兰其其格、安雅、宝喜以及巴雅尔等人在送行，一辆高级吉普车开进街道，停在大巴车前。司机跳下车，把后座的车门打开，赵欣和林晓丽等四个人下了车，提着各自的行李。

阿藤花看了眼车牌号，连忙迎上去："你们好，是姜红卫、林晓丽、赵欣和索不登其其格吧？我叫阿藤花，咱们这儿老乡会的会长。"

林晓丽是个雍容华贵、看起来生活优裕的女人，她伸出手来跟阿藤花相握，手腕上的翡翠镯子一看就很昂贵："久仰大名，总算找到组织了，我们这边四个人前来报到。"

姜红卫说："干吗非要从你们这里走啊？害得我们还得跑过来，从盟里走多方便啊？"阿藤花解释着："咱们还要到呼和浩特转车嘛！从这里走更近一点儿，就是委屈你们几位赶过来了。"

林晓丽说："没事儿，姜红卫就是这副德性，呵，对了，他以前在酱油厂工作，我们都叫他酱油哥。"阿藤花说："你好，酱油哥。我来介绍一下，这是通嘎拉嘎，这是朝鲁，他们是兄妹俩。这是照日格图、冯文庆，他们俩是从阿巴嘎旗过来的。"众人相互寒暄。

辽阔的草原上，一列流线型的高铁列车奔驰着，车身被夕阳涂上金黄的颜色。拥挤的二等座车厢，寻亲团的各位或坐或站，随意地在车厢里聊着天喝着酒。

赵欣说："我什么都不记得，我阿爸死得早，我妈没工作。"冯文庆说："我衣服上别着个布条，写着我这个名字。"姜红卫："你看我像南方人吗？不像吧？我跟你们说，重要的是你吃什么长大的，这个特别重要。"

最后面的座位上，林晓丽正和朝鲁说着什么。林晓丽说："你的大名我听说过，是听我先生说的，他做基金生意，你知道什么是基金吗？"朝鲁摇头。

林晓丽说："你是靠放牧、养羊、卖羊绒起家的，是靠劳动挣钱；基金哪，是靠钱挣钱。""那不就是银行？""好的基金公司比银行厉害，你应该考虑做基金了。"

阿藤花拉着索不登其其格走过来："哎！朝鲁，她也跟咱们一趟火车来的！你看看她，有印象吗？"朝鲁说："真的？"阿藤花说："对，她也是被分到咱们保育院，后来领养她的那家人搬到盟里去了。你有印象吗？"朝鲁盯着索不登其其格，歉意地笑笑。

索不登其其格说："我比你们都小，可能只有两三岁，什么都不记得，还是我阿爸告诉我的。"阿藤花说："真是神奇，咱们那趟火车来的人已经找到五个了！来，你跟索不登其其格聊聊，唤醒她的回忆，我跟晓丽姐聊聊保险的事。"朝鲁和阿藤花换了座位。

高铁列车在一片水光的江南奔驰着，一车人都睡得昏昏沉沉。阿藤花醒了过来，她听到了低低的哭泣声，她迷茫回头寻找，看到了车窗外典型的江南原野，处处是闪亮的水田，她突然就哭了起来，眼泪大滴地涌出来，她拼命擦着眼泪，要看清外面的田野。车厢另一处，压抑不住的哭声大了起来，是赵欣在哭她的江南，抛弃了她的江南。车厢里的人纷纷醒来，也纷纷被窗外的江南吸引，他们像是被传染了一样，整节车厢都在哭泣。

二

一群穿着蒙古族衣袍的中年男女站在福利院的大门外，大门上悬挂着横幅：欢迎回家。领导们在一一握手，电视台的记者在摄影拍照，国家孩子们或痛哭或激动。

这是一扇气派的新大门，却不是四十多年前的那扇门。人群中的朝鲁面露迷茫，他四下张望着，周围的各种建筑物，新的被他一掠而过，每一个有点年头的建筑物都被他盯上片刻，反复与记忆对接。儿童福利院领导们也经过他的面前，他伸手握住领导们的手，仔细看着领导们的脸，是一些与自己年龄相仿甚至更年轻的面孔。

众人被引向大门。朝鲁突然伸出手，拉住通嘎拉嘎的手，他们退出人流，朝鲁拉着她，沿着围墙向前走去，偶有行人好奇地看着蒙古族装束的他们，朝鲁突然站住脚,他找到了要找的地方。

儿童福利院的围墙一侧,出现了一道大门,这才是四十二年前使用的福利院的大门,现在已经被封闭了,周围的环境也有所变化,但,依旧认得出来,朝鲁和通嘎拉嘎望着大门放声痛哭。朝鲁和通嘎拉嘎顺着新的大门走进院子,三五成群的寻亲者正相互拍照留影。阿藤花一脸不快地抓住他们。

"你们怎么回事?怎么到处乱跑?刚才跟领导合影都错过了!""没事儿。""什么叫没事儿?万一走丢了怎么办?你知道组织你们来我担了多大责任吗?而且没组织没纪律,你让人家领导怎么看咱们?"

阿藤花变了一个表情,开始招呼着大家:"好了,各位,大家抓紧拍照,我们要去下一个地点参加寻亲大会啦。"林晓丽走了过来:"抱歉啊,我要先离开了,你们继续吧,祝你们找到亲人。"阿藤花问:"什么意思?"林晓丽说:"我就是想来看看这里,寻亲我就不参加了。我觉得不需要。好了,你们继续吧,我直接去机场了。"

姜红卫解释着:"让她去吧,她不会寻亲,她跟咱们不一样,她是有先天性心脏病,被父母丢在厕所里的,所以她不会去找他们的。"

众人上了大轿车,大轿车开出儿童福利院。

寻亲大会现场设置在附近的一所小学,一群七八十岁的老者在中年的孩子们陪伴下拥在大门口,记者们的长枪短炮早都架好了。大轿车开了进来,还没有等车停稳,这些人就拥了上去。

朝鲁他们从车窗居高临下看着拥上来的人,看着仰望着的一张张脸。姜红卫说着怪话:"为什么不在福利院办啊!当年我们从哪儿被丢的,就还应该从哪儿被找回来。"阿藤花不耐烦地说:"福利院还有孩子们哪,咱们这么一闹腾,人家小孩子怎么办?"

姜红卫知道有理,但还是梗着脖子:"要我说咱们就不该来!瞧他们那样儿!当年干吗不要我们啊!现在倒着急了!"阿藤花还要反唇相讥,被通嘎拉嘎拉住,她们都知道,这个五大三粗的男人是用这个办法掩饰自己的心慌。

众人陆续下车,朝鲁却死死坐在椅子上,手握着扶手,握得紧紧的。他身边的通嘎拉嘎觉察出异样,她伸手搀住朝鲁的胳膊:"不,我不下去了。"朝鲁固执地摇头,他把通嘎拉嘎拉到自己身边坐下。

众人渐渐都下了车，车厢里只有他们两个了。朝鲁说："咱们不该来，他们都有希望，只有咱们俩没有。"通嘎拉嘎明白他的意思，跟他握紧了手："哥哥！我们虽然没有上海的爸爸妈妈了，但是我们有内蒙古的额吉和阿爸——这一辈子，咱们没吃亏。你不是一直想看看上海吗？我也想，我们一起去看看上海，找找我们的家。"

三

阿藤花张罗着众人落座，大着嗓门指挥着："把照片摆在面前的桌子上，小时候的放左边，现在的放右边，个人简介放中间，有什么小时候的东西，拿在手上的，身上有记号的，能露出来就露出来。"

姜红卫换掉了蒙古族的衣服，穿了一身普通的汉族衣服，看得出有些紧张，不停地整理着自己的衣服和资料，跟旁边的人一遍遍说着话："咱们不能穿内蒙古的衣服，他们印象里不可能是穿内蒙古衣服的咱们。"

通嘎拉嘎挤了过来，在阿藤花耳边说了句什么，阿藤花吃惊了一下："我也跟你们去。"通嘎拉嘎说："你去干什么？你好好寻亲。"

通嘎拉嘎不由分说把她按在门口的一张空桌子上，又从她的书包里拿出那些资料，一一摆放，几个当地人立刻围了上来，七嘴八舌地问着她。阿藤花只能眼看着通嘎拉嘎走出去，和朝鲁会合到一起。

朝鲁和通嘎拉嘎站在街头极目四望，这里正是典型的上海老城区，那种老弄堂、石库门，满街悬空晾晒衣物的老上海。他们叫了一辆出租车，让司机带他们去五角场那边一个有大烟囱的工厂的工人新村。司机打开通信器，用上海话呼叫总台，请求总台帮助，寻找从一九六〇年就存在的、黄浦江边的、叫某某六厂的工人新村。

车开动起来，穿行在大上海的车水马龙中。通信器里不断有出租车司机插进来报料，提供着线索，出租车玻璃上反射着沿途的高楼林立，玻璃后是朝鲁和通嘎拉嘎期待的眼神。他们的手一直紧紧相握。

寻亲会场里，照日格图兴奋地找到阿藤花，说那个给过他五十块钱的上海人也来了，那是一个衣着老旧、神情颓废、未老先衰的中年人。

照日格图说："我一眼就认出他来了！你要不要跟他认识一下？"阿藤花

说:"好啊,人家给咱们的钱还挂在咱们墙上哪!"

照日格图挤开人群走了过去,跟那个中年人热情寒暄着,中年人顺着照日格图的手指方向看过来,神色却变了,他直愣愣地走过来。阿藤花摆出了最得体的笑容,伸出手去:"您好!我叫阿藤花。"

那个中年人却神色异常,他没有去握手,反而低头看着桌上的照片。他一把抓起了阿藤花小时候那张黑白照片。阿藤花有些尴尬地收回手。

中年人手忙脚乱地从自己口袋里掏出一张已经泛黄的黑白照片,放在一起比对着:"小仙,你是黄小仙吧?我是六哥啊。你看看照片,这是你三姐,黄丽仙八岁时的照片,跟你多像!"

阿藤花说:"你搞错了,我不是黄小仙。"中年人愣住,他指着阿藤花面前的资料,上面写着曾用名:黄小仙。阿藤花说:"这是胡乱填的,不作数。"她拿起来几下子就撕掉了。

黄六哥问:"为什么?'文革'的时候大哥找到过你,还给你寄了路费要你回上海,你都忘了吗?我每年假期都去内蒙古,各个地方都去找了,就盼着有一天能在什么地方遇到你,一眼就认出你,小妹。"

照日格图说:"是啊,会长,我认识这位大哥时——"阿藤花说:"好了,照日格图,你快去自己的座位上吧,别错过了亲人。这位大哥认错人了,没关系,让他再想想吧,他会想明白的。你快去啊!"照日格图心存疑惑地离开,一步三回头。

黄六哥又说:"为什么?你在责怪家里人吗?大哥给你写信,因为上面有蒙古文没有人看得懂,被当成私通外国的特务批斗。他为了保护你,吃掉了整封信,活活被打死了啊!"阿藤花愣住。

"那时候家里是大哥主事,他死了,谁都没有你的地址,再也找不到你了,后来咱爸爸妈妈都去世了,前面的几个哥哥姐姐也死了,每个人走之前都叮嘱,一定要找到你!"

"你找错人了,"她猛然站起来向外走去,"我还有事,您慢慢找您妹妹吧。"她快步走了出去,走出小学校园,来到外面这条乡土气息浓厚的老弄堂。她快步走着,转过一片晾晒的被单和衣服,突然站住脚,无声地哭起来。阳光把她哭泣的身影勾勒在被单上。

远处高大的烟囱是那么眼熟，朝鲁和通嘎拉嘎收回视线，眼前却是一个建筑工地的封闭型护板，看不到里面，只能看到护板上的巨大的海报。看得出来，这里在建的是一个高档社区。

出租司机把车停在路边，小跑着过来："是这个烟囱吗？这是最后一个烟囱了！差不多都看过了。"朝鲁掏出钱来："就算是这个吧，辛苦你了。我们俩在这里走走，一会儿自己回去了。"

通嘎拉嘎已经转到了一个围板的缺口处，出神地望着。朝鲁走过去，从这个缺口可以看出，里面的工地还是一个深坑。

"哥哥，就是这里了，我们的家。""是吗？你怎么知道？我一点儿都看不出来。"通嘎拉嘎蹲下来，又伸手拉着朝鲁也蹲下来，从这个角度依旧能看到烟囱。

"这个烟囱在我心里五十年了，就是它。"

"这一蹲下来还真像。"

朝鲁掏出手机来，把海报上的售楼电话输入进去，"买房子，买两套大房子。"

"还没盖起来哪！"

"先买下来，城里都是这个讲究，这叫房地产。将来咱们老了就搬来住，那会儿肯定也盖起来了。"

"我可舍不得额吉和阿爸。"

"那就都带过来，我多买几间房，咱们都住在一起。"

四

朝鲁和通嘎拉嘎回到他们住的酒店，比他们晚到一天的谢若水也来了。通嘎拉嘎敲着阿藤花的门："开门啊！有什么事跟我们说说，开门啊！"

朝鲁和谢若水站在门两边，悄声商量着。谢若水说："她不是有什么意外吧？"朝鲁说："你说她寻短见？不可能，咱们都死了她也不会。"

通嘎拉嘎瞪了他一眼，朝鲁抬手拍门："阿藤花，我只说一遍，你听好了，你现在要是不开门，就永远别认我们。"

片刻之后，阿藤花打开了门："让我静静行不行？"朝鲁走了进去："行。我陪你。"阿藤花无奈地说："你们也进来吧。"通嘎拉嘎想进去，被谢若水拉了一把："让朝鲁跟你说就行了，我得去给家里打电话，通嘎拉嘎你帮我弄一下长途吧。"

谢若水拉着通嘎拉嘎离开，阿藤花心烦意乱，关上门。

阿藤花说了自己不肯认亲的原因，是因为看到了三姐的照片上面的日期。照片是把她送到儿童福利院之后两个月拍的，他们养不活自己，却居然有钱去拍照片。朝鲁说："那是借钱拍的照片，因为你家里只有你三姐和你长得像，他们怕将来找不到你，拍照片就是为了留下你小时候的样子！"阿藤花愣住："谁说的？"

"你六哥！他什么都告诉我了，哭得嗓子都哑了。""我不信。""信不信都行。我只想告诉你，珍惜吧！你还有个六哥！你还知道父母兄弟姐妹的消息，不要像我们兄妹这样，想叫一声爸爸妈妈都不知道去哪里叫，想去上个坟都不知道在哪里！"

阿藤花把自己关在屋子里，打通了苏书记的电话："阿爸，是我，你还没睡吧？有件事我不知道怎么办。"

打完电话，阿藤花压抑着激动情绪找到朝鲁，让他陪着连夜买来了莜面和内蒙古产的矿泉水："得用内蒙古的水来和面，这是知青们传给我的诀窍，那年我想回上海，还特意带了一桶水。"朝鲁说："你要做莜面？"阿藤花说："是啊，这辈子来不及在父母面前尽孝了，给他们做一碗我最拿手的莜面面条吧。"

阿藤花在酒店房间里用电炉子做了一锅莜面，连锅端着打了个车，接上一直等着她的黄六哥，去了上海的郊区。他们爬到一个山坡上，站在几个墓碑前。

黄六哥说："家里情况不是很好，妈妈爸爸火化之后，没能埋到正式的墓地去，这里是老家的祖坟地，不要钱，还有大哥大姐他们也在这里，我经常来给他们扫墓，没有找到你之前，我在这世上孤零零的一个人，只有来这里陪他们说说话。"

阿藤花蹲下身子，打开锅盖，又拿出一叠碗筷和汤勺，她一丝不苟地将汤面分在所有的碗里，一一送到面前的墓碑下。黄六哥在旁边介绍着："这是大哥，大哥最疼你了，大哥，小妹找到了，她来看你了。这是三姐，三姐长得最像你，不过没有你厉害，你小时候老欺负她。三姐，找到小妹了，她来看你了。"

所有的墓碑前都有了一碗面，阿藤花又把最后一碗递给了黄六哥。黄六哥唏嘘不已地接过来："听朝鲁兄弟说了，你最拿手的就是这个莜面，那年你要回来，还特意带了一桶水。"

阿藤花毫无征兆地突然放声大哭，树上的鸟被惊飞，嘎嘎叫着。她蹲在地上，哭得那么委屈那么无助那么声嘶力竭，仿佛把一辈子的不快都哭了出来。

出租车在酒店门口停下来，阿藤花和黄六哥下了车，黄六哥说："车钱是朝鲁兄弟给的，你跟他说，钱我来出。"

"六哥，不用，我们这几个人一起去的内蒙古，早就跟亲人一样了。""六哥不能让人瞧不起你，六哥虽然穷——现在找到你了，六哥就没有什么牵挂了，六哥要好好做做生意了。""六哥，我会帮你的。我在我们那边做保险，还不错，你要是缺钱就说话，要想找个事做，就跟我一起做保险。"

众人已经走出宾馆大门，正在上大客车，朝鲁看见他们，招着手。阿藤花说："我不跟你们去了，我今天要好好陪我哥。"

阿藤花把六哥带到商场里，不断给他挑选着东西。黄六哥已经换了一身新衣服，局促地跟着她，他的手一直在怀里揣着，时而抽出来，又放回去。阿藤花却毫不知情，她正在挑选袜子，拿着薄厚不同的袜子选择着："哥，你记得，一定要保护好脚，人身上脚最重要，天冷了要换厚袜子。我们明天一大早就走，你不要来送了。对了，我们回去不坐火车了。朝鲁掏钱包了一辆大巴车，他对我挺好的，一直都挺好！"

最后一天寻亲了，那些人还在满怀希望寻找着，朝鲁和谢若水端着茶水茶碗，给众人送着茶水。朝鲁说："你估计今天还能找到吗？"谢若水说："难说，咱们十二个人找到了两个，概率已经很不错了，听说别的旗组织寻亲，一个都没找到。"

"你怎么不试试？""我不想。""为什么？还真是！你好像从来没说过想要找亲生父母！"通嘎拉嘎也好奇地看着他。

"我不想说。""知道我和通嘎拉嘎昨天去哪里了吗？我们去找了小时候的家，找到了地方，可是家已经没了，挖了大坑，在盖楼，这就是我们来上海的意义，我们都回不去了，但是我们来过。""你们真想知道？""当然。"

谢若水站起身："走，我带你们去一个地方。"

谢若水带着朝鲁和通嘎拉嘎走进一条凌乱狭窄的小弄堂，说："这是我小时候住的地方。"朝鲁顺着谢若水的指点看过去，是一家小杂货店，像个报亭一样大小。谢若水说："以前连这扇窗也没有，白天和晚上都一样黑。"

他来到杂货店外面的墙边蹲下，在一排小广告旁边，伸手摸着一行浅浅的刻字，已经很模糊了，依稀看得出是一个"毕"字。谢若水说："七岁那年我刻的，拿家门钥匙刻的，结果把钥匙磨坏了，我妈还打了我一顿。"

"你妈很厉害？""跟满都拉妈妈很像，都是外表严厉，整天不笑，其实心里很疼我，所以到内蒙古时遇到了满都拉妈妈，我很习惯，我心目中的妈妈就该是这样的。我是个私生子，别人都叫妈妈是破鞋。我知道那个人有地位有家庭，可能还有孩子，妈妈不可能——"

"后来呢？""三年困难时期啊，妈妈又没有工作，实在养不活我了，那时我已经懂事了，妈妈跟我商量，要送我去福利院，我不肯去，妈妈就狠狠咬了我一口。"

他挽起袖子，手腕上有个浅浅的牙印："我疼昏过去了，也许是饿昏的，醒过来就已经在福利院了。我逃出来找妈妈，可再也找不到这个地方了，后来就遇到了你们兄妹俩。"

杂货店女主人警觉地出来，看着他们三个人。女主人操着外地口音说："又是你？昨天就是你吧？你是干什么的？你要干什么啊？是不是我们这里要拆迁了啊？"谢若水连忙拉着朝鲁离开。

朝鲁问："那你这次怎么找来啦？"谢若水沉默了一下："其实前几年我就借着出差偷偷来过，我找过妈妈，也找到了这里，可是谁都不知道她的下落，这条街现在全都不是上海人了。"朝鲁又说："你还说不想找她？"

谢若水摸着手腕上的牙印："我想她早就去世了吧，我妈妈说，今世不能做母子，来世再做，我来找找来世的路。"

五

到了返程的时候，众人正陆续上车。姜红卫早早坐好："没找到我也无所谓啊，反正我来这一趟就是想看看上海，现在看也看了，知足了。"他悻悻的表情却表明了他的不舍，他依旧张望着外面的高楼大厦。冯文庆说："如果没有走，我们也是上海人啊。"姜红卫说："那又怎么样？上海也不是人人都过得好！"

他们都看向车下和阿藤花告别的黄六哥，姜红卫感慨道："都是命。"朝鲁经过他身边，丢下一句话："瞎说，毛主席教导我们，艰苦奋斗，人定胜天。"

黄六哥的手终于掏了出来，掌心里是一个颜色鲜艳的塑料发卡："小妹，哥没有什么礼物送给你，这个，你别嫌弃。"阿藤花说："哥，你帮我戴上。"

黄六哥伸手给阿藤花戴着发卡，却笨手笨脚一直戴不上。阿藤花突然哭起来。

黄六哥说："别哭，别哭，哥去挣点钱，下次给你买好东西。"通嘎拉嘎陪着她掉着眼泪。阿藤花扑在黄六哥怀里。

大轿车开得很快，车后部装着的全是大家的行李，最显眼的是一个硕大的陶土菜坛子，随着车辆颠簸，坛子盖发出碰撞声。姜红卫猛然怒气冲冲地转头盯着菜坛子："吵死个人了，我把它丢出去，多少钱我赔你。"

赵欣跳起来护住坛子："你敢，我跟你拼命。"她脱下外衣，垫在坛子盖下，声音果然小多了。姜红卫说："你真是眼皮子浅，跑了上千公里，就买个泡菜坛子？回盟里我给你买两个。"

赵欣说："你懂什么？盟里的坛子能跟这个一样？这坛子是用咱家乡的土烧的，我带回去就是个念想，还能腌咸菜，不浪费。"姜红卫愣了一下，又不以为意地笑笑。

赵欣说："我知道你这次没找到亲人，心里烦，可你有钱，以后还能再来，我以后不会再来了，有这个坛子守着，也算是有根的人了。"一车人都沉默下来。

姜红卫带着歉意说："妹子，别往心里去，哥不是东西。主要是这几天都没吃到羊肉，哥都快馋疯了。"

一辆小轿车从后面追了上来，不断按着喇叭，大轿车让路，小轿车超了过去之后，打着灯，打着手势。大轿车缓缓靠边停下，小轿车也连忙停下，司机跑过来，看了一眼车头那张寻亲团的红纸，连忙向后面招着手。

众人议论纷纷。隔着车窗，大家看到两位白发苍苍的老人从车上下来，相互搀扶着向大轿车走来。谢若水握住自己手腕上的疤痕。车门打开，小轿车司机跳上来问："请问，哪位是谢若水同志？首长要见见您。"众人吃惊地看向谢若水。

靠近车头的这一侧车窗上，挤满了寻亲团的人，所有的人都隔着窗户看着。白发老太太陈淑燕拉起谢若水的手，露出手腕上的牙痕，她抱住谢若水大哭，哭得身子软下去，谢若水不得不扶住她。

旁边气度不凡的老者毕克昌也克制着情绪，他深情地望着谢若水，忍不住伸手来摸谢若水的肩膀，谢若水却条件反射地躲开，让他有些尴尬。

老太太陈淑燕醒悟过来："孩子，这是你爸爸，是他在电视里看到你。"

谢若水说："我没有爸爸。七岁之前，你天天这么跟我说，七岁之后，我的爸爸叫谢根杨，是内蒙古的支边教师。"毕克昌说："孩子找到了就好，让别的同志先走吧，咱们和孩子慢慢聊。"

老太太说："是啊，孩子跟妈妈回家。"谢若水说："不，我们一起出来的，还要一起回去，我是带队的，我要负责。"老太太说："换个人负责吧，要不就全都留下来，请大家在上海再玩玩。"毕若水说："您别说了，咱们今天见面本来就是意外，我不是来寻亲的，我只是带队的工作人员。"

老太太急了，眼泪又流出来。毕克昌说："那这样吧，继续上路，不要耽误大家行程，你坐我们的车，一路上聊聊吧，我们送送你们。"

大轿车和小轿车一前一后，在高速公路上开着。阿藤花从车后窗离开："车牌一串零啊，看来谢若水这个爸爸妈妈了不得。"朝鲁说："你让司机开慢点，尽量慢点。"阿藤花说："我懂，让他们多聊会儿是吧？"

老者毕克昌坐在副驾驶座上，侧身看着后座上的谢若水："你没有改名字，很好，这名字是我给你取的，取'上善若水，水善利万物而不争'之意。从你这些年的经历来看，你做到了。"谢若水很戒备地说："我很满足现在的生活，不希望被打扰。"陈淑燕说:"怎么会打扰你呢?妈妈和爸爸只想补偿你。"谢若水说:"我也不需要补偿。"

毕克昌说:"还有养育你的养父养母,也要深深地感谢。"

谢若水说:"那更不需要了,他们把我当亲生儿子,养育亲生儿子不需要别人感谢。"

"若水,妈妈是别人吗?爸爸妈妈当年实在是没有办法了,他被批斗被打倒了,怕连累咱们娘儿俩,才忍着不跟咱们联系——"

满都拉在眼巴巴地守着电话。她又一次伸手去抓电话的时候,电话响了,她一把抓起:"怎么样,哈斯?因特耐特网上有消息了吗?哦,也没有那么快是吧?那我还是等报纸吧。他应该是今天回来?那我做饭去了,你回来吃吗?我知道是做晚饭,我早点做。"她放下电话,在屋里转了一圈,拿起菜篮子走出门去。

满都拉在低头走着,巴雅尔走出办公室,跟她打着招呼:"满都拉校长,他们今晚回来,你知道了吧?"满都拉脚步不停地走过去:"谢若水天天给我打电话。"巴雅尔说:"听说真有人找到亲生父母啦。"满都拉说:"那是好事,造福积德。"

徐世铎在看着电视,烦躁地按着遥控器换台。外面传来满都拉的叫门声:"乌兰?乌兰?"徐世铎扯着脖子喊:"进来。"满都拉走了进来问道:"老徐,乌兰呢?出去啦?"

"在度假村帮忙哪。一大把年纪了,还要去唱歌跳舞给游客看,等朝鲁回来我饶不了他。""他们晚上就能到了。""着急了?听说你儿子还是坐飞机过去的?""我希望谢若水能找到他的父母,谢老师走得早,多些人来疼他更好。"

徐世铎不相信地笑笑。"乌兰肯定也是这样想的,恐怕只有你不这么想。""为什么这么说?""因为你这辈子都只为自己。"

徐世铎又吃惊又好奇:"你今天是专门来气我的?"满都拉意识到自己失态,她心乱如麻:"谁叫你逼我说的,我走了。"满都拉转身就走,徐世铎连连叫她:"等等,等等,陪我说说话呗!骂我两句也行。"满都拉说:"找乌兰骂你吧。"她走了出去。徐世铎莫名其妙:"这是什么事儿啊!"

六

车厢里的音响放着流行歌曲。大轿车停在路边，从车前窗可以看到，小轿车停在前面，谢若水正和老太太、老头儿告别，然后快步跑到大轿车前。大轿车开了车门，谢若水上了车，坐在朝鲁身边。大轿车关门，开动，从翘首张望的两位老人面前开过去。

车上的人都看向谢若水，有的人还站了起来，准备走过来。谢若水用手遮住眼睛，大滴的泪水哗哗流下，朝鲁连忙向众人挥手，阿藤花和通嘎拉嘎也连忙安抚众人。众人都无声地返回各自的座位，整个车厢里只有流行歌曲在嘶哑地响着。谢若水把脸藏在手掌后，止不住地哭着。

大轿车在高速公路上飞驰，前面有进入内蒙古界的标牌。歌曲早已停了，寻亲团的人睡得东倒西歪，没有睡的人也情绪低落，目光呆滞，百感交集。朝鲁起身走到司机旁边，说了句什么，司机点着头。朝鲁走回来，在谢若水身边坐下。

谢若水已经恢复了正常："怎么啦？"朝鲁说："一会儿你就知道了。为什么不留下，陪他们待几天也好！""跟我阿妈怎么说？我不想让她知道这事儿。""这也不可能瞒住啊，这么多人都看见了。""我会跟大家伙说，请大家保密，能瞒一刻是一刻吧。"

朝鲁说："有必要吗？满都拉校长不会介意，她只会为你高兴。"谢若水摇头："将心比心，你会高兴吗？""我会。""再想想，小布和现在叫你阿爸，如果有一天毕力格他们不让他叫了呢？人家要把自己的孩子带走呢？"

"怎么可能？你妈妈要带你走？""嗯，她说这辈子亏待了我，现在一定要补偿我。""你怎么说？""我不肯。我说我可以不怪他们，但是我也不需要他们补偿，因为我这辈子过得并不苦，从被他们抛弃——不，从离开他们那一刻开始，我基本上就没有吃苦，在上海有福利院的阿姨照顾，到了内蒙古更是有我自己的阿爸阿妈，他们待我像亲儿子一样。"

"你真这么说？""不，这是我这一路上想的，如果下次见面我会跟他们说这些话。""那你到底说什么啦？""我就说不行。""那他们怎么说？""我不管他们怎么说。"

他扭头看向窗外,大轿车正开进了一座城镇,这里已经是内蒙古地区的城镇了,所有的招牌上都有蒙汉两种文字,大轿车停在一个饭馆前,开了门。众人被停车惊醒,纷纷张望。朝鲁站起来:"各位,进内蒙古了,咱们先好好吃顿肉!我请客。"

大家欢呼一声,纷纷下车。阿藤花埋怨着朝鲁:"你怎么不跟我说一声啊。"朝鲁说:"你没看大家的情绪吗?得打打气!人心不能散了。""我是说我来请客,毕竟我找到哥哥了。""那不是一回事嘛!""你什么意思?你这是跟我求婚吗?"

朝鲁被噎住,一时张口结舌。谢若水哈哈大笑,从他们身边钻了过去:"快点下来啊,等着喝你们的喜酒。"朝鲁骂道:"滚。"阿藤花说:"不是求婚啊?那我出钱。""通嘎拉嘎说你把钱都给你哥哥了。""你借给我吧。"

她转身向车下走去,朝鲁嘟嘟囔囔跟在后面:"这把年纪了,费那么多事干吗啊!想怎么样就怎么样呗。"阿藤花猛然转身:"真的想怎么样都行?"朝鲁说:"就是啊。"阿藤花一把抱住了他,朝鲁有些尴尬:"好了,别让大伙等。"阿藤花撒起了娇:"就不,就让他们等。"

大盘大盘的肉上了桌,一片埋头吃肉的声音。姜红卫抽空还议论了一句:"这次出来哪儿都好,就是吃不上肉,可把我憋苦了,也邪门了,上海人也做肉吃,可就不是咱们这个肉的味儿。"

这次没有人顾得上回答他,都埋头吃肉,不论男女。姜红卫也连忙伸筷子夹起一块肉骨头:"就冲我这能吃肉劲儿,我也不寻亲了,我就是个地地道道的内蒙古人。"

通嘎拉嘎也吃得风卷残云,她伸手拿起一块肥大的肉骨头递给朝鲁,正好阿藤花也拿起一块骨头放在朝鲁碗里。通嘎拉嘎一愣,阿藤花压低声音说:"以后我来照顾他。"通嘎拉嘎说:"你们——"阿藤花说:"我要当你嫂子了。"通嘎拉嘎吃惊,朝鲁装作没听见,埋头啃一块骨头。通嘎拉嘎笑了。

七

三三两两的牧民们聚集在操场上,他们在等待归来的寻亲团。还有三四辆档次不等的车也停在操场边,林晓丽坐在她的豪车里看着书。

风尘仆仆的大轿车停下,乌兰其其格、满都拉、苏书记、安雅和宝喜等围了上来。朝鲁他们鱼贯下车,和众人拥抱寒暄。

宝喜冲在最前面:"哥!你把音箱买来没有?是买我说的牌子吗?"朝鲁说:"上去自己搬。"宝喜帮通嘎拉嘎从车上拿下了一个折叠起来的轮椅,通嘎拉嘎说:"额吉,看,我给阿爸买了一个轮椅。"乌兰其其格说:"那你阿爸一定高兴,整天都念叨你。"

阿藤花跟苏书记抱了抱:"阿爸,你来啦?"苏书记问:"解决好啦?""嗯,我过段时间再去,帮我六哥安顿好。""邀请他过来住段日子,草原上养人。"

姜红卫拎着赵欣的菜坛子下了车,看着走过来的林晓丽,大声叫起来:"林总!你还真来接我们啊?"林晓丽说:"当然要接了。怎么样?有好消息吗?"姜红卫说:"我们还真——"

他指向谢若水,阿藤花在他身后碰了他一下,姜红卫反应过来,连忙改口道:"成神仙啦?哪有那么容易啊?找到是缘分,找不到是本分。"

林晓丽又向阿藤花伸出手:"谢谢你们组织的活动,以后到盟里就找我们,有什么需要帮忙的也开口,咱们不是一家人,胜似一家人。"阿藤花说:"那当然,咱们都是兄弟姐妹。"

姜红卫转身跟朝鲁拥抱了一下:"这次咱们俩没好好聊,等下次再见好好聊聊,我觉得咱们俩能投缘。"朝鲁无声地拍拍他的肩膀。

姜红卫说:"我说的是真心话!别看我这人粗枝大叶的,我心里有数,就凭你能把草场封上三年,你就是个人物。好啦,走了走了!"

他帮赵欣把菜坛子送上林晓丽的车,率先上了车,林晓丽、赵欣和索不登其其格上了车。照日格图和冯文庆也在长辈们簇拥下上了他们的车。朝鲁等人挥手告别,几辆车相继驶离。

谢若水也挥着手告别,转而搀起满都拉:"妈,咱们也回去吧。"满都拉问:"找到亲生父母了吗?"时间在瞬间似乎停顿了,周围的通嘎拉嘎、朝鲁、阿藤花都投来关注的视线,在一片寂静中静听谢若水回答。谢若水平静地说:"没有。"满都拉似乎松了口气:"没事儿,以后再去找吧。"

哈斯其其格和谢若水低声说着话:"你不该瞒着她。""那你让我怎么说?还当着那么多人,让我说我找到亲生父母啦?还是当领导的?""可是这事怎么瞒得住啊?""我叮嘱大家了。""可是——"

"都是国家孩子，他们懂得我的顾虑，不会说出去的。""我是说以后怎么办？""我也不知道。""妈的性子你又不是不知道，她要是知道你骗她，会更难过，更生气。"谢若水点头："明天我就告诉她。"

通嘎拉嘎和乌兰其其格合力把徐世铎搀到了轮椅上，徐世铎很高兴。通嘎拉嘎说："他现在没说，肯定再也说不出口了。"乌兰其其格说："总不说也不好吧。还能瞒一辈子？"徐世铎说："哪儿还有一辈子？我们这些人说不定哪天就没了。"

乌兰其其格打了他一下："不想坐轮椅？不想坐就回去躺着去。"徐世铎讨饶地说："我瞎说，瞎说，姑娘，推我出去转转，快！转转！"

乌兰其其格和通嘎拉嘎合力把轮椅推出了房门。通嘎拉嘎推着轮椅。徐世铎情绪激动，他伸手摸着能摸到的一切。

"阿爸，你以后也留神，万一见到满都拉校长，别说漏了嘴。""你们不该骗她。""这不是骗，先缓几天，我们想了个办法，过段时间，等满都拉校长情绪稳定了，我们就说接到了一封信，说他父母看到报纸新闻，找来了。""这倒行。"

谢若水走进门来，工作人员正在打扫卫生，连忙迎接："科长，您回来啦！""家里没什么事吧？""没听说。"谢若水从包里拿出一盒糖果递给工作人员："给大家分分。""谢谢科长！"

谢若水桌上的电话响起来，他接听电话："您好，我是谢若水。"他的情绪突然变了，下意识地捂住话筒："您怎么有我办公室的电话？""若水，连声妈也不叫吗？"谢若水勉强地："妈。""你爸爸准备把你调回上海来，安排个好工作。"

谢若水大吃一惊："千万别，妈，你们千万别这么做！""听到你叫妈，妈很高兴。""妈，你们别给我调工作，我不要，我不想离开这里。""你总要到父母身边来啊，父母年纪都大了。""我额吉年纪也大了，我不能离开她，咱们有言在先！"

"到上海来工作，对你的事业发展有好处，更能发挥你的长处。""生我的是上海，养我的是草原，我一身所学也都是为了草原，我要留在这里。""那还是当面谈谈吧，我和你爸爸已经到了你们旗里，住在你们旗的龙山酒店，你来一下？"

八

走廊尽头，谢若水焦虑地等待，哈斯其其格从远处走来："什么事啊？不能在电话里说？"谢若水说："我爸爸妈妈来了。"

哈斯其其格吓了一跳："从上海来的？你昨天刚回来他们就来啦？""他们住在龙山酒店，他们说要给我调动工作，调到上海去。""你怎么说？""我当然是拒绝了。但是我估计他们不会罢休，毕克昌那个人——"

哈斯其其格责怪地："若水！""我不习惯叫他爸爸。那个人做事很执着——报纸上是这么评价的。""那——""我想跟你商量一下，毕竟这事也关系到你的未来，我得和你统一想法。""有你这句话，我就满足了。"

"你这是什么话？快点想吧，我要不要去见他们？见了又怎么说？最重要的是你怎么想。""我想——""你说啊。我知道你一向看重前程，去上海也许——"

哈斯其其格拼命摇着头："我不去上海。""你确定？""从工作上来说，半辈子都是草原人，跑到上海去能干什么呢？从个人上来说，妈估计不会跟去上海，难道还能把妈一个人留在这里？"

"你这么说，我心里踏实了，我这就去见他们。""等等，妈也来旗里了。""什么？""她给我打了电话，说来旗里参加教育系统老干部活动，中午要跟咱们吃饭，我正想告诉你呢。"

"他们在哪里活动？我怎么不知道有活动？她不会是听到什么消息了吧？""我觉得你得先告诉她。""就算要告诉她，也不能是现在，这不是迎面给她一闷棍吗！我尽量待在酒店客房里不出来，妈问起来就说我开会去了。"

谢若水冷着脸坐在沙发上。陈淑燕说："我们昨天送完你，在家里怎么也待不住，索性就连夜坐晚班飞机飞来了，飞机还晚点，住下都夜里了，你爸爸又不让惊动这里的领导。"

"我不想调动工作。""这只是我们的一个初步想法，你别不高兴了。""为什么不问问我？我是你们想丢就丢、想要就要的吗？""爸爸妈妈不是这个意思。"

毕克昌说："这件事是我考虑不周，我向你道歉，这次来，一是想就你的未来发展征求你的意见；二是想见见你的养母，表达一下我们的感激。"

"用不着。我说过,不想被打扰。""儿啊!""你们走吧。我阿妈为我吃了半辈子苦,我不想她现在受到打扰。""这也不是打扰吧?""这怎么不是?养了半辈子的儿子,突然跳出亲生父母来,还身居高位,她不怕儿子被抢走啊?我不想让她为这个着急。"

"看得出来,你跟养母感情很好,我也是母亲,我懂得这种感情,可是我真的没有想——有自己亲生父母疼爱,不好吗?你还在怪我们是吗?"

敲门声响起。陈淑燕去打开门,门外是一身蒙古盛装的满都拉和哈斯其其格。谢若水惊慌地站起身来。满都拉说:"你们好!我是谢若水的养母,你们是他的亲生父母吧?"陈淑燕也有些惊慌:"你好!"

满都拉说:"你们长得真像。"这一刻的满都拉,风华绝代。

九

各种内蒙古美食摆上桌来,满都拉热情地介绍着:"这是我们内蒙古的锅茶,是特色,你们在上海可能吃得少,还有这个,这是苏尼特羊肉,内蒙古最好的羊肉,听说北京有个东来顺,用的就是这种羊肉。"

谢若水和哈斯其其格对视着,满都拉说:"若水,你不要怪你爱人,你不该瞒着我,找到亲生父母,多好的事情啊。"陈淑燕说:"啊?他没有对您说吗?"

满都拉说:"这孩子啊,内向,骨子里有锦绣,表面上却不会表达,在工作上也是,碰到个懂他明白他的好领导,能干得不错,碰到个不太懂他的,就容易有挫折。"

陈淑燕说:"跟他爸爸真像。"满都拉说:"跟他养父也像,要不怎么说,不是一家人,不进一家门哪,不过这两年他转变很大,成熟多了,我本来以为从此可以放心了,不过这件事做得还是不成熟。"

谢若水说:"妈——"满都拉说:"你还是按内蒙古的习惯,叫我额吉吧。他养父也是汉族人,所以我以前都让他叫我妈,没叫过额吉,现在找到了你们,我也就放心了。"

毕克昌说:"我们两个这次来,是想专门答谢你,是你给了他第二次生命。"满都拉说:"答谢用不着,我是把他当自己的儿子来养的。"毕克昌说:"孩子的未来怎么安排,也想听听你的意见。"满都拉说:"他的未来是他自己的,由他自己决定。"

/ 401 /

谢若水说:"我刚才已经说过了,再重复一遍也还是这样,我不离开这里,我一身所学都来自草原,也要用之于草原。这不是说大话说空话。"

毕克昌说:"好,我同意。是金子在哪里都会发光。"陈淑燕说:"老毕!若水在我们身边,走得会更稳当。"毕克昌说:"他和我们遇到之前,已经很稳当了,老姐姐,你养了一个好儿子,在你面前,我很愧疚,也很欣慰。"

陈淑燕说:"可是——"毕克昌说:"不要再小家子气了,孩子应该在他最喜欢最擅长的地方工作,我知道你想他,那你可以经常来看他嘛,坐飞机来回也就三四个小时,我给你报销,你们说,是不是啊?"

满都拉、哈斯其其格、谢若水在机场送别毕克昌和陈淑燕。哈斯其其格介绍道:"这是牛肉干、奶茶、奶酪、奶干、奶豆腐,都是特产。奶豆腐要先吃,这个存不住。"陈淑燕说:"看到你这么能干,我也放心了。"

她从手上撸下一个翡翠镯子塞给哈斯其其格,哈斯其其格推辞:"这太贵重了。"满都拉劝道:"收下吧,婆婆给儿媳妇的东西,不能拒绝。"陈淑燕说:"能叫我一声'妈'吗?"哈斯其其格回应道:"谢谢,妈妈。"

毕克昌和谢若水握手。毕克昌说:"好好工作,别辜负了抚养你的内蒙古人民。"谢若水说:"您也保重身体。"满都拉说:"我怎么这么听不惯你们说话啊!若水,这是你爸爸!抱抱他。"谢若水和毕克昌都有些尴尬。

满都拉笑着说:"两个大男人扭扭捏捏。"她上前在谢若水后背上推了一把,两个男人才拥抱了一下,却越抱越紧。谢若水喊着:"爸爸。"毕克昌控制着情感,他狠狠拍了拍谢若水的背,随即推开了他。"很结实,好,早点生个孩子!早点——"他一时控制不住感情,"有空来看看爸爸妈妈。"谢若水使劲点点头。毕克昌看向满都拉,郑重地伸出手:"谢谢!"

十

电视机里是神七飞船返回的新闻,这是二〇〇八年了。朝鲁和通嘎拉嘎坐在蒙古包里,收拾着吃喝的东西,不时瞟一眼电视。与五年前相比,他们两个都更显老了一些。

通嘎拉嘎突然笑起来。朝鲁说:"笑什么?吓我一跳。"通嘎拉嘎说:"我想起以前的事了。很早以前了,王朝阳跟咱们说,美国人坐着人造飞船上月球了,咱们还不信他——""嗯。"

"咱们自己不也快上月球了吗?真是啊,这辈子上个月球就快过去了。""你啊,你被毕力格给宠坏了,大摇大摆地说王朝阳的事,信不信他跟你生气?"

"不信。谢若水的电话你打啦?""两口子说要坐最早的飞机回来,这会儿估计在天上飞呢。""那应该能赶上。可惜小布和大学军训不让请假。""是啊!他侄子的剃发仪式——我连飞机票都给他买好了!""你老婆呢?""给孙子换衣服哪!那小崽子一嘴日本话,我跟娜仁托娅说了,回来只能说中国话。"

通嘎拉嘎叹口气,朝鲁也叹口气:"不该让娜仁托娅去日本留学。"通嘎拉嘎说:"去你的吧!要是去美国带个金头发女婿回来,你们两口子更别扭!"朝鲁笑了笑:"我送她去日本的时候,可不知道她会成了我女儿。"通嘎拉嘎说:"那你就是不怀好意!我说你那么大方!把娜仁托娅当女儿养,最后阿藤花还不是嫁了你?"朝鲁再次哈哈大笑起来,笑声冲出了蒙古包的大门。

蓝天白云之下热闹非常,蒙古包外搭起彩棚,大锅煮着羊肉,声势跟五年前给哈图过大寿那次一样。乌兰其其格推着徐世铎的轮椅,旁边的满都拉和他斗着嘴,精神面貌焕然一新的黄六哥正在和苏书记聊着天。

巴雅尔指挥着人摆着一箱箱啤酒,跟骑着马、骑着摩托车陆续赶来的客人打着招呼,马背上、摩托车上都捆扎着礼物,礼物被堆在蒙古包外。

宝喜西装革履,一副成功人士的样子,正追着一个美丽少女献殷勤。所有的那些国家孩子,照日格图、冯文庆、赵欣、姜红卫、林晓丽、索不登其其格也都在人群中,或唱或跳,聊得很欢。

毕力格在玩遥控的电动直升机,吸引了很多人,一个五岁大的小男孩被直升机吸引,不断扭头去看。阿藤花给他换衣服梳头,他的头上留着长长的发辫,他就是今天这次盛宴的主人——要被剃去胎发的娜仁托娅的儿子,但穿着盛装的小男孩此刻只想去追着毕力格玩直升机。

朝鲁他们陆续坐进酒席,歌手唱起一首悠扬而又深情的蒙古族歌谣。天空湛蓝,白云朵朵,绿草如茵,孩子的长发在众人的祝福声中被剪掉。

一个小男子汉站起来,笑着举起手里的遥控器,继续玩着直升机航模。直升机在蓝天上飞翔。